Jürgen Ebertowski
DAS KREUZ DES SAMURAI

Jürgen Ebertowski

DAS KREUZ DES SAMURAI

Roman

Ullstein

Der Ullstein Verlag ist ein Unternehmen der
Econ Ullstein List Verlag GmbH & Co. KG, München

© 2000 Econ Ullstein List Verlag GmbH & Co. KG,
München
Alle Rechte vorbehalten
Satz: Dörlemann Satz, Lemförde
Druck und Verarbeitung: Wiener Verlag, Himberg
Printed in Austria 2000
ISBN 3 550 08320 3

Meiner Frau gewidmet

Inhalt

Teil i Japan

Raum und Zeit 13

Die Pfähle in der Kastanienbucht 17
Ein Bote vom Schwarzgipfel-Paß 25
Muschelhörner in den Hügeln 43
Der Fuchsgott-Schrein im Dorf
der Flößergilde 50
Ein nächtlicher Ritt zur
Zollstation 64
Fumie – Trittbilder im Staub 81
Der Marschbefehl aus
Schloß Kawashimo 92
Tee im Pavillon der Mondwellen 103
Der Aufstand der Christen 107
Die Schlacht am
Schwarzgipfel-Paß 117
Pater Bartolomeus Plan 128
Reisevorbereitungen 138
Abschied vom Zedernflußtal 144
Kapitän Fujiwara stellt
eine Bedingung 146

TEIL II   CHINA

Der Monsun   157
Die Insel   173
A-Ma-Gao, die Bucht
der Göttin A-Ma   183
Das Flüchtlingsschiff   197
Das Hospiz der Barmherzigen Brüder –
Santa Casa da Misericordia   206
Magister Tans Wundernadeln   214
Yasunaris Gelöbnis   227
Der Novize   238
Feldschlangen für die Nordgrenze   241
Straßen und Flüsse   251
Karawanenführer Tung   266
Unverhoffte Begegnungen und
zerschlagene Tonkrüge   275
Winterlager im Da-liang-shan   287
Tschang und Buttertee   303

TEIL III   TIBET UND INDIEN

Im Lager der Khampas   315
Aufstieg   321
In der Eiswelt   333
Ein Festmahl mit Riesenkürbis
und Rübenschnitzel   338
Der Markt von Tschumdo   344
Der Chinesenpriester   353
Meister Uenos Dolch   356
Tara   361

Die Rückkehr der Gewürzhändler   363
Den Tsangpo-Fluß westwärts   367
Die Lamaserei Kyambyong   375
Der nächtliche Aufbruch
zum Klarwassertal   388
Die Geschichte der beiden Alten   400
Die Bruderschaft der
Allesumfassenden Wahrheit   411
Hinunter ins Südland   418
Im Eilmarsch zur Küste   425

TEIL IV   IM REICH DER OSMANEN

Gefangen   443
Fußeisen und Peitsche   452
ARABIA FELIX   457
Der Weihrauch- und Gewürzhändler   461
Weiter nach Nordwesten   468
Im Mittelmeer   472
Fra Waldemars Geschichte   476
Das Geschenk des Graubarts   483
Die Bucht der versunkenen Stadt   487
Winter   496
Der Bô   502

Glossar   508

TEIL 1
Japan

Raum und Zeit

Um die Mitte des sechzehnten Jahrhunderts entdecken portugiesische Seeleute Japan. Wenige Jahre später steuern regelmäßig Handelsschiffe unter der Flagge Portugals den japanischen Archipel an. Die voluminösen Naos transportieren nicht nur exotische Güter wie Brillen, Tabak, Uhren und Glaswaren oder die begehrten chinesischen Seidenstoffe – sie bringen auch die ersten zielgenauen Feuerwaffen.

Da die Fremden stets aus südlicher Richtung heransegeln, nennt man sie nambanjin – »Südbarbaren« (oder wegen ihres starken Körperhaarwuchses auch weniger schmeichelhaft ketô, was soviel wie »haarige Ausländer« bedeutet).

Die Macht in Japan liegt in den Händen unabhängiger Fürsten, der Daimyô, die in ständig wechselnden Allianzen um die Herrschaft ringen, Kämpfe, an denen sich auch Teile der buddhistischen Priesterschaft beteiligen.

Mit den Händlern reisen Missionare der Societas Jesu, des Jesuitenordens. Die frühesten christlichen Konvertiten gehören der Oberschicht an, die auf Handelsvorteile bei Annahme des Christentums spekulieren. Insbesondere die Daimyô auf der Insel Kyûshû gelangen auf diese Weise schnell zu Reichtum und militärischer Schlagkraft, die nur selten im Verhältnis zur Größe ihrer Ländereien stehen.

Sind es überwiegend wirtschaftliche Erwägungen der Daimyô, sich taufen zu lassen, so fühlt sich die Mehrheit der einfachen

Bevölkerung in den unsteten Zeiten aufrichtig von den Inhalten der christlichen Lehre angezogen, die von charakterfesten und beispielhaft standhaften nambanjin-padore *verkündigt werden.*

Nachhaltige Unterstützung erfahren die Jesuiten durch den Daimyô Oda Nobunaga. Viele seiner engsten Berater sind Christen. Zu Fürst Nobunagas erbitterten Widersachern zählen die Armeen der großen buddhistischen Klöster, die er brutal niederringt. 1582 erliegt er einem Mordanschlag. Im gleichen Jahr schätzt ein Visitator des Jesuitenordens die Anzahl der Bekehrten in Japan bereits auf 150 000, die der Gotteshäuser auf 200.

Nobunagas Nachfolger Hideyoshi verhält sich zu Beginn seiner Regierungszeit Missionaren und Konvertiten gegenüber wohlwollend und gestattet sogar den Bau neuer Kirchen. Mit dem Wiedererstarken der buddhistischen Kräfte und der Einmischung Spaniens in den Fernosthandel verändert sich Hideyoshis Einstellung zum Christentum drastisch. Die Bedrohung Japans durch ausländische Kriegsschiffe erscheint ihm unangemessen groß: Portugal und Spanien sind durch den Vorstoß nach Ostasien zu diesem Zeitpunkt schon an die Grenzen ihrer Expansionsfähigkeit gelangt.

Hideyoshi erläßt ein Edikt zur Ausweisung aller Missionare, ihnen wird Menschenhandel, Töten von Tieren sowie Schändung von Tempeln und Schreinen vorgeworfen. Die konsequente Umsetzung des Edikts scheitert jedoch, da Hideyoshis politisches Hauptinteresse der Eroberung Chinas gilt.

Ein Jahrzehnt darauf sind indes die ersten Märtyrer zu beklagen. Hideyoshi befiehlt, sechs nambanjin-*Priester und neunzehn ihrer Anhänger zu foltern und hinzurichten. Dennoch gestattet er einzelnen jesuitischen Predigern weiterhin den Aufenthalt im Lande. Erste christliche Flüchtlinge treffen in der portugiesischen Niederlassung Macao ein, dem Zentrum der China- und Japanmission.*

Als Hideyoshi 1598 stirbt, geht die Macht nach langen

Diadochenkämpfen auf den Shôgun Tokugawa Ieyasu über. Er zeigt sich den Missionaren gegenüber duldsam, hebt aber das Hideyoshi-Edikt nicht auf.

Da immer mehr Daimyô auf Kyûshû und einzelne Gefolgsleute des Shôguns zum Christentum übertreten, erneuert der zweite Tokugawa-Herrscher, Hidetada, den Hideyoshi-Erlaß. Einen zusätzlichen Grund für die veränderte Haltung des Shôgunats bietet das Auftauchen der protestantischen Holländer in japanischen Gewässern. Die europäischen Religionskonflikte werden auch in Ostasien mit Feuer und Schwert ausgetragen. Weil die Holländer nicht missionieren – es geht ihnen vornehmlich um die Verdrängung der Portugiesen und Spanier aus dem lukrativen Fernostgeschäft –, vermögen sie erfolgreich gegen ihre papistischen Feinde zu intrigieren und erhalten vom Shôgunat die begehrten Handelsprivilegien.

Das Verbot des Christentums wird nunmehr eisern durchgesetzt. Es kommt zu Massenexekutionen von Priestern und Konvertiten. Kirchen werden zerstört, Missionsstationen gehen in Flammen auf. Binnen weniger Wochen verschwinden überall die sichtbaren Zeichen des christlichen Glaubens.

Von den Verfolgungen in Japan hat man in Macao zwar Kenntnis, vermag aber wegen der räumlichen Distanz die tatsächliche Situation der japanischen Christen nur ungenügend einzuschätzen. Dennoch wagen immer wieder Priester den weiten und beschwerlichen Seeweg zu ihren bedrängten Glaubensgenossen.

Im Spätsommer des Jahres 1635 schifft sich ein Angehöriger der Societas Jesu auf einem Schnellsegler ein, der Schmuggelware für Kyûshû geladen hat ...

Die Pfähle in der Kastanienbucht

Seit Stunden hockte der Priester nun schon, in eine Decke gehüllt, neben dem Steuermann und betrachtete den blassen Sternenhimmel. Er war ein hagerer Mann mit kurzgeschorenem Vollbart, der während der Überfahrt niemandem zur Last gefallen war, selbst als die »Seeschwalbe« tagelang in einen schweren Sturm geriet und sogar die seefesten Koreaner schwach und bleich wurden.

Der Priester war ein wortkarger Passagier, aber hin und wieder sprach er des längeren mit dem Schiffsjungen Hisao, der aus einem Dorf am Oberlauf des Zedernflusses stammte. Von dort kam das Bauholz für die Wachtschiffe, mit deren Hilfe Fürst Tomiki, der oberste Lehnsherr des Hauses Tokugawa auf Kyûshû, die Piraten- und Schmugglertätigkeit an seinen Küsten einzudämmen hoffte.

Was der Junge und der Priester miteinander beredeten, interessierte den Kapitän nicht. Der *padore* hatte schließlich reichlich Gold für die Überfahrt gegeben.

Kapitän Fujiwaras »Seeschwalbe« war ein schneller Segler portugiesischer Bauart, wohlbestückt mit weittragenden Geschützen, und der einzige Weiße an Bord war der bärtige Kuttenträger. Beim Auslaufen in Macao hatte er den Bugspriet mit heiligem Wasser besprengt und dazu

Segenssprüche gemurmelt. Den Koreanern und Chinesen war es einerlei gewesen, wer mit ihnen reiste, aber fast alle Japaner der Besatzung hatten sich gesträubt, einen *ketô-padore*, einen »Haarmenschen-Priester«, an Bord zu nehmen.

Kapitän Fujiwara war eisern geblieben. Er hatte nichts gegen die *padores*, solange sie gut und im voraus zahlten. Auch in seiner Geburtsstadt Nagasaki gab es noch Familien, die trotz der zahlreichen Verbote insgeheim den Gekreuzigten verehrten. Und daß Fürst Tomiki den Unterstützern der *ketô*-Religion immer drastischere Strafen androhte, kümmerte den Kapitän wenig. Wer wie er seit Jahren Musketen und andere Schmuggelware von China nach Japan schaffte, hätte ohnehin sein Leben verwirkt, falls das Schiff aufgebracht würde – mit oder ohne Priester an Bord.

Kapitän Fujiwara glaubte selbst nicht an diesen obskuren Herrn im Himmel der Christen, der so merkwürdige Dinge von seinen Anhängern verlangte, daß sie zum Beispiel *ihre Feinde lieben sollten* – aber die Gebete des Bärtigen hatten offenbar Glück gebracht. Bis auf das Unwetter war die Passage weitgehend ereignislos verlaufen. Zwar hatten sich in der Nähe der Ryûkyû-Inseln zwei kleinere Schiffe in unmißverständlicher Absicht genähert, als jedoch die Kanonen auf sie gerichtet wurden, drehten sie schnell wieder ab. Es wäre ein leichtes gewesen, die schäbigen Konkurrenten aufzubringen, aber der Sturm hatte viel Zeit gekostet, und die Ladung im Bauch der »Seeschwalbe« wurde dringend in der Heimat erwartet.

Kapitän Fujiwara schlüpfte in eine dicke wattierte Kimonojacke und trat aus der Kajüte.

Der Priester erhob sich, grüßte und stellte sich neben ihn an die Reling. »Man ahnt die Küste bereits.«

18

»Ja, *padore*.« Der Kapitän musterte die Dünung.

Schweigend blickten die Männer auf die See. Plötzlich begann eine starke ablandige Strömung am Schiff zu zerren. Die »Seeschwalbe« verlor merklich an Fahrt. Ein dunkler Punkt, ein winziges Eiland namens Krabbeninsel, glitt vorbei. Der Kapitän gab dem Steuermann ein Zeichen, den Kurs zu korrigieren, dann wandte er sich wieder dem Priester zu. »Seht Ihr die Lichter?«

Der Priester starrte in die Nacht. »Ist das schon Schloß Kawashimo?«

»Ja. Und dort hinter der Landzunge liegt die Kastanienbucht.«

Die »Seeschwalbe« steuerte einen entfernten Schatten an, der wie eine niedrige Wolkenbank auf dem Meer lag.

»Endlich!« Der *padore* bekreuzigte sich.

Kapitän Fujiwara deutete auf die Spitze des Schattens. »Ich lasse vor der Halbinsel den Anker werfen und Euch dann zum Strand hinüberrudern. In der Bucht sind gefährliche Untiefen.«

Der Priester nickte und griff in seine Gürteltasche. Als die Hand wieder zum Vorschein kam, schimmerte es golden. »Ich hätte da noch ein Anliegen, Kapitän.«

Kapitän Fujiwara schaute verwundert auf die Münzen in der Handfläche des Priesters. »Ja?«

»Ich möchte Euch bitten, mir den Schiffsjungen als Diener zu überlassen. Er kommt aus der Gegend, in die ich reisen will.«

Der Kapitän dachte nicht lange nach. Für das Gold konnte er sogar einen erfahrenen Seemann bekommen. Selbst ein Rônin, ein herrenloser Samurai, würde diese Heuer kaum ausschlagen. »Einverstanden. Habt Ihr ihn schon gefragt?« Die Münzen glitten in die Ärmeltasche von Kapitän Fujiwaras Kimonojacke.

»Nein. Ich wollte erst Eure Entscheidung abwarten.«

»Dann sagt ihm, er kann seine Sachen packen.«

Der Priester ging unter Deck. »Du darfst mit mir von Bord. Ich habe dich ausgelöst, Hisao.«

»Danke, *padore!*« Der Junge bekreuzigte sich.

Er war schmächtig und wohl noch keine vierzehn Jahre alt. Der Priester dachte an die strapaziöse Reise. Das Heimatdorf des Jungen lag mehrere Tagereisen entfernt am Oberlauf des Zedernflusses, und sie würden den größten Teil des Weges nachts wandern müssen. Ein Ausländer, besonders ein Priester, war des Lebens nicht mehr sicher, wenn er den Häschern von Schloß Kawashimo in die Arme lief. Daher hielt sich sein Glaubensbruder Pater Bartolomeu ausschließlich in dem entlegenen Flußdorf auf – falls er überhaupt noch am Leben war. Als Hisao seine Heimat im vergangenen Jahr verlassen hatte, schien der Pater bereits sehr gebrechlich gewesen zu sein. Der Priester hoffte inständig, daß der HERR seinen betagten Mitbruder noch nicht in die Ewigkeit abberufen hatte.

Derweil überlegte Kapitän Fujiwara, ob er den Kuttenträger nicht kurzerhand erschlagen und ausrauben sollte, aber dann verwarf er den Gedanken doch. Weniger, weil die *padores* in Macao ihm den Mann anvertraut hatten, sondern weil er wegen der restlichen paar Münzen, die der bärtige Priester vielleicht noch an seinem Gürtel trug, die *ketô*-Waffenhändler der portugiesischen Niederlassung im Perlflußdelta nicht verärgern wollte.

Auf die Reling gestützt, verfiel Kapitän Fujiwara in einen Wachtraum, sah vor seinem geistigen Auge bereits ein kleines eigenes Reich irgendwo in den Weiten des Ozeans, wo kein Tokugawa-Shôgun, kein Fürst Tomiki ihm mehr die Geschäfte erschweren würde. Noch zwei, drei Musketen-Lieferungen für die Gegner des derzeitigen Herrscherhauses, und …

Die Querströmung aus der Zedernflußmündung war

allmählich überwunden, das Schiff nahm wieder Fahrt auf. Langsam verschluckte die Nacht die Lichter von Fürst Tomikis Residenz. Kapitän Fujiwara gab ein paar barsche Kommandos. Der Anker wurde ausgeworfen und das Beiboot aus seiner Befestigung gelöst. Zwei Matrosen hievten es ins Wasser.

»Ihr setzt sie an Land und kehrt augenblicklich um, verstanden? Wir müssen unbedingt weitersegeln, bevor die Sonne aufgeht.« Kapitän Fujiwara sorgte sich um die Wachtposten auf dem Hafenturm von Kawashimo, von denen er wußte, daß sie Teleskope besaßen. Auch er hatte eines dieser zusammenschiebbaren Messingrohre, mit denen die Rotbärte, die sich selbst Holländer nannten, schwunghaften Handel trieben und an allen Küsten die Preise der Portugiesen unterboten. Das geschliffene Glas vorne und hinten in der Röhre vermochte bei gutem Licht einen entfernten Gegenstand mehrfach zu vergrößern, taugte allerdings in der Dunkelheit nicht viel.

Der Priester kletterte, gefolgt vom Schiffsjungen, aus der Laderaumluke. Er warf den Matrosen im Boot eine lederne Umhängetasche zu. Der Junge hatte seine Habseligkeiten in ein Leinentuch geschnürt, das er wie einen Sack über der Schulter trug.

»Möge der HERR auf Eurer weiteren Reise mit Euch sein, Kapitän!« Der Priester verbeugte sich.

»Danke, *padore*.« Fujiwara verneigte sich ebenfalls.

Der Priester schwang sich über die Reling. Der Schiffsjunge, der vor ihm ins Boot gestiegen war, hielt die Strickleiter für ihn straff.

Mit gleichmäßigen Ruderschlägen entfernte sich das Boot. Bald war es nur noch ein dunkler Fleck auf dem Meer, der kleiner und kleiner wurde und schließlich hinter der Spitze der Landzunge verschwand.

»Verdammt, wo bleiben sie bloß? Sie müßten doch schon längst wieder zurück sein!« Kapitän Fujiwaras Mundwinkel hatten ihre Tiefpunkte erreicht. Pausenlos irrten seine Augen über die Wasserfläche. Ein erster Lichtschimmer zeichnete sich am Horizont ab, aber das Boot war noch immer nicht in Sicht.

»Vielleicht sitzen sie irgendwo fest?« Der Steuermann deutete auf den Wimpel am Hauptmast. »Der Wind drückt in die Bucht.«

»Egal! Wir müssen jedenfalls schleunigst hier weg!« Der Kapitän gab Befehl, den Anker einzuholen und ein Segel zu setzen, und übernahm selbst das Ruder. Langsam umrundete die »Seeschwalbe« die Spitze der Landzunge. Der Steuermann war mit der Lotleine zum Bug geeilt und rief ihm die Wassertiefe zu. Dann wurde in der Mitte der Kastanienbucht der Anker wieder ausgeworfen.

»Jetzt sieht man uns wenigstens vom Schloß aus nicht mehr. Aber wo sind sie bloß?« Der Steuermann kehrte aufs Ruderdeck zurück und stellte sich neben den Kapitän.

Nach und nach wich die Dunkelheit über der Halbinsel. Dort, wo sie vom Festland abging, säumte ein heller, breiter Strandstreifen die Bucht. Hinter dem Strand erhob sich ein bewaldeter Hügel. In der Ferne zeichneten sich die abgeplatteten Gipfel der Schildkrötenberge gegen den Himmel ab.

Kapitän Fujiwara ließ sich sein Teleskop bringen. Mit zusammengekniffenen Lippen begann er die Uferlinie abzusuchen.

Plötzlich rief der Steuermann: »Oben auf dem Hügel, Kapitän! Da gibt doch jemand Signale!«

Der Kapitän richtete das Glas auf einen blinkenden Lichtfleck und erbleichte. Wortlos gab er das Teleskop weiter.

»Merkwürdig! Den Wachtturm gab es doch im letzten Jahr noch nicht!« Der Steuermann setzte das Glas ab. »Was nun?«

Kapitän Fujiwara ballte die Fäuste. »Haben wir genügend Frischwasser?«

»Zwei, drei Wochen müßte es noch reichen.«

»Dann nichts wie weg hier!«

In aller Eile wurden die Segel gesetzt und vorsorglich auch die Geschütze klargemacht. Es würde nicht lange dauern, bis die ersten Patrouillenboote von Fürst Tomiki auftauchten. Die plumpen Segler aus Kawashimo und den anderen Küstenhäfen fürchtete Kapitän Fujiwara nicht sonderlich, aber wenn die Gerüchte aus Macao stimmten, daß die Rotbärte neuerdings dem Shôgun und dessen Vasallen hochseetüchtige Schiffe zur Verfügung stellten, war höchste Eile geboten, die landnahen Gewässer zu verlassen.

Während des Wendemanövers schaute Kapitän Fujiwara erneut durch das Teleskop. Die Blinksignale auf dem Wachtturm waren eingestellt worden. ›Das Boot kann doch nicht einfach spurlos verschwunden sein‹, dachte der Kapitän und richtete das Glas auf den Strand. Stück für Stück suchte er die weiße Fläche ab, bis er am Westende des Strandes angelangt war, wo der Wald fast ans Wasser reichte.

Dann sah er das Boot. Es lag unter einem riesigen Kastanienbaum. Und dann sah er auch die Pfähle. Vier armdicke, mannshohe Pfähle, auf denen die Köpfe des Priesters, des Schiffsjungen und die der beiden Matrosen steckten.

Bebend vor Wut reichte Kapitän Fujiwara dem Steuermann das Fernrohr.

»Verflucht, was soll denn das bedeuten?« murmelte der.

23

»Vielleicht können die es uns erklären«, knurrte der Kapitän grimmig.

Ein Fischerboot glitt behäbig um die Spitze der Halbinsel. Es lag tief im Wasser, der nächtliche Fang mußte gut gewesen sein. Als die Fischer das Schiff in der Bucht bemerkten, versuchten sie den Kurs zu ändern, aber schon kam die »Seeschwalbe« längsseits. Im Nu sprangen mehrere Matrosen auf das Boot. Angesichts der Bewaffneten warfen sich die Fischer zitternd auf die Planken. Die Matrosen ergriffen den ältesten von ihnen und zerrten ihn vor Kapitän Fujiwara.

»Dein Gesicht kommt mir bekannt vor.«

»Ich habe vor Jahren für Euch eine Ladung den Kirigwa hinaufgeschifft, Herr.«

»Richtig, jetzt erinnere ich mich.« Der Kapitän wies in die Richtung des Hügels. »Wer ist dort stationiert?«

»Es sind Soldaten aus Kawashimo, Herr. Überall an der Küste gibt es jetzt solche Türme. Sie verständigen sich mit Rauch- und Spiegelzeichen untereinander.«

Kapitän Fujiwaras Miene verfinsterte sich. »Ich weiß. Wir haben einen *padore* zum Kastanienstrand hinübergerudert, aber sie haben auch meinen Leuten den Kopf abgeschlagen.«

Der Fischer blickte den Kapitän verwundert an. »Ja, Herr, wißt Ihr denn nicht, daß jeder, der seit dem Neujahrsfest aus Übersee landet, auf der Stelle hingerichtet wird?«

»Ganz gleich, ob er ein *ketô* oder ein Heimkehrer ist?«

»Egal, Herr. Jeder.«

Ein Bote vom Schwarzgipfel-Paß

Die Wolken zogen schnell und tief durch das Zedernflußtal. Der blaue Wimpel der Tadayama-Familie und eine
weinrote Fahne ihres ungeliebten Lehnsherrn Tomiki
flatterten einträchtig über dem Flußtor, dessen eisenbeschlagene Portalflügel weit offenstanden. Zwei Soldaten
in der Tormitte hatten die Unterarme auf den Knauf ihrer
Schwerter gestützt und scherzten mit den Kindern des
Brückenwärters. Die wortkarge Kräuterfrau vom Benten-
Schrein hängte Arzneien an das Brückengeländer, Heil-
pflanzen, aber auch getrocknete Vipern und rötliche
Tonkrüge mit in Sake eingelegten Skorpionen. Benten
war die Göttin der Schlangen, und die schillernden, langen Blauschlangen auf dem Schreingelände benahmen
sich zutraulich wie Hauskatzen.

Tadayama Yasunari, der Sohn des Festungskomman-
danten, war auf dem Weg zum Zeughaus. Das Kräuterweib vor dem Tor erinnerte ihn daran, daß Pater Bartolomeu bei seinem letzten Besuch um Shichiba-Blätter
gebeten hatte. Shichiba, »Siebenblatt«, zu Brei zerkocht
und als Pflaster aufgetragen, war ein gutes Mittel gegen Gelenkbeschwerden, half auch bei Verstauchungen
und Prellungen. Pulverisiert und zu einer Paste verkocht,
heilte es sogar entzündetes Wundfleisch.

›Shichiba‹, dachte Yasunari. ›Ich muß ihm unbedingt
ein Bündel mitnehmen.‹ Es gab Tage, an denen sich der
kleine Priester nur noch mühsam mit Hilfe einer Krücke
bewegen konnte. Und diese Tage mehrten sich.

Er überlegte, ob er der Frau die Medizin gleich ab-
kaufen sollte, als der Bannerträger seines Vaters auf ihn
zutrat.

»Herr, Euer Vater bat mich, Euch auszurichten, daß

25

die Jagdwaffen neuerdings im Hauptturm untergebracht
sind.«

»Danke!« Der junge Samurai machte kehrt.

Die Festung lag auf einer Anhöhe, und das Flußtor gab
einen weiten Blick ins Land frei. Der Zedernfluß, an dessen Westufer sich die Festung erhob, war breit, führte
aber in den Wochen vor dem Einsetzen des Monsuns nur
wenig Wasser. Erst mit der Regenzeit konnte wieder Hart-
holz aus den Bergen zum Unterlauf und von dort aus
weiter in die Häfen geflößt werden.

Am gegenüberliegenden Flußhang arbeiteten Bauern
in der Teepflanzung. Wie große Schmetterlinge bewegten
sich die weißen Kopftücher der Frauen über den zartgrü-
nen Sträuchern. Die Männer waren bis auf ein Stirnband
barhäuptig.

Dort, wo der Weg vom Benten-Schrein auf den Treidelpfad am Ostufer stieß, überholte ein Reiter einen
hochbordigen Ochsenkarren. Er trug einen Regenum-
hang aus Reisstroh und einen schirmartigen gelackten
Hut, der das Gesicht verdeckte, aber Yasunari erkannte
das Pferd. Außer ihm selbst duldete der temperament-
volle Falbe nur Freund Norihiko auf dem Rücken.

Bevor Yasunari die Stufen zum Hauptturm hinaufstieg, zog er das Langschwert aus dem Gürtel, raffte den
weiten, rockähnlichen Baumwoll-Hakama und steckte
die Saumzipfel der Hakama-Hosenbeine in den Gürtel.

Im Innenhof exerzierten die neuen Fußsoldaten. Sie
hatten zwei Gruppen gebildet. Als unberittene Samurai
waren ihre Hauptwaffen speerlange Hellebarden und
schwere Musketen, die zumeist von zwei Männern be-
dient werden mußten.

Im Zwinger neben dem Turm warteten die Wachhunde auf ihre Fütterung. Das aufgeregte Bellen verriet,
daß sie den jüngsten Sohn des Geschützmeisters gewit-

26

tert hatten, der die Futtertröge zur Zwingertür schleppte. Es waren wilde, kalbsgroße Tosa-Kampfhunde, die selbst dann nicht von ihrem Feind abließen, wenn sie halb tot waren. Yasunari vernahm einen schrillen Pfiff, und die Hunde verstummten. Nachts wurden sie in den Trockengräben vor der Nord- und Westmauer freigelassen. Alle Bewohner der Festung waren mit Tosa-Hunden groß geworden, auch Yasunari hatte in ihnen die besten Spielkameraden gehabt. Als seine Mutter noch lebte, zog sie jedes Jahr zwei Welpen auf und dressierte sie anschließend.

Yasunari lehnte sich gegen den Handlauf der Treppe. Die Männer mit den Hellebarden waren vor dem dicken Fechtlehrer Maeda Kenichi, mit Spitznamen Ochsenfrosch, angetreten. Diesen Spitznamen hatte er vom Kommandanten erhalten, als er einmal einen Soldaten derart angebrüllt hatte, daß der arme Mann vor Schreck rückwärts in die Pferdetränke gefallen war. Von solchen und ähnlichen Qualitäten des Offiziers ahnten die Neuen nichts, als sie sich in Reih und Glied vor ihm aufstellten.

Die andere Gruppe, die an den Musketen ausgebildet werden sollte, stand im Kreis um Yasunaris Vater herum. Tadayama Tôichi, Lehnsträger im oberen Zedernflußtal, schrie im Gegensatz zu Ochsenfrosch nie, aber seine Stimme trug bis zu der obersten Galerie des Turmgeschosses, die Yasunari gerade betrat.

Der junge Samurai blinzelte, als plötzlich die Sonne durch die Wolkendecke brach.

Auf der Ostmauer am Zedernfluß hockte der greise Waffenmeister Yamaguchi. Er konnte dort Stunden reglos im Schneidersitz verbringen. Sein Lieblingsplatz auf der Mauer war ein überdachter Verschlag neben der Geschützplattform, die über einer verdeckten Ausfallpforte errichtet worden war. Von Zeit zu Zeit brachte ihm einer seiner zahlreichen Enkel eine Schale frischen Tee. Der knorrige Haudegen hatte Dutzende von Schlachten überlebt. Sein Körper war gebrechlich wie der von Pater Bartolomeu, aber sein Geist war wach geblieben. Viele in der Festung suchten Rat bei Yamaguchi. Seit Yasunari zurückdenken konnte, kletterte er, gestützt vom Vater, bei Sonnenaufgang auf die Ostmauer. Wenn Tadayama Tôichi seinen ehemaligen Fechtlehrer verließ, kniete er förmlich im Fersensitz vor ihm nieder und verneigte sich tief. Wollte der Greis daraufhin den Gruß förmlich erwidern, hinderte ihn der Vater jedesmal daran. Der befehlsgewohnte Kommandant sagte dann beinahe zärtlich: »Bitte, Sensei, indigniert Euch nicht!«

Manchmal besuchte ihn auch Pater Bartolomeu aus dem Flößerdorf. Er war bereits vor langer Zeit als junger Priester mit anderen langnasigen Missionaren über das Südmeer gekommen und lebte nach den großen Verfolgungen, versteckt von den Flößern, weiter nördlich flußaufwärts. Wenn er gelegentlich, als buddhistischer Bettelpilger verkleidet, zur Festung reiste, dann saßen die beiden alten Männer schweigend nebeneinander auf der Mauer und schauten auf die nebelverhangenen Hügel, die sich vom Fluß bis hin zu den Schwarzgipfel-Bergen am Horizont erstreckten. Sie kannten sich seit Jahrzehnten und verstanden sich auch ohne viele Worte. Seit die Inspektoren von Fürst Tomiki die unbedeutenden Lehnsträger des Daimyônats und selbst die entlegensten Militärstützpunkte regelmäßig inspizierten, waren die Besuche des Paters selten geworden. Oft war auch der Weg vom Flößerdorf durch Überschwemmungen blockiert.

Hielt Pater Bartolomeu sich in der Festung auf, wohnte er bisweilen bei Issa, dem Zen-Meister. Er und der Pater stritten nie miteinander über Glaubensangelegenheiten. Sie schätzten einander hoch. Issa hatte ein großes Herz für alle Lebewesen. Hinter dem Tempel pflegte er hingebungsvoll kranke Tiere. »Er handelt wie der heilige Franz von Assisi«, sagte Pater Bartolomeu stets streng, wenn jemand wieder spottete, weil der Zen-Meister sich selbst um verletzte Ratten und Mäuse kümmerte.

Oben auf dem Turm entriegelte Yasunari die Tür der Waffenkammer. Plötzlich ertönten im Hof vertraute Schreie. Er hielt inne und trat wieder auf die Galerie.

Die Hellebardenträger hatten begonnen, unter Anleitung von Ochsenfrosch zu üben, genauer gesagt: zu leiden. Yasunari mußte lächeln. Gestern im Mannschaftsraum der Neuen war er zufällig Ohrenzeuge einer Unterhaltung geworden.

»Der Dicke zerbröselt doch wie ein Reisklößchen, wenn man ihn bloß antippt.« Alle hatten gelacht.

Unten im Hof lachte im Moment niemand mehr. Ochsenfrosch ließ sich nacheinander von den Maulhelden mit der Hellebarde angreifen. Er selbst war lediglich mit einem Bô bewaffnet, einem runden Eichenstab. Ein Soldat wälzte sich bereits unwürdig im Staub. Ochsenfrosch reichte die Hellebarde weiter. Der Gegner stieß einen gellenden Kampfschrei aus und stürmte los. Geschmeidig und mit einer Eleganz, die man dem massigen Körper kaum zutraute, wich Ochsenfrosch im letzten Augenblick einen halben Schritt zur Seite. Die Spitze seines Bô traf die Führungshand des Angreifers. Ein weiterer, ansatzloser Schlag im spitzen Winkel gegen die Hellebardenklinge schleuderte die Waffe auf die kiesbestreute Kampfbahn. Der Mann bückte sich nach der Hellebarde. Ochsenfrosch glitt hinter ihn.

›Jetzt!‹ dachte Yasunari, denn er war auch durch Ochsenfroschs harte Schule gegangen.

29

Ein wohlgezielter Kniestoß des Ausbilders, und der Soldat folgte seiner Hellebarde.

Der nächste Angreifer war wendiger. Yasunari meinte sich zu erinnern, daß er Itô hieß. Er konterte den Schlag geschickt, und Ochsenfrosch gelang es erst nach mehreren Finten, ihn zu entwaffnen. Yasunari nickte anerkennend.

Eine schwarze Wolke schob sich vor die Sonne. Yasunari betrat die Rüstkammer. Erste fette Regentropfen klatschten gegen die Tür. Jemand brüllte Befehle, dann hörte er Schritte auf der Treppe, und ein Soldat zerrte schwere Holzläden vor die geölten Papierfenster. Yasunari stellte die Muskete wieder in den Gewehrständer zurück. Wenn es regnete, waren die Feuerwaffen unpraktisch. Er wählte statt dessen für sich und seinen Freund Norihiko, der ihn auf den Jagdausflug begleiten würde, zwei Langbögen und zwölf Pfeile mit doppelten Widerhaken. Die Bauern im Buchweizen-Tal am Fuß der Schwarzgipfel-Berge hatten über Wildschweine geklagt, die die Felder verwüsteten. Das Buchweizen-Tal war der nördlichste Zipfel im Tadayamaschen Hoheitsgebiet, und Tadayama Tôichi hatte Hilfe versprochen, um der Plage Herr zu werden.

Der Regen peitschte die Banner über dem Flußtor. Die Kräuterfrau packte eilig ihre Auslagen in eine Bastkiepe und suchte Schutz unter der majestätischen Platane neben dem Wärterhaus. Als Yasunari die Treppe hinabstieg, ritt Ishii Norihiko an der Alten vorbei in den Hof. Das Langschwert hatte er wie einen Pfeilköcher über die linke Schulter gehängt. Im Gürtel steckte links das Kurzschwert, rechts ein prunkvoller panzerbrechender Dolch. Ein Dolch, dessen Griff mit einer Extralage griffiger Fischhaut bespannt war, weil man das silberne Intarsienkreuz, das den eigentlichen Holzgriff zierte, in diesen Zeiten besser nicht öffentlich sichtbar werden ließ.

Der Freund übergab den Falben einem Soldaten und wechselte ein paar Worte mit Ochsenfrosch. Der deutete nach oben.

Der Regen wurde stärker. Tadayama Tôichi und die Musketiere hatten den Innenhof bereits verlassen. Ochsenfrosch und seine Truppe zogen in Richtung Zeughaus davon. Norihiko erwartete Yasunari unter dem Treppenaufgang. Ein Knabe rannte mit einem Schirm zur Ostmauer.

»Reizendes Wetter für einen Ausflug.«

»Es wird nicht andauern«, sagte Norihiko. »Der Wind hat schon gedreht.«

Yasunari schaute skeptisch auf die Banner über dem Flußtor. »Laß uns erst etwas essen.«

Eine Regenböe peitschte über den Kies. Norihiko stellte sich hinter einen Treppenpfeiler, Yasunari trat einen Schritt näher an die Turmmauer heran.

Ein durchnäßter Reiter rief den Wachtposten am Tor etwas zu und preschte in den Hof. Als er vom Pferd stieg und sich mit dem Handrücken übers Gesicht wischte, sah Yasunari die doppelte Silberraute auf dem Ärmel der Kimonojacke. Der Reiter war ein Gefolgsmann von Nattori Hidemitsu, dem alten Waffengefährten seines Vaters. Fürst Nattori, der Daimyô, befehligte die Zollstation, einen Marktflecken mit einer kleinen Burg im Schwarzgipfel-Gebirge nördlich des Zedernflußtals.

Der Ankömmling mochte ein Dorfschulze sein, jedenfalls war er kein Samurai. Er trug bloß das Langschwert. Samurai führten stets Lang- *und* Kurzschwert.

Er zog ein Bambusrohr aus seinem Kimonoärmel. Das Rohr war mit Lack versiegelt. Die Hände des Mannes waren ungewöhnlich kräftig und ließen auf einen Menschen schließen, der lebenslang körperlich hart gearbeitet hatte. Yasunari schätzte, daß der Bote das Alter seines

Vaters hatte. Sein Haupthaar glänzte noch tiefschwarz, aber der Backenbart war schon ergraut.

Der Mann verbeugte sich vor Yasunari. »Verzeiht, Herr. Ich habe eine eilige Nachricht für Kommandant Tadayama.«

»Willkommen, Meister Ueno!« Ishii Norihiko kam hinter dem Treppenpfeiler hervor und ergriff die Zügel des Pferdes. »Welch ungewöhnlicher Besuch!«

»Oh, der junge Herr Ishii.« Über das Gesicht von Ueno Gichin huschte ein Lächeln. »Wie ich sehe, besitzt Ihr den Dolch noch.«

Norihiko lachte. »Ich hatte noch nicht viel Gelegenheit, ihn zu benutzen – außer zum Zerlegen von Wild.« Zu Yasunari gewandt sagte er: »Du mußt wissen, Meister Ueno hat ihn geschmiedet.« Er zog die Waffe aus der Scheide. Kurz bevor die Klinge in den Griff überging, waren Schriftzeichen in den Stahl graviert. Meister Uenos Signatur.

Yasunari stellte sich vor. Der Schmied schaute Norihiko fragend an.

»Ja«, sagte der und nickte. »Er ist sein Sohn.«

»Wir bringen Euch zu meinem Vater«, sagte Yasunari. »Er wird im Teehaus sein.«

»Moment«, sagte Norihiko und rief den Wächtern am Tor einen Befehl zu.

»Bitte, macht Euch doch meinetwegen keine Umstände!« Meister Ueno verbeugte sich.

»Keineswegs«, sagte Yasunari. Er lächelte und verbeugte sich ebenfalls. »Wir gestatten dem berühmtesten Schmied unserer Heimat doch nicht, zum Teegarten zu schwimmen.«

»Zuviel der Ehre«, murmelte der Waffenschmied. Wenig später hastete ein Fußsoldat mit drei Bambusschirmen zum Turm.

Das Teegebäude und der Garten hinter der Fechthalle waren der einzige Luxus, den der ansonsten eher spartanische Tadayama Tôichi sich gestattete. Pater Bartolomeu, ebenfalls ein Enthusiast des Teewegs, hatte die Anlage vor Jahren liebevoll gestaltet. Das Haus war einem Pavillon des berühmten Teemeisters Sen-no-Rikyû in Sakai nachempfunden, wo der kleine Priester lange als Berater eines christlichen Daimyôs gelebt hatte. Eine schulterhohe Bambushecke und ein schmaler Wassergraben umschlossen Garten und Gebäude. Zur Pforte führte eine geländerlose Steinbrücke im chinesischen Stil. Dahinter stand eine einfache, schilfgedeckte Hütte, in der normalerweise die Teegäste warteten, bevor sie sich zur Zeremonie über einen bemoosten Pfad mit eingelassenen Trittsteinen in das Chaya, das Teehaus, begaben. Der Bannerträger Morinaga kniete auf einer Tatami, neben ihm lagen die Schwerter des Kommandanten. Niemand betrat den Moospfad, der sich zum Teehaus in der Gartenmitte wand, mit einer Waffe – und sei es nur ein Dolch. Das mehrzimmrige Teehaus war ein Ort des Friedens und der Kontemplation. Dort hielt Pater Bartolomeu, wenn er in die Festung kam, ungestört von zufälligen Beobachtern oder Denunzianten auch die heilige Messe für den Kommandanten und seine engere Gefolgschaft.

»Ja, Herr?« Der Bannerträger zog die Augenbrauen fragend in die Höhe, als Yasunari und seine Begleiter vor die Wartehütte traten.

»Ich muß dringend zu meinem Vater.« Yasunari deutete auf den Schmied. »Meister Ueno traf soeben mit einer Nachricht von Nattori Hidemitsu ein.«

Der Bannerträger nickte ernst und nahm Yasunaris Waffen entgegen. Meister Ueno reichte dem jungen

Tadayama das Bambusrohr. Morinaga bat den Schmied und Norihiko zu sich auf die Tatami. Yasunari eilte davon.

Im Regen glänzten die Trittsteine wie poliert. Der Pater hatte sie in einem Bach in den Schwarzgipfel-Bergen entdeckt und von den Flößern in die Festung bringen lassen. Die immergrünen Büsche zu beiden Seiten des Pfades, die Yasunaris Hakama-Saum streiften, endeten vor der flachen Veranda, die das Teehaus ganzseitig umlief.

Yasunari streifte seine Sandalen ab und betrat die Veranda. Dort kniete er im Fersensitz neben einer Papierschiebetür nieder und legte den Bambusstab vor sich auf die Holzplanken.

»Vater!«

Die Tür glitt geräuschlos zur Seite.

»Was gibt es?« Tadayama Tôichi trug schlichte schwarze Baumwollgewänder. In der Hand hielt er einen Fächer, um die Holzkohlenbrocken im Feuerbecken unter dem gußeisernen Wasserkessel anzufachen.

Yasunari verbeugte sich tief, berührte mit der Stirn die Planken und richtete sich langsam wieder auf. »Eine eilige Botschaft von Nattori-dono. Sonst hätte ich es nicht gewagt ...« Er gab dem Vater den Bambusstab.

Tadayama Tôichi warf einen Blick auf das Siegel. »Du hast richtig gehandelt. Ich habe Nattoris Brief sehnlichst erwartet.« Er brach das Siegel, entrollte das Schreiben und las. Nach einer Weile sagte er mit unbewegtem Gesicht: »Ich erwarte in einer halben Stunde Yamaguchisensei und alle Mannschaftsführer zum Appell in der Fechthalle. Morinaga soll mit ein paar vertrauenswürdigen Leuten dafür sorgen, daß wir dabei unbelauscht bleiben.«

»Jawohl!« Yasunari verbeugte sich.

Tadayama Tôichi rollte den Brief zusammen. »Auch

du und Ishii habt zu erscheinen, und besonders natürlich Meister Ueno!« Er legte die Papierrolle in die Glut des Holzkohlebeckens. Eine gelbliche Flamme züngelte auf. »Und verschafft ihm trockene Sachen. Er ist auch nicht mehr der Jüngste.«

»Natürlich, Vater!«

»Nun geh! Ich muß nachdenken.« Tadayama Tôichi sah zu, wie der Brief zu Asche zerfiel. Dann schloß er die Augen.

Niemand sprach. Das einzige Geräusch in der Fechthalle rührte von den Blättern der Platane, die der Wind rhythmisch gegen die Stirnwand peitschte.

Die Offiziere der Festung saßen im Halbkreis auf dünnen, quadratischen Sitzkissen um ihren Kommandanten, hinter ihnen knieten Yasunari, Ishii Norihiko und Meister Ueno. Auf dem Ehrenplatz neben Tadayama Tôichi hockte Yamaguchi-sensei. Er hatte die Arme über der Brust verschränkt. Sein Blick wanderte ohne Hast über die Männer. Dann schüttelte er langsam den Kopf.

»Nein, Ochsenfrosch. Es wäre zu riskant, schon jetzt offen vorzugehen.« Nur der greise Yamaguchi und der Kommandant der Garnison redeten den Samurai Maeda Kenichi öffentlich mit seinem Spitznamen an. »Zuerst müssen wir herausfinden, ob vielleicht noch mehr von Fürst Tomikis Leuten in den Schwarzgipfel-Bergen sind und was sie tatsächlich dort vorhaben.«

Ochsenfroschs Stirn berührte das Zafu. »Jawohl, Herr!«

Hauptmann Harada, der Reiterführer, strich sich nachdenklich über den Bart. »Eine Hundertschaft Schwerstbewaffnete aufzubieten, um die Steuererhebung reibungslos zu gewährleisten, erscheint mir zwar auch etwas überzogen, aber möglich wäre das schon – verhaßt, wie Fürst Tomiki ist. Merkwürdig bleibt, weshalb man Nattori-dono davon nicht in Kenntnis gesetzt hat, sondern die Soldaten in den Bergen versteckt hält.«

Tadayama Tôichi nickte. »Meine Herren, genau aus diesem Grund habe ich Euch herbeordert. Im Schwarzgipfel-Gebirge liegt aller Wahrscheinlichkeit nach nicht die einzige Hundertschaft. Außerdem erwarte ich noch Bericht von unseren Verbündeten aus der Stadt Kodaira und aus anderen Landesteilen.«

Yamaguchi-sensei räusperte sich. Alle Augen richteten sich auf ihn. Der alte Mann griff in den Ausschnitt seiner Kimonojacke und zog ein goldenes Kruzifix hervor. »Ich habe gesehen, wie Tomiki, damals noch ein unbekannter Heerführer, befahl, Feuer an die Gotteshäuser in Kyôto zu legen, und ich stand als Hauptmann im Heer unseres christlichen Fürsten Ôtomo, als es in den Braunwasser-Sümpfen den Shôgunats-Truppen unterlag.« Der Greis bekreuzigte sich. »Dank der Gnade des Allmächtigen war es mir vergönnt zu überleben. Aber eines weiß ich: Die Schatten werden länger.« Er verschränkte die Arme wieder. »Wir können nicht länger hoffen, auf ewig dem Haß von Fürst Tomiki zu entgehen. Er wird erfahren haben, daß wir unsere Priester versteckt halten. Ich bin zwar alt und gebrechlich, aber meine Augen sind noch scharf. Seit einer Woche beobachte ich von der Ostmauer aus, wie Wanderpriester den Treidelpfad entlangziehen.«

»Die Wanderpriester sind unterwegs?« Ochsenfrosch ballte die Fäuste.

»Ja. Heute früh am Benten-Schrein habe ich einen gehört«, sagte Norihiko.

Die Wanderpriester verständigten sich untereinander mit langgezogenen Hornsignalen. Sie vermochten der Muschel einer Meeresschnecke dumpfe, weittragende Töne zu entlocken, die besonders des Nachts wie drohende Stimmen von Berggeistern klangen.

»So?« Tadayama Tôichi runzelte die Stirn. »Nicht alle sind Tomikis Agenten, aber gerne höre ich nicht, daß sie wieder in den Hügeln herumstreifen.«

Wanderpriester hatten die Truppen des Shôgunats seinerzeit auf Schleichwegen zu Fürst Ôtomos Lager auf der Insel in den Braunwasser-Sümpfen geführt. Mehrere der Männer in der Fechthalle hatten damals in Yamaguchi-senseis Abteilung das Kreuz auf der Rüstung getragen, auch er, Tadayama Tôichi.

Der Kommandant zwang sich, die Bilder der Vergangenheit zu unterdrücken, sah wieder vor seinem geistigen Auge, wie Fürst Ôtomo, von unzähligen Pfeilen durchbohrt, immer noch mit dem Rest der Leibgarde die Brücke zur Insel hielt, bis die Übermacht zu erdrückend wurde, sah, wie daraufhin die Mönchssoldaten des Diamant-Klosters, fanatische Christenhasser, in das Nebenlager stürmten, wo man die Frauen und Kinder untergebracht hatte …

Tadayama Tôichi schüttelte sich. Dann musterte er seine Gefolgsleute.

Hauptmann Harada preßte die Lippen aufeinander. Ochsenfroschs linke Hand umklammerte die Schwertscheide. Die Fingerknöchel traten weiß hervor. Die anderen Offiziere starrten auf den Holzboden der Fechthalle.

Yamaguchi-senseis Atem ging schwer. Flüsternd sagte er: »Es muß nicht heute sein, es muß nicht morgen sein, aber es wird zum Kampf kommen. Tomiki rastet und ruht nicht, bis er den letzten der heiligen Väter im Lande aufgespürt und getötet hat. Er wird dabei unsere entlegene Bergfestung gewiß nicht übersehen.«

Yasunaris Rücken straffte sich. »Niemals! Lieber sterbe ich auf dem Schlachtfeld, als daß ich Jesus Christus verleugne und dulde, daß man Pater Bartolomeu ans Kreuz nagelt.« Auch Norihikos Augen blitzten zornig auf.

»Schon gut, mein Sohn. Ich achte deine Entschlossenheit und entschuldige deine vorlaute Rede. Sei versichert: Hier im Raum gibt es keinen, der nicht eher in den Tod gehen würde, als unseren Pater Bartolomeu den Henkern zu übergeben.«

Ochsenfrosch drehte sich zu Yasunari um und nickte anerkennend. Aus seinem ehemaligen Waffenzögling war schon lange ein junger Krieger geworden, dessen Geradlinigkeit und Mut er schätzte. Dann richtete er das Wort an den Kommandanten. »Tono! Euer Sohn spricht mir aus tiefstem Herzen. Wenn die Truppen von Fürst Tomiki nicht wegen der Steuererhebung gekommen sind, und davon gehe ich aus, dann müssen wir kämpfen!« Er zog das Langschwert aus dem Gürtel und legte es vor sich auf das Sitzkissen.

Tadayama Tôichi blickte jedem seiner Offiziere fest in die Augen. Einer nach dem anderen folgte Ochsenfroschs Beispiel, auch Meister Ueno.

Yamaguchi-sensei nickte bedächtig. »Ich kann kein Schwert mehr führen, aber ich billige die Entscheidung. Gott wird uns beistehen.«

Tadayama erhob sich. »Harada! Ihr reitet selbst zu Kumamoto nach Kodaira und informiert ihn. Meister Ueno! Mein Sohn und Ishii werden Euch zur Zollstation zurückbegleiten.«

Der Kies vor der Fechthalle knirschte. Kurz darauf stand der Bannerträger in der Türöffnung. Die Klinge seines Schwerts war blutverklebt. »Herr, einer der Neuen hatte das aus dem Teehaus entwendet.« Der Bannerträger zog den Bambusstab, in dem Nattori-donos Brief gesteckt hatte, aus dem Gürtel. »Er zwängte sich durch die Bambushecke hinter dem Teehaus, als ich meine Runde machte. Ich befahl ihm stehenzubleiben, da griff er nach seinem Schwert und sprang über den Graben auf mich zu.« Der Bannerträger verzog die Mundwinkel. »Ein hastiger Mann. Er übersah einen Geröllbrocken.«

»Wer war es?«

»Ich weiß nicht, wie er heißt. Er liegt immer noch auf der Böschung.«

Tadayama Tôichi machte eine energische Kopfbewegung. Ochsenfrosch, Yasunari und Norihiko sprangen auf und hasteten an dem Bannerträger vorbei.

Der Kommandant setzte sich wieder. »War er alleine?«

»Ich denke, ja, Tono. Miki und sein Bruder patrouillierten auf der anderen Gartenseite.« Der Bannerträger kniete nieder. Mit einem Baumwolltuch begann er, die Schwertklinge zu reinigen.

Tadayama Tôichi nickte erleichtert. Die Gebrüder Miki waren zuverlässige Soldaten.

Ochsenfrosch kam zurück. »Ich hätte es ahnen müssen – Itô. Natürlich war es Itô!«

»Itô?«

»Ja, Herr.« Ochsenfrosch hockte sich neben den Bannerträger. »Er hatte mehr Erfahrung mit Waffen als die anderen Neuen. Außerdem fanden wir ein Amulett.« Der Fechtlehrer streckte den Arm aus und öffnete die Faust. Ein poliertes Kupfermedaillon mit dem Buddha der Weisheit, Manjushri, dem schwertschwingenden Bodhisattva, der die Lehre verteidigte, blinkte auf Ochsenfroschs Handfläche. »Hier, Tono! Ein Amulett der Diamant-Mönche! Itô war ein Spion, und gebe Gott, daß er der einzige war, den sie bei uns einschleusen konnten!«

Es nieselte nur noch. Wie Norihiko vorhergesagt hatte, kam der Wind nun aus den Bergen.

Yasunari trat hinter Ochsenfrosch und den Bannerträger. »Wir haben die Leiche neben den Pferdestall geschafft. Norihiko und die Mikis verscharren ihn im Mist.«

»Gut!« Tadayama Tôichi steckte sein Schwert in den

Gürtel. »Gebt den Torposten Order, daß ab sofort niemand mehr die Festung ohne meinen ausdrücklichen Befehl verlassen darf.«

»Jawohl, Herr!« Der Geschützmeister eilte davon.

»Bannerträger! Ihr verbreitet die Nachricht, daß Itô fahnenflüchtig ist, und durchkämmt mit zwanzig Mann die Hügel am Benten-Schrein. Ochsenfrosch hat gesehen, wie der Flüchtling die Festung durch das Flußtor verließ. Falls Ihr auf Wanderpriester stoßen solltet, dann nehmt sie gefangen und bringt sie her!«

Der Bannerträger verbeugte sich, steckte das Schwert in die Scheide und stand auf.

Auch Hauptmann Harada erhob sich. »Ich werde alleine nach Kodaira reiten. Soll ich auf dem Rückweg noch die Männer in Takeoka warnen?«

Unter den Holzfällern und Köhlern in der Umgebung der Ansiedlung Takeoka gab es viele Rônin, herrenlose Samurai, die sich nach dem Fall von Fürst Ôtomo in die entlegenen Wälder des Zedernflußtals zurückgezogen hatten.

»Ja, einverstanden. Aber ansonsten haltet Euch unterwegs auch an die Geschichte, daß wir einen fahnenflüchtigen Soldaten suchen.«

Hauptmann Harada grüßte und verließ die Fechthalle.

»Ich bin in Sorge um Pater Bartolomeu, Vater. Selbst wenn wir uns beeilen, sind wir nicht vor Sonnenuntergang im Flößerdorf.«

»Ich weiß.« Tadayama Tôichi überlegte. Dann sagte er: »Die Gebrüder Miki werden mit euch reiten und ihn hierhergeleiten. Im Dorf ist er jetzt nicht mehr sicher. Außerdem brauche ich seinen Rat – für all das, was womöglich auf uns zukommt, falls …« Der Kommandant ließ den Satz unvollendet und preßte die Lippen aufeinander.

40

»Pater Bartolomeu verläßt seine Gemeinde nicht, erst recht nicht, wenn ihr Gefahr droht. Er kann sehr eigenwillig sein. Ihr kennt ihn, Vater!«

»Macht ihm klar, daß seine Person die allergrößte Bedrohung für die Leute im Dorf darstellt. Entdeckt man ihn bei den Flößern, ist ihr Schicksal besiegelt. Das wird er einsehen.«

»Wann soll er in die Festung kommen?«

»Umgehend!«

»Wie, Vater? Reiten bei Dunkelheit? Schafft er das überhaupt noch? Bei seinem letzten Besuch schien er mir reichlich gebrechlich.«

»Er muß es wagen.« Tadayama Tôichi seufzte. »Es wird bestimmt sehr anstrengend für ihn, das habe ich wohl bedacht, aber wenigstens haben wir bald Vollmond, und es sieht nicht mehr nach Regen aus. Tagsüber ist es einfach zu gefährlich, sich mit dem Priester auf dem Uferweg zu zeigen. Und nun geht, die Zeit drängt!« Mit fester Stimme fügte er hinzu: »Gottes Segen mit Euch allen!«

Yasunari verneigte sich. »Gottes Segen auch mit Euch, Vater!«

Alle Festungstore waren geschlossen und die Posten auf der Mauerkrone verstärkt worden. Im Hof sattelte Norihiko mit Unterstützung von Meister Ueno Pferde für Yasunari und die Gebrüder Miki. Yasunari würde auf dem Hengst seines Vaters reiten. Ein zusätzliches Pferd, eine ältere gutmütige Stute, stand für den Priester bereit, denn im Flößerdorf besaß man nur Zugochsen und ein paar Esel.

Die Mikis wechselten im Mannschaftshaus die Kleidung. Hauptmann Harada war schon nach Kodaira davongeprescht. Der Geschützmeister stellte den Suchtrupp für die Benten-Hügel zusammen.

41

Yasunari kam mit zwei Reiterpistolen und zwei Bôs aus dem Zeughaus. Die Kampfstöcke steckten in dünnen Leinenhüllen. Yasunari schätzte wie sein Lehrer Ochsenfrosch den Bô mehr als das Schwert oder die im Nahkampf sperrige Hellebarde. Der Rundstab aus dem langfaserigen Holz der Weißeiche vermochte bei richtiger Handhabung eine Stahlklinge zu zerbrechen. Das Erlernen dieser Technik war langwierig. Nur die Altgedienten beherrschten sie. Yasunari hatte es Jahre an Übung und Schweiß gekostet, bis er den Schlag aus allen Kampfpositionen anwenden konnte. Er war dem Hieb ähnlich, den Ochsenfrosch am Vormittag mit den neuen Soldaten geübt hatte: Die Bô-Spitze wurde mit aller Kraft, im spitzen Winkel zur Klinge, von oben gegen die stumpfe Seite der Schwertmitte geführt. Traf die Stockspitze eine Handbreit weiter in Richtung Griff auf – oder mehr zur Spitze hin –, mißlang das »ken-kozushi«, das »Schwertzertrümmern«.

Die Freunde ließen die Stöcke durch die Finger gleiten, prüften Maserung und Gewicht. Meister Ueno liebkoste seinen Rappen und schwang sich in den Sattel. Die Gebrüder Miki verließen das Mannschaftshaus. Sie hatten enge schwarze Gewänder angelegt und trugen keine Helme, sondern Obergewänder mit Kapuzen. »Sollten wir nicht besser noch zwei Hunde mitnehmen?«

»Nein, sie vertragen sich bestimmt nicht mit denen der Flößer.«

Ein Flügel des Flußtors wurde für die Reiter geöffnet. Yasunari führte die Gruppe an, neben ihm ritt der Freund. Dann folgte der Schmied mit dem Pferd des Priesters. Den Schluß bildeten die Mikis. Die einzigen Feuerwaffen der Männer, kurzläufige Pistolen, die aus trichterförmigen Mündungen gehacktes Blei verschossen, baumelten in Lederfutteralen an den Satteltaschen von Norihiko und Yasunari. Die jungen Samurai waren außer mit ihren Schwertern noch mit den Jagdbögen bewaffnet, die Yasunari in der Turmwaffenkammer ausgewählt hatte. Miki Tadaki und Miki Gichin hielten Hellebarden in den Händen. In einem Reisesack, den Gichin geschultert hatte, befand sich ein dunkler Reiterumhang mit Kapuze für den Pater.

Die Kräuterfrau hatte erneut ihre Waren an das Brückengeländer gehängt. Yasunari zögerte, dann zügelte er sein Pferd und ließ sich ein Bündel Shichiba geben. Wenn nicht der Pater, jemand von den Leuten im Flößerdorf würde es gebrauchen können. Die Kräuterfrau bot die Heilpflanze nur selten an. Yasunari verstaute eine Handvoll getrockneter Blätter in der Satteltasche und reichte ihr ein kleines Stück Silberbruch. Siebenblatt war teuer, wuchs irgendwo in den Hügeln am Benten-Schrein. Wo genau, wußte nur das Kräuterweib, eine ältere Schwester des Schrein-Priesters.

Die Frau bedankte sich, und der Trupp setzte sich wieder in Bewegung. Als der letzte Reiter von der Brücke ritt, räumte sie hastig die Auslagen in ihre Bastkiepe.

Muschelhörner in den Hügeln

Anfangs war der Uferpfad breit genug, daß zwei Pferde bequem nebeneinander gehen konnten. Gelegentliche Wolken, die hoch aus dem Norden heranzogen, würden keinen Regen mehr bringen. Die Männer waren erfahrene Reiter und kamen zügig voran. Hinter der ersten Flußbiegung begannen die Felder, terrassierte, halbmondförmige Flächen in sattem Grün, die von Bächen aus den Hügeln bewässert wurden.

Der Schmied bat Norihiko, das Saumpferd zu übernehmen, und trabte neben Yasunaris Hengst. »Wie gut der Reis schon steht, Herr. Bei uns oben am Schwarzgipfel-Paß will nur der Hafer richtig gedeihen.«

Yasunari lachte. »Gott hat es wohl eingerichtet, Meister Ueno. Dafür gibt es bei Euch Wild in Hülle und Fülle. Selbst die Bauern am Fuß der Berge klagen über die vielen Wildschweine.«

»Sie verwüsten die wenigen Felder, Herr.«

»Ich wollte nicht ernsthaft scherzen, Meister. Ich weiß, das Leben im Gebirge ist schwer. Deshalb hatten Norihiko und ich heute auch vor, dort zu jagen. Die Leute vom Buchweizen-Tal haben meinen Vater darum gebeten, Jäger zu schicken.« Seine Miene verdüsterte sich. »Aber wie es aussieht, treiben sich jetzt dort Tomikis Leute herum. Auf eine Begegnung mit ihnen bin ich wahrlich nicht erpicht.«

»Man wird in der Zollstation zwischenzeitlich mehr in Erfahrung gebracht haben.«

Die niedrige Mauer eines Wasserreservoirs engte den Treidelpfad ein. Meister Ueno fiel hinter Yasunari zurück. Ein Schöpfrad, angetrieben vom Bach, der auch die Reisfelder speiste, hob das Wasser in eine Tonne. Von dort aus wurde es über ein System von Bambusröhren in mehrere Gemüsebeete geleitet. Ein gebeugtes Männchen lockerte das Erdreich zwischen Lauchzwiebeln und großen, dicken Daikon-Rettichen. Es hielt die Hacke in der linken Hand. Die Rechte fehlte dem Alten. Als er die Reiter sah, lehnte er die Hacke gegen seine Schulter, schob den Strohhut in den Nacken und stützte sich auf den Stiel.

»Gottes Segen, Großvater Toshiro!« rief Yasunari.

»Oh, der junge Herr Tadayama! Gottes Segen auch Euch und Eurem Gefolge!« Er humpelte auf die Stützmauer des Gemüsebeetes. »Wie ich sehe, begeben die Herren sich auf eine Reise?«

»So kann man es nennen.«

»Hmm, wohlbewaffnet. Und Meister Ueno ist auch mit dabei. – Und dich habe ich seit etlichen Jahren nicht hier bei uns im Zedernflußtal begrüßen dürfen, Gichin«, sagte der Alte. »Auch du trägst wieder ein Schwert?«

Der Schmied trieb sein Pferd dicht an die Stützmauer. »Der Weg zum Schwarzgipfel-Paß führt durch verlassene Gegenden, du kennst sie, und die Braunbären sind aggressiv wie eh und je, wenn sie Junge haben. Aber ich freue mich, daß du noch bei guter Gesundheit bist, Toshiro.«

Der Bauer schaute ihn skeptisch an. Dann schüttelte er langsam den Kopf. »Bären gab es im Gebirge schon immer. Von denen droht keine Gefahr, besonders wenn die Herren Tadayama und Ishii sowie die Gebrüder Miki mit dir reisen.« Er umklammerte den Hackenstiel. Der magere Arm begann zu zittern.

»Was ist, Großvater Toshiro?«

Der Alte drehte den Kopf und blickte zornig zu den Hügeln oberhalb der Felder. »In der Nacht haben wir Muschelhörner gehört. Sie sammeln sich.«

Yasunari nickte ernst. »Wir wissen darum, Großväterchen, aber nun müssen wir weiter. Sollte deinen Söhnen etwas Ungewöhnliches in den Wäldern auffallen, dann schick sofort einen von ihnen zur Festung.«

»Ja, junger Herr. Und wenn Ihr durch das Flößerdorf kommt, grüßt den Pater von mir. Er muß wachsam sein.« Der Bauer zeigte mit dem Hackenstiel über seine Schulter. »Mir macht angst, was da in den Hügeln passiert.« Er bückte sich, zog zwei große Rettiche aus dem Boden und kratzte die anhaftende Erde ab. »Hier, bitte, Herr. Als Wegzehrung. Und Gott befohlen!«

Als die Felder schon lange hinter ihnen lagen, ergab es sich, daß Meister Ueno wieder neben Yasunari ritt.

»Woher kennt Ihr Großvater Toshiro, Meister?«

»Als ich nach der Schlacht in den Braunwasser-Sümpfen mit Eurem Vater und einigen versprengten Kriegern vor den Diamant-Mönchen floh, die uns bis zur Zedernflußquelle nachstellten, hat Toshiro uns in einer Höhle versteckt, die seiner Sippe seit Urzeiten als geheimer Unterschlupf diente. Dort traf ich auch Pater Bartolomeu zum ersten Mal. In der Höhle stand ein Marienaltar, und der Pater las die heilige Messe.«

»Ihr habt in den Braunwasser-Sümpfen gekämpft? Das wußte ich nicht.«

»Viele aus der jetzigen Gefolgschaft Eures Vaters waren dabei, als das Haus Ôtomo vernichtet wurde. Toshiro war der Pferdeknecht von Yamaguchi-sensei, falls ich mich recht besinne. Er war ein tapferer Kämpfer. Seine Schwerthand hat ihm ein Unterführer Tomikis abgeschlagen, aber in der anderen hielt er noch ein langes Erntemesser. Damit hat er ihn durchbohrt.«

»Der alte Toshiro war Soldat?«

Meister Ueno lachte. »Ja, Herr. Wie ich. Wir haben zu den Waffen gegriffen, als unser geliebter Fürst uns gerufen hat. Bauern, Handwerker, Fischer, Krieger. Alle, die wie schon unsere Väter und Großväter an Gott glaubten.« Der Schmied dirigierte seinen Rappen um einen Felsbrocken, der auf den Pfad gerutscht war. »Nur wenige von uns haben die Schlacht überlebt, und die meisten sind jetzt alt. Ich weiß nicht, ob wir überhaupt noch eine Möglichkeit haben, wenn Tomiki alle seine Kräfte konzentriert.«

Yasunari schüttelte entschieden den Kopf. »Glaubt mir, Meister Ueno. Wir, die den Herrn Jesus Christus und die Jungfrau Maria im verborgenen verehren, sind immer noch zahlreich. Und selbst die, die keine Christen sind, hassen Tomiki wie den Teufel. Er ist auch ihnen ein harter, unbarmherziger Daimyô.«

»Ich habe viel erlebt in meinem Leben, junger Herr, und hege meine Zweifel. Aber vielleicht werden ja unsere Gebete um göttlichen Beistand erhört. Der HERR vermag in seiner Allmacht vieles zu richten – falls sich herausstellen sollte, daß Tomikis Truppen tatsächlich die letzten unserer verbliebenen heiligen Väter aufspüren wollen.«

Das Unterholz wucherte jetzt bis hart an den Pfad. Seit Fürst Tomiki nach Fürst Ôtomos Sturz vom Haus Tokugawa als oberster Landesherr eingesetzt worden war, lag der ehemals florierende Auslandshandel der südlichen Daimyônate brach, und die alten Verkehrsadern verödeten.

Während die Mikis nun voranritten und überhängendes Gestrüpp mit ihren Hellebarden kappten, mußte Yasunari an die Geschichten denken, die ihm der Vater erzählt hatte, als der Treidelpfad noch eine wichtige Fernverbindung zum Schwarzgipfel-Paß gewesen war. Geschichten, in denen von durchreisenden Händlern die Rede war, die Dutzende von hochbeladenen Packpferden mit sich führten, Erzählungen von Kirchen, die es überall in den Dörfern gegeben hatte, und von den Heiligenbildern am Wegesrand und auf den Gipfeln der Hügel, Geschichten aus einer vergangenen Zeit, an die Yasunari kaum eigene Erinnerungen besaß. Als man die Kreuze verbrannte und die heiligen Väter aus dem Lande jagte oder sie tötete, konnte sein Verstand noch nicht begreifen, weshalb sein geliebter Pater Bartolomeu keine weite Soutane mehr trug und das Teehaus des Vaters nicht mehr verließ.

Fürst Tomiki war damals oberster Herr im Schwarzgipfel-Distrikt geworden, aber er residierte im fernen Kyôto und besuchte nur selten die Burg Kawashimo an der Zedernflußmündung. Als Heerführer der Tokugawa zog er durch ganz Japan. Das Lehen in Kyûshû war bloß eines von vielen, das er vom Shôgun für seine Verdienste um die Ausrottung der christlichen Fürsten erhalten hatte.

Die Festung der Tadayamas und die dazugehörigen Ländereien lagen fernab von den Zentren der großen Politik. Fünf Jahre lebte der kleine Priester versteckt im Teegarten, bewacht und beschützt von den Getreuen des Vaters. Als das Haus Tokugawa jedoch endgültig die Macht über das Reich gefestigt hatte, richtete sich das Augenmerk Tomikis auch auf die abgelegeneren seiner Besitzungen. Er selbst weilte noch immer nur selten im Lande, es häuften sich aber die Besuche von Inspektoren bei seinen Statthaltern.

Pater Bartolomeu war deshalb ins Dorf der Flößer gezogen. Yasunari und Norihiko, die von ihrem fünften Lebensjahr an täglich den Priester besucht hatten, um in der christlichen Lehre unterrichtet zu werden, vermißten ihn schmerzlich.

Besonders die Bauern spürten die Knute ihres Daimyôs verstärkt. Fürst Tomikis Steuereintreiber gingen unbarmherzig vor. In der Wildgrasebene hatte es sogar einen spontanen Aufstand gegeben, aber er war schnell wieder in sich zusammengebrochen. Die Kavallerie von Kawashimo hatte leichtes Spiel gegen die dürftig bewaffneten Bauern gehabt. Die Überlebenden des Gemetzels hatte man auf die Burg geschleppt und dann entlang der Flußmündung zur Abschreckung an Holzkreuze genagelt, denn die Rädelsführer der Rebellion, ein niederer Samurai und ein Dorfschulze, hatten das Zeichen ihres Glaubens auf ihr Banner gestickt.

Die Mikis stiegen ab. Ein Erdrutsch blockierte den Pfad.

Yasunari schwang sich aus dem Sattel. Er besah sich das

dornige Gestrüpp, das mit dem Erdreich die Böschung herabgerutscht war, und schüttelte den Kopf. »Hier ist kein Durchkommen. Wir müssen durch den Fluß.«

Die Böschung war steil, aber die Pferde waren schwieriges Gelände gewohnt und trittsicher. Zum Glück war der Zedernfluß in Ufernähe flach. Das Wasser ging den Männern nur bis zu den Waden. Sie ließen die Pferde saufen, und Yasunari wusch die Daikon-Rettiche von Großvater Toshiro.

Je weiter nördlich sie kamen, desto unwegsamer wurde der Treidelpfad. An einer verfallenen Hütte, wohl einem ehemaligen Postausspann, rastete die Gruppe unter einem Ginkgo-Baum. Eine Satteldecke wurde ausgebreitet. Was jeder an Verpflegung bei sich hatte, wurde in der Mitte auf einem Tuch zusammengestellt.

»Wollen wir ein Feuer machen?« fragte Yasunari. »Ich habe Tee dabei. Und genug Holz gibt es auch.« Er zeigte auf die Hütte.

»Besser nicht. Die Zeit drängt. Mindestens eine Stunde müssen wir noch reiten.« Trotz Tageslicht zeichnete sich die Mondscheibe bereits schwach am Himmel ab.

Norihiko nahm das eingestürzte Gebäude in Augenschein. Er verpaßte einem eingeknickten Türpfosten einen Fußtritt. »Außerdem ist das Holz feucht.«

Yasunari schälte und zerteilte die Daikon. Norihiko band einen Wasserschlauch vom Sattelknauf. Die Mikis hatten reisgefüllte, frittierte Tôfu-Taschen mitgenommen, Meister Ueno legte große Reiskekse dazu; doppelt gebacken, waren sie praktisch unbegrenzt haltbar und ein idealer Reiseproviant. Der Schmied sprach ein kurzes Dankgebet. Die Männer bekreuzigten sich.

Norihiko bestreute die faustgroßen Rettichstücke spärlich mit Salz, das er einem Holzschächtelchen entnahm. Er reichte die Schachtel weiter.

»Sogar Salz ist teuer geworden«, brummelte einer der Mikis. »Früher haben wir nicht nachgedacht, ob wir eine Prise oder zwei ans Essen streuen. Heutzutage müssen wir dreimal überlegen.«

»Die Salzsteuer wird demnächst noch mal erhöht«, sagte Norihiko. »Auf dem Weg zur Festung ist mir ein Händler aus Nagasaki begegnet. Der hat es mir erzählt.«

»Salzsteuer!« knurrte Meister Ueno. »Es würde mich nicht erstaunen, wenn Tomiki demnächst auch noch Luftsteuer erheben würde, um das Land vollends auszupressen.« Er wandte den Kopf und spuckte angewidert aus. »Man sagt, das Dach seines Teehauses in Kawashimo sei mit vergoldeten Ziegeln gedeckt. In der Wildgrasebene sollen die Menschen jetzt Grassamen essen und Ratten jagen.«

»Er ist ein Blutsauger, den uns der Teufel geschickt hat«, zischelte Norihiko.

Plötzlich hob Yasunari die Handflächen. »Da! Hört ihr nicht?«

Alle lauschten. Ein kaum vernehmlicher dumpfer Ton mischte sich in das helle Plätschern des Zedernflusses.

»Verdammt, ein Muschelhorn!«

»Und es kommt aus der Richtung des Dorfes!«

Der Fuchsgott-Schrein im Dorf der Flößergilde

Im schwindenden Licht des Tages erreichten sie die Furt, an der die Flößer wohnten. Sie hatten ihre Hütten und Scheunen mit einer undurchdringlichen Dornenhecke umgeben. Der Dorfeingang blickte auf das Zedernflußufer. Ein Knüppeldamm leitete zu ihm hin. Vor dem Einlaß in der Hecke war eine tiefe Grube ausgehoben, über die ein Holzsteg führte, der nach Zugbrückenart bei Gefahr hochgezogen werden konnte. Ein Rudel großer brauner Hunde bewachte den Steg. Sie waren die Abkömmlinge von einem Wurf Tosa-Welpen, die Pater Bartolomeu aus der Festung mitgenommen hatte. Im Sommer fanden die Flößerfamilien zusätzlichen Schutz durch Tausende von Bienen. Glockenförmige Wabenkörbe waren rund um die Einfriedung verteilt; unbestechlichere Wächter als die aggressiven Waldbienen gab es nicht.

Meister Ueno, der an der Spitze ritt, wollte sein Pferd auf den Knüppeldamm lenken, aber Yasunari gab ihm zu verstehen, daß er besser nicht weiterreiten sollte.

Als die Hunde anschlugen, schaute ein Junge über die Hecke, und ein gespannter Jagdbogen wurde auf den Knüppeldamm gerichtet. Der Knabe mochte erst dreizehn oder vierzehn Jahre alt sein, trug aber schon das rote Tuch der Flößergilde um den Hals geknotet. Yasunari erkannte ihn. Es war einer der Söhne des Dorfvorstehers, und er winkte ihm zu.

Der Bogen wurde gesenkt. »Tono, willkommen!« rief der Junge freudig. »Wartet bitte einen Moment, Herr! Ich muß erst die Hunde wegsperren.«

Der Meute wurde ein scharfes Kommando erteilt. Sie zog sich knurrend in einen Verschlag zurück, den der Junge mit einem Brett verriegelte. Durch die Bambusstäbe der Hütte beäugten sie weiterhin mißtrauisch die fremden Männer, die, einer nach dem anderen, über den Steg durch die Heckenöffnung ritten.

Der Junge rannte ihnen entgegen, legte den Bogen und die Pfeiltasche auf die Erde und warf sich nieder. »Welch eine Fügung, Herr! Gerade vorhin meinte der *padore*, daß bestimmt bald jemand von der Festung hier vorbeischauen würde!«

»Steh auf, Hisao – der bist du doch?«

Der Knabe erhob sich. »Nein, Tono. Ihr verwechselt mich wieder mit meinem Zwillingsbruder. Ich bin Satoshi.«

Yasunari lachte. »Stimmt! Ich erinnere mich, daß ich euch nie richtig auseinanderhalten konnte. Wo ist dein Bruder?«

»Er lebt nicht mehr bei uns im Dorf, Herr. Als wir vor zwei Jahren Eichenstämme nach Kawashimo geflößt haben, hat er dort als Schiffsjunge angeheuert, auf einem Schiff, wie es die Portugiesen bauen. Ich hätte ihn am liebsten begleitet, aber der Vater wollte uns nicht beide gehen lassen.«

Yasunari musterte den Knaben. »Es ist lange her, seit ich euch das letzte Mal gesehen habe. Du bist kräftig geworden.«

Der Junge errötete. »Ich helfe viel im Wald.«

»Aber heute nicht!«

»Heute halte ich Wache, ich und drei Freunde. Unsere Männer wollten eigentlich bei Sonnenuntergang zurück sein. Sie sind heute weiter oben in den Hügeln als sonst, Herr, wegen …«

»Wegen der Wanderpriester?«

»Ja, Herr.«

Drei Knaben in Satoshis Alter traten scheu auf den Platz am Dorfeingang und knieten grüßend nieder. Alle waren mit Jagdbögen bewaffnet.

Yasunari musterte die Jungen. Auch sie sahen aus, als würden sie die Bögen bei Gefahr zu gebrauchen wissen – und dann gab es ja schließlich noch die scharfen Tosa-Hunde.

»Wo ist Pater Bartolomeu?« Yasunari und seine Begleiter stiegen ab.

»Ich denke, in seinem Haus, Tono.«

»Gibt es einen Platz, wo wir die Pferde lassen können?« Norihiko zupfte sich eine Dornenranke aus dem
Hakama.

»Hinter dem Kornspeicher dort ist ein Gatter, Herr.«

»Gut, dann laß uns erst die Pferde versorgen«, sagte
Yasunari. »Du, Satoshi, gehst schon mal zum Priester
und berichtest ihm, daß wir da sind.«

Die Aufforderung war nicht nötig.

Ein hageres Männlein mit wehender Soutane bog um
die Ecke des Speichers.

»Vater Bartolomeu!« Yasunari drückte dem Knaben
die Zügel in die Hand und eilte dem Priester entgegen.

Der Pater breitete die Arme aus. »Gelobt sei unser
HERR im Himmel! Ich habe die Hunde gehört und
wollte nachsehen, warum sie gebellt haben, und wer steht
vor mir?« Er strahlte vor Freude. »Mein Sohn, ich habe
zwar dieser Tage vage mit einer Botschaft aus der Festung
gerechnet – Wanderpriester treiben sich überall in den
Hügeln herum –, aber nicht mit dir, mein Sohn. Und du
bist nicht alleine! Wenn ich meinen altersschwachen Augen trauen darf, dann ist sogar der gute Meister Ueno
mitgekommen!« Der kleine Priester schlug das Kreuzzeichen. »Gottes Segen Euch allen!«

»Ich freue mich, Euch bei guter Gesundheit zu sehen«,
sagte Yasunari.

»Der HERR meint es gnädig mit mir. Manchmal
schmerzt die Hüfte, aber – Gott sei Lob und Dank – in
letzter Zeit kaum. Sind alle in der Festung wohlauf?«

Die Wiedersehensfreude war so groß, daß Pater Bartolomeu halb lachte, halb weinte und versuchte, sich mit
allen gleichzeitig zu unterhalten. Er erkundigte sich nach

Yasunaris Vater, fragte nach Meister Uenos Frau, nach der Mutter der Mikis und wollte von Norihiko wissen, wie es Yamaguchi-sensei gehe. Schließlich sagte er, nach Luft ringend: »Aber ich bin unhöflich. Ihr seid bestimmt hungrig und durstig. – Satoshi!«

»Ja, *padore?*«

»Schnell! Lauf zu deiner Mutter. Sie soll Tee bereiten und die Reissuppe noch einmal übers Feuer hängen. Wir haben liebe Gäste.«

Der Junge eilte davon.

Yasunari ergriff die Hände des kleinen Priesters und sagte leise: »Das Essen kann vorerst warten, Vater Bartolomeu. Es gibt wichtige Dinge zu bereden.«

Yasunaris ernstes Gesicht verfehlte seine Wirkung nicht.

Pater Bartolomeu seufzte. »Nun ja, so sei es denn. Wir im Dorf sind auch in Sorge wegen der Wanderpriester. Laßt uns zu mir ins Haus gehen. Aber, Moment!« Er winkte Satoshis Freunde heran. »Zwei von euch schneiden Gras für die Pferde auf der Uferwiese, und einer füllt frisches Wasser in den Steintrog.«

»Sofort, *padore!*«

Die Pferde befanden sich abgesattelt und wohlversorgt im Gatter. Ein letzter rötlicher Schimmer lag über den Hügeln im Westen.

»Ich verstehe nicht, wo sie bleiben.« Pater Bartolomeu schaute ungeduldig zum Dorfeingang. Der junge Satoshi brachte einen dampfenden Tonkrug mit Mugicha, Tee aus gerösteter Gerste, und sechs flache Trinkschalen.

Die Hütte des Priesters grenzte an den Inari-Schrein neben dem Kornspeicher. Yasunari und seine Begleiter setzten sich in einen schmucklosen Raum, der mit neuen Tatami ausgelegt war. Zwei Bienenwachskerzen wurden angezündet. Der Geruch, den die noch leicht grünlichen Binsenoberflächen der Tatami verströmten, war würzig und schwer wie der von frisch geerntetem Heu. Außer einem Regal für Teeutensilien und einem schlichten Holzkreuz in der Tokonoma, der Ehrennische, war der Raum leer.

Als der Pater seinen Gästen eingeschenkt hatte, ergriff Yasunari das Wort. »Nicht wegen der Wanderpriester sind wir hier, Pater, so bedrohlich man ihr Auftauchen auch deuten muß.«

Der kleine Priester nippte am Tee und stellte dann die Schale vor sich auf die Tatami. »Ich habe schon verstanden, daß es eine besondere Bewandtnis hat, daß ihr alle wohlbewaffnet seid. Pistolen nimmt ja niemand auf eine Jagdgesellschaft mit. – Was ist geschehen?«

Meister Ueno, der Älteste in der Gruppe, räusperte sich. »Schwere Zeiten stehen uns bevor.«

Yasunari erzählte vom Spion der Diamant-Mönche. »Pater, Fürst Tomiki plant etwas. Überall im oberen Zedernflußtal und in den Schwarzgipfel-Bergen hält er Truppen versteckt.«

Pater Bartolomeu lauschte mit versteinertem Gesicht.

»Eine Hundertschaft Fußsoldaten lagert in der Nähe der Zollstation in einer Schlucht. Normalerweise werden die Vögte und Kommandanten vorab informiert, damit sie für durchziehende Truppen Lager und Proviant bereitstellen. Dieses Mal nicht.«

Der Priester runzelte die Stirn. »Das ist in der Tat ungewöhnlich, wo selbst die Inspektoren sich bislang vorher angekündigt haben.«

Meister Ueno zwirbelte die Enden seines Backenbarts. »Nattori-dono hat zuerst geglaubt, die Soldaten würden die Steuereintreiber begleiten. Aber als sie die Schlucht nicht verließen, sondern dort sogar ein provisorisches

Lager errichteten, war klar, daß sie aus einem anderen Grund dort kampierten.«

»Ich ahne, aus welchem«, sagte der Priester mit brüchiger Stimme.

Die Hunde am Dorfeingang fingen an zu jaulen.

»Das werden sie sein!« Pater Bartolomeu öffnete ein Fenster hinter seinem Rücken. Der Mond stand noch nicht hoch. Sein matter Schein beleuchtete schemenhafte Gestalten, die über den Holzsteg durch die Hecke kamen. Zwei von ihnen schleppten eine Trage. »Mein Gott!« murmelte der Pater. Dann rief er laut: »Satoshi!«

»Die Männer sind zurück, *padore!*«

»Was bedeutet die Trage?«

Der Junge lachte. »Hachiko hat wieder gerauft.«

Der Priester atmete auf. »Ach, so!«

»Wer ist Hachiko?« fragte Yasunari.

»Der jüngste von den Rüden«, erklärte der Pater.

»Er hat Glück gehabt, daß er noch lebt, *padore*«, sagte der Junge. »Er hat sich mit einem Braunbären angelegt. Der hat ihm einen Hieb verpaßt, daß er einen Abhang hinuntergekugelt ist. Der Bär wollte Hachiko schon nachsetzen, aber da sind die Männer schreiend auf ihn losgerannt. Jetzt hat er zwei verstauchte Pfoten und eine dicke Schramme am Hals.«

Der kleine Priester schien sichtlich erleichtert. »Keine Angst, das wird wieder heilen. Aber nun hol uns deinen Vater! – Da fällt mir ein, Yasunari, ich habe gar nicht nach Meister Issa gefragt. Ist er bei guter Gesundheit?«

»Ja, *padore*. Er päppelt gerade ein verwaistes Rehkitz auf. Der ganze Tempel wird mehr und mehr zu einem Tierhospiz.«

»Das höre ich gerne, mein Sohn.« Der Priester öffnete die Schiebetür neben dem Fenster.

Der Dorfschulze begrüßte die hohen Gäste des Priesters mit gebührender Achtung: Er warf sich auf die Knie und verbeugte sich tief.

»Bitte, Sonchô, laß die Formalitäten und setz dich zu uns. Es gibt Wichtiges zu bereden.« Yasunari machte eine einladende Handbewegung.

»Danke, Tono!« Satoshis Vater, Dorfvorsteher und Oberhaupt der Flößergilde am oberen Zedernfluß, streifte die Sandalen ab und hockte sich neben den Pater auf die Tatami.

»Berichte du erst!« forderte ihn der Priester auf. »Habt ihr die Wanderpriester gefunden?«

»Nein, *padore*, nur die Feuerstelle, an der sie in der Nacht gerastet haben. Es waren mindestens fünf. Vielleicht sind sie weiter zu den Wasserfällen am Fuß der Schwarzgipfel-Berge gewandert. Jedenfalls haben wir auf dem Rückweg kein Muschelhorn mehr gehört.«

»Falls es die gleichen Wanderpriester sind, von denen du redest – wir haben vorhin am Fluß sehr deutlich ein Hornsignal vernommen –, dann sind sie nicht zum Gebirge gezogen, sondern tiefer in die Wälder südlich von hier.«

»Das könnte natürlich auch sein, Herr. Dort gibt es einen Felsen, den sie anbeten.«

Der Priester informierte den Sonchô über die versteckten Tomiki-Soldaten.

»Was sollen wir tun?« fragte dieser bestürzt. »Mit den Wanderpriestern werden wir fertig – aber Soldaten? Wie viele sind es?«

Norihiko gab Yasunari ein Zeichen.

Der junge Samurai sah den kleinen Priester freundlich an und sagte: »Pater, ich habe den Auftrag von meinem Vater, Euch zu bitten, in die Festung zu kommen. Die Gebrüder werden Euch Geleit geben.«

Wie Yasunari vorausgesehen hatte, protestierte Pater Bartolomeu energisch.

»Unmöglich! Ich werde meine Gemeinde doch nicht verlassen, wo ihr jetzt vielleicht Gefahr droht!«

»Pater!« sagte Yasunari eindringlich. »Bedenkt, wenn man Euch hier entdeckt, wird man alle Bewohner hinrichten und das Dorf dem Erdboden gleichmachen.«

»Wir werden uns zu verteidigen wissen«, sagte der Sonchô trotzig. »Selbst wenn es Soldaten sind.«

»In den Schwarzgipfel-Bergen liegt eine Hundertschaft. Und sie haben Musketen. Da helfen keine noch so dichten Dornenhecken oder eure scharfen Hunde.«

Der Dorfschulze ballte die Fäuste und senkte den Kopf. »Nein, Tono. Wenn sie Feuerwaffen mit sich führen, können sie uns von den Hügeln aus vernichten.«

Der Priester betrachtete stumm das Kruzifix in der Ehrennische. »Dennoch – mein Platz ist hier. Sollte es Ihm gefallen, dann werde ich freudig den Märtyrertod auf mich nehmen – wie schon so viele meiner Brüder vor mir.«

Meister Ueno meldete sich zu Wort. »Auch ich würde jederzeit willig für unseren Herrn sterben. Aber noch sind wir nicht völlig ohne Hoffnung. Mein Vater, ich habe viel gesehen im Leben, und eines habe ich gelernt: zu erkennen, daß man Menschen nicht mehr knechten kann, wenn sie nichts mehr zu verlieren haben.« Der Schmied sprach eindringlich, aber ohne Hast. »Über kurz oder lang wird sich das Land gegen Fürst Tomiki erheben. Ich kenne die einfachen Leute gut. Wenn sie vor die Wahl gestellt werden, zu verhungern oder zu kämpfen, dann werden sie kämpfen. Und noch eines habe ich gelernt: Einen Kampf muß man gut planen. Pater, Ihr werdet in der Festung gebraucht.«

»Ich bin kein Krieger, Meister Ueno, nur ein Diener des Herrn.«

»Mein Vater braucht nicht Eure Armkraft, er benötigt Euren geistigen Beistand – wie früher.« Yasunari griff nach der Teeschale.

»Tono?«

»Sprich, Sonchô!«

»Ich vergaß zu erwähnen, daß wir in der Abenddämmerung eine dünne Rauchsäule bemerkt haben.«

»Wo?«

»Sie stand über dem Vorgebirge.«

»Gibt es dort Köhler?«

»Nein, und wenn ich jetzt recht überlege, war der Rauch auch zu hell für einen Meiler.«

»Vielleicht rodet jemand?«

Pater Bartolomeu schüttelte den Kopf. »Die Köhler wohnen tief in den Hügeln. Aber im Uguisu-Tal am Fuß der Berge leben ein paar Töpferfamilien. Wahrscheinlich haben sie einen Brennofen in Gang gesetzt.« Der Priester betrachtete nachdenklich das Regal mit den Teeutensilien. Er nahm eine schwarze Keramikdose mit Tropfenglasur aus dem unteren Fach und stellte sie zwischen die Wachskerzen. In die Oberfläche der Dose, die den starken, pulverisierten Zeremonientee enthielt, waren kaum sichtbar stilisierte Fische gezeichnet. »Das ist eine Arbeit aus dem Uguisu-Tal.« Eine Bambusscheibe diente dem Gefäß als Verschluß. Der Priester zog den Pfropfen aus der Dose und hielt die Unterseite in den Lampenschein: IHS – *Jesus Hominum Salvator* – Jesus, Erlöser der Menschheit.

»Ich wußte nicht, daß die Töpfer vom Uguisu-Tal auch Christen sind.« Meister Ueno bat um den Stöpsel. »Dabei ist die Zollstation bloß einen halben Tagesritt von ihrem Dorf entfernt.«

»Mir war auch nicht bekannt, daß sie Glaubensbrüder sind«, sagte der Dorfschulze erstaunt. »Sie haben sich ja erst vor ein paar Jahren dort angesiedelt. Ich war immer der Meinung, sie wären Anhänger der Kannon-Sekte, weil sie in der Zollstation auf dem Markt Tonfiguren der Göttin verkaufen.«

Pater Bartolomeu lächelte verschmitzt. »Als ich im Winter bei euch war, bin ich auch als verschleierter Bettelpilger gereist, damit man mich nicht gleich als langnasigen *nambanjin* erkennt. Aber ich gestehe, ich bin doch sehr beunruhigt wegen der Rauchfahne.«

Die Runde in Pater Bartolomeus Zimmer verfiel in bedrücktes Schweigen. Im zunehmenden Mondlicht konnte Yasunari genau beobachten, wie der verletzte Hund auf ein Strohlager gebettet wurde. Der Sohn des Sonchô brachte ihm einen Wassernapf. Zwei Frauen beträufelten die Halswunde mit einer Flüssigkeit. Der Hund ließ es ohne Widerstand über sich ergehen, nur als man ihm einen Verband anlegte, winselte er.

Pater Bartolomeu faltete die Hände. »Ich habe nachgedacht. Ich werde mich in die Festung begeben, bis sich die Situation geklärt hat. Es wäre unverantwortlich, die Leute hier durch mein Bleiben zu gefährden. Sonchô, du schaffst das Marienbildnis in die Quellhöhle. Dort versteckst du auch die geweihten Gegenstände, die ihr in den Hütten habt. Nicht nur die Kruzifixe.« Er zeigte auf den Teebehälter. »Auch alle Sachen mit den Symbolen des HERRN.«

Der Schulze verneigte sich. »Ja, *padore!*«

Dann richtete der kleine Priester das Wort an Yasunari und seinen Freund. »Euch bitte ich innigst, dem Töpferdorf einen Besuch abzustatten und sie vor den Soldaten zu warnen, nachdem ihr Meister Ueno zur Zollstation gebracht habt.«

»Ja, Pater, das versprechen wir Euch gerne. Norihiko und ich hatten ohnehin vor, die Schwarzgipfel-Täler auszukundschaften.«

Pater Bartolomeu erhob sich. »Laßt uns jetzt vor den Altar des Herrn treten und um Seinen göttlichen Beistand bitten!«

Die Gemeinde, Männer, Frauen, Kinder, Alte und Junge, versammelten sich im Inari-Schrein neben der Priesterhütte. Drei hintereinander aufgerichtete rotlackierte Balkentore, Tôrii, bildeten den Eingang zum Heiligtum. Das Schreingebäude war mit Bambusschindeln gedeckt und das größte Bauwerk im Dorf. Inari, der Bote des Reisgotts, dem man es geweiht hatte, war ein Wesen in Fuchsgestalt. Seine mannsgroße, realistisch gefertigte Holzstatue thronte auf einem Steinsockel. Ein hölzerner Baldachin beschirmte Inari, und eine rote Baumwollschärpe war um seinen Hals gewickelt. Um den spitzschnäuzigen Götterboten herum war der Raum mit Tatami ausgelegt, erleuchtet von zahllosen Öllampen. Auf zwei ausladenden Lacktabletts zu Füßen der Statue standen Votivgaben: Reis, gekocht, Reis, zu Bällchen geformt, Kuchen aus gekochtem und dann gestampftem Reis, Getreideähren und Reis als Sake, Reiswein, in fingerhutgroßen Bechern als Opfergabe dargebracht.

Yasunari und Norihiko, die den kleinen Priester schon des öfteren besucht hatten, setzten sich zu den Dorfbewohnern. Ihnen wurde ehrerbietig Platz gemacht. Die Mikis und der Schmied folgten und beobachteten mit Staunen, daß Pater Bartolomeu vor der Statue niederkniete.

Der Sonchô war unterdessen neben die Inari-Statue getreten. Er löste die Schärpe, schob eine Messerklinge seitlich in den Fuchskopf und drückte den Messergriff nach unten. Diese Prozedur wiederholte er in der Mitte der Figur und kurz oberhalb des Sockels. Jedesmal vernahm man ein Klacken. Dann packte der Dorfschulze die Fuchsnase und rüttelte an ihr, bis die gesamte Vorderfront sich bewegte. Meister Ueno und die Gebrüder Miki starrten mit offenem Mund auf einen wachsenden Spalt in der Statue.

Pater Bartolomeu erhob sich und breitete die Arme aus. »In nomine patris, filii et spiritu sancti. Amen.«

»Amen«, erklang es vielstimmig.

Der Himmel hatte sich wieder leicht bezogen. Matt schimmerte die Mondscheibe durch die Wolken. Die beiden Freunde und Meister Ueno standen auf dem Knüppeldamm und sahen dem Pater und den Mikis hinterher, bis die Dunkelheit die schwarzgekleideten Reiter verschluckte. Dann kehrten sie über den Steg ins Dorf zurück, wo Satoshi besänftigend auf die Hunde einredete, als sie durch die Hecke traten. Auf dem Platz vor dem Inari-Schrein herrschte bei Fackelschein emsiges Treiben. Eine große Transportkiste wurde mit Strohbüscheln und trockenen Gräsern ausgepolstert. Die Dörfler arbeiteten schweigend. Im Schrein hallten Hammerschläge. Der Sonchô löste die Pflöcke, die dem Bildnis der Jungfrau Maria in der Fuchsgott-Statue Halt gaben. Dann rief er einen der Männer, der die Kiste herbeigeschleppt hatte. Gemeinsam hoben sie die Heiligenfigur aus der Höhlung, trugen sie durch die Tôrii-Bögen auf den Platz und betteten sie in die Kiste.

»Erneut muß die Muttergottes vor den Feinden unseres HERRN fliehen«, sagte Yasunari bitter. »Ich wünschte, es kämen wieder andere Zeiten.«

Er und der Freund halfen, die Kiste mit Seilen zu verschnüren, durch die dann zwei lange Tragestangen geschoben wurden.

Meister Ueno war im Schrein verschwunden und begutachtete das Federwerk, das die Fuchs-Hälften zusammenhielt. Der Dorfschulze trat neben ihn.

»Es ist ein einfacher Mechanismus, Meister Ueno. Unser *padore* hat ihn konstruiert.«

Der Schmied nickte anerkennend und betastete die sauber gearbeiteten Blattfedern aus hauchdünnem Metallblech. »Wohin bringt ihr die Muttergottes jetzt?«

»Weiter oben in den Hügeln gibt es eine Grotte, die nur die Dorfältesten kennen. Dort ist sie sicher.«

»Meister Ueno?« Yasunaris Kopf tauchte in der Türöffnung auf.

»Ja, junger Herr?«

»Wir müssen aufbrechen.«

»Sofort, Tono.« Der Schmied warf einen letzten Blick auf die hohle Inari-Statue und schlüpfte in seine Sandalen.

»Die Frauen haben Euch Wegzehrung vorbereitet.« Der Sonchô drückte die Inari-Hälften ineinander, bis sie hörbar einrasteten, und drapierte die rote Baumwollschärpe wieder um den Fuchshals. Entschuldigend fügte er hinzu: »Es ist nur eine sehr einfache, ländliche Kost.« Er reichte ihm ein Brett, auf dem ein Dutzend in große Schilfblätter gewickelte, duftende Hefeklößchen lagen. Dankend verließ der Schmied mit den Köstlichkeiten den Schrein.

Yasunari und Norihiko warteten, bis Meister Ueno die Hefeklößchen sorgsam verstaut hatte und aufsaß, dann schwangen auch sie sich auf die Pferde. Die Dörfler gaben ihnen bis zur Hecke Geleit.

»Tono, der HERR möge seine schützende Hand über Euch halten.«

»Und über dich und euer Dorf«, erwiderte Yasunari.

Satoshi hockte neben der Lagerstatt des verletzten Tosa-Rüden und streichelte das Tier.

»Ist das dein Hund?« Yasunari erinnerte sich an die Siebenblatt-Kräuter in der Satteltasche.

»Ja, Herr.« Er kraulte den Hund an der Schnauze. »Seine Pfoten sind böse angeschwollen. Er heißt Hachiko.« Der Hund legte den Kopf auf den Oberschenkel des Knaben.

»Ich weiß. Kennst du Shichiba?«

»Ich habe davon gehört, Herr. Es soll Verletzungen wie Knochenbrüche und auch die schlimmsten Zerrungen schnell heilen lassen und den Schmerz lindern.«

Yasunari griff in die Tasche und warf dem Jungen das Kräuterbündel zu. »Da, nimm! Das ist Shichiba. Deine Mutter wird wissen, wie man es richtig anwendet.«

Der Junge fing die Kräuter auf und verbeugte sich. »Oh, danke, Herr. Ich dachte, Siebenblatt sei nur Medizin für Menschen.«

»Nein. Wenn ein Pferd sich die Fessel verstaucht hat, wirkt es auch. Umwickelt die Pfoten damit, dann wird dein Hachiko bald wieder gesund sein.«

Ein nächtlicher Ritt zur Zollstation

Die Reiter mußten die Furt durchqueren, weil der Treidelpfad vom Dorf aus auf der anderen Kiirigawa-Seite verlief. Sie kamen gut voran, der Weg war breit und eben.

Norihiko trabte neben Yasunari. »Hast du bemerkt, wie der Junge vorhin gestrahlt hat?«

»Natürlich. Ich mußte an unsere Hunde denken, als wir so alt waren wie er.«

»Ich weiß noch genau, wie traurig du warst, als dein alter Nottchan starb. Du hast tagelang nichts mehr gegessen vor Gram.«

»Der gute kleine Priester. Er ist sogar mitgekommen

64

und hat ein Gebet für Nottchan gesprochen, als Ochsenfrosch ihn im Festungsgraben bestattet hat. Erinnerst du dich?«

»Sicher. An das Begräbnis kann ich mich sogar noch ganz genau erinnern, auch daran, daß dein Vater dir bald darauf einen neuen Hund geschenkt hat. Wir müssen damals fünf oder sechs Jahre alt gewesen sein.«

»Wir waren noch keine sechs«, sagte Norihiko. »Zu der Zeit mußte sich der Pater noch nicht im Teegarten versteckt halten.«

Der Weg wurde schmaler, Norihiko hielt sich hinter Yasunari.

Meister Ueno, der ihnen voranritt, zügelte seinen Rappen und stieg ab. »Hinter der nächsten Flußschleife liegt eine Schlucht.« Er zeichnete einen Bogen in die Luft. »Sie macht nach etwa hundert Schritten eine Linksbiegung.«

»Ich kenne den Treidelpfad nur bis zum Flößerdorf.« Yasunari drehte sich zu Norihiko um. »Warst du schon einmal weiter flußaufwärts?«

»Ja, aber es ist lange her. Ich weiß nur noch, daß der Zedernfluß in der Schlucht reißend war und wir über ein paar wacklige Brücken reiten mußten.«

»Das ist nicht das Problem«, sagte Meister Ueno. »Auf dem Hinritt zur Festung hatte ich bei Tageslicht keine Schwierigkeiten. Der Weg verläuft auf halber Höhe der Felswand und ist anfangs zwar sehr steil, aber dennoch bequem zu bewältigen. Nein, das eigentliche Problem ist, daß in der Schluchtmitte eine verfallene Zollstation liegt. Fürst Ôtomo hatte seinerzeit dort eine Plattform in die Felsen hauen und einen Wachturm errichten lassen. Die Station ist schon seit langem nicht mehr besetzt, aber die Stelle ist ideal, um den Weg sowohl nach Norden als auch nach Süden zu kontrollieren.

Jeder, der sich nähert, hat am Hang keinerlei Deckung, während man vom Turm aus leicht unter Beschuß genommen werden kann. Ein guter Bogenschütze reicht völlig aus, um den Weg zu sperren. Als ich zu Euch ritt, war ich ziemlich sicher, daß sich außer mir niemand in der Schlucht befand. Ich hatte einen Pilzsammler getroffen, der gerade aus dem Flößerdorf zur Zollstation unterwegs war. Er war in der Schlucht keinem Menschen begegnet. Aber wie es im Moment dort aussieht, vermag ich natürlich nicht zu sagen.«

»Was schlagt Ihr vor?«

»Kurz vor dem Eingang der Schlucht ist ein Bambuswäldchen. Dort zweigt ein Trampelpfad ab, den seinerzeit die Schmuggler benutzt haben, um die Zöllner zu umgehen. Es wäre zwar ein ziemlich zeitraubender Umweg, weil wir die Pferde am Zaum führen müßten, aber ...«

»... aber angesichts der Tatsache, daß man uns vom Turm aus wie Hasen abschießen könnte, vielleicht eine weise Entscheidung«, sagte Yasunari. »Was meinst du?«

Norihiko kratzte sich nachdenklich am Kinn. »Das mit dem Turm gefällt mir überhaupt nicht. Ich bin für den Umweg. Mir behagt der Gedanke wenig, mich als wehrlose Zielscheibe in der Felswand wiederzufinden.«

»Also gut, Meister Ueno!« Yasunari stieg vom Pferd.

Der Schmied mußte eine Weile suchen, bis er den Beginn des Schmugglerpfades fand. Das Unterholz wucherte üppig. Es gab keine Schmuggelware mehr an der Zollstation vorbeizuschleusen. Der Pfad selbst war einigermaßen gangbar, nachdem sie das Bambuswäldchen hinter sich gelassen hatten. Irgendwo rauschte ein Bach. Sie scheuchten ein paar Vögel auf, die protestierend davonflatterten. Ansonsten begleitete sie nur der gelegentliche Ruf eines Käuzchens.

66

Als sie sich eine Weile durch das Dickicht gekämpft hatten, stieg der Trampelpfad steil an.

»Wir befinden uns jetzt direkt über der Zollstation«, sagte Meister Ueno.

»Kann man sie sehen?«

»Ja. Wir müssen bloß über die Felsen zum Schluchtrand klettern.«

»Wie heißt eigentlich diese Gegend?«

Meister Ueno lachte. »Sie hat viele Namen. Die alten Leute nennen das Gebiet links und rechts der Schlucht jedenfalls immer noch die ›Umwegberge‹.«

Sie banden die Pferde fest und machten sich auf den Weg. Der Fluß hatte eine tiefe Schneise mit nahezu lotrechten, nackten Wänden in den Berg geschnitten. Yasunari und Norihiko zogen die langläufigen Pistolen aus den Sattelhalftern. Vorsichtig krochen sie zur Schluchtkante. Zwanzig Schwertlängen unter ihnen lag die Felsterrasse mit dem Wachtturm.

Dann sahen sie die Diamant-Mönche. Die Glatzköpfe hockten im Kreis um ein halb erloschenes Feuer. Es mochten etwa zwanzig sein. Ihre Hellebarden lehnten an der Turmwand.

»Wir haben einen Schutzengel gehabt«, flüsterte Meister Ueno.

Norihiko stieß den Freund an und deutete auf einen Palisadenrest, wo der aus Süden kommende Treidelweg die Terrasse errichte. Zwei Mönche hielten mit einer Muskete im Anschlag Wache.

Yasunari beugte sich vor. »Auf der anderen Seite sind auch welche«, flüsterte er.

»Meine Vorahnung war also richtig«, sagte der Schmied. »Wir wären ihnen in der Felswand kaum entkommen.«

Lautlos kletterten sie zu den Pferden zurück.

»Und was nun?«

»Es gibt zwei, drei Stellen, wo der Weg, wie gesagt, über Holzstege führt. Blockieren wir ihn dort, dann bleibt ihnen nichts weiter übrig, als wieder umzukehren.« Meister Ueno zwirbelte seinen Backenbart. »Und wer den Schmugglerpfad nicht kennt, muß einen riesigen Umweg machen, um zum Flößerdorf zu gelangen, wenn die Schlucht versperrt ist. Ein paar Felsbrocken von oben auf einen der Stege – und sie können nicht weiter flußabwärts!«

»Wir haben bereits viel Zeit verloren«, gab Norihiko zu bedenken. »Und woher wollen wir wissen, daß sie nach Süden unterwegs sind?«

Yasunari überlegte, dann sagte er: »Meister Ueno, existiert eine Möglichkeit, ihnen auch den Rückweg zu erschweren?«

»Warum nicht? Nördlich der Zollstation könnte man auch leicht einen Erdrutsch lostreten.«

Als Yasunari und Norihiko erwachten, hatte der Schmied bereits ein kleines Feuer entfacht. Yasunari wickelte sich aus seiner klammen Decke und gähnte. Meister Ueno schwenkte die aufgespießten Hefeklößchen über der Glut. Ein köstlicher Geruch stieg Yasunari in die Nase. Er streckte sich und setzte sich auf. Eine dichte Nebeldecke lag über dem Flußtal, doch hinter den Spitzen des Schwarzgipfel-Gebirges zeigte sich ein erster heller Morgenschimmer.

Nachdem sie den Schluchtweg in beide Richtungen blockiert und den Schmugglerpfad verlassen hatten, waren sie über eine Hochebene bis zu den Ausläufern des Gebirges weitergeritten und hatten an einem Bach ihr Lager aufgeschlagen.

»Gegen Mittag sind wir in der Zollstation.« Meister Ueno brachte Yasunari ein Klößchen.

»Ich hoffe nur, daß der Pater und die Mikis ohne Zwischenfälle in die Festung gelangt sind.«

Norihiko setzte sich neben den Freund ins Gras. »Kurz nachdem du eingeschlafen bist, war wieder ein Muschelhorn zu hören.«

»Wo?«

»Schwer zu sagen.« Norihiko zeigte auf den nebelverhangenen Zedernfluß. »Wahrscheinlich dort.«

Meister Ueno holte die Pferde.

»Auf dem Rückweg können wir wohl kaum den Treidelpfad benutzen.«

Yasunari lachte trocken. »Du meinst, die Diamant-Mönche sitzen dann noch immer in der Schlucht fest? Nun, wünschenswert wäre es. Nein, ich denke wir sollten uns klugerweise weiter östlich halten und den Höhenweg nehmen, der durch das Hügelland führt.«

Sie ritten in einen wolkenverhangenen Morgen. Das Gelände wurde steinig und unfruchtbar. Je höher sie kamen, desto schwerer hatten die Pferde zu arbeiten. Nur hin und wieder passierten sie einige bizarre Bäume, zumeist verkrüppelte Kiefern, die sich mit ihrem Wurzelwerk in Felsspalten festkrallten. Mehr als einmal trat ein Pferdehuf ein Geröllbrett los.

Meister Ueno wies auf den gezackten Bergkamm vor ihnen. »Wir haben es gleich geschafft, Tono! Da oben verläuft die Straße zum Schwarzgipfel-Paß.«

Norihiko stieg ab und befühlte die Fesseln des Rappen. »Gut. Ich werde ihn trotzdem bandagieren. Mir scheint, er lahmt ein wenig.« Er wickelte eine Ledergamasche um den linken Vorderlauf.

Der Anstieg zur Paßstraße war extrem beschwerlich, und den letzten Rest des Weges mußten sie die Pferde führen.

»Geschafft!« Keuchend setzte Meister Ueno seinen

Fuß wieder in den Steigbügel. »Da hinten sieht man bereits die Dächer der Burg.«

Es begann zu regnen, ein feiner Sprühregen, der sich wie ein Schleier über das Gebirge senkte. Im Einschnitt zwischen dem rundlichen Himmels- und dem kantigen Drei-Affen-Berg erahnten Norihiko und Yasunari die Zollstation in schemenhaften Umrissen. Wenig später teilte sich die Paßstraße.

»Hier zweigt der alte Heeresweg nach Kodaira ab«, erklärte Meister Ueno. »Wenn Ihr später zu den Töpfern reitet, müßt Ihr hier abbiegen.« Die Kodaira-Straße wand sich zwischen den Ausläufern der Berge und dem Zedernfluß durch eine baumlose Ebene.

Eine Frau, die wie sie der Zollstation zustrebte, trug einen Korb mit Shiitake-Pilzen auf dem Rücken. Als sie die Reiter hörte, drehte sie sich um. Sie sah, daß es Krieger waren, und warf sich augenblicklich am Straßenrand zu Boden.

»Gott zum Gruß, Mutter Masako!« rief der Schmied ihr zu. »So spät noch unterwegs zum Markt?«

»Oh, Ihr seid es, Meister Ueno. Ja, ich weiß, es ist schon spät. Ich ... ich ...«

Der Schmied verstand, daß es seine Begleiter waren, die sie am Weiterreden hinderten. »Du kannst ohne Sorge sprechen, die Herren sind Freunde von Nattoridono.«

»Gott zum Gruß, Mütterchen«, sagte Yasunari freundlich. »Du wirkst verstört. Erzähl!«

»Ich wollte wie üblich durch das Mühlbachtal zur Straße, Herr. Da habe ich Männerstimmen gehört. Sie kamen von der Lichtung hinter den Espen. Ihr kennt die Stelle, Meister Ueno.«

Der Schmied nickte. »Ja, du meinst die Lichtung mit dem Fischteich.«

»Genau die. Ich bin noch ein paar Schritte weitergelaufen, aber dann habe ich mich plötzlich gefürchtet.« Stockend fuhr die alte Frau fort: »Es waren Fremde. Viele Stimmen. Und sie sprachen anders als wir.«

»Wie?«

Sie überlegte. »So ähnlich wie der Sakehändler in der Zollstation.«

»Hast du sie sehen können?«

»Nein. Aber sie waren bewaffnet. Das konnte ich hören. Pferde hatten sie auch. Ich bin schleunigst umgekehrt und habe den Weg durch den Spinnwebwald genommen. Deshalb bin ich so spät dran.«

Meister Ueno beugte sich vor. »Gib mir deinen Korb. Dann läuft es sich schneller. Wann etwa hast du die Stimmen gehört?«

»Es war noch dunkel, als ich im Dorf aufbrach. Was waren das für Männer, Meister Ueno?«

»Ich weiß es nicht, Mutter Masako, aber wir sagen in der Burg Bescheid. Der Tono schickt bestimmt sofort eine Patrouille ins Mühlbachtal hinunter.«

Als sie wieder weiterritten, sagte Norihiko: »Die Diamant-Mönche sind es nicht – selbst wenn es ihnen gelungen sein sollte, unseren Erdrutsch schnell wegzuräumen.«

»Nein«, sagte Yasunari. »Die Mönche hatten keine Pferde. Was nur bedeuten kann, daß sich noch mehr von Fürst Tomikis Leuten in den Bergen versteckt halten als die Hundertschaft, die Nattori-dono gemeldet wurde.«

Meister Ueno machte ein nachdenkliches Gesicht. »Ich befürchte, es werden höchstwahrscheinlich sogar Reiter von Tomikis Leibwache sein.« Der Schmied trieb seinen Rappen an. »Unser Sakehändler spricht Kyôto-Mundart wie die meisten von ihnen.«

Die Zollstation sperrte den Schwarzgipfel-Paß an seiner schmalsten Stelle. Ein massiger Erdwall umgab Burg und Siedlung. Vor dem Tor durchsuchte eine Gruppe Soldaten den Karren eines Bauern. Sie waren nur mit Hellebarden bewaffnet, und auf ihren Brustpanzern glänzte die silberne Doppelraute des Nattori-Clans. Sie grüßten die Ankömmlinge und gaben den Weg frei. Ein älterer Samurai, offenbar der Torkommandant, rannte herbei, als er den Schmied erblickte.

»Der Herr hat schon nach Euch gefragt, Meister Ueno. Ihr sollt sofort zu ihm kommen, soll ich ausrichten.«

»Wir sind aufgehalten worden.«

Der Samurai trat vor Yasunari und Norihiko. »Willkommen. Ich befehlige die Torwache.«

»Ich bin Tadayama Yasunari, und mein Begleiter ist Ishii Norihiko. Wir haben Meister Ueno begleitet und eine Botschaft von meinem Vater für Nattori-dono.«

»Dann doppelt willkommen, die Herren.« Er verneigte sich. »Der Stallmeister in der Burg wird sich Eurer Pferde annehmen. Aber nun eilt bitte, unser Herr ist schon in Sorge.«

Die Marktstände zogen sich entlang der Gasse, die vom Südtor zur Burg führte. Der Schmied gab einem Rettichverkäufer Mutter Masakos Korb.

»Ich habe mich schon gewundert, warum sie nicht da ist. Sonst ist sie doch immer eine der ersten auf dem Markt.«

»Sie kommt bestimmt, aber es wird noch eine Weile dauern.«

Sie ritten an einem Grillstand vorbei. Über einem Holzkohlenfeuer brieten Wachteln und andere kleine Vögel. Yasunari seufzte.

Meister Ueno hatte Yasunaris sehnsüchtigen Blick bemerkt. Um seine Lippen zuckte es amüsiert. »Man wird Euch auf der Burg nicht verhungern lassen, Herr.«

»Ach, Meister Ueno. Die Hefeklößchen heute früh waren ja köstlich, aber es dünkt mich eine Ewigkeit, seit ich etwas in den Magen bekommen habe.«

Bis sie das Burgtor erreichten, lief den Reitern noch mehrmals das Wasser im Mund zusammen. Eine Frau verkaufte Pfannkuchen, hauchdünn mit rotem Bohnenmus bestrichen, eine andere bot eine dampfende Gemüsesuppe feil, während ein paar Soldaten sich an Reisbällchen delektierten, die sie in eine würzige Kräutertunke tauchten. Eine Bauernfamilie stapelte Kohlköpfe zu einer Pyramide auf.

»Ich bin erstaunt über die vielen Leute«, sagte Yasunari.

»Das täuscht. In der Zollstation selbst leben nur an die zehn Familien. Aber hier ist der einzige Markt weit und breit. Einmal im Monat, am Tag vor Vollmond, kommen die Menschen selbst aus den entlegensten Gebirgstälern.«

Sie passierten einen Schrein, der Hachiman-sama, dem Kriegsgott, geweiht war. Vom Schreinareal durch eine niedrige Steinmauer getrennt, schloß sich ein Tempel an, der ein Bildnis der milde lächelnden Kannon-Bodhisattva beherbergte. Ein ausladendes, geschwungenes Dach beschirmte einen Amulettverkäufer, der geschnitzte Devotionalien feilbot, winzige Kannon-Figürchen und Gebetsketten aus polierten Holzperlen.

»Eigenartig! Normalerweise haben hier die Töpfer ihre Waren ausgebreitet.« Meister Ueno befragte den Amulettverkäufer. Der zuckte nur mit den Achseln.

Die Burg innerhalb der Zollstation war ein Viereck aus bulligen Steinhäusern mit Schießscharten statt Fensteröffnungen in den Außenwänden. Die Garnison bestand aus zehn Reitern, einer halben Hundertschaft Fußsoldaten und aus den Samurai der Nattori-Sippe, die die meisten Mannschaftsführer stellte. Die doppelte Silberraute verzierte auch das Burgtor.

Ein Gesicht erschien in der Schießschartenöffnung über dem Tor. Noch bevor sie alle abgestiegen waren, schwang einer der Flügel auf. Der Innenhof war mit Steinplatten gepflastert, in der Mitte stand ein gemauerter Ziehbrunnen. Eine Frau wusch in einem Holzbottich Gemüse und Reis.

Kaum waren sie eingetreten, wurde schon das Tor wieder verriegelt. Ein Stallknecht nahm ihnen die Pferde ab. Der älteste Sohn des Tono geleitete sie augenblicklich zum Wohnflügel der Burg. Vor der Schiebetür zum Zimmer des Tono wachte ein junger Mann. Er verbeugte sich und zog die Tür auf.

Als ihm Meister Ueno und seine Begleiter aus dem Zedernflußtal gemeldet wurden, kniete Nattori Hidemitsu, der Herr der Zollstation, hinter einem flachen Tisch und rieb mit gleichmäßigen kreisenden Bewegungen Tusche an. Er legte die schwarze Tintenstange auf den Tuschstein und reinigte den Pinsel in einem Wasserschälchen.

»Seid gegrüßt, Tadayama Yasunari und Ishii Norihiko. Und auch du, Meister Ueno.« Er musterte Yasunari und Norihiko eingehend, bevor er wieder das Wort an sie richtete. »Ich war gerade dabei, meinem Freund Tadayama zu schreiben. Die Situation im Schwarzgipfel-Gebirge verändert sich schneller, als ein Bote zu reiten vermag. Aber nun erzählt!« Er sah Meister Ueno an. »Ich war schon in Sorge, denn ich habe dich spätestens bis Mitternacht zurückerwartet.«

Der Schmied schilderte in knappen Worten den Grund ihres Umwegs und Mutter Masakos Erlebnis im Mühlbachtal.

Der Sohn des Tono zog fragend die Augenbrauen hoch.

Nattori Hidemitsu nickte stumm, erhob sich, trat an eine der Schießscharten und schaute auf die Paßstraße.

Nattoris Sohn verließ den Raum.

Der Tono drehte sich langsam zu den Männern um. »Reitet Ihr direkt zurück?«

»Mehr oder weniger. Wir hatten ursprünglich beabsichtigt, den Bauern im Buchweizen-Tal bei der Saujagd zu helfen, aber so, wie die Dinge stehen, werden wir zuerst bei den Töpfern im Uguisu-Tal vorbeireiten und dann den Höhenweg über die Hügel nehmen.« Yasunari berichtete von der Rauchfahne, die die Flößer beobachtet hatten.

»Eine Rauchfahne?« Der Tono runzelte die Stirn. »Sie haben wahrscheinlich ein Positionsfeuer der Tomiki-Truppe gesehen.«

Im Hof erschollen Kommandos, Pferde wieherten, dann hörte man Hufgeklapper.

»Mein Sohn wird sich um die Reiter im Mühlbachtal kümmern.« Nattori Hidemitsu schaute wieder auf die Paßstraße. »Man berichtete mir, die Töpfer wären heute nicht auf dem Markt.«

»Es fiel mir auch sogleich auf, Herr«, sagte Meister Ueno.

Nattori-dono ging zum Tisch und ergriff das leere Blatt. »Eine schriftliche Botschaft an Euren Vater erübrigt sich jetzt. Richtet ihm bitte aus, ich würde noch heute die Vertrauten jenseits des Passes warnen. Und noch eines sagt ihm, merkt Euch den Satz: *Wenn der rote Pfeil kommt, erheben wir uns.*«

»Jawohl, Herr!« stammelte Yasunari.

Der rote Pfeil war das Zeichen zum Aufstand, den die überlebenden Samurai nach der Schlacht in den Braunwasser-Sümpfen vereinbart hatten, um Fürst Ôtomo zu rächen.

»Ihr werdet müde und hungrig sein.« Nattori Hidemitsu klatschte in die Hände.

Der junge Samurai hinter der Schiebetür meldete sich augenblicklich. »Zu Diensten, Tono!«

Sie aßen in einem der oberen Zimmer mit Blick auf die Marktgasse. Ein Geschichtenerzähler hatte sich vor dem Kriegsgott-Schrein niedergelassen. Seine wohlklingende Stimme lockte nicht nur die Kinder an. »Mukashi, mukashi, omukashi – In alter, alter, uralter Zeit ...«, begann er seinen Singsang.

Meister Ueno verabschiedete sich. Die Schmiede lag außerhalb der Zollstation am Fuße des Drei-Affen-Bergs. Nattori Kenji, ein Neffe des Tono, leistete ihnen beim Essen Gesellschaft. Er war ein schmächtiger Jüngling und erschien Yasunari nur wenig älter als der Sohn des Sonchô im Flößerdorf, aber er trug bereits die zwei Schwerter eines Samurai.

Ein Diener brachte die Speisen herbei.

Kenji temperierte eigenhändig den Reiswein für die Gäste in einem Gefäß mit kochendem Wasser. »Dieser Sake wird von den Bauern im Mühlbachtal gebraut. Von den Hängen der Schwarzgipfel-Berge dort fließt das wohlschmeckendste Wasser in der ganzen Gegend.« Er nahm den Sakekrug aus dem Wasserbad und trocknete ihn sorgfältig mit einem Tuch. Dann goß er den Reiswein in flache, blattförmige Trinkschalen.

Sie prosteten sich zu. »*Kampai!* Zum Wohl!«

Yasunari dankte mit einer Verbeugung, als Nattori Kenji die leere Schale sogleich wieder randvoll nachfüllte.

Norihiko leckte sich genußvoll die Lippen. »Ah, ausgezeichnet! *Karakuchi!*«

»Die lokale Sorte hier wird ›Früher Bergnebel‹ genannt. Bei uns im Gebirge sind fast alle Sakesorten trocken. *Amaguchi*, lieblich ausgebauten Wein, werden die

Herren erst wieder jenseits des Passes im Flachland finden.«

Yasunari schenkte Kenji nach, der wiederum füllte Norihikos Schale.

»*Kampai!* Zum Wohl!«

»Ihr gestattet?« Yasunari tastete prüfend über den Tokkuri, den bauchigen Sakekrug mit der Tropfenglasur. »Die Art und die Farbe der Keramik erinnert mich stark an Pater Bartolomeus Teeutensilien.«

Norihiko drehte sein Trinkgefäß um. »Hier ist auch das Fisch-Symbol eingeritzt.«

»Jetzt, wo Ihr es sagt … Der Sakekrug und die Schalen stammen aus dem Töpferdorf«, erklärte Kenji. »Ich habe übrigens vom Tono den Befehl, Euch dorthin zu begleiten, nachdem Ihr Euch gestärkt habt.«

»Wie weit ist das Dorf entfernt?« Yasunari gähnte.

»Es liegt hinter dem Tenshinsan. Zu Pferd braucht man etwa fünf bis sechs Stunden, je nach Wetter und Wegbeschaffenheit.«

»Dann laß uns nur kurz ruhen, Norihiko. Ich will noch vor Sonnenuntergang bei den Töpfern sein.«

Der Freund war einverstanden.

»Meister Ueno erzählte mir, daß die Leute im Uguisu-Tal auch Christen sind«, sagte Kenji. »Das war mir neu, obwohl sie schon seit Jahren dort leben.«

»In diesen Zeiten ist es gefährlich, sich offen zu seinem Glauben zu bekennen«, gab Yasunari zu bedenken.

Kenji nickte bekümmert. »Unser Pater Antonio ist im Frühjahr nach Takeoka zu den Holzfällern vom Goldsandbach gezogen. Vorher hatte er sich als Gehilfe von Meister Ueno getarnt. Aber seit überall die Inspektoren von Fürst Tomiki herumstreifen, ging das nicht mehr, obgleich unser *padore* kein *nambanjin* ist wie Euer Pater Bartolomeu.«

»Kennt Ihr ihn?«

»Ja. Ich war einmal mit dem Sohn des Tono im Dorf der Flößer.«

»Er hält sich auch nicht mehr dort auf, sondern verbirgt sich jetzt an einem sicheren Ort«, sagte Yasunari.

»Das ist gut so. Auf die heiligen Väter ist ein hohes Kopfgeld ausgesetzt, und allen Leuten darf man nicht trauen. Neulich haben zum Beispiel zwei Diamant-Mönche die Bonzen vom Kannon-Tempel besucht.«

»Sind eigentlich Wanderpriester in der Nähe der Zollstation gesehen worden?«

»Nein. Und auch in den Bergen sind keine, weiter unten in den Zedernflußwäldern sollen sie hier und da aufgetaucht sein. Aber nun möchte ich die Herren nicht länger belästigen.«

Yasunari löste seinen Gürtel. »Bitte weckt uns in zwei Stunden.«

Der junge Nattori versprach es.

Die Freunde rollten die Sitzkissen zu Nackenstützen zusammen und streckten sich auf den Tatami aus. Sie schliefen augenblicklich ein.

Ein Pferd, das über die Steinplatten galoppierte, weckte sie. Yasunari rieb sich schlaftrunken die Augen und schaute hinunter in den Burghof. Ein Reiter sprang vom Pferd und rannte zum Wohntrakt des Kommandanten.

»Was ist los?« Norihiko richtete sich auf.

»Nattoris Ältester ist gerade zurückgekehrt.«

Norihiko reckte sich. Die Freunde ordneten ihre Kleider und steckten die Schwerter in den Gürtel. Die Schiebetür glitt zur Seite.

Kenji erschien mit zwei Bechern Gerstentee. »Der Herr bittet Euch zu sich.«

»Gibt es Neuigkeiten aus dem Mühlbachtal?«

»Ich vermute es. Der Tono sah besorgt aus.« Kenji

machte eine Geste des Bedauerns. »Aber Genaues weiß ich nicht.«

Yasunari und Norihiko tranken hastig und folgten dem jungen Samurai. Im Hof begegneten sie dem Sohn des Tono. Er grüßte kurz, bestieg den Schimmel und trabte davon.

Als Nattori Hidemitsu sie hereinbat, studierte er eine Landkarte. »Die Zeichen stehen auf Sturm.« Er winkte Yasunari und seinen Freund näher zu sich heran. »Schlechte Nachrichten, meine Herren. An der Ostküste sind gestern vier Schiffe mit Diamant-Mönchen gelandet.«

»Was ist mit der Truppe in der Schlucht?«

»Mein Sohn konnte es leider nicht in Erfahrung bringen.«

Yasunari und Norihiko knieten sich auf die Tatami vor den Tono.

Nattori Hidemitsu drehte die Karte und tippte mit dem Finger auf den Zedernfluß. »Nur soviel konnten wir durch einen Späher herausfinden: Die Reiter aus dem Mühlbachtal halten offenbar jetzt den Eingang zur Schlucht besetzt. Meister Ueno hatte recht: Es sind Männer von Tomikis Leibwache.« Sein Finger wanderte weiter ins Zentrum des Schwarzgipfel-Gebirges. »Die Hundertschaft dort hat das Lager abgebrochen und sich aufgeteilt.« Der Finger umkreiste die Zollstation. »Eine Gruppe hält sich im Moment vermutlich jenseits des Drei-Affen-Bergs auf, die andere scheint sich in südliche Richtung in Marsch gesetzt zu haben.«

»Ist das Uguisu-Tal eingezeichnet?« Yasunari beugte sich über die Karte.

»Nein, aber es liegt etwa hier.« Der Finger bezeichnete die Stelle.

»Verzeiht, Herr!« sagte Norihiko. »Ich sehe, in der Nähe verläuft die Heerstraße nach Kodaira.«

79

»Ja. Wenn der alte Heeresweg ihr Ziel sein sollte, werden sie wahrscheinlich am Uguisu-Tal vorbeikommen.«

»Das heißt, solange wir nicht wissen, was sie vorhaben, meiden wir also besser diese Straße, um zu den Töpfern zu gelangen.«

»Ich würde dringend dazu raten. Die Ebene, durch die die Kodaira-Straße verläuft, ist baumlos. Man könnte Euch schon aus weiter Ferne ausmachen. Aber seid unbesorgt. Kenji kennt alle möglichen Schleichwege. Ihr müßt nicht auf der Straße reiten. Und nochmals wiederhole ich meine Bitte: Richtet meinem verehrten Freund Tadayama aus, wenn der rote Pfeil geschickt wird, erheben wir uns. Möge der HERR Euch beistehen, daß Ihr ihm unbehelligt diese Botschaft überbringen könnt! Und nun entschuldigt mich bitte. Ich muß mich gleich mit meinen Offizieren besprechen.«

Im Hof standen die Pferde bereit. Kenji hatte eine leichte Rüstung angelegt und trug eine Sturmhaube aus Eisenplättchen. Er war fast einen Kopf kleiner als Yasunari und Norihiko, aber in der Rüstung wirkte er nicht mehr ganz so schmächtig. Auf dem Brustharnisch blitzte die Doppelraute des Hauses Nattori. Yasunari und Norihiko trugen lediglich lederne Arm- und Beinschienen. Kenji ritt voran. Er saß kerzengerade im Sattel.

Als sie in die Marktgasse trabten, begannen die ersten Händler die Auslagen zusammenzupacken. Der Wind wehte scharf aus Nord, aber es regnete nicht mehr. Zwei Mönche vom Kannon-Tempel entzündeten Räucherwerk vor einer Buddhastatue und murmelten Gebete. Sie sandten den drei Samurai feindselige Blicke nach.

Mutter Masako kniete auf einer Bastmatte neben dem Grillstand und verkaufte einer Frau eine Handvoll Shiitake-Pilze. Sie war derart ins Gespräch vertieft, daß sie die Reiter nicht bemerkte. Am Ende der Gasse begegnete ihnen der Torkommandant, und Kenji wechselte ein paar Worte mit ihm.

Kenji wartete, bis Yasunari aufgeholt hatte. »Auf der Kodaira-Straße hat man gestern abend eine Wanderpriester-Gruppe gesehen. Sie kamen aus den Flußtal-Hügeln.« Kenjis Linke umklammerte den Schwertgriff. Er preßte die Lippen aufeinander.

»Ihr fürchtet um Pater Antonio?«

»Mit ein paar von diesen ... diesen Landstreichern werden die Leute in Takeoka schon fertig. Aber wenn die Wanderpriester die Tomiki-Schergen informieren ...«

Am Tor waren die Wachen verstärkt worden. Oben auf dem Wall patrouillierten Samurai mit Musketen.

Fumie – Trittbilder im Staub

Sie ritten bis zu der Stelle, wo sie am Morgen mit Meister Ueno auf Mutter Masako gestoßen waren, dann verließen sie die Paßstraße. Der Wind wehte weiterhin kräftig von den Bergen herab. Hinter ihnen waren die höchsten Berge der Schwarzgipfel-Kette wolkenverhangen. Der Pfad, den Kenji ausgewählt hatte, wand sich am Fuß der Berge parallel zur Kodaira-Straße durch ein Waldgebiet. Mehrmals beobachteten sie Schlangen, kleine grüne Nattern, die sich wie Fische in dem nassen Gras bewegten. Bäume, die Yasunari nicht kannte, ragten dicht an dicht empor. Ihre Kronen bildeten ein wogendes Dach. Die Unterseiten der ovalen Blätter schimmerten bläulich. Als der Pfad sich zu einer Wiese erweiterte, ritten sie über einen Teppich aus Herzorchideen. Pater Bartolomeu liebte diese Blumen über alles. Sie waren von einem tiefen Violett. Früher hatte der Priester in der Festung oft die Ehrennische des großen Teeraums mit einer einzigen Herzorchidee geschmückt. Sie blühten nur wenige Tage, selbst wenn sie in ihrer Muttererde standen. Yasunari erinnerte sich daran, daß der kleine Priester die Blume jedesmal wie ein zerbrechliches Insekt in ein Porzellanschälchen gesetzt hatte. »Symbole der irdischen Vergänglichkeit« hatte er die Herzorchideen genannt.

Von den Südhängen des Gebirges flossen unzählige Bäche, die den Zedernfluß am Rande der Hochebene speisten. Wenn das Gebüsch sich lichtete, konnten die drei Reiter die Heerstraße nach Kodaira sehen.

Sie überquerten einen reißenden Wasserlauf in einem tiefen Bett aus rötlichem Gestein auf einer grob gezimmerten Brücke.

Kenji stieg ab. »Das ist der Mühlbach. Weiter unten, näher an der Paßstraße, hielten sich die Reiter verborgen, von denen Euch Mutter Masako berichtet hat.« Er füllte einen Ledersack und reichte ihn seinen Begleitern. »Bitte, trinkt! Es ist köstlich, weil es ganz hoch aus dem Gebirge kommt.«

Sie brachten die Pferde zu einer Stelle, wo sie gefahrlos saufen konnten.

Norihiko zupfte Yasunari am Jackenärmel. »Schau mal!«

Jemand hatte am Bachufer gerastet. Yasunari beugte sich über verkohltes Holz und blies in die Asche. Die Glut war erloschen.

Kenji sah sich um. »Es waren keine Reiter, sonst würde man Hufspuren oder Pferdemist sehen.«

Norihiko stocherte mit seinem Bô in der Feuerstelle und legte einen großen Knochen frei. »Wer auch immer hier gerastet haben mag, er hat jedenfalls bestens gespeist. Laßt uns weiterreiten.«

Der Pfad stieg hinter dem Bach an. Das Unterholz wurde lichter. In der Ferne glänzte das gewundene Band des Zedernflusses. Ein Rudel Rehe überquerte die Kodaira-Straße und zog in Richtung Fluß.

»Wie weit ist es jetzt noch bis zum Töpferdorf?«

»Wir haben es bald geschafft, Herr. Seht Ihr die Zedernreihe auf dem abgeplatteten Bergrücken? Dahinter liegt das Uguisu-Tal.«

Als sie sich der Baumreihe näherten, scheuchten sie in einer morastigen Senke einen Schwarm Krähen auf. Die Pferde mußten sich den Weg durch schulterhohes Schilfgras bahnen. Stangen, an die bunte Stoffetzen geknüpft waren, markierten den Pfad. Irgendwo tropfte Wasser. Die Krähen zogen unruhige Kreise über den Reitern. Eine umgestürzte Erle neben dem Pfad streckte das Wurzelwerk wie einen Fächer in die Höhe.

Plötzlich scheute Kenjis Pferd an einer Trauerweide und machte einen Satz nach vorne. Yasunari, der hinter Kenji ritt, zügelte seinen Hengst. Halb verdeckt von den herabhängenden Zweigen der Weide lag bäuchlings ein Mann auf dem Pfad. Der Hinterkopf des Mannes war gespalten. Yasunari und Norihiko stiegen ab und drehten die Leiche mit ihren Kampfstöcken um. Der Erschlagene trug einen groben, sandfarbenen Baumwollkittel.

Norihiko befühlte den Arm des Mannes. »Er ist noch nicht lange tot.«

Kenji hatte das Pferd wieder in der Gewalt und band es an einem Markierungspfosten fest.

Yasunari winkte ihn heran. »Ob das jemand aus dem Dorf ist?«

Kenji bückte sich. »Ja. Seht! Der Gürtel!«

In den Leibriemen des Toten war das Fischzeichen eingewebt, das die Töpfer auch in ihre Keramik ritzten.

Norihiko betrachtete nachdenklich die klaffende Schädelwunde. »Der Schlag stammt von einem Schwert oder einer Hellebarde.«

Yasunari deutete auf die majestätischen Baumriesen, die den Bergrücken vor ihnen krönten. »Können wir das Dorf schon von den Zedern aus sehen?«

»Nein, Herr. Das Tal ist hier dicht bewaldet. Wir müssen hinter den Zedern erst den Hang zu einem Wasserfall hinabsteigen, an dem die Töpfer ihre Tongruben haben. Von dort aus überblickt man den gesamten Dorfplatz und die Brennöfen. Es gibt zwar noch eine andere Stelle am oberen Talende, aber der Weg ist umständlich.«

»Dann verstecken wir die Pferde hier unten in der Senke und klettern zum Wasserfall.«

Sie fanden einen einigermaßen trockenen Ort für die Tiere neben einer Birke. Die Freunde zogen die Pistolen aus den Futteralen und luden sie. Yasunari brachte mit Stahl und Feuerstein Luntenschnüre zum Glimmen. Er steckte sie in zwei durchlöcherte Messingdosen und gab eine davon Norihiko. Kenji verbarg seine sperrige Hellebarde in einem Strauch.

Hinter der Zedernreihe führte der Pfad in Serpentinen zwischen dornigen Büschen ins Tal hinunter. Bald vernahmen sie Wasserrauschen.

»Halt!« flüsterte Kenji, der die Führung übernommen hatte. Er machte ihnen ein Zeichen, sich zu ducken. »Ich glaube, ich habe Stimmen gehört.«

Norihiko öffnete die Messingdose und steckte sich den Luntendocht in den Zündhammer. Kenji zog sein Langschwert. Yasunari bog einen Zweig zur Seite.

Der Freund drängte sich hinter ihn. »Siehst du was?«

Yasunari nickte und machte ihm ein Zeichen zu schweigen.

Ein Soldat wusch sich am Wasserfall, drei weitere hockten am Ufer und aßen Reis aus Keramikschalen. Sie

scherzten miteinander. Die Quasten an ihren Hellebarden, die sie zu einer Pyramide zusammengestellt hatten, trugen die Farben des verhaßten Landesfürsten.

»Wir müssen umkehren«, zischelte Yasunari. »Tomiki-
Leute!«

Geräuschlos kehrten sie zu den Zedern zurück.

»Und was nun?« Norihiko legte die Lunte in den Mes-
singbehälter zurück.

»Wir müssen unbedingt herausfinden, was im Dorf
vorgeht«, sagte Yasunari grimmig. »Der Erschlagene in
der Senke verheißt nichts Gutes.«

»Laßt uns die andere Stelle versuchen.« Kenji zeigte
auf einen markanten Felsen am Ende der Zedernreihe.
»Früher führte der Weg weiter hoch in die Berge und
dann zum Buchweizen-Tal hinüber. Aber seit dem Erdbeben im Winter endet er bei dem Felsen über dem Wasserfall. Sollten dort auch Wachen aufgestellt sein, würden
wir sie rechtzeitig bemerken.«

»Was meinst du?«

Norihiko nickte.

Sie folgten dem Bergkamm, bis er sich zu einem
schmalen Grat verjüngte.

»Gleich kommt die Stelle. Bitte wartet einen Moment.« Kenji stieg auf einen Stein und richtete sich
langsam auf, dann winkte er die Freunde heran. »Kein
Mensch weit und breit.«

Sie kletterten auf eine Schieferplatte. Kenji zog die
Schwerter aus dem Gürtel. Auch Norihiko und Yasunari
legten ihre Waffen ab. Auf allen vieren krochen sie zum
Plattenrand. Sie blickten direkt auf den Dorfplatz unterhalb des Wasserfalls.

»Großer Gott!« stammelte Yasunari.

Kenjis Augen öffneten sich schreckensweit. »Nein!«
Der junge Nattori begann am ganzen Körper zu zittern.

Norihiko sagte nichts, aber seine Hände verkrallten sich in den Stein, bis sie bluteten.

Der Dorfplatz war übersät mit reglosen, verstümmelten Kindern, Männern und Frauen. Den Kindern war der Schädel zertrümmert worden, an den Körpern der Frauen und Männer hatten die Soldaten offenbar die Schärfe der Schwerter und Hellebarden getestet. Die erwachsenen Toten waren grauenerregend entstellt, Gliedmaßen fehlten, und es gab kaum eine Leiche, der nicht das Gedärm aus dem Unterleib quoll. Neben einem Haufen aus abgeschlagenen Köpfen stand ein Offizier der Tomiki-Leibwächter und brüllte Befehle. Eine Kette Soldaten umringte das Leichenfeld, während andere brennende Strohbüschel in die Hütten schleuderten.

Ein Samurai mit der weinroten Brustkordel eines Unterführers zerrte eine alte Frau zu einem bronzeschimmernden Oval in der Platzmitte. Dann ließ er sie los und berührte mit dem blanken Schwert die Bronzescheibe. Die Frau schüttelte den Kopf und bekreuzigte sich. Der Samurai tippte erneut auf die Scheibe. Wieder schüttelte die Alte den Kopf. Der Samurai holte aus und schlug der Frau das Schwert in den Unterleib. Die Alte krümmte sich. Mit einem weiteren Hieb enthauptete er sie.

»Diese Teufel!« Kenjis Blick wurde starr. Er sprang auf und wollte zu den Waffen rennen.

Norihiko und Yasunari rissen ihn zu Boden.

Kenji bäumte sich auf. »Laßt mich los!« keuchte er.

Norihiko hielt ihn weiterhin mit eisernem Griff fest. »Bitte, beherrscht Euch! Ich fühle wie Ihr, aber wir müssen jetzt vor allen Dingen einen klaren Kopf bewahren.«

Yasunari legte den Arm um Kenjis Schulter, und dann kroch er zum Rand der Schieferplatte zurück. Alle Hütten der Töpfer standen in Flammen. Die Soldaten sammelten sich um eine Bastmatte, auf der die spärlichen

86

Habseligkeiten und Lebensmittelvorräte der Töpfer lagen. Unter den Soldaten waren auch Reiter aus Tomikis Leibwache – nur sie durften im Daimyônat weinrote Brustharnische anlegen – und die Soldaten vom Wasserfall. Norihiko schob sich neben Yasunari. Die Bronzescheibe wurde auf ein Packpferd geladen, dann begann man die Beute aufzuteilen. Einige Sträucher hinter den Hütten hatten Feuer gefangen. Über das Uguisu-Tal legte sich ein Rauchschleier.

Kenji ballte die Fäuste und murmelte pausenlos mit haßerfüllter Stimme: »Diese verfluchten Teufel!«

Sie holten ihre Waffen und hasteten den Bergkamm entlang. Außer Atem erreichten sie die Pferde. Sie berieten sich kurz und kamen überein, daß Kenji sofort die Zollstation alarmieren mußte, während sie den Schleichweg an der nächsten geeigneten Stelle verlassen würden, um noch vor den Tomiki-Soldaten auf der Kodaira-Straße zu sein.

Als sie in der Senke wieder an der Trauerweide vorbeiritten, lag der Erschlagene nicht mehr auf dem Pfad.

»Hier ist das Gras niedergetreten.« Yasunari sprang ab und folgte der Schleifspur neben dem Baum ein paar Schritte. Plötzlich hörte er ein Rascheln. Norihiko deutete stumm auf eine Reihe von Schilfbüscheln. Es war windstill, dennoch bewegten sich die Spitzen der lanzettenförmigen Blätter. Yasunari duckte sich hinter einem Ginsterstrauch. Norihiko bedeutete ihm, daß er sich von der anderen Seite an die Schilfbüschel heranpirschen würde, und drückte Kenji die Zügel seines Falben in die Hand. Er zog einen Pfeil aus dem Köcher und spannte den Bogen. In geduckter Haltung umrundete er die Weide.

Auf einmal teilte sich das Schilf. Ein Kind, ein Mädchen mit schlammverschmiertem Gesicht, kroch direkt auf Yasunari zu. Er schätzte die Kleine auf nicht älter als zehn Jahre. Ihr Kleidchen war aus dem gleichen sandfarbenen Stoff wie der Kittel des Erschlagenen. Als sie den Ginsterbusch erreichte, stand sie auf und schaute angespannt zu den Schilfbüscheln zurück. Noch ehe sie reagieren konnte, packte Yasunari sie und hielt ihr vorsorglich den Mund zu. Das Mädchen starrte ihn mit schreckensweiten Augen an.

»Hab bitte keine Angst!« sagte Yasunari freundlich. »Ich tu dir nichts.«

Norihikos Kopf tauchte über den Schilfgräsern auf. Das Mädchen, das einen Moment wie gelähmt gewesen war, als Yasunari sie ergriffen hatte, fing an, um sich zu treten.

»Bitte, glaub mir, wir sind keine von den Mordbrennern im Dorf!« sagte er eindringlich.

Die Kleine strampelte mit aller Kraft. Norihiko, noch immer den Bogen in Anschlag, trat ins Freie. Als er Yasunari und das Mädchen sah, senkte sich die Pfeilspitze.

»Sie ist aus dem Dorf«, rief Yasunari ihm zu und hatte seine liebe Not, das Kind festzuhalten. Norihiko eilte zu den beiden und legte Pfeil und Bogen ins Gras. Auch Kenji gesellte sich zu ihnen. Das Kind wollte und wollte sich nicht beruhigen.

»Du brauchst wirklich keine Angst zu haben«, sagte Norihiko. »Wir sind Freunde.«

»Vielleicht flößt ihr mein Medaillon Vertrauen ein.« Kenji griff in seinen Halsausschnitt. »Wir sind auch Christen. Schau, diese Zeichen kennst du doch sicher!«

Die Kleine erblickte das Kreuzzeichen und nickte. Sie hörte auf, sich gegen Yasunaris Griff zu wehren.

»Bitte, versprich mir, daß du nicht schreist, wenn ich dich jetzt loslasse, sonst hören uns die Soldaten.«

Das Mädchen nickte erneut. Yasunari nahm die Hand von ihrem Mund. »Wie heißt du, mein Kind?«

»Sumiko«, flüsterte sie. »Sie haben den Vater getötet und die Mutter.« Sie begann zu zittern. »Alle im Dorf haben sie umgebracht.«

Norihiko ging zu den Pferden und holte seinen Proviantbeutel. Er gab dem Mädchen einen Reiskeks. »Hier, Kleine, iß etwas! Du wirst hungrig sein.«

»Nein. Wer bist du?«

›Diese Augen‹, dachte Yasunari, ›diese Augen haben in den Abgrund des Grauens geschaut.‹

»Sumiko-chan! Wir sind Samurai von Nattori-dono, der auch an Jesus Christus glaubt«, sagte Kenji. »Und wir werden dir helfen. Wir nehmen dich mit in die Zollstation. Dort bist du in Sicherheit vor den Mördern.«

Das Mädchen schüttelte den Kopf und begann zu stöhnen. Mit tränenerstickter Stimme sagte sie: »Ich bleibe beim Vater.«

Die Freunde schauten sich an. Dann sagte Yasunari: »Wo ist dein Vater?«

Das Mädchen deutete auf die Schilfbüschel. »Ich habe ihn dorthin gezerrt, damit die Soldaten ihn nicht finden, wenn sie zurückkommen.«

»Die Soldaten werden ihn nicht finden, Kleine. Sie sind jetzt weitergezogen.«

»Dann will ich nach Hause.«

Yasunari zeigte auf die Rauchwolke hinter dem Bergrücken. »Euer Dorf gibt es nicht mehr.«

Das Mädchen barg das Gesicht zwischen den Knien und wimmerte wie ein verletztes Tier. Die Männer schwiegen betreten.

›Großer Gott, hilf!‹ dachte Yasunari. ›Dieses Elend!‹

Am ganzen Körper bebend erhob sich das Mädchen und schaute die Männer an. Yasunari mußte sich zwingen, dem verzweifelten Kinderblick nicht auszuweichen. Er wußte nur, daß er bis zum bitteren Ende gegen Tomiki und seine Schergen kämpfen würde.

Vielleicht war es das Kreuzamulett, das Kenji ihr gezeigt hatte, vielleicht war es auch die freundliche Art, mit der er sie überredete, doch den Reiskeks zu essen, jedenfalls beruhigte sich die Kleine etwas. Das Mädchen war nicht in der Lage, zusammenhängend zu reden. Wieder und wieder wurde sie von heftigen Weinkrämpfen geschüttelt. Aus den wirren Bruchstücken ihrer Erzählung vermochten sich die Männer zumindest ein vages Bild dessen zu machen, was seit den frühen Morgenstunden im Töpferdorf vorgefallen war.

Sumiko war mit ihrem Vater gleich nach Sonnenaufgang am Wasserfall entlang zu den Zedern geklettert, um auf dem Bergrücken nach Tororowurzeln zu graben. Von dort aus hatten sie Soldaten gesehen, die im Begriff waren, den Talausgang abzuriegeln. Der Vater befahl Sumiko, sich zu verstecken und sich nicht zu rühren, bis er sie wieder abholen würde. Dann stieg er zum Wasserfall hinab. Sie wartete gehorsam.

Die Sonne stand bereits hoch am Himmel, und der Vater war noch immer nicht zurückgekehrt. Da bekam sie Angst. Sie schlich sich bis zu der Schieferplatte und mußte mit ansehen, wie die Dörfler getötet wurden, weil sie sich weigerten, ein bronzenes Christusbild mit Füßen zu treten, das in der Hütte des Dorfvorstehers unter den Tatami verborgen war.

Als Sumiko zu schildern versuchte, wie die Soldaten auch ihre Mutter zu der Bronzescheibe gezerrt hatten, versagte die Stimme wieder, und sie warf sich zu Boden. Die kleinen Hände krallten sich in das Erdreich. Norihiko hob sie behutsam auf und drückte sie zärtlich. Yasunari streichelte ihr über das Haar. Kenji war auf die Knie gesunken.

90

Voller Entsetzen hatte sie daraufhin nach dem Vater gerufen. Vor einem Trupp, der die Umgebung des Tals durchkämmte und sich dann am Wasserfall postierte, floh sie in die Senke. Sie verirrte sich und suchte lange nach dem Pfad, der zu den Zedern hinaufführte. Unter der Weide fand sie dann den Vater und zerrte ihn in die Schilfbüschel. Wenig später hörte sie Pferde ...

»Wir haben vielleicht noch zwei Stunden Tageslicht«, drängte Norihiko. »Laßt uns weiterreiten!«

Das Kind war derart erschöpft, daß es sich von Yasunari widerstandslos vor Kenji in den Sattel setzen ließ. Sie ritten, so schnell sie konnten, das Mädchen schlief dennoch in Kenjis Arm ein.

An der Wiese mit den Herzorchideen trennten sich die Männer im letzten Licht des Tages. Kenji warf Norihiko seinen Proviantsack zu. »Bitte nehmt, Ihr werdet die Reiskekse unterwegs gut gebrauchen können.« Dann sprengte er mit dem Kind davon.

Die Freunde führten die Pferde am Zaum in die Ebene hinunter. Über dem Uguisu-Tal stand immer noch ein großer Rauchpilz. Der Himmel war von einem durchgängigen Grau.

Auf der Kodaira-Straße befand sich, soweit sie es in der Dämmerung erkennen konnten, niemand außer ihnen. Sie folgten dem Heeresweg ein Stück und wandten sich dann bei völliger Dunkelheit nach Süden, in Richtung Zedernfluß und Hügelland.

»Ich hoffe nur, wir finden die Furt auf Anhieb.«

»Bestimmt, Yasunari. Kenji sagte, sie würde sich in unmittelbarer Nähe der Goldsandbachmündung befinden und sei kaum zu verfehlen. Wir müßten nur nach einer einzelnen Weißeiche Ausschau halten. Außerdem ist der Fluß in der Ebene um diese Jahreszeit seicht. Wir können getrost überall eine Überquerung wagen.«

Gegen Mitternacht erreichten sie den Zedernfluß und entdeckten sogleich die von Kenji beschriebene flache Stelle neben der Weißeiche. Als sie zum gegenüberliegenden Flußufer ritten, ging das Wasser den Pferden bloß knapp über die Fesseln.

Im Schutz der Hügel entfachten sie ein winziges Lagerfeuer. Norihiko übernahm die erste Wache. Yasunari rollte sich in seine Decke. Er schlief unruhig. Die Schreckensbilder aus dem Töpferdorf verfolgten ihn bis in seine Träume.

Der Marschbefehl aus Schloß Kawashimo

Die Stunden bis zum Morgengrauen vergingen ereignislos. Yasunari weckte den Freund bei Sonnenaufgang und bestieg eine Anhöhe. Der Zedernfluß war über Nacht stark angeschwollen, in dem bräunlichen Wasser schwammen Blätter und kleine Zweige. In den Bergen mußte es geregnet haben. Ein Rudel Rehe näherte sich gemächlich der Furt. Wo der Bach in den Fluß mündete, umspülte er einen geweihten Felsbrocken, der einem erhobenen Finger glich. Um den Stein war ein dickes Tau aus geflochtenem Reisstroh gewunden. Ähnlich ehrte man die großen Eichen daheim am Benten-Schrein. Yasunari ging zum Rastplatz zurück.

Norihiko sattelte bereits die Pferde. »Und?«

»Keine Ahnung, ob jemand auf dem Heerweg ist. Über der Ebene lag dichter Nebel, aber an der Furt war niemand zu sehen.« Yasunari packte seine Decke zusammen und band sie hinter dem Sattel fest. »Ob sie gestern noch weitergezogen sind?«

Norihiko bedeckte die Feuerstelle mit abgestorbenem Laub. »Möglich. Aber vielleicht weiß man in Takeoka mehr.«

»Hoffentlich sind sie nicht in Richtung Kodaira aufgebrochen.«

Norihiko schaute den Freund fragend an. »Weshalb?«

»Wegen Hauptmann Harada. Er wird bestimmt auf der Heerstraße reiten, nachdem er in Kodaira war. Vergiß nicht, er wollte auf dem Rückweg auch die Holzfäller warnen!«

»Er hat garantiert die Rauchwolke über dem Töpferdorf bemerkt.«

»Gebe es Gott!«

Die Freunde saßen auf und folgten dem Bach tiefer in die Hügel. Farnbüschel säumten die Ufer, und im klaren Wasser spielten Forellen. Nach Kenjis Beschreibung lag Takeoka, die Ansiedlung der Holzfäller und Köhler, in einem Bambushain oberhalb der Goldbachquelle.

Ochsenfrosch hatte jahrelang mit anderen herrenlosen Samurai Zuflucht in diesen Hügeln gefunden, bevor er ein Gefolgsmann von Tadayama Tôichi wurde.

Norihiko ritt voran. In Gedanken versunken folgte Yasunari. Noch immer lebten viele Rônin unter den Holzfällern in der Umgebung von Takeoka. Zumeist handelte es sich um versprengte christliche Samurai, die früher bei Fürst Ôtomo in Dienst gestanden hatten und nach Tomikis Sieg vogelfrei waren. Die ausgedehnten Wälder südlich des Zedernflusses, in die sich nur selten ein Abgesandter aus Kawashimo verirrte, waren ihre neue Heimat.

Die Freunde folgten bereits seit geraumer Zeit dem Bach, als die Sonne langsam über den Hügeln erschien.

»Jetzt weiß ich, weshalb er Goldsandbach heißt«, sagte Yasunari.

Der feine Sand auf dem Bachgrund leuchtete in kräftigen Gelbtönen auf.

»Weit kann es nicht mehr bis Takeoka sein.« Der Bach war kaum mehr als ein schulterbreites Rinnsal.

»Nein – schau! Das da vorne sieht mir ganz nach einer Sperre aus!«

Querliegende Bäume an beiden Uferrändern nötigten Yasunari und Norihiko, die Pferde in das Bachbett zu lenken.

»Sicher ist sicher«, sagte Norihiko, zog die Pistole aus dem Futteral und brachte die Luntenschnur zum Glimmen. Er klemmte sie in den Abzugshahn.

Norihiko nickte. »Zumindest muß jemand kräftig mit einer Axt nachgeholfen haben, damit nur dieser enge Durchlaß bleibt.«

Plötzlich hörten sie das Schwirren von Bogensehnen, und zwei Pfeile schlugen in einem morschen Ast über Yasunaris Kopf ein.

»Wer, verdammt …!« Norihiko war im Nu mit beiden Füßen aus den Steigbügeln und nahm hinter seinem Falben Deckung.

»Warte!« Yasunari betrachtete die Pfeile. Sie hatten lediglich Spitzen aus gehärtetem Holz. »Das war eine Warnung.« Yasunari blieb im Sattel und hängte demonstrativ langsam seinen Bogen an den Ast.

»Du bist verrückt«, zischte Norihiko. Er richtete die Pistole auf den Hang, wo die Schützen sich verborgen halten mußten.

»Keineswegs. Wenn sie es gewollt hätten, wären wir jetzt erledigt.« Die Pfeile steckten dicht an dicht. »Laß um Gottes willen die Pistole sinken!«

Widerwillig gehorchte Norihiko.

»Ich werde ihnen zeigen, daß wir in friedlicher Absicht gekommen sind.« Yasunari stieg ab und reichte Norihiko die Zügel, dann gab er ihm auch seine Schwerter. »Bleib du hier. Ich versuche, mit ihnen zu reden.«

»Und wenn es Diamant-Mönche oder Wanderpriester sind?«

»Die hätten uns wohl kaum gewarnt.«

Yasunari sollte recht behalten.

Ein Mann in einer smaragdgrünen Rüstung sprang von einem der gefällten Bäume, raffte den Hakama und watete ihnen entgegen. Er war von untersetzter Gestalt und trug die zwei Schwerter eines Samurai. Als er näher kam, rief er barsch: »Was wollt Ihr?«

»Ich bin Tadayama Yasunari, und mein Freund heißt Ishii Norihiko. Und Ihr? Kommt Ihr aus Takeoka?«

Der Samurai nickte und sagte nun freundlicher: »Eure Namen sind mir durchaus geläufig, aber ob Ihr wirklich die Personen seid, vermag ich nicht zu sagen. Bitte, bewegt Euch nicht von der Stelle, bis ich mit jemandem zurück bin, der das besser als ich beurteilen kann.«

»Wir waren noch nie in Takeoka, wer sollte uns dort kennen?« gab Norihiko zu bedenken.

»Wartet ab! Wenn Ihr wirklich Tadayama Yasunari und Ishii Norihiko seid, werdet Ihr nichts zu befürchten haben – im Gegenteil!« Er wies auf die bewaldeten Hänge. »Aber beherzigt meinen Rat: Meine Männer haben klare Anweisungen, also rührt Euch nicht, und laßt die Waffen stecken!« Mit dieser Ermahnung verschwand er zwischen den umgestürzten Bäumen.

»Ich habe schon drei entdeckt«, sagte Norihiko.

»Es sind mehr.« Ein Zweig knackte. Yasunari zeigte mit dem Daumen über die Schulter. »Über uns im Hang sind auch noch welche.«

Wenig später erschien der Samurai in Begleitung eines unbewaffneten älteren Mannes. Der Mann musterte die Freunde, wechselte ein paar Worte mit seinem Begleiter und ging dann alleine auf die Freunde zu. Er trug eine schlichte Kutte und kurzgeschorenes Haar.

»Das muß der *padore* sein«, flüsterte Yasunari.

Alle verbeugten sich zur Begrüßung.

»Darf ich fragen, was die edlen Herren in unsere unwirtliche Gegend treibt?«

»Mein Vater, wir sind gekommen, Euch zu warnen.«

»Ihr wißt, wer ich bin?«

»Ja, mein Vater, Nattori Kenji hat Euch trefflich beschrieben.«

Der Priester gab seinem Begleiter ein Zeichen. Der Samurai gesellte sich zu ihnen. In kurzen Worten erzählte Yasunari von dem Massaker im Töpferdorf.

Sie lauschten dem Bericht mit versteinerter Miene, dann ergriff der Priester das Wort: »Verzeiht unser Mißtrauen. Ja, ich bin Pater Antonio, und die Vertrauten des Hauses Nattori sind auch unsere Freunde. Im Namen des HERRN, seid willkommen in Takeoka, auch wenn die Kunde, die Ihr bringt, eine furchtbare ist.«

»Auch ich heiße Euch willkommen«, sagte der Samurai. Er stellte sich als Ikeda Tarô, das Oberhaupt der Goldsandbach-Rônin, vor. »Wir hatten schon das Schlimmste befürchtet, als gestern früh die Soldaten auf der Kodaira-Straße marschierten und am Nachmittag die Rauchwolke über dem Uguisu-Tal stand, aber was Ihr uns schildert, ist einfach ungeheuerlich.«

»Ich habe heute morgen, als wir losritten, nicht sehen können, in welche Richtung die Tomiki-Soldaten davongezogen sind«, sagte Yasunari. »Es lag zuviel Nebel über der Ebene.«

»Sie sind auf dem Heerweg nach Kodaira unterwegs. Aber um die Stadt zu nehmen, braucht man mehr Soldaten.«

Yasunari berichtete von den Reitern im Mühlbachtal

und den Diamant-Mönchen in der Schlucht. »Im stillen habe ich gehofft, daß bereits ein Bote meines Vaters bei Euch eingetroffen ist.« Er schilderte Hauptmann Haradas Mission in Kodaira.

»Ich kenne Harada. Er ist ein umsichtiger Mann. Er wird umgekehrt sein, als er die Truppen auf dem Heerweg bemerkt hat.«

Norihiko faßte kurz zusammen, was Nattori-dono in Erfahrung gebracht hatte. Der Priester und der Rônin lauschten mit zusammengekniffenen Lippen.

»Vier Transportschiffe mit Diamant-Mönchen? Das sind mindestens dreihundert zusätzliche Kämpfer!« Ikedas Miene verfinsterte sich.

Pater Antonio sagte leise: »Also naht der Tag, an dem der rote Pfeil eintreffen wird!«

»Wie man sieht, seid Ihr vorbereitet.« Norihiko wies auf die Baumstämme.

»Das war nur wegen der Diamant-Mönche, die Ihr in der Schlucht beobachtet habt«, sagte Ikeda. »Wir dachten zuerst, daß sie uns angreifen würden. Aber sie sind dann durch ein Nachbartal zum Zedernfluß weitergezogen. Daß Tomiki überall im Land Truppen zusammenzieht, erfahren wir erst jetzt durch Euch.«

»Habt Ihr nicht auch die Muschelhörner der Wanderpriester gehört?«

»Schon. Jedoch wagen sie sich kaum noch in die Nähe des Goldsandbachs, seit der Pater hier bei uns lebt«, sagte Ikeda und machte eine abfällige Geste.

»Nicht mich fürchten sie«, Pater Antonio lächelte, »sondern die wehrhaften Bewohner von Takeoka und ihre Treffsicherheit mit dem Langbogen.«

Yasunari zog die Pfeile aus dem morschen Ast und reichte sie Ikeda. »Mit Recht! Das waren vorhin zwei Meisterschüsse.«

»Wir wissen, was uns erwartet, wenn wir in Tomikis Hände fallen.« Der Anführer der Rônin tippte auf den Knauf seines Langschwertes. »Aber das gebe Gott! Widerstandslos abschlachten wie die Töpfer lassen wir uns nicht! Jeder hier kann mit einer Waffe umgehen, selbst die Frauen und die Kinder. Und jetzt entschuldigt mich, bitte. Ich muß mich wieder auf meinen Posten begeben.«

Pater Antonio brachte die Freunde hoch zum Dorf. Von der Kuppe des Hügels, auf dem die Hütten halbkreisförmig inmitten eines Bambushains standen, hatte man einen Blick über die Zedernflußebene bis hin zum Schwarzgipfel-Gebirge. Ein Bambusstamm neben der Priesterhütte war so dick, daß man ihn mit den Armen knapp umspannen konnte, und Yasunari schätzte, daß er höher war als die Ostmauer der Festung. Eine Strickleiter führte zur Spitze hinauf.

»Da oben sitzt unsere Wache«, erklärte Pater Antonio.

Die Freunde verweilten nicht lange und hinterließen eine Nachricht für Hauptmann Harada, falls er doch noch nach Takeoka kommen sollte. Gestärkt und mit reichlich Proviant versehen, sattelten sie die Pferde. Pater Antonio sprach ein Gebet zum Abschied und gab ihnen einen Knaben mit, der sie bis auf den Höhenweg brachte und dann ins Dorf zurückkehrte.

Das Gelände erlaubte den Freunden kaum, nebeneinander zu reiten. So hing jeder den eigenen Gedanken nach. Yasunari fragte sich, wie sein Vater wohl auf die düsteren Neuigkeiten reagieren würde und ob der kleine Priester sicher in der Festung eingetroffen war.

Mit dem Höhenweg durch die waldigen Hügel verhielt es sich wie mit dem Treidelpfad am Zedernfluß: Nur noch Salzhändler aus der Küstenregion oder die Wanderpriester bereisten ihn gelegentlich. Er führte über die höchsten Kuppen direkt nach Süden und war in desolatem Zustand. Yasunari und Norihiko brauchten Stunden, bis sie endlich die Dächer des Benten-Schreins in der Ferne erblickten.

Plötzlich hob Yasunari die Hand. »Hast du gehört?«

»Ja«, sagte Norihiko. »Es klang wie Schüsse!«

Wieder vernahmen sie einen gedämpften Knall.

Sie trieben die Pferde an, bis der Weg sich zu einer Lichtung verbreiterte. Ein steinernes Türmchen und eine mit einem Reisstrohtau umwundene Eiche markierten den Anfang eines Pfads, der zum Heiligtum der Göttin hinunterführte.

»Schnell!«

Auf der Lichtung standen drei angepflockte Pferde.

Die Freunde sprangen ab und zerrten ihre Pferde ins Gebüsch. Norihiko zog die Pistole aus dem Futteral, Yasunari ergriff Bô und Bogen.

Sie schlichen zum Lichtungsrand zurück und duckten sich hinter einen Felsen. Keinen Moment zu früh, denn am Tôrii wurden Stimmen vernehmlich. Feuer für die Luntenschnur zu schlagen wagte Norihiko nicht mehr, weil sogleich drei Samurai und ein Benten-Priester auf die Lichtung zu den Pferden rannten. Ihre Gesichter trieften vor Schweiß. Einer der Krieger hatte eine Muskete geschultert. Als sie in großer Eile die Pferde losbanden, glänzten ihre weinroten Brustharnische in der Abendsonne. Sie trugen leichte Reiterrüstung und visierlose Helme.

»Verflucht!« Yasunari legte einen Pfeil an die Sehne. »Ich nehme den mit der Muskete zuerst«, flüsterte er.

Plötzlich wieherte Norihikos Falbe. Die Pferde auf der Lichtung antworteten. Acht Augenpaare richteten sich auf den Felsblock.

Yasunari spannte den Bogen. Zwei Leibgardisten zogen augenblicklich blank, während der dritte die Muskete anlegte. Der Pfeil durchbohrte seinen Hals. Röchelnd ließ er seine Muskete fallen. Als er stürzte, riß er den Benten-Priester mit sich zu Boden. Die Pferde scheuten und schlugen aus, und der Schreinpriester wurde von einem Huf an der Hüfte getroffen.

Verdeckt von den ausbrechenden Pferden stürmten die Freunde los, Yasunari mit dem Bô, Norihiko mit erhobenem Schwert. Die Tomiki-Reiter sahen sie erst, als sie bis auf ein paar Schritte herangekommen waren.

Yasunari fing das gegen die Schläfe gezielte Schwert seines Gegners beidhändig mit dem Bô ab und sprang weit zurück. Der Samurai setzte nach. Yasunari wich noch einen Schritt zurück und schmetterte ihm die Stockspitze seitlich gegen das vordere Knie. Der Mann knickte ein. Yasunaris zweiter Schlag traf das ungeschützte Gesicht. Der Samurai fiel bäuchlings zu Boden und rührte sich nicht mehr.

Norihiko kämpfte noch verbissen. Er war an einen erfahrenen Fechter geraten, der sich von dem Rasenden nicht beeindrucken ließ, sondern ihn durch blitzschnelle Konterangriffe immer mehr an den Lichtungsrand drängte. Yasunari kam dem Freund mit gellendem Kampfschrei zu Hilfe. Er schleuderte den Stock und riß das Schwert aus der Scheide. Der Samurai duckte sich. Der Stock verfehlte ihn um Handbreite, aber Norihiko nutzte diesen Moment der Irritation und schlug dem Mann das Schwert in den Oberarm. Dann war Yasunari heran. Er durchbohrte den ledernen Nackenschutz des Helms. Der Samurai schrie auf und taumelte in Norihikos Klinge. Wimmernd vor Schmerz drehte er sich um seine eigene Achse. Yasunari rammte ihm das Schwert in den Bauch. Der Mann sank zu Boden.

»Wo ist der verdammte Benten-Bonze?« Norihiko wischte sich mit dem Handrücken den Schweiß von der Stirn.

»Er wird sich irgendwo verkrochen haben«, keuchte Yasunari.

Die Pferde hatten sich wieder beruhigt und grasten unter der geweihten Eiche. Die Freunde liefen zur Mitte der Lichtung. Der Mann, den Yasunari im Gesicht getroffen hatte, war auch tot. Die Bô-Spitze war durch das Auge ins Gehirn gedrungen. Aber der Musketenträger atmete noch schwach. Seine Hände waren in den Pfeil verkrallt. Norihiko durchschlug ihm die Halsschlagader.

Den Benten-Priester entdeckten sie nach kurzer Suche im Unterholz hinter dem Tôrii. Er war ohnmächtig geworden. Das ausschlagende Pferd hatte ihm den Oberschenkel zerschmettert.

»Sie können eigentlich nur vor unseren Leuten geflohen sein«, sagte Norihiko.

Sie zerrten den leblosen Bonzen in die Lichtungsmitte und banden ihn auf ein Pferd. Dann sammelten sie alle Waffen ein. Während Norihiko ihre eigenen Pferde holte, schnallte Yasunari den Toten die Rüstungen ab. Als er den Brustharnisch des Musketiers löste, fiel ihm ein flaches Lackkästchen entgegen, das einen gefalteten Brief enthielt.

Yasunari las und erbleichte. Tomikis neuer Statthalter forderte die Wanderpriester im Zedernflußtal auf, sich beim nächsten Vollmond mit den an der Westküste gelandeten Diamant-Mönchen und den regulären Truppen aus Kawashimo zu vereinen, um »*die christliche Brut der* nambanjin *endlich ihrer gerechten Strafe zuzuführen*«.

Norihiko kam mit den Pferden auf die Lichtung. Wortlos reichte Yasunari ihm das Schreiben. Als der Freund den Brief zurückgab, schaute er mit starrem Blick in den sinkenden Sonnenball.

Während Yasunari das Pferd mit dem verletzten Benten-Priester neben sich dirigierte, ertönte Gebell.

»Das klingt nach unseren Hunden«, sagte Norihiko, griff aber trotzdem nach Pfeil und Bogen.

Yasunari lauschte angespannt. »Sie sind auf dem Schreinpfad und kommen hier vorbei.« Auch er spannte den Bogen.

Sekunden später erschienen zwei riesige Tosa-Rüden, sahen Reiter und Pferde und wollten losstürzen.

»Steht!« schrie Yasunari.

Die Hunde parierten verdutzt.

»Dann sind auch die Mikis nicht weit.« Yasunari senkte den Bogen. Der Benten-Priester stöhnte auf. Die Hunde fletschten die Zähne, begannen zu knurren und setzten zum Sprung an. »Steht!« schrie Yasunari erneut. Widerwillig gehorchten sie.

»Das erklärt wohl die Eile der vier Herren soeben. Da kommen auch schon die Mikis!«

Miki Gichin und Miki Tadaki stürmten an der Spitze eines Soldatentrupps auf die Lichtung.

»Wir haben den Hunden schon die Arbeit abgenommen«, rief Norihiko den verblüfften Gebrüdern entgegen.

Miki Tadaki verbeugte sich vor Yasunari und Norihiko. »Alle Achtung! Ich habe bereits geglaubt, sie würden uns entkommen.«

Miki Gichin leinte die Tosas an. »Wir haben vor einer Stunde den Schrein umstellt, weil der Bannerträger gestern in Erfahrung gebracht hatte, daß sich dort mehrere bewaffnete Wanderpriester aufhielten. Als wir die Gebäude durchsuchten, haben sie sich zur Wehr gesetzt, aber das Pack war im Handumdrehen erledigt. Bis auf die hier!« Er betrachtete den toten Musketier. »Sie müssen eingetroffen sein, kurz bevor wir das Gelände abgeriegelt haben.«

»Wie sind sie Euch entkommen?«

»Wir stürmten das Hauptgebäude, und ich beobachtete, wie sie in eine Luke krochen. Zuerst dachten wir, es würde sich bloß um einen Kellerraum handeln, aber als wir dann endlich den Deckel aufgebrochen hatten, fanden wir einen unterirdischen Gang und schickten die Hunde hinein. Den Rest kennt Ihr. Doch weshalb seid Ihr auf dem Höhenweg geritten, Herr?«

»Ist Hauptmann Harada noch nicht aus Kodaira zurück?«

»Nein, Herr.«

Während die Soldaten sich der erbeuteten Pferde annahmen, berichtete Yasunari.

Tee im Pavillon der Mondwellen

Pater Bartolomeu begrüßte seine Teegäste an der Gartenpforte mit einer tiefen Verbeugung. Tadayama Tôichi, Yamaguchi-sensei und Issa, der Zen-Meister, erwiderten den Gruß. Der Herr der Festung und der greise Yamaguchi gaben dem Bannerträger im Wartehäuschen ihre Schwerter in Verwahrung. Der Pater entfernte sich. Der Tono und Meister Issa reichten dem alten Schwertlehrer ihre Arme als Stütze. Bevor sie Pater Bartolomeu langsam zum Teehaus folgten, schöpften sie aus einem Felsenbecken kühles Quellwasser, spülten sich den Mund und ließen das Wasser über die Hände rinnen. *Pavillon der Mondwellen* hatte der kleine Priester das Teehaus mit dem tief herabgezogenen Strohdach seinerzeit getauft.

Obwohl beide protestierten, bestand der Tono darauf, daß sein greiser Lehrer und Meister Issa vor ihm durch die niedere Schiebetür in den Teeraum schlüpften. Der

Teeraum war ein Viereinhalb-Matten-Zimmer, in dessen Mitte man eine quadratische Feuerstelle ausgespart hatte. Über glimmenden Holzkohlen summte leise Wasser in einem Eisenkessel.

Sie knieten vor der Ehrennische nieder und bewunderten die zarte Blüte einer Herzorchidee, an der noch Wasserperlen wie Tautropfen hingen. Durch die geöffnete Schiebetür drang mildes Morgenlicht und das monotone Zirpen einer Grille.

Pater Bartolomeu betrat, aus dem Sukiya, der Küche des Pavillons kommend, den Teeraum mit der dickwandigen Zeremonieschale und den Teeutensilien. Er entnahm einer Dose mit einem zierlichen Bambuslöffel dreimal drei Häufchen Koi-Cha, streute das bittere dunkelgrüne Teepulver in die tiefe Keramikschale, die er zwischen sich und Tadayama Tôichi auf den frisch bezogenen Tatami gestellt hatte, und verschloß die Teedose wieder. Dann schöpfte er mit einer Holzkelle Wasser aus dem bauchigen, rustikalen Kessel und goß es in die Schale, nachdem er sich vergewissert hatte, daß bloß noch stecknadelkopfgroße Bläschen vom Kesselboden aufstiegen. Mit einem Quirl aus haarfein gespaltenem Bambus begann er den Tee zu schlagen, bis er leicht schäumte, und stellte die Schale vor den Tono.

Tadayama Tôichi verbeugte sich vor Yamaguchi-sensei, gab damit zu verstehen, daß er sich der Ehre bewußt war, als erster trinken zu dürfen, und setzte die Schale an die Lippen. Er nahm drei Schluck, reinigte die Stelle, die der Mund berührt hatte, mit einem Blatt Papier, drehte die Schale und setzte sie unter einer weiteren Verbeugung vor seinem Lehrer nieder. Yamaguchi-sensei wiederholte das Ritual, gab die Schale an Meister Issa weiter, dann trank der Priester. Im Garten begann ein Vogel zu singen.

Yamaguchi räusperte sich und wies auf die Teeschale. »Fürst Ôtomo hat vor der Schlacht in den Braunwasser-Sümpfen uns Offizieren eigenhändig darin den Tee bereitet.«

»Das ist richtig«, sagte der Priester. »Und bei dieser Gelegenheit hat er auch ein Gedicht verfaßt, das ich seitdem im Herzen trage. Erinnert Ihr Euch?«

Der Zen-Meister lächelte und nickte. »Ist es dieses?« Leise rezitierte er:

> »*Nichtig sind der Menschen Werke*
> *Wie Schneeflocken auf einem heißen Ofen*
> *Vor dem Ewigen.*«

»Ja, Meister Issa«, sagte der Priester. »Diese Zeilen sind das weise Vermächtnis unseres geliebten Fürsten Ôtomo, der ohne zu zögern für den HERRN sein Leben hingab. Mag unser Kampf auf Erden auch vergeblich enden gegen die dunklen Mächte des Satans, so wird doch niemand SEINEM göttlichen Gericht entgehen, selbst ein mächtiger Herrscher wie Fürst Tomiki nicht.«

Yamaguchi bat Pater Bartolomeu, die Teeschale eingehend betrachten zu dürfen. Er betastete die rauhe Glasur und seufzte. »Alle, die dieses Gefäß schätzten und hochachteten, sind nicht mehr. Meister Rikyû hat in ihr den Tee geschlagen, bevor sie in den Besitz des Hauses Ôtomo gelangt ist. Ihr, *padore*, habt sie auf der Flucht aus den Braunwasser-Sümpfen mit Euch getragen.« Yamaguchis Augen blitzten, als er sprach. »Meine Tage auf Erden sind ohnehin gezählt. Aber die Vorstellung, mein Leben zu beenden wie die Töpfersippe im Uguisu-Tal, deren Ahnen dieses Meisterwerk geschaffen haben, behagt mir wenig.«

»Es waren wehrlose Dörfler«, sagte Tadayama Tôichi.

»Und vergeßt bitte nicht, sie waren völlig ahnungslos.« Der Rücken des Tono straffte sich. »So wahr der HERR mir beisteht, eines verspreche ich: Ein derartiges Gemetzel wird sich nicht wiederholen. Wir haben gestern die Wanderpriester am Benten-Schrein vernichtet, und wir werden auch die Diamant-Mönche schlagen, bevor sie sich mit Tomikis Truppen vereinigen können. Hauptmann Harada traf in der Nacht ein. Er brachte den roten Pfeil aus Kodaira mit. An Nattori-dono und an all die Gleichgesinnten im Lande wurde er auch geschickt. Tomiki scheint als erstes gegen die Zollstation vorgehen zu wollen. Wir werden noch heute Nattori-dono zu Hilfe eilen. Die Transportschiffe der Diamant-Mönche wurden übrigens von den Rotbärten gestellt.«

Das Gesicht des Priesters verfinsterte sich. »Holländer! Diese abtrünnigen Christen sind genauso verrucht wie das Haus Tokugawa.« Pater Bartolomeu bekreuzigte sich. »Ich bin ein Diener des HERRN und kein Krieger, aber ich billige Euren Entschluß, Tono. Ihr kämpft einen gerechten Kampf gegen die Feinde des HERRN und SEIN Segen wird auf Euch ruhen, so wie er bereits auf Eurem Sohn und Ishii Norihiko geruht hat.«

»Ja«, sagte Tadayama Tôichi. »Es war ihr erster Waffengang mit ernstzunehmenden Gegnern.«

Yamaguchi-sensei gab dem Priester die Teeschale mit einem stillen Lächeln zurück. »Träger der weinroten Brustpanzer gelten als die besten Kämpfer weit und breit. Die Mikis haben auch mir geschildert, wie die beiden jungen Leute die Leibgardisten besiegten. Ihr könnt wahrlich stolz auf Euren Sohn sein, Tono!«

Tadayama Tôichi verbeugte sich vor seinem alten Schwertlehrer. »Es ist Euer Verdienst, Sensei, daß bei uns die Waffenkunst in voller Blüte steht. Ihr wart es, der Ochsenfrosch in die Geheimnisse des Bô eingeweiht hat.

Aber ich will nicht verhehlen, daß mein Sohn und sein Freund sich wacker geschlagen haben.«

»Wem der HERR zugetan ist, der vermag auch gegen Goliath zu streiten.« Der kleine Priester bekreuzigte sich erneut und räumte die Teeutensilien weg.

Auf dem Gartenpfad wurden Schritte vernehmlich. Yasunari betrat die Veranda und kniete nieder. »Wir sind in einer halben Stunde abmarschbereit, Vater.«

»Gut! Der Bannerträger soll mir gleich beim Anlegen der Rüstung behilflich sein.«

»Jawohl, Vater!« Yasunari eilte davon.

Tadayama Tôichi verabschiedete sich förmlich von Yamaguchi-sensei, Meister Issa und Pater Bartolomeu, dann schlüpfte er durch die Schiebetür. Der kleine Priester murmelte ein Gebet.

Der Aufstand der Christen

Anstelle von Tomikis weinrotem Banner wehte seit den frühen Morgenstunden die Fahne des untergegangenen Hauses Ôtomo über dem Flußtor. Der Priester hatte den alten verschlissenen Schlachtwimpel vor der angetretenen Besatzung gesegnet und mit Weihwasser besprengt. Dann hatten Yasunari und Norihiko ihn neben das Tadayamasche Hoheitszeichen gepflanzt.

Immer mehr Bauern aus der Umgebung strömten mit ihren Familien und Vorräten in die Festung. Viele hatten sich, so gut es ging, bewaffnet, trugen Äxte und Hacken geschultert. Die Mikis wiesen ihnen Quartiere hinter dem Mannschaftshaus und zwischen den Reisspeichern zu. Ochsenfrosch wählte diejenigen unter den Männern aus, die ihm Großvater Toshiro bedeutete. Sie würden die erbeuteten Waffen aus dem Benten-Schrein bekommen. Noch in der Nacht hatte Tadayama Tôichi Boten in die Dörfer geschickt, und der einhändige Alte war als einer der ersten mit seinen Söhnen in der Festung eingetroffen. Dem alten Soldaten waren Tränen in die Augen getreten, als er die Fahne mit dem goldenen Kreuz auf der Ostmauer der Festung erblickt hatte.

Langsam verebbte das ständige Kommen und Gehen berittener Kuriere, die Nachrichten aus allen Landesteilen brachten, und Tadayama Tôichi beorderte seine Offiziere in die Fechthalle, um letzte Anordnungen vor dem Abmarsch nach Norden zu erteilen.

Mit ruhiger Stimme informierte der Kommandant die Mannschaftsführer über die Ereignisse, soweit er sie zu deuten vermochte. Manche der Botschaften waren widersprüchlich, aber im großen und ganzen schien die Lage klar zu sein: Überall gärte es im Lande. Tomikis Statthalter hatte erneut die Salzsteuer erhöht, und in der Hafenstadt Nagasaki waren Unruhen unter der Bevölkerung ausgebrochen. Auch die Bauern der Wildgrasebene rotteten sich wieder zusammen.

Wie ein Kurier von Nattori-dono berichtete, der über die »Umwegberge« zur Festung gelangt war, sperrten die Tomiki-Reiter aus der Zedernflußschlucht bereits die Paßstraße im Süden, und die Diamant-Mönche von der Westküste hatten die Ausläufer des Gebirges erreicht, wo sie ein befestigtes Lager am Nordende des Schwarzgipfel-Passes aufschlugen. Sie führten zwei Geschütze mit sich und mehrere *nambanjin*-Artilleristen. Die Hundertschaft, die das Töpferdorf niedergebrannt hatte, erhielt pausenlos Verstärkung von Wanderpriestern aus dem Hügelland und bewegte sich auf der Heerstraße in Richtung Zollstation.

Eine Meldung beunruhigte Tadayama Tôichi mehr, als er sich anmerken ließ: In Kawashimo waren Shôgunatstruppen angelandet worden, und es kursierte das Gerücht, daß Fürst Tomiki mit ihnen gereist war.

Hauptmann Harada kommandierte die Kavallerie-Vorausabteilung, der auch die Freunde angehörten. Gegen Mittag erreichten die Reiter das Flößerdorf. Kein Hund schlug an, als Yasunari und Norihiko sich auf dem Knüppeldamm dem Heckentor näherten.

»Halt!« Yasunari hatte ein Wildbienennest in dem mit Dorngestrüpp verbarrikadierten Eingang entdeckt.

»Das Dorf scheint verlassen.« Norihiko beschirmte seine Augen mit der Handfläche. »Aber irgendwelche Anzeichen von Kampf vermag ich nicht zu erkennen.«

»Dort hinter der Hecke ist doch jemand.« Yasunaris scharfe Augen hatten in den Dornenranken einen roten Fleck entdeckt. Er zog Lang- und Kurzschwert aus der Scheide und kreuzte die Klingen rechtwinklig über seinem Kopf. »Wenn es einer von den Flößern sein sollte, der da oben hockt, wird er sich zu erkennen geben.«

Und richtig! Kaum hatte Yasunari zu Ende gesprochen, schlüpfte eine mit Pfeil und Bogen bewaffnete, von Kopf bis Fuß vermummte Gestalt durch die Hecke und hob den Gazeschleier an, der das Gesicht bedeckte.

»Satoshi!« riefen die Freunde gleichzeitig.

Der Sohn des Dorfschulzen lief zu ihnen auf den Knüppeldamm. »Ich habe die Bienennester in der Hecke verteilt, Herr, deshalb mein eigentümliches Gewand.«

»Was ist geschehen, hat man euch aus dem Dorf vertrieben?«

»Nein, Herr. Wir sind alle tiefer in die Hügel gezogen, als wir von den Diamant-Mönchen in der Schlucht erfuhren. Und dann kam ein Bote vom Goldsandbach und erzählte uns von den Vorgängen in den Schwarzgipfel-Bergen und daß die Tomiki-Leute wahrscheinlich die Zollstation angreifen wollen.«

»Deshalb sind wir auch hier, Satoshi. Wir eilen Nattori-dono zu Hilfe.«

Der Junge nickte befriedigt. »Einige unserer Männer hat der Vater sogleich zum Goldsandbach geschickt, damit sie zusammen mit den Rônin den Höhenweg sperren. Es sind noch immer viele Wanderpriester in den Hügeln unterwegs.«

»Nicht nur die!« Yasunari berichtete von dem Kampf am Benten-Schrein.

Satoshis Hand spielte mit der Bogensehne. »Sollen sie nur kommen!« Er legte einen Pfeil auf, zielte auf eine Erle am Flußufer und schoß. Der schlanke Stamm vibrierte unter dem Aufprall.

»Bravo! Volltreffer!« Yasunari nickte anerkennend. »Aber wir müssen jetzt eilen. Bestell deinem Vater, daß der Haupttroß aus der Festung in ein paar Stunden hier durchziehen wird. Jeder, der eine Waffe zu führen vermag, muß sich ihm anschließen.«

»Ja, Herr.«

Die Sonne stand im Zenit, als sich Hauptmann Haradas Truppe am Eingang der Zedernflußschlucht teilte. Die Freunde und zehn weitere Reiter führten ihre Pferde am Zaum auf den Schmugglerpfad. Falls der Wachtturm in der Schlucht besetzt sein würde, könnte man ihn von oben aus in die Zange nehmen. Die Vorsicht erwies sich als unnötig. Obgleich Yasunari und seine Begleiter erst wieder am Fuß der »Umwegberge« aufsaßen, trafen beide Gruppen zeitgleich in der Ebene ein, die sich, begrenzt vom Fluß und dem Gebirge, von Kodaira bis zum Schwarzgipfel-Paßweg erstreckte. Die nördliche Blokkade in der Schlucht war von den Diamant-Mönchen selbst weggeräumt worden. Aber der Erdrutsch zwischen dem Wachtturm und dem Flößerdorf, den die Freunde und der Schmied zusätzlich ausgelöst hatten, mußte erst noch von Hauptmann Harada mühsam beseitigt werden.

Nach einem scharfen Ritt erreichten sie die alte Heerstraße. Aus Richtung Kodaira bewegte sich eine Staubwolke auf sie zu. Hauptmann Harada schickte die Mikis als Späher aus und verbarg sich mit seinen Leuten in einer Bodensenke unweit der Stelle, an der die Freunde und Meister Ueno vor drei Tagen gelagert hatten.

Die Mikis kehrten mit guter Nachricht zurück. Die Verbündeten hatten Kavallerieabteilungen zum Entsatz der Zollstation geschickt.

Der Anführer der unverhofften Verstärkung war ein sehniger Offizier, kaum älter als Yasunari. Er kam aus Kodaira. »Wie stark ist der Reitertrupp, der die Paßstraße besetzt hält?«

Hauptmann Harada zuckte mit den Achseln. »Die Schätzungen gehen auseinander. Ein Kundschafter will zwanzig Samurai gezählt haben, ein anderer dreißig. Übereinstimmend sagten aber beide, daß es sich um Angehörige von Tomikis Leibwache handeln würde.«

Der Offizier aus Kodaira sah sich um. »Gemeinsam bringen wir mehr Männer auf.«

»Schon, bloß sind sie oben auf der Paßstraße in der besseren Position. Der Anstieg vom Heerweg ist steil und voller Geröll.«

Der Offizier nickte ernst.

Yasunari räusperte sich. »Als wir zum Töpferdorf geführt wurden, sind wir auf einem Pfad geritten, der am Rand des Gebirges verlief. Er trifft hinter der Heerwegeinmündung auf die Paßstraße und ist relativ schmal, aber wir hätten zumindest den Vorteil, ihnen auf gleicher Höhe zu begegnen.«

Hauptmann Harada blickte auf zu dem sich auftürmenden Schwarzgipfel-Massiv am Rande der Ebene. »Mir behagt die Aussicht wenig, vielleicht schon während des Aufstiegs in einen Kampf verwickelt zu werden. Was meint Ihr?«

Der Offizier aus Kodaira stimmte ihm zu, und der Hauptmann gab Befehl, den Heerweg zu verlassen. Yasunari und Norihiko setzten sich an die Spitze des Trupps. Am späten Nachmittag erklommen sie die Ausläufer des Schwarzgipfel-Gebirges und stießen bald darauf bei der Orchideenwiese auf den Pfad. Die Freunde übernahmen weiterhin die Führung. Waren sie in der Ebene noch zügig vorangekommen, so verlangsamte sich nun das Tempo, weil man in einer Linie hintereinander reiten mußte. Eine Stunde lang bewegten sich die Männer unter dem Baldachin der Baumkronen mit den blauschimmernden Blättern, dann gab Yasunari das Signal zum Halt. »Hinter der nächsten Pfadkrümmung gelangen wir auf die Paßstraße.«

Die Mannschaftsführer saßen ab und beratschlagten sich. Hauptmann Harada schickte die Mikis wieder als Kundschafter voraus.

Yasunari kratzte mit dem Bô eine Linie in den Boden. »Von dort aus kann man die Dächer der Zollstation bereits sehen.« Die Kampfstockspitze beschrieb zusätzlich einen Kreis.

»Wir müssen in Erfahrung bringen, wo die Tomiki-Leute stehen.« Hauptmann Harada kreuzte mit dem Schaft seiner Hellebarde die Paßstraßenlinie. »Wenn sie sich zwischen uns und der Zollstation befinden sollten, dann wäre es ratsam, Nattori-dono durch einen Boten von unserem Kommen zu unterrichten und die Leibgardisten von zwei Seiten aus anzugreifen. – Wie viele Berittene sind in der Zollstation?«

Der Offizier aus Kodaira beantwortete die Frage: »Ich denke, es gibt dort an die zwanzig Männer zu Pferde. Das Problem wird allerdings sein, wie jemand ungesehen von den Tomiki-Leuten zu Nattori-dono gelangen kann, falls die Straße zwischen uns und ihm abgeriegelt ist.«

»Ein Reiter würde es nicht schaffen«, Norihiko tippte mit der Stiefelspitze links neben die Paßstraßenlinie, »aber soweit ich mich erinnern kann, ist der Westhang des Passes dicht bewaldet. Ein unberittener Bote könnte schon durchkommen.«

»Warten wir ab, was die Mikis uns berichten.« Hauptmann Harada schwang sich auf sein Pferd. Die Männer, die Feuerwaffen besaßen, begannen Reiterpistolen oder Musketen zu laden. Yasunari setzte den Helm ab und band ein frisches Schweißtuch um die Stirn. Norihiko hatte eine Luntenschnur in Brand gesetzt und teilte sie. Yasunari klemmte die glimmende Baumwollkordel in den Abzughahn seiner Waffe.

Einer der Mikis preschte heran. »Die Paßstraße ist frei, Herr, aber in den Feldern vor der Zollstation findet ein Reitergefecht statt. Nattori-donos Kavallerie scheint einen Ausfall gemacht zu haben. Mein Bruder ...«

Der zweite Miki erschien und rief: »Herr, die Tomiki-Leute haben Unterstützung von Diamant-Mönchen bekommen, die vom Paßhang herunterstürmen.«

Hauptmann Harada legte seine eiserne Kampfmaske an und gab dem Pferd die Sporen.

Als die Männer den Pfad verließen und sich auf der Paßstraße formierten, war der Schlachtlärm bereits deutlich vernehmbar. Wenig später sahen sie die Kämpfenden. Die Mönchssoldaten waren unberitten. Sie hatten sich hinter den Reitern in Keilform gruppiert und ver-

suchten Nattori-donos Reitern den Weg zurück zum Südtor abzuschneiden. Feuerwaffen besaßen die Mönche
nicht, aber alle waren mit langen Hakenspießen bewaffnet, mit denen sie auf die Fesseln der Pferde zielten. Das
Auftauchen der Verstärkung machte ihren Plan zunichte,
denn die Musketenträger von Hauptmann Harada nahmen sie augenblicklich unter Beschuß, während der Rest
der Männer in das Reitergefecht eingriff. Das Zangen-
manöver der Mönche hatte die Ausfalltruppe in arge
Schwierigkeiten gebracht, aber jetzt waren die Belagerer
selbst durch einen starken Gegner im Rücken bedroht.

Yasunari flankierte Hauptmann Harada, der den Kommandanten der Tomiki-Leibwächter ausgemacht hatte.
Der weinrot Gepanzerte ritt einen Schimmel. Er und
seine Adjutanten bedrängten Nattori-donos ältesten
Sohn und dessen Bannerträger. Zwei Diamant-Mönche
hatten das Pferd des Bannerträgers zu Fall gebracht. Nattori durchbohrte einen von ihnen mit dem Speer. Der
Bannerträger kämpfte zu Fuß weiter. Yasunari erkannte
in ihm den Offizier, der die Wächter vom Südtor der
Zollstation befehligt hatte. Er schien durch den Sturz
verletzt zu sein, denn er hielt das Langschwert in der linken Hand, und die Standarte mit der silbernen Doppelraute lag zu seinen Füßen. Es gelang ihm noch, dem
Schimmel des feindlichen Befehlshabers auszuweichen,
dann wurde er von den Adjutanten niedergeritten. Als einer der Tomiki-Soldaten sich vom Pferd beugte, um nach
der Fahne zu greifen, waren Hauptmann Harada und
Yasunari neben Nattori. Hinter ihnen tauchten die Gebrüder Miki und mehrere Reiter aus Kodaira auf. Ihr Offizier war ein einbeiniger Samurai.

Der zweite Diamant-Mönch zielte mit dem Fangspieß
auf Hauptmann Haradas Kopf. Der Hauptmann parierte
den Stoß mit der Hellebarde. Yasunaris Kampfstock zer-

schmetterte die ungeschützte Führungshand des Mönches, dann sank der, von zwei Pfeilen getroffen, zu Boden. Die Gebrüder Miki hatten schnell reagiert.

Nattori und seine Reiter nutzten augenblicklich die Verwirrung, die die unverhoffte Verstärkung gebracht hatte, und umringten den Tomiki-Befehlshaber und dessen Adjutanten. Der einbeinige Kodaira-Offizier durchbohrte einen von ihnen mit der Lanze.

Unterdessen war die Kampfformation der Diamant-Mönche zerschlagen worden. Die Überlebenden hatten sich in den dicht bewaldeten Paßhang geflüchtet, wo die berittenen Musketiere ihnen nichts mehr anhaben konnten.

Die Leibgardisten wehrten sich verzweifelt gegen die Übermacht, aber als die Verfolger der Diamant-Mönche ebenfalls in den Kampf eingriffen, war ihr Schicksal besiegelt. Nur drei Feinde, unter ihnen der Schimmelreiter, entkamen der Umklammerung. Der einbeinige Offizier aus Kodaira setzte ihnen mit zehn Leuten nach.

Yasunari half dem verwundeten Hauptmann Harada vom Pferd. Ein Schwerthieb hatte ein Stück von seiner Gesichtsmaske herausgebrochen. Yasunari durchtrennte die Lederbänder der Maske. Die rechte Gesichtshälfte war blutverschmiert, die Schwertspitze hatte die Oberlippe gespalten. Beide Augen waren stark angeschwollen, aber offenbar nicht verletzt. Andere Mitstreiter hatten weniger Glück gehabt. Die Verbündeten beklagten insgesamt zehn Tote und ein Dutzend Schwerverwundete.

Norihiko und die Mikis banden ihre Pferde aneinander und machten sich mit ein paar Leuten an die Verfolgung der Diamant-Mönche.

Plötzlich tauchten auf dem Hangkamm Bewaffnete auf. Einige trugen die roten Kopftücher der Flößergilde, andere wiederum hatten weiße Wimpel an den Hellebarden und Speeren befestigt, weiße Tuchstreifen mit dem Kreuzsymbol. Ein Mann in einer smaragdgrünen Rüstung hob das blanke Schwert und stieß einen heiseren Kampfschrei aus. Es war der Anführer der Rônin vom Goldsandbach. Neben ihm stand Meister Ueno mit seinen Gehilfen.

Nattori ritt zu Yasunari und Hauptmann Harada. »Großer Gott, was ist passiert?«

»Es ist nur die Lippe«, sagte Yasunari.

»Gelobt sei der HERR! Ihr kamt jedenfalls zur rechten Zeit!«

Der Hauptmann nickte stumm. Er drückte eine Kompresse mit einer blutstillenden Flüssigkeit auf die Wunde, während Yasunari ihm das Blut aus dem Gesicht wischte.

»Aber jetzt will ich erst noch mit den Diamant-Mönchen abrechnen!« Nattori sprang vom Pferd und brüllte einen Befehl. Wer sich nicht gerade um die Verletzten kümmerte, rannte mit ihm zum Paßhang. Waffenlärm ertönte.

»Was geschieht dort? Ich sehe nur verschwommen«, flüsterte der Hauptmann.

»Euch ist Blut in die Augen geflossen«, sagte Yasunari. »Beugt den Kopf zurück, dann spüle ich sie Euch!« Er entkorkte den Wasserschlauch. »Wir haben Verstärkung bekommen, Hauptmann. Sie greifen die Mönche vom Hangkamm aus an.«

Die Diamant-Mönche wehrten sich mit dem Mut der Verzweifelten gegen die erdrückende Übermacht, aber ihre langen Hakenspieße und Hellebarden kamen im Unterholz des Hangwaldes nicht zur Geltung. Beladen mit Waffen und Rüstungsteilen kehrten die Verbündeten auf die Paßstraße zurück. Auf ihrer Seite hatte es nur einige Leichtverwundete gegeben. Von den Mönchen war niemand entronnen.

Nachdenklich betrachtete Meister Ueno die erbeuteten Fangspieße. Sie waren um eine Schwertklinge länger als Hellebarden.

Norihiko hob einen Spieß auf und wog ihn in der Hand. Der Schaft war aus gehärtetem Bambus gefertigt und erstaunlich leicht. Norihiko zielte auf einen imaginären Gegner, dann reichte er dem Schmied die Waffe. »Wenn eine Einheit mit diesen Haken ausgerüstet ist *und* ausreichend Feuerschutz hat, ist sie jeder Reiterformation überlegen.«

Meister Ueno prüfte die Schärfe der halbmondförmigen Sichel, die hinter der Spitze angebracht war. »Ich sehe eine solche Waffe heute das erste Mal.«

»Wieviel Zeit würdet Ihr benötigen, damit man eine Hundertschaft damit ausrüsten könnte, Meister?«

»Die Spießköpfe sind relativ einfach herzustellen, und geeignete Bambusstangen lassen sich auch schnell auftreiben. Eine Woche wäre ich schon mit dem Schmieden beschäftigt.«

Nattori gab Anweisung, Tragen für die Verwundeten zu fertigen. Jeweils vier Männer schulterten eine Trage. Die Hakenspieße, zwischen die man Gurte gespannt hatte, dienten als Tragestangen. Die gefallenen Mitstreiter wurden auf die erbeuteten Pferde geschnallt. Yasunari half Hauptmann Harada in den Sattel.

Die Schlacht am Schwarzgipfel-Paß

Gegen Mitternacht trafen die Truppen aus der Festung und Kodaira in der Zollstation ein. Während Tadayamadono und die verbündeten Kommandanten sich noch immer mit ihren älteren Offizieren in der Burg berieten, erklommen die Freunde, begleitet von dem jungen Kenji, in den frühen Morgenstunden das Nordtor. Die Zollstation lag zwischen dem Himmels- und dem Drei-Affen-Berg auf dem Scheitelpunkt des Schwarzgipfel-Passes, und bei klarem Wetter vermochte man durch die Schießscharten im Obergeschoß des turmgekrönten Stadttors sogar das Lager der Diamant-Mönche zu erkennen, deren Feldquartier mit einem Palisadenzaun umgeben war. Aber es hatte nach Einbruch der Dunkelheit zu regnen begonnen, und die dem Gebirge vorgelagerten Hügel gingen konturlos in den tiefgrauen Nachthimmel über.

Kenji stieß Norihiko an. »Seht! Sie geben Spiegelsignale in unsere Richtung! Gestern erhielten sie noch Antwort vom Drei-Affen-Berg.« Er schaute hoch zu dem kantigen Schatten zu seiner Linken, beugte sich aus der Schießscharte und rief einen Soldaten an, der auf der Mauerkrone vor dem Torturm patrouillierte.

»Ja, Herr?«

»War heute wieder das Licht auf dem Gipfel?«

»Nein, Herr. Ich hätte es sofort gemeldet.«

Yasunari nickte befriedigt. »Das könnte bedeuten, daß wir in dem Gefecht alle Mönche in der Umgebung der Zollstation getötet haben.«

»Hoffen wir es«, sagte der junge Samurai. »Doch ich habe gehört, einer der Tomiki-Leibgardisten sei den Reitern aus Kodaira vorhin entkommen.«

»Er wird sich jetzt schwerlich in unsere Nähe wagen«, gab Yasunari zu bedenken. »War es der Anführer, der fliehen konnte?«

Kenji schüttelte den Kopf. »Nein, der Schimmelreiter ist tot.«

»Mein Vater berichtete mir, daß die Vorausabteilung seines Trosses auf dem Marsch mehrmals von den Wanderpriestern in Gefechte verwickelt wurde.« Yasunari trat dichter an die Schießscharte. Er lachte trocken. »Sie haben bitter dafür bezahlt. Aber seid Ihr Euch sicher, daß keine mehr hier in der Gegend herumstreifen? Vielleicht gelten die Spiegelzeichen ihnen?«

»Möglich ist es schon, daß sich der eine oder andere in den Paßhängen verborgen hält, aber eine größere Gruppe wäre aufgefallen. Meister Ueno und die Goldsandbach-Rônin haben nach dem Gefecht die Hangwälder sorgfältig durchkämmt.«

Ein Gong ertönte, drei dumpfe Schläge. Es war das Zeichen zum Sammeln.

»Das klingt ganz so, als würden wir heute nacht noch losschlagen.« Norihiko und Yasunari rafften ihre Kimonohosen und traten in den Regen auf die Brustwehr des Stadtwalls.

»Wie weit ist es zum Feldlager der Diamant-Mönche?« Norihiko sprang über eine Wasserlache.

»Da es für uns nur bergab geht, können auch die Fußsoldaten in einer Stunde dort sein«, sagte Kenji und folgte den Freunden auf den Wall.

»Und das hieße, noch bei Dunkelheit.« Yasunari war als erster an der überdachten Treppe, die nach unten führte, und strich sich das Wasser aus dem Gesicht. »Wenn es weiterhin so regnet, werden wir vermutlich schwimmen müssen. Jeder zweite Mönch soll mit einer Muskete bewaffnet sein.« Yasunari wich einem Meldereiter aus, der am Nordtor eingetroffen war und zur Burg preschte.

An den Straßenecken standen beschirmte Soldaten mit Fackeln. Wieder ertönte der Gong. Die Bewohner des Marktfleckens verharrten trotz des Regens vor ihren Hütten und Häusern. Jetzt ordneten sich die Männer gassenweise zu doppelreihigen Trupps. Niemand redete, aber die Gesichter der Männer wirkten im Flackern der

Pechfackeln grimmig und entschlossen, als sie sich in Richtung Burg in Bewegung setzten. Die wenigsten besaßen richtige Kriegswaffen. Yasunari sah zwei Hellebarden und mehrere einfache Speere, nur selten steckte ein Schwert im Gürtel. Aber was zum Kämpfen tauglich war, hatte man herbeigeschafft: Sägen, Hämmer, Sensen. Und wer kein eisernes Gerät besaß, der war mit einem schweren Eichenknüppel oder einer angespitzten Bambusstange bewaffnet.

Eine Frau, umringt von einer Kinderschar, verneigte sich, als sie Kenji erblickte, der mit den Freunden an ihrem Haus vorbeilief. Ein Mädchen trug einen sandfarbenen Kittel.

»Das war doch eben die Kleine vom Töpferdorf!« Yasunari drehte sich um.

»Wo?« Norihiko schaute ebenfalls zurück.

»Im Eingang vom Eckhaus«, sagte Kenji. »Die Familie des Sakehändlers hat sie aufgenommen.«

Sie eilten weiter.

Die vereinigten Truppen der drei christlichen Daimyô begannen feldmarschmäßig ausgerüstet auf den Platz vor der Burg zu strömen. Die Hilfstruppen, die Rônin vom Goldsandbach und die Kämpfer aus dem Flößerdorf, nahmen hinter ihnen Aufstellung. Tadayama Tôichi, Nattori-dono und Kumamoto-dono, Befehlshaber der Kodaira-Truppen, standen auf einem Gerüst aus leichten Bambus-Sturmleitern vor der Streitmacht.

Der Kommandant der Zollstation war der älteste der drei christlichen Daimyô. Er hob einen langen roten Pfeil hoch über sein Haupt und rief: »Dies ist der Pfeil, durch den unser geliebter Fürst Ôtomo seine Todeswunde erhielt!« Er zerbrach den Pfeil. »Jetzt ist es an der Zeit, sein Erbe anzutreten. Das Land ist allerorts in Aufruhr: Die Bürger von Nagasaki haben die Tomiki-Garnison vertrieben, andere Verbündete belagern mit den Bauern der Wildgrasebene Schloß Kawashimo, und wir, wir werden noch in dieser Nacht die Diamant-Mönche und ihre Helfer vernichten, um Fürst Tomiki endlich für sein grausames Regime zu strafen.« Seine Stimme schwoll an. »*Und um wieder überall im Land das Banner unseres Glaubens aufzupflanzen – so wahr uns der* HERR *helfe!*« Nattori-dono entrollte die zerschlissene Fahne des Hauses Ôtomo, die ihm Tadayama Tôichi gebracht hatte, und schlug das Zeichen des Kreuzes.

Die Männer auf dem Burgplatz brachen in tosende Hurra-Rufe aus.

Kumamoto-dono erläuterte nun in knappen Sätzen den Schlachtplan. Tadayama Tôichi verharrte schweigend zwischen ihm und Nattori Hidemitsu. Kumamoto-dono beendete seine Ansprache mit dem Appell, wenn irgend möglich, die ausländischen Artilleristen nicht zu töten, damit man sie verhören könne. Dann sammelten die Kommandanten ihre Offiziere um sich und gaben letzte Anweisungen.

Yasunari und Norihiko erhielten – wie auch der Anführer der Rônin, Meister Ueno und Ochsenfrosch – den Befehl über berittene, wegkundige Bogenschützen. Ihr Auftrag lautete, eventuelle Vorposten der Mönche möglichst geräuschlos aus dem Weg zu räumen.

Nattori-dono gab das Zeichen zum Aufbruch. Sein Sohn blieb mit einer kleinen Besatzung aus älteren Fußsoldaten und Samurai in der Zollstation zurück.

Die Vorposten wurden planmäßig überwältigt, und die Verbündeten stürmten bei sintflutartigem Regen von drei Seiten gegen das Feldlager der Diamant-Mönche an. Niemand dort schien ernsthaft mit einem nächtlichen Angriff gerechnet zu haben. Einen einzigen Schuß konnten die holländischen Kanoniere abgeben, dann kletterten die ersten Soldaten aus der Zollstation bereits über die Sturmleitern auf den Palisadenwall. Der Kampf dauerte bis zum Morgengrauen, weil die Leibgardisten unter den Verteidigern ihr Leben teuer verkauften. Für die wehrhafte Hundertschaft der Elitekämpfer Fürst Tomikis sollte sich dennoch nicht das Kriegsglück wenden. Als Yasunari seinen Mitstreitern zurief, daß die weinrot Geharnischten die Mörder der Töpfer waren, stürzten sich selbst Verwundete mit letzter Kraft auf die verhaßten Schergen des Landesfürsten.

Bei Sonnenaufgang hörte der Regen auf, und die Schlacht war geschlagen. Der Blutzoll für den Sieg war trotz des Überraschungsangriffs hoch. Besonders viele Tote mußten die dürftig ausgerüsteten Hilfstruppen aus der Zollstation beklagen.

Ochsenfrosch war es gelungen, einen Kanonier niederzustrecken. Er hatte ihn mit dem Schaft seiner Hellebarde bewußtlos geschlagen. Der massive Helm des Ausländers hatte dabei eine tiefe Delle bekommen.

Als der Kampf zu Ende war, lag der Mann immer noch reglos neben dem Geschütz. Ochsenfrosch fesselte ihm die Hände und schleifte ihn in die Lagermitte zum Hauptzelt. Der Mann erwachte aus seiner Ohnmacht, nachdem Ochsenfrosch ihn mit einem Eimer Wasser übergossen hatte, und blickte in das Gesicht von Tadayama Tôichi, der mit seinem Sohn im Zelt des Tomiki-Hundertschaft-Führers gerade die Musketen inspizierte, die dort von den Feinden wegen des schlechten Wetters in geölten Holzkisten eingelagert worden waren. Der Tono sprach den Kanonier auf Japanisch an. Er hockte sich dicht neben den Verletzten, aber der reagierte nicht. Dann versuchte er es auf Portugiesisch. Wie auch sein Sohn Yasunari war er fähig, sich recht geläufig in der

Sprache von Pater Bartolomeu zu verständigen. Erneut hatte Tadayama Tôichi den Eindruck, daß er nicht verstanden wurde.

Der Mann hielt die Augen mit Mühe geöffnet und preßte ein paar unverständliche Worte heraus.

»Das muß Holländisch sein«, sagte Yasunari und befühlte den blanken Brustharnisch des Mannes. »Solche Rüstung tragen nur sie. Kann jemand dolmetschen? Von unseren Leuten versteht niemand diese Sprache.«

Ochsenfrosch ging aus dem Zelt und winkte einen Offizier aus Kodaira heran. Der nickte, rannte zu einer Gruppe, die die Waffen der Gefallenen einsammelte, und kehrte mit einem Soldaten zurück.

Der Tono gab ihnen ein Zeichen, ins Zelt zu treten.

»Du kannst Holländisch?« fragte Yasunari.

»Ja, Herr. Ich stamme aus Nagasaki. Mein Vater besaß ein Teehaus, in dem viele der Kaufleute aus Batavia verkehrten.«

Der Kanonier bewegte die Lippen.

»Was sagt er?«

Der Soldat beugte sich über den Holländer. »Ich verstehe ihn kaum.«

»Aber es ist die Sprache der Rotbärte?«

»Ja, Herr.«

Der Kanonier wurde wieder ohnmächtig. Yasunari löste den Kinnriemen und streifte dem Bewußtlosen den Helm ab. »Er hat eine schwere Gehirnerschütterung. Es wird dauern, bis er wieder reden kann.«

Ochsenfrosch schaute skeptisch auf den reglosen Körper. »Falls er überhaupt überlebt!«

Tadayama Tôichi bedeutete dem Soldaten, dem Ohnmächtigen die Handfesseln abzunehmen und ihm die Rüstung auszuziehen, dann fragte er Ochsenfrosch: »Was ist mit den anderen Rotbärten?«

Ochsenfrosch machte eine Geste des Bedauerns. »Dieser hier ist als einziger noch am Leben.«

»Er darf nicht sterben! Wir müssen unbedingt herausfinden, in welchem Umfang die Rotbärte das Haus Tokugawa militärisch unterstützen. Sorgt dafür, daß sich ein guter Arzt seiner annimmt!«

Nattori Hidemitsu war unterdessen in den Zelteingang getreten und hatte den Rest der Unterhaltung mitgehört. »Bei uns gibt es einen tüchtigen Heilkundigen. Meine Männer werden ihn den Paß hochtragen – und mich auch.« Er humpelte ein paar Schritte auf Tadayama Tôichi zu und ließ sich vorsichtig neben ihm zu Boden. »Es ist nur eine Fleischwunde am Oberschenkel, aber dennoch lästig.«

Yasunari befühlte seinen rechten Ellenbogen. Der Schmerz ließ langsam nach. Ein Rotbart-Soldat hatte den Gelenkschutz mit einer Streitaxt getroffen, indes die Panzerung nicht durchdrungen. Norihiko war wunderbarer Weise unverletzt geblieben, obwohl er mehrmals mit einem Leibgardisten gefochten hatte.

Lediglich eine Handvoll Diamant-Mönche mochte in dem nächtlichen Getümmel entkommen sein. Die Kavalleristen aus der Zollstation, die ausgeruhter waren als ihre angereisten Verbündeten, stellten einen Suchtrupp zusammen und schwärmten aus.

An den folgenden zwei Tagen fanden die Freunde Gelegenheit, sich in der Zollstation von den Strapazen der letzten Zeit zu erholen. Sie bekamen wie die anderen Offiziere Quartier in der Burg. Als ihre persönliche Ordonnanz wurde ihnen Kenji zugeteilt. Der junge Samurai hatte sich tapfer geschlagen. Stolz löste er einen Schulterverband und zeigte die mit Siebenblattpaste bestrichene Wunde, die ihm ein Mönch zugefügt hatte, als er über die Palisadenkrone geklettert war. Trotz des Treffers hatte er seinen Feind töten können. Er führte Yasunari und Norihiko zur Familie des Sakebrauers, die das Mädchen aus dem Töpferdorf aufgenommen hatte. Die Beute im Mönchlager bestand nicht bloß aus Waffen. Die Freunde schenkten der Brauersfamilie einen Sack weißen Reis und brachten für die Kinder einen Ballen Kattunstoff. Die Kleine war noch immer sehr verschüchtert, aber der Aufenthalt in der kinderreichen Familie tat ihr sichtlich gut. Der Ausdruck des unsagbaren Schreckens in den Augen des Mädchens, den Yasunari in Erinnerung hatte, war gewichen. Als er sie einmal mit den anderen Kindern auf dem Exerzierplatz vor der Burg spielen sah, lachte sie sogar.

In der Zollstation trafen beinahe stündlich Boten ein. Schloß Kawashimo wurde weiterhin belagert, nur waren die Truppen nicht stark genug, es zu erstürmen. Man bat dringend um Verstärkung. Auch Nagasaki und die Dörfer der Wildgrasebene waren noch in der Hand der Verbündeten. Die Boten befürchteten aber, daß die versprengten Tomiki-Einheiten sich in den Bergen neu formieren würden, denn man wäre noch lange nicht Herr der Lage. An der Ostküste hingegen, wo die Diamant-Mönche gelandet waren, schien die Lage kritisch zu werden. Dort waren in der Nacht der Schwarzgipfel-Paß-Schlacht zwei Schiffe mit Elitesoldaten gelandet, die die Fischer und Bauern, die sich gegen Fürst Tomiki erhoben hatten, im Nu aufgerieben hatten. Nattori-donos ältester Sohn eilte dem Feind entgegen.

Yasunari erklärte gerade den später eingetroffenen Samurai aus der Festung die Handhabung der erbeuteten Fangspieße, als er vom Bannerträger seines Vaters in die Burg gerufen wurde. Der Holländer war aus seiner Ohnmacht erwacht und ansprechbar. Die Befragung sollte in demselben Raum stattfinden, in dem der Kommandant der Zollstation die Freunde vor ihrer Reise zu den Töpfern empfangen hatte. Yasunari und der Bannerträger berührten mit der Stirn die Tatami und hockten sich in die Reihe zu den anderen Offizieren den drei Tono gegenüber, die vor der Ehrennische auf goldgewirkten Zafu-Kissen Platz genommen hatten. Zwischen ihnen und den Mannschaftsführern kauerte der Dolmetscher. Dann wurde der Kanonier auf einer Trage hereingebracht und neben dem Dolmetscher abgesetzt.

Der Daimyô von Kodaira leitete das Verhör. »Frag ihn, warum er und die anderen Rotbärte für die Diamant-Mönche gekämpft haben.«

Der Dolmetscher verbeugte sich und übersetzte.

Die Stimme des Holländers war schwach, als er stockend antwortete: »Unser Kapitän hat es so befohlen.«

»Er soll uns sagen, ob alle Rotbärte Befehl haben, in die Kämpfe hier einzugreifen.«

Es dauerte, bis der Mann die Frage begriff, dann schüttelte er unmerklich den Kopf. »Nein, nur ein paar Schiffskanoniere, die abkömmlich sind.«

Kumamoto-dono runzelte die Stirn und raunte Nattori-dono etwas zu.

Der besprach sich kurz mit Yasunaris Vater, dann räusperte er sich: »Warum nur die?«

Der Holländer sagte leise: »Weil eigentlich jeder Mann auf den Schiffen benötigt wird.« Er schloß erschöpft die Augen.

»Wozu?« Der Dolmetscher rüttelte ihn.

Der Kanonier öffnete die Augen wieder, hob den Kopf ein wenig und sagte matt: »Unsere Flotte soll nächste Woche in See stechen.«

»Weißt du, mit welchem Ziel?« Der Dolmetscher beugte sich über den Holländer, um die Antwort zu verstehen.

»Nein«, hauchte der Kanonier. Sein Kopf sackte auf die Trage.

»Schafft ihn weg!« Kumamoto-dono machte eine Handbewegung. Der Dolmetscher verbeugte sich und wollte den Trägern folgen.

Der Tono gab ihm zu verstehen, zu bleiben. »Weiß er wirklich nichts?«

Der Dolmetscher schaute auf die Tatami. »Er ist nur ein einfacher Soldat, Herr.«

»Was meinst du, wohin die Flotte der Rotbärte fährt?«

»Ich habe, bevor ich zu Euch geladen wurde, schon mit ihm geredet. Da erzählte er mir, daß auf allen Schiffen Offiziere des Shôguns an Bord genommen wurden.«

Kumamoto-dono sagte mit reglosem Gesicht: »Danke, du kannst jetzt gehen!«

Der Dolmetscher verließ rückwärts kriechend den Raum. Nattori-dono kreuzte die Arme über der Brust. Tadayama Tôichi nickte, und der Kommandant von Kodaira richtete das Wort an die versammelten Offiziere.

»Meine Herren! Was der *ketô* gesagt hat, paßt zu unseren Informationen. Wir wissen seit heute früh aus mehreren Quellen, daß starke Kräfte in den Häfen der Kernprovinzen konzentriert worden sind. Offenbar übernehmen wieder die Rotbärte den Transport. Mit ihrem Eintreffen auf Kyûshû müssen wir also in den nächsten Wochen rechnen. Da es unklar ist, ob die Shôgunatstruppen zuerst Fürst Tomiki in Schloß Kawashimo zu entsetzen versuchen oder in Nagasaki an Land gehen werden, brechen wir noch heute zu unserer Festung auf. Dort warten wir ab, bis wir mehr über das Ziel der Flotte in Erfahrung bringen können. Ochsenfrosch, Ihr werdet mit zwanzig Reitern über den Höhenweg ziehen, in den Hügeln sollen sich noch Wanderpriester verborgen halten.«

Pater Bartolomeus Plan

Pater Bartolomeu und der greise Waffenmeister Yamaguchi saßen in der Mittagsstunde auf der Flußmauer und warteten auf den Einzug der siegreichen Verbündeten, den die vorausgeeilten Gebrüder Miki angekündigt hatten.

Der Priester, obgleich älter an Jahren, war dem ehemaligen Fechtlehrer von Tadayama-dono behilflich gewesen, die steilen Treppen zur Mauerkrone zu ersteigen, und der diensthabende Samurai war herbeigeeilt und hatte dem Priester geholfen. Dann war er zu den Posten zurückgekehrt, deren Musketen auf die Flußbrücke gerichtet waren. Die alten Männer hatten es sich in Yamaguchis überdachtem Lieblingsplatz bequem gemacht. Der hölzerne Verschlag neben der Geschützplattform gewährte einen weiten Blick über den Fluß und die Hügellandschaft dahinter. Ein Enkel des Waffenmeisters hatte ihnen weitere Sitzkissen, eine Kanne kalten Gerstentee sowie ein Holzkohlebecken gebracht und dem Großvater eine zierliche Pfeife mit silbernem Kopf und Mundstück angezündet.

Der Pater lehnte dankend ab, als der Knabe auch ihm eine Pfeife stopfen wollte.

Es war ein extrem heißer Tag. Selbst die heftigen Schauer, die seit dem Morgen mehrmals auf das obere Zedernflußtal niedergegangen waren, hatten keinerlei Linderung bewirkt. Die Luft auf den sonnengebackenen Steinplatten der Mauerkrone flimmerte. Über den Teepflanzungen am gegenüberliegenden Flußufer stand nach dem letzten Platzregen eine Dampfwolke. Die Soldaten, die die Flußbrücke vor dem Osttor bewachten, hockten im Schatten einer riesigen Platane neben dem Wärterhaus und vertrieben sich die Zeit mit Knobelspielen.

Die Alten auf der Mauer wedelten sich mit Fächern Kühlung zu. Die hauchdünnen, mit einem Lochmuster verzierten Plättchen von Pater Bartolomeus Fächer rochen nach frischgeschnittenem Sandelholz. Der Holzgeruch mischte sich mit dem würzigen Tabakrauch aus Yamaguchis Pfeife.

Der Geschützkommandant, der in Tadayama-donos Abwesenheit Befehlshaber der Festung war, vergewisserte sich, daß die Ausfallpforte unter der Kanonenplattform von einem seiner Offiziere bewacht wurde. Dann kam er die Treppe herauf und wechselte ein paar Worte mit dem diensthabenden Samurai auf der Ostmauer. Der Geschützmeister hatte die Rüstung abgelegt. Er trat an die Brustwehr, beschirmte seine Augen mit der Hand und verweilte einen Moment, dann sah er den Priester und Yamaguchi. Er wischte sich den Schweiß mit dem Ärmel der Kimonojacke aus dem Gesicht und ging zu ihnen. Vor dem Verschlag kniete er nieder, verbeugte sich und sagte: »Sie werden bald dasein. Der Aussichtsposten auf dem Turm hat schon die Vorausmannschaft gesichtet.«

Pater Bartolomeu reichte ihm eine Schale Gerstentee, die er in einem Zug leerte. »Ah, das tat gut! Danke, *padore!*«

»Noch eine Schale?«

»Danke, es reicht. Ich muß gleich weiter.«

»Gibt es Neuigkeiten?«

»Nein, *padore*. Die Quartiere für die Truppen stehen bereit – wir erwarten an die fünfhundert Mann. Die Pferde werden wir allerdings nicht nur innerhalb der Festung unterbringen können, aber ich habe ein Gatter im Trockengraben vor der Westmauer errichten lassen.«

Der alte Yamaguchi zog an seiner Pfeife. »Bringen sie Kanonen mit?«

»Nur die von den Holländern, Sensei.«

Der alte Waffenmeister legte die Stirn in Falten. »Mehr nicht?«

»Nattori-dono wird seine Artillerie in der Zollstation belassen. Es sind alte Waffen, und sie lassen sich wegen ihrer Schwere kaum transportieren.« Der Geschützmeister seufzte. »Nur Kawashimo verfügt über einige Stücke wirklich guter Kanonen. Wir können die Burg zwar belagern, aber nicht erstürmen. Und unsere acht Feldschlangen vermögen auch nicht viel gegen eine mit dreifachen Wällen umgebene Feste auszurichten.«

Yamaguchi klopfte seine Pfeife in dem Holzkohlebekken aus. »Vielleicht gelingt es mit den erbeuteten Geschützen. Die Kanonen der Rotbärte haben eine größere Reichweite.«

»Zielgenauer sind sie auch«, sagte der Geschützmeister. »Deshalb ist eine Abordnung aus Nagasaki eingetroffen. Kein Boot kann auslaufen, um die portugiesische Flotte in Macao herbeizuholen, weil zwei der holländischen Linienschiffe vor der Küste kreuzen.« Er stand auf. »Aber was zu tun ist, werden die Tono wohl noch heute entscheiden.« Er verneigte sich vor den Alten und setzte seinen Inspektionsgang fort.

»Zzz!« zischelte Pater Bartolomeu. »Sie nennen sich Christen und kämpfen für den Teufel!«

Yamaguchi stopfte sich eine neue Pfeife. »Was wollt Ihr, *padore?* Die Rotbärte besitzen das Ohr des Shôguns und sind die einzigen *nambanjin* außer den Engländern, die mit den Tokugawas noch Handel treiben dürfen.«

Der kleine Priester schlug sich zornig mit dem Fächer auf den Oberschenkel, dann blickte er mürrisch in seine Teeschale. »Ketzer sind sie, Ketzer!«

»Aber ihre Geschütze sind die besten weit und breit. Wenn sie sie gegen uns einsetzen, nutzt es uns wenig, daß wir zahlenmäßig überlegen sind.«

»Ich weiß.«

Die beiden Alten verfielen in Schweigen.

Nach einer Weile sagte der Priester: »Ich werde Tadayama-dono einen Vorschlag machen.«

Der alte Waffenmeister nickte. »Ich ahne, was Ihr vorhabt.«

Der Aussichtsposten auf dem Hauptturm schlug eine Trommel an.

Der Pater erhob sich. Auf dem Treidelpfad unterhalb der Teepflanzungen trabte eine Abteilung Kavallerie zur Flußbrücke. Der vorderste Reiter schwenkte das zerschlissene Ôtomosche Banner. Es war Hauptmann Harada. Hinter ihm ritten Yasunari und Norihiko. Der Priester sprach ein stilles Dankgebet.

Als die Vorhut im Burghof von den Pferden stieg, verabschiedete sich Pater Bartolomeu von seinem Freund.

Die Steinlaterne im Teegarten von Tadayama-dono warf ein flackerndes Licht auf den Lotosteich neben dem *Pavillon der Mondwellen*. Das hohe Schilfgras am Ufer bog sich unter den Windböen eines aufziehenden Gewitters. Flache, zuckende Blitze glitten über die Zedernflußhügel, und das anfangs noch verhaltene Donnergrollen war lauter geworden.

Als Tadayama Tôichi seine Sandalen vor dem Teehaus auf einen Trittstein stellte und auf das polierte Holz der Veranda trat, fielen erste Regentropfen, schwer wie fette Insekten.

Yasunari öffnete seinem Vater von innen die Schiebetür. Tadayama Tôichi schlüpfte in den Viereinhalb-Tatami-Raum, der dem Priester als Wohnstatt diente.

Neben der Tokonoma, der Ehrennische, lag ein flaches Zafu-Kissen.

Der Wind trieb den Regen gegen die papierbespannte Schiebetür. Yasunari eilte auf die Veranda, zog die hölzernen Läden vor die Tür und kehrte in den Teeraum zurück.

Die Ehrennische schmückte ein einfarbiges Tuschbild, das einen Felsen im Meer zeigte, auf dem sich ein Seeadler niedergelassen hatte. Die Augen des reglosen Raubvogels fixierten eine Riesenwelle in der Ferne, eine meterhohe, von einem Seebeben ausgelöste Wasserwalze, deren unbändige Gewalt die Häuser in den Küstendörfern wie Papierschachteln einzudrücken vermochte.

In der unteren rechten Bildecke befand sich die schlichte Signatur von Fürst Ôtomo, daneben die Anfangsstrophe eines chinesischen Gedichts, das der berühmte Feldherr Feng Hui anläßlich der drohenden Mongoleninvasion im Reich der Mitte verfaßt hatte:

So auch der Ozean tost
Verzage nicht!
Fester ergreife die Ruder.

Der Tono grüßte den Pater und Yasunari und erwies der Ehrennische mit einem Stirnaufschlag seine Reverenz. Er sprach die zweite Strophe:

»Und mag der Sturm auch wüten
Wanke nicht!
Sondern stolz erhebe das Haupt.«

Pater Bartolomeu bat den Tono, auf dem Zafu Platz zu nehmen.

Tadayama Tôichi kniete sich im formellen Fersensitz hin und sagte: »Pater, Euer Angebot, trotz Eures hohen

Alters noch nach Macao zu reisen, ist von den Kommandanten gutgeheißen worden. Sie bitten mich, Euch ihre allergrößte Hochachtung auszusprechen.« Er verbeugte sich tief vor dem Priester.

Ein Blitz erhellte ein ovales Fenster neben der Ehrennische. Der Donnerschlag folgte augenblicklich.

Pater Bartolomeu wehrte bescheiden ab. »Tono, der allergrößte Teil meines Lebens liegt hinter mir. Wenn ich mich als Greis noch einmal nützlich erweisen kann, dann verdanke ich es bloß SEINER übergroßen Güte.«

»*Padore!*« sagte Yasunari sanft. »Wir können Euch gar nicht genug dafür danken, daß Ihr die Strapazen dieser langen Reise auf Euch nehmen wollt. Ohne Eure Fürsprache würde es schier unmöglich sein, die Flotte der Portugiesen dazu zu bewegen, uns schnell zu helfen. Euer Wort zählt in Macao viel. Euer Wort und das Silber, das wir für diesen Zweck bereitstellen.« Er lächelte. »Es stammt übrigens aus Steuergeldern, die für Tomiki bestimmt waren. Man hat sie während der Belagerung von den Eintreibern erbeutet, die nicht rechtzeitig ins Schloß gelangt waren.«

»Mein Sohn«, sagte der kleine Priester. »Auch ich werde in Macao erst überzeugen müssen. Niemand wird damit rechnen, daß ich noch am Leben bin. Seit einem Jahrzehnt habe ich keine Nachricht mehr an den dortigen Ordensprovinzial schicken können. Aber der eine oder andere alte Mitbruder mag noch da sein, der mich kennt – so Gott will!«

Die Gewitterfront stand jetzt über der Festung, und der Regen prasselte wie ein Steinschlag auf das Teehaus. Donnerschlag folgte auf Donnerschlag und wurde von den steilen Hängen des Zedernflußtals wie von einem gigantischen Schalltrichter verstärkt.

Tadayama Tôichi wandte sich seinem Sohn zu.

»Gleich nachdem von uns Kommandanten der Plan des verehrten *padore* gutgeheißen wurde, haben wir deinen Freund Ishii nach Süden geschickt. Er soll ein geeignetes Schiff für die Überfahrt ausfindig machen. Unsere Verbündeten dort kennen vielleicht einen vertrauenswürdigen Kapitän. Die Belagerungstruppen haben nämlich den Küstenstreifen östlich von Tomikis Residenz in ihre Gewalt gebracht, während wir die Diamant-Mönche am Paß schlugen.«

»Das ist eine gute Nachricht«, sagte der Priester. »Von Nagasaki aus ist die Abreise unmöglich, seit die Holländer vor der Bucht kreuzen.«

»Dennoch wird es nicht leicht sein, einen hochseetüchtigen Segler zu finden«, gab der Tono zu bedenken.

»Überlassen wir es vertrauensvoll SEINEM gütigen Obwalten.« Pater Bartolomeu faltete die Hände.

»Und was wir vermögen, werden wir nicht versäumen«, sagte der Tono. »Ochsenfrosch und mein Sohn reisen mit Euch über das Meer. Bis zur Küste außerdem mein Bannerträger und all die Männer, die wir entbehren können, Euch Geleitschutz geben.«

Die Erde erbebte. Ein gewaltiger Blitz war in nächster Umgebung eingeschlagen. Der Tono erhob sich und öffnete das ovale Fenster.

Pater Bartolomeu bezog ein winziges Zimmer im Tempel von Meister Issa. Jeden Morgen half er dem Zen-Meister die vielen kranken Tiere zu pflegen, die in dessen Obhut waren, und bereitwillig teilte er seinen Schlafraum mit einem mutterlosen Welpen. Als der Tono davon erfuhr, lud er den Priester ein, im Teehaus zu wohnen, aber der Pater lehnte ab. »Die Tiere sind auch Werke SEINER Schöpfung, Herr. Wer sich wie Issa ihrer liebevoll annimmt, findet gewiß SEINE Gnade.«

»Selbst wenn er kein Christ ist?«

Pater Bartolomeu nickte entschieden. »Ja, selbst dann, Tono, selbst dann! Unser Herr im Himmel schaut in die Herzen der Menschen.«

Hätte jemand Meister Issa über den Priester befragt, die Antwort wäre ähnlich lobend ausgefallen.

Oft, wenn Yasunari mit den Männern vor der Fechthalle übte, gesellte sich der Zen-Meister zu ihnen und beobachtete gedankenversunken die Scheinkämpfe.

»Ihr wirkt stets nachdenklich, Meister.«

»Ich bewundere deine Geschicklichkeit im Umgang mit Waffen. Du bist ein richtiger Krieger geworden, aber es bedrückt mich, daß wieder Blut fließen wird.«

»Wir haben den Frieden nicht gebrochen, Meister.«

»Ich weiß, Yasunari. Und trotzdem bin ich traurig. Wenn Schwerter sprechen, dann verursachen sie Elend und Leid, egal, wie gerecht die Sache auch sein mag, für die sie entblößt werden.«

Pater Bartolomeu beschnitt eine Bambusstaude im Teegarten, als Yasunari ihm von dem Gespräch mit Issa erzählte. Der Priester ließ die Schere sinken und sah lange auf die welken Zweige zu seinen Füßen. Dann sagte er leise: »Meister Issa hat recht, mein Sohn. Er hat mehr von der Botschaft unseres Herrn Jesus Christus begriffen als viele, die vermeinen, in seinem Namen zu handeln.«

»Ich weiß nicht, was Ihr damit sagen wollt, *padore*.«

Der kleine Priester blickte starr auf den Boden. »Meister Issa hat mir erzählt, wie damals Fürst Nobunaga die Buddha-Klöster in Kyôto in Brand gesteckt hat. Abertausende von Mönchen sind qualvoll in den Flammen umgekommen.«

»Fürst Nobunaga hat keine Christen verfolgt«, sagte Yasunari. »Im Gegenteil. Viele seiner Generäle waren Christen. Die Mönche in Kyôto waren seine ärgsten Feinde!«

»Das ist richtig. Und dennoch, es waren Menschen, Yasunari. Und in der Heiligen Schrift steht: ›Du sollst nicht töten!‹«

Einerseits erwartete Yasunari ungeduldig die Rückkehr von Norihiko, andererseits genoß er die Zeit, die er mit dem kleinen Priester verbringen konnte. Sie arbeiteten oft im Teegarten, und Yasunari bewunderte die Geschicklichkeit des Paters, wie er kunstvoll das Teichufer mit Moospolstern belegte oder einen neuen Trittstein in den Gartenpfad fügte. Langsam auch wurde Yasunari wieder sicherer im Ausdruck, wenn er sich mit dem Priester in dessen Sprache unterhielt, die Sprache, die er als Kind so flüssig beherrscht hatte.

Ruhig korrigierte Pater Bartolomeu zum dritten Mal: »Es heißt ›Lamento muito!‹, Yasunari! Nicht: ›Lamendo muito!‹ Sprich es scharf aus: ›Lamento!‹«

Nur das Latein, das der Priester in der Messe manchmal verwendete, ging wie immer schwer über Yasunaris Lippen. Aber auch hier machte er kleine Fortschritte, denn der Priester war die Geduld selbst, wenn er ihm einen Satz aus der Heiligen Schrift übersetzte und erklärte.

Manchmal war Yasunari überrascht, wie wenig er von dem Unterricht im hinteren Raum des Teehauses vergessen hatte, damals, als der kleine Pater noch nicht zu den Flößern gezogen war und er zusammen mit Norihiko täglich zweimal zwei Stunden unterwiesen wurde.

Als der Freund endlich wieder im oberen Zedernflußtal war, begegnete ihm auf dem Treidelpfad der Kommandant der Zollstation an der Spitze einer großen Schar Berittener aller drei Daimyô. Nattori-dono war auf dem Weg nach Nagasaki. Das Shôgunat hatte im Norden Kyûshûs die ersten Truppen angelandet. Der Tono befragte Norihiko nach dem Ausgang der Reise an die Südküste.

»Unsere Mission war erfolgreich«, sagte Norihiko. »Ich habe ein geeignetes Schiff für Pater Bartolomeu gefunden. Es ankert zwanzig Meilen östlich von der Zedernflußmündung in der Kastanienbucht.«

»Wie sieht die Lage vor Kawashimo aus?«

»Gemischt, Herr. Der Belagerungsring unserer Verbündeten hält noch stand. Aber die Region ist nicht gänzlich befriedet. In den Wäldern und im Hinterland marodieren Verbände versprengter Diamant-Mönche, und die Besatzungen der von Fürst Tomiki errichteten Küstenwachttürme leisten immer noch heftigen Widerstand. Außerdem ist ein Schiff der Rotbärte auch vor Kawashimo gesichtet worden.«

Der Kommandant der Zollstation nickte ernst. »Alle Anzeichen deuten darauf hin, daß der Feind zu einem großen Gegenschlag ausholt. Möge der HERR uns beistehen, und möge der *padore* schnell und wohlbehalten in Macao eintreffen!« Er hob die Hand. Das Heer zog weiter.

Norihiko wechselte im Vorbeireiten mit vielen der Männer ein kurzes Grußwort. Als der Treidelpfad vor ihm wieder frei war, trieb er sein Pferd zur Eile an. Dort, wo der Abzweig zum Benten-Schrein in die Hügel hinaufstieg, erhob sich eine neuerrichtete Wegsperre aus ineinander verkeilten Balken, die mit Großvater Toshiros Söhnen und einigen Soldaten aus der Festung bemannt war. Sie hatten weitere schlechte Neuigkeiten für Norihiko.

In der Nacht waren zwei Soldaten von Kumamoto-dono, die auf der Flußbrücke Dienst gehabt hatten, desertiert. Die Wachablösung fand den dritten Posten, einen Neffen des Geschützmeisters, mit durchschnittener Kehle am Flußufer. Trotz ausgedehnter Suchaktion waren die Mörder entkommen.

Norihiko ballte die Fäuste. »Verflucht! Immer wieder gibt es Verräter in unseren Reihen. Waren es Spione der Diamant-Mönche?«

»Ich habe keine Ahnung, Herr, man hat uns die Flüchtigen bloß beschrieben.« Der Anführer der Soldaten zeigte auf zwei ungesattelte Rappen. »Falls Ihr für den Rest des Wegs ein frisches Pferd wünscht ...«

»Danke, es lohnt nicht mehr.« Der Hauptturm der heimatlichen Festung zeichnete sich bereits gegen die Kuppen der Flußtalhügel ab.

Im Burghof drillten Yasunari und Meister Ueno eine Bauernhundertschaft in der Handhabung der neuartigen Hakenspieße, als Norihiko auf die Flußbrücke trabte. Die Freunde suchten sofort Yasunaris Vater auf. Tadayama Tôichi lauschte aufmerksam Norihikos Bericht, dann ließ er von seinem Bannerträger den Priester und Ochsenfrosch rufen.

Reisevorbereitungen

»*Padore*, wir müssen unseren Plan geringfügig abändern.«

Pater Bartolomeu hob fragend eine Augenbraue. »Inwieweit, Tono?«

Tadayama Tôichi entfaltete eine Karte der Küstenregion. »Das Schiff, das Euch nach Macao bringen wird, liegt in der Kastanienbucht vor Anker.« Er zeigte die Stelle auf der Karte. »Aber die Gegend dort ist noch nicht gänzlich befriedet. Deshalb ist es besser, wenn Ihr, Ochsenfrosch und auch du, Yasunari, auf der Reise eine unverdächtige Verkleidung wählt. Erstens wegen der Deserteure gestern nacht, zweitens ...« Er berichtete von den versprengten Tomiki-Soldaten. »Sie halten noch die meisten Wachttürme an der Südküste besetzt – auch den an der Kastanienbucht.«

»An das Schiff wagen sie sich nicht, es ist wohlbestückt«, sagte Norihiko.

»Warum beschießt der Kapitän denn nicht einfach den Turm?« Yasunari beugte sich über die Karte. »Wo steht er eigentlich genau?«

»Etwa hier.« Norihiko bedeutete ihm die Stelle. »Und das Schiff ankert dort.«

Yasunari schätzte die Entfernung. »Der Turm liegt doch in der Reichweite der Geschütze!«

»Schon«, sagte Norihiko. »Ich hatte dem Kapitän auch gleich zum Beschuß geraten, aber er hat es abgelehnt.«

»Weshalb?«

»Du vergißt den holländischen Segler vor Schloß Kawashimo! Er würde gewarnt werden.«

»Ich verstehe«, sagte Yasunari. »Und wenn man den Turm ohne Artillerieunterstützung stürmen würde?«

»Dazu bedarf es mindestens einer erfahrenen Hundertschaft. Der Turm ist massiv.«

»Was für ein Schiff ist es?« unterbrach der Pater die Freunde.

»Es handelt sich um einen großen europäischen Schnellsegler, aber der Kapitän ist kein *ketô*, sondern ein Rônin aus Kawashimo. Er erwartet in den nächsten Tagen unsere Silberladung für die Kanonen, die er aus Macao heranschaffen soll.« Norihiko zog ein gelb-rot gestreiftes Stück Stoff aus seiner Ärmeltasche. »Das gab mir der Kapitän übrigens als Erkennungszeichen für Euch mit. Wenn Ihr das Tuch zeigt, wird man Euch an Bord holen.«

Die Augen des Priesters blitzten auf. »Dann steht unsere Fahrt unter einem gesegneten Stern!«

Alle schauten ihn verdutzt an.

Pater Bartolomeu lächelte. »Ist der Name des Schiffes ›Seeschwalbe‹?«

»Ja«, sagte Norihiko. »Woher …?«

»Und der des Kapitäns ›Fujiwara‹?«

»*Padore*, man könnte meinen, Ihr hättet das Zweite Gesicht!«

»Nein, das nun gerade nicht.« Der kleine Priester lachte. »Es verhält sich viel einfacher. Ihr kennt den Sohn des Schulzen vom Flößerdorf?«

»Satoshi, natürlich!« riefen Yasunari und Norihiko wie aus einem Munde.

»Nun, Satoshi hat doch einen Zwillingsbruder namens Hisao. Und der hat vor zwei Jahren auf der ›Seeschwalbe‹ als Schiffsjunge angeheuert.«

»Du hattest Satoshi mit Hisao verwechselt, Yasunari«, sagte Norihiko.

»Richtig, jetzt fällt es mir wieder ein!« Yasunari nickte aufgeregt. »Satoshi hatte mit mir über den Bruder gesprochen – aber den Namen des Schiffes hat er nicht erwähnt, da bin ich mir sicher.«

»Es ist jedenfalls die ›Seeschwalbe‹«, sagte der Priester. »Und nach allem, was ich gehört habe, ist dieser Kapitän Fujiwara kein Freund von Fürst Tomiki oder des Hauses Tokugawa, und unser Gold für die Überfahrt wird er auch nicht verschmähen.«

»Er bittet Euch dennoch, daß Ihr Euch der Besatzung nicht als Priester zu erkennen gebt«, sagte Norihiko.

Pater Bartolomeu runzelte die Stirn. »Hat er den Grund dafür genannt?«

»Er meinte, die Besatzung wäre abergläubisch, ein Priester hätte dem Schiff schon einmal Unheil gebracht.«

Der Pater seufzte. »Nun gut, um unsere Mission nicht zu gefährden, werde ich eben als portugiesischer Händler reisen.«

»Die Kleider vom Hauptmann der holländischen Kanoniere müßten Euch passen«, sagte Yasunari. »Er hatte in etwa Eure Größe.«

»Fujiwara, Fujiwara?« murmelte Tadayama Tôichi. »Der Name sagt mir auch etwas.«

Ochsenfrosch räusperte sich.

»Sprich!«

»Tono, nach der Schlacht am Schwarzgipfel-Paß kam ich in der Zollstation mit einem Offizier aus Kodaira ins Gespräch, weil er eine außergewöhnliche Muskete besaß, eine doppelläufige. Sie war Schmuggelware aus Macao, die über ein Fischerdorf im Süden ins Land gebracht worden war. Dabei fiel, glaube ich, der Name der ›Seeschwalbe‹.«

Tadayama Tôichi zeigte sich befriedigt. »Wie dem auch sei, dieser Kapitän Fujiwara wird jedenfalls alles tun, um nicht von den Shôgunatsschiffen aufgebracht zu werden, wenn ihm das Leben lieb ist.«

Alle nickten, die Erlasse des Hauses Tokugawa und die ihres Statthalters auf Kyûshû waren allzu bekannt.

Yasunari wandte sich an seinen Freund. »Wie stark ist die Turmbesatzung?«

Norihiko überlegte. »Mehr als zwanzig Soldaten werden es schon sein.«

»Haben sie Musketen?«

»Der Kapitän meinte, ja.«

Yasunari meldete sich zu Wort.

»Ja?«

»Vater, Ihr erwähntet vorhin, daß wir uns für die Reise verkleiden sollten. Woran habt Ihr gedacht?«

Tadayama Tôichi betrachtete nachdenklich die Landkarte. »Die Soldaten im Turm sind das kleinere Problem, Sorgen bereiten mir die Diamant-Mönche, die von alters her an der Südküste und im Hinterland viele Anhänger unter der Bevölkerung besitzen. Deshalb würde ich vorschlagen, daß Ihr, *padore*, du, Ochsenfrosch, und auch du, mein Sohn, als Bettelpilger reist. Euch ist die Verkleidung ja vertraut, *padore!*«

Der Priester nickte.

Dann machte der Tono eine Geste des Bedauerns. »Eigentlich wollte ich euch eine starke Eskorte mitgeben, aber die Ereignisse in Nagasaki lassen das nicht mehr zu. Außer den Mikis kann ich niemanden mehr entbehren. Die Mikis werden eure Pferde wieder zurückführen.«

»Was ist mit mir, Herr?« fragte Norihiko.

»Du bist ab sofort mein persönlicher Adjutant. Mein Bannerträger muß für Hauptmann Harada einspringen. Der hat hohes Fieber. Die Lippe hat sich wieder entzündet.«

»Haa, Tono!« Norihikos Stirn berührte die Tatami.

»Ihr meintet eben, daß wir reiten werden?« sagte der Priester skeptisch. »Bettelpilger zu Pferd?«

»Keine Sorge, *padore*, ich habe alles wohl bedacht!« Der Tono lächelte. »Natürlich reitet Ihr. Denkt Ihr, ich mute Euch zu, den ganzen Weg zu Fuß zu bewältigen? Nein, *padore*, Ihr reitet selbstverständlich, solange es möglich ist. Wo beginnen die unsicheren Gebiete?«

Tadayama Tôichi reichte Norihiko die Karte.

»Hinter den Schildkrötenbergen. Der Küstenstreifen ist etwa fünf, sechs Meilen breit. Reiten ist dort ohnehin mühsam, die Landschaft ist dicht bewaldet und zerklüftet.«

Ochsenfrosch verneigte sich in Richtung des Priesters. »Es wird mir ein Vergnügen sein, Euch auf dem Rücken tragen zu dürfen, verehrter *padore!*«

Der Tono nickte beifällig. Der massige Fechtlehrer würde den kleinen Priester kaum auf dem breiten Rücken spüren.

Pater Bartolomeu bekreuzigte sich. »Dank der Güte

des Allmächtigen plagt mich zur Zeit die Hüfte nur wenig. Ich bin guter Dinge, was die Reise betrifft. Ob auf einem Pferderücken oder ...«

»... oder auf einem Büffelrücken«, setzte Yasunari unvorsichtigerweise den Satz fort und erntete dafür von Ochsenfrosch einen freundlichen Ellenbogenstoß gegen den Oberarm. Wäre Norihiko nicht gewesen, der dicht neben dem Freund kniete, hätte der Stoß Yasunari mit Leichtigkeit aus dem Gleichgewicht gebracht.

Aber Ochsenfrosch hatte den Vergleich sichtlich genossen. Er grinste breit.

Yasunari rieb sich lachend die Schulter. »Vielleicht sollte ich besser unseren *padore* tragen, Vater. Ochsenfrosch trabt sonst mit ihm davon, und ich komme nicht hinterher.«

Zur Belustigung aller sagte der kleine Priester: »Keine Sorge, Yasunari. Wenn er mit mir durchgeht, lese ich ihm aus der Bibel vor. Dann schläft er ein, wie gestern während der heiligen Messe.«

Auf dem Gang wurden Schritte vernehmlich. Der Bannerträger kniete in der Türöffnung nieder. »Herr, eine neue Depesche aus Nagasaki. Der Bote wartet im Hof auf Antwort.«

Tadayama Tôichi erbrach das Siegel. Als er den Brief aus der Hand legte, war sein Blick starr. »Bannerträger?«

»Ja, Tono?«

»Richtet dem Boten aus, daß wir morgen mit jedem nur verfügbaren Mann unseren Verbündeten in Nagasaki zu Hilfe kommen werden. Alle Offiziere sollen sich umgehend in der Fechthalle einfinden. Wir räumen die Festung bis auf die notwendigste Besatzung. Mit dem ersten Morgenlicht marschieren wir los.«

»Zu Befehl, Tono!« Der Bannerträger erbleichte und hastete davon.

Tadayama Tôichi wirkte plötzlich sehr erschöpft, dennoch war seine Stimme fest: »*Padore* ...«

An der Nordküste Kyûshûs waren wieder starke Shôgunatstruppen gelandet. Die Verbündeten in Nagasaki hatten die verlassene Festung Shimabara in Besitz genommen und sich dort verschanzt. Pater Bartolomeu, Yasunari und Ochsenfrosch würden sich noch in der Nacht mit den Mikis an der Ausfallpforte in der Ostmauer treffen, um ungesehen von Spionen, die sich vielleicht immer noch in Sugimoto befanden, die Reise anzutreten.

Abschied vom Zedernflußtal

Yasunari zündete eine Öllampe an. Er betrachtete sein glatzköpfiges Ebenbild in einem polierten Bronzespiegel über dem Wasserbottich und schnitt eine Grimasse. Dann stemmte er das Gefäß hoch über den Kopf und überschüttete sich mit dem lauwarmen Wasser. Selbst die Nächte waren jetzt schwül. Kaum hatte Yasunari sich abgetrocknet, glänzten schon wieder Schweißperlen auf seinem Körper. Er legte die graue kurze Kimonokutte der Bettelpilger an, wand einen breiten Gürtel um die Hüften und hängte sich die Kannon-Medaille um den Hals.

Hastig aß er eine Schale Reis, klemmte eine Scheibe salzig eingelegten Rettich zwischen die Spitzen der Eßstäbchen und führte die Schale an die Lippen. Mit der Rettichscheibe schob sich Yasunari die letzten Reiskörner in den Mund. Anschließend goß er kalten Gerstentee in die Schale und trank. Jemand näherte sich auf dem Gang.

»Yasunari?« Norihiko hatte bereits volle Rüstung angelegt, als er ins Zimmer des Freundes schlüpfte. Er und der Bannerträger hatten die letzte Nachtwache am Ausfalltor übernommen. Auf der Flußbrücke taten der Geschützmeister und einige vertrauenswürdige Leute Dienst.

»Ich bin fertig.« Yasunari griff nach seinem Bô und dem bienenkorbförmigen Strohhut mit dem schmalen Sehschlitz, den die Pilger zu tragen pflegten. Er erhob sich und musterte den gewappneten Norihiko. »Irgendwie fühle ich mich nackt in diesem Pilgeraufzug.«

»Das hier soll ich dir von Meister Ueno geben. Er wünscht euch allen Gottes Schutz und Segen für die Reise.« Norihiko reichte dem Freund zwei lange Shakuhachi-Flöten. »Eine ist für dich, und eine ist für Ochsenfrosch.«

»Dann ist ja unsere Verkleidung perfekt.« Yasunari setzte eine der Flöten an die Lippen. »Nanu, die ist aber schwer!« Er entlockte der Shakuhachi einen langen, dünnen Ton und setzte das Instrument wieder ab. »Sie klingt auch irgendwie eigenartig.«

»Das ist kein Wunder!« Norihiko nahm die andere Flöte und packte sie an beiden Enden, als wollte er das dicke Bambusrohr auswringen. Drei Handbreit unter dem Mundstück tat sich eine Kerbe auf, und eine schlanke Schwertklinge glitt aus dem unteren Flötenteil.

»Das erklärt wahrlich den Mißton.« Yasunari hielt die Schneide vor die Öllampe. Die Klinge war von makelloser Schönheit.

»Ist das Meister Uenos Werk?« Yasunari schob die Shakuhachi-Teile wieder ineinander.

»Ja, aber nun mußt du aufbrechen.«

Yasunari hängte sich seinen Kleidersack über die Schulter. Das Gewand der Bettelpilger und den Strohhut wollte er nur so lange tragen, wie es wirklich notwendig war.

Ein mattes Mondlicht beschien die Quader der Ostmauer. Yasunari nahm sein Pferd in Empfang. Die Gebrüder Miki hatten sich auch um die Marschverpflegung
gekümmert, und Ochsenfrosch hatte das Gold für den
Kapitän in Verwahrung genommen und auch eine Lackdose mit Siebenblattkräutern. Die kleine Gruppe war zur
Abreise bereit. Norihiko entriegelte die Ausfallpforte, der
Bannerträger schob sie auf. Ochsenfrosch führte sein
Pferd als erster hindurch.

Der Tono stand reglos und schweigend mit seinem
greisen Fechtlehrer auf der Geschützplattform und schaute den Reitern nach, bis der Schatten der Flußböschung
sie verschluckte.

Kapitän Fujiwara stellt eine Bedingung

Sie erreichten am Mittag des nächsten Tages die Schildkrötenberge. Die Sicht war klar. Ein aufkommender Süd-
wind roch nach Meer.

Die Reise war, abgesehen von der Begegnung mit
einem Rudel Hunde in der zweiten Nacht, ohne nennenswerte Zwischenfälle verlaufen. Sie waren von ver-
wilderten Tosa-Mischlingen aus einem der vielen wüst
gewordenen Dörfer am Unterlauf des Zedernflusses aufgespürt worden. Die Hunde hatten ihren Lagerplatz in
immer engeren Kreisen umringt und gaben erst auf, als
die Mikis den Leitrüden erschossen.

Auf einer baumlosen Bergkuppe, die einen weiten
Rundblick gewährte, verabschiedeten sich die Mikis von
Pater Bartolomeu und seinen beiden Begleitern. Der
Priester segnete sie, dann ergriffen die drei falschen glatz-

köpfigen Bettelpilger ihre Wanderstöcke, schulterten die Kleiderbündel und setzten die Strohhüte auf.

Der Küstenstreifen zwischen den Schildkrötenbergen und dem Meer war ein dichter Teppich aus wogenden Baumkronen, der sich bis zur Wasserlinie hinab erstreckte. Wie ein leicht gekrümmter Finger ragte eine Halbinsel in die graugrüne See.

»Dort ist die Kastanienbucht«, sagte Yasunari.

Der Priester nahm seinen korbförmigen Hut ab. »Wo ist das Schiff?«

»Man kann es von hier aus noch nicht sehen, *padore*. Norihiko sagte, daß die ›Seeschwalbe‹ in Ufernähe ankert. Und bis auf einen kleinen Sandstrand ist die Küste steil.«

»Und ich erkenne kaum meine eigenen Füße!« knurrte Ochsenfrosch. »Unmöglich, diese schmalen Schlitze! Gebt mir mal bitte Euer Rasiermesser, *padore!*«

Nachdem er in seinem und Yasunaris Hut die Sehschlitze verbreitert hatte, wanderte es sich zügiger. Anfangs hielt der kleine Priester noch tapfer Schritt, aber als der Pfad durch ein gerölliges Bachbett führte, lud Ochsenfrosch ihn auf seinen Rücken.

Nur einmal während des Abstiegs begegneten ihnen Menschen – zwei Holzsammler, die den vorangehenden Yasunari mißtrauisch musterten, aber dann doch ehrfurchtsvoll grüßten und sich schnell seitlich ins Unterholz schlugen, als sie auch Ochsenfroschs gewahr wurden, der immer noch den Pater trug. Ochsenfrosch grinste und stimmte brummend die Diamant-Sutra an.

Der Pfad wurde ebener. Bald schimmerte der weiße Sand des Kastanienstrandes durch die Baumstämme. Auf einem Hügel, der sich zwei, drei Meilen am Ende des Strandes erhob, ragte die Spitze des Wachtturms aus den Baumwipfeln.

»Jetzt kann es nicht mehr weit sein, Ochsenfrosch. Setz mich bitte ab!«

»Ach, Ihr seid mir wirklich keine Last, *padore*«, protestierte Ochsenfrosch.

»Bitte! Meine Arme sind schon ganz schwach vom Klammern.«

»Wenn Ihr es wirklich wünscht …!« Ochsenfrosch ging in die Knie.

Der Pater reckte sich und massierte Arme und Beine. »Danke, Ochsenfrosch!«

Bald darauf sahen sie auch das Schiff. Die »Seeschwalbe« lag im Windschatten der Landzunge, ihr Bug zeigte auf die offene See.

»Ich möchte nicht, daß wir noch kurz vor unserem Ziel eine böse Überraschung erleben!« Yasunari kletterte zum Strand hinunter. Er blieb nicht lange fort. »Niemand weit und breit.«

Gemeinsam stützten sie den kleinen Priester auf dem letzten, steilen Wegstück.

Während Ochsenfrosch und Pater Bartolomeu sich unter einer Kastanie niederließen, ging Yasunari ans Wasser und schwenkte das gestreifte Tuch. Dann zogen er und der Priester sich um. Der *padore* schlüpfte in die Gewänder, die man in der Truhe des holländischen *ketô*-Hauptmanns im Lager der Diamant-Mönche gefunden hatte: eine bauschige, gestreifte Seidenhose, ein weißes Leinenhemd mit Rüschen an der Halskrause und ein besticktes Obergewand aus geschmeidigem Leder. Der geflochtene Gürtel war mit Silber- und Goldfäden durchwirkt. Als Kopfbedeckung trug der *padore* ein purpurfarbenes Samtbarett.

Yasunari hatte wieder seinen schlichten Baumwoll-Hakama an und eine schwarze Kimonojacke. Bloß Ochsenfrosch wechselte die Kleider noch nicht.

Ein Boot, von sechs Ruderern bewegt, löste sich von der »Seeschwalbe« und nahm Kurs auf die Stelle, wo Yasunari das Tuch geschwenkt hatte. Ein Mann stand aufrecht in der Bootsmitte. Als der Bug auf den Strand lief, sprang der Mann heraus. Die Ruderer richteten zwei Musketen auf die Kastanie.

»Ich bin Kapitän Fujiwara, Ihr trefft zum richtigen Zeitpunkt ein.« Der Mann verbeugte sich vor dem kleinen Priester. »Nach der Beschreibung von Ishii Norihiko müßt Ihr der *padore* sein.«

»Ja, Kapitän, der bin ich.«

»Und wer sind Eure Begleiter? Ich dachte, Ishii Norihiko würde auch kommen.« Kapitän Fujiwara taxierte Ochsenfrosch mit einem skeptischen Blick.

»Ishii Norihiko ist verhindert«, sagte Pater Bartolomeu und stellte Ochsenfrosch und Yasunari vor.

Als der Kapitän hörte, daß nur Yasunari den Priester nach Macao begleiten würde, und als Ochsenfrosch ihm das Gold für die Passage überreichte, entspannte sich sein Gesicht. »Für die Besatzung heißt Ihr bitte ab jetzt Don Fernandez, ein Seidenhändler, und Tadayama Yasunari ist Euer Diener. Nur mein Steuermann ist eingeweiht, wer Ihr wirklich seid. Ihr werdet eine Kajüte neben meiner bekommen. Zum oberen Deck des Heckkastells hat die Besatzung keinen Zutritt.« Kapitän Fujiwara steckte den Lederbeutel mit den Goldmünzen hinter seinen Gürtel. Dann wandte er sich an Ochsenfrosch: »Maeda Kenichi, Ihr wollt also weiter nach Kawashimo?«

Ochsenfrosch bestätigte dies.

»Wenn Ihr Euch noch ein wenig geduldet, besteht für Euch eine Möglichkeit, dorthin zu segeln. Ich erwarte demnächst ein Boot. Mein Posten auf dem Wachtturm hat es schon gesichtet.«

»Wie?« sagte Yasunari. »Der Turm wird doch von Tomiki-Anhängern gehalten!«

Kapitän Fujiwara lachte. »Keineswegs! Die sind alle auf und davon. Ja, wißt Ihr denn nicht, daß Schloß Kawashimo vorgestern nacht erobert wurde?«

»Was? Kawashimo ist gefallen?«

»Ja, durch einen Handstreich. Die Belagerer haben einen unterirdischen Gang bis zu den Kellerräumen des Zeughauses vorgetrieben und danach die Wachen vom Haupttor überwältigen können. Währenddessen machte die Hauptmacht einen Scheinangriff auf die Landmauer.«

»Das ist nun wirklich einmal eine gute Nachricht nach vielen schlechten. Was ist mit Fürst Tomiki geschehen?«

»Es ist ihm anscheinend gelungen, mit einer Barkasse zum Schiff der Holländer zu entkommen, das draußen in der Bucht kreuzte.«

»Er ist mit dem Teufel im Bunde«, sagte Pater Bartolomeu bitter. »Und sein Statthalter, konnte der etwa auch fliehen?«

Kapitän Fujiwara zuckte mit den Achseln. »Genaueres weiß ich nicht. Aber wenn das Boot kommt, werdet Ihr bestimmt mehr erfahren.«

»Wir haben nur das allernotwendigste Gepäck dabei und noch keinerlei Verpflegung für die Überfahrt beschafft«, sagte Pater Bartolomeu und deutete auf seinen und Yasunaris Kleidersack.

»Der Segler aus Kawashimo bringt ausreichend Lebensmittel und Wasser. Seid unbesorgt!« Fujiwara tätschelte den Gürtel. »Damit ist für Euch bis Macao alles abgegolten.«

Nacheinander stiegen sie ins Ruderboot, ließen dem kleinen Priester den Vortritt.

›Diesen *ketô-padore* schicken die Götter!‹ dachte der

Kapitän, als das Boot vom Strand abstieß. ›Das Silber allein hätte vielleicht nicht ausgereicht, die Handelsherren am Perlfluß zu überzeugen, mir Kanonen zu verkaufen, aber ...‹, er lächelte still vergnügt in sich hinein, ›... aber wenn einer von ihren Bonzen ein gutes Wort für mich einlegt, dann ...‹ Er nahm sich vor, den *padore* auf der Passage fürsorglich wie den eigenen Vater zu behandeln.

Kapitän Fujiwaras alter Traum von einem kleinen autonomen Hoheitsbereich irgendwo in den Weiten der Meere, den er wegen der mächtigen Tokugawas schon fast aufgegeben hatte, dieser Traum hatte seit dem Aufstand der Christen wieder greifbare Gestalt angenommen. Aber Kapitän Fujiwara war ein gebranntes Kind. Die Feuerwaffen, die er im letzten Herbst nicht in Japan anlanden konnte, hatte er nur mit spärlichem Gewinn an koreanische Piraten verkauft. Eingedenk der ungewissen Zukunft erschien ihm eine Schiffsladung an Geschützen erstrebenswerter als der verlockende Silberschatz aus Kawashimo, der sich gerade auf dem Weg zur Kastanienbucht befand – obgleich es ihn schon jetzt schmerzte, das Silber in Macao wieder aus den Händen geben zu müssen.

Kapitän Fujiwara preßte die Lippen aufeinander. ›Ein Jammer! So viel Silber, und nur der alte *ketô* und sein Diener, die es mir an Bord streitig machen könnten!‹ Kapitän Fujiwara hätte am liebsten beides besessen, die Silberkisten und die Geschützladung, aber er war letztlich Kaufmann genug, die Investition dem kurzfristigen Gewinn vorzuziehen.

Auf der »Seeschwalbe« führte der Steuermann den Pater und Yasunari in ihre Kajüte im Heckkastell.

Ochsenfrosch bestaunte derweil die Schiffsartillerie. »Alle Achtung, Kapitän, Ihr verfügt über eine beachtliche Feuerkraft!«

»Das ist in diesen Zeiten auch geboten.« Geschmeichelt erklärte er die verschiedenen Geschütztypen.

Ein hochbordiger Küstensegler lief in die Kastanienbucht ein und zeigte den Wimpel des Hauses Ôtomo, den auch die Verbündeten bei der Belagerung von Schloß Kawashimo gehißt hatten. Kapitän Fujiwara bedeutete dem Schiffsführer, längsseits zu kommen.

Ein Hauptmann der Belagerer erblickte Ochsenfrosch in seinem Bettelpilgergewand und rief ihm zu: »Maeda Kenichi, was für ein Anblick!«

»Ihr solltet mich erst die Diamant-Sutra singen hören!«

Eine Strickleiter wurde hinabgelassen, und der Hauptmann kletterte über die Bordwand der »Seeschwalbe«. »Alle Achtung, beeindruckend! Bloß fehlt Euch leider das rechte bußfertige Gesicht zu Eurer grauen Kutte!«

Ochsenfrosch grinste. »Auf die paar Leute, denen ich in dieser Kleidung begegnet bin, hat mein Aufzug schon Eindruck gemacht. Aber nun berichtet bitte, wie Tomikis Residenz fiel!«

Während der Hauptmann die Erstürmung von Schloß Kawashimo schilderte, schwenkte ein Ladebaum über die Reling, und zwölf kleine, offenbar sehr schwere Holzkisten wurden mit dicken Seilen auf die »Seeschwalbe« gezogen. Kapitän Fujiwara zischte ein Kommando. Der Steuermann ließ sie von zwei stämmigen Matrosen in die Kapitänskajüte schleppen. Dann hievte man pechversiegelte Wasserbottiche und die Lebensmittel an Bord. Auch Kästen mit Grünzeug befanden sich darunter, das noch in der Muttererde steckte. Als letztes wanderten drei Sake-Fässer mittschiffs in die Ladeluke der »Seeschwalbe«.

Yasunari und Pater Bartolomeu kamen aus ihrer Kabine.

»Ist das der Priester?« fragte der Hauptmann.

»Bitte, sprecht nicht so laut«, bat Ochsenfrosch. »Er reist als Kaufmann Don Fernandez.«

Kapitän Fujiwara trat hinzu. »Hauptmann, könnt Ihr Maeda Kenichi mit nach Kawashimo nehmen?«

»Selbstverständlich. Wann segelt Ihr?«

»Wir warten nur noch auf die Aussichtsposten vom Turm. Es bleibt bei unserer Abmachung?«

»Sowie Ihr mit den Geschützen vor Schloß Kawashimo erscheint, bekommt Ihr den zweiten Teil des Silbers.« Die Augen des Hauptmanns verengten sich zu einem Schlitz. »Oder zweifelt Ihr am Wort meines Herrn?«

»Keineswegs, keineswegs, verehrter Hauptmann. Meine Frage bezog sich auf das vereinbarte Signal. Ich verspüre wenig Lust, bei meiner Rückkehr in einen Hafen einzulaufen, den womöglich erneut Shôgunatstruppen besetzt halten.«

Der Hauptmann schnaubte verächtlich. »Wenn Ihr wieder nach Kyûshû zurückkehrt, Kapitän, wird immer noch die Flagge des Hauses Ôtomo über Schloß Kawashimo wehen. Dort und überall im Land!«

»Eure Zuversicht überzeugt auch mich!« Kapitän Fujiwara, der in der Ferne auf der Fahrt zur Kastanienbucht die Geschwader des Shôgunats und deren holländische Geleitschiffe gesehen hatte, verneigte sich tief und dachte: ›Bei allen Göttern und Bodhisattvas – soll er doch an seiner Vermessenheit krepieren!‹

Drei bewaffnete Matrosen kletterten am Kastanienstrand ins Beiboot der »Seeschwalbe«. Der Hauptmann stieg hinunter in den Lastensegler.

»Es ist an der Zeit, Abschied zu nehmen«, sagte Pater Bartolomeu mit brüchiger Stimme. »Leb wohl, mein Sohn!«

»Lebt wohl, mein Vater!« Ochsenfrosch vermochte

ebenfalls nur noch zu flüstern. »Möge ER Euch wohlbehalten über das Meer bringen. Und auch Ihr, Tadayama
Yasunari, lebt wohl!« Tief verneigte sich Ochsenfrosch,
und so abrupt, daß der Pater und Yasunari seine Augen
nicht sehen konnten, drehte er sich um und folgte dem
Hauptmann.

Die Strickleiter wurde hochgezogen. Der Lastensegler
legte von der »Seeschwalbe« ab.

TEIL II
China

Der Monsun

Die »Seeschwalbe« folgte dem Lastensegler aus Kawashimo bis zur Zedernflußmündung. Als die Küste zu einem schmalen Band zusammenschmolz, hatte Pater Bartolomeu sich erschöpft in die Kajüte begeben. Yasunari war an Deck geblieben. Die Fahrt der »Seeschwalbe« war seine erste Reise auf einem der großen europäischen Segelschiffe. Er bewunderte die Geschicklichkeit der Matrosen, wie sie mit der Geschmeidigkeit von Affen in der Takelage herumsprangen und die Kommandos ausführten. Unter der Besatzung gab es nur wenige Japaner oder Chinesen. Die meisten waren dunkelhäutig und riefen sich Worte in Sprachen zu, die Yasunari nicht kannte. Ein muskulöser Matrose war pechschwarz und trug einen grünen Turban. Yasunari fragte den Steuermann nach der Heimat des Mannes.

»Er kommt aus Ländern weit im Westen der Meere, Tadayama Yasunari. In Macao leben viele der Schwarz-Menschen. Sie werfen sich fünfmal am Tag nieder und beten zu ihrem Gott. Schweinefleisch und jede Art von Sake rühren sie nicht an, aber es sind tapfere Krieger. Als die Rotbärte vor Jahren die Niederlassung stürmen wollten, haben sie die Angreifer unter Führung der *ketô-padores* ins Meer zurückgejagt.«

»Die Priester haben selbst zur Waffe gegriffen?« sagte Yasunari erstaunt.

»Sogar sehr erfolgreich. Die *padores* in Macao sind gute Artilleristen. Ein gewisser Pater Jeronimo hat mit nur einem Schuß aus einem Vierundzwanzigpfünder das Pulverschiff der Rotbärte in die Luft gesprengt.«

Yasunari versuchte sich Pater Bartolomeu vorzustellen, wie der zu einer wie auch immer gearteten Waffe griff, aber es wollte ihm einfach nicht gelingen, den kleinen friedlichen Priester als schwertschwingenden Soldaten zu sehen. Hatten die heiligen Väter in der Heimat nicht willig den Märtyrertod erlitten, ohne auch nur die bloße Hand gegen ihre Henker zu erheben? Yasunari war verwirrt. Er beschloß, Pater Bartolomeu bei nächster Gelegenheit zu fragen, ob er den Reden des Steuermanns Glauben schenken durfte.

Von Zeit zu Zeit griff Kapitän Fujiwara zum Teleskop und suchte den Horizont ab. Fürst Tomiki war zwar mit den Holländern nach Westen gesegelt, was aber war mit den Geleitschiffen der Shôgunatsflotte in der Bungo-Straße? Umrundeten sie Kyûshû süd- oder nordwärts auf ihrer Fahrt nach Shimabara? Der Kapitän zweifelte nicht daran, daß sie die Festung der rebellierenden Christen ansteuerten, nachdem die Verstärkung für Fürst Tomiki angelandet war. Shimabara war nur mit massiver Artillerieunterstützung zu erobern, und die konnte der Shôgun bloß von den holländischen Kriegsschiffen mit ihren weitreichenden Geschützen erhalten.

Der Wind hinter der Krabbeninsel wehte aus günstiger Richtung, die »Seeschwalbe« schwenkte unter voller Besegelung auf Südwestkurs.

Der Kapitän warf einen Blick auf den Kompaß, übergab dem Steuermann das Ruder und stellte sich zu Yasunari an die Reling. »Ich hoffe, daß es uns noch gelingt, vor Einsetzen des Monsuns in Macao zu sein.«

»Die Regenzeit hat im letzten Jahr auch erst spät begonnen, Kapitän.«

Kapitän Fujiwara nickte. Der schlanke Zweimaster durchschnitt die Wellen elegant wie ein scharfes Schwert, das eine Frucht zerteilt. »Wenn dieser Nordost anhält, könnten wir es tatsächlich schaffen.«

»Und wenn nicht, Kapitän?«

»Das wissen die Götter, Tadayama Yasunari. Im günstigsten Fall würden wir gegen den Wind kreuzen. Und das ist zeitraubend.«

»Und im ungünstigsten Fall?«

Kapitän Fujiwara schürzte die Lippen. »Ich müßte die ›Seeschwalbe‹ an einem geschützten Ort ankern und warten, bis im Herbst der Wind wieder dreht.«

Yasunari betrachtete den wolkenlosen Himmel. »Unmöglich! Das wäre ein Verhängnis. Unsere Mission duldet keinen Aufschub!«

Der Kapitän lachte. »Der Ozean ist nicht der Zedernfluß, wo man sein Boot auch gegen die Strömung treideln kann. Das Meer, Tadayama Yasunari, ist unberechenbarer, als Ihr Euch vorstellen könnt. Wartet ab, bis Ihr den ersten Sturm erlebt habt. Dann werdet Ihr anders reden.«

Der Schwarze mit dem Turban erstieg die Treppe zum Heckkastell. Er brachte zwei flache Messingtabletts, auf denen verschiedene Gerichte angeordnet waren: gebratene Gemüse, gesottene Fleischstücke, gedünstete Meeresfrüchte und in tiefem Fett ausgebackene Süßkartoffeln.

Kapitän Fujiwara begutachtete die Speisen mit Wohlwollen. »Ein Tablett ist für Euch und … Don Fernandez.« Er wechselte ein paar Worte mit dem Schwarzen in einer kehligen Sprache, und der Turbanträger reichte Yasunari die Speiseplatte.

»Was ist das, Kapitän?« Ein Teil des Tabletts bedeckte gelber Reis, langkörniger als der, den Yasunari von zu Hause kannte.

»Es ist Reis, mit *Safuran* gekocht.«

»*Safuran?*«

»*Safuran* ist ein kostbares Gewürz. Man benötigt nur eine Messerspitze, um einen großen Topf voll Reis damit zu färben. *Safuran* wird mancherorts mit Gold aufgewogen.«

Daß der Kapitän sich allerlei Luxus leistete, hatte Yasunari bereits festgestellt, als er seinen Reisesack, den Bô und die Bambusflöte in die Kabine gebracht hatte. Die Innenwände waren mit reichlich Schnitzwerk verziert, die Fenster aus durchsichtigem, bleigefaßtem Glas und die Füße der beiden Schlafpritschen mit Blattgold überzogen.

Yasunari bedankte sich für die Auskunft und trug die Speiseplatte in die Kabine.

Seit die »Seeschwalbe« auf Südwestkurs segelte, hatte die Hitze abgenommen, war aber immer noch spürbar. Die Matrosen arbeiteten mit freiem Oberkörper.

Bei Yasunaris Eintreten erhob sich der Priester von der Liege. Er hatte die Lederweste und die Seidenhose abgelegt und trug einen luftigen Yûkata-Mantel aus leichter Baumwolle. »Die Reise hat mich bislang doch mehr angestrengt, als ich es mir eingestehen wollte, Yasunari, aber nun fühle ich mich wieder einigermaßen ausgeruht. Ich sehe, du bringst auch etwas zu essen, sehr gut!«

Yasunari stellte das Tablett auf einen Schemel zwischen die Pritschen und holte Eßstäbchen aus seinem Reisesack.

Gemeinsam sprachen sie ein Gebet, dann sagte der kleine Priester: »Das ist ja Safranreis!«

»Ihr kennt *Safuran, padore?*«

»Sicher, mein Sohn! Vergiß nicht, bevor ich zu euch nach Japan kam, war ich auch in Indien. Und dort benutzt man viel von diesem Gewürz.« Er aß mit gutem Appetit.

Yasunari begann mit den gedünsteten Muschel- und Oktopusstücken. Sie schmeckten ihm. Er probierte von dem gelben Reis und mochte ihn nicht besonders. Dann biß er auf ein Stück Gemüse – es glänzte einladend rot – und hielt die Luft an: Es schmeckte nach Feuer, und er mußte sich beherrschen, um es nicht auszuspucken. Yasunari stürzte einen Becher Wasser hinunter und rang nach Luft. Auf seiner Stirn erschienen dicke Schweißperlen.

Amüsiert beobachtete der Pater den Kampf seines jungen Begleiters, pickte selbst eine der Pfefferschoten mit den Stäbchen auf und verzehrte sie genüßlich.

Yasunari wartete, bis er wieder atmen konnte, griff erneut nach dem Wasserkrug und sagte mit tränenden Augen: »Ich hoffe, das *nambanjin*-Essen birgt nicht andauernd solche Überraschungen.«

Pater Bartolomeu lachte. »Zugegeben, die Schoten sind wirklich von einer anderen Schärfe als Großvater Toshiros Rettiche oder Wasabi-Wurzeln. Aber je weiter wir gen Süden reisen, wirst du lernen, daß die Leute noch viel schärfere Sachen essen. Man gewöhnt sich sogar daran. Außerdem macht Pfeffer die Speisen in der Hitze haltbarer.«

Es war kein Trost für Yasunari. Er trank noch einen Becher Wasser.

Gegen Abend wurde der Wind stärker. Der Priester hatte sich bereits zur Ruhe gelegt, aber Yasunari war noch nicht in Schlafstimmung. Die »Seeschwalbe« schwankte derart, daß er sich mit beiden Händen abstützen mußte.

Er stieg auf die Ruderplattform und erschrak. Das Schiff tanzte wie ein Stück Holz auf den Schaumkronen. Wenn die »Seeschwalbe« in ein Wellental glitt, sah es aus, als würde sich ihr Bug in die Wasserwüste bohren.

Kapitän Fujiwara schien das wenig zu bekümmern. Er spielte seelenruhig mit dem Steuermann Schach. Das Steuerrad war mit einem Holzkeil blockiert, den der Kapitän mit dem Knie in die Speichen drückte. Hin und wieder, nach einem Blick auf die Kompaßnadel und den gestreiften Wimpel an der Spitze des hinteren, höheren Mastbaums, veränderte er die Position des Keils. Eine Gruppe Matrosen hißte ein zusätzliches Segel am Bugspriet der »Seeschwalbe«.

»Ist das nicht praktisch, Tadayama Yasunari?« rief der Kapitän. »Die Spielfiguren können nicht verrutschen. Man steckt sie ins Brett.« Er zog einen Spielstein heraus und zeigte den Zapfen.

Yasunari wankte an die Reling und krallte sich am Handlauf der Bordumrandung des Heckkastells fest. Gebannt schaute er auf die Schaumkronen. Wenn das Schiff aus den Wellentälern wieder hochstieg, spritzte die Gischt bis hinauf zur Ruderplattform. Der Kapitän und der Steuermann setzten unbeirrt ihr Schachspiel fort.

Yasunari stolperte zu ihnen zurück. »Jetzt ahne ich, was Ihr vorhin gemeint habt, als Ihr sagtet, ich solle erst einmal einen Sturm miterleben.«

Der Kapitän sah Yasunari spöttisch an. »Sturm, Tadayama Yasunari? Ihr meint doch nicht das milde Lüftchen gerade?« Er nahm dem Steuermann einen Stein weg. »Nein, mein Bester, das jetzt ist kein Sturm, sondern ein von den Göttern geschickter Wind. So er unvermindert anhält, werden wir in Rekordzeit in Ao-Men sein.«

»Ao-Men?«

»So nennen die Chinesen die *ketô*-Niederlassung. Der Name bedeutet: Tor zur Ankerbucht. Ein anderer Name ist A-Ma-Gao: Bucht der Göttin A-Ma.«

Und er hielt an, der heftige Nordwest. Einen Tag, zwei Tage, eine Woche. Yasunari hatte ab dem zweiten Tag auf See keine Nahrung mehr bei sich behalten und lag meistens apathisch in der Kabine.

Der kleine Priester verkraftete das dauernde Schaukeln besser. Mit Rücksicht auf den leidenden Yasunari nahm er seine Mahlzeiten vor der Kabinentür ein. »Vielleicht liegt es daran, daß mein Vater Fischer war. Bereits als kleiner Junge hat er mich mit aufs Meer genommen. Und bei uns zu Hause in Portugal herrschte fast das ganze Jahr über stürmische See. Selten schwächer als jetzt.«

Yasunari nickte matt, öffnete das Kabinenfenster und steckte den Kopf hinaus.

Erst in der zweiten Woche gewöhnte er sich langsam an das Schlingern und Rollen der »Seeschwalbe« und ging auch wieder häufiger an Deck. Mit einer gewissen Befriedigung stellte er fest, daß auch einige der Matrosen reichlich gezeichnet aussahen. Kapitän Fujiwara allerdings und der Steuermann schienen die Elemente schlichtweg zu ignorieren. Vertrieben sie sich die Zeit nicht mit Shôgi, saßen sie beim Würfelspiel oder rauchten. Die Pfeifen, die sie benutzten, hatten größere Köpfe als die von Yamaguchi-sensei. Damit der Wind den Tabak nicht wegwehte, wurde ein haarfeines Silberdrahtnetz auf die Glut geklemmt.

»Nun, Tadayama Yasunari, wieder unter den Lebenden?« Kapitän Fujiwara richtete eine Messingscheibe auf den Sonnenball, drehte an ihr und preßte ein Auge an ein Rohr, das in der Mitte der Scheibe befestigt war. Dann murmelte er dem Steuermann etwas zu und nickte befriedigt. »Wir machen immer noch gute Fahrt, Tadayama Yasunari.«

Die Wellen schlugen nicht mehr so hoch, aber der Wind blies unvermindert kräftig aus Nordwest, und am Himmel tauchte auch in der dritten Woche keine einzige Wolke auf.

Mit der Zeit hatte sich Yasunari auch mit dem beengten Leben auf der »Seeschwalbe« arrangiert. Er unterhielt sich viel mit Pater Bartolomeu und den Japanern der Besatzung. Mit den anderen Seeleuten hatte er kaum Kontakt. Nur mit einem der schreibkundigen Chinesen konnte er sich verständigen, wenn sie die Zeichen mit Kreide auf die Schiffsplanken malten. Dabei fiel Yasunari auf, daß man in China zwar die gleichen Schriftzeichen wie in der Heimat kannte, sie aber häufig anders schrieb und las. Der Seemann, einer von Kapitän Fujiwaras Offizieren, stammte aus der Stadt Kanton am Perlfluß. Viel Kreide war verbraucht, als er Yasunari seine Geschichte erzählt hatte.

»Ich heiße Wang An-Shi und war Schreiber bei einem Militärmandarin zweiter Rangstufe in der Stadt Kanton. Kanton liegt am Zhu Yiang, am Perlfluß, wie auch Ao-Men.

Mein Herr Su Feng-Lao befehligte drei Kriegsdschunken und hatte unter anderem die Aufgabe, dafür zu sorgen, daß die Salzsieder im Flußdelta ihre Ware nicht an Schmuggler veräußerten, sondern an die Monopolhändler. An der Aufgabe war auch schon der Vorgänger meines Herrn gescheitert, denn die Salzschmuggler stecken mit den mächtigen Handelshäusern in Kanton unter einer Decke, die das Monopol des Himmelssohns nach allen Regeln der Kunst unterlaufen. Mein Herr stammte nicht aus der Perlfluß-Gegend, sondern hatte vorher im Norden einen ranghohen Posten an der Barbarengrenze.

Als er nach Kanton versetzt wurde, räumte er unter den Schmugglern energisch auf und schaffte sich damit Feinde bis in die höchsten Kreise hinein. Einer seiner erbitterten Widersacher war der Stadtkommandant Li Hao-Shu. Er beschuldigte meinen Herrn, das beschlagnahmte Salz auf eigene Rechnung weiterzuverkaufen, und intrigierte mit allen Mitteln gegen ihn. Eines Tages schickte er einen Polizeitrupp, der meinen Herrn zum Gericht führen sollte. Es kam zum Streit. Mein Herr und seine Leibwächter erschlugen die Polizisten und flohen zum Hafen. Daraufhin befahl der Stadtkommandant, alle engeren Bediensteten im Yamen des Militärmandarins zu verhaften. Wir, die Schreiber und Sekretäre, erfuhren durch Zufall, daß eine weitere, stärkere Polizeitruppe anrückte, um das Amtshaus zu umzingeln und alle darin verbliebenen Personen zu verhaften. Wir dachten uns unseren Teil. Man würde uns alle kurzerhand hinrichten, schließlich waren wir ja gefährliche Zeugen der herrschenden Korruption. Der Stadtkommandant mußte uns schleunigst aus dem Weg räumen, denn ein kaiserlicher Zensor hatte bereits seinen Besuch angekündigt. Wir folgten also unserem Herrn, der unterdessen mit den Leibwächtern eine der Kriegsdschunken im Hafen gekapert hatte. Damit segelten wir das Flußdelta bis zur Insel Coloane hinunter, wo wir uns Kapitän Fujiwara anschlossen. Jetzt, wo Blut geflossen war, hätte es keinen Sinn mehr gehabt, mit dem Zensor Kontakt aufzunehmen.

Vor den Ryûkyû-Inseln kam es zu einem Gefecht mit Wakô-Piraten. Die Dschunke meines Herrn wurde von drei Korsarenschiffen eingekeilt und geentert. Derweil kämpfte die ›Seeschwalbe‹ mit weiteren drei Piratenschiffen, denen es allerdings nicht gelang, dicht an sie heranzukommen. Als mein Herr fiel und die Feinde uns auf der Bugplattform zusammendrängten, sprang ich ins Wasser. Ich bin ein guter Taucher. Was immer man mir an Pfeilen nachschickte, verfehlte das Ziel. Die ›Seeschwalbe‹ hatte unterdessen zwei ihrer Angreifer in Brand geschossen und drehte, um uns zu Hilfe zu kommen. Aber da tauchten weitere Korsarenschiffe hinter einer Insel auf. Die ›Seeschwalbe‹ wechselte erneut den Kurs. Das war mein Glück. Man bemerkte mich und zog mich an Bord. Ich sollte der einzige Überlebende von der Dschunke sein. Seitdem bin ich hier.«

Was Wang An-Shi dann noch auf die Planken kritzelte, verstand Yasunari erst, nachdem der Offizier mehrmals die Schriftzeichen geändert hatte:

»Ich werde Kapitän Fujiwara in Ao-Men verlassen und meinen Herrn rächen. Der Stadtkommandant ist ein regelmäßiger Gast im Hurenviertel von Kanton. Dort werde ich ihn töten.«

Daß Wang An-Shi, der schmächtige Kantonese, ein gefährlicher Gegner war, der seinem Schwur Taten folgen lassen konnte, beobachtete Yasunari am nächsten Tag, als der sich mit zwei hünenhaften Koreanern einen Scheinkampf lieferte. Er focht mehrere Waffengänge mit einer Stahlgerte in der Linken und einem gebogenen Schwert in der Rechten, das eine zur Spitze hin verbreiterte Klinge besaß. Die Koreaner waren mit Katanas bewaffnet. Ochsenfrosch hätte seine Freude gehabt. Besonders bewunderte Yasunari Wangs Geschmeidigkeit. Während er die Schwertschläge abwehrte, schlug er Purzelbäume, sprang behende auf die Reling oder nutzte die Mastbäume als Schild. In einem echten Kampf hätten die koreanischen Matrosen bereits den ersten Waffengang nicht überlebt.

›Der Stadtkommandant von Kanton wäre gut beraten, beim Aufsuchen der Kurtisanen einige Leibwächter in der Nähe zu haben‹, dachte Yasunari und schrieb ein

166

Kompliment auf die Planken. »*Erai*, Wang-sensei! – Trefflich, Meister Wang! *Ashita watashimo onegai itashimasu!* – Morgen bitte ich Euch um eine Belehrung!«

Wang An-Shi las, strahlte über das ganze Gesicht und griff zur Kreide. »Mit dem größten Vergnügen, Tadayama Yasunari!«

Pater Bartolomeu schüttelte bloß den Kopf, als Yasunari von der Verabredung berichtete.

»Es ist doch nur ein Scheinkampf, *padore*. Ich bin neugierig, ob der Bô auch gegen chinesische Waffen bestehen kann.«

»Wer zum Schwert greift, kommt durch das Schwert um!«

Pater Bartolomeus Kommentar brachte Yasunari wieder in Erinnerung, was der Steuermann über die wehrhaften Jesuiten in Macao erzählt hatte.

»Ja, Yasunari, der Steuermann hat nicht gelogen. Einige meiner Brüder scheuen sich nicht, die Waffe zu ergreifen, so es die Not gebietet. Ich möchte nicht über sie richten, aber ich halte es für falsch, wenn ein Priester mit anderen Waffen kämpft als mit dem Wort Gottes. Unser Herr Jesus Christus hat seinen Jüngern verboten, das Schwert zu ziehen, als die Knechte des Hohenpriesters ihn verhafteten.«

»Aber man darf sich doch zur Wehr setzen! Ihr habt mir selbst die Stelle aus der Heiligen Schrift vorgelesen, wo Moses dank Gottes Hilfe die gottlosen Amelekiter siegreich schlägt, die sein Volk bedrohen.«

Der kleine Priester seufzte. »Das ist richtig, Yasunari. Ich sagte bereits, ich will nicht über meine Brüder zu Gericht sitzen. Es ist eine Frage des Gewissens, ob man so oder so handelt. Ich – und viele von uns, die man ans Kreuz geschlagen oder zu Tode gefoltert hat – ich habe mich für den Weg der Liebe unseres Herrn Jesus Christus entschieden. Schwerter, Yasunari, rosten und zerfallen zu Staub, aber VERBUM DOMINI MANET IN AETERNUM.«

»AETERNUM?« fragte Yasunari. »Ich habe schon wieder vergessen, was das Wort bedeutet.«

»AETERNUM ist die Ewigkeit, Yasunari. DAS WORT DES HERRN WÄHRET EWIG.«

Seit sie sich täglich viel miteinander unterhalten konnten, waren nicht nur Yasunaris Lateinkenntnisse gewachsen. Mit Freude nahm der kleine Priester wahr, daß der junge Tadayama sogar ein ausgesprochenes Talent dafür besaß, sich in fremde Sprachen einzuhören. Das babylonische Zungenwirrwarr an Bord der »Seeschwalbe« war für ihn ein gutes Übungsfeld. Mal probierte er die Sätze, die ihm Wang beigebracht hatte, an den anderen chinesischen Seeleuten aus, mal sah man ihn bei den Koreanern. Selbst der schwarze muskulöse Koch mit dem grünen Turban wurde befragt, wie das Meer oder die Sonne in seiner Sprache hieß. Einmal, nachdem der Turbanträger und andere dunkelhäutige Matrosen sich von den Tüchern erhoben hatten, auf denen sie unter vielen Verbeugungen ihre Gebete verrichteten, ging Yasunari zu ihnen und streckte den Arm gen Himmel. »Deus? – Gott?«

Die Matrosen schüttelten die Köpfe. »Allāh! Allāhu ákbar! Lā ilāhu illā llāh!«

Als Yasunari dem Priester berichtete, daß der Herr im Himmel bei den Dunkelhäutigen den Namen Allah trug, so wie ihn die Menschen in seiner eigenen Heimat Kami-sama nannten, da wurde Pater Bartolomeu – was selten geschah – ungehalten, und Yasunari erfuhr zum ersten Mal etwas über den Gott der Muselmanen und über dessen Propheten Mohammed.

»Es sind Götzendiener, Yasunari, schlimmer als die Holländer. Sie beten einen schwarzen Stein in einer Stadt

168

an, die Mekka heißt, so wie Aaron in der Wüste das Goldene Kalb angebetet hat.« Pater Bartolomeu redete noch lange und erregt über die verdammungswürdigen Sitten und Gebräuche der Anhänger Mohammeds.

Am nächsten Morgen traf sich Yasunari mit Wang zu dem verabredeten Waffengang auf dem Mitteldeck. Das Meer war ruhig, der Wind wehte nur noch ganz schwach, hatte auch die Richtung gewechselt und kam nun aus dem Westen. Kapitän Fujiwara ließ jeden erdenklichen Fetzen Segel setzen. Es beflügelte die »Seeschwalbe« nicht. Mürrisch stellte sich der Kapitän neben Pater Bartolomeu und den Steuermann an die Brüstung des Heckkastells, um den Scheinkampf zu beobachten.

Als Wang sah, daß sein Gegner nur einen hölzernen Stab als Waffe gewählt hatte, wechselte er das Krummschwert gegen eine zweite Stahlgerte aus. Yasunari bedeutete ihm, ruhig das Schwert zu benutzen, aber Wang lehnte ab und kritzelte auf die Planken: »Scharf gegen scharf, stumpf gegen stumpf!«

Sie verbeugten sich.

Wang begann Yasunari zu umkreisen, blieb aber deutlich außerhalb der Bô-Reichweite. Die Stahlgerten hatte er vor dem Gesicht gekreuzt.

Yasunari hielt den Stock wie eine Lanze und nahm eine Rechts-Vorwärtsstellung ein. Die Führungshand lag in der Bô-Mitte, die hintere Hand umklammerte das Ende. Die Stockspitze folgte dem Chinesen. Eine Schwertposition, den Bô mit gestreckten Armen über den Kopf zu führen, um von oben einen Schlag gegen den Hals oder die Schläfen des Gegners zu versuchen, verbot sich wegen der vielen Seile, die die Segel positionierten. Yasunari wartete, bis Wang den Hauptmast im Rücken hatte, dann sprang er vor.

Der Chinese parierte den Stich mit der linken Gerte, zeitgleich schlug er mit der anderen zu. Yasunari riß das Stockende hoch, die Stahlgerte prallte zwischen Yasunaris Händen gegen den Bô.

Yasunari war jetzt in Reichweite der Stahlstäbe, und Wang nutzte augenblicklich seinen Vorteil. Die Schläge prasselten wie ein Steinschlag auf Yasunari ein, blitzschnelle Attacken, die er nur mit allergrößter Mühe abwehren konnte. Um sich Raum zu verschaffen, machte er einen Satz nach hinten und zielte dabei auf Wangs Waden, indem er den Bô wie eine Sense benutzte.

Wang blockte den Fußfeger nicht mit den Stahlgerten, sondern sprang in die Luft und riß dabei die Knie bis an die Schultern.

Yasunari ging zum Angriff über. Sein Gegner wehrte zwar noch im Sprung mit den gekreuzten Gerten ab, aber nun hatte Yasunari die Offensive ergriffen. Um die für den Bô ungünstige Nahkampfsituation zu vermeiden, gab er acht, nach jedem Stoß oder Schlag sofort wieder ausreichende Distanz zwischen sich und Wang zu bringen.

Der Chinese wich zurück und versuchte Yasunari in die Nähe der Ruderboote zu locken, die kieloben vor dem Hauptmastbaum aufgebockt lagen. Als Yasunari ihm nicht folgte, lachte er. »Hen hao! – Sehr gut!«

Wang steckte die Stahlgerten in den Gürtel und verbeugte sich, Yasunari senkte die Stockspitze und erwiderte den Gruß. Dann gingen beide zum Heck und verneigten sich vor dem Kapitän und den anderen Zuschauern auf dem Kastell. Sie verabredeten sich gegen Abend zu einem weiteren Waffengang, dann würde der Chinese mit dem Bô und Yasunari mit den Stahlgerten kämpfen. Freundschaftlich kamen sie überein, sich gegenseitig in ihren Waffenkünsten zu unterrichten.

Dann stieg Yasunari auf das Heckkastell. »Ihr habt in Wang einen guten Mann, Kapitän!«

»Ihr wart auch sehr geschickt, Tadayama Yasunari!«

»Mein Sohn«, sagte der kleine Priester, »wenn dein Gegner mit der Rechten ein Schwert geführt hätte, wärst du vermutlich in ernste Schwierigkeiten gekommen.«

»Ich weiß, Pater. Die chinesischen Schwerter sind zwar nicht so scharf wie unsere, aber sie zerbrechen auch nicht so schnell, außerdem sind sie schwerer. Man kann die Klinge an der Breitseite wie eine Keule benutzen. Ich bezweifle, ob die Schwertzerschmetter-Technik, wie man sie bei jedem Katana anwenden kann, bei ihnen überhaupt möglich ist.«

»In Macao werdet Ihr auf Leute stoßen, die mit den eigenartigsten Waffen umzugehen verstehen«, mischte sich der Steuermann in die Unterhaltung ein. »Es gibt dort indische Krieger mit Streitkolben, die auf dreißig Schritt selbst eine Maus treffen.«

Aus dem abendlichen Waffengang Bô gegen Stahlgerte wurde nichts. Noch am Nachmittag packte ein heftiger Sturm die »Seeschwalbe«, der den Nordwest der vergangenen Wochen im nachhinein wie eine leichte Brise erscheinen ließ. Kapitän Fujiwara gab es nach kurzem Kampf auf, den Kurs zu halten, denn das Ruder drohte zu brechen. Man hatte bloß ein Sturmsegel gesetzt, aber die Logleine – bevor sie riß – zeigte an, daß die orkanartigen Böen die »Seeschwalbe« mit ungeheurer Geschwindigkeit nach Osten peitschten. Was festzurrbar war, hatte man gesichert, dennoch löste sich ein Ruderboot und durchschlug die Reling. Der Kapitän und der Steuermann versuchten mit der Unterstützung einiger Matrosen vergeblich, das Ruder zu bändigen. Wang war auf dem Bugkastell und beobachtete das Sturmsegel. Als es zerfetzte, rannte die »Seeschwalbe« in einen Wellenberg. Vier Seeleute wurden über Bord gerissen. Wang klammerte sich an ein Seil und schlang es sich um die Hüfte. Eine Kanone löste sich aus der Verankerung. Sie fiel auf das Mitteldeck und durchschlug die Planken. Wundersamerweise tauchte die »Seeschwalbe« wieder aus dem Wasserwall auf.

Yasunari und Pater Bartolomeu klammerten sich auf ihren Liegen fest, deren Füße mit dem Kabinenboden verschraubt waren. Der Priester intonierte pausenlos das Ave Maria. Das Kajütenfenster zersplitterte.

Waren es Stunden, waren es Tage gewesen? Als der Sturm endlich abflaute, hatte Yasunari jedwedes Zeitgefühl verloren und Kapitän Fujiwara die Orientierung. Aber das Schiff hatte das Inferno überlebt, obgleich der schlanke Schnellsegler mehr einem Wrack glich als einer seetüchtigen Galeone.

Der Sturm war in Regen übergegangen, der sich wie ein Sturzbach über das Schiff ergoß. Der Monsun war gekommen, und die Insel, die schwach in der Regenwand vor der »Seeschwalbe« auszumachen war, kannte weder Kapitän Fujiwara noch sein Steuermann.

Yasunari öffnete die Kajütentür. Der Regen war warm. Wang und zwei Schwarze flickten das zweite Ruderboot. Yasunari war während des Sturms mehrmals kurz vor die Kajüte getreten, aber es war dunkel gewesen. Als er jetzt das Ausmaß der Zerstörung bei Tageslicht sah, erschrak er. Die Takelage wirkte, als hätten Riesenhände sie zerpflückt. Der Vordermast stand schief, überall hingen zerrissene Seile und Segelfetzen.

»Großer Gott!« Der kleine Priester stellte sich zu Yasunari.

»Wie geht es Eurem Arm?«

Der Priester befühlte den Ellenbogen, den Yasunari mit einer Kompresse aus angefeuchteten Siebenblatt-Kräutern behandelt und mit seinem Schweißtuch bandagiert hatte. »Eine Prellung. Sie schmerzt, aber es ist nichts gebrochen.« Pater Bartolomeu ließ den Blick über das Chaos auf dem Mitteldeck wandern und entdeckte den reglosen Körper des Kochs. Als der Vordermast zu kippen drohte, hatten die Männer ihn inmitten der tosenden See mit zusätzlichen Seilen gesichert. Der Koch war von der herabstürzenden Rah erschlagen worden.

»Hat es viele Tote gegeben?«

»Ja, *padore*. Gleich zu Beginn des Sturms sind vier Seeleute über Bord gerissen worden.«

»Es ist dennoch ein Wunder, daß wir nicht alle umgekommen sind, Yasunari. Komm, laß uns dem HERRN dafür danken!« Der alte Priester ging in die Kajüte zurück und fiel auf die Knie. Yasunari schloß die Tür und kniete sich neben ihn.

»In nomine ...«

Die Insel

Alle arbeiteten fieberhaft. Nachdem die »Seeschwalbe« wieder notdürftig instand gesetzt worden war, gelang es Kapitän Fujiwara, das Schiff in die Nähe der Insel zu manövrieren. Sie war nicht besonders groß – Yasunari schätzte das Areal auf die gemeinsame Fläche von Schloß Kawashimo und der heimatlichen Festung – und besaß eine steile, abweisende Felsenküste. Aber sie schien stellenweise bewaldet zu sein. Und Holz brauchte Kapitän Fujiwara dringend für die notwendigen Reparaturen: Der

Sturm hatte die meisten Rahstangen wie Eßstäbchen zerknickt.

Langsam umrundete das offene Beiboot das Eiland. Sechs Matrosen ruderten, Yasunari, Wang und der Steuermann schöpften Wasser. Der Monsun ließ die Mittagsstunde zur Dämmerung werden.

»Vielleicht dort?« Der Steuermann befahl, das Boot in eine Bucht zu lenken. Auch hier ragte der Fels mastbaumhoch aus dem Wasser.

»Ihr meint den Wasserlauf?« Yasunari beschirmte seine Augen mit den Handflächen. Ein Bach hatte eine Schneise in den Stein gewaschen und Erdreich und Geröll in die Bucht geschwemmt.

»Ja.«

Sie setzten das Boot auf das Schwemmland. Wang, der Steuermann und Yasunari stiegen aus. Das Bachbett war eng.

»Verdammt, wenn bloß dieser verdammte Regen nicht wäre!« sagte der Steuermann resigniert. Die herabschießenden Wassermassen, die sich durch die Schlucht in schäumenden Kaskaden aus dem Inselinneren ins Meer stürzten, waren unüberwindbar wie die glatten Felswände der Bucht.

»Moment!« sagte Wang und lief zu der brodelnden Bachmündung. Er kletterte auf einen Stein am Schluchteingang und war dann nicht mehr zu sehen. Plötzlich tauchte sein Kopf hinter dem Stein wieder auf, und er kam zum Boot gerannt. Wild gestikulierend redete er auf den Steuermann ein.

Yasunari verstand kein einziges Wort. »Was ist los?«

»Wang hat Treppenstufen im Felsen gefunden, die nach oben führen«, sagte der Steuermann.

»Das könnte bedeuten, daß die Insel bewohnt ist?«

»Möglich. Wir kehren besser zur ›Seeschwalbe‹ zurück

174

und bewaffnen uns ausreichend.« Nur Wang hatte seine Stahlgerten mitgenommen und der Steuermann ein Kurzschwert. »Wer weiß, was uns erwartet, Tadayama Yasunari!«

Die Bucht war groß und tief genug für die »Seeschwalbe«. Wang und der Steuermann stellten zwei Erkundungstrupps zusammen. Yasunari schloß sich dem Chinesen an. Wohl versehen mit Waffen, Seilen und Eisenhaken landeten die Männer auf dem Schwemmlandstreifen. Die Stufen am Bach waren ausgetreten und glitschig.

Sie arbeiteten sich mit den Enterhaken Stufe für Stufe nach oben, trieben das Eisen in Gesteinsspalten und spannten parallel zur Treppe ein Handseil.

Der Inselrücken war eben. Nahe den Klippen gab es nur Grasland. Die Bäume, deren Kronen sie vom Boot aus erblickt hatten, standen inseleinwärts.

Die Erkundung dauerte nicht lange, die Insel schien bis auf Scharen von buntgefiederten Vögeln unbewohnt. Ein See in der Inselmitte speiste den Bach in der Schlucht. Dort entdeckte Wang die Überreste einiger primitiver Hütten. Wer auch immer einmal diese Ansiedlung bewohnt haben mochte, hatte außer den morschen Holztrümmern nichts zurückgelassen.

Wie viele Tage schon hatte Yasunari die Sonne nicht mehr gesehen? Auf der »Seeschwalbe« gab es keinen trockenen Flecken mehr. Die Feuchtigkeit kroch in die Kajüten, in den Laderaum und begann die Lebensmittelvorräte zu verderben. Zum Glück litt niemand Hunger, denn die Insel versorgte alle: Bambussprossen gab es in Hülle und Fülle und auch eßbare Wurzeln. Nur die Vögel waren ungenießbar. Yasunari erlegte mehrere mit dem Bogen. Sie schmeckten nach Tran. Dafür war das Meer fischreich, und in der Bucht gab es die verschiedensten Muscheln, nach denen die Koreaner tauchten.

Trotz des strömenden Regens machten die Reparaturarbeiten Fortschritte. Der Schiffszimmermann hatte genügend geeignetes Holz gefunden. Es wurde mit einer Seilwinde von einem Klippenüberhang in die Bucht herabgelassen.

Pater Bartolomeu litt unter der alles durchdringenden Nässe. Sein altes Gebrechen, die lahme Hüfte, machte ihm wieder schwer zu schaffen, obwohl er nie klagte. Der kleine Priester verbrachte die meiste Zeit in der Kabine auf seiner Pritsche. Yasunari leistete ihm viel Gesellschaft.

»Shichiba, Yasunari, Siebenblatt! Wir hätten Siebenblatt mitnehmen sollen!« Aber wenn Pater Bartolomeu dann eine schwierige Textstelle aus der Heiligen Schrift erklärte oder eine ungewöhnliche portugiesische Redewendung, hatte Yasunari das Gefühl, daß sein alter Lehrer ein wenig die Schmerzen vergaß.

Nach und nach wurden die Schäden an der »Seeschwalbe« behoben, dennoch war vorerst an ein Weitersegeln nicht zu denken. Die Kraft des Monsuns blieb in den kommenden drei Wochen ungebrochen.

Kapitän Fujiwara und der Steuermann nahmen diverse Positionsberechnungen vor. Die Ergebnisse waren wegen der fehlenden Logmessungen nicht befriedigend. Nur daß der Sturm das Schiff sehr weit nach Osten abgetrieben hatte, war beiden Männern klar. Aber selbst wenn jemand während des Orkans die zerrissene Logleine ersetzt hätte: Niemand hätte in dem Inferno auch nur eine freie Hand gehabt, um regelmäßig abzulesen, wie viele Knoten die »Seeschwalbe« gemacht hatte.

Eines Morgens erwachte Yasunari irritiert. Irgend etwas war anders als sonst. Plötzlich bemerkte er, daß das

Rauschen des Regens fehlte. Pater Bartolomeu schlief noch tief. Yasunari kleidete sich an und zog vorsichtig die Kabinentür hinter sich zu. Dann stieg er auf das Heckkastell. Es war vollkommen windstill. Ein gleißender Sonnenball schob sich aus dem Meer. Es war heißer geworden, und die Luft war stickig.

Kapitän Fujiwara war bereits auf der Ruderplattform und suchte mit dem Teleskop den Horizont ab. »Genau vor uns liegen noch mehr Inseln. Ihr könnt sie mit dem bloßen Auge nicht sehen.« Er gab Yasunari das Fernrohr.

»Ich kann fünf zählen.« Yasunari schwenkte das Rohr. »Und dort noch einmal drei.«

»Sobald wir Wind bekommen, lichten wir die Anker, Tadayama Yasunari.« Er schaute erneut durch das Teleskop. »Ich vermute langsam, daß uns der Sturm bis zu den östlichsten der Ryûkyû-Inseln getrieben hat.«

»Und was würde das für uns bedeuten?«

»Wenig Erfreuliches. Erstens sind die Inseln in der Hand der Wakô-Piraten, wie Euch Wang ja erzählt hat, und zweitens muß man nach dem Monsun in diesem Gebiet bereits mit den ersten Taifunen rechnen.«

Die »Seeschwalbe« segelte zu den Inseln. Kapitän Fujiwaras Ahnung bestätigte sich: Sie wurden von Fischern bewohnt, die den Wakô Tribut entrichten mußten.

Aber weder Piraten noch Wirbelstürme sollten dem Schiff begegnen.

Nachdem die »Seeschwalbe« die Fischerinseln hinter sich gelassen hatte, geriet sie in eine Flaute, die Kapitän Fujiwaras Schnellsegler genauso lange festhielt wie der Monsun.

Wieder verstrich wertvolle Zeit, und mit jedem verlorenen Tag wirkte der kleine Priester bedrückter. Er verließ kaum noch die Kabine. Oft gesellte sich Yasunari zu ihm. Dann erzählte Pater Bartolomeu aus seinem Leben, schilderte seine Ankunft in Japan, aber sprach auch oft von den vorangegangenen Jahren in Indien und von der beschwerlichen Reise als junger Priester von Goa über die himmelhohen Eisgebirge und staubverhangenen Hochebenen ins Reich der Mitte.

Der gute Stern, unter dem Pater Bartolomeu die Mission der »Seeschwalbe« gesehen hatte, verblaßte dennoch nicht völlig. Nach der Flaute segelte das Schiff ohne besondere Vorkommnisse zur chinesischen Küste. Aber je weiter man nach Süden kam, desto schwüler wurde es, und auch des Nachts kühlte die Luft nicht mehr merklich ab. An Schlaf war kaum zu denken. Pater Bartolomeu rieb täglich eine dünne, schleimige Schimmelschicht vom Ledereinband seines Breviers.

Die Mannschaft hatte zwischen den Mastbäumen Sonnensegel gespannt und lag apathisch auf den Planken. Wer nicht gerade Deckdienst hatte, vermied jede überflüssige Bewegung und döste vor sich hin. Yasunari und Wang lieferten sich noch ein, zwei Waffengänge, gaben dann aber auch wegen der unerträglichen Hitze ihre Übungskämpfe auf.

Es war früher Morgen, als die »Seeschwalbe« endlich in die inselreichen Gewässer vor dem Perlflußdelta gelangte. Yasunari und der *padore* standen auf dem Heckkastell und bestaunten eine Flotte schwerfälliger Karakken. Neben diesen massigen Handelsschiffen wirkte die »Seeschwalbe« bescheiden und die Dschunken der Chinesen winzig.

»Sie werden aus Indien kommen«, sagte der Priester. »Der Monsun, der uns den schnellen Weg nach Süden verwehrt hat, war ihnen nützlich.«

»Ich habe noch nie derart gewaltige Schiffe gesehen.« Yasunari erbat vom Steuermann das Teleskop.

»Die Portugiesen nennen sie *Naos*, Tadayama Yasunari. Ihre Karacken sind die größten Schiffe der Welt.«

Yasunari reichte das Glas an den Priester weiter. ›Nur drei von diesen schwimmenden Festungen, und Shimabara ist gerettet!‹ dachte Yasunari. ›Gegen diese Giganten wären selbst die wohlbestückten Galeonen der Rotbärte machtlos.‹

Kapitän Fujiwara betrat das Heckkastell. »Wir haben es bald geschafft. Beachtet die Farbe des Wassers! Der Perlfluß schickt uns seine Sendboten entgegen.«

Gegen Mittag tauchten weitere Inseln aus den lehmtrüben Fluten auf. In der schwülen, dunstgeschwängerten Luft wirkten die Eilande auf Yasunari wie Farbtupfer auf feuchtem Papier, die keine scharfen Konturen gewinnen wollten, und auch die Festlandslinien im Hintergrund erschienen ihm wie zerfließende, wäßrige Pinselstriche.

»Vor uns liegt Coloane, Tadayama Yasunari. Die Insel gehört schon zu Macao.« Coloane war hügelig und bewaldet.

»Und wo ist der Hafen?«

»Ihr könnt ihn noch nicht sehen. Coloane verdeckt sowohl die Landzunge, auf der die Handelsniederlassung liegt, als auch die Insel Taipa.«

Ein Schnellsegler, der »Seeschwalbe« ähnlich, näherte sich von Coloane.

»Es ist die ›Santa Barbara‹«, sagte der Steuermann und setzte das Teleskop an. »Eines der Wachschiffe.«

Wenig später legte sich die »Santa Barbara« längsseits. Der Offizier auf dem Mitteldeck kannte Kapitän Fujiwara. »Wohin, Kapitän?«

»Nach Macao. Wir bringen eine Silberladung.«

»Ausgeschlossen! Ihr dürft nur vor Taipa ankern. Der Hafen ist den *Naos* vorbehalten.«

179

»Don Diego! Außer dem Silber befinden sich Gesandte aus Kyûshû an Bord. Sie haben wichtige Nachrichten für den Gouverneur von den Ordensprovinzial. Ihre Mission duldet keinen Aufschub!«

»Aus Japan?« Der Offizier rannte zum Heckkastell. Er kam mit dem Schiffskommandanten wieder.

»Ich bin João de Teixeira. Wir übernehmen die Gesandten, Kapitän Fujiwara. Schickt ein Boot!«

Yasunari und der Priester gingen in ihre Kabine. Pater Bartolomeu legte die schwarzen schmucklosen Gewänder der Compañia de Jésus an: bauschige Kniebundhosen und einen langen Mantel. Seinen Kopf bedeckte ein Hut mit handbreiter Krempe. Yasunari trug Hakama und Überwurf, im Obi steckten ein Lang- und ein Kurzschwert, Waffen, die er Wang abgekauft hatte, um standesgemäß an Land zu gehen. Dann traten sie an die Reling.

Yasunari reichte die Kleidersäcke, die Bambusflöte mit der verborgenen Klinge und den Bô ins Boot hinunter.

Der kleine Priester sagte: »Lebt wohl, Kapitän Fujiwara, und auch Ihr, Steuermann! Möge es uns vergönnt sein, daß wir schon bald mit Euch zurücksegeln!«

»Es war mir eine Ehre, *padore*, Euch – trotz Umweg und Sturm – wohlbehalten über das Meer gebracht zu haben. Und auch Euch, Tadayama Yasunari!«

Wang und Yasunari halfen dem Pater ins Boot.

Auf der »Santa Barbara« wurden sie mit größtem Erstaunen empfangen.

»Euer Erscheinen, Pater, ist ein Wunder!« Kapitän Teixeira bekreuzigte sich. »In Macao waren alle überzeugt, daß kein Missionar die Verfolgungen überleben würde.«

Als Pater Bartolomeu über den Aufstand der Christen in Kyûshû berichtete und auf die dringend benötigte Unterstützung der portugiesischen Flotte zu sprechen kam, wurde das Gesicht von Kapitän Teixeira ernst.

»Pater!« sagte er. »Wir segeln sofort zum Hafen. Die Kunde, die Ihr bringt, ist von höchster Wichtigkeit für den Gouverneur.«

Die »Santa Barbara« glitt an Coloane vorbei. Immergrünes Mangrovengehölz wucherte an der Küste, und schlanke Federbäume säumten die flachen Strände. Während die »Seeschwalbe« abdrehte und eine Bucht auf Taipa ansteuerte, blieb die »Santa Barbara« weiter auf Nordkurs.

Dann umrundete das Wachschiff die Westspitze von Taipa, und die portugiesische Niederlassung am Perlfluß wurde vor den Festlandshügeln sichtbar. Auf einer Anhöhe im Zentrum der Stadt erhoben sich die Bastionen und Türme der massigen Fortaleza São Paulo do Monte. Unterhalb der Wälle glänzte ein goldenes Kreuz.

Ein Matrose am Bug schwenkte zwei Fahnen an kurzen Stöcken. Er hob sie über den Kopf, ließ sie kreisen, hob mal die eine, mal die andere.

»Was für eine Art von Tanz führt er aus, Kapitän?«

»Er tanzt nicht, Don Tadayama, er signalisiert Euer Kommen!«

»Wie das?«

»Jede Bewegung hat eine Bedeutung, wie ein Buchstabe.«

»Ihr wollt sagen, daß man durch diese Zeichen jetzt in Macao weiß, daß Ihr zwei Gesandte aus Kyûshû an Bord habt?« fragte Pater Bartolomeu ungläubig.

»So ist es. Wenn der Mann nur den rechten Arm abwinkelt, bedeutet es ...«

Auf einem Festungswall vollführte eine Gestalt einen ähnlichen Tanz wie der Matrose am Bug.

Kommandos ertönten, Segel wurden gerefft, die »Santa

Barbara« glitt an einer Befestigungsanlage vorbei. Dutzende von halbnackten Gestalten erklommen die Wälle auf Bambusgerüsten, schleppten Körbe mit Erdreich oder Bauholz. Steinmetze arbeiteten unter einem Schilfbaldachin. Sie behauten mannshohe Quader aus grauem Gestein.

Das Schiff schwenkte scharf nach Nordosten. Auf der Wasserstraße zwischen Macao und Taipa herrschte ein Gewimmel von Schiffen jeglicher Größenordnung. Sie begegneten hochbordigen Lastschunken auf dem Weg nach Kanton oder zurück, fuhren an Fischerbooten vorbei, die zu ihren Fanggründen im Perlflußdelta segelten.

Yasunari sah auch einen Segler mit westlicher Takelung. Am Mast wehte eine Fahne, die er nicht kannte.

»Es ist ein Kauffahrer aus England«, erklärte der Kapitän. »Die Engländer dürfen in Macao landen. Sie liegen auch mit den Holländern im Krieg.«

Während die »Santa Barbara« in den Hafen einlief, wurde Pater Bartolomeu nachdenklich. »Ich verließ Macao als junger Priester. Damals gab es weder die Zitadelle auf dem Berg noch die meisten der prächtigen Gebäude, die ich jetzt sehe. Nur das Ordenskolleg neben der Kirche erkenne ich wieder.«

»Vieles wird neu für Euch sein, Pater.« Kapitän Teixeira wies stolz auf die Kirche, die selbst die mächtigen Stadtumwallungen überragte und deren Goldkreuz bis nach Taipa hin sichtbar gewesen war. Die Fassade war aus Granit und in säulenverzierte Nischenreihen gegliedert. »Unsere Kathedrale ist das mächtigste Bauwerk des Christentums in allen Ländern des Fernen Ostens. Sie ist dem heiligen Paulus geweiht.«

A-Ma-Gao, die Bucht der Göttin A-Ma

Die »Santa Barbara« wurde zwischen zwei *Naos* vertäut, deren Kanonenreihen übereinander angeordnet waren. Die Schiffe glichen Bergen. Yasunari zählte dreimal acht Geschütze, darunter einige lange Zwölfpfünder. Die Mündungen der Kanonen waren zum Schutz gegen die Feuchtigkeit mit gewachsten Tüchern verschnürt. Auf dem Hafenkai standen offene Sänften und Träger bereit. Berittene *nambanjin*-Soldaten, die trotz der drückenden Hitze Rüstung angelegt hatten, gaben Yasunari, Kapitän Teixeira und dem Pater das Geleit. Yasunari kam aus dem Staunen nicht mehr heraus. Die *Naos* wurden über rohgezimmerte Rampen entladen, die beinahe so gewaltig waren wie die Schiffe selbst. Der Strom der Lastträger, die aus den Bäuchen der Karacken stiegen, schien endlos zu sein. Auf dem Kai stapelten sich Fässer, edle Hölzer, tuchverschnürte Ballen, bedruckt mit fremdländischen Schriftzeichen. Eckige, blechbeschlagene Teekisten bildeten einen mannshohen Wall an der Kaimauer. Am meisten faszinierte Yasunari aber das bunte Völkergemisch, das den Hafen und die Stadt belebte. Händler aller Hautfarben boten Waren jeglicher Art und Herkunft feil, Kulis schoben sich mit großen Stoffbündeln oder Bambuskörben durch das Gewühl, und Garköche priesen lautstark ihre Speisen an. Leute scherzten, feilschten und stritten in Sprachen, die teils wie das Knurren eines Wildkaters klangen, teils wie das nervöse Schnattern von Enten. Auch die kehligen Laute der Anhänger Mohammeds hörte Yasunari häufig.

Bereitwillig wurde den Sänften der Weg frei gemacht.

Sie kamen dicht an einer Gruppe Männer und Frauen vorbei, die einen Kräuterstand aufbauten. Japanische

Gesprächsfetzen drangen an Yasunaris Ohr. Verwundert blickte er zurück.

»Leben viele meiner Landsleute hier, Kapitän?«

»Ja. Ich bin zwar erst vor drei Jahren aus Goa gekommen, aber ich habe mir sagen lassen, daß es Familien sind, die Japan verließen, als die ersten Verfolgungen begannen. Die Kathedrale ist weitgehend ihr Werk. Sie haben sie unter Anleitung der Patres erbaut.«

Sie begegneten einem reich gekleideten portugiesischen Kaufmann. Ein schwarzer Diener hielt einen Sonnenschirm über ihn.

›Er sieht aus wie der Koch auf der »Seeschwalbe«‹, dachte Yasunari.

Die Straße stieg an. Eine breite Freitreppe führte zur São Paulo-Kathedrale. Die Fassade war in vier säulenverzierte Nischenreihen gegliedert. Yasunari erkannte Bilder aus der biblischen Geschichte wieder, die Jungfrau Maria mit dem Jesuskind, die Kreuzigung Jesu. Eine chinesische Inschrift verstand er: »Denk an den Tod, dann wirst du nicht sündigen«. Drei Tore führten ins Kircheninnere. Auf dem Vorplatz wehten zwei Flaggen. Sie waren mit altertümlichen chinesischen Schriftzeichen bestickt, die er nicht entziffern konnte. In einem Hauseingang der Kathedralentreppe entzündeten zwei alte Frauen Räucherwerk vor einer Buddhastatue.

»Was steht auf diesen Fahnen, Kapitän?«

»Der Kaiser hat die Priester der Kathedrale und des Kollegs in den Mandarinenrang erhoben, Tadayama Yasunari. Die Standarten sind ihre Amtsbanner.«

Ein Buddhabildnis in Steinwurfweite von einem Gotteshaus, und niemand störte sich daran, Patres, die Würdenträger des chinesischen Kaisers waren, Priester, die Kanonen bedienten – Yasunari war verwirrt.

Und nicht nur die Kirchen hatte man aus Stein gebaut,

sondern auch die meisten Häuser, an denen sie vorbeige-
tragen wurden. Gelb bemalte Villen standen in schattigen Gärten. Himmelblaue Kontore, mehrgeschossig und
mit luftigen Veranden, säumten die Gassen. Häuser in
verspieltem Rosa, deren Giebelfront prächtige Wappen
zierten, schmückten die belebten Plätze.

Fast alle Frauen, die Yasunari sah, trugen lange Gewänder wie die malaiischen Matrosen von Kapitän Fujiwara.
Oft blitzte ein silbernes oder goldenes Kreuz an einer
Halskette. Einige Frauen gingen verschleiert. Diese trugen nie ein Schmuckkreuz. Yasunari erinnerte sich, was
Pater Bartolomeu über die Muselmanen erzählt hatte.
Die Verschleierten mußten Anhängerinnen Allahs sein.
Dabei fiel ihm auf, daß er bislang keine europäischen
oder schwarzen Frauen gesehen hatte. Eigenartig! War es
ihnen vielleicht verboten, sich in der Öffentlichkeit zu
zeigen? Yasunari nahm sich vor, den Pater bei Gelegenheit zu fragen.

Auf einem Hügel vor ihnen erhob sich die Festung.

»Dort residiert der Gouverneur«, sagte Kapitän Teixeira.

Je steiler der Anstieg wurde, desto lauter feuerten sich
die Sänftenträger mit schnalzenden Zurufen an. Unten
im Hafen strömten die Kulis noch immer über die Laderampen auf den Kai: emsige Menschenketten, die Yasunari an Ameisenstraßen erinnerten. Die geschwungenen
Dächer eines Tempelkomplexes schimmerten grün in einem parkähnlichen Anwesen am Eingang des Inneren
Hafens. Die glasierten Ziegel ähnelten dem Schuppen-
panzer einer Echse. Kapitän Teixeira bemerkte Yasunaris
fragenden Blick. »Das ist der Tempel der Göttin A-Ma.
Die Chinesen verehren sie als Schutzpatronin der See-
fahrer. Ein anderes Heiligtum der Eingeborenen liegt im
Westen der Halbinsel hinter der Festung.«

Das Gelände vor dem Viereck der Fortaleza São Paulo do Monte war unbebaut. Die Straße wand sich an den Wällen entlang zum Haupttor. Der Pater, Yasunari und Kapitän Teixeira stiegen im Innenhof der Festung aus den Sänften. Ein junger Offizier trat aus dem Schatten einer Palme und verneigte sich. »Bitte, folgt mir!«

Sie schritten durch ein Spalier von Soldaten zum Amtssitz des Gouverneurs. Über dem Eingang prangte das in Stein gemeißelte und kolorierte Wappen Portugals: Zwei kniende Engel hielten einen gekrönten Schild, auf dem die sieben Festungen Lissabons symbolisch dargestellt waren. Pater Bartolomeu blieb stehen und betrachtete das Wappen für einen Moment. Dann schürzte er die Lippen und trat hinter dem Offizier ein. Kapitän Teixeira ließ Yasunari den Vortritt. Man leitete sie in einen mit edlen Hölzern getäfelten Saal. Auch an der Stirnwand flankierten steinerne Engel den Wappenschild des portugiesischen Königshauses.

Gouverneur Francisco Mascarenhas, Pater Alberto de Arcos, Vize-Provinzial des Jesuitenordens, Honoratioren der Niederlassung und Patres der Societas Jesu erwarteten stehend den kleinen Priester und Yasunari.

Der Gouverneur war ein hagerer Mann mit strengen Gesichtszügen. Seine Augen verrieten Willensstärke. Ein großes goldenes Kruzifix schmückte die Brust von Francisco Mascarenhas. Er sprach bedächtig, und die Willkommensrede war knapp. Das unübersehbar Soldatische an Francisco Mascarenhas, der asketische Körper und die Vorliebe für schlichte dunkle Gewänder erinnerten Yasunari an seinen Vater.

Dann begrüßte sie der Vize-Provinzial. Bis auf die Brille, die er trug, erschien er Yasunari wie ein Zwillingsbruder des Gouverneurs. Auch er hielt nur eine kurze Willkommensrede. Der Gouverneur blieb nach seiner

Ansprache wortkarg und wirkte auf Yasunari geistesabwesend, so, als würde er über ein schwerwiegendes Problem nachdenken. Die Begrüßung von Pater Bartolomeus Ordensbrüdern verlief herzlicher. Ein alter Pater mußte von zwei Novizen gestützt werden, als er auf den kleinen Priester zuging. Er umarmte ihn mit Tränen in den Augen. »Mein Bruder, welch eine Gnade, daß es uns vergönnt ist, einander wiederzusehen!«

»Dem HERRN sei Dank, Pater Matteo! Es ist mehr, als ich zu erhoffen wagte: noch jemanden hier anzutreffen, der damals mit mir die Weihen empfangen hat. Welch eine göttliche Fügung!«

Pater Bartolomeu stellte seinen Begleiter vor. Er und Yasunari wurden um einen Bericht gebeten. Zuerst sprach der Priester, dann Yasunari. Niemand unterbrach sie. Als Yasunari am Ende seiner Rede nochmals eindringlich um Unterstützung durch portugiesische Kriegsschiffe bat, sagte der Gouverneur:

»Habt Dank! Ich werde Euer Anliegen mit aller Sorgfalt prüfen, Tadayama Yasunari, das versichere ich Euch. Wir erwarten den Ordensprovinzial und die Mitglieder des Stadtsenats morgen aus Kanton zurück. Ohne sie vermag ich in dieser Angelegenheit keine Entscheidung zu treffen.« Seine Stimme wurde ernst. »Wir haben Kunde, daß die Holländer eine Flotte vor Formosa sammeln, und auch die neuesten Nachrichten aus Peking lassen nichts Gutes erhoffen. Das Kaiserreich wird vom Feldherrn Abahai bedroht, der im vergangenen Jahr die Steppenvölker des Nordens einigen konnte. Bitte, übt Euch etwas in Geduld. Ich weiß um die Dringlichkeit Eures Anliegens.«

Damit waren Pater Bartolomeu und Yasunari vorerst entlassen.

Der Priester wandte sich an den Offizier und Kapitän

Teixeira, die sie zu ihrer Unterkunft führten. »Der Herr Gouverneur schien mir nachdenklich.«

Kapitän Teixeira nickte. »Wir alle sind in Sorge wegen der Holländer.«

»Wie Ihr wahrscheinlich bei der Einfahrt in den Hafen gesehen habt, verstärkt man fieberhaft die Befestigungen.« Der Offizier winkte die Sänftenträger heran.

»Sind deswegen der Provinzial und der *Leal Senado* nach Kanton gereist?«

»Ja, Pater. Der Ordensobere und die Senatsherren sind beim dortigen Provinzgouverneur vorstellig, um zu erfahren, ob die kaiserlichen Truppen die Mandschu-Angriffe zurückweisen konnten. In unserer Kanonenmanufaktur wird seit Wochen Tag und Nacht gearbeitet. Sie ist der Hauptlieferant für die kaiserliche Artillerie.«

»Es droht also vielleicht Ungemach sowohl von den Holländern als auch vom Festland?«

»Das, Pater, weiß allein der Herrgott.« Der Offizier half dem Priester in die Sänfte.

Pater Bartolomeu und Yasunari wurden im Gästetrakt des Madre-de-Deus-Kollegs untergebracht und beköstigt. Während der Priester sich erschöpft nach der Mahlzeit in seine Zelle begab, erkundete Yasunari in Begleitung eines jungen japanischen Jesuiten die Niederlassung. Die Sonne sank bereits, aber es war noch immer unerträglich heiß.

Frater José war in Macao geboren. Seine Eltern lebten schon seit vier Jahrzehnten dort. Sie hatten ihre Heimatstadt Nagasaki verlassen, nachdem vom Shôgun Hideyoshi der Befehl ergangen war, ihren Beichtvater und andere Gemeindemitglieder öffentlich hinzurichten. Fra José hatte vor einem Jahr das Noviziat beendet. Als Yasunari ihm von den Massakern in Kyûshû berichtete, bekreuzigte sich der junge Mönch nur stumm.

Als erstes bat Yasunari, die Kathedrale zu sehen. Noch

nie war er in einem Gotteshaus gewesen. Wie es dort im Inneren aussah, wußte er aus den Schilderungen seines Vaters und aus den Gesprächen mit Pater Bartolomeu, aber der Anblick des prunkvollen Kirchenschiffs übertraf all das, was seine Phantasie sich ausgemalt hatte. Zwei Säulenreihen führten zum Altar. Die Säulen waren aus schneeweißem Stein und kunstvoll behauen. Dutzende von Kerzen flackerten zwischen den Pfeilern. Es roch nach Räucherwerk.

Der Altar hatte die Form eines Tempels. Ihn schmückte ein mannshohes Kruzifix. Überall im Raum verteilt knieten Männer und Frauen, in stille Andacht vertieft. Die kobaltblaue Kathedralendecke glich dem Firmament und wurde durch silberne und goldene Sterne aufgelokkert, die den Kerzenschimmer widerspiegelten. Die gewölbte Fläche über ihm erinnerte Yasunari an den heimatlichen winterlichen Nachthimmel im Zedernflußtal, wenn die Luft klar und kalt war. Staunend sank er neben Fra José auf die Knie und lauschte den geflüsterten Erklärungen seines Begleiters.

»Seht Ihr die Figur mit der Bibel auf dem Altar? Es ist der heilige Paulus, und die Männer neben ihm sind Sankt Joseph, mein Namenspatron, und der heilige Apostel Johannes.«

Hinter den Säulen hingen große, bemalte Tafeln.

»Was sind das für Bilder, Fra José?«

»Ihr meint die Ölgemälde? Sie zeigen die Geschichte der heiligen Väter, die nach Macao gekommen sind, um die Botschaft des HERRN zu verkünden.«

»Es sind Bilder aus Öl? Ich habe von der Kunst gehört. Man mischt Öl und Pigmente zu einer Paste und malt nicht auf Papier, sondern auf Holz oder Stoff, und der Künstler kann das Bild immer wieder verändern.« Yasunari trat vor ein Wandtableau. »Wer ist das? Die Menschen, die ihm lauschen, sehen aus wie viele der Händler unten am Hafen.« Ein barfüßiger *nambanjin* in knöchellangem gelbem Gewand, ähnlich dem der Buddha-Mönche, segnete eine Menschenmenge, die sich um ein Holzkreuz vor einem Palmenhain geschart hatte. Im Bildhintergrund verliefen sich gischtige Wellenzungen auf einem breiten Sandstrand.

»Das ist der große Pater Xavier in Indien. Er predigt in der Landestracht zu den armen Fischern.«

»Pater Xavier? Pater Bartolomeu hat mir viel von ihm erzählt. Er war der erste der christlichen Väter, der zu uns nach Japan gekommen ist.« Yasunari ging näher an das Gemälde heran. »Das Bild scheint zu leben, so plastisch ist es.«

»Das kommt daher, daß man die Farbschichten übereinander aufträgt.«

Yasunari schritt zu dem nächsten Tableau. Es zeigte Xavier auf der Überfahrt nach Japan. »Wie kunstfertig die *padores* zu malen wissen!«

»Das ist wohl wahr, und dennoch irrt Ihr, Tadayama Yasunari«, sagte der Mönch. »Die Bilder sind Werke unserer Landsleute. Sie haben die Technik von den *padores* gelernt.«

Beide sprachen ein Gebet vor dem Altar und verließen die Kathedrale. Yasunaris Augen glitten erneut bewundernd über die Fassade.

»Meine Eltern und die anderen Flüchtlinge haben damals beim Bau geholfen«, sagte Fra José.

»Kapitän Teixeira sprach davon bereits. Es ist wahrlich ein würdiges Haus zur Ehre des Herrn geworden.«

Sie stiegen die majestätische Freitreppe hinunter und drängten sich unter das bunte Völkergemisch auf dem Kathedralenplatz. Auf einer Binsenmatte lagen Wassermelonen wie Kanonenkugeln zu Pyramiden aufgeschichtet. Ein dumpfer Böllerschuß ertönte, brach sich an den angrenzenden Gebäuden. Hastig begannen zwei Kinder die Melonen auf einen Handkarren zu stapeln.

»Was war das?« fragte Yasunari irritiert.

»Es ist nur das Zeichen für die chinesischen Händler, sich zur Portas do Cerco zu begeben. Kaiser Ch'ung-Chen hat es verfügt, und die Soldaten des Gouverneurs von Kanton am Grenztor achten streng auf die Einhaltung der Anordnung. Wenn der zweite Signalschuß abgefeuert wird, darf kein Chinese mehr in der Stadt verweilen, sonst wird er hart bestraft.«

»Der Kaiser vermag hier zu gebieten?«

Fra José nickte. »Ja, Tadayama Yasunari. Die Niederlassung ist zwar wohl beschützt, aber wißt Ihr auch, wie groß und mächtig das Reich der Mitte ist? – Dem HERRN sei Lob und Preis, daß die heiligen Väter derzeit bei Hofe in hohem Ansehen stehen.«

Eine Frau gesellte sich zu den Kindern und half ihnen, den Handkarren zu schieben. Andere Händler folgten ihnen. Eine Chinesin hatte es nicht eilig. Sie feilschte mit einem dunkelhäutigen Gewürzverkäufer und legte ihrer Dienerin eine Handvoll getrockneter Pfefferschoten in den Tragekorb. Dann stieg sie ohne ihre Dienerin die Stufen zur Kathedrale hinauf.

Verwundert blickte Yasunari ihr nach. »Warum verläßt sie die Niederlassung nicht?«

»Wer?«

Yasunari deutete auf die Chinesin. Vor der Kirche hielt sie inne und bekreuzigte sich.

»Ach, das ist die Frau vom Kapitän Teixeira. Sie darf natürlich bleiben. Sie ist Christin. Viele Portugiesen sind mit einheimischen Frauen verheiratet. Wenn sie sich taufen lassen, können die Portugiesen sie heiraten.«

»Holen sie sich denn keine Frauen aus der Heimat?«

»Nein, Tadayama Yasunari. Der Weg über die Ozeane scheint zu beschwerlich zu sein. Aber nun möchte ich Euch noch das neue Seminário de Santo José zeigen. Der edle Herr Jorge Miguel hat es unserem Orden gestiftet. Bald ist auch Zeit für die Abendmesse.«

Zwischen den Händlern, die sich zum Grenztor in Bewegung gesetzt hatten, erblickte Yasunari die sehnige Gestalt von Wang An-Shi. Kapitän Fujiwaras Offizier war in Begleitung zweier muskulöser Chinesen, die wie er stählerne Reitgerten im Gürtel trugen. Dann verdeckten die Karren der aufbrechenden Kaufleute die Männer.

Vor einem umwallten Hof versammelten sich die Anhänger Mohammeds an einem Brunnen. Sie legten die Turbane ab, wuschen sich Hände und Füße und befeuchteten auch Gesicht und Kopfhaar. Fünfmal am Tag bereiteten sie sich derart auf ihre Andacht vor. Dann knieten sie nebeneinander auf Matten nieder, den Blick nach Westen gerichtet, und sprachen Gebete im Wechsel mit ihrem Priester, der vor ihnen saß.

Rotgepanzerte Reiter jagten über einen Pfad aus klirrenden Messingplatten. Ihre katzenköpfigen Pferde waren schaumbedeckt und stießen schrille Raubvogelschreie aus. Eine Ansammlung von verkohlten Hütten säumte den Pfad. Grelle Blitze zerklüfteten den Himmel.

Die Gesichter der Männer waren eingefallen wie die von Hungergeistern. In den Augenhöhlen glomm ein blaues Feuer. Die Messingscheiben, die die Hufe der Pferde berührten, zerbarsten mit einem Klagelaut.

Am Ende des Pfades schwebte eine Karacke. Sie brannte. Dicke Rauchschwaden quollen aus den Luken und flossen über die Reling. Flammen züngelten aus dem Bugkastell. Sie wirbelten entstellte Menschenkörper mit sich in die Höhe, die an Kreuze genagelt waren.

Ein Kind war aus einer Hütte gekrochen und rannte auf das
Schiff zu. Die Berittenen umkreisten es. Ihre Brustharnische
hatten die Farbe von frischem Blut. Das Kind stolperte und
schrie.

Yasunari erwachte schweißgebadet. Er tastete nach dem
Wasserkrug auf dem Boden und trank gierig. Irgendwo
schlug eine Glocke. Es war bereits hell. Yasunari erhob
sich und stieg auf den Schemel neben der Schlafpritsche.
Das Fenster in der hohen Gästekammer des Kollegs war
dicht unter der Zimmerdecke. Yasunari schaute in einen
Garten und auf eine Kapelle. Neben dem Andachtshaus
stand ein überdachter Brunnen. Ein Mönch warf einen
angeseilten Eimer in die Brunnenöffnung. Lange zog er
an dem Seil, bis der Eimer wieder zutage kam.

Aus den Nachbarzellen links und rechts drangen verhaltene Geräusche. Yasunari stellte sich auf die Zehenspitzen und konnte den Eingang der Kapelle sehen. Türen klappten, und Schritte wurden vernehmlich. Die
Patres, unter ihnen auch Pater Bartolomeu und der andere alte Priester, begaben sich zur Frühandacht. Gemes-
senen Schritts durchquerten sie den Garten.

Yasunari wusch sich, kleidete sich an und verließ seine
Zelle. Ein gewölbter Flur führte zu einem Portal. Er öffnete einen Türflügel und blickte auf eine mit roten Steinen gefliese Terrasse. Sie war mauergesäumt und reichte
bis an die Rückseite der Kathedrale. Wie angenehm
kühl die hohen Räume des Gästehauses waren, bemerkte
Yasunari erst, als er nach draußen trat. Die Luft war zum
Schneiden stickig, die Morgensonne hing blaßgelb über
dem Meer. In einem Springbrunnen plätscherte leise eine
Fontäne. Kein Lufthauch war zu spüren. Das monotone
Geräusch des Wassers und die satten Farben der Lotos-
blätter im Bassin vermittelten zumindest die Illusion von

Kühle. Yasunari lehnte sich gegen die Mauerbrüstung. Eine Lücke zwischen den Häusern gab den Blick auf den Inneren Hafen frei.

Mit Gemüse beladene Lastkähne legten an der Kaimauer an. Von einem Floß trieb man eine Schweineherde. Fischerboote landeten ihren nächtlichen Fang an, und Körbe voller silbrig glänzender Fischleiber wurden an Land gereicht. Die Frau, die er gestern auf dem Platz vor der Kathedrale gesehen hatte, warf ihren Kindern Wassermelonen aus einem Nachen zu. Die Kinder stapelten die großen grünen Bälle auf den hochrädrigen Karren. Eine Frachtdschunke mit löchrigen Segeln lag neben dem Nachen vertäut. Die Kulis trugen bauchige Tontöpfe über einen schmalen, schwankenden Steg. Eine Gruppe portugiesischer Händler saß auf Schemeln; in den Händen hielten sie Schriftrollen. Ihre schwarzen Diener schwenkten Bananenblattfächer über ihren Köpfen.

Die wuchtigen *Naos* waren verschwunden. Yasunari suchte das Meer nach ihnen ab, aber die Sicht war schlecht. Der Dunst verschluckte selbst die nahen Inseln Coloane und Taipa. Nur die höchsten Erhebungen auf dem Festland zeichneten sich schwach gegen den Horizont ab.

Auf der »Santa Barbara« wurden die Anker gelichtet, dann schleppten zwei Ruderboote das Schiff in Richtung Taipa.

Die Glocken der Kathedrale begannen zu läuten. Yasunari ging ins Gästehaus zurück. Auf dem Flur kam ihm ein Europäer in kostbarer chinesischer Kleidung entgegen. Er trug eine seidene Amtskappe, die ihn als Militärmandarin der dritten Rangstufe auswies, und ein bodenlanges weißes Gewand.

Der Würdenträger verneigte sich vor Yasunari. »Seid

willkommen, Tadayama Yasunari! Ich spreche leider Eure Sprache nicht, aber mein Mitbruder Bartolomeu hat mir gesagt, daß Ihr des Portugiesischen mächtig seid. Ich bin Pater Luis.«

Yasunari erwiderte verblüfft die Verbeugung. »Ich muß gestehen …«

Der Pater lächelte. »Mein Gewand irritiert Euch?«

»Ich kann es nicht verhehlen, *padore*. Pater Bartolomeu habe ich nie in einem anderen Kleid gesehen als in seiner Ordenstracht. Allerdings hat er mir davon erzählt, daß sich auch die Priester früher in meiner Heimat prunkvoll anzogen, wenn sie den Daimyô ihre Aufwartung machten. Ist das im Reich der Mitte noch immer Sitte?«

»Ja, Tadayama Yasunari. Wer Zugang zum Kaiserhof hat, darf nicht wie ein Bettler einherkommen.«

»Ich habe gehört, daß viele *padores* in Peking weilen.«

»Das ist richtig. Wir sind insgesamt fünfzehn Priester im Mandarinenrang und an die zehn dienende Brüder.«

»Ihr bekleidet das Amt eines Militärmandarins?«

»Ja, ich weise die kaiserlichen Artilleristen an den neuen Langgeschützen ein. Deshalb bin ich auch hier. Die Gießereien haben ein Dutzend Kanonen für den Kaiser gefertigt. Ich werde in ein paar Tagen den Transport nach Peking begleiten.«

Pater Luis bemerkte Yasunaris nachdenkliche Miene und sagte: »Ihr seid verwundert?«

»Ich muß gestehen: Ja! In meiner Heimat waren die Priester Männer, die Frieden gepredigt haben. Nie habe ich davon gehört, daß sie Kriegskunde unterrichtet hätten. Als sie verfolgt und hingerichtet wurden, haben sie sich niemals gewehrt, sondern willig ihr Leben für den HERRN gegeben.«

»Das muß kein Widerspruch sein. – Ihr seid gerade erst in Macao gelandet, Tadayama Yasunari?«

»Gestern, *padore*.«

Pater Luis nickte verständnisvoll. »Das erklärt einiges. Seht, man kann dem HERRN auf vielerlei Art und Weise dienen, um SEINE Botschaft zu verbreiten. Der Kaiser von China ist in arger Bedrängnis durch die Barbaren an der Nordgrenze. Besiegen sie das Haus Ming, dann ist unsere bisherige Mission im Reich der Mitte gefährdet. Deshalb unterstützen wir den Kaiser.«

Yasunari berichtete dem Pater vom Aufstand der Christen in Kyûshû.

»Ich wünschte, wir hätten auch heilige Väter, die uns mit Waffen zu Hilfe eilen würden«, schloß er.

Pater Luis sah Yasunari nachdenklich an. »Ihr seid gekommen, um Verstärkung zu erbitten, hörte ich.«

»Ja. Drei von den *Naos* reichen aus, die holländischen Kriegsschiffe zu vernichten, die der Shôgun nach Kyûshû geordert hat.«

Pater Luis nickte. »Der Ordensprovinzial und die Herren des *Leal Senado* beraten zur Stunde über Euer Anliegen.«

»Sie sind schon aus Kanton zurück?«

»Sie trafen bereits gestern zu später Nachtstunde ein. Wie sie sich entscheiden werden, darüber vermag ich nichts zu sagen. Aber ich denke, daß man erst noch die Rückkehr der ›Santa Barbara‹ abwarten wird, bevor man Euch verbindlich antworten kann.«

»Ich sah, wie sie vorhin aus dem Hafen geschleppt wurde.«

»Kapitän Teixeira soll die Stärke der holländischen Flotte erkunden, die Kurs auf Macao genommen hat.«

Yasunari preßte die Lippen aufeinander. »Jeder Tag zählt, *padore*. Gegen die Truppen des Shôguns wissen wir uns zu wehren, aber gegen die Kanonen der Rotbärte sind wir machtlos.«

Pater Luis sah Yasunari mitfühlend an und sagte: »Ich befürchte, Ihr müßt Euch dennoch für einige Zeit in Geduld üben.«

Deprimiert begab sich Yasunari zu Pater Bartolomeus Zelle. Der Priester war noch nicht von der Morgenandacht zurück. Yasunari setzte sich auf einen Schemel und dachte nach. Der Sturm und der Monsun hatten bereits wertvolle Zeit verschlungen, und nun war Macao, der vermeintlich sichere Hafen, von dem sich die Daheimgebliebenen so viel erhofften, selbst bedroht. Yasunari glitt vom Schemel, sank auf die Knie und bat den ALLMÄCHTIGEN, er möge ein Wunder geschehen lassen.

Das Flüchtlingsschiff

Die Tage verstrichen. Der *Leal Senado* war mehrmals zusammengetreten, wollte aber seine Entscheidung von Kapitän Teixeiras Bericht über die Bewegungen der holländischen Flotte abhängig machen, Pater Luis hatte es bereits mehrmals angedeutet. Für den kleinen Priester und besonders für Yasunari war diese Zeit des hilflosen Wartens eine Qual. Selbst ohne ein Eingreifen der Rotbärte auf seiten des Shôgunats würde sich die Situation der christlichen Truppen von Woche zu Woche verschlechtern, denn im ganzen Reich wurden gewaltige Armeen aufgestellt, um die Rebellion im Süden zu zerschlagen. Soviel hatten die drei verbündeten Daimyô vor der Abreise der »Seeschwalbe« nach Macao in Erfahrung bringen können: Die Erhebungen gegen das Haus Tokugawa blieben lediglich auf Kyûshû beschränkt. Auf der Hauptinsel Honshû oder auf Shikoku, wo es auch noch christliche Gemeinden gab, die insgeheim ihrem Glauben treu geblieben waren, hatte es keinerlei Aufstände gegeben, dafür aber Massaker an den aufgespürten Gläubigen.

Einmal besuchte Yasunari die Eltern von Fra José. Sie wohnten in der Nähe des Spitals. Bedrückt lauschten die alten Leute Yasunaris Bericht von den Geschehnissen in der Heimat. Dann erzählten sie, was ihnen einst widerfahren war. Als Yasunari sie verließ, mußte er gegen die Bilder aus dem Töpferdorf ankämpfen, die ihn neuerdings selbst bei Tage überfielen. Erst als er mit Pater Bartolomeu sprach, beruhigte er sich wieder.

»Wir haben getan, was wir vermochten. Wie es weitergeht, liegt nicht in unseren Händen, Yasunari!«

»Es ist so beschämend, untätig hier verweilen zu müssen, Vater!«

»Ich weiß, wie du dich fühlst, mein Sohn, aber wir können nur auf SEINE Gnade vertrauen.«

Leise sagte Yasunari: »Manchmal fällt das sehr schwer, Pater.«

»Ja, mein Sohn. Auch ich bin nicht frei von solchen Gedanken. Aber SEINE Wege sind nun mal nicht unsere Wege. Wir müssen glauben.«

Dann kam Yasunari auf Pater Luis und die Kanonenlieferung zu sprechen.

Der kleine Priester nickte bekümmert. »Vieles, was in unserem Orden vorgeht, stimmt mich auch befremdlich. Ich persönlich habe immer versucht, unserem Herrn Jesus Christus nachzueifern, der für die Armen und Schwachen eingestanden ist. Aber ich erinnere mich daran, daß, als ich ein junger Missionar in Goa war, es auch dort schon Mitbrüder gegeben hat, die indischen Fürsten in militärischer Funktion dienten.« Pater Bartolomeu faltete die Hände. »Aber jeder Mensch, Priester oder Laie, der unserem HERRN dienen will, muß es mit dem eigenen Gewissen abmachen. Ich jedenfalls habe mich entschieden, den Weg des Friedens und der Sanftmut zu gehen – wie die meisten meiner Brüder in Japan, die lieber den Tod auf sich genommen haben, als Hand an eine Waffe zu legen.«

Yasunari wollte etwas erwidern, aber der Priester schnitt ihm das Wort ab. »Ich rede nicht von dir, mein Sohn. Du bist ein Samurai und jung. Wenn du kämpfst, ist daran nichts Verwerfliches. Aber ich, Yasunari, ich habe gelobt, dem Heiland zu folgen. Und in der Heiligen Schrift steht: ›Liebet Eure Feinde!‹ Auch wenn das manchmal wahrlich nicht leicht ist.«

Yasunari schaute den alten Priester liebevoll an. »In der Festigkeit Eures Glaubens gleicht Ihr einem standhaften Krieger, der im Guten und Schlechten unerschütterlich zu seinem Herrn steht, *padore*. Deshalb achte ich Euch hoch.«

Der kleine Priester machte eine wegwerfende Bewegung. »Achte nicht mich, sondern den HERRN im Himmel, der mir bislang Kraft und Zuversicht gegeben hat.«

Der Tag von Pater Luis' Abreise war gekommen. Yasunari begab sich mit Fra José zum Inneren Hafen, um das Verladen der Kanonen zu beobachten. Die Geschütze für den Ming-Kaiser wurden unter Aufsicht des Priesters auf drei Lastdschunken verteilt, die am Kai neben den Booten der chinesischen Gemüsehändler festgemacht hatten. Die Geschützrohre lagerten auf massiven Balkengestellen. Schwere Arbeitspferde der Gießereien zogen die Gestelle über schenkeldicke Rundhölzer zu den Laderampen. Dort wurden die Kanonen umsichtig auf die Schiffe hinabgelassen. Yasunari bewunderte die Präzision, mit der Hunderte von Händen die armdicken Taue und Hebebalken handhaben.

Die Dschunken waren mit kaiserlichen Leibgardisten bemannt, die Yasunari alle um Haupteslänge überragten. Ihre Bewaffnung bestand aus breitklingigen Schwertern und langen Spießen, die an der Spitze gegabelt waren. Feuerwaffen sah Yasunari nicht. Die Soldaten bezeugten dem Priester-Mandarin den größten Respekt, und nur die höheren Offiziere richteten das Wort direkt an ihn.

»Die Chinesen, die ich aus Kyûshû kenne, erscheinen mir alle kleinwüchsiger im Vergleich zu diesen Recken«, sagte Yasunari.

»Es sind ausgesuchte Männer aus den Nordprovinzen.« Fra José machte einem Trupp Kulis Platz, die Gußformen für Kanonenkugeln zu den Dschunken schleppten. »Viele von ihnen haben tatarisches Blut in den Adern. Verschnittene sind auch darunter.«

Ein hünenhafter Hauptmann sprach Pater Luis an. Der *nambanjin*-Militärmandarin saß unter einem Baldachin und lud den Offizier ein, neben ihm Platz zu nehmen. Der Chinese sah aus wie der leibhaftig gewordene Kriegsgott. Sein geflochtener Backenbart reichte bis auf die Brust. Die buschigen Augenbrauen waren über der Nasenwurzel zusammengewachsen. Ein silberner Reif schmückte den Schwertarm. Yasunari war sich nicht sicher, ob er mit beiden Händen das Handgelenk des Mannes umfassen könnte. Als der Chinese sich unter vielen Verbeugungen setzte, spannte sich das Obergewand über den mächtigen Schultern, die eines Wasserbüffels würdig waren. ›Gegen ihn‹, dachte Yasunari, ›ist selbst Ochsenfrosch schmächtig!‹

Yasunaris Blick wanderte über den Kai. Plötzlich sprengten vier Berittene heran. Sie zügelten die Pferde vor Pater Luis und stiegen ab. Yasunari erkannte den Adjutanten des Gouverneurs. Während er mit dem Priester sprach, eilten seine Begleiter zu den Booten der Gemüsehändler.

»Was bedeutet das?« Yasunari beobachtete, wie die Portugiesen den Händlern gestikulierend zu verstehen gaben, vom Kai abzulegen.

Fra José runzelte die Stirn. »Die ›Santa Barbara‹ liegt meistens dort.« Er beschirmte die Augen und blickte zur Festung hinauf. »Seht nur! Man gibt Flaggensignale!«

Pater Luis und der Hauptmann erhoben sich. Der Leibgardist kletterte auf die Dschunke. Der Priester sah ebenfalls zur Festung hoch. Dabei bemerkte er Yasunari und Fra José.

Er winkte sie heran. »Die Zeit des Wartens ist vorüber, Tadayama Yasunari.«

Die »Santa Barbara« glitt langsam in den Hafen. Ein Teil der Steuerbordreling fehlte, und der Heckmast stand schief. Die Takelage war zerfetzt. Im Schlepptau führte die »Santa Barbara« ein ähnlich ramponiertes Segelboot.

Das Kriegsschiff machte nicht am Kai fest. Es ankerte in der Hafenmitte. Ein Beiboot wurde zu Wasser gelassen. Zwei Matrosen ruderten Kapitän Teixeira an Land. Er sprang auf ein Pferd und jagte davon.

»Was mag das bedeuten?« murmelte Fra José.

Pater Luis sagte nichts und kniff bloß die Lippen zusammen. Auch der Offizier aus der Fortaleza do Monte schwieg.

Ein zweites Beiboot näherte sich. Zwei Bahren wurden auf den Kai gehievt.

Ein weiterer Reiter trabte auf den Kai. Er führte eine gesattelte Stute am Zaum. Der Reiter schaute sich um und lenkte dann die Pferde zu den Verladerampen. Er glitt aus dem Sattel und verbeugte sich vor Yasunari.

»Der Herr Gouverneur schickt mich. Er bittet Euch, umgehend in die Festung zu kommen.«

Yasunari verabschiedete sich eilig von dem Priester-Mandarin und Fra José.

»Möge Eure Reise ohne Widrigkeiten verlaufen, Pater!« Yasunari bestieg das Pferd.

Pater Luis sagte immer noch nichts. Er hob nur segnend die Arme.

Bereits als Yasunari den Gouverneurssaal betrat, ahnte er, daß ihn keine guten Nachrichten erwarten würden. Gedämpftes Stimmengewirr empfing ihn. Der Ordensprovinzial war von den Mitgliedern des *Leal Senado* umringt. Gouverneur Mascarenhas sprach auf zwei Offiziere ein. Pater Bartolomeu saß neben Kapitän Teixeira an einem Tisch unter dem Wappen der Stirnwand. Der Priester hatte die Ellenbogen aufgestützt. Er hielt das Gesicht in den Händen vergraben. Eine Ordonnanz führte Yasunari zum Gouverneur.

Francisco Mascarenhas war unrasiert, und unter seinen Augen zeichneten sich dunkle Ringe ab. In den letzten Tagen war der *Leal Senado* fast pausenlos zusammengekommen, oft bis in die frühen Morgenstunden hinein.

Yasunari verbeugte sich vor dem Gouverneur. Francisco Mascarenhas grüßte ihn mit einem knappen Nikken. Jedwedes Gespräch ringsum verstummte.

Yasunari biß die Zähne aufeinander.

»Ihr ahnt, was geschehen ist, Tadayama Yasunari?«

»Ja«, sagte der junge Samurai. »Shimabara ist gefallen.«

»So ist es.« Der Gouverneur schlug das Zeichen des Kreuzes und ging wortlos mit seinem Adjutanten aus dem Saal.

Yasunari schaute zu Pater Bartolomeu. Der Priester

hob den Kopf, sah Yasunari und bedeutete ihm matt, zu ihm zu kommen. Als Yasunari den Raum durchquerte, begleiteten ihn die Blicke der Anwesenden. Dann schwoll das Stimmengewirr wieder an.

Yasunari umrundete den Tisch, an dem der Priester und Kapitän Teixeira saßen.

Der Kapitän roch nach Schweiß. Auf der Stirn hatte er einen langen, verschorften Kratzer. Der Ärmel des Schwertarms war zerfetzt. Ein blutgetränkter Verband umspannte das Handgelenk. Er erhob sich wankend. »Verzeiht, Tadayama Yasunari, aber ich muß jetzt ins Spital. Pater Bartolomeu wird Euch berichten, was uns widerfahren ist.« Nun erst fiel Yasunari auf, daß der Brustharnisch des Kapitäns eingebeult war.

Gestützt von zwei Pagen ging João de Teixeira zur Saaltür.

»Setz dich, mein Sohn!« sagte der Priester mit leiser Stimme.

Yasunari gehorchte. Die Pagen halfen dem Kapitän in eine Sänfte. Zwischen zwei Mitgliedern des *Leal Senado* und dem Ordensprovinzial entspann sich ein Streitgespräch. Soweit Yasunari die Wortfetzen verstand, ging es um den zu erwartenden Angriff der holländischen Flotte.

Pater Bartolomeu ergriff Yasunaris Hände. »Die Wege des HERRN sind wundersam.«

Yasunari verzog das Gesicht.

»Doch, mein Sohn. Wundersam, denn wir Menschen haben keine Einsicht in seine göttlichen Pläne.«

Yasunari blieb stumm.

»Shimabara ist gefallen, aber die Botschaft Christi wird weiterleben, auch in deiner Heimat.«

Yasunari starrte auf die Tischplatte. Shimabara! Welch verzweifelte Hoffnung hatte sich auf die Festung gerichtet, auf die starken Umwallungen, denen die Geschütze der Tokugawas nichts anhaben konnten. Und nun? Ein Fanal!

Reglos verharrte Yasunari, spürte die Hand des Priesters nicht, die sich sanft auf seine Schulter legte.

Wuchtig war die Tischplatte, aus dem Holz einer mächtigen Eiche, dunkel ihre Oberfläche und glatt wie ein Spiegel poliert. Ein schwarzer Spiegel, der zu leben begann mit all den Getreuen, die sich gesammelt hatten, um gegen die Fürsten der Finsternis zu kämpfen. Ein dunkler Spiegel, in dem zögerlich Scharen alter Männer sichtbar wurden, die dürftig bewaffnet marschierten, um für ihren Glauben zu streiten, Greise, neben denen Knaben gingen, die mit dem verwegenen Blick von alten Kämpfern entschlossen ihre Jagdbögen schulterten – umsonst! Der Vater, Ochsenfrosch, die Mikis: Myriaden von Gesichtern drängten sich Yasunari mit einer Gewalt auf, daß er vermeinte, deutlich wieder die vertrauten Stimmen von Yamaguchi-sensei, von Hauptmann Harada zu hören, aber auch die von Issa, dem Zen-Meister, und die der Flößerknaben.

Lange verweilte Yasunari bewegungslos neben dem Pater, und brüchiger wurden die Stimmen, trüber und verschwommener die Antlitze der Gefährten, bis sich die schwarze Fläche vor ihm ins Unendliche ausdehnte.

Da begriff Yasunari, daß er seine Heimat für immer verloren hatte.

Der *Leal Senado* stand sich in zwei Gruppen gegenüber. Die Diskussion wurde erregter. Schrill klang die Stimme des Ordensprovinzials.

»Komm, mein Sohn!« Pater Bartolomeu erhob sich, und Yasunari folgte ihm wie in Trance.

Im Garten des Gouverneurspalasts lehnte sich der kleine Priester an eine Mauer. Leise sagte er: »Ich erahne, was in dir vorgeht. Verzage nicht!«

Zwei Eidechsen spielten an der Mauer. Sie reckten die Hälse, als der Priester vorsichtig eine Hand in ihre Richtung ausstreckte, rannten aber nicht weg.

Pater Bartolomeu atmete schwer, dann suchten seine Augen Yasunaris. »Ich weiß, es schmerzt, Yasunari. Anders als eine Schwertwunde oder ein Axthieb. Nur daß der Schmerz tiefer geht, viel tiefer, als eine Waffe stechen kann.«

Die Eidechsen nahmen ihr Spiel wieder auf. Yasunari wich dem Blick des Paters aus und verfolgte die eleganten Bewegungen der Reptilien, die auf den glatten, senkrechten Mauerquadern entlangglitten, als würden sie auf einer ebenen Fläche herumtollen.

Yasunari hockte sich im Fersensitz neben den Priester und verschränkte die Arme. Neugierig näherten sich die Eidechsen. Einer fehlte ein Bein. Irgendwo wieherten Pferde. Ein Windhauch strich durch die Bananenbüschel vor dem Gouverneursgebäude. Marktgeräusche aus den Gassen am Kathedralenplatz mischten sich in das Scharren der Blätter, die ihre großen Schatten gegen die Gartenmauer warfen.

Der kleine Priester drang nicht weiter in Yasunari. Er berührte noch einmal zärtlich die Schulter seines Zöglings und entfernte sich.

Lange saß Yasunari reglos an der Mauer. Die Eidechsen wagten sich näher und näher, kletterten, einander jagend, über seine Knie.

Das Hospiz der Barmherzigen Brüder – Santa Casa da Misericordia

Ein dumpfer Gongschlag ertönte vom A-Ma-Tempel, dann ein zweiter.

»Tadayama Yasunari, wo seid Ihr?« Mit wehender Soutane eilte Fra José in den Garten. Die Eidechsen auf Yasunaris Schenkel suchten eiligst das Weite. Der Mönch entdeckte den Samurai reglos vor der Mauer kniend und rannte zu ihm. »In der Santa Casa da Misericordia liegt ein Sterbender. Denkt Euch nur, er trägt Euer Wappen! Und er hat nach Euch gefragt!«

Die Eidechsen verschwanden in einer Mauerritze. Yasunari sah durch den Mönch hindurch, als würde er ihn nicht erkennen.

Fra José ignorierte den Blick. Aufgeregt redete er weiter: »Der Mann ist einer von den Verteidigern, die noch aus Shimabara fliehen konnten!«

Er rüttelte Yasunari an der Schulter. »So kommt doch! Eile ist geboten. Es kann jeden Augenblick mit ihm zu Ende gehen!«

Wie aus weiter Ferne drangen die Worte zu Yasunari. Er zwang sich, ihren Sinn zu begreifen. – Shimabara? Jemand, der nach ihm rief?

Yasunari rieb sich die Augen und hörte sich sagen: »Entkommene aus Shimabara? Und einer hat meinen Namen genannt?«

»Ja. Es waren insgesamt drei Männer. Kapitän Teixeira hat ihr Schiff nach dem Gefecht mit den Holländern im Perlflußdelta gesichtet. Von den dreien leben nur noch zwei. Noch, denn der Mann, der nach Euch verlangt hat, wird in seinem Zustand den heutigen Tag kaum überstehen. Pater Bartolomeu ist schon zu ihm unterwegs.«

Die Schatten waren gewandert. Wie lange hatte er vor der Mauer gesessen? Eine Stunde? Zwei? Steif erhob sich Yasunari. »Was für ein Schiff?«

»Ihr habt es doch selbst gesehen, als die ›Santa Barbara‹ vorhin einlief.«

»Ihr meint das ramponierte Segelboot, das sie in den Hafen geschleppt hat?«

»Ja. – Aber was ist mit Euch? Ihr seht bleich aus. Seid Ihr etwa krank?«

»Es ist nichts, Fra José.« Yasunari massierte energisch seine tauben Beine. Das Blut begann allmählich wieder zu zirkulieren. Er drückte die Knie durch. Sie brannten, als würde kochendes Wasser in ihnen pulsieren. Der erste Schritt war qualvoll. Fra José sprang hinzu und reichte ihm den Arm.

Yasunari schüttelte entschieden den Kopf.

»Die Taubheit ist gleich vorbei. – Hat der Sterbende auch seinen Namen genannt?«

»Nein. Nur immer den Euren.«

Das Hospiz Santa Casa da Misericordia, das Heilige Haus der Barmherzigkeit, lag hinter der Behausung von Fra Josés Eltern im Südwesten der Halbinsel. Es war ein beeindruckendes zweistöckiges Hospiz, das die Barmherzigen Brüder betrieben. Als Yasunari mit seinem Begleiter den großen Krankensaal im Erdgeschoß betrat, umströmte ihn der Geruch von Sandelholz. Ein chinesischer Wärter schichtete mit einer Eisenkelle glühende Holzkohlen in ein Steinbecken, aus dem die würzigen Rauchschwaden aufstiegen. Die Kranken lagen auf niedrigen Pritschen unterhalb der Fensterreihe auf der Rückseite des Hospitals. Ein weißgewandeter Mönch ging durch die Reihen und füllte die Trinkgefäße neben den Pritschen. Der Saal war hoch und angenehm kühl. Ein weiterer Wärter scheuerte die grauen Fußbodenfliesen mit einer scharf riechenden Flüssigkeit. Über jeder Pritsche hing ein einfaches Kruzifix. Ein anderer Barmherziger Bruder, assistiert von einem chinesischen Arzt, wechselte einem Knaben den Stirnverband. Der Junge wimmerte leise, als der Mönch die frische Kompresse auf die Wunde legte. Der Chinese sprach begütigend auf ihn ein. Er trug das reich bestickte Gewand eines Akademikers und eine geschwungene Amtskappe, die eine rote Quaste schmückte. Das Licht im Saal war diffus. In den Fensteröffnungen bewegten sich Strohmatten leicht im Luftzug.

»Wo liegt er?« Yasunari schaute sich um. Niemand erinnerte ihn nur annähernd an jemanden, den er kannte. Zwei Turbanträger sah er auf den Pritschen. Sie unterhielten sich leise in ihrer kehligen Sprache.

»Ganz am Ende.« Fra José deutete auf ein mit Stellschirmen abgeteiltes Halbrund, wo die Schwerkranken und Sterbenden gepflegt wurden.

Yasunari entdeckte den kleinen Priester über eine Pritsche gebeugt. Der Mann, dessen Hand er hielt, war ausgemergelt und bis zur Unkenntlichkeit entstellt. Die Haut schien direkt auf den Knochen zu liegen. Bis auf einen Lendenschurz war er unbekleidet. Eine frische Leinenkompresse bedeckte eine Gesichtshälfte, die andere war schmerzgezeichnet, das Auge geschlossen. Der dürre Körper war von Wunden zerfurcht. Man hatte sie mit einer violetten Paste bestrichen. Der linke Oberschenkel endete in einem sauber bandagierten Stummel. Der Mann begann zu zittern und zu schwitzen.

Yasunaris Blick fiel auf die Bank am Kopfende der Pritsche. Auf einem Holztablett stand eine Trinkschale, daneben lag ein Bündel Kleidungsstücke. Sie waren mit einem Dolch beschwert. Den Griff der Waffe zierte ein Kreuz. Yasunari zog den Dolch aus der Scheide.

208

Meister Uenos Signatur auf der Klinge war verschrammt, aber noch lesbar.

Es war Norihikos Dolch.

Die Waffe entglitt Yasunaris Fingern. Aufgeschreckt durch das harte Geräusch von Stahl auf Stein, richtete sich der kleine Priester auf und wurde Yasunaris gewahr. »Ja, mein Sohn. Es ist dein Freund.« Er beugte sich wieder über die Pritsche, streichelte liebevoll Norihikos magere Hand und deckte den Zitternden mit einer dünnen Baumwolldecke zu. »Auch ich habe ihn nicht sogleich wiedererkannt. So elend sieht er aus.«

Unfähig zu sprechen, sank Yasunari neben dem Lager des Freundes auf die Knie.

Der chinesische Arzt erschien mit einem Gehilfen. Der Gehilfe schleppte einen Bottich, in dem Stofflappen schwammen.

Der Arzt sprach ein klares Portugiesisch. Er bat Pater Bartolomeu, Norihikos Oberkörper zu entblößen, griff in das Wasserbecken, entnahm die Lappen und wrang sie aus. »Wann hat der Fieberschub begonnen, Pater?«

»Im Moment.« Pater Bartolomeu schlug die Baumwolldecke zurück.

Norihiko war schweißbedeckt. Unruhig wälzte er den Kopf hin und her. Dabei löste sich die Kompresse über dem rechten Auge. Die freigelegte Höhle glich einem eitrigen Krater. Yasunari tastete nach der Hand des kleinen Priesters.

Der Arzt murmelte eine Anordnung. Sein Gehilfe frottierte behutsam Arme und Brust des Fiebernden mit einem Seidentuch. Dann wickelte der Arzt die feuchten Lappen um die Handgelenke des Zitternden, hob behutsam dessen Kopf an und schob einen weiteren Lappen, den er vorher in geöltes Papier geschlagen hatte, unter seinen Nacken.

»Jetzt entblößt bitte den Fuß, Pater!«

Der kleine Priester entzog Yasunari seine Hand und legte die Bettdecke vorsichtig wieder auf den Oberkörper. Dann machte er das gesunde Bein frei.

Als der Arzt den Wadenwickel anlegte, schaute Yasunari in das zerstörte Antlitz seines Freundes und erschauderte.

»Jetzt den Fiebertrank und den Mörser!« befahl der Arzt.

Der Gehilfe ging zu einem Holzgestell vor den Wandschirmen. Er kam mit einer beschrifteten Lackdose und einem becherförmigen Marmormörser zurück.

Der Arzt entnahm der Dose zwei weiße Kegel und seiner Ärmeltasche eine kleine Papiertüte, aus der er eine braune Pille schüttelte. »Den Wasserbecher!«

Der Gehilfe füllte das Trinkgefäß zur Hälfte und reichte es dem Arzt. Der zerstieß die Kegel und das Kügelchen mit einem Messingstößel und schüttete das Pulver in den Becher. Dann führte er ihn behutsam an Norihikos Lippen, während Pater Bartolomeu dessen Kopf stützte. Der Zitternde trank zögerlich, ohne das gesunde Auge zu öffnen.

»Großer Gott!« flüsterte Yasunari.

»Er wird nun lange schlafen«, sagte der Arzt und bepinselte die Ränder der Augenhöhle mit einer Tinktur, die ihm der Gehilfe in einer flachen Schale zureichte. Dann legte er die Kompresse wieder auf.

Pater Bartolomeu trat neben Yasunari. »Wir werden uns mit dem Wachen abwechseln, mein Sohn.«

Yasunari nickte stumm. Der kleine Priester verließ mit dem Arzt und dem Gehilfen den abgeteilten Bereich des Krankensaals.

Yasunari zog sein Lang- und Kurzschwert aus dem Gürtel und lehnte die Waffen gegen die Wand. Dann schob er die Kleidungsstücke des Freundes zur Seite und setzte sich auf die Bank neben dem Kopfende der Pritsche. Norihikos Kleider waren salzwasserzerfressen. Auf seiner Stirn glänzten Schweißperlen, aber das Zittern verebbte zusehends.

Auf der Nachbarpritsche lag ein Greis. Er röchelte. Einer der Barmherzigen Brüder verteilte frisches Trinkwasser. Er kam zu dem Alten und verabreichte ihm einen Trank, in den er eine braune Paste quirlte. Daraufhin ging der Atem des Mannes ruhiger.

Der Mönch war weißhaarig wie der kleine Priester, aber seine Bewegungen waren noch jugendlich. Er grüßte Yasunari und trat an Norihikos Pritsche. »Ich bin Fra Matteo, der Abt des Hospizes. Du bist der Begleiter von Pater Bartolomeu, mein Sohn?«

»Ja.«

Der Abt betrachtete Norihiko. »Ihr kennt den Kranken?«

»Es ist mein Freund.«

Der Abt seufzte. »Die Verletzungen sind schwer, und sein Körper ist sehr geschwächt. Aber er ist jung.« Er blickte zu dem Greis auf der Nachbarpritsche.

»Was ist mit dem Mann?« fragte Yasunari.

Der Abt bekreuzigte sich. »Er stirbt.«

»Und mein Freund?«

Fra Matteo setzte sich zu Yasunari. »Das fiebersenkende Mittel scheint zu wirken. Immerhin.« Er lüftete die Kompresse über der Augenhöhle und nickte befriedigt. »Die Wunde beginnt auch zu verheilen.«

Yasunari deutete auf den sich abzeichnenden Verband des Beinstumpfes unter dem Bettuch. »Und das Knie?«

»Ich habe getan, was ich vermochte, mein Sohn. So Gott will, hat der Brand das Gelenk noch nicht entzündet.«

»*Ihr* habt ihm den Unterschenkel abgetrennt?«

»Ja. Ich bin auch ein Arzt. Ich habe Euren Freund operiert, so wie es mir meine Lehrer im Großen Hospital auf der Insel Malta beigebracht haben. Die Ärzte vom Orden des heiligen Johannes in Malta sind die besten, die es gibt. Die Blutungen sind gestoppt.«

Yasunari wußte weder, wo die Insel Malta lag, noch hatte er vom Orden des heiligen Johannes gehört. Er wußte nur, daß der Freund dem Tode näher als dem Leben war, und sagte leise: »Ich habe dennoch schon viele daran sterben sehen, daß man ihnen ein Glied abnahm.«

»Gott allein ist der Herr über das Schicksal deines Freundes, mein Sohn. Bete für ihn!« Der Abt setzte seinen Rundgang fort.

Nie herrschte völlige Stille im großen Saal der Santa Casa da Misericordia, sei es, daß jemand nach einem Wärter rief, sei es, daß ein Kranker wimmerte oder aufstöhnte. Und wenn Yasunari einmal keine menschlichen Laute vernahm, dann blieb das monotone Scheuern der Binsenmatten an den Steinen der Fensteröffnungen. Ein Geräusch wie das von fressenden Termiten.

Ein Gefühl bodenloser Hilflosigkeit überfiel Yasunari, während er sich zwang, den Freund anzusehen. Dieser zerschlagene Körper sollte Norihiko gehören? Knochen, die sich unter einer welken Haut im Atemrhythmus abzeichneten.

Der Abt kehrte noch einmal zurück. Er sprach den jungen Samurai nicht an, der wie versteinert an der Seite seines Freundes wachte.

Wirre Erinnerungen überfielen Yasunari. Bruchstücke, die wie dunkle Perlen einer Kette aneinandergereiht waren. Eine Kette der Erinnerung, die ihn zu erdrosseln drohte, wenn er den geliebten Freund in seinem Elend sah.

Norihiko, der den Kampfstock so meisterhaft beherrschte, der es mit den besten Reitern im Zedernflußtal
aufnehmen konnte. Er, der aus allen Schlachten stets
siegreich hervorgegangen war. Und jetzt? – Ein halbblin-
der Krüppel, der an der Schwelle des Todes kämpfte.

Glocken schlugen die erste Nachtstunde. Yasunari
schloß die Augen. Norihiko lag reglos auf der Pritsche,
nur hin und wieder zuckte das Lid des gesunden Auges.
›Es ist bitter‹, dachte Yasunari. ›Ich sitze neben ihm und
kann nicht helfen.‹

Als Pater Bartolomeu Yasunari ablöste, tauschten die
Wärter bereits zum zweiten Mal die Öllampen aus, die
den Krankensaal seit Einbruch der Dunkelheit spärlich
erhellten. Die Wärter sprachen halblaut miteinander.
Yasunari hörte aus ihrem Gespräch heraus, daß in der
Niederlassung mit einem baldigen Angriff der Holländer
gerechnet wurde.

Pater Bartolomeu hockte sich zu Yasunari auf die
Bank. Auch er hatte die Unterhaltung der Wärter mit-
gehört. »Man bereitet sich auf die Holländer vor. Ihre
Schiffe sammeln sich in der Perlflußmündung.«

»Ja, *padore*. Die Zeichen stehen auf Sturm.«

Der kleine Priester schüttelte traurig sein Haupt.
»Schwere Prüfungen sind das.« Er deutete auf Norihiko.
»Ist er irgendwann aufgewacht?«

»Nein. Er hat die ganze Zeit über geschlafen.«

»Das ist ein gutes Zeichen«, sagte der kleine Priester.

»Falls es Schlaf und keine Ohnmacht ist«, sagte Yasunari. Liebevoll betrachtete er den reglosen Freund.

»Auch dann ist es gut, besser jedenfalls als die kraftzeh-
renden Fieberkrämpfe. – Aber geh jetzt, mein Sohn! Du
wirst erschöpft sein.«

In der Tat fühlte sich Yasunari wie ausgebrannt. Er

nahm seine Schwerter an sich. Norihikos Gesicht blieb
selbst im Schlaf schmerzverzerrt. Voller Sorge verließ
Yasunari die Santa Casa da Misericordia. Der alte Mann
auf der Pritsche nebenan sprach wirr.

Er trat in die Finsternis. Kein Mond, kein einziger
Stern zeigte sich am Himmel. Auf dem Weg durch die
nächtliche Stadt begegneten ihm immer wieder Kolon-
nen von Trägern, die schwere Steine und Körbe mit Erdreich oder Balken schleppten. Die Arbeiten an den Ver-
teidigungsanlagen gingen auch in der Dunkelheit weiter.
Eine Pechfackel unterhalb des Kastells illuminierte eine
Geschützplattform. Kanonen wurden in Stellung gebracht. Die hellen Turbane der afrikanischen Soldaten
erweckten den Anschein, als würden sie über den Schultern der Männer schweben. Ihre Gesichter waren mit der
Nacht verschmolzen. Aus dem Inneren Hafen glitten
zwei große Schatten.

Magister Tans Wundernadeln

Beim ersten Tageslicht begab sich Yasunari wieder zum
Hospiz. Die Schanzarbeiten waren unermüdlich fort-
gesetzt worden. Auf der Fortaleza do Monte hatte man
Spiegelsignale aus Coloane und Taipa beantwortet. Licht-
blitze, die nur wenig Gutes bedeuten konnten, denn auf
der »Santa Barbara« im Hafen wurden in aller Eile die
Leinen gelöst, und das Kriegsschiff legte in voller Besegelung vom Kai ab.

Die Luft war stickig wie am Vortag, und die Sonne
stand schwach über dem milchigen Dunstschleier der
Perlflußmündung. Als Yasunari den Krankensaal betrat,

war seine Kleidung durchgeschwitzt, als hätte er ein Tauchbad genommen.

Norihiko verweilte noch immer in seinem komaähnlichen Zustand. Der chinesische Arzt und Pater Bartolomeu unterhielten sich leise. Auf der Pritsche neben Norihikos Kopf lagen in einem Bambuskorb getrocknete Shichiba-Blätter. Der kleine Priester betastete sie, als wären es unermeßliche Kostbarkeiten.

»Ich dachte, wir hätten die Kräuter längst aufgebraucht«, sagte Yasunari.

»Nicht alle, gottlob! Dieses Bündel ist der spärliche Rest von unserem Vorrat. Für zwei bis drei Wundverbände mögen die Blätter noch ausreichen. Ich habe Magister Tan soeben erklärt, was ›Siebenblatt‹ bewirken kann, wenn man es auf entzündetes Wundfleisch aufträgt.«

Der Arzt roch an den Blättern. »Ich werde sie fein zerschneiden und in Ingwersud aufkochen, so, wie Ihr es mir beschrieben habt, Pater. In meiner Heimat, im fernen Sinkiang, gibt es eine Medizin, der dieses Kraut hier zu ähneln scheint.« Magister Tans Blick glitt prüfend über Norihiko. »Wenn die Paste abgekühlt ist, will ich ihn aufwecken. Er muß unbedingt Nahrung zu sich nehmen, sonst ist alle ärztliche Kunst vergebens.«

Yasunari betrachtete den Freund. Sein Atem ging flach. »Wie wollt Ihr das anstellen?«

»Mit der Nadel«, sagte Magister Tan. Er gab dem Gehilfen ein Zeichen, daß er zu gehen beabsichtigte.

Pater Bartolomeu erhob sich mit steifen Gliedern. Yasunari reichte ihm seinen Gehstock.

Als der kleine Priester die Lücke in der Stellwand erreicht hatte, drehte er sich um und sagte: »Ich werde sofort nach der Frühmesse wiederkommen, mein Sohn. Vorher wird Magister Tan die Wundpaste ohnehin nicht zubereitet haben.«

Yasunari lehnte zusammengesunken mit dem Rücken gegen die Wand, das Kinn auf die Brust gesenkt.

»*Mizu* – Wasser! Ich möchte Wasser!« Fast unhörbar krochen die heimatlichen Laute in seinen Halbschlaf. Dann erklang es vernehmlicher: »*Mizu kudasai* – Bitte Wasser!«

Mit einem Ruck richtete sich Yasunari auf. Norihiko schlief noch immer reglos. Wer hatte gesprochen? Yasunari beugte sich über den Freund. Erneut vernahm er die Bitte um Wasser. Die Stimme kam aus dem großen Krankensaal. Er erhob sich und schaute nach.

Ein ausgezehrter Mann lag direkt hinter den Stellschirmen. Er richtete matt den Oberkörper auf und winkte ihn zu sich heran. Auf dem Ärmel seines Obergewandes prangte eine verblichene doppelte Silberraute. Der Mann trug das Wappen von Nattori-dono!

»Bitte, gebt mir Wasser, Tono!«

»Du weißt, wer ich bin?«

»Ja, Herr«, flüsterte der Mann. »Ich war bei der Schlacht am Schwarzgipfel-Paß mit dabei. Der Krug steht unter der Pritsche. Ich kann ihn nicht greifen.« Er streckte Yasunari die Hände entgegen. Die Unterarme waren geschient. »Gebrochen, beide.«

»Wie ist das geschehen?«

»Wir sind in einen Sturm gekommen. Ein Wasserfaß hat sie mir zerschmettert.«

Yasunari setzte ihm den Krug an die Lippen. Der Mann trank gierig.

»Danke, Herr!«

»Bist du auch mit dem Flüchtlingsschiff gekommen?«

»Ja, Herr. Als die Portugiesen uns auffanden, waren wir nur noch zu dritt. Alle anderen sind während der Überfahrt schon krepiert. Erst hatten wir ein Gefecht mit koreanischen Piraten, und der übrigen Besatzung hat dann der Sturm den Garaus gemacht. Vier Leute sind über Bord gegangen.«

»Wie viele wart ihr, als ihr losgesegelt seid?«

»Zwölf, Herr.«

»Du hast von dreien gesprochen, die bis nach Macao gekommen sind. Wo ist der dritte Mann?«

»Tot. Er starb, als man ihn hier ins Hospiz transportierte. – Wie steht es um Ishii Norihiko?«

»Es steht schlecht um ihn. – Wie heißt du?«

»Ken, Herr.«

»Warst du in Shimabara, als die Festung fiel?«

»Nein. Wir sollten Waffen und Verpflegung in einer versteckten Bucht anlanden, aber ein Wachschiff aus Kawashimo hat uns verfolgt. Es hatte mehr Tiefgang als unser Segler. Wir haben es erst zwischen den vorgelagerten Inseln abschütteln können. An der verabredeten Stelle sind dann Ishii Norihiko und fünf weitere Männer zu uns gestoßen. Doch da war Shimabara bereits gefallen.«

Yasunari stellte den Krug wieder unter die Pritsche. »Und was geschah dann?«

»Es war Nacht. Wir nahmen Kurs auf das offene Meer, um nicht von den Rotbärten aufgebracht zu werden, die in den Küstengewässern patrouillierten.«

»Wie fiel die Festung?«

»Ich weiß nur, was Ishii Norihiko und seine Begleiter uns erzählt haben, aber es hat offenbar keine Überlebenden in Shimabara gegeben. Die Shôgunatstruppen haben die Festung fast vollständig abriegeln können. Das war das Ende. Die sechs Männer, die wir in der Bucht an Bord genommen haben, sind vermutlich die einzigen, die mit dem Leben davongekommen sind.«

Yasunaris Gesicht versteinerte sich. »Es waren an die dreißigtausend Menschen zur Festung unterwegs, als

wir nach Macao aufbrachen, Frauen und Kinder eingeschlossen.«

Der Verwundete nickte. »Ja, Herr, diese Zahl hörte ich
auch. Anfangs sah es gar nicht schlecht um unsere Sache
aus. Der Belagerungsring konnte immer wieder durch-
brochen werden, um Nachschub und Lebensmittel zu er-
gänzen. Aber dann …«

Yasunari wußte, was dieses »aber dann …« bedeutete.
Er hatte selbst eine Hundertschaft gegen Tomikis Truppen geführt. Seine Männer hatten sich wie Rasende auf
die feindlichen Soldaten gestürzt. Damals, damals waren
die Holländer noch mit wenigen Kanonen in Kyûshû.

»Und wie kam es, daß Ishii nicht in der Festung war?«

»Sagte ich es nicht bereits, Herr? Er wartete auf uns in
der Bucht. Wir hatten Schießpulver geladen und Tane-
gashimas, außerdem brachten wir zwei Kanonen. Die
sollte er nach Shimabara schaffen. Gerade als die Männer
zur Festung aufbrechen wollten, erschien eine Schwa-
dron Tomiki-Reiter. Es kam zu einem Kampf, den wir ge-
wannen. Wir hatten Glück, das Gelände war sumpfig,
und ihre Pferde sanken ein. Wir machten einen Gefangenen. Von dem erfuhren wir alles. Dann tauchte Verstärkung aus Kawashimo auf, und wir sind aufs Schiff zurück.«

»Ist Ishii dort verwundet worden?«

»Nein, Herr. Das war später, als die koreanischen Piraten uns angriffen. Sie waren in der Überzahl, hatten aber
nicht damit gerechnet, daß wir Geschütze besaßen.«

Das Reden hatte den Mann geschwächt. Seine Stimme
war kaum noch hörbar. Er bat Yasunari noch einmal um
einen Schluck Wasser, sank mit dem Oberkörper auf die
Pritsche und schloß die Augen.

»Ruf mich, wenn du mich brauchst!«

»Danke, Herr!« flüsterte der Mann.

Yasunari ging wieder zu Norihiko. Magister Tan fühlte dem Freund den Puls. Pater Bartolomeu trat, auf den Arm des Abtes gestützt, zu ihnen. Der kleine Priester setzte sich auf die Bank. Fra Matteo und Magister Tan schoben die Decke von Norihikos Körper.

»Warum ist er nicht ein einziges Mal erwacht?« fragte Yasunari. Voller Sorge betrachtete er den Freund.

»Ich hatte die Fiebermedizin mit einem starken Beruhigungsmittel versetzt.« Magister Tan begutachtete zwei Stahlnadeln, während Fra Matteo eine Kerze anzündete.

»Magister Tan wird ihn jetzt aufwecken.«

»Ihr benutzt stärkere Nadeln als die Ärzte in Japan«, sagte der kleine Priester, als Tan die Nadeln in der Kerzenflamme erhitzte und sie dann mit einem Wattebausch polierte, den er zuvor in eine klare Flüssigkeit getaucht hatte.

»Je nachdem, Pater.«

Mißtrauisch verfolgte Yasunari, wie Magister Tan Norihikos Fußsohle betastete. Was hatte ihm der Vater nicht alles von den Wundertaten der *nambanjin*-Mediziner erzählt, als sie damals am Hof von Fürst Ôtomo die Kranken behandelt hatten! Schwere Krankheiten hatten sie kuriert, vor denen die einheimischen Heiler kapituliert hatten. Daß die *nambanjin*-Ärzte jemals zur Akupunkturnadel gegriffen hätten, davon hatte der Vater nie gesprochen.

Aber so vieles, was Yasunari in Macao beobachtete, war angetan, ihn zu verwirren. Einmal war er in der Fortaleza Zeuge gewesen, wie sich ein Oberbonze des A-Ma-Tempels mit einem Frater über Astronomie unterhalten hatte. Und ein anderes Mal war er an einem geöffneten Fenster im Kolleg vorbeigekommen, durch das ein Chor von Stimmen Gedichte auf Chinesisch rezitierte. Er hatte in den Raum gespäht: Eine Gruppe von Novizen wurde von einem Gelehrten in der Tracht eines Magisters unterwiesen. Und dann die dunkelhäutigen Turbanträger. Selbst sie besaßen einen eigenen Schrein in der Niederlassung, um ihre Götter anzubeten!

Und nun wollte Magister Tan den Freund mit der Nadel behandeln, und Fra Matteo, selbst ein Arzt, assistierte ihm dabei sogar!

Der Abt bemerkte Yasunaris in Falten gelegte Stirn. »Ihr mißtraut der Nadel, Tadayama Yasunari?«

»Das ist es nicht ...«

»Sondern?« Der Abt lächelte. »Setzt es Euch womöglich in Erstaunen, daß Magister Tan Euren Freund nach Sitte seines Landes behandelt?«

»Nun ...«

Fra Matteo sagte freundlich: »Seid unbesorgt. Magister Tan ist ein Arzt, dem auch ich mich bereits anvertraut habe.«

»Bitte, versteht mich richtig, Fra Matteo. Ich wollte keineswegs ...«

»Ich weiß, Tadayama Yasunari, ich weiß. Ihr seid in Angst um Euren Freund. Aber habt Vertrauen in Magister Tans ärztliche Kunst!«

Yasunari blickte verlegen zu Boden, als auch Magister Tan ihm einen freundlichen Blick zuwarf und sagte: »Er wird gleich wieder bei Bewußtsein sein, Tadayama Yasunari. Und dann hoffe ich auf Eure Unterstützung. Ein Arzt kann vieles bewirken, aber die Fürsorglichkeit eines Freundes vermag er nicht zu ersetzen.«

Yasunari errötete. »Ich ...«

»Schon gut, mein Sohn!« sagte der Abt milde.

Als Magister Tan die erste Nadel in Norihikos Fußsohle stach, ging ein Zittern durch dessen Körper. Die zweite Nadel versenkte der Arzt in der Herzgegend. Er stimulierte sie durch kreisende Bewegungen und trieb sie langsam tiefer unter die Haut.

Währenddessen fühlte Fra Matteo Norihikos Puls an beiden Handgelenken. Plötzlich nickte er. »Jetzt!«

Magister Wu zog die Nadel ruckhaft heraus. Die Nadel in der Fußsohle ließ er stecken.

»Sie betäubt den Schmerz.« Fra Matteo beugte sich forschend über Norihiko. »Gleich«, sagte er. »Die Augenlider zucken schon!«

Alle sahen angespannt auf den Liegenden.

Norihiko öffnete das Auge. Ein Flackern des Erkennens blitzte auf, als er den Kopf anhob, sich zur Seite drehte und in die Gesichter von Yasunari und Pater Bartolomeu blickte. Seine Lippen formten ein stummes Wort, und eine Hand tastete sich zum Pritschenrand, flatternd wie der Herzschlag eines kleinen Tiers. Seine Gesichtszüge entspannten sich zu einem Lächeln.

Es sollte dauern, bis Norihiko wieder etwas zu Kräften kam. Yasunari hatte durchaus das Gefühl, daß der Freund deutlich alles mitbekam, was um ihn herum geschah, aber das Sprechen war ihm noch unmöglich. Die Schmerzen schienen sich dank Magister Tans Akupunkturkünsten in Grenzen zu halten. Norihiko litt zwar noch, wenn der Kniestumpf neu verbunden wurde, aber offenbar weniger als der Soldat Ken, dessen zerschmetterte Arme dick angeschwollen waren. Pater Bartolomeu bedauerte, daß von der »Siebenblatt«-Medizin nicht genug übrig war, um auch Nattori-donos Gefolgsmann damit zu behandeln. Fra Matteo, der oft mit dem kleinen Priester am Bett des Soldaten saß und ihn über die Geschehnisse in Japan ausfragte, beruhigte indes den Verletzten. Der Kräuterschlamm, den Magister Tan mehrmals täglich auftrug, würde mit der Zeit ebenfalls seine heilende Wirkung entfalten, wenn auch nicht so schnell wie »Siebenblatt«.

Bei Norihiko bewirkte die Shichiba-Paste geradezu Wunder. Die verödeten Gefäße der Amputationswunde heilten ohne weitere Komplikationen. Zwei Tage nach Magister Tans Behandlung redete Norihiko das erste Mal in zusammenhängenden Sätzen mit Yasunari und dem kleinen Priester.

»Überanstrenge dich nicht«, bat Yasunari den Freund, als der ihnen über Shimabara berichten wollte. »Wir wissen, was dort geschehen ist. Laß uns dann eingehend darüber reden, wenn du besser bei Kräften bist.«

Ermattet schloß Norihiko das Auge. Wenig später war er eingeschlafen.

Von morgens bis spät in die Nacht betreute Yasunari den Freund, fütterte ihn und erledigte all die Handreichungen, die er seinen Pflegern abgesehen hatte. Selbst den Knieverband wußte er sachkundig zu wechseln.

Im Laufe ihrer Gespräche erfuhr Yasunari die ganze Geschichte vom Fall Shimabaras. Unzählige Male hatten die christlichen Truppen die Shôgunatsverbände niedergekämpft, hatten sogar den Teufel Tomiki getötet und ein daraufhin geschicktes weiteres großes Tokugawa-Heer besiegt. Und dann war das Verhängnis über sie gekommen. Ein Fanal in Form eines Geschwaders schwarzer Schiffe, die mit ihren weittragenden Geschützen die Festung sturmreif schossen. Gegen diese mächtige Artillerie war auch der Mut der Verzweiflung vergebens gewesen. Als Norihiko den Befehl bekommen hatte, die Kanone aus der Bucht heranzuschaffen, waren die Feinde schon im Besitz der westlichen Vorwerke. Frauen, Greise, Kinder legten Hand an, Shimabara zu verteidigen. Und niemand durfte Gnade erhoffen.

Norihiko verstummte. Yasunari blickte starr auf das Krankenlager.

Der Freund schlug die Bettdecke zurück. »Schau gut her, ich bin jetzt ein erbärmlicher Krüppel!« Er bedeckte den Kniestumpf wieder. »Weißt du, manchmal wünschte ich mir, ich wäre mit den Unseren in der Heimat gefallen.«

»Bitte, sprich nicht so. Denk an Großvater Toshiro. Er hat es auch gelernt, mit einer Hand zu leben. Und der einbeinige Offizier aus Kodaira, erinnerst du dich? Er war trotz seiner Versehrtheit ein guter Kämpfer. Bitte, verzweifle nicht!«

Trostworte, die Yasunari schon schal und hohl klangen, als er sie ausgesprochen hatte. Aber seine Anwesenheit und die häufigen Besuche des kleinen Priesters taten dem Kranken wohl. Nicht nur die Ärzte, auch Yasunari beobachtete mit Freude, daß es Norihiko von Tag zu Tag besser ging. Er aß mit gutem Appetit, und einmal verlangte er sogar nach einem Schluck Reiswein. Magister Tan hatte keine Bedenken. Norihiko wurde in einen Raum neben dem großen Krankensaal getragen, wo die Genesenden untergebracht waren.

Ein Gewittersturm zog auf. Durch strömenden Regen, der nicht enden wollte, eilte Yasunari nach Einbruch der Dunkelheit zum Kolleg. Es war das erste Mal, daß er wieder augenblicklich in Schlaf fiel. Ungestörte Nachtruhe war ihm dennoch verwehrt. Im Schutz der sintflutartigen Regenfälle schaffte es ein holländischer Schnellsegler, unbemerkt von den Posten auf Taipa und Coloane bis auf Schußweite vor die östliche Inselspitze zu gelangen. Das Grollen der Kanonen weckte Yasunari. Er rannte in den Garten und sah die Mündungsfeuer einer zweiten und dritten Salve draußen auf dem Meer. Dann herrschte wieder tiefe Dunkelheit, und das monotone Trommeln des Regens sowie das Heulen des Sturms waren die einzigen vernehmbaren Geräusche. Erst Minuten später antworteten die Dreißigpfünder der Fortaleza do Monte, obgleich sich den Kanonieren kein Ziel mehr bot. Die Nacht hatte den Feind verschluckt.

Als Yasunari am nächsten Morgen zum Hospiz aufbrach, traf er Fra José vor der Kathedrale.

»Der Angriff galt dem Küstenwall. Gelobt sei Gott, die Schäden dort sind gering. Die Rotbärte haben zu hoch gehalten.«

Yasunari nickte. Die See ging noch immer rauh. Aber das Wetter war in den frühen Morgenstunden umgeschlagen, und die Sonne brannte gnadenlos.

In der Santa Casa lag der Freund nicht mehr im Genesungszimmer. Einer der Barmherzigen Brüder gab Yasunari Auskunft: Norihiko war wieder hinter die Stellschirme des Krankensaals getragen worden. Das Fieber war überraschend mit großer Heftigkeit zurückgekehrt, und er war erneut nicht ansprechbar. Bestürzt suchte Yasunari nach Magister Tan. Er fand ihn im Gespräch mit dem Abt. Das Fieber rührte nicht vom Kniestumpf, sondern von der Augenwunde.

Norihiko, den Yasunari bereits auf dem Weg der Genesung gesehen hatte, wurde trotz aller aufopfernder Pflege schwächer und schwächer. Yasunari wich nicht von seiner Seite. Wieder sah es aus, als würde der Freund auf den Abgrund des Todes zugleiten. Fra Matteo und Magister Tan entschlossen sich zu einer Operation, die riskant war, denn sie wollten den Eiter ausschaben und das Augenlid aufschneiden, um den darunterliegenden Abszeß zu entfernen. Gelangte Eiter ins Blut, gab es keine Hilfe mehr für Norihiko.

Die klaren Worte der Ärzte wirkten auf Yasunari wie

ein Keulenschlag. Seit Tagen hatte Norihiko Gewicht zugesetzt, spärlich, aber merkbar, so daß er sogar zu längeren Gesprächen fähig gewesen war. Die keimende Hoffnung, daß der Freund seine schweren Verletzungen doch überleben würde, wich einer Beklemmung, der Yasunari kaum mehr Herr wurde. Pater Bartolomeu entging die wachsende Verzweiflung seines Zöglings nicht. Aber auch seine liebevollen Trostworte vermochten es nicht, wieder Hoffnung in Yasunari zu erwecken.

Als Pater Bartolomeu ihn vor der Operation bei der Krankenwache ablöste, hielt es Yasunari nicht mehr aus. Das Wimmern der Kranken, das Röcheln des Greises auf der Nachbarpritsche, der seit Tagen mit dem Tod rang, er ertrug es nicht mehr, floh vor den allgegenwärtigen Gespenstern des Leidens und des Elends, die ihn umgaben. Er verließ die Santa Casa da Misericordia und lief wie benommen durch die morgendliche Stadt. Er nahm die Menschen nicht wahr, die die Gassen füllten, und achtete nicht darauf, wohin er hetzte.

Die Stadt lag hinter ihm. Ein Pfad, dessen säumende Büsche gegen seine Waden schlugen, führte ihn auf eine Anhöhe. Das braune Wasser des Perlflußdeltas schob sich träge durch schlickige Sandbänke an einer Strandbefestigung vorbei, einem Erdaufwurf, mit angespitzten Palisaden versehen. Eine Menschenkette wand sich vom Fuß der Anhöhe zu dem Bollwerk. Birnenförmige Weidenkörbe, mit Sand gefüllt, gingen von Hand zu Hand.

Der Pfad senkte sich durch ein Kieferngehölz zum Meer hin und war mit Gesteinsbrocken und Mörtelschutt übersät. Frisch aufgerissene Krater legten den Blick auf den blanken Fels frei. Yasunari erinnerte sich, daß er schon einmal kurz nach der Ankunft in der Niederlassung zusammen mit Fra José diese Anhöhe bestiegen hatte. Sie waren damals an einer Marienkapelle auf einer Wiese vorbeigekommen.

Er wich einem umgeknickten Baumstamm aus. Offenbar war eine Geschützsalve der Rotbärte, die dem Küstenwall gegolten hatte, hier oben im Hang eingeschlagen. Die Trümmer ringsum mußten von der Kapelle stammen. Hinter der nächsten Pfadkrümmung sah er dann auch das zerstörte Gebäude. Zerborstene Balken, zerschlagene Ziegel und Mörtelstaub bedeckten die Wiese. Wo Sträucher oder Bäume Schatten warfen, war die Erde noch feucht von den nächtlichen Regenfällen, und in den Kratern, die die Kanonenkugeln gerissen hatten, stand lehmiges Wasser. Kein Stein war auf dem anderen geblieben.

Plötzlich hielt Yasunari inne. Zwischen den Trümmerteilen leuchteten violette Tupfer: Pater Bartolomeus geliebte Herzorchideen.

Yasunari hockte sich auf den Boden. Ein violettes Stück Heimat. Und der junge Samurai sah die Wiese auf dem Weg zum Töpferdorf, sah den Teeraum des kleinen Priesters. Seine Finger betasteten die Blüte, die, obgleich zerbrechlich und zart, der Zerstörung entgangen war.

In diesem Moment tat Yasunari ein Gelöbnis.

Wolken zogen auf, Regen fiel. Ein kurzer Sommerregenguß, aber heftig wie ein Sturzbach. Und wieder brannte die Sonne. Trotz Regen, trotz Gluthitze – nie zerriß die Kette der Schanzarbeiter auf dem Küstenwall. Korb auf Korb wanderte von Hand zu Hand, wurde auf die Wallkrone gehäuft.

Um Yasunari herum hatte sich eine Wasserlache gebildet. Er stand auf und pflückte eine Herzorchidee. Dann machte er sich auf den Rückweg in die Niederlassung.

Im Kolleg wechselte er die Kleider. Als er seine Kammer verließ, begegnete ihm der kleine Priester. Er wirkte erschöpft, aber die Anspannung der letzten Tage war von ihm gewichen.

»Unsere Gebete sind erhört worden, mein Sohn!« rief er und ergriff Yasunaris Hände. »Gottes Segen lag auf dem Tun von Fra Matteo und Magister Tan. Der Eiterherd konnte glücklich entfernt werden, und das Fieber ist gleich danach gesunken. Dein Freund wird genesen!«

»Ja, *padore*. Ich gehe sofort zu ihm.«

Etwas in Yasunaris Stimme ließ den kleinen Priester aufhorchen. Es war keine fremde Stimme, die zu ihm sprach, aber sie klang anders. Älter. Und ruhiger. Nachdenklich blickte Fra Bartolomeu seinem Schützling hinterher. Wie verwandelt wirkte er. Plötzlich stutzte der kleine Priester. Wo waren die Schwerter in Yasunaris Gürtel?

Yasunaris Gelöbnis

Als Yasunari durch die Lücke in den Stellschirmen trat, war Norihiko bereits bei Bewußtsein und sprach sogar mit Magister Tan. Seine Stimme war erstaunlich klar, die operierte Gesichtshälfte frisch verbunden.

Der Chinese fühlte dem Freund den Puls und nickte befriedigt. »Ein leichtes Fieber kann noch vier, fünf Tage anhalten, Ishii Norihiko, aber die Wunde wird schnell verheilen.«

Norihiko bemerkte den Freund und wollte den Oberkörper aufrichten.

Magister Tan hinderte ihn sanft. »Schont Euch jetzt. Alles, was Ihr nun benötigt, ist Ruhe.«

»Dank Euch und auch Fra Matteo!« Norihikos Auge

suchte Yasunari. »Stell dir vor, als ich erwachte, waren die Schmerzen fast weg!«

Der Arzt bedeutete Yasunari, auf der Bank am Kopfende Platz zu nehmen.

Yasunari besah sich das Ohr des Freundes. Drei dünne Nadeln steckten dicht an dicht in der Muschel, Magister Tans Wundernadeln.

»Ich werde Euch noch einen Heiltrank verabreichen.« Magister Tan stützte Norihikos Kopf und führte eine Wasserschale an seine Lippen. Kurz darauf vernahm man die regelmäßigen Atemzüge eines Schlafenden.

Yasunari legte die Herzorchideenblüte neben Norihikos Kopf und begleitete Magister Tan nach draußen. Vor dem Portal der Santa Casa verbeugte er sich tief vor dem Chinesen. »Ihr und Fra Matteo habt wahrhaftig ein Wunder vollbracht.«

»Mein Verdienst ist nichtig, Tadayama Yasunari. Ich versuche im Einklang mit dem *Dao* zu handeln. Es war Eurem Freund noch nicht bestimmt, zu sterben.«

»Ihr seid kein Christ?«

»Wußtet Ihr das nicht?«

»Nein. Aber ich dachte, weil Ihr und Fra Matteo ...«

Magister Tan lächelte. »Der Abt der Barmherzigen Brüder ist ein Meister der Heilkunst. Ich kann viel von ihm lernen. Er war es, der das Messer führte und die Augenhöhle vom Eiter reinigte. Meine ansonsten so verehrten Lehrer an der Sun-Deng-Akademie zum Beispiel beherrschten diese Technik des Wundschneidens nicht.«

»Aber Eure Nadeln können den Schmerz besänftigen.«

»Das ist richtig. Bald wird auch Fra Matteo sie kundig zu stechen wissen.«

Yasunari verneigte sich erneut.

»Das *Dao* verstehen zu wollen, Tadayama Yasunari, heißt unermüdlich und ernsthaft zu studieren. *Dao*, der

Weg, manifestiert sich überall. Auch in dem Wissen der Christen. – Aber nun geht beruhigt. Euer Freund wird leben.«

Magister Tans Worte erinnerten Yasunari an die von Meister Issa. Der Zen-Priester in der Festung hatte oft ähnlich gesprochen, wenn er mit Pater Bartolomeu oder dem Vater diskutiert hatte. Anders als die Prediger der Diamant-Mönche, die alles, was die heiligen Väter sagten oder taten, bespöttelten. Die Niederlassung am Perlfluß mit ihren verschiedenartigsten Bewohnern war wirklich eine eigenartige Welt.

Ein Böllerschuß, das abendliche Aufbruchssignal für die Chinesen vom Festland, ertönte von der Portas do Cerco. Magister Tan entfernte sich in Richtung A-Ma-Tempel. Yasunari reihte sich gedankenversunken in den Strom der Händler ein, die mit ihren Waren zum Grenztor im Norden der Niederlassung zogen, ließ sich mit der Menge treiben.

Auf dem Kathedralenplatz gab es einen Menschenauflauf. Ein Melonenkarren hatte den Stand eines Aalverkäufers gestreift und die bauchigen Deckelkörbe umgeworfen. Unter großem Gejohle machten alle Jagd auf das glitschige Getier.

Yasunari stieg die Kathedralentreppe hinauf. Wang, der fechtkundige Offizier der »Seeschwalbe«, hockte neben den Amtsbannern der Patres. Als er Yasunari sah, kam er ihm entgegen.

»*Wan-Fu* – Zehntausendfaches Glück!« grüßte er den Verblüfften. »Ich wußte, daß ich Euch irgendwann hier treffen würde. Ihr seid doch im Kolleg bei den weißen Vätern untergebracht, nicht wahr?«

»*Wan-Fu!*« erwiderte Yasunari. »Ja, es stimmt. Pater Bartolomeu und ich wohnen dort. Aber ich bin erstaunt. Ihr seid noch immer in Macao!«

Wangs Miene verfinsterte sich. »Nicht mehr lange. Wir brechen bald zu einer weiten Reise auf. Li, unser Feind, ist nicht mehr Stadtkommandant von Kanton.« Wang spuckte auf den Boden. »Dieser Sohn eines Wurms hat es erneut geschafft, die maßgeblichen Leute zu bestechen. Er ist jetzt Gouverneur der Provinz Si-chuan hoch oben im Nordwesten. Aber wir werden ihn töten, selbst wenn wir ihn deshalb bis in die Wolken oder bis zu den fernsten Inseln des Ostmeers verfolgen müßten.«

»Wer ist *wir*?«

»Männer, die wie ich das Unrecht nie vergessen konnten, das Li unserem Herrn angetan hat.« Wang ballte die Fäuste. »Er wird seinem Schicksal nicht entgehen, dieser Hund, das haben wir geschworen! Aber bevor wir uns aufmachen, wollte ich Euch noch fragen, ob Ihr vielleicht mit uns ziehen wollt.«

Erstaunt sah Yasunari den Chinesen an. »Wie kommt Ihr darauf?«

»Nun, zum einen schätze ich Eure Kampfkünste. Zum anderen dachte ich, daß jetzt, wo Euch die Heimreise verwehrt ist, Ihr in der Fremde besser unter Freunden aufgehoben seid. Zumal Kapitän Fujiwara sich den Überfall der Holländer und das Unwetter zunutze gemacht hat und mit der ›Seeschwalbe‹ auf und davon ist. Einschließlich des Silberschatzes, so sagt man.«

»Fujiwara ist ins sichere Verderben gesegelt, Wang. Er wird den Sperriegel der Rotbartflotte nicht durchbrechen.« Yasunari verneigte sich tief. »Euer Angebot ehrt mich. Aber Ihr könnt es noch nicht wissen: Ich habe den Weg des Kriegers verlassen.«

Lange lauschte Wang Yasunaris Bericht, hörte die Geschichte von Norihiko und die von Yasunaris Gelöbnis an der zerstörten Kapelle. Dann sagte er: »Ich bedauere Eure Entscheidung zutiefst, aber ich achte sie.

Und vielleicht kreuzen sich unsere Wege auch irgendwann wieder.«

Yasunari schüttelte traurig den Kopf, wandte sich von Wang ab und streckte den Arm aus. »Seht Ihr das Meer? Eines Tages werde ich versuchen, in die Heimat zurückzukehren. Ich fürchte, ein Wiedersehen wird uns nicht vergönnt sein. Lebt wohl!«

»Lebt wohl, Tadayama Yasunari!« Wenig später war Wang in der Menschenmenge verschwunden.

Yasunari ging in die Kathedrale und sprach ein stilles Gebet vor dem Altar der Heiligen Jungfrau, dann machte er sich auf die Suche nach dem kleinen Priester.

Auch im Garten des Kollegs bereitete man sich auf den Angriff der Holländer vor. Novizen der Societas Jesu mauerten eine Geschützrampe. Ein Priester inspizierte mit einem Adjutanten des Gouverneurs die Mauern und Tore. Soldaten zogen eine bronzene Feldschlange, ein leichtes dreipfündiges Geschütz, aus einem Gebäude hinter der Kapelle. Befehligt wurden sie von einem Weißen in der Amtsrobe eines Militärmandarins.

Pater Luis war in die Niederlassung zurückgekehrt.

»*Padore?*«

»Komm herein!« Pater Bartolomeu hockte mit untergeschlagenen Beinen auf der Pritsche und las in einem Buch. Ein halbes Jahrhundert in Nippon hatten bewirkt, daß er diese Sitzhaltung – trotz steifer Glieder – weitaus angenehmer empfand, als einen Schemel oder Stuhl zu benutzen. Der kleine Priester rückte zur Seite, und Yasunari kniete sich zu ihm auf das dünne Mattenlager, das hart wie eine Tatami war. Pater Bartolomeu legte das Buch aus der Hand.

»Ich wollte mit Euch reden, *padore*.«

Der kleine Priester nickte. »Ich habe dich erwartet,

mein Sohn. Doch bevor wir über dein Anliegen sprechen – sag, wie geht es Norihiko?«

»Ich habe Magister Tan im Hospiz getroffen. Er sieht
keine Gefahr mehr für ihn. Er wird genesen.«

»Gelobt sei Gott! Das war auch, was mir Fra Matteo
berichtete. Doch nun zu dir. Du hast etwas auf dem Herzen. Ich habe es dir vorhin schon angesehen.« Der kleine
Priester schaute Yasunari fest in die Augen. »In dir hat
eine große Veränderung stattgefunden, mein Sohn. Oder
sollte ich mich derart täuschen?«

»Nein, *padore*. Ihr habt richtig beobachtet.«

»Also, was ist geschehen?«

Yasunari sagte mit ruhiger und klarer Stimme: »Als
mein Freund dem Tode nahe war, habe ich ein Gelöbnis
getan. Ich werde dem weltlichen Leben entsagen. Ich
habe vor, in den Orden der Barmherzigen Brüder einzutreten.«

»Das verwundert mich wenig. Ich kenne dich schließlich von Kindesbeinen auf.«

»Tadayama Yasunari, den Samurai, gibt es nicht mehr,
padore.«

Fra Bartolomeu nickte. »Ich habe es geahnt, als ich
dich ohne deine Schwerter davoneilen sah. Und wenn du
möchtest, werde ich auch nicht weiter in dich dringen.
Ich achte deinen Entschluß vollauf. Aber falls du von einem alten Mann einen Rat hören möchtest, dann würde
ich dich bitten, außer mit mir auch noch mit Fra Matteo
zu sprechen.«

»Mein Entschluß ist unumstößlich, Vater!«

Der kleine Priester forschte lange in Yasunaris Augen,
bevor er wieder das Wort ergriff. »Ich bezweifele deine
Festigkeit nicht, mein Sohn. Und ich will an deiner Entscheidung auch nicht rütteln. Aber glaube mir, du hast
einen Vorsatz gefaßt, der vermutlich dein ganzes Leben

bestimmen wird. Es ist wahrhaftig nicht von Schaden, mit jemandem außer mir zu reden, der diesen Weg bereits seit geraumer Zeit beschritten hat. Außerdem ist es Usus bei den Barmherzigen Brüdern, wie bei allen anderen Kongregationen und Orden auch, daß der Abt und die Älteren dich eingehend prüfen.«

»Gut! Dann bitte ich Euch, daß dieses Gespräch möglichst bald stattfindet.«

»Ich rede noch nach dem Komplet mit Fra Matteo, mein Sohn. Das verspreche ich dir.«

»Danke, *padore*.«

Die Dunkelheit war schnell über die Halbinsel gekommen. Yasunari hatte Magister Tan zugesagt, die Nacht über an Norihikos Bett zu wachen. Er ging zu einer Garküche im Viertel unterhalb der Kathedrale. Der Koch verstand Yasunaris Essenswunsch nicht. Erst als der mehrmals mit dem Zeigefinger den Namen der gewünschten Speise in die Luft geschrieben hatte, glitt über das Gesicht des Mannes ein Lächeln des Verstehens, und er brachte einen der Töpfe, die über einer offenen Feuerstelle hingen.

»*Mie-wän?*« fragte er.

»Ja«, sagte Yasunari und wiederholte das Wort für Nudelsuppe.

»*Wo shi Si-chuan ren!*« sagte der Koch.

Das immerhin begriff Yasunari. Der Mann kam also aus Si-chuan, der Provinz, in die Wang reisen würde, um seinen Herrn zu rächen.

Er bat den Mann um eine zusätzliche Schale Reis, aber der zuckte nur mit den Schultern und sagte fortwährend: »*Wo shi …*« Wieder schrieb Yasunari in die Luft.

Plötzlich verbeugte sich der Koch bis zur Hüfte. »*Wan-Fu!*« flüsterte er ehrerbietig.

Der Gruß galt nicht Yasunari, sondern Pater Luis, der sich lächelnd unter das Binsendach der Garküche stellte.

»Eure Sprachkenntnisse machen Fortschritte, Tadayama Yasunari, aber den Si-chuan-Dialekt habt Ihr offenbar noch nicht gemeistert. Tröstet Euch. Ich beherrsche ihn auch nur mäßig, und ich lebe schon lange im Reich der Mitte.« Er sagte zu dem Koch etwas, von dem Yasunari kein einziges Wort verstand.

Der Mann erwachte aus seiner ehrerbietigen Starre und zauberte in Windeseile eine Schüssel mit gebratenem Gemüse vor Pater Luis, und Yasunari bekam auch seinen Reis. Der Priester und Yasunari zogen Eßstäbchen aus den Ärmeltaschen. Die des Paters waren aus Elfenbein.

»Ich bin verwundert, Euch schon wieder in der Niederlassung anzutreffen«, sagte Yasunari.

»Ich kann es nicht verhehlen, ich ebenfalls. In Kanton wurde unsere Flottille bereits von einem Mitbruder aus Peking in Begleitung eines kaiserlichen Hofrats erwartet. Ich erhielt Order, umgehend nach Macao zurückzukehren.«

Yasunari beließ es bei der Antwort.

Pater Luis verzehrte hungrig sein Essen. Auch Yasunari aß hastig. Es war seit der Morgendämmerung die erste Mahlzeit.

Als der Koch ihnen Tee brachte, gebrüht aus nadelförmigen schwarzen Blättern, die nach Rauch schmeckten, sagte der Priester unvermittelt: »Es steht nicht gut um das Reich des derzeitigen Himmelssohns.«

»Ihr spracht vor Eurer Abreise darüber mit mir.«

»Ich erinnere mich sehr gut daran. Nur haben sich unterdessen die Zustände verschlechtert. Die Barbaren im Norden haben schon weite Landesteile in ihren Besitz gebracht.«

»Wer sind diese Angreifer?«

»Reitervölker aus der Steppe. Ihr König heißt Abahai. Sie haben bereits mehrere Grenzprovinzen überrannt. Deshalb soll ich weitere Geschütze für den Himmelssohn hier gießen lassen und sie in den Nordwesten des Reichs bringen. Auch in Si-chuan rechnet man mit einem Angriff der Barbaren.«

»Aber die Niederlassung ist doch selbst aufs äußerste durch die Rotbärte bedroht!«

»Ja, die Lage ist ernst. Die Garnison kann eigentlich auch jedwede Verstärkung an Feuerkraft gut gebrauchen. Aber einem Befehl des Kaisers widerspricht man nicht ungestraft. Ihr habt keine Ahnung, wie mächtig der Himmelssohn trotz seiner Feinde im Norden noch ist. Falls wir seinen Zorn erregen, würde er die Niederlassung zermalmen, so wie Ihr eine lästige Fliege zerquetschen mögt.«

»Ich habe von der unermeßlichen Macht des Kaisers gehört.«

»Man hat Euch nicht belogen. Allein die Größe des Reichs übersteigt jegliche Vorstellungskraft. Ihr könnt monatelang in alle Richtungen reisen und werdet dennoch nicht an seine Grenzen stoßen.«

Yasunari nickte stumm. Ein Trupp Musketiere marschierte an der Garküche vorbei. Die Männer sahen erschöpft aus. Ein Soldat ließ die Schwertspitze achtlos auf dem Boden schleifen.

Pater Luis kräuselte mißbilligend die Stirn. »Macaos Seeverbindungen sind im Moment zwar blockiert, aber die Befestigungen direkt anzugreifen wagen die Holländer nicht. Der Versuch gestern nacht war nur wegen des Wetters möglich. Nein, sie werden außerhalb der Reichweite unserer Dreißigpfünder bleiben. Aber was gedenkt Ihr jetzt zu tun, Tadayama Yasunari? Solange keine Verstärkung aus Goa eintrifft, werden unsere Schiffe nicht gegen die holländische Flotte auslaufen, und damit ist auch Euch der Weg in die Heimat vorerst versperrt.«

»Ich beabsichtige nicht, sofort nach Japan zurückzukehren, *padore*.«

Yasunari erzählte dem Priester von seinem Entschluß, ein Ordensleben zu beginnen.

Pater Luis musterte seinen Gesprächspartner eingehend und sagte: »Es steht mir nicht zu, Eure Entscheidung zu kommentieren oder gar zu kritisieren. Ihr müßt das tun, wozu Euch Euer Gewissen rät.«

»In Euren Worten klingen dennoch leise Zweifel mit, *padore*. Sprecht ruhig offen aus, was Ihr denkt.«

»Bitte, versteht mich nicht falsch! Ich mißbillige keineswegs, daß Ihr Zuflucht in einer Bruderschaft begehrt. Nein, das Gegenteil trifft zu. Aber so wenig ich Euch auch kenne, so glaube ich doch, daß Ihr erst noch einmal eingehend prüfen solltet, für welchen Orden Ihr Euch entscheidet.«

»Darf ich Eure Äußerung so verstehen, daß Ihr mir davon abratet, zu den Barmherzigen Brüdern zu gehen?«

»Abermals: Nein! Aber mit den Orden ist es wie mit den Teilen einer Armee. Es gibt die Reiterei und die Fußsoldaten, die Kanoniere und die Feldschere. Ein schlechter Kavallerist kann durchaus ein guter Artillerist sein und umgekehrt. Wichtig ist nur, daß er seinen Fähigkeiten entsprechend richtig eingesetzt wird.«

»Soeben sprach der Militärmandarin aus Euch?«

»Nein, Tadayama Yasunari. Der Priester und der Mandarin sprechen nicht mit zwei Stimmen. Was für das richtige Führen einer Armee gilt, gilt auch für das Leiten einer Ordensgemeinschaft. Schließlich war der Gründer der Societas Jesu in seinem weltlichen Leben Offizier. Ich möchte nur, daß Ihr eines beherzigt: Wer dem Herrn dienen will, sollte lange in sich hineinhorchen, denn jeden von uns hat der Schöpfer mit ganz persönlichen Eigenschaften ausgestattet. Wir haben die Verpflichtung, diese Gottesgaben zu SEINEM Ruhm zu benutzen und zu fördern, ja, nach allen Kräften zu mehren. Ein kleiner Acker in der Ebene ernährt mehr Menschen als ein großes Feld hoch oben im Gebirge. Ihr mögt ein guter Pfleger der Kranken werden, aber vielleicht werdet Ihr ein besserer Streiter für den Glauben als Missionar.«

»Ihr legt mir nahe, in die Societas Jesu einzutreten?«

»Ja, mein Sohn.« Pater Luis reichte dem Koch eine Münze.

Auch Yasunari bezahlte. »Ich werde Euren Rat bedenken, *padore*.«

Der Priester schlug das Zeichen des Kreuzes und ging. Yasunari machte sich auf den Weg zur Santa Casa. Der Freund schlief ruhig. Yasunari hockte sich im Fersensitz auf die Bank am Kopfende. Die Pritsche neben Norihiko war leer. Der alte Mann war gestorben.

Fra Matteo und Magister Tan machten einen letzten Rundgang durch die Krankensäle.

»Laßt uns morgen nach der Frühmesse über Euer Anliegen sprechen«, sagte der Abt der Barmherzigen Brüder. »Pater Bartolomeu und sein Ordensprovinzial werden dann auch zugegen sein.«

Magister Tan fühlte Norihikos Puls. »Seinetwegen müßt Ihr die Nacht nicht im Hospiz verbringen. Das Mittel, das ich ihm gab, wird ihn bis zum Morgengrauen durchschlafen lassen. Legt Euch zur Ruhe.«

Yasunari schüttelte den Kopf. »Ich bleibe hier. Es gibt vieles, das ich überdenken muß. Ich könnte ohnehin kein Auge schließen.«

Der Novize

Am ersten Septembersonntag im Jahr des Shimabara-Gemetzels begann Yasunari sein Noviziat im Kolleg der Societas Jesu von Macao. An der feierlichen Zeremonie in der Kathedrale im Anschluß an die Frühmesse nahm auch Norihiko teil. Die Wunden waren gut verheilt, auch an das Gehen mit Krücken hatte er sich gewöhnt.

»Gib mir noch ein paar Wochen Zeit, dann sitze ich im Sattel!«

Wenn Yasunari den Freund beobachtete, wie er den schwachen Körper mit äußerster Willenskraft wieder kräftigte, glaubte er ihm. Einmal sah er ihn mit einem Adjutanten des Gouverneurs auf dem Exerzierplatz der Fortaleza fechten. Norihiko hatte eine Krücke fest an die Hüfte gebunden. Er und der Adjutant benutzten Übungsschwerter ohne scharfe Schneiden. Der Portugiese hatte wenig Mühe, Treffer zu erzielen, aber Norihiko ließ sich nicht entmutigen.

»Es ist weniger das fehlende Bein, das mich behindert, als das Auge. Ich muß neu sehen lernen.«

Als Yasunari nach einer Woche erneut Zeuge eines Übungskampfs wurde, machte der Freund schon eine bessere Figur. Anstelle der festgeschnallten Krücke bewegte er sich mit einem Holzbein. Fra Matteo hatte es konstruiert. Der Oberschenkel steckte in einem gepolsterten, eng verschnürten Lederfutteral, das fest mit einem Eichenstab verbunden war. Die Spitze des hölzernen Beinglieds war mit Eisen beschlagen.

»Mein Auge kann wieder eine Bewegung einigermaßen einschätzen, aber richtig zufrieden bin ich noch lange nicht mit mir.« Norihiko setzte den Helm ab und trocknete sich die Stirn.

Der Adjutant trat zu Yasunari. Auch er wischte sich den Schweiß aus dem Gesicht. »Euer verehrter Freund kämpft geschickter mit seinem Holzbein als einige von unseren Soldaten mit zwei gesunden Füßen, Tadayama Yasunari!«

Der Mann schmeichelte nicht, und Yasunari freute sich über die sichtbaren Fortschritte, die Norihiko machte.

Nach der Entlassung aus der Santa Casa da Misericordia war er bei den Eltern von Fra José untergekommen. Die alten Leute waren glücklich, jemanden aus der Heimat zu verwöhnen, quasi als Sohnesersatz, denn Fra José würde Pater Luis bald nach Peking begleiten.

Yasunari hatte eine Kammer im Novizentrakt des Kollegs bezogen und vertiefte sich in die diversen Studien, die den Neulingen des Ordens auferlegt wurden. Er stand in der Früh um fünf Uhr auf und ging fünfundzwanzig Minuten später zum Allerheiligsten in die Kapelle. Darauf folgte eine einstündige Meditation mit den anderen Novizen im Gemeinschaftszimmer. Um sechs Uhr dreißig war heilige Messe. Frühstück gab es kurz nach sieben. Ab neun Uhr erteilte der Novizenmeister Unterricht über die Ordensregeln. Yasunaris gesamter Tagesablauf war bis zum Schlafengehen auf die Minute geregelt. Die spärlichen freien Stunden verbrachte er bei seinem Freund oder mit Pater Bartolomeu und Pater Luis.

Der kleine Priester blieb sein persönlicher Mentor und Beichtvater. Als er einmal hörte, wie Yasunari seinem Freund während eines Übungskampfs energisch Ratschläge zurief, fragte er ihn: »Vermißt du das Waffenhandwerk nicht?«

Yasunari schaute Pater Bartolomeu nur an.

Der kleine Priester sollte ihm diese Frage nie wieder stellen.

Die Niederlassung wurde noch immer von der holländischen Flotte belagert. Mehrere Versuche, ein Schiff nach Goa zu schicken, schlugen fehl. Mitte September lief die »Santa Barbara« zu einer nächtlichen Erkundungsfahrt aus. Ein entferntes Geschützgrollen auf dem Meer vor der Insel Coloane verhieß nichts Gutes. In den nächsten Tagen wurden Wrackteile gegen die Küste gespült. Der *Leal Senado* sandte daraufhin einen Küstensegler in Richtung Westen, Richtung Modaomen-Bucht los. Er sollte versuchen, sich so dicht wie nur möglich an Land zu halten, wo die tiefgehenden Kriegsschiffe der Feinde nicht manövrieren konnten. Der Segler lief direkt in eine Falle der Holländer. Sie hatten zwei Frachtdschunken gekapert und mit starken Geschützen bewaffnet.

Pater Luis' strategische Einschätzung, daß die Holländer es nicht wagen würden, Macao wegen seiner starken Artillerie zu beschießen, stimmte bloß eingeschränkt. In mondlosen Nächten wagten die Feinde sich durchaus in die Gewässer vor der Niederlassung. Der Schaden, den der Feuerwechsel anrichtete, hielt sich auf beiden Seiten in Grenzen, begann aber die Verteidiger mit der Zeit zu demoralisieren. Nach dem Verlust der »Santa Barbara« verfügte man nur noch über das Schwesternschiff »Santa Helena«. Es den Holländern entgegenzuschicken wagte man nicht. Die »Santa Helena« wurde benötigt, die Geschützbatterien an der Hafeneinfahrt vom Porto Interior zu unterstützen. Aus Coloane und Taipa ließ der Gouverneur die Truppen zurückziehen. Es blieben nur ein paar Aussichtsposten an den Nachrichtenspiegeln besetzt.

Ende September waren die Feldschlangen für den Kaiser von China fertiggestellt. Sie wurden zum Nordtor gebracht. Man erwartete eine Herde Zugochsen aus der Provinzstadt Sanxiang. Der Seeweg verbot sich für den

Transport, weil die holländischen Schiffe im gesamten Perlflußdelta bis hoch nach Kanton patrouillierten.

Gouverneur Francisco Mascarenhas berief eine Krisensitzung des *Leal Senado* ein, bei der alle Ordensoberen zugegen waren. Spione hatten in Erfahrung gebracht, daß die feindliche Flotte weitere Verstärkung erwartete und die Holländer wahrscheinlich planten, Macao auch landseitig einzuschließen. Ein Reiterkontingent der Rotbärte war bereits in der Modaomen-Bucht gesehen worden.

Nach eingehendem Abwägen kam man überein, Boten über Land nach Indien zu entsenden. Seit Pater Bartolomeu auf diesem Weg von Goa nach Macao gekommen war, hatte niemand mehr diese gefährliche Reise unternommen. Die Boten würden mit Pater Luis bis Si-chuan reisen und dort Führer dingen, die sie nach Westen durch die Gebirge leiteten.

Pater Bartolomeu, der der Ratsversammlung bislang schweigend zugehört hatte, bat um das Wort.

Feldschlangen für die Nordgrenze

Geduldig wiederholten Yasunari und die anderen Novizen die Anfangsstrophe eines Gedichtes von Li Tai-Bo, das ihnen der Lehrer vorsprach:

>*Die Räuber kamen auf Herbstes Rücken geritten*
Das Himmelsheer verließ sein Heimatland
Der General teilt aus die Tigerzeichen
Die Krieger ruhn im kalten Drachensand.«

Der Lehrer korrigierte mit sanfter Stimme.

Plötzlich betrat Pater Luis den Raum und bat Yasunari, mit ihm zu kommen. »Der Gouverneur schickt mich, Euch zu ihm zu bitten, Tadayama Yasunari. Er will mit Euch reden.«

Weshalb, darüber mochte der Priester nicht vor den anderen Novizen sprechen. »Bitte, geduldet Euch. Es hat seine Gründe.« Er brachte Yasunari in die Fortaleza und zu dessen Erstaunen in die privaten Gemächer des Gouverneurs.

Als Yasunari eintrat, standen Seine Exzellenz Francisco Mascarenhas, der Ordensprovinzial der Societas Jesu, Pater Bartolomeu und Fra Matteo über Landkarten gebeugt um einen großen Tisch. Yasunari verneigte sich zum Gruß.

Der Gouverneur bat Yasunari an den Kartentisch. »Tadayama Yasunari, es ist ein ungewöhnlicher Anlaß, der uns zwingt, Euch aus den Studien zu reißen. Aber Zeiten wie diese erfordern rasches Handeln. Unser verehrter Pater Bartolomeu wird gleich für uns alle reden.«

Yasunari murmelte eine höfliche Erwiderung. Er schaute die Männer an. Der Ordensprovinzial hielt die Arme über der Brust verschränkt. Die Stirn war in Falten gelegt. Fra Matteo befingerte mit zusammengekniffenen Lippen seinen Siegelring. Pater Luis stellte sich neben den Gouverneur und griff energisch nach einer Landkarte.

Nur der kleine Priester lächelte. »Mein Sohn. Es war mein Vorschlag, dich zu diesem Treffen hinzuzuziehen.«

»Was verschafft mir die Ehre, *padore?*«

»Der *Leal Senado* hat gestern beschlossen, Boten auf dem See- und Landweg nach Goa zu schicken. Ich habe mich dafür stark gemacht, daß du einer von ihnen sein wirst.«

Yasunaris Blick wanderte erneut über die Gesichter der Männer. Hatte er richtig verstanden? Er sollte nach Goa, nach Indien?

Pater Bartolomeu las in Yasunaris fragenden Augen wie in einem Buch. »Ja, mein Sohn, die Societas Jesu hat Fra José und dich auserkoren zu reisen – vorausgesetzt natürlich, daß du dazu willens bist. Anders als Fra José kann der Orden dir noch nicht befehlen, sondern dich nur bitten, denn kein Gehorsamsgelübde bindet dich während des Noviziats. Wie du weißt, sind alle Anstrengungen, durch den Sperrgürtel der Holländer zu schlüpfen, bislang gescheitert. Und nun droht große Gefahr, daß der Feind die Niederlassung auch landseitig abschnürt. Niemand kennt den Zeitpunkt, wann genau das eintreten wird, deshalb wollen wir rechtzeitig und vielfältig Vorsorge treffen. Die Societas Jesu würde dich und Fra José entsenden. Der Orden der Barmherzigen Brüder schickt einen weiteren Boten auf einer anderen, küstennahen Route nach Westen, und zwei Offiziere der ›Santa Helena‹ werden versuchen, ob sie mit einem Fischerboot doch bei Nacht unbemerkt an den Blockadeschiffen vorbeikommen können.«

»Ich beginne zu verstehen, *padore*.« Yasunari atmete tief durch. »Aber gibt es denn keinen Befähigteren als mich? Jemanden, der diese Reise schon einmal nach Euch unternommen hat?«

»Nein, mein Sohn. Niemanden. Ich war der letzte, der sie wagte.«

Yasunari fielen die langen Gespräche mit dem *padore* auf der »Seeschwalbe« ein. Hatte der kleine Priester nicht auch einmal davon gesprochen, wie lange er damals unterwegs war? Aber waren es Wochen oder Monate gewesen?

Pater Luis reichte dem kleinen Priester die Landkarte.

Zu Yasunari sagte er: »Das hier ist das Werk unseres Mitbruders Pater Schall. Er ist ein großer Gelehrter am Kaiserhof von Peking. Die Karte zeigt das ganze Reich der Mitte und auch die umliegenden Länder.«

Der kleine Priester senkte den Blick auf die Karte. »Als ich mit meinem Begleiter Pater Paulo de Andrade von Goa aufbrach, war ich ein junger, gesunder Mann. Dennoch habe ich wegen der Strapazen unterwegs oft zwischen Leben und Tod geschwebt. Besonders in den Eisgebirgen, von denen aus man auf die Wolken hinunterschauen konnte, bin ich fast vor Erschöpfung gestorben. Die Berge waren so hoch, daß man das Gefühl hatte, es gäbe dort oben keine Luft zum Atmen mehr. Die sturmumtobten Gebirgsketten schienen unendlich zu sein. Hinter jeder, die ich überwand, tauchte eine weitere auf. Und das über Wochen. In den Eisbergen kam auch mein Mitbruder Pater Paulo und einer unserer einheimischen Führer ums Leben. Eine Schneelawine riß sie in einen Abgrund. Wir haben lange nach ihnen gesucht. Es war vergeblich. Die Eisberge wurden ihr Grab. Friede ihrer Seele!«

Pater Bartolomeu legte die Karte vor Yasunari. »Hierauf kann man die Bergwelt im Norden von Indien und im Westen Chinas nicht in ihren gigantischen Ausdehnungen erkennen – wohl weil Pater Schall nie diese Gegend selbst bereist hat. Die Karte wird dir in der Wildnis also wenig von Nutzen sein, mein Sohn. Aber bevor ich weiterspreche: Sag mir, bist du überhaupt bereit, diese gefahrvolle Reise zu wagen?«

»Ja, *padore*. Wenn ich damit dem Orden dienen kann, will ich es ohne zu zögern tun.«

»Ich habe deine Zustimmung erwartet, mein Sohn, Gott segne dich! Ich kenne deine Ausdauer und Kraft, aber auch deine Besonnenheit und Umsicht. Deshalb habe ich dich gestern in der Versammlung als Begleiter von Fra José vorgeschlagen.«

»Eure Zustimmung freut mich, Tadayama Yasunari«, sagte der Gouverneur. »Ihr reist bis Si-chuan im Troß von Pater Luis. Er wird Euch dort behilflich sein, geeignete Führer für den Weg nach Westen über die Gebirge zu finden.«

»Ja, Eure Exzellenz.«

Der Ordensprovinzial räusperte sich. »Auch ich bin froh über deine Zustimmung, mein Sohn. Wenn du mit Gottes Hilfe in Goa angelangt bist, setzt du deine Studien im dortigen Kolleg fort, bis wieder Schiffe ungehindert nach Macao segeln können.«

»Möge es der Herr im Himmel geben, daß es schnell geschieht«, murmelte Fra Matteo. »Aber auch ich danke dir für dein ›Ja‹, mein Sohn!«

Die Augen des kleinen Priesters leuchteten vor Freude und wohl auch ein wenig vor Stolz. »Ich erwarte dich nachher«, sagte er. »Norihiko wird auch da sein.«

»Gerne, *padore*. Ist denn bereits entschieden worden, wann wir aufbrechen werden?«

»Sobald die Zugochsen für die Feldschlangen eingetroffen sind«, sagte Pater Luis. »Wir rechnen täglich mit ihrer Ankunft.«

»Bitte, findet Euch morgen in der Früh in meiner Kanzlei ein, Tadayama Yasunari.«

»Ja, Eure Exzellenz.«

»Ich habe die entsprechenden Dokumente für Goa schon vorbereiten lassen. Sie müssen nur noch eingenäht werden.«

»Eingenäht?«

»Ja, in Leder. Ihr und Fra José werdet identische Schriftstücke erhalten. Man kann nie wissen, was Euch unterwegs widerfährt.«

Sie saßen im Schatten der Bäume des Kolleggartens, hatten eine Strohmatte ausgebreitet. Erneut hieß es Abschied nehmen.

Norihiko lehnte mit dem Rücken gegen den Stamm einer Magnolie. Er trug jetzt eine seidene Augenklappe. Das Holzbein hatte er abgeschnallt. Die Gehhilfe war noch immer verbesserungsbedürftig. Er hatte wieder mit dem Adjutanten geübt, und die Haut des Beinstumpfes war stark gerötet. Norihiko rieb sie mit einem wohlriechenden Heilöl ein und umwand den Stumpf mit einem weichen Baumwolltuch.

Yasunari und der kleine Priester bereiteten Tee vor – Abschiedstee. Die Zugochsen waren eingetroffen, kurz nachdem Yasunari das Gemach des Gouverneurs in der Fortaleza verlassen hatte.

Als Yasunari gerade Wasser aus dem Brunnen neben der Kapelle schöpfte, überbrachte ein Bote des Gouverneurs den Lederriemen mit den eingenähten Dokumenten. Der Kürschner, der ihn gefertigt hatte, war umsichtig gewesen. Der Riemen sah alt und speckig aus. Kein Räuber würde diesen abgewetzten Leibgurt auch nur eines Blickes würdigen.

»Ich soll Euch vom Provinzial bestellen, daß ebenfalls ein Schreiben für den Ordensoberen von Goa im Riemen steckt«, sagte der Bote. »Der Brief bestätigt Euren Eintritt in das hiesige Kolleg und ist gleichzeitig Eure *Instructio*, Euer Geleitbrief von der Societas Jesu.«

»Danke!« Yasunari warf Norihiko den Riemen zu. »Eine gute Arbeit! Oder siehst du die Naht? – Ich jedenfalls nicht.«

Norihiko befühlte das Leder und schüttelte den Kopf.

Ein tragbares Feuerbecken, einen Kessel und die anderen Gerätschaften, die man für eine Zeremonie im Freien benötigte, hatten sie sich von Fra Josés Eltern ausgeborgt.

Die Teeschale war ein dunkelgrünes Gefäß koreanischer Herkunft, dünnwandig wie die chinesischen, aber bauchiger. Pulver, um wie in der Heimat *Matcha*, geschlagenen Tee, zu machen, gab es in der Niederlassung nicht. Yasunari röstete lange pelzige Oolong-Blätter und zerstieß sie in einem Mörser.

»Dir gebührt heute der erste Schluck, mein Sohn!« Pater Bartolomeu setzte die Schale vor Yasunari nieder. »Gottes Segen und alle unsere guten Wünsche mögen dich und Fra José geleiten!«

»Danke, *padore*.« Yasunari trank und reichte die Schale an den kleinen Priester zurück. Der stellte sie vor Norihiko. »Du bist der nächste!«

Norihiko protestierte.

Pater Bartolomeu sagte energisch: »Doch, mein Sohn. Du trägst dein Schicksal mit großer Ergebenheit. Ich habe in meinem Leben schon unzählige Leute gekannt, die mit sich wegen viel geringerer Widernisse haderten.«

›Ja‹, dachte Yasunari. ›Es stimmt, was er sagt. Seit Norihiko die Santa Casa verlassen hat, habe ich ihn nie wieder klagen hören.‹ Liebevoll betrachtete er den Freund. Er hatte hart an sich gearbeitet. Die ausgezehrte, fiebergeschüttelte Gestalt im Hospiz und der einbeinige, einäugige Samurai im Garten des Kollegs hatten nicht mehr vieles gemeinsam. Stark war der Körper des Freundes wieder geworden. Immer häufiger verlor auch der Adjutant die Scheinduelle. Der Freund war natürlich noch lange nicht mit sich zufrieden.

»Manchmal wünschte ich mir, ich könnte dich begleiten.« Norihiko gab die Schale an Pater Bartolomeu weiter. »Aber für Kletterpartien im Gebirge wird mein neues Bein wohl nie geeignet sein. Du hättest dich für den Seeweg melden sollen. Schwimmen kann ich noch wie früher.«

Der kleine Priester leerte die Teeschale und lachte. »Wie er schon wieder redet!«

Yasunari schmunzelte. »Wenn ich aus Indien zurückkomme, darfst du es mir gerne beweisen, mein Lieber.«

Der Pater reinigte die Teeschale. ›Es ist gut, sie so unbeschwert zu sehen. Aber, Herr im Himmel, Yasunari ahnt nicht wirklich, was auf ihn zukommt, dort oben in den Gebirgswüsten, besonders im Winter, wenn die Schneestürme ohne Pause toben und selbst die robusten Grunzochsen der Einheimischen Mühe haben, die vereisten Pässe zu erklimmen.‹ Der kleine Priester trocknete die Teeschale und wickelte sie in ein Tuch. ›Aber wie soll ich ihm auch diese fremde Welt begreiflich machen? Selbst im Sommer bleiben die Berge dort von ewigem Eis bedeckt. Worte versagen, den Nachthimmel zu schildern, jemandem, der nicht selbst diese Sterne gesehen hat, die so groß und nah sind, daß man sie greifbar über sich wähnt.‹ Pater Bartolomeu seufzte. ›Winzige Feuerstellen, gespeist vom getrockneten Dung der zotteligen Tragtiere, und Wasser, das im Topf zwar sprudelnd kocht, aber die Speisen nicht gart! So hatten es mir Reisende, die aus den Gebirgen herabgestiegen waren, erzählt, damals, als Goa lange schon hinter mir lag. Hatte ich ihren seltsam anmutenden Berichten etwa Glauben geschenkt?‹

Pater Bartolomeu verstaute die Teegeräte in einem Bastkorb und setzte sich neben Norihiko. Bienen summten in den Blüten der Magnolie. Niemand sprach.

›Es ist heiß und stickig, obwohl wir auf den zehnten Monat zugehen‹, dachte der kleine Priester. ›Aber in Si-chuan beginnt jetzt bereits der Herbst, und auf den Hochebenen der Eisgebirge wüten schon lange die Schneestürme.‹ Er faltete die Hände zum Gebet.

›Abschied‹, dachte Yasunari und starrte in die Baumkrone. ›Für wie lange wohl?‹

Norihiko wandte das Gesicht ab, damit der Freund nur noch die Augenklappe sah.

»Mein Sohn?«

»Ja, *padore?*«

»Etwas möchte ich dir noch auf den Weg geben, das du stets beherzigen solltest.«

»Ja, *padore?*«

»Du wirst auf Menschen jeglicher Hautfarbe treffen, auf Arme, auf Reiche. Beurteile sie nie nach ihrer Erscheinung – schau in ihr Herz. Ein zerlumpter Bettler mag ein vertrauenswürdigerer Mensch sein als ein in Seide gekleideter Edelmann – und umgekehrt!«

»Ich verspreche es Euch, mein Vater.«

Beim ersten Morgenlicht gab Pater Luis das Zeichen zum Aufbruch.

Die Wachsoldaten am Nordtor hoben die schweren Riegel aus den Halterungen und öffneten die Portas do Cerco. »Macht Platz für den kaiserlichen Transport!«

Die Händler, die vor der Stadtmauer warteten und mit ihren Waren den Markt beliefern wollten, machten eilig den Weg frei. Die Säumigen trafen die Peitschen der Torwache.

Knarrend setzten sich die hochrädrigen Ochsenkarren in Bewegung. Wieder stellten schwerbewaffnete Leibgardisten des Kaisers das Gros der Bedeckung. Alle hielten quer vor sich auf dem Sattel lange, eisenverstärkte Kriegsbögen mit eingelegtem Pfeil. Sie bildeten die Spitze des Zuges. Dann kamen zwei Reiter mit den Amtsbannern, ihnen folgten der Pater auf einem Schimmel und der Hauptmann der kaiserlichen Soldaten. Yasunari und Fra José ritten auf wohlgenährten Maultieren hinter ihm. Neben jedem Ochsenkarren liefen zwei Lanzenträger, die der Stadtkommandant von Kanton abgestellt hatte.

Auch die Knechte, die die Wagen lenkten, trugen Waffen, zumeist Äxte. Nur einige Offiziere der Leibgardisten waren mit Feuerwaffen ausgerüstet, kurzläufige Musketen, die man vom Pferderücken aus abfeuern konnte.

Es war das erste Mal, daß Yasunari Pater Luis mit einem Schwert im Gürtel sah. Die Scheide schmückte ein Drachenmotiv. Zur Spitze hin verbreiterte sich die Klinge. Wang hatte auf der »Seeschwalbe« ein ähnliches Schwert besessen. Fra José war unbewaffnet. Yasunari hatte Norihiko seine Schwerter geschenkt. In einem Futteral am Sattel hingen zwei Kampfstöcke. Im Ledergurt mit den verborgenen Dokumenten steckte der Dolch, den Meister Ueno für Norihiko geschmiedet hatte. Der Freund hatte ihn Yasunari zum Abschied aufgedrängt.

»Nimm ihn bitte an! Ich weiß, du hast gelobt, auch in größter Not nie wieder ein Schwert zu führen, und ich will daran nicht zweifeln. Aber was wirst du tun, wenn dich ein tollwütiger Hund anfällt? Bitte, nimm wenigstens das Messer!«

Yasunari hatte schließlich eingewilligt.

Pater Luis trug über der Amtsrobe einen Brustharnisch mit den Abzeichen seiner Mandarinswürde: eine Doppelreihe goldener Schriftzeichen. Fra José ritt in den schwarzen Ordenskleidern, seinen Kopf bedeckte der flache schwarze Priesterhut mit der breiten Krempe.

Yasunari hatte die Hakama-Hose und das weitärmelige Obergewand gegen eine einheimische Reiterhose und Jacke eingetauscht. Jacke und Hose lagen eng an. Er ritt barhäuptig. Der Kopf war kahlgeschoren, seitdem er das Noviziat begonnen hatte.

Das Bruchsilber der Reisekasse und Ketten von auf Schnur gezogenen Kupfermünzen waren gleichmäßig auf Yasunaris und Fra Josés Satteltaschen verteilt worden. Decken, Kleidungsstücke und der weitere persönliche Reisebedarf der beiden Boten lagen auf dem ersten Ochsenkarren.

Pater Luis winkte Yasunari zu sich heran. »Magister Tan und Fra Matteo baten mich, Euch noch diese Medizin zu geben. Sie mag zu gegebener Zeit von Nutzen sein, soll ich Euch ausrichten.«

Pater Luis reichte ihm eine kleine gelbe Lackdose. Yasunari hob den Deckel ab. Die Dose enthielt die violette Paste, mit der in der Santa Casa da Misericordia offene Wunden behandelt wurden.

Straßen und Flüsse

Gleichförmig zog die Landschaft anfangs an Yasunari vorbei. Reisfeldterrassen an den Hängen der Hügel, so weit das Auge reichte, und eine sich windende Heerstraße. Staub war ein ständiger Begleiter. Bei Sonnenuntergang wurde in der Residenz des jeweiligen Amtmanns gerastet, und die Honoratioren der Umgebung machten Pater Luis als hohem Militärmandarin ihre Aufwartung. Bei Sonnenaufgang zog man weiter. Alle zwei Wochen wurden die Zugochsen ausgewechselt. Je mehr man nach Norden kam, desto gebirgiger wurde das Gelände. Oft überquerten sie breite Flüsse. Fra José, der zu Beginn der Reise, des Reitens ungewohnt, über Muskelschmerzen am ganzen Körper geklagt hatte, lenkte nun sein Maultier, als wäre er damit verwachsen. Durch größere Ansiedlungen führte der Weg nicht, aber oft sah Yasunari in der Ferne Städte, die von wehrhaften Mauern umgeben waren. Er fragte Pater Luis, warum sie immer nur weit an ihnen vorbeizogen.

»Es ist ein kaiserlicher Befehl, Tadayama Yasunari, und eine unumgängliche Vorsichtsmaßnahme. Die Barbaren schicken Spione bis tief in die Kernlande des Reichs. Dreißig Feldschlangen, klug befehligt, können ein nach Zehntausenden zählendes Reiterheer vernichten. Die Feinde des Himmelsherrn, die aus den nördlichen Steppen gegen das Reich anrennen, sind famose Reiter, aber sie besitzen kaum Geschütze.«

Mächtiger wuchsen die Berge empor, und steiler wurden die Wege. Das bestellte Land war mehr und mehr von dichten Wäldern durchsetzt. Und immer wieder stießen sie auf breite Ströme. Wo es sich anbot, schiffte man sich auf kastenförmigen Lastdschunken ein, die flußaufwärts getreidelt wurden. Manchmal ragten die felsigen Uferwände so steil auf, daß der Himmel wie ein fernes, dünnes Band über ihnen schimmerte.

Zwei Monate nachdem der Zug aus der Niederlassung aufgebrochen war, erreichte er das Da-lou-shan-Gebirge an der Südgrenze der Provinz Si-chuan. Dort begegnete Yasunari auch eine Karawane mit diesen großen Lasttieren. Wenn sie lagen, richteten sie sich zuerst ungelenk mit den Hinterbeinen auf. Sie hatten zwei Höcker, zwischen denen man sie satteln oder beladen konnte. Schnell liefen sie nicht, aber sie sollten sehr genügsam und ausdauernd sein.

Auf den höchsten Berggipfeln vor ihnen lag bereits Schnee. Es stürmte und regnete heftig. Die Straße war streckenweise überschwemmt. Immer wieder blieben die Ochsenkarren in knietiefem Schlamm stecken. In einem engen bewaldeten Tal gab es wegen eines Erdrutsches kein Weiterkommen mehr. Pater Luis schickte zwei Kundschafter voraus, um dem Amtmann des Bezirks ihre Ankunft zu melden. Auch sollte er weitere Zugtiere entgegenschicken. Die Wagenlenker spannten zwischen den

Bäumen gewachste Stoffbahnen als Regenschutz und entzündeten ein Feuer. Soldaten begannen für den Pater und die Offiziere ein Zelt zu errichten. Sie benötigten mehrere Versuche, bis es endlich stand. Die Zeltwände beulten sich wie Segel.

»Wenn wir erst in Zun-yi sind, wird die Reise einfacher«, sagte Pater Luis. »Der Da-lou-shan fällt dann beständig zum Jangtse-Strom hin ab, der dort durch die Ebene des Roten Beckens fließt.«

»Ich dachte, wir meiden Städte, *padore*.« Yasunari knüpfte das Kinnband fester, das den pilzförmigen Basthut hielt.

»Zun-yi können wir nicht umgehen, Tadayama Yasunari. Es gibt von Süden kommend nur diese Straße. In Zun-yi liegt eine starke Garnison. Ich kenne den Kommandanten. Die Stadt ist sicher.«

Wenig später tauchten die Kundschafter wieder auf. Hinter ihnen ritten der Bezirksamtmann, ein Zivilmandarin erster Rangstufe, und dessen bewaffnete Diener.

»Die nächste halbe Meile über ist die Straße für Wagen momentan nicht passierbar«, berichteten die Kundschafter. »Danach geht es wieder einfacher.«

Der Amtmann und sein Gefolge stiegen ab und machten Anstalten, den kaiserlichen Militärmandarin im Zelteingang trotz strömenden Regens mit dreifachem Stirnaufschlag zu begrüßen. Pater Luis hinderte den Amtmann daran, das vorgeschriebene Zeremoniell, das ihm als Mandarin dritter Rangstufe zustand, auszuführen.

»Verehrter Kollege, belaßt es bei einem einfachen ›*Wan-Fu*‹!«

»Danke, Euer Ehren! Eure Güte überwältigt mich.«

»Ich bitte Euch! Sagt nicht der große Lao-tse schon:

Zürnen die Elemente
Hoch und niedrig
Gleichermaßen zu ducken sich
Keine Schande es bedeutet.«

Pater Luis bat den Amtmann ins Zelt. Sein Gefolge suchte Schutz unter den Stoffbahnen. Der Pater stellte Yasunari, Fra José und seine Offiziere vor. Ein Leibgardist servierte Tee.

»Euer Ehren, zu meinem größten Bedauern kann ich Euch keine Zugtiere zur Verfügung stellen. Alles, was wir an Maultieren und Ochsen besaßen, ist auf dem Weg nach Zun-yi. Der dortige Kommandant hat es befohlen.«

Pater Luis legte die Stirn in Falten. »Wie ist das möglich? General Wu weiß doch um unser Kommen.«

Der Amtmann nickte. »Ja, Euer Ehren. Er schickt Euch deshalb auch dieses Schreiben.«

Pater Luis erbrach das Siegel und las. Dann ließ er den Brief sinken und gab ihn kommentarlos dem Hauptmann der Leibgardisten. Als der mit Lesen fertig war, sagte er: »Wir können es natürlich auch ohne zusätzliche Zugtiere bis Zun-yi schaffen. Aber wir werden dann mit Sicherheit kostbare Zeit verlieren.«

Pater Luis richtete das Wort an den Amtmann. »Wie groß ist das Gebiet, das die Aufrührer kontrollieren?«

»Das südliche Jangtse-Ufer konnte von General Wu und den anderen kaisertreuen Truppen bislang gehalten werden, aber die Garnisonen im Roten Becken sind anscheinend fast alle aufgerieben oder zu den Aufständischen übergelaufen.«

»Wer sind die Anführer?«

»Man weiß es nicht genau, Euer Ehren. Sicher ist nur, daß der neue Gouverneur von Si-chuan einer von ihnen ist.«

254

»Li, dieser Schurke! Es gab viele Stimmen, die vor ihm gewarnt haben, aber ein paar Hofschranzen haben sich für ihn trotz der Korruptionsanschuldigungen in Kanton eingesetzt und am Ende das Ohr des Kaisers gefunden.« Pater Luis lachte trocken. »Die Feldschlangen waren auf Geheiß des Himmelssohns für Lis Truppen bestimmt, um die Nordbarbaren in Schach zu halten, falls sie die Große Mauer überwinden sollten.«

Yasunari und Fra José blickten sich vielsagend an.

Der Hauptmann sagte ergrimmt: »Dieser Verräter soll ihr Feuer zu spüren bekommen. Ich schlage vor, wir ziehen trotz aller Widernisse sofort weiter. General Wu braucht schnellstens jedwede Unterstützung.« Er schaute zum Zelteingang. Es regnete noch immer in Strömen. »Auf einen Wetterwechsel zu hoffen scheint mir müßig. Wir müssen uns einfach durchkämpfen, koste es, was es wolle!«

»Ich bin ganz Eurer Meinung, Hauptmann. Eine halbe Meile Schlammweg zu besiegen erscheint mir nicht gänzlich unmöglich«, sagte Pater Luis, und zum Amtmann gewandt: »Wie viele Knechte könnt ihr uns stellen? Und das eine oder andere Zugtier wird sich vermutlich doch noch auftreiben lassen, oder?«

»Bedauere zutiefst, Euer Ehren. Die Zugtiere, ob Ochsen oder Esel, sind bereits vor Tagen von General Wu angefordert worden.« Der Bezirksmandarin überlegte, dann sagte er: »Aber an die sechzig Leute könnte ich Euch zur Verfügung stellen. Ich schicke sogleich Boten in die umliegenden Dörfer. Es kann bei diesem Unwetter allerdings ein paar Stunden dauern, bis die Dörfler hier eintreffen.«

»Egal. Schafft uns Helfer herbei! Wir benötigen jede Hand, die zupacken kann, um die Karren wieder frei zu bekommen. Sie sollen Seile und Tragestangen mitbringen.«

»Zu Befehl, Euer Ehren!« Der Amtmann trat vor das Zelt und rief sein Gefolge.

Während die Soldaten sich daran machten, Bäume zu schlagen und Stämme und Äste auf die verschlammte Straße zu legen, zimmerten die Wagenlenker Schlittenkufen unter die Karrenräder.

Pater Luis und der Hauptmann berieten sich im Zelt. Yasunari und Fra José halfen den Holzfällern. Dem Mönch sah man an, daß er noch nie eine Axt geführt hatte, aber er hielt sich tapfer. Die ersten Männer aus den Dörfern trafen ein. Der vorderste Ochsenkarren des Zuges wurde auf den Knüppeldamm gezerrt.

Pater Luis schickte nach Yasunari und Fra José. »Ihr habt vernommen, daß sich unsere Wege früher als geplant trennen müssen?«

»Ja, *padore*.« Yasunari rieb sich die klammen Hände. Fra José entfernte einen Holzsplitter aus seinem Priesterhut.

»In Zun-yi wird man mehr über den Aufstand wissen. Aber ich fürchte, daß Ihr gezwungen sein werdet, auf einer anderen als der geplanten Route zu den hohen Westgebirgen emporzusteigen. Selbst falls es General Wu gelingen sollte, die Revolte im Roten Becken zügig niederzuschlagen, wäre die Provinz Si-chuan noch lange kein Gebiet für gewöhnliche Reisende.«

»Was ratet Ihr uns?«

Pater Luis entrollte eine Landkarte. »In Zun-yi werdet Ihr von mir und dem dortigen Kommandanten Geleitbriefe erhalten. Seht, das ist das Da-lou-shan-Gebirge. Die Stadt Zun-yi liegt im Zentrum der Berge vor dem letzten Paß, der dann hinunter zum Jangtse-Strom und zur Ebene des Roten Beckens abfällt. Wie sicher tatsächlich die Lande dort sind, werden wir erst in Zun-yi erfahren. Um Eure Mission nicht zu gefährden, rate ich also

dringend dazu, gleich in Zun-yi scharf nach Westen ab-
zubiegen. Es gibt Wege durch den Da-lou-shan, die den
Lauf des Jangtse-Stroms begleiten und für beherzte Reiter auch in dieser Jahreszeit noch passierbar sind. Ein
Führer läßt sich bestimmt in der Stadt dingen.« Pater
Luis' Finger wanderte über die Karte. »Hier, südlich der
Stadt Yi-bin, wo der Jangtsekiang in das Rote Becken
tritt, müßt Ihr den Strom überqueren. Umgeht die Stadt
weiträumig! General Wu schrieb zwar, sie sei noch nicht
in der Hand der Rebellen, aber das Kriegsglück wechselt
manchmal über Nacht. Mein Rat an Euch ist: Reist hinter Yin-bi in den Bergen, die das Rote Becken begrenzen,
nach Norden. In der Gebirgseinsamkeit droht von den
Aufständischen keine Gefahr – wohl aber vom Winter,
der dort schon herrscht.«

Yasunari und Fra José betrachteten die Karte.

Fra José sagte: »Was meint Ihr, Pater, wie weit werden
wir in diesem Jahr noch kommen? Die Pässe in den Eisgebirgen sind erst wieder im Frühjahr gangbar, und selbst
hier im Lou-men-shan sind die Nachtfröste schon bitter.«

»Ich kann es nicht vorhersagen. Es liegt viel daran, wie
Ihr Euch gegen die Kälte wappnet. Aber ich denke, bis in
die Grenzberge des Roten Beckens mögt Ihr noch vor-
dringen – so Gott es will!«

Als der Zug der Ochsenkarren sich um die Mittagsstunde
herum dem Talkessel näherte, in dem die Stadt Zun-yi
lag, fiel Schnee. Flocken, groß wie Kupferlinge, legten
sich wie ein kaltes Tuch auf Mensch und Tier. Verlust-
reich waren die zwei Tage des Aufstiegs in den Lou-men-
shan gewesen, seit man glücklich das verschlammte Wegstück bewältigt hatte. Ein Pulverkarren war ins Rutschen
gekommen und hatte zwei weitere Gespanne mit sich in
eine Schlucht gerissen. Für die Wagenlenker und Ochsen

hatte es keine Rettung gegeben. Pater Luis hatte eine Gruppe von Dörflern unter der Aufsicht zweier Leibgardisten zurückgelassen, die versuchen sollten, die Leichen und die wertvollen Feldschlangen aus dem Abgrund zu bergen.

Der Stadthauptmann, jetzt Vertreter von General Wu in der Garnison, ritt Pater Luis mit einer Eskorte entgegen. »Euch schickt der Himmel, Euer Ehren! Die Rebellen beginnen Brückenköpfe am Südufer des Jangtsekiang zu errichten. General Wu und die anderen treuen Befehlshaber erwarten die Geschütze sehnlichst.«

»Wir haben die Tiere nicht geschont, Hauptmann. Wir brauchen dringend Ersatz.«

»Ich habe Vorsorge getroffen, so gut es ging, Euer Ehren, und auch alle verbliebenen Zugochsen in den entlegeneren Berggehöften beschlagnahmen lassen. Zwanzig stehen jetzt in Zun-yi bereit.«

»Nur zwanzig? Unmöglich, das reicht auf keinen Fall! Es sind fünfunddreißig Karren, und vor jeden müssen zwei Tiere gespannt werden.«

Der Stadthauptmann machte ein besorgtes Gesicht. »Ein paar Maulesel mit Zuggeschirr ließen sich wohl auch noch auftreiben, aber das wäre es dann. General Wu ist mit fast allen Soldaten und den Kanonen der Garnison zum Jangtse gezogen, als er Kunde von der Rebellion des Schurken Li erhielt. Ich befehlige gerade einmal drei Dutzend Veteranen und eine Handvoll Berittene, um die Stadttore geschützt zu halten. Was an Zugtieren in Zun-yi vorhanden war, hat General Wu mit sich geführt.«

Pater Luis rief den Hauptmann der Leibgardisten. »Wieviel Zeit brauchen unsere Tiere, um wieder einsatzfähig zu sein?«

»Das Oberhaupt der Wagenlenker sagte mir soeben,

daß die Ochsen völlig entkräftet sind und viele lahmen. Ich schätze, nach einem Tag Rast würde die Hälfte von ihnen aber wieder arbeitsfähig sein.«

»Ihr habt es vernommen, Stadthauptmann? Schickt einen Boten und laßt dem General ausrichten, wir würden morgen bei Tagesanbruch Zun-yi verlassen und keine Anstrengung unterlassen, schnellstmöglich zu ihm zu stoßen.«

»Jawohl, Euer Ehren!« Der Stadthauptmann winkte einen Gefolgsmann heran und sprach auf ihn ein. Der Reiter nickte, wendete sein Pferd und sprengte davon.

Der Zug näherte sich der Stadtmauer von Zun-yi. Nur hin und wieder patrouillierte jemand hinter den Zinnen. Die Dörfler aus dem Bezirk des Amtmanns baten darum, umkehren zu dürfen. Pater Luis gestattete es ihnen. Eilig machten sich die Helfer auf den Rückweg, um noch vor Einbruch der Dunkelheit wieder zu Hause zu sein.

Eine neugierige Menschenmenge säumte die Straßen vom Stadttor bis zum umwallten Geviert der Garnisonsstallungen. Jedesmal, wenn die Schaulustigen Pater Luis und seine vorangetragenen Amtsbanner erblickten, hob ein aufgeregtes Gemurmel an, das aber sofort verstummte, sobald sie die grimmigen Gesichter der Leibgardisten sahen, die die Ochsenkarren mit gespanntem Bogen flankierten. Auch Fra Josés Kleidung erregte Aufsehen.

»Schon wieder einer der verfluchten fremden Priester!« hörte Yasunari einen Mann rufen. Ihn traf augenblicklich die Peitsche eines kaiserlichen Reiters. Schreiend suchte der Rufer das Weite.

Fra José ritt neben Yasunari. »Ich sollte besser ab jetzt auch in einheimischer Tracht reisen, um nicht aufzufallen«, murmelte er. »Denn bald stehen wir nicht mehr unter dem Schutz eines hohen Militärmandarins.«

»Es wäre weise«, sagte Yasunari mit einem Blick auf die Menschenmenge. »Außerdem müssen wir uns mit winterfester Kleidung versorgen.«

»Worauf sich wohl das ›schon wieder ein Priester‹ bezog? Meines Wissens gibt es in Zun-yi und Umgebung keine Missionare.« Fra José lenkte sein Pferd neben einen Unterführer aus dem Gefolge des Stadthauptmanns. »Sagt, warum hat der Mann das eben gerufen? Leben Christen oder Priester in der Stadt?«

»Nein, Herr. Aber gestern kamen zwei weiße Kuttenträger. Sie sind vor den Rebellen im Roten Becken geflohen und hatten einen kaiserlichen Schutzbrief. Deshalb hat ihnen der Kommandant auch in der Garnison Herberge gewährt. Ihr werdet sie bestimmt dort treffen. Das Volk mag sie nicht, diese fremden Prediger.« Hastig fügte er hinzu: »Natürlich respektieren wir die Weisungen des Himmelssohns und sorgen für ihre Sicherheit.«

Fra José bedankte sich für die Auskunft und wurde nachdenklich. Er lenkte sein Maultier wieder an Yasunaris Seite. »Es sind doch Ordensleute in der Stadt.«

»So?«

»Ja, anscheinend Flüchtlinge vor dem Aufstand. Sie sind in der Garnison untergekommen.«

»Es wäre interessant, sie zu befragen.«

»Das denk ich auch. Wir werden sicherlich heute oder morgen dazu Gelegenheit haben.«

Auf einem Platz neben den Garnisonsgebäuden glommen Feuer. Vermummte Gestalten, nur notdürftig durch provisorische Zeltkonstruktionen gegen den Schneefall geschützt, hockten, von Sack und Pack umgeben, um die Glutstellen. Kinder weinten.

»Was sind das für Leute?« fragte Fra José.

»Sie sind aus dem Roten Becken geflohen«, sagte der Unterführer. »Hochwürden!« fügte er schnell hinzu, als

er den grimmigen Blick des Leibgardistenhauptmanns
sah, der jetzt neben dem Frater ritt.

Die Ochsen wurden abgeschirrt und mit den Reittieren
in Stallungen geführt. Wagenlenker und Soldaten erhielten in der Mannschaftsküche Verpflegung. Der Stadtkommandant bewirtete Pater Luis, dessen Offiziere sowie
Yasunari und Fra José in seinen Amtsräumen. An der
Tafel saßen auch die beiden Ordensleute, zwei Domini-
kanerfratres. Nach Tagen frugaler Kost erschienen Yasunari die aufgetragenen Speisen (die der Stadthauptmann
als einen »kleinen, unwürdigen Imbiß« angekündigt hatte)
wie festliche Köstlichkeiten. Fleischgerichte gab es gleich
fünf an der Zahl und diversen Fisch, gegrillt, gesotten
und gebraten, vom Jangtse-Strom, dazu wurden zahlrei-
che Gemüseplatten und Suppen gereicht.

Nachdem die Willkommenstrinksprüche ausgetauscht
waren und sich alle die Speisen munden ließen, fanden
Yasunari und Fra José Gelegenheit, mit den Dominika-
nern zu sprechen. Die Fratres hatten eine Missionsstation am Nordufer des Jangtsekiang gegründet und sogar
eine kleine Kirche in ihrem Dorf errichtet. Der Landrat
des Bezirks war ein Christ, der aus Peking nach Si-chuan
versetzt worden war. Er hatte in der Hauptstadt Deich-
bau bei den Jesuiten studiert. Als der Aufstand losbrach,
hatte er die Fratres über den Strom geschickt.

»Gegen unseren Willen, Tadayama Yasunari! All unseren Bitten, in diesen Notzeiten bei unserem Sprengel zu
verbleiben, hat er sich energisch verschlossen. Bewaffnete brachten uns mit den Frauen und Kindern seines
Haushalts zu einer Fähre. Er selbst blieb bei den Truppen
zurück, die er und die Mandarine von den benachbarten
Deichabschnitten gegen die Rebellen aufgestellt hatten. Als wir am Südufer angelangt waren, sahen wir eine

Rauchwolke über unserem Dorf. Dann schlossen wir uns Flüchtlingen an, die hierher ins Da-lou-shan-Gebirge zogen.«

»Wollt Ihr in Zun-yi bleiben?«

»Nein. Wir werden nach Osten ziehen. In Zhu-zhou gibt es eine Missionsstation unseres Ordens. Dort werden wir vorerst eine neue *Instructio* abwarten.«

Dann berichteten Yasunari und Fra José über die Ereignisse in Japan, Macao und über ihren Auftrag.

»Das sind betrübliche Neuigkeiten. Dem Herrn sei Dank, daß der Himmelssohn uns wohlgesonnen ist! Wenn die Rebellion niedergeschlagen ist, werden wir wieder in unser Jangtse-Dorf zurückkehren.«

Yasunari teilte den Optimismus der Fratres nicht. Er hatte die vielen Flüchtlinge gesehen, was eigentlich nichts anderes bedeuten konnte, als daß die Rebellen auch schon Brückenköpfe am südlichen Stromufer erkämpft hatten. Warum sonst sollten die Menschen so hoch in die Berge fliehen, wenn doch das Südufer angeblich sicher in der Hand der kaiserlichen Truppen war? Und Yasunari hatte auch die haßerfüllten Stimmen in der Volksmenge nicht vergessen, als sie zur Garnison gezogen waren.

Klarer Reisschnaps und öliger Kräuterlikör wurden eingeschenkt, neue Trinksprüche ausgetauscht. Der Reisschnaps brannte stärker als alles, was Yasunari jemals getrunken hatte: er schnürte die Kehle zu. Fra José hustete und erntete dafür einen mitleidigen Blick des Stadtkommandanten. Yasunari hielt sich besser. Er schluckte das flüssige Feuer und lächelte gequält. Nur Pater Luis leerte den dritten Becher noch so, als würde er Wasser trinken. Der Kommandant war beeindruckt. Er stimmte ein Loblied an.

Bei der nächsten Gelegenheit suchte Yasunari die

Nähe von Pater Luis. »Ich bewundere Eure Trinkfestigkeit, *padore!*«

Der Priester seufzte. »Ihr solltet einmal dabeisein, wenn die Militärmandarine von Peking einander reihum einladen. – Ihr habt mit den Fratres geredet?«

»Ja. Sie glauben, die Rebellion wird bald niedergeworfen werden.« Yasunari erzählte von seinen Überlegungen angesichts der Menschen, die bereits bis hoch in den Da-lou-shan geflohen waren.

Pater Luis nickte ernst. »Pater Bartolomeu hatte recht, als er Euch umsichtig nannte. Ich teile Eure Einschätzung der Lage. Vorhin sagte mir der Kommandant unter dem Siegel der Verschwiegenheit, daß feindliche Truppen sich an einigen Abschnitten des Südufers festkrallen konnten. Mein Rat an Euch, gleich von Zun-yi aus nach Westen zu reisen, war also richtig.«

»Ich kaufe morgen, bevor wir aufbrechen, auf dem Markt noch andere Kleidung für Fra José.«

»Tut das, Tadayama Yasunari. Der Stadtkommandant und ich werden Euch zwar Geleitbriefe ausstellen, aber in diesen unsicheren Zeiten könnt Ihr Euch nicht auf diese Dokumente verlassen. Reist, ohne Aufsehen zu erregen, das wird sich als ein besserer Schutz erweisen als jegliches kaiserliche Siegel. Selbst wenn ich Euch eine bewaffnete Eskorte stellen könnte, würde das für nichts garantieren. Reist im Verborgenen, so gut es Euch gelingt!«

»Aber wir brauchen einen Führer, *padore.*«

»Ich habe darüber mit dem Kommandanten geredet. Soldaten kann er derzeit natürlich auch nicht entbehren. Aber ihr habt Glück. Er kennt einen rüstigen Wachtmeister, der früher Karawanenführer war und dieser Tage seiner Familie in sein Heimatdorf folgt. Gegen entsprechendes Entgelt wäre der Mann bereit, Euch über den Da-lou-shan zu leiten. Er wird morgen bei Sonnenaufgang zu Euch kommen. Dann könnt Ihr auch mit ihm zusammen auf den Markt gehen. Der Mann wird wissen, welche Art von Kleidung und Ausrüstung Ihr im Winter in den Bergen benötigt.«

»Die Fratres vertrauen sehr auf ihre Geleitschreiben, *padore*.«

Pater Luis schnalzte mit der Zunge. »Das ist ein delikates Thema, Tadayama Yasunari. Der Himmelssohn ist unberechenbar wie das Wetter. Es gibt Augenblicke, da stehen wir bei ihm in höchster Gunst, und im nächsten Moment möchte er uns außer Landes jagen. Wir Ordensleute am Hof müssen stets auf alles Erdenkliche gefaßt sein. Derzeit sind wir gefragt, weil der Kaiser die Geschütze aus der Niederlassung braucht. Aber was morgen sein wird, das vermag niemand von uns vorauszusagen. Um die Botschaft des Herrn im Reich der Mitte zu verbreiten, bedarf es großer Umsicht und Geschicklichkeit, glaubt mir: Unser Einfluß auf den Hof in Peking ist viel geringer, als man in Macao vermutet. Aber ich will nicht klagen. Wir müssen Gottvertrauen haben und geduldig sein. Der Herr wird es schon wohl richten.«

Der Garnisonskommandant erhob sich schwankend. »Bitte, erweist uns die Gunst und belehrt uns mit einem Lied, Euer Ehren!«

Pater Luis stand auf und schmetterte eine markige Hymne auf die ruhmreichen kaiserlichen Garden:

> *»Wenn tigerkrallengleich der Recken Schwerter*
> *anstürmen gegen Feindes Heer ...«*

Bis auf Yasunari und Fra José stimmten alle ein. Sogar die Fratres konnten das Lied mitsingen.

Yasunari und Fra José kehrten in den Pavillon zurück, der ihnen als Schlafstätte zugewiesen worden war, und schliefen nach dem erschöpfenden Gelage tief und traumlos. Als sie erwachten, war die Sonne noch nicht aufgegangen, und es schneite immer noch. Ein Soldat brachte ihnen Tee, einen Topf Reissuppe und dampfende Hefeteigklößchen mit einer scharfen Füllung aus Kastanien und gehacktem Schweinefleisch.

Pater Luis gesellte sich nach dem Morgenmahl zu ihnen. Er war bereits für die Reise in eine lange Felljacke gekleidet. Die Amtskappe hatte er mit einer Pelzmütze vertauscht, auch trug er neue Reitstiefel. Sie reichten bis über die Knie und waren gefüttert. »Hier sind Eure Geleitbriefe. Verbergt sie gut und bedenkt es genau, bevor Ihr sie benutzt!«

»Danke, *padore*. Wir werden Eure Empfehlungen beherzigen. – Es bleibt dabei, daß auch Ihr heute weiterzieht?«

»Ja, aber nicht zum Jangtse-Strom.«

»Was bewegt Euch zu dieser Änderung?«

»Ein kaiserlicher Befehl. Ihr hattet Euch gerade vom Festmahl zurückgezogen, als noch ein Eilbote eintraf. General Wu bekommt nur zehn der Feldschlangen, um die Rebellen zu bekämpfen. Die anderen Geschütze muß ich, so schnell es machbar ist, nach Peking schaffen.«

»Das hört sich nicht gut an.«

»Nein, wahrlich nicht!« Pater Luis schürzte die Lippen.

»Was ist geschehen?«

Der Priester lachte trocken. »Es ist gekommen, wie es kommen mußte! Die Steppenbarbaren haben sich die Rebellion in Si-chuan zunutze gemacht und sammeln ihre Truppen hinter der Großen Mauer an der nordöstlichen Reichsgrenze. Durchbrechen sie das Sperrwerk, ist die Hauptstadt aufs äußerste bedroht. Der Kaiser scheint bereits zu einer Ausweichresidenz weiter im Süden aufgebrochen zu sein. Es sieht schlecht aus um das Haus Ming, Tadayama Yasunari. Aber laßt Euch deswegen nicht beirren. Haltet an Eurem Vorhaben fest, wie wir es besprochen haben! Wenn Ihr das Gebiet des Rebellen Li im Roten Becken weit umgeht, wird Euer Auftrag zumindest nicht durch Abahais Reiter gefährdet. Die Entscheidung, wer China regiert, fällt – wenn – im Osten des Reichs. – Gott sei mit Euch!«

Als Pater Luis über den Garnisonshof zu den Ställen ging, hinterließen seine schweren Reitstiefel tiefe Spuren. Aus der Gegenrichtung tauchte ein Mann im Schneegestöber auf. Zielstrebig steuerte er auf den Pavillon zu. Wie der Pater trug er dicke Winterkleidung. Eine breite rote Schärpe hielt den wattierten Überrock zusammen. In der Schärpe steckten eine Reitgerte und ein gebogenes Schwert. Ein eindrucksvoller grauer Kinnbart reichte bis auf die Brust. Das Gesicht war wettergegerbt. Die faltige Haut erinnerte an altes Leder.

Karawanenführer Tung

»*Wan-Fu*, die Herren! Ich bin Tung Me-shen.«

»Seid willkommen, Meister Tung! Dürfen wir Euch Tee anbieten?«

Der Karawanenführer legte die Handflächen aneinander und machte eine Verbeugung, zog Schwert und Reitgerte aus der Schärpe und setzte sich.

Yasunari füllte eine Teeschale. »Der Stadtkommandant hat Euch wärmstens empfohlen.«

»Zu viel der Ehre! Meine Wenigkeit war lediglich bis

vor zwei Jahren Anführer der Polizeikonstabeln hier in der Stadt, Herr. Und davor habe ich in den Grenzlanden unter General Wu, der damals noch Hauptmann war, als Karawanenführer gedient. Ich habe viel gesehen: die Bergwüsten im Westen und die Steppenlande im Norden. Bis ans ferne Ostmeer bin ich gekommen. Der Stadthauptmann sagte mir, Eure Heimat würde das Inselreich sein, das man von Korea aus bei günstigen Winden in einer Woche erreichen kann.«

»Ja«, sagte Yasunari. »Von diesen Inseln stamme ich. Ich heiße Tadayama.«

»Und Ihr, Hochwürden? An Eurer Rede zumindest erkenne ich nicht, daß Ihr kein Chinese seid, obwohl Ihr an Gestalt Herrn Tadayama ähnelt.«

»Ich bin ebenfalls auf den Inseln im Ostmeer geboren, Meister Tung. Allerdings kam ich schon als Kind ins Reich der Mitte. Mein Religionsname ist José, aber auf der Reise nennt mich bitte wieder bei meinem früheren Namen. Er lautet Hata.«

Der Karawanenführer strich sich über den Bart. »Verstehe, Hochwürden. Deshalb also auch der Wunsch, Euch neu einzukleiden. Der Stadtkommandant erzählte mir davon. Darf ich Euch fragen, was der Zweck Eurer Reise ist? Handelsware führt Ihr ja keine mit Euch.«

»Wir haben eine Botschaft zu übermitteln«, sagte Yasunari. »Die Eislande sind nicht unser endgültiges Reiseziel, Meister Tung. Wir müssen noch weiter in die warmen Lande in ihrem Süden. Wenn Ihr mögt, so bezeichnet uns als Pilger.«

»Na, gut. Das würde auch erklären, weshalb Ihr unbewaffnet reist.«

»Da Ihr erschienen seid, gehe ich von Eurem Einverständnis aus, uns durch den Da-lou-shan nach Westen zu führen«, sagte Fra José.

»Ja, aber dort, wo der Jangtse-Strom aus den Südbergen, dem Da-liang-shan, kommt, werden wir uns trennen. Ich bin jetzt frei von Amt und Bürde und kehre endlich in mein Heimatdorf im Da-liang-Gebirge zurück. Bis auf die zwei jüngeren Söhne ist meine Familie im Sommer schon vorgereist.«

»Wir wissen es. Unser Weg wird dann nach Norden führen. Vielleicht könnt Ihr uns behilflich sein, jemanden zu finden, der uns über die Eisgebirge geleiten kann.«

»Ich will es versuchen, Herr. Soviel ich weiß, gibt es viele Karawanen, die im Frühjahr zu den Pässen hochsteigen.«

Meister Tung betrachtete die Satteltaschen und das Gepäck. Die einzige Waffe, die er sah, war ein Dolch. Er musterte Yasunari eingehend. »Ihr tragt zwar keine Kutte, und ich sehe kein Kreuzzeichen, Herr – seid Ihr dennoch ein Christenpriester?«

Yasunari nickte. »Ihr habt gut beobachtet, Meister Tung. Ich bin ein Anwärter.«

Der Karawanenführer senkte seine Stimme. »Ich bitte Euch beide, während der Reise mit keinem Fremden darüber zu sprechen, daß Ihr an den einen, großen Gott im Himmel glaubt, der mächtiger ist als alle Herrscher dieser Welt.«

Verwundert horchten Yasunari und der Frater auf, dann sagte Fra José: »Ihr wißt um unseren Gott? Seid Ihr womöglich selbst ein Christ?«

Meister Tung strich sich über den Bart und lächelte. »Nein. Aber sagte ich nicht, daß ich weit herumgekommen bin? Ich habe viel mit Christen geredet und bin gut von ihnen aufgenommen worden. Die Menschen im Da-lou-shan hier sind ein einfaches Volk, das selten die Berge verläßt. Was ihnen fremd ist, fürchten sie. Also sprecht unterwegs mit niemandem über Euren Glauben, denn nicht nur hier in Zun-yi ist man Euch feindlich gesinnt. Ich stand in der Menschenmenge, die die Straßen säumte, als Ihr gestern ankamt.«

Mißtrauisch beäugte Fra José den Alten.

Der Karawanenführer lachte. »Seid unbesorgt, Hochwürden, ich werde Euch in keine Falle locken, falls Ihr das befürchtet. Ich bin kein Christ, aber an den einen Gott glaube ich auch – und Mohammed ist sein Prophet. Und im Da-lou-shan ist das genauso verwerflich, als wäre man ein Christ.«

Fra José und Yasunari schauten sich an. Dann sagte Yasunari: »In Macao leben viele Anhänger dieses Propheten, und sie halten Frieden mit den anderen Menschen.« Er blickte dem alten Karawanenführer lange in die Augen und fand kein Falsch in ihnen. »Wir vertrauen Euch, Meister Tung.«

»Ihr folgt der Stimme Eures Herzens, und sie hat richtig geraten. Ich zähle jetzt an die sechzig Lenze und bin ihr auch immer gefolgt, wenn ich im Zweifel war. Gut und schlecht findet sich überall«, sagte Meister Tung. »Bei den Christen, den Muslimen und denen, die zu Buddha oder Lao-tse stehen. Aber auch ich habe Vertrauen zu Euch, obgleich Ihr jung und kräftig seid und ich nicht als armer Mann in mein Dorf zurückzukehren gedenke. Meine beiden jüngsten Söhne werden übrigens mit uns reiten. – Besonders Ihr, Herr Tadayama, wirkt wenig wie ein Stubenhocker, der nur über Schriften gebeugt seine Zeit verbracht hat. Eure Unterarme verraten mir, daß sie nicht nur mit Schreibpinsel und Tuschstein hantiert haben.«

»Erneut bewundere ich Euren Scharfblick, Meister Tung.« Yasunari verbeugte sich. »Ihr habt recht geschlossen. Bevor ich Novize wurde, war ich ein Krieger.«

»Dann sind wir uns einig?« Fragend sah der Karawanenführer Fra José an.

»Ja, Meister Tung. Ich schließe mich Tadayama Yasunaris Urteil an. Ich vertraue Euch. Wie möchtet Ihr Euer Entgelt?«

»Wie es üblich ist. Die Hälfte meines Lohns ist jetzt fällig, die andere Hälfte, wenn wir am Ziel sind.«

Yasunari wog Bruchsilber. »Wir benötigen noch ein Tragtier für uns. Hier in der Stadt wird sich schwerlich eins auftreiben lassen.«

Meister Tung lächelte verschmitzt. »Um der Beschlagnahmung zu entgehen, habe ich meine Maultiere in einen Gebirgsweiler geschafft zu einem befreundeten Gutsherrn, dem ehrenwerten Herrn Pao-yü. Dort werden wir die Lasten dann umladen. Der Großteil meiner Habe ist auch schon bei meinem Freund.«

Als Yasunari und Meister Tung ihre Besorgungen erledigt hatten, waren Pater Luis und sein Troß schon aufgebrochen. Weitere Flüchtlinge schleppten sich in die Stadt. Der Karawanenführer befragte sie nach Neuigkeiten. Banden des Aufrührers Li marodierten bereits am Südufer.

Meister Tung drängte zur sofortigen Abreise. In aller Eile wurden die Maultiere bepackt und durch ein Nebentor aus der Stadt geführt. An Reiten war nicht zu denken. Die Tiere trugen zusätzlich zu den Lebensmittelvorräten auch Felldecken, falls man gezwungen sein würde, im Freien zu übernachten. Tungs Söhne warteten vor der Stadtmauer an einer Wegkreuzung und entboten Yasunari und Fra José ein höfliches »*Wan-Fu!*«. Wie der Vater hatten sie eine breite rote Schärpe um die Hüften geschlungen. Sie waren außer mit Schwert und Dolch auch mit Wurfspeeren bewaffnet. Obgleich sie voluminöse

Bündel auf dem Rücken trugen, hielten sie mit den anderen mühelos Schritt.

Die Reisenden erreichten das Gebirgsdorf gegen Abend. Ohne Meister Tung hätten Yasunari und Fra José nie den Weg dorthin gefunden. Er führte durch das Kieselbett eines eisigen Bachs und wand sich zwischen schroffen Felsen durch ein enges Tal zu einer bewaldeten Bergkuppe hinauf. Schon am Bach hatte Yasunari ein eigenartiges Pfeifen vernommen. Auf der Bergkuppe hörte er es erneut.

»Was ist das für ein Geräusch, Meister Tung?«

»Das sind tönende Signalpfeile, Herr. Die Dörfler haben uns entdeckt.«

Aufmerksam suchten Yasunaris Augen die Felsen und den Wald ab. Von einem Baumast fiel ein Schneebatzen.

»Dort ist jemand!«

Meister Tung schritt unbekümmert aus. »Gut beobachtet, Herr Tadayama. Wird ein Signalpfeil abgeschossen, eilen sofort Bogenschützen zur Bergkuppe. Wenn man mich und meine Söhne hier nicht kennen würde, hättet Ihr jetzt eine unerfreuliche Begegnung mit den Wächtern.«

Über einen schmalen Grat kam man auf ein Plateau. Inmitten von Feldern und Gärten lag ein Dorf. Der Gutshof stand abseits der Siedlung und war von einem doppelten Palisadenwall und Graben umgeben. Ein stattlicher Mann, graubärtig wie Meister Tung, stand auf dem Wall. Als die fünf Reisenden näher kamen, befahl er, das Tor zu öffnen. Der Karawanenführer schritt als erster über die Grabenbrücke. Der Alte stieg flink vom Wall.

»Willkommen, Freund Tung!« Er deutete auf Yasunari und den Frater. »Ich hatte nur dich und deine Söhne erwartet.«

Meister Tung übernahm das Vorstellen. Der Gutsherr

nickte dazu und bat alle in das Haupthaus. »Dann seid auch Ihr natürlich heute nacht meine Gäste.«

Das männliche Gesinde war bis an die Zähne bewaffnet. Zum ersten Mal sah Yasunari wieder große Wachhunde wie in der Heimat. Sie waren zottiger als die Tosa-Hunde, schienen aber genauso gefährlich zu sein, denn die Hundeführer hatten große Mühe, die Tiere bei der Ankunft der Fremden zu beruhigen. Der Gutsherr, auch ein ehemaliger Karawanenführer, verschwand. Wenig später tauchten zwei Mägde mit dampfenden Speiseplatten auf, und der Hausherr gesellte sich wieder zu den Gästen. Als Meister Tung ihm erzählte, daß Yasunari und sein Begleiter vorhatten, in die Länder hinter den eisigen Westgebirgen zu reisen, schnalzte er mit der Zunge und zwirbelte seine Bartspitze. »Ich will nicht sagen, daß ein solches Unterfangen unmöglich ist. Ich war selbst nie dort. Aber alles, was verläßliche Leute mir berichtet haben, die über die Hochpässe gereist sind, klang wenig erfreulich.«

Meister Tung nickte. »So habe ich es auch gehört. Aber Herr Tadayama und Herr Hata wollen es dennoch versuchen.«

Der Gutsherr zuckte mit den Achseln. »Nun ja, warum eigentlich nicht!« Er schlug Meister Tung freundschaftlich auf den Rücken. »Schließlich heißt es: ›Wer nicht wagt, der nicht gewinnt!‹ – Als wir damals vor der riesigen Salzebene standen, hinter der das Reich des Kirik Khans liegen sollte, sind wir auch nicht umgekehrt, weil uns die einheimischen Träger die Schrecknisse der Wüste in den grellsten Farben schilderten und sie die Lasten von den Kamelen warfen.«

Meister Tung kicherte. »Sie haben sie dann doch hurtig wieder aufgeladen, nachdem unsere Leute ihren Anführer als Zielscheibe an einen Felsen banden.«

Die alten Karawanenführer begannen in der Erinnerung zu schwelgen, von Durst und Hunger war die Rede und von Räuberbanden und wilden Tieren.

Schließlich seufzte der Gutsherr und sagte zu Yasunari und Fra José: »Manchmal vergißt man, was man selbst einmal riskiert hat«, Meister Tung erhielt einen Rippenstoß, »... und immerhin doch ganz gut überlebt hat, trotz aller Unkenrufe. Nein, Ihr Herren, geht den Weg über die Eisgebirge. Andere haben sie bezwungen, warum nicht auch Ihr.« Dann wurde er nachdenklich.

»Was ist, Freund Pao-yü?« sagte Meister Tung.

Der Gutsherr schnitt eine Grimasse. »Die Unruhen im Land widern mich an. Erst haben die Grenzkommandanten in Yünnan geputscht, und jetzt sieht es so aus, als würde der Schurke Li nicht zu bändigen sein. Es geht zu Ende mit dem Hause Ming, wenn du mich fragst.«

Meister Tung nickte. »Das denke ich auch. Warum brichst du eigentlich nicht alles hier ab und kommst mit mir ins Da-liang-Gebirge? Lis Truppen sind bereits aufs Südufer übergesetzt. So verborgen euer Dorf auch sein mag, unsichtbar ist es nicht.«

Der Gutsherr ballte grimmig die Faust. »Du hast gut reden, Freund Tung. Das Haupthaus ist gerade im Frühjahr fertig geworden, und im letzten Jahr habe ich fast mein ganzes Silber in neue Teeplantagen gesteckt. Wer kauft mir denn meinen Besitz in diesen unsteten Zeiten ab? Niemand, mein Lieber!« Pao-yü ballte die Fäuste. »Aber eins verspreche ich dir! Ohne Kampf lasse ich mich nicht vertreiben.«

Yasunari berichtete von der Kanonenlieferung an General Wu.

Die Miene des Gutsherrn heiterte sich auf. »Das ist eine erfreuliche Nachricht, Herr. Es gibt also noch Hoffnung.« Zu Tung gewandt sagte er: »Vergiß nicht, Freund, meine Sippe ist seit Generationen im Da-lou-shan ansässig. Da sterbe ich lieber mit dem Schwert in der Hand, als daß ich diesem Räuberpack weiche. Aber da sehe ich, daß die Mägde neuen Wein bringen. Laßt uns die trüben Gedanken vergessen!«

In der Nacht erwachte Yasunari, weil Hunde anschlugen. Dann ertönte ein scharfes Kommando. Das Bellen hörte auf. Schlaftrunken hob Yasunari den Kopf und murmelte: »Norihiko, die Hunde!« Als keine Antwort kam, richtete er sich irritiert auf und öffnete die Augen. Am anderen Zimmerende fiel der flackernde Schein einer Öllampe auf den ruhig atmenden Fra José.

Yasunari sank auf sein Lager zurück und schloß die Augen. ›Nein‹, dachte er. ›Weder bin ich in der Festung, noch sind das unsere Tosa-Hunde, die da draußen wachen.‹

Mit den Gedanken an das heimatliche Zedernflußtal schlief er bald wieder ein.

Jeder der fünf Reiter führte ein Lasttier neben sich, ruhige Maulesel, die auch auf den verschneiten Gebirgspfaden trittsicher waren. An den Packsätteln hingen Schaufeln, die sich Meister Tung von seinem Freund Pao-yü erbeten hatte.

Der Alte ritt an der Spitze. Seit Tagen hatte er nun schon die kleine Karawane durch den Da-lou-shan nach Westen geleitet. Er schien jedes Tal, jeden Paß zu kennen. Unterkunft fanden die Reisenden in abgelegenen Gehöften und bisweilen in einsamen Tempeln. Wo immer sie auch hinkamen, nie war Meister Tung ein Unbekannter, sondern stets ein freudig begrüßter Gast. Einmal mußten sie im Freien nächtigen. Der rüstige Alte ließ das Lager unter einem Felsvorsprung aufschlagen und entfachte im

Handumdrehen ein anheimelndes Feuer. Bald brodelte eine würzige Suppe im Topf, während die Tung-Söhne die Tiere versorgten und an einer wettergeschützten Stelle anpflockten. Der Wind blies schneidend, als man sich zur Ruhe legte, aber in die schweren Felldecken gehüllt, fror dennoch niemand in dieser Nacht.

Sie begegneten keinen anderen Reisenden. Nur hin und wieder trafen sie auf ein, zwei Jäger, die Schneefüchsen und anderen Pelztieren nachstellten. Waren sie bislang über wellige Hänge gezogen, so wurde das Gelände zusehends schroffer.

»Vor uns liegt ein schwieriger Abschnitt.« Meister Tung deutete auf eine zerklüftete Schlucht, die den Bergkamm vor ihnen teilte. »Im Winter gibt es keine Möglichkeit, sie zu umgehen. Hoffentlich sind noch keine Lawinen abgegangen, denn sonst ist das schweißtreibend!« Er griff nach der Schaufel an der Packtasche seines Maulesels und stieg ab. »Wir reiten besser nicht. Es liegt viel Geröll unter dem Schnee, und es wird stellenweise sehr eng. Hinter der zweiten Wegkrümmung weitet sich die Schlucht. Dort können wir wieder aufsitzen.« Tungs Söhne übernahmen die Führung. Der Schnee lag indes nicht höher als auf den freien Strecken. Sie kamen gut voran.

Unverhoffte Begegnungen und zerschlagene Tonkrüge

Die Passage durch die Schlucht war wirklich eng. Sie mußten die meiste Zeit über hintereinander gehen. Seit der ersten Biegung säumten glatte Felswände den Weg, so daß Yasunari das unbehagliche Gefühl bekam, zwischen zwei hohen Mauern eingeklemmt zu sein. Jeder Reiter führte sein Maultier am Zaum.

Vor der zweiten Biegung war ein Erdrutsch abgegangen. Ein entwurzelter Baum blockierte den Weg. Aus einem Schneehaufen ragte ein Vogelflügel. Yasunari nahm einen Stock aus dem Futteral und begann zu stochern.

Plötzlich stürzten die Tung-Söhne schreiend zu Boden, rissen die Schwerter heraus und hackten wild auf den Schnee ein. »Vorsicht, Fangschlingen!«

Im Nu war Yasunari bei ihnen. Im Laufen zog er den Dolch.

»Sehr richtig, Fangschlingen!« Drei schwerbewaffnete und gepanzerte Männer stiegen auf den Wurzelballen des Baums. »Sieh an! Was ist uns denn da für ein Rotwild in die Falle geraten, Kamerad Wolkendrache?«

Der Angesprochene, ein rotgesichtiger Riese, stützte sich auf seine Hellebarde und grinste. »Keine Ahnung, aber wie es aussieht, haben wir farbige Beute gemacht.« Er drehte sich um. Fünf weitere Bewaffnete kletterten auf den entwurzelten Baum. »Kennt jemand von euch die Herrschaften?«

»Nie gesehen, Bruder Wolkendrache. Aber der Hauptmann wird sich über die drei Schärpenträger besonders freuen!«

Währenddessen gelang es den Tung-Söhnen, sich von den im Schnee versteckten Schlingen zu befreien. Sie griffen nach ihren Wurfspeeren. In diesem Augenblick krachte eine Steinlawine hinter dem letzten Maulesel in die Schlucht.

»Weg mit den Waffen!« brüllte Wolkendrache und sprang mit zwei Männern vom Baum herunter.

Yasunari stellte sich ihnen in den Weg. Wolkendrache schnaubte verächtlich und spuckte aus. »Was willst du denn mit diesem Kuhprügel, mein Kleiner?« Er senkte die Hellebarde.

Eine Stimme von oben aus der Felswand gebot ihm herrisch einzuhalten. »Wolkendrache! Der ›Kleine‹ ist gefährlicher, als er aussieht.«

Yasunari schaute hoch. Überall am Schluchtrand standen Bewaffnete.

Irritiert rief der Eiserne Büffel: »Aber Hauptmann, diesen Würmling erledige ich doch wie eine Küchenschabe!«

»Ich wäre mir da gar nicht sicher. Bleib, wo du bist! Und rührt mir die Leute nicht an!«

Wolkendrache murmelte einen Fluch und trat einen Schritt zurück.

Ein Seil wurde herabgeworfen. Das Ende klatschte neben Wolkendrache in den Schnee. An ihm hangelte sich affengleich ein Mann herab. In seinem Gürtel steckten zwei eiserne Fechtstäbe. Lachend ging er auf Yasunari zu.

Zur größten Verwunderung von Fra José und den Tungs lehnte Yasunari den Kampfstock an die Schluchtwand und verneigte sich. »*Wan-Fu!* Welch ein unverhofftes Wiedersehen, verehrter Wang An-Shi!«

»Sprach ich nicht den Wunsch aus, unsere Wege mögen sich noch einmal kreuzen? Nun, mein Wunsch ist in Erfüllung gegangen. *Wan-Fu*, Tadayama Yasunari! Obgleich mich verwundert, weshalb Ihr ausgerechnet mit Anhängern des Schurken Li reist.«

Wolkendrache und Mitstreiter lauschten der freundschaftlichen Begrüßung mit offenem Munde. Auch die Tungs und Fra José glaubten kaum, was sie sahen und hörten.

»Wie kommt Ihr darauf?« fragte Yasunari.

Wang wies auf Meister Tung und dessen Söhne. »Die roten Schärpen von denen da! Lis Banditen tragen farbige Schärpen.«

Der alte Karawanenführer, der hinter Yasunari mit gezogenem Schwert zwischen seinen Söhnen stand, trat vor. »Ich bin Tung Hsi-men aus Zun-yi, und wir haben mit dem Verräter Li nichts zu schaffen.«

Wang hob zweifelnd die Augenbrauen.

»Meister Tung spricht die Wahrheit«, sagte Yasunari. »Er und seine Söhne trugen die roten Schärpen schon bei unserer Abreise in Zun-yi. Mein Reisebegleiter kann es bezeugen.« Yasunari deutete auf Fra José, der hinter den Tungs zum Vorschein kam.

Wang nickte. »Gut, ich will Euch Glauben schenken, Tadayama Yasunari.«

»Was ist nun, Häuptling?« knurrte Wolkendrache, der immer noch nicht recht begriffen hatte. »Wir lassen sie doch wohl nicht einfach wieder laufen?«

»Nein«, sagte Wang. »Wir richten vorher ein Festmahl für sie aus. – Lauf vor und kündige im Tempel an, daß wir mit Gästen kommen!«

»Wie? Wir füttern sie auch noch ab?«

»Genau! Und nun mach dich auf den Weg! Ich erkläre euch alles später.« Perplex kletterten Wolkendrache und seine beiden Mitstreiter auf den Baumballen zurück.

»Räumt die Sperre weg!« befahl Wang den anderen.

Yasunari stellte den ehemaligen Offizier der »Seeschwalbe« seinen Mitreisenden vor.

»Verzeiht unsere rüden Methoden«, sagte Wang, »aber wir jagen die Späher, die der Bandit Li ausgeschickt hat, um den Da-lou-shan zu erkunden. Weit und breit gibt es hier keine regulären Truppen, deshalb haben die Leute aus der Umgebung Heimwehren organisiert. Ich bin einer der Führer. Wenn es mir schon versagt ist, meinen Feind selbst zu töten, dann will ich zumindest seine Gefolgschaft bekämpfen. Als der Aufstand in Si-chuan losbrach, gab es für mich und meine Mitverschwörer aus

Kanton keine günstige Gelegenheit mehr, unsere Rache zu vollziehen. An Li ist kein Herankommen. Er ist ständig von einer Hundertschaft Leibwächter umgeben. Aber unsere Zeit wird kommen, das haben wir gelobt! Derweil machen wir uns hier nützlich.«

»Lis Arm reicht also schon bis hierher!« sagte Meister Tung bestürzt. »Das hätte ich nicht gedacht.«

Wang nickte. »Die ersten Spähtrupps kamen vor einer Woche. Seitdem werden es täglich mehr Rebellen, die umherstreifen.«

»Dann ist es also wahr, was man in Zun-yi hört, daß nämlich weite Abschnitte des Südufers in Rebellenhand sind?«

»Ja«, sagte Wang. »An mehreren Stellen konnten sogar größere Reiterverbände übersetzen.«

Meister Tung hob sein Schwert und deutete nach Westen. »Wir wollen unterhalb von Yi-bin den Jangtsekiang im Da-liang-Gebirge überqueren. Wer ist im Besitz der Stadt?«

Wang wußte es nicht. »Die spärlichen Nachrichten, die uns hier in den Bergen erreichen, sind meist widersprüchlich, Meister Tung. Fest steht nur, daß man beiderseits des Stroms auf Lis Banden trifft. Was ist denn das Ziel Eurer Reise?«

»Herr Tadayama und Herr Hata planen, durch den Da-liang-shan weiter nach Nordwesten zu ziehen. Sie wollen über die hohen Eisgebirge nach Indien. Ich und meine Söhne bleiben im Da-liang-Gebirge.«

Wang sah Yasunari überrascht an. »Ihr steigt in die Eisgebirge hinauf? Ich hätte eher vermutet, daß Ihr wieder über das Ostmeer in die Heimat zurückkehren würdet. – Aber seht, die Sperre ist jetzt zur Seite gezogen worden. Während wir ins Lager reiten, könnt Ihr mir erzählen, was Euch zu dieser Reise bewegt, Tadayama Yasunari.«

Hinter der Wegbiegung standen die Pferde der Heimwehr. Die Schlucht verbreiterte sich, wie es Meister Tung
vorausgesagt hatte, so daß Wang und Yasunari bequem
nebeneinander reiten konnten.

»Ihr tragt noch immer kein Schwert?«

Yasunari begann zu berichten. Wang hörte schweigend
zu.

Ein Hohlweg zweigte vom Paß ab und stieg steil an. Sie
mußten wieder hintereinander reiten. Yasunari hatte
seine Geschichte erzählt, und Wang hatte nur mit dem
Kopf geschüttelt. »Ihr habt Euch viel vorgenommen. Ich
kenne niemanden, der über die Eisgebirge gegangen ist.
Man sagt, sie wären unbezwingbar. Aber das scheint
Euch ja eher zu beflügeln als abzuschrecken.«

Das Lager der Heimwehr war ein halbverfallenes Höh-
lenkloster auf einem kahlen Berggipfel, in dem nur noch
ein blinder taoistischer Einsiedler mit seinem Schüler
hauste. Die Räume und Andachtshallen waren tief in den
Fels getrieben. Die ganze Anlage ähnelte einem Fuchs-
bau. Von der obersten Höhle konnte man den Paß und
die davor liegenden Berghänge überschauen. Ständig
hielten sich dort zwei Wächter auf.

»Gibt es was Neues?« fragte Wang.

»Keine Menschenseele weit und breit, Hauptmann.«
Neugierig beäugten die Wächter die angekündigten
Gäste.

»So haben wir Eure Karawane heute entdeckt«, sagte
Wang, nachdem die Reisenden ihre Tiere in einem trokkenen Stollen untergebracht und versorgt hatten und an
den Wächtern vorbei in die Höhle traten. »Bei klarem
Wetter sieht man sogar den Jangtse-Strom.«

Die Männer der Heimwehr saßen bereits um eine
Feuerstelle und brieten ein Schaf. Wolkendrache schleppte

ein Reisweinfaß heran. Wang stellte Yasunari und die anderen vor.

Jemand sagte: »Tretet näher ans Licht, Wachtmeister Tung!«

»Hsi-men!« rief der Karawanenführer erfreut. »Dem Empfangskomitee in der Schlucht hast du aber vorhin nicht angehört!«

»Nein. Ich hatte leider nicht das Vergnügen, meinen alten Kommandanten zu erschrecken. – Setz dich, Wachtmeister. Wie lange ist es her, daß ich unter dir in Zun-yi für Recht und Ordnung gesorgt habe? Fünf Jahre, sechs Jahre?«

Meister Tung hockte sich freudig zu den Männern. Sie machten bereitwillig Platz und baten auch alle anderen in den Kreis. Yasunari und Fra José erhielten erhöhte Ehrenplätze neben Wangs Hauptmannssitz. Alle unterhielten sich angeregt und tranken sich zu. Nur Wolkendrache schmollte.

Als das Schaf zerteilt wurde, legte Wang den Gästen extra gute Stücke vor. Jedermann ließ es sich munden, nur Wolkendrache rührte seine Portion nicht an, sondern trank bloß von dem Wein.

»Was hat er?« fragte Yasunari leise.

»Wolkendrache ist mein bester Kämpfer, mutig und stark wie ein Bär, aber leider etwas einfältig. Er glaubt nicht, daß Ihr jemand seid, der das Waffenhandwerk besser als er beherrscht.«

»Kuhprügel hat er den Kampfstock vorhin genannt«, sagte Yasunari lächelnd.

»Das sieht ihm ähnlich«, murmelte Wang. »Wartet es ab! Sowie er sich einen Rausch angetrunken hat, wird er Euch zu einem Waffengang auffordern. Ich kenne ihn!«

»Ich habe dazu nicht die geringste Lust, zumal er Becher auf Becher hinunterstürzt. Aber ich hätte eine Idee!«

Er flüsterte Wang etwas ins Ohr. Der grinste. »Trefflich, darauf muß er wohl oder übel eingehen, wenn er das Gesicht nicht vor den anderen verlieren will. Er ist ein guter, treuer Kerl, aber wenn er getrunken hat, wird er leicht übermütig. Dann rauft er schon mal und ist am nächsten Tag ganz zerknirscht. – Euer Vorschlag, Tadayama Yasunari, ist bestens!«

Und richtig! Kaum hatten alle wohlgesättigt die Eßschalen von sich geschoben und riefen nach mehr Wein, da erhob sich Wolkendrache, nicht mehr ganz sicher auf den Beinen, und rief: »Hauptmann, der Mann neben dir soll doch angeblich ein gefährlicher Krieger sein, bitte gestatte mir etwas Kurzweil!« Seine Stimme wurde flehentlich. »Nur ein bißchen Spaß für uns alle!«

»Was willst du?« fragte Wang barsch.

»Bitte, Hauptmann, gestatte mir einen kleinen Waffengang mit dem Herrn! Keine scharfen Waffen selbstredend. Bloß ein Duellchen mit Stöcken.«

Wang schlug mit der Faust auf den Tisch. »Du wagst es, meine Gäste herauszufordern. Unverschämt! Troll dich!«

»Aber Hauptmann, ich will doch gar keinen richtigen Kampf. Bloß etwas Bewegung nach dem Essen.«

Wolkendraches Kameraden lachten. »Das kennen wir. Und nachher liegt hier alles in Trümmern. Der Hauptmann hat recht. Setz dich und trink, aber laß den Herrn in Frieden!«

Betrübt hockte sich Wolkendrache wieder hin.

Yasunari räusperte sich. »Hauptmann, Wolkendrache scheint mir ein echter Recke zu sein und ein würdiger Gegner.«

Beglückt sprang der Riese auf. »Da hörst du es selbst, Hauptmann! Der Herr weiß sich ritterlich zu benehmen.«

»Leider«, sagte Yasunari, »bin ich auf einer Pilgerfahrt und habe gelobt, mich nicht zu schlagen, außer in größter Bedrängnis.«

Wolkendrache kratzte sich nachdenklich am Kopf. Dann sagte er mit strahlendem Gesicht: »Nichts leichter als das, Herr! Ich nötige Euch einfach, dann habt Ihr Euer Versprechen nicht gebrochen, wenn wir uns messen!«

Yasunari sagte traurig: »So einfach geht es leider nicht. Aber ich habe einen guten Einfall. Ich schlage dir eine Geschicklichkeitsprobe vor. Bestehe ich die Probe nicht, machen wir den Waffengang – schließlich bin ich dann ja in Bedrängnis, weil ich dir gegenüber sonst wortbrüchig werde.«

Yasunaris Rede war zu kompliziert für Wolkendrache. Er brauchte ein, zwei Minuten, bis er begriff. »Einverstanden, aber die Geschicklichkeitsprobe muß so schwierig sein, daß kein Mensch sie bewältigen kann.«

»Natürlich, das muß sie, sonst würden wir uns ja nicht duellieren können.«

»Und wie wäre diese Probe?«

Yasunari ergriff zwei irdene Wasserkrüge und hielt sie hoch. »Du spreizt die Arme und stellst dich auf einen Schemel. In jeder Hand hältst du einen Krug. Ich stehe eine Stocklänge vor dir. Wenn der Hauptmann auf den Tisch klopft, läßt du die Krüge los. Schaffe ich es nicht, sie beide mit dem Stock in der Luft zu zerschlagen, bevor sie auf dem Boden landen, hast du gewonnen. – Glaubst du, jemand könnte das schaffen?«

Wolkendrache nahm zwei große Eßschalen, stieg auf einen Schemel, breitete die Arme aus und ließ die Schalen fallen. »Nein«, sagte er befriedigt, als sie auf dem Boden zersprangen. »Das gelingt niemandem.«

»Du bist also einverstanden, daß ich es versuche?«

»Nur zu«, brüllte Wolkendrache. »Und holt schon mal die Übungsschwerter und räumt eine Kampffläche frei!«

Yasunari ließ sich von einem der Tung-Söhne einen Kampfstock bringen. Wolkendrache trat wieder auf den Schemel und streckte die Arme mit den Wasserkrügen aus. »Wenn er *mich* trifft, nehmen wir aber richtige Waffen«, knurrte er.

Wang ballte seine Hand zur Faust. Yasunari baute sich vor Wolkendrache auf und nahm eine Links-Vorwärtsstellung ein. Den Stock hielt er beidhändig, die Spitze zielte auf den linken Krug.

»Fertig?« fragte der Hauptmann.

»Ich bin bereit«, brummte Wolkendrache.

»Ich auch«, sagte Yasunari.

Wang schlug auf den Tisch.

Yasunari sprang vor. Die Stockspitze zerstieß den linken Krug noch in Wolkendraches Hand. Das andere Gefäß zertrümmerte Yasunari in Kniehöhe, indem er sich rücklings fallen ließ und dabei den Stock nur mit seiner rechten Hand wie eine Peitsche seitlich über den Boden hieb.

Die Zuschauer brachen in Jubelschreie aus. Wolkendrache starrte ungläubig auf die Scherben.

Yasunari richtete sich auf, verbeugte sich vor Wolkendrache und sagte bestürzt: »Großer Bruder, welch ein Unglück! Es ist uns leider doch nicht vergönnt, gemeinsam in die Kampfbahn zu treten.« Er verbeugte sich erneut vor dem Riesen. »Ich bin mir sicher, daß ich dort schlecht gegen dich abgeschnitten hätte.« Yasunari hob einen Weinbecher. »Ich trinke hiermit auf dein Wohl, großer Bruder.«

Wolkendrache stand noch immer wie vom Donner gerührt auf dem Schemel, dann stieß er einen Schrei aus und rannte aus der Höhle. Gleich darauf hörte man Wasser platschen und ihn prusten.

»Was macht er?«

Einer von Wangs Männern folgte dem Riesen und kam kichernd zurück. »Er badet!«

Wenig später erschien Wolkendrache mit nassen Haaren und triefendem Bart in der Türöffnung, eilte vor Yasunaris Ehrensitz, kniete nieder und machte zu aller Verwunderung mehrere klatschende Stirnaufschläge. »Verzeiht, kleiner Bruder. Ich war zwar besoffen, aber nicht völlig blind. Euer Stock ist schneller als der Blitz. Ihr hättet mich ziemlich blöd aussehen lassen bei einem Zweikampf, so angegangen, wie ich bin. Bitte, unterweist mich in Eurer Kunst!«

Yasunari zog Wolkendrache hoch. »Nichts für ungut, großer Bruder.«

»Laß uns deine Einsicht begießen, aber schwöre erst bei allen Buddhas und Bodhisattvas, daß du Herrn Tadayama nicht mehr herausfordern wirst, wenn der Rausch dich wieder übermannen sollte«, sagte Wang streng.

»Großes Ehrenwort, Hauptmann!«

Wolkendrache bekam keine Gelegenheit, das Versprechen zu brechen, da seine Kameraden, die dem Frieden – aus Erfahrung – nicht recht trauten, ihm fleißig zutranken. Bald lag der Riese friedlich schnarchend in einer Ecke. Alle lobten Yasunaris Geschicklichkeit, ohne daß es zu Handgreiflichkeiten gekommen war.

Als die Männer der Heimwehr, die Tungs und Fra José sich schlafen legten, gingen Wang und Yasunari in eine andere Höhle, nachdem der Hauptmann sich noch vergewissert hatte, daß die Wachen draußen auf ihren Posten waren. Wang, der sich wie Yasunari beim Pokulieren zurückgehalten hatte, ließ von einem der Wächter Tee bringen.

»Ihr habt nichts von Eurer Schnelligkeit verloren, Tadayama Yasunari, seit wir auf der ›Seeschwalbe‹ freundschaftlich die Klingen gekreuzt haben.«

Yasunari schlürfte seinen Tee und lächelte. »Ich bin froh, daß der alte Trick noch funktioniert hat. Hätte ich die Krüge verfehlt, wäre mir ein Duell mit blanken Waffen angetragen worden. Aber dem hätte ich mich dann doch verweigert.«

»Ihr fühlt Euch also immer noch Eurem Gelöbnis verpflichtet – obgleich Euer Freund fast wieder seine alte Kampfstärke zurückgewonnen hat, wie Ihr mir erzähltet?«

»Ja. Gerade deshalb doch.«

Wang schaute in seine Teeschale und sagte leise: »Dann lasse ich meine Bitte lieber unausgesprochen?«

Yasunari verbeugte sich.

Wang seufzte. »Euer Beharren ist schärfer als das schärfste Schwert – Wolkendraches Sturheit ist dagegen die eines ungezogenen Kindes.«

»Ich habe bei der Heiligen Jungfrau gelobt, Wang. Sie ist die Mutter Gottes.«

Betrübt schüttelte Wang den Kopf. »Ach, ihr Christen! Wer soll das nur alles verstehen? Ihr laßt euch in der Heimat willig ans Kreuz schlagen oder kämpft einen aussichtslosen Kampf bis zum letzten Mann – nur um eurer Religion willen!«

»Weil wir an den Allmächtigen glauben, Wang.«

Der Hauptmann nickte resigniert. »Das haben mir viele gesagt, die sich zu Eurem Gott bekennen. Ich kann es dennoch nicht verstehen, was Euch zu Eurem Handeln bewegt. – Aber wir wollen nicht streiten, Tadayama Yasunari. Ich schätze Euch unverändert und bin froh, Euch wiederzusehen und daß ich in der Schlucht mit dabei war. Sonst wäre ich wahrscheinlich einiger Männer verlustig gegangen, denn den Stock hättet Ihr ja wohl doch benutzt, oder?«

Yasunari wog ihn nachdenklich in seiner Hand. »Gott hat heute alles gütig gefügt, Wang.«

Der Hauptmann hatte keine andere Antwort erwartet.

Am nächsten Morgen wurde Rat gehalten. Meister Tung war wegen der herumstreifenden Rebellen in Sorge, zu ungeschützt dünkte ihn die kleine Reisegruppe.

»Zum Strom sind es noch etwa zwanzig kleine Meilen, und der Wald steht dicht. Ein zweites Mal werden wir höchstwahrscheinlich auf keine guten Bekannten treffen, falls wir in einen Hinterhalt geraten sollten, Herr Tadayama.«

Wang lachte. »Wer weiß? – Aber seid unbesorgt! Ich und meine Männer werden Euch bis zum Jangtsekiang geleiten. Die Schlucht hinter uns ist blockiert, und hier in der Gegend mag es deshalb langweilig werden.«

Ein Notvorrat an Lebensmitteln und Waffen wurde in einer Höhle versteckt. Dann gab Wang den Befehl zum Aufbruch. Zwei Tage später gelangten sie unbehelligt an das Stromufer.

Winterlager im Da-liang-shan

Der Jangtse erschien Yasunari breiter und mächtiger als alle Flüsse, die er bisher gesehen hatte. Das diesseitige Ufer war hügelig, aber auf der anderen Stromseite wuchsen hinter einem schmalen Uferstreifen abweisend die schneegekrönten Da-liang-Berge empor. Der Wind wehte aus Norden. Schiffe aller Größenordnungen nutzten die Gelegenheit, um gegen die Strömung zu segeln. In der Ferne, etwa dort, wo Yi-bin liegen mußte, war der Himmel rauchverhüllt.

»Die Stadt ist also auch gefallen!« Wang ballte die Fäuste.

Meister Tung ritt zu Yasunari und Fra José. »Ihr ahnt, was das für Eure weitere Reise bedeutet?«

Fra José nickte. »Daß wir zu einem größeren Umweg gezwungen sein werden als geplant? Ich denke, ja!«

»Was würdet Ihr uns empfehlen, Wang?« Yasunari zügelte sein Maultier, bis es neben Wangs Falben trabte.

»Zwei Meilen südlich von hier ist eine Stelle, wo Schiffe anlegen, die ausgebessert werden müssen. Versucht dort auf das Westufer überzusetzen. Wie es dort aussieht, mag ich nicht vorauszusagen. Meister Tung wird schon abgelegene Wege in den südlichen Da-liang-shan kennen.«

»Wir müssen zumindest in den Westen!«

»Ich weiß, Tadayama Yasunari. Aber wenn Yi-bin brennt ...« Wang machte eine resignierende Kopfbewegung nach Norden.

Der Hauptmann und seine Männer begleiteten die Reisenden noch bis zu einem Hügel oberhalb des Landeplatzes. Hatte es auf den Höhen des Da-lou-shan noch geschneit, so brachte der Nordwind jetzt Regen.

»Vielleicht ist uns ja ein drittes Mal eine Begegnung vergönnt. Was meint Ihr, Tadayama Yasunari?«

»Gebe es Gott, daß es eintrifft, Wang! Und habt Dank für das Geleit. Sollte es Euch nach Macao verschlagen, überbringt bitte Nachricht über unseren bisherigen Reiseverlauf.«

Die Reiter der Heimwehr warteten, bis die Karawane in der Ansiedlung an der Schiffslände war, dann lenkten sie die Pferde nach Norden.

Ein Lastensegler lag am Ufer, ein Konvoi tiefgehender Flußdschunken steuerte den Werftplatz an. Zimmerleute besserten hektisch das Heck des Frachtschiffs aus. Die Deckaufbauten waren zersplittert, und der hintere Mast war gebrochen. Der Schaden sah nicht nach einer Havarie aus, eher nach Beschuß. Meister Tung machte sich auf die Suche nach einem bekannten Gesicht.

In der Jangtse-Niederung war es noch erstaunlich mild. Yasunari entledigte sich seiner Steppjacke und sah sich um. Die Häuser der Ansiedlung wirkten verlassen. Er klopfte an eine Tür. Niemand antwortete.

Meister Tung kehrte mit einem der Zimmerleute zurück. Sein Gesicht verriet Besorgnis. »Dieser Mann stammt aus meinem Nachbardorf. Er meint, es würde schwer werden, eine Passage nach drüben zu bekommen. Alle Schiffe flußaufwärts sind mit Flüchtlingen überfüllt. Aber wenn sie den Segler ausgebessert haben, gibt es eine Möglichkeit – allerdings zum doppelten Preis.«

»Was ist mit den Tieren?« fragte Yasunari.

»Für die ist kein Platz, Herr«, sagte der Zimmermann.

»Auch nicht gegen Silber?«

»Da müßt Ihr mit dem Kapitän reden, Herr.«

»Überlaßt das Verhandeln mir, Herr Tadayama«, sagte der Karawanenführer. »Sonst wird alles viermal so teuer.«

Meister Tung und der Zimmermann gingen den Kapitän suchen.

Das erste Schiff des Konvois glitt an der Landestelle vorbei. An Bord wimmelte es vor Menschen. Sie wirkten erschöpft, viele von ihnen waren verwundet. Die Neuigkeiten, die sie den Zimmerleuten zuriefen, waren düster. In Yi-bin gab es zwar noch Widerstand gegen die Rebellen, aber er beschränkte sich auf den Hafen, wo kaiserliche Soldaten von Kriegsdschunken aus den Feind beschossen. Überall in der Stadt brannte es, und Lis

Truppen plünderten ungehemmt. Der einzige freie Flucht-weg für die Bevölkerung war der Wasserweg stromauf-wärts, nach Süden, denn das gesamte Umland an beiden Jangtse-Ufern war fest in Rebellenhand. Gerüchten zu-folge rückte zwar von Osten her ein gewaltiges Heer des Hauses Ming an, aber stromabwärts näherte sich bereits eine starke Flotte rotbeflaggter Schiffe. Es war nur noch eine Frage der Zeit, bis die Aufrührer Yi-bin vollkommen eingeschlossen hätten.

Meister Tung gelang es, den Kapitän des beschädigten Lastenseglers mit viel Silber gnädig zu stimmen, um auch die Tiere ans Da-liang-shan-Ufer mitnehmen zu dürfen. Der Segler würde in einer Stunde ablegen. Die Zimmer-leute verankerten gerade einen neuen Heckmast.

Tungs Söhne hoben die Lastenbündel von den Maul-eseln und trugen sie an Bord. Yasunari, Fra José und der Karawanenführer sattelten die Reittiere ab. Mit Mühe und Not fand sich für die Tiere Platz am Vordermast. Ihnen wurden sorgfältig Vorder- und Hinterfesseln ge-bunden. Die Gepäckbündel verstauten Bootsleute unter Deck. Das Schiff war hochbepackt mit Seidenballen, die ein reicher Kaufherr vor den Plünderern hatte retten kön-nen. Er war wohlbeleibt und trug einen kostbaren Zobel-pelz. Argwöhnisch musterte er die neuen Passagiere. Mei-ster Tung hörte, wie er den Dienern zuflüsterte, ein wachsames Auge auf die Ladung zu behalten. Der Kara-wanenführer ging zu ihm und stellte sich vor. Nach ei-nem kurzen Gespräch war der Kaufmann beruhigt. Er hatte lange mit Meister Tungs Gilde zusammengearbei-tet, selbst der Name des alten Karawanenführers war ihm geläufig.

Es regnete nicht mehr. Yasunari und der Frater studier-ten im Windschatten hinter den Seidenballen eine Land-karte, als Meister Tung sich zu ihnen setzte.

»Ihr habt vernommen, was die Flüchtlinge berichteten?«

»Ja.«

Der Karawanenführer strich sich über den Bart. »In Zun-yi lautete mein Versprechen, Euch bis an den Jangtse zu bringen. Meine Mission ist somit erfüllt.«

Yasunari griff nach dem Lederbeutel mit dem Bruchsilber. »Dann sollt Ihr selbstverständlich den Rest Eures Wegelohns erhalten. Eine große Hilfe für uns wäre es allerdings, wenn Ihr uns zwei von den Mauleseln verkaufen würdet.«

Meister Tung nickte. »Darüber ließe sich reden – zur Zeit der Schneeschmelze.« Er hockte sich mit dem Rücken zum Strom hin.

Irritiert schauten Yasunari und Fra José den Alten an.

»Ja, glaubt Ihr denn, ich würde Euch einfach so ziehen lassen? Ohne einen Wegkundigen im Da-liang-shan?« Meister Tung nahm die Karte, betrachtete sie einen Moment, lachte und legte sie wieder aus der Hand. »Ich bin beruhigt. Mein Dorf ist nicht darauf zu finden und die benachbarten Ortschaften auch nicht.« Er drehte sich zum Jangtse um und breitete die Arme aus. »Seht, diese Berge jenseits des Wassers sind meine Heimat. Selbst die Tatarenheere in alter Zeit sind nie bis in die entlegenen Täler vorgedrungen. Lis Truppen werden es auch nicht schaffen.«

»Bitte, Meister Tung. Ihr sprecht in Rätseln.«

»Nun, dann will ich mich klarer ausdrücken: Ohne Eure Anwesenheit in der Schlucht wäre die Begegnung mit den Leuten der Heimwehr vermutlich übel ausgegangen, denn sie hielten uns wegen der roten Schärpen für Lis Leute. Bevor das Mißverständnis geklärt worden wäre, hätten sicher erst die Waffen gesprochen. Ich denke, wir verdanken Euch viel – wenn nicht sogar das

Leben. Ich bitte Euch und Herrn Hata, kommt mit mir in mein Heimatdorf und wartet dort die strenge Winterzeit ab! Dann werden wir wissen, was es mit diesem kaiserlichen Heer auf sich hat, das gegen die Aufrührer im Anmarsch sein soll. Außerdem war mein Ältester schon oft in den Dörfern vor den Hochpässen der Eisberge. Er wird Euch so manchen nützlichen Rat geben können.«

Dankend nahmen Yasunari und Fra José die Einladung an.

Auf der Überfahrt zum anderen Jangtse-Ufer erfuhr Meister Tung vom Kapitän, daß der dicke Seidenkaufmann die Absicht hatte, etwas weiter stromaufwärts an Land zu gehen, um sich einer Elfenbein-Karawane anzuschließen, die aus den Ländern des Südens kam. Treffpunkt war der Marktflecken Ba-Tang. Dort wurden auch Waren an Händler verkauft, die von jenseits der Eisgebirge kamen. Yasunari und Fra José lauschten aufmerksam dem Bericht des alten Karawanenführers und begannen erneut die Landkarte zu studieren.

Bei Einbruch der Abenddämmerung ging das Frachtschiff im Drei-Weiden-Weiler vor Anker. Die Reisenden führten die Last- und Reittiere über einen schwankenden Steg an Land. Die Siedlung hinter dem Wall machte einen abweisenden Eindruck. Das aus gehärteten Eichenbalken gezimmerte Tor war geschlossen. Hinter dem Dorf erstreckten sich regennasse Felder bis zu einem dunklen Waldstreifen am Fuße des Da-liang-Gebirges.

Neben dem Dorftor stand ein zinnenbewehrter Turm. Meister Tung bedeutete seinen Mitreisenden, am Ufer zu bleiben, und schritt auf das Tor zu. Ein behelmter Kopf erschien zwischen den Zinnen. Nachdem der Karawanenführer ein paar Worte mit dem Mann gewechselt hatte, kehrte er zum Ufer zurück.

»Sie lassen keine Fremden mehr ins Dorf.«

»Weshalb?«

»Sie fürchten, daß wir Spione der Li-Banditen sein könnten.«

»Kennt man Euch denn hier nicht?«

»Doch, aber das Mißtrauen ist groß. Wir müssen heute nacht im Freien kampieren. Bevor der Weg hinter den Feldern in die Berge ansteigt, gibt es einen geeigneten Rastplatz im Wald.«

Sie beluden die Tiere, folgten einem Bachlauf durch die Felder und hatten bald den Uferstreifen hinter sich gelassen. Nachdem sie einige Zeit im Wald geritten waren, führte der Weg auf eine Lichtung. Eine trübe Mondsichel stand über den Bäumen.

»Das ist unser Rastplatz.« Meister Tung lenkte sein Maultier zum Tränken an den Bach, seine Söhne begannen Holz zu sammeln. Bald loderte ein Feuer.

Als sie in den frühen Morgenstunden aufbrachen, regnete es wieder. Die Feuchtigkeit war unangenehmer als die Kälte im Da-lou-shan. Sie kroch in die Kleider, und Fra José klagte über Gliederschmerzen.

Stunde um Stunde stieg der Weg in engen Serpentinen an. Bald hatten die Reisenden keinen Blick mehr auf den Strom, denn sie kamen in ein Tal, das parallel zum Jangtsekiang verlief. An den Hängen gab es Teepflanzungen, aber nie begegneten sie einem Menschen. Am Ende des Tals verengte sich der Weg zu einem Pfad.

»Vor uns liegen mehrere Pässe. Ich denke, sie sind um diese Zeit noch gut passierbar«, sagte Meister Tung. Der Himmel hatte sich bleigrau bezogen. »Aber es gibt Schnee.«

Ihr Nachtquartier war eine verlassene Schäferhütte am Rande eines Plateaus. Fra José wickelte sich sogleich in seine Felldecken und aß nichts. Seine Augen glänzten fiebrig. Besorgt fühlte Yasunari ihm die Stirn. Sie schien zu glühen. Der Frater trank noch eine Schale Tee, dann schlief er ein.

Yasunari warf einen Astkloben in die gemauerte Feuerstelle. Der Rauch zog wie in einem Zelt durch eine Öffnung im Dach ab. »Wie weit ist es noch zu Eurem Dorf, Meister?«

Der Karawanenführer betrachtete besorgt den Schlafenden. »In zwei Tagen wären wir da. Aber so, wie es um Herrn Hata bestellt ist, vermutlich erst in drei. Über die Pässe kann man nicht reiten, und er scheint sehr schwach zu sein.«

»Wenn er morgen immer noch krank ist, könnten wir einen weiteren Tag hier in der Hütte bleiben, damit er sich erholen kann. Hier liegt er wenigstens geschützt.«

Als Yasunari erwachte, hatten die Tung-Söhne das Feuer bereits wieder in Gang gebracht. Der Himmel war wolkenlos. Erste Sonnenstrahlen fielen auf eine unberührte Schneedecke, so weit das Auge reichte. Der Frater hustete, behauptete aber, daß er sich besser fühlte, und bestand darauf, selbst sein Maultier zu satteln.

Um die Mittagszeit erreichten sie die Pässe. Nach einer kurzen Rast machten sie sich an den Aufstieg. Fra José hielt sich tapfer, obwohl man ihm die Mühe ansah, die ihm das Laufen machte. Oft blieb er erschöpft stehen und rang nach Atem. Besorgt beobachtete Yasunari seinen Begleiter. Die Pässe führten über mehrere verschneite Bergkämme auf eine von Schluchten zerfurchte Hochebene, wo man aber wieder reiten konnte. Yasunari und Meister Tung mußten Fra José auf sein Maultier helfen und nahmen ihn in die Mitte. Er hustete ununterbrochen.

»Das anstrengendste Wegstück haben wir hinter uns

gebracht, Herr Hata. Drei Tage noch, und wir haben es geschafft.« Der Karawanenführer wies mit der Reitgerte auf eine Gipfelkette am Ende der Hochebene, gezackt wie das Gebiß eines Hais. »Dort liegt mein Heimatdorf. Ich weiß, der Anblick dieser Berge erscheint unwirtlich, aber die Täler dort sind fruchtbar, und das Wetter in ihnen ist weniger rauh, als man es in dieser Höhe vermutet.«

In Yasunaris Miene spiegelte sich Skepsis wider.

»Doch, Herr Tadayama, Ihr könnt mir Glauben schenken. Selbst in strengen Wintern friert der Bach in unserem Dorf nicht zu. Das liegt an den heißen Quellen, die es überall gibt. Und dann ist die Lage vieler Täler so, daß sie ganzjährig Sonnenschein bekommen. Wartet's ab, Ihr werdet verwundert sein!«

Bis sie in das versprochene Paradies gelangen sollten, führte sie der Weg durch die eisige, winddurchtobte Hochebene. Sie bemühten sich, dem Frater das Reiten so angenehm wie nur möglich zu machen. Er bekam ein zusätzliches Obergewand, und Meister Tung füllte an jeder Lagerstätte eine Tonflasche mit glühender Holzkohle, die Fra José sich unter die Kleidung steckte. Trotz aller Bemühungen der Mitreisenden verschlechterte sich sein Zustand zusehends.

Am Nachmittag des dritten Tages hatten sie die gezackten Berge erreicht. Geduckte Kiefern bedeckten bizarre Geröllbrocken. Meister Tung lenkte sein Maultier in einen Hohlweg. Er mündete auf eine hölzerne Hängebrücke, die einen Felsspalt überspannte. Zwei armdicke Taue gaben der Konstruktion die notwendige Stabilität. Tief unten rauschte ein Wasserfall.

Meister Tung stieg ab. »Wir sind am Ziel. Ich gehe zu den Wächtern. Wartet bitte solange auf mich, und betretet die Brücke auf keinen Fall, bis ich Euch ein Signal

dazu gebe! Kommt dann einzeln hinüber und führt die
Tiere am Zaum.« Er drückte Yasunari die Zügel seines
Maultiers in die Hand, wickelte die rote Leibschärpe
um das linke Handgelenk, hob den Arm und betrat die
Brücke.

»Wo sind die Wächter?« fragte Yasunari die Tung-
Söhne.

»Dort!« Sie baten ihn, genau die Bäume in Augenschein zu nehmen, zwischen denen die Taue auf der gegenüberliegenden Schluchtseite verschwanden. Yasunari
sah nichts Auffälliges.

»Die Taue laufen um einen Felsen. Mit zwei, drei
kräftigen Axthieben kann man die Brücke zum Absturz
bringen.«

Meister Tung war ans Brückenende gelangt. Ein Mann
mit Schwert und Lanze tauchte hinter einer Tanne auf.
Der Karawanenführer und der Bewaffnete verbeugten
sich mehrmals voreinander.

»Das ist doch Onkel Tu«, sagten die Tung-Söhne, »der
jüngste Bruder von unserer Mutter!«

Onkel Tu und Meister Tung machten ihnen Zeichen
zu kommen. Vorsichtig führte Yasunari sein Maultier
über den Abgrund, dann ging er zurück und stützte Fra
José.

Die Häuser und Ställe von Meister Tungs Dorf klebten
wie Schwalbennester am Südhang eines kreisrunden Tals.
Die Bauernhöfe waren durch ein Gewirr von Treppen
und Stiegen miteinander verbunden. Nahe dem Talboden lagen die Behausungen für das Vieh, darüber die
Korn- und Heuspeicher. Noch eine Ebene höher, zwischen unzähligen dampfenden Quellen fast unterhalb
des Hangkamms, waren die Wohn- und Nebenhäuser errichtet worden. Sie standen auf geebneten Felsvorsprün-

gen, und die hinteren Räume reichten tunnelartig in den Hang hinein. Ein wenig fühlte sich Yasunari an das Taoisten-Kloster im Da-lou-shan erinnert.

Die Tung-Söhne trugen, sich abwechselnd, Fra José in einer Bambuskiepe zum heimatlichen Hof hinauf. Meister Tungs Ältester, Bruder Eins, kniete vor dem Eingang des Haupthauses und begrüßte den Vater und die Reisenden.

»Willkommen im Vollmondtal!« riefen auch die Knechte, die herbeieilten und den Frater auf Bruder Eins' Geheiß in einem Nebengebäude auf einen *Kang* betteten, eine von unten beheizbare Liegestatt. Apathisch trank der Mönch eine Schale Fleischbrühe. Meister Tung verabreichte sie ihm löffelweise. Dann bat Fra José, schlafen zu dürfen. Wieder fühlte Yasunari seine Stirn. Bevor er den Frater verließ, wickelte er ihm kalte Tücher um Hand- und Fußgelenke, wie er es von den Ärzten in der Santa Casa da Misericordia bei Norihiko gesehen hatte.

»Ihr werdet Euch vor dem Essen vielleicht erfrischen wollen?« Stolz zeigte Meister Tung seinem Gast das Bad. Eine heiße Quelle in einem Tunnel speiste mehrere in den Stein gehauene Wannen. Sie waren unterschiedlich tief und von glatten Steinen eingefaßt. In ihnen schwammen wohlriechende Kräuter. Das überschüssige Wasser aus den Wannen floß durch eine Bodenrinne ab. Dort standen Bottiche und Schüsseln zur Körperwäsche. Yasunari hockte sich auf einen Holzschemel und seifte sich ein. Bevor er ins dampfende Wasser stieg, spülte er sich gründlich ab. Wehmütig dachte er an die heißen Quellen in der Nähe des Benten-Schreins, die er immer im Winter mit Norihiko besucht hatte.

Erfrischt begab er sich ins Haupthaus. Meister Tung nötigte ihn auf den Ehrenplatz. Frauen eilten herbei, trugen die Speisen auf und entfernten sich augenblicklich wieder. Yasunari hörte sie im Nebenzimmer aufgeregt tuscheln und kichern.

»Ungehörig!« rief der älteste Tung-Sohn. »Benehmt euch! Was soll denn der verehrte Gast über euer Benehmen denken?«

»Laß sie doch«, sagte der alte Karawanenführer schmunzelnd. »Sie meinen es ja nicht unhöflich. Wann haben wir denn schon Fremde hier zu Gast?«

Nachdem Yasunari dem Karawanenführer und seinen Söhnen zugetrunken hatte, legte ihm der Alte eigenhändig die Speisen vor. Es gab gesottenes Reh auf knusprigen Teigfladen, in Kräuterkruste gebratene Forellen, Grillspieße mit Rindfleisch, gesalzenes Wintergemüse und eine Melonensuppe mit geschnetzeltem Entenklein sowie eine klare Brühe mit Fleischklößchen.

»Es ist bloß einfache, deftige Hausmannskost, die wir Euch hier in der Gebirgseinsamkeit anbieten können«, entschuldigte sich Bruder Eins.

Yasunari widersprach energisch. Als er die Fleischbrühe trank, sagte er: »Ausgezeichnet! Meine Mutter verstand sich auf eine ähnliche Zubereitung.« Er fischte ein Klößchen mit den Eßstäbchen heraus.

Meister Tung reichte ihm eine Schale mit Pfeffersauce. »Tunkt bitte das Fleisch erst kurz ein. So ist es Sitte bei uns.«

Yasunari tat, wie ihm geheißen. »Köstlich! Was ist das für Fleisch. Vom Schwein?«

»Nein, Herr Tadayama. Es ist Ochse. Schweinefleisch zu essen verbietet unsere Religion.«

Yasunari nickte. »Ich habe davon gehört. Aber Wein ist Euch offensichtlich gestattet.«

»In Maßen schon. Aber nie während des Fastenmonats und auch nicht an einem Freitag.«

»In Macao traf ich auf Turbanträger, die nie Wein tranken. Sie erklärten mir, ihr Prophet habe es verboten.«

Meister Tung seufzte. »Ich habe den heiligen Koran eingehend studiert. Der Prophet sagt, daß alles, was trunken macht, von Übel ist, nicht mehr und nicht weniger. Verboten hat er den Wein keineswegs, sondern nur seinen übermäßigen Genuß. Es ist mit meiner Religion wie mit der Euren, Herr Tadayama. Viele Schriftgelehrten deuten das Wort Gottes eben auf viele Weisen. Manche fordern, daß die Frauen das Gesicht verschleiern, und wieder andere sind der Meinung, es würde genügen – so, wie wir es hier halten –, daß sie nur ihr Haupthaar bedecken. Ja, ich war sogar in Ländern, wo die Weiber nie das Haus verlassen dürfen, es sei denn in Begleitung des Mannes.«

»Schnüren sich Eure Frauen auch die Füße ein, wie ich es überall im Reich der Mitte bislang gesehen habe?«

»Nein, Herr Tadayama. Diese Sitte herrscht bei uns nicht. Wie hält man es damit in Eurer Heimat?«

»Ein derartiger Brauch ist uns auch fremd.«

Eine Magd brachte eine Platte mit in Honig gekochten Apfelscheiben. Bruder Eins röstete Sesamkörner und streute sie über die goldgelben Köstlichkeiten.

›Ich bin Gast bei Anhängern Mohammeds, und ich werde höflich behandelt und gespeist, als sei ich einer der Ihren‹, dachte Yasunari und wünschte, der kleine Priester, der die Turbanträger sogar noch mehr haßte als die Rotbärte, wäre zugegen gewesen, als Meister Tung Fra José behutsam umsorgt hatte. Wie Ausgeburten der Hölle erschienen Yasunari die großzügigen Gastgeber nun gerade nicht. Immer wieder fragte der älteste Tung-Sohn besorgt, ob er noch einen Wunsch hätte, sei es Tee, sei es Wein. Yasunari wehrte höflich ab. Würzige Eschenscheite prasselten in der Feuerstelle, und ab und zu erschien ein kichernder Frauenkopf in der Türöffnung vom Nebengelaß und fragte, ob alles rechtens sei.

Die Kunde über die Ereignisse im Roten Becken waren bereits bis in das Tal vorgedrungen. Daß auch Yi-bin von den Rebellen eingenommen war, wußte der älteste Tung-Sohn indes nicht.

»Jetzt begreife ich, weshalb die Elfenbeinkarawane noch immer nicht abgereist ist. Der übliche Weg ist ihr verwehrt.« Er erzählte von einem Händlertreck, der an der alten, selten benutzten Nordwest-Straße am Westrand des Da-liang-Gebirges Quartier genommen hatte. »Die Dörfer in den Nachbartälern machen gute Geschäfte mit den Handelsreisenden. Ich will morgen zu ihnen aufbrechen, denn die Leute jenseits der Eisgebirge schätzen unseren Ziegeltee, und die Ernte in diesem Jahr war üppig.«

Yasunari, der mehr als die anderen getrunken hatte, wurde plötzlich sehr hellhörig. »Ziegeltee für die Länder hinter den Eisbergen? Ja, zieht die Karawane etwa dorthin?«

»Nein. In Ba-Tang, einem Marktflecken unterhalb der Hochpässe, treffen sich die Händler der Khampas – so heißt das Volk, das in den Hochlanden lebt – mit unseren Kaufleuten. Die Khampas tauschen Wolle und Gold gegen Seide und Tee.«

»Es wird vermutlich die Karawane sein, der sich auch der Seidenkaufmann anschließen will«, sagte Meister Tung. Er berichtete seinem Ältesten von der Begegnung auf dem Jangtse-Schiff und von Yasunaris und Fra Josés Reiseplänen.

»Warum kommt Ihr nicht mit zu den Händlern, Herr?« sagte Bruder Eins. »Man reitet bloß drei, vier Tage bis Ba-Tang, wenn man die Wege kennt. Mit der Karawane reisen bestimmt auch Leute, die schon des öfteren jenseits der Eisberge waren. Von ihnen könntet Ihr in Erfahrung bringen, welche die sichersten Hochpässe sind.«

»Habt Dank für Euer Angebot, Bruder Eins, aber mein Begleiter braucht intensive Betreuung. Ich bin doch sehr in Sorge um ihn.«

»Überlaßt die Pflege von Herrn Hata ruhig uns«, sagte Meister Tung. »Der Hodscha wohnt gleich nebenan. Er ist ein großer Heilkundiger. Sogar Kranke von weit her werden zu ihm gebracht. Auch die, die nicht an die Verkündigungen des Propheten glauben, vertrauen sich ihm an.«

»Was ist ein ›Hodscha‹, Meister Tung?«

»So wie ihr Christen Priester habt, die die heiligen Schriften auslegen, so haben wir unsere Hodschas. – Soll ich ihn rufen lassen? Ich habe damit gezögert, weil ich sah, daß Ihr selbst über Heilwissen verfügt.«

»Ihr täuscht Euch, Meister Tung. Meine Fähigkeiten sind dürftig. Ich würde mich vorher aber doch gerne mit Fra José besprechen.«

»Bitte, Herr Tadayama, redet mit ihm. Ich kann den Hodscha wirklich jederzeit herbeiholen, falls Ihr es wünscht. Unsere Religion gebietet es, dem Fremden behilflich zu sein. Das steht im Koran geschrieben.« Meister Tung zitierte zum Beweis.

Verwundert vernahm Yasunari die kehlige Sprache der Turbanträger aus dem Munde des alten Karawanenführers. Yasunari erinnerte sich, daß Vater Bartolomeu einmal eine annähernd ähnliche Stelle aus der Bibel vorgelesen hatte, und war irritiert. Besaßen die Anhänger des Propheten womöglich die gleichen Texte wie die Christen? – Fra José würde es wissen. Schließlich hatte er bereits die ersten Weihen.

»Ich werde einmal nachsehen, ob er gerade wach ist.« Yasunari erhob sich. »Es wäre wirklich von Vorteil, möglichst viel über die Eisgebirge zu erfahren, bevor wir uns an ihre Überquerung wagen.«

Fra José richtete sich matt auf, als Yasunari eintrat.
»Wie geht es Euch?«
»Ich habe Durst.«
»Wartet, bitte!« Yasunari sah sich um. Neben dem *Kang* standen ein Wasserkrug und ein Trinkbecher.
Fra José trank gierig. »Ah, das tut gut!« Er lehnte sich wieder zurück. »Ärgerlich! Das Fieber will überhaupt nicht mehr weichen.«
»Ihr habt Euch stark verkühlt. Da hilft nur Ruhe und viel Geduld.«
Der Frater hustete. »Ich glaube auch. Im Augenblick fühle ich mich jedenfalls völlig ausgelaugt.«
Yasunari erzählte ihm von dem Gespräch mit den Tungs.
»Nehmt auf mich keine Rücksicht, Tadayama Yasunari! Die Informationen, die Ihr in Ba-Tang sammeln könnt, sind sehr wichtig für unsere weitere Reise. Und was den Arzt betrifft, so laßt ihn ruhig zu mir kommen. In Macao gibt es einen Priester, Pater Petru, der lange Zeit am Hofe des Herrschers von Agra gelebt hat. Als Pater Petru krank wurde, haben ihn die Ärzte der Muselmanen wieder geheilt.«
»Meister Tung sagte, der Prophet gebiete seinen Anhängern, den Fremden und Reisenden in Not zu schützen.«
Fra José nickte matt. »Ich weiß, Pater Bartolomeu findet kaum gute Worte für die Anhänger des Propheten, aber auch andere Mitbrüder unseres Ordens haben mir glaubhaft berichtet, daß rechtschaffene Muselmanen die Gebote ihrer heiligen Schriften streng achten. Reist also unbesorgt mit Bruder Eins nach Ba-Tang. Ich versuche zwischenzeitlich wieder zu Kräften zu kommen.«

302

Yasunari erneuerte die Fieberumschläge und ging zu den Tungs zurück.

»Nun, Herr?«

»Ich reise morgen mit Euch, Bruder Eins. Und mein Begleiter läßt Euch seinen Dank ausrichten, daß Ihr den Hodscha für ihn rufen wollt.«

Tschang und Buttertee

»Ich habe das Gefühl, wir steigen nach jeder Wegbiegung höher und höher.« Yasunari ließ den Blick über die Berge vor ihnen schweifen. »Ist das schon das Eisgebirge?«

Bruder Eins lachte. »Nein, Herr. Wir sind noch im Da-liang-shan. Die Eisberge seht Ihr erst hinter dem nächsten Kamm. Das Tal von Ba-Tang führt zu ihnen hoch.«

Yasunari schwieg beeindruckt. So rauh und einsam wie den Da-liang-shan hatte er sich die Gebirge immer vorgestellt, von denen der kleine Priester gesprochen hatte. Um wieviel unwirtlicher würden die richtigen Eisberge wohl erst sein?

Die Maulesel waren von den Knechten mit Dutzenden von rechteckigen Packen beladen worden. Sie enthielten in grobes Baumwolltuch eingenähte Teeziegel. Yasunari hatte schon von der Methode gehört, Tee zu festen Platten zu pressen, weil er dann beinahe unverderblich und leichter zu transportieren war. Von Bruder Eins erfuhr Yasunari auch, wie die Leute im Gebirge ihn zubereiteten. Sie brachen oder schnitten ein Stück von der Platte und kochten es lange in Wasser. Dann würzten sie das Getränk mit der geschleuderten Milch von Rind und Büffel. Sie nannten die gewonnene weiche Masse Butter.

303

Man bewahrte sie in Lederbeuteln auf. War die Milchmasse frisch, so schmeckte sie süß. War sie hingegen alt und hart geworden, erinnerte sie an verdorbenes Fett. Die Hochlandbewohner störte der ranzige Geschmack offenbar nicht besonders. Sie kneteten die Butter, vermengten sie mit Mehl und gaben den Teig in den Tee. Von dieser Speise ernährten sie sich überwiegend.

Als Bruder Eins Yasunaris ungläubiges Gesicht sah, lachte er. »Das ist die Wahrheit, Herr! In Ba-Tang werdet Ihr reichlich Gelegenheit haben, davon zu kosten. Die Khampas trinken unentwegt eine Schale Buttertee und bieten sie bereitwillig jedem Gast an. Lehnt Ihr den Buttertee ab, gilt das als eine schwere Beleidigung.«

Yasunari verzog das Gesicht. Er hatte in Macao im Kolleg mehrmals von diversen Speisen aus verarbeiteter Milch gekostet. Sie hatten ihm nicht geschmeckt, und der Gedanke, sich im Eisgebirge womöglich ausschließlich von Buttertee ernähren zu müssen, behagte ihm ganz und gar nicht.

Schon aus der Ferne sahen sie das Karawanenlager in einem langgestreckten Tal, dessen sich verschmälerndes, ansteigendes Ende in den Wolken mündete. Die Eisberge hatten sich vor den Reisenden verhüllt.

Die Zelte der Händler bedeckten helle Seidenhüllen als Schutz gegen die Feuchtigkeit. Sie standen in Doppelreihe zu beiden Seiten der Straße. Hinter den Zelten lagerten an einem Wasserlauf die Herden der Trag- und Reittiere. Pferde, Maultiere und Esel sowie eine zottelige Rinderart, die Yasunari nicht kannte.

»Das sind Grunzochsen. Sie heißen Yaks. Kreuzt man sie mit Rindern, werden sie Tsos genannt«, erklärte Bruder Eins. Ein Yak war kleiner als ein Rind, wirkte aber stämmiger. Gegen Kälte schienen sie unempfindlich zu sein. Yasunari sah, wie sie sich voller Behagen in Schneewehen wühlten und sich dort niederlegten, obwohl weite Flächen des Tals nicht verschneit waren. Etwas weiter abseits, um eine Pagode und mehrere Steinhäuser gruppiert, hatten die Khampas ihre Jurten aufgeschlagen, schwarze schwere Kegel, aus Yakhaar gewoben.

Während sie in das Tal hinabstiegen, lernte Yasunari von Bruder Eins, daß die Khampas ihre Lasten überwiegend mit den robusten, genügsamen Grunzochsen beförderten und sogar auf ihnen ritten.

»Falls Ihr noch in der kalten Jahreszeit über die Pässe wollt, Herr, sind Eure Maultiere und Esel von geringem Nutzen. Tauscht die Tiere besser gegen ein paar ausgeruhte Yaks. Ihnen bekommt das Gebirge. Ja, ich habe sogar gehört, daß ein Yak nur hoch oben in den Eisbergen leben kann. Kommt er in wärmere Gegenden, geht er schnell ein.«

Als sie den Talboden erreichten und durch die Zeltstadt der Händler ritten, begann die Sonne zu sinken. Yasunari sah zwei bepackte Kamele. Bruder Eins winkte ab: sie würden im hohen Gelände nichts taugen.

Überall wurde gekocht. Man rief die Neuankömmlinge in allen möglichen Sprachen an. Nur selten hörte Yasunari ein vertrautes Wort. Bruder Eins antwortete fast allen Zurufern. »Es sind viele Leute aus den Südprovinzen unter ihnen, Herr Tadayama. Ihre Dialekte sind schwer zu verstehen. Sie fragen, ob wir auch nach Norden unterwegs sind. Ich habe ihnen gesagt, daß wir nur unseren Ziegeltee verkaufen wollen.«

Die kleine Karawane aus dem Vollmondtal baute ihre Zelte neben der Pagode auf. Die Knechte hoben eine flache Mulde aus und entzündeten ein Feuer. Meister Tung hatte für die Reisenden zwei Ziegen als Wegproviant schlachten lassen. Das Fleisch wurde auf Eisenspieße gesteckt. Bald kochte auch das Teewasser. Aus einem der schwarzen Zelte kam ein hochgewachsener Mann mit scharfgeschnittenen Gesichtszügen zu ihnen herüber. Er hatte das Haar zu zwei Zöpfen geknotet, und vom rechten Ohr baumelte ein langes Geschmeide aus Gold- und Silberringen. Seine Oberbekleidung bestand aus einem ärmellosen Fellmantel. Eine dicke Kordel diente als Leibgurt. Trotz der Kälte waren die Arme des Mannes unbedeckt. Als er an die Feuerstelle trat, erhob sich Bruder Eins zur Begrüßung. Der Fremde überragte ihn um Haupteslänge. Er sprach etwas Chinesisch und fragte, womit sie Handel treiben würden. Als er hörte, daß sie Ziegeltee hatten, nickte er befriedigt. Bruder Eins bat ihn, am Feuer Platz zu nehmen, und bot ihm Tee an.

Er hieß Nyima und war der Anführer der Khampas. Sie waren erst am Vorabend in Ba-Tang eingetroffen und mußten feststellen, daß die große Handelskarawane bereits alle Teevorräte aufgekauft hatte.

Bruder Eins hörte es mit Vergnügen. Die Unterhaltung verlief schleppend, bis Nyimas Onkel sich zu ihnen gesellte. Auch ihm wurde Tee gereicht. Er trug ein ähnlich kostbares Ohrgehänge wie sein Neffe. Sein Gesicht war wettergegerbt wie das von Meister Tung, auch mochte er im gleichen Alter sein. Den langen Fellmantel schmückten Stickereien aus blauen Perlen, und im Gürtel steckte ein kurzes, breites Schwert in einer silberbeschlagenen Scheide. Mit dem Onkel konnte sich Bruder Eins fließend verständigen: Er hatte lange in China gelebt. Bald war man sich handelseinig. Die Khampas würden in Gold bezahlen, das sie irgendwo in den Weiten ihres Landes aus einem Flußbett wuschen. Der Onkel griff in den Ausschnitt seines Mantels, zog einen Lederbeutel hervor und schüttete Bruder Eins eine Probe in die Handfläche. Es waren linsengroße Goldkörner. Bruder Eins gab dem Khampa das Gold zurück und deutete auf Yasunari. Der

306

hatte Schwierigkeiten, der schnellen Unterhaltung zu folgen, die sich jetzt zwischen dem Onkel und Bruder Eins entspann. Der Khampa redete in der Mundart der Si-chuan-Leute, von der Yasunari bislang nur ein paar Worte aufgegriffen hatte. Schale um Schale Tee wurde geleert. Onkel und Neffe schlürften mit Behagen. Die Menschen aus den Eisgebirgen, stellte Yasunari zu seiner Zufriedenheit fest, tranken also nicht nur ranzigen Buttertee.

Unterdessen hatten die Knechte das Ziegenfleisch zubereitet. Der junge Khampa ging zu seinem Zelt und kam mit einer großen hölzernen Flasche zurück.

»Er bringt Tschang«, sagte Bruder Eins. »Das ist ihre Art von Reiswein.«

Der Khampa goß jedem von einer trüben Flüssigkeit in die Trinkschalen und murmelte einen Trinkspruch. Bruder Eins erwiderte ihn. Alle hoben die Schalen und verbeugten sich.

Yasunari nahm einen Schluck. Nach Sake schmeckte der Trank zwar nicht, aber er war genießbar.

Das Fleisch wurde vom Feuer genommen. Bruder Eins teilte sich einen Spieß mit Yasunari.

»Ich habe interessante Neuigkeiten für Euch. Die Khampas wollen mehr Ziegeltee, als wir mitführen. Ich habe ausgemacht, daß wir gleich morgen ins Vollmondtal zurückreiten und ihnen alle unsere Vorräte herbeischaffen. Sie warten hier auf uns, bevor sie wieder zu den Pässen hochsteigen. Ein paar der Seidenhändler werden sich ihnen anschließen, um ihre Waren in den Ländern jenseits der Eisgebirge zu verkaufen, denn Lis Rebellen scheinen jetzt sogar die Karawanenstraßen in den nördlichen Wüsten unsicher zu machen. Wenn Ihr wollt, könnt Ihr dann mit ihnen ziehen, Herr. Yaks würden sie Euch auch verkaufen.«

»Wann werden sie aufbrechen?«

»In zehn Tagen etwa. Bedenkt, es ist eine günstige Gelegenheit, die sich vielleicht nicht so schnell wieder ergeben wird! Die Khampas reisen auch im Winter, während sich die meisten anderen Karawanen erst nach der Schneeschmelze wieder über die Eisgebirge wagen, habe ich mir sagen lassen.«

»Ich kann keine Entscheidung ohne meinen Begleiter treffen, Bruder Eins.«

»Natürlich. Aber vielleicht ist er ja unterdessen genesen.«

»Gebe es Gott!« murmelte Yasunari.

Sie verließen Ba-Tang gleich wieder am nächsten Morgen. Bruder Eins hatte den Khampas versprochen, spätestens in zehn Tagen weitere Teeziegel zu bringen. Nyima schenkte allen zum Abschied glückbringende weiße Stoffschleifen, die er den Reisenden um den Hals legte. Der Onkel murmelte Segenssprüche.

Noch immer verbargen sich die Berggipfel. Dunkle, schwere Wolkenbänke lagerten über dem Tal. Lange begleitete die Reiter das Gebell der Khampa-Wachhunde. Auf dem Rückweg schneite es zwar ununterbrochen, dennoch kamen sie wohlbehalten durch den Da-liang-shan.

Als die kleine Karawane wieder im Vollmondtal war, eilte Yasunari sofort zu Fra José. Der Weggefährte wirkte nur noch wie der Schatten seiner selbst. Die Wangen waren eingefallen, und das Gesicht schien blutleer wie das eines Toten, aber immerhin war der fiebrige Glanz aus den Augen gewichen. Fra José hockte, in Pelzdecken gehüllt, auf dem *Kang* und stocherte mit den Eßstäbchen in einer Suppenschale. »Nun, Tadayama Yasunari, was habt Ihr in Erfahrung bringen können?« Seine Stimme klang matt.

Yasunari kletterte auf die Bettstatt und setzte sich neben den Frater. »Davon werde ich gleich berichten, aber bitte sagt mir erst: Wie ist Euer Befinden?«

Fra José zwang sich zu einem Lächeln. »Sieht man das nicht?«

Yasunari nickte. »Ihr wirkt sehr geschwächt, das mag ich nicht verhehlen.«

»Ihr hättet mich am Tag nach Eurem Aufbruch erleben sollen! Der Husten wurde so heftig, daß ich dachte, mein Schädel würde platzen. Als Meister Tung dann mit dem Hodscha kam, hätte ich ihn fast nicht mehr erkannt, weil sich mein Blick verschleierte, wann immer ich den Kopf auch nur ein wenig anhob.«

»Was hat der Hodscha mit Euch gemacht?«

»Er flößte mir einen bitteren Trank ein. Daraufhin muß ich drei Tage durchgeschlafen haben. Als ich wieder erwachte, war der Husten fast weg, aber das Fieber noch nicht. Seit gestern habe ich zum ersten Mal das Gefühl, daß es wieder bergauf geht. Der Hodscha war täglich bei mir. Ich verdanke ihm vermutlich mein Leben.«

Meister Tung erschien mit einer Teekanne in der Türöffnung. Yasunari berichtete von der Begegnung mit den Khampas.

Als er auf deren Angebot zu sprechen kam, gemeinsam über die Hochpässe zu ziehen, sagte Fra José: »Vielleicht könnten wir sie überreden, die Abreise um ein paar Tage zu verschieben?«

Meister Tung schüttelte energisch den Kopf. »Selbst wenn Euch das gelingen sollte – was ich bezweifle –, wäre es Euer sicherer Tod, Herr Hata. Ihr benötigt mindestens noch einen Monat Ruhe, um Euch wieder einigermaßen zu kräftigen. Und wenn der Hodscha das sagt, könnt Ihr ihm Glauben schenken.«

Yasunari mußte an Pater Paulo de Andrade, den Mitbruder des kleinen Priesters, denken, der in den Eisbergen in einer Schneelawine umgekommen war. Fra José würde zumindest nicht dessen Schicksal teilen.

Yasunari gab dem alten Karawanenführer recht: Schwach, wie der Frater war, würde er es nicht einmal schaffen, bis nach Ba-Tang zu reiten.

Meister Tung bot Yasunari von dem Tee an.

»Gerne.«

Fra José hielt dem Alten zögerlich seine Trinkschale hin. »Ist es wieder dieser bittere Tee?«

»Ja. Drei Schalen pro Tag. Das hat der Hodscha so angeordnet.«

Fra José verzog das Gesicht. »Dann will ich nicht widersprechen. Der Tee ist bestimmt eine hervorragende Medizin – aber er schmeckt abscheulich.«

Yasunari kostete einen Schluck und hätte ihn fast wieder ausgespien. »Was ist das?«

Der alte Karawanenführer trank, ohne eine Miene zu verziehen. »Das ist ein spezieller Krankentee aus Ingwersud, Knoblauch und Zwiebeln. Er reinigt das Blut und vernichtet die Hitze im Körper. Wir im Vollmondtal trinken alle im Winter vorsorglich eine kleine Schale täglich, auch die Kinder.«

Fra José leerte seine Schale. Dann streckte er die Beine aus und bettete den Kopf auf einer Felldecke. »Vermutlich brauche ich wirklich noch ein paar Wochen Ruhe, um wieder weiterreisen zu können, Meister Tung. Selbst wenn ich mich nur kurze Zeit zum Essen aufrichte, bin ich derart erschöpft, als hätte ich einen hohen Berg erstiegen.« Fra José drehte sich auf den Rücken und schloß die Augen. Dann sprach er mit leiser, aber fester Stimme. »Tadayama Yasunari?«

»Ja?«

»Wir haben durch Lis Rebellion bereits kostbare Zeit verloren und sind zu großen Umwegen gezwungen worden. Unser Auftrag duldet keinen Aufschub mehr. Ich bitte Euch, zieht mit den Khampas und laßt mich in Meister Tungs Obhut. Ich werde Euch folgen, sowie ich wieder genesen bin.« Ein Hustenanfall überkam den Frater. Als er wieder vorbei war, sagte er: »Ich denke, es ist besser, wenn wir versuchen, unsere Mission getrennt zu erfüllen, Tadayama Yasunari. Der Herr allein weiß, wann ich wieder dazu fähig sein werde. Und Eile ist wahrhaftig geboten.«

Yasunari pflichtete ihm bei. Meister Tung nickte befriedigt und schwor beim Namen seines Propheten, daß er und die Söhne keine Mühen scheuen würden, ihren Gast wieder gesund zu pflegen. Und selbstverständlich würden sie dem Frater zu gegebener Zeit auch zuverlässige Führer über die Eisgebirge beschaffen.

Yasunari dankte dem alten Karawanenführer mit einer tiefen Verbeugung. Die Reisekasse wurde aufgeteilt. Yasunari ließ auch die Hälfte von der violetten Wundpaste aus der Santa Casa da Misericordia bei Fra José.

TEIL III
Tibet und Indien

Im Lager der Khampas

Sie erreichten Ba-Tang an einem frühen Vormittag im Schneegestöber. Eine weitere Karawane lagerte neben den viereckigen Yakhautzelten der Khampas. Unter den neu Dazugekommenen entdeckte Yasunari den dicken Seidenkaufmann von der Jangtse-Fähre.

Bruder Eins erledigte seine Geschäfte und handelte mit Nyima und dem Onkel den Betrag aus, den Yasunari für Führung und Geleitschutz zu entrichten hatte. Sie kamen überein, daß er mit der Khampa-Karawane bis in die ferne Stadt Lhasa ziehen würde. Die Khampas beabsichtigten, dort die Teeziegel aus dem Vollmondtal gewinnbringend zu verkaufen. In Lhasa, sagten sie, lebten Händler, die regelmäßig in die warmen Länder südlich der Eisgebirge reisten.

Yasunari hoffte nur, daß es die gleichen heißen Südlande waren, von denen der kleine Priester einst über die Schneegebirge nach Macao aufgebrochen war.

Nyima und der Onkel wechselten ein paar schnelle Worte in ihrer Sprache. Nyima deutete auf Yasunari und lächelte.

»Ja?« fragte Bruder Eins.

»Mein Neffe war verwundert, daß Herr Tadayama keine Handelswaren mit sich führt. Ich habe ihm mitgeteilt, was mir Euer Vater über ihn und seinen Begleiter erzählt hat: daß die Herren fromme Pilger sind, die ihre Lehrer in Indien aufsuchen wollen.«

Dann tauschte Bruder Eins noch Yasunaris Maultier und den Maulesel gegen zwei junge, wohlgenährte Grunzochsen ein. Die Tiere waren stark, aber dank hölzerner Nasenringe fügsam wie die Wasserbüffel der Reisbauern im Zedernflußtal. Sie ließen sich von Yasunari ohne aufzubegehren reiten und dirigieren. Beide waren schwarz und zottig wie langhaarige Schafe. Dann kaufte er sich eine pelzgefütterte Kappe, wie sie die Khampas trugen und die sowohl die Ohren als auch den Nacken vor der Kälte schützte.

»Brauche ich auch ein Zelt?«

Bruder Eins schüttelte den Kopf. »Das hieße, daß Ihr ein zusätzliches Tragtier kaufen müßt. Nein, Nyimas Onkel ist einverstanden, während der Reise mit Euch das Zelt zu teilen. So habt Ihr auch immer jemanden, mit dem Ihr Euch gut verständigen könnt.«

Die Wolkendecke über dem Tal riß auf. Ehrfürchtig betrachtete Yasunari die glitzernden Eiswände, die sich plötzlich vor ihm auftürmten. Schon das Da-liang-Gebirge war eindrucksvoller gewesen als alle hohen Berge, die er jemals gesehen hatte. Aber gegen diese Riesen waren sie nur bescheidene Hügel.

Tungs Ältester machte sich noch vor Sonnenuntergang wieder auf den Heimweg. »Wegen Eures Begleiters bleibt bitte unbesorgt, Tadayama Yasunari. Nyima hat mir ein Amulett mitgegeben. Angehörige seines Clans kommen häufig nach Ba-Tang.« Er zeigte Yasunari einen Anhänger aus poliertem Walnußholz. Fremdartige Schriftzeichen schmückten die Oberfläche. »Wenn Herr Hata wieder reisefähig ist, werde ich ihn hierher bringen. Das Amulett ist ein Erkennungszeichen. Wer es vorweisen kann, genießt den Schutz von Nyimas Sippe. Ich

316

habe übrigens erfahren, daß auch viele der Seidenhändler mit den Khampas ins Eisland ziehen werden. Das ist gut so. Je größer die Karawane, desto sicherer seid Ihr vor Räubern. Möget Ihr wohlbehalten Euer Ziel erreichen!«

»Danke, Bruder Eins! Und Dank auch für die Aufnahme im Vollmondtal!« Yasunari begleitete den gastfreundlichen Ältesten von Meister Tung noch bis zu den Zelten der Seidenhändler, dann kehrte er nachdenklich ins Khampa-Lager zurück. Die Yaks scharrten am Talhang das Gras unter der Schneedecke frei. Yasunari erkannte seine beiden Grunzochsen an den roten Quasten, die von den furchteinflößenden Hörnern baumelten. Große angeleinte Hunde bewachten die Herde. Sie erinnerten ihn an Tosa-Hunde und schienen ähnlich scharf zu sein, denn als einer der chinesischen Händler dicht an ihnen vorbeiritt, fletschten sie die Zähne und zerrten wie rasend an den Stricken.

Die Khampas hockten um eine Feuerstelle inmitten der Zelte. Nyimas Onkel winkte Yasunari heran.

Zum ersten Mal sah Yasunari auch eine Khampa-Frau und Kinder. Sie stand vor Nyimas Zelt und röstete Gerstenkörner in einer flachen Pfanne. Die Kinder zerrieben die Körner in einem Steinmörser zu Mehl. Die Arbeit bereitete ihnen großes Vergnügen. Sie stritten lachend darum, wer von ihnen als nächster den Mahlstein bekommen sollte.

Die Frau war hochgewachsen und schlank. Sie trug kostbare silberne Ohrgehänge und hatte das Haar zu unzähligen Zöpfen geflochten, die mit blauen und roten Edelsteinen geschmückt waren. Den Halsausschnitt zierte eine schwere goldene Gliederkette. Yasunari vermochte kaum die Augen von ihr abzuwenden. »Wer ist das?«

»Dugmo?« Der Onkel lachte. »Sie ist schön, nicht wahr?«

Yasunari nickte.

»Sie ist die Frau von Nyima und seinen beiden Brüdern. Die Brüder reisen nicht mit der Karawane. Sie erwarten uns hinter dem letzten Paß im Khampa-Land mit ausgeruhten Yaks.«

»Wie …?« Ungläubig starrte Yasunari den Onkel an. »Die Frauen im Eisland haben gleich mehrere Männer?«

»Nicht überall. Aber bei uns Khampas ist das häufig der Fall.«

Yasunari mochte es kaum glauben: Drei Brüder teilten sich in eine Frau! Und in der Heimat hatte Pater Bartolomeu sogar strenge Worte gefunden, wenn sich jemand eine Nebenfrau oder Konkubine nahm, weil das einem guten Christen ja verboten war. Warum hatte der kleine Priester ihm nie von dieser merkwürdigen Sitte in den Eisgebirgen berichtet? Hatte er nichts davon gewußt?

Die Frau stimmte eine fröhliche Melodie an.

»Ah! Sie singt das ›Teelied‹«, sagte der Onkel.

»Und wovon erzählt es?«

»Die Worte sind schwer in einer anderen Sprache auszudrücken, aber ich will es versuchen.« Er summte leise eine Strophe. »Das Lied beschreibt, wie man Buttertee richtig zubereitet: Ein geiziger Mann soll das Salz abmessen, Butter ein reicher und Gerste ein hungriger. Schlagen muß den Tee dann ein wütender Mann.«

Die Kinder begannen in die Hände zu klatschen und mitzusingen.

»Kommt ein Gast, muß man ihm Tee wie einem König anbieten«, übersetzte der Onkel.

Der Gesang schwoll an. Der Oberkörper des Onkels wiegte sich im Takt.

»Und trinken muß man den Tee dann mit großer Würde, so als wäre man wirklich ein Herrscher.«

Dugmo ließ sich von einem Mädchen heißes Wasser,

einen Brocken Ziegeltee, Salz, Butter und das Gersten-mehl bringen. Sie zerbröselte den Teeklumpen und ver-fuhr, wie sie es in dem Lied besungen hatte.

Kurz darauf trug sie zwei Deckelschalen aus Rosen-holz zu Yasunari und dem Onkel. Betreten, weil er sie so ungeniert angestarrt hatte, bedankte sich Yasunari für den Buttertee.

Der Onkel schmunzelte. »Sie gefällt Euch, nicht wahr?«

»Ja. Sind die Frauen bei Euch alle so ansehnlich?«

Der Onkel zog Yasunari am Ärmel. »Urteilt selbst! Da kommt meine Nichte Tara.« Eine Khampa-Frau ritt auf einem schneeweißen Maultier am Lagerplatz vor-bei und warf den Männern ein paar Scherzworte zu. Sie trug das Haar lang und offen und ritt schnell. Die Reiterin hätte eine jüngere Schwester der Sängerin sein können.

Die Augen des Onkels funkelten verschmitzt. »Sie ist noch ledig, Herr.«

Um seine Verlegenheit zu überspielen, hob Yasunari schnell den Deckel von der Schale und trank. Es schmeck-te merkwürdig, mehr nach Suppe als nach Tee.

»Nun?« fragte der Onkel.

»Man sagte mir, daß auf diese Weise zubereiteter Tee«, Yasunari suchte nach dem Wort, »immer *stechend* schmeckt.«

»Nicht, wenn die Butter gerade zubereitet wurde.«

Nach dem Essen folgte Yasunari dem Onkel ins Zelt. Das schwache Licht von mit Butterfett gespeisten Lam-pen fiel auf ein Rollbild über einer geschnitzten Kon-sole. Ein pechschwarzer vielarmiger Dämon tanzte auf einem Berg von Totenschädeln. Er schwang bluttriefende Schwerter und Spieße, um die sich grellfarbige Schlangen ringelten.

Der Onkel hockte sich vor den einfachen Altar. »Ich

will den Erdgeist gnädig stimmen.« Er warf eine Finger-
spitze Gerstenkörner gegen das Bild, stimmte einen mo-
notonen Bittgesang an und entzündete weitere Butterlampen. In ihrem flackernden Lichtschein schien der
Dämon zu leben. Dann verneigte sich der Onkel dreimal
vor der Abbildung des Erdgeistes, drehte sich zu Yasunari um und sagte ernst: »Ihr seid doch ein Pilger. Wollt
Ihr nicht auch ein glückbringendes Gebet sprechen, um
den Beistand Eurer Götter zu erflehen?«

Yasunari zögerte. Die *Instructio* des Ordensprovinzials
an ihn und Fra José war eindeutig gewesen: »Gebt Euch
nie als Christen zu erkennen, wenn dadurch der Auftrag
gefährdet wird!«

Aber welche Gefahr drohte von den freundlichen
Khampas?

»Ich glaube an keine Götter, nur an den einen wahrhaf-
tigen Herrn im Himmel«, sagte Yasunari.

»Nun, dann bittet eben den«, sagte der Onkel. »Oder
darf man ihn nicht um Beistand anrufen?«

»Doch. Mein Gott ist ein Helfer der Menschen.« Yasunari ließ sich auf die Knie nieder. »In nomine …«

Als Yasunari das Gebet beendet hatte, nickte der Onkel befriedigt. »So ist es gut!« Er rollte sich in eine Schaf-
felldecke. Bald darauf war er eingeschlafen.

Yasunari bettete sich mit dem Gesicht zur Zeltwand.
Als die Butterlampen erloschen, lag er noch immer wach
und lauschte dem Heulen des Windes. Dugmo und Tara
gingen ihm nicht aus dem Sinn.

Im Zedernflußtal war er mit Norihiko auch in die gewissen Häuser gegangen, obwohl der kleine Priester das
als schwere Sünde bezeichnet hatte. Alle Samurai der Festung hatten es getan. Die Frauen waren willig gewesen,
und sie hatten ihr Vergnügen mit ihnen gehabt. Aber besonders beeindruckt war er von den Kurtisanen mit ihrer

käuflichen Liebe nicht. Selten, nur zu den Festen, verließen sie das Bordell. Unvorstellbar, daß sie, die sogar berufsmäßig freizügig waren, offen mit Männern scherzten wie die Khampa-Frauen. Dugmo. Sie lebte mit drei Brüdern in Ehe! Was würde ihn noch alles in den Eisbergen und der Welt dahinter erwarten?

Lange noch wälzte sich Yasunari unruhig auf seinem Fellager, bevor er endlich Schlaf fand.

Aufstieg

Im ersten Morgenlicht brach man auf. Der Himmel war kaum bewölkt, und es wehte nur ein schwacher Wind aus Süden. Yasunari zählte an die dreißig Khampas, Männer, Frauen, Kinder, und zehn Chinesen, nur Männer. Als die Karawane das Ende des Talbodens erreichte und er die zerklüftete Felswand, in die sie aufsteigen mußten, aus der Nähe sah, schüttelte er nur ungläubig den Kopf.

Zu reiten verbot sich ab jetzt. Yasunari verteilte das Gepäck gleichmäßig auf seine Yaks. Der Onkel und Nyima gingen voran. Sie führten die Ochsen an den Nasenringen. Die Chinesen bildeten den Schluß der Karawane. Zu Yasunaris Erstaunen meisterten die Grunzochsen die enormen Steigungen trotz ihrer schweren Lasten souverän wie Gebirgsziegen. Nyima trieb die Reisenden unaufhörlich an. Der erste Paß, der ins Khampa-Land führte, mußte unbedingt vor Einbruch der Dunkelheit erreicht werden. In der Steilwand wären Mensch und Tier einem Wettersturz hilflos ausgeliefert.

Schon bald fühlte sich Yasunari erschöpft. Sein Atem ging schwer. Er bürdete dem Reit-Yak zusätzlich das Ledersäckchen mit dem Bruchsilber auf, das er bislang am Körper getragen hatte, und sah sich um. Die Chinesen rangen ähnlich um Luft wie er, nur den Khampas merkte man keinerlei Erschöpfung an. Sogar Dugmo und Tara schleppten große Bündel auf dem Rücken und hielten mit den Männern mühelos Schritt. Stunde um Stunde ging es in steilen Serpentinen bergan. Der feiste Seidenhändler von der Jangtse-Fähre beschwerte sich bei Nyima über das Aufstiegstempo. Er war kaum mehr in der Lage, einen Fuß vor den anderen zu setzen, obwohl ihn bereits zwei seiner Gehilfen stützten. Der Karawanenführer wechselte ein paar Worte mit einem schmächtigen Khampa. Der Mann gab sein Bündel einem der Knaben und schulterte den Chinesen.

Hoch über ihnen wurde ein Einschnitt in der Felswand mit einem Wegzeichen sichtbar. An langen Stangen wehten zerschlissene Stofffetzen.

»Endlich! Das ist der Paßeingang«, sagte der Onkel.

Yasunari nickte matt. Die Khampa-Frauen riefen ihm etwas Aufmunterndes zu und stimmten ein Lied an.

»Sie singen ein Loblied auf die gütigen Weggeister«, sagte der Onkel.

Yasunari schnitt eine vielsagende Grimasse und schleppte sich weiter. Hinter ihm brach einer der Chinesen zusammen.

Als er schließlich, mehr kriechend als aufrecht, hinter dem Onkel das Wegzeichen erreichte, warf er sich keuchend zu Boden.

»Lob sei den Göttern!« rief der Onkel.

Alle Khampas sprachen Dankgebete, umschritten den stangenbewehrten Geröllkegel von links nach rechts, befestigten Stoffbänder an den Holzlatten oder häufelten weitere Steinbrocken auf. Tara trat lächelnd auf Yasunari zu. Er verstand nicht, was sie wollte.

»Gebt ihr ein Stück Tuch«, übersetzte der Onkel.

Yasunari schnitt einen schmalen Streifen aus dem Ärmelsaum seines Untergewandes. Tara rannte zum Wegzeichen.

Der Onkel lachte. »Sie scheint Euch zu mögen. Seht Ihr?«

Seine Nichte befestigte den Stoff an einer Stangenspitze.

»Warum macht sie das?«

»Es bringt Glück«, sagte der Onkel. »Euer Gott wird bestimmt nicht darüber zürnen.«

Auf der Paßhöhe lag nur wenig Schnee, aber es war viel kälter als unten im Tal. Das Nachtlager wurde aufgeschlagen. Ein eisiger Wind machte jeden Handschlag zur Tortur. Nyima spannte Schnüre um den Lagerplatz und knüpfte bedruckte Baumwolltücher auf, eine Prozedur, die er im Laufe der Reise selbst bei jeder Rast wiederholen würde. Vom Onkel erfuhr Yasunari, daß es sich um Gebetswimpel mit heiligen Sprüchen handelte. Streifte sie der Wind, trug er die Bitten und Lobpreisungen der Menschen zu den Göttern. Überdies hielten die frommen Texte die bösen Geister in Bann. Yasunari lernte auch das Khampa-Wort für die fahnenbestückten Geröllpyramiden: Labtscha.

Das letzte Geräusch, das er vor dem Einschlafen vernahm, war das Flattern der Gebetswimpel.

In den nächsten Tagen gewöhnte sich Yasunari allmählich an die Anstrengungen des Marsches. Das Gehen fiel ihm leichter, wenn er wie die Khampas in einen rhythmischen Trott verfiel und das Ein- und Ausatmen auf seine Schritte abstimmte. Seit die Karawane vom Paß auf eine Hochebene gelangt war, die auf eine Kette von bläulich schimmernden Bergriesen zuführte, spannte sich über den Reisenden tagsüber ein klarer Himmel, und in den Nächten erstrahlten die Sterne wie zum Greifen nahe.

Die Ebene war ein Plateau aus bizarren Steinplatten und fast schneefrei. Es wehte ein beständiger Wind, schneidend und eisig. Um Gesicht und Hände vor dem Austrocknen zu schützen, rieben sich die Khampas ständig mit Yakfett ein. Selten war das Fett frisch. Yasunari konnte den Geruch kaum mehr ertragen, den Chinesen erging es ähnlich. Oft bot der Onkel ihm von der gelblichen Paste an. Auch das winzige Bodhisattva-Amulett aus Ton, das der Onkel an einer speckigen Schnur direkt auf der Haut trug, wurde eingesalbt. Jeder der Khampas besaß wenigstens eines dieser Figürchen. Die daumengroßen Anhänger hießen Tsa-Tsas und erinnerten Yasunari an die Kannon-Amulette der Diamant-Mönche.

Der Onkel war jedesmal verwundert, wenn sein Zeltgenosse das Angebot, sich von der Yakfettpaste zu bedienen, entschieden ablehnte. Überhaupt war Yasunaris Nase ständig üblen Ausdünstungen ausgesetzt. Die Khampas reinigten sich anscheinend nie. Die Morgenwäsche des Onkels bestand darin, daß er die ranzige Yakfettpaste auf alle unbedeckten Körperteile schmierte. Einmal machte die Karawane Rast an einem zugefrorenen See. Yasunari suchte sich eine windgeschützte Stelle und schlug ein Loch in die dicke Eisdecke. Dann schöpfte er mit einem Eimer aus Yakhaut Wasser und begann sich zu waschen. Im Nu war er von staunenden Khampas umringt, die schrill auf ihn einredeten. Da er ihre Worte nicht verstand, bedeutete er ihnen, daß sie sich auch des Eimers bedienen könnten. Erschrocken wichen sie zurück. Ein Knabe rannte davon und holte einen Mann, der Chinesisch sprach. Wild gestikulierend hastete der herbei.

»Haltet ein, Herr, im Wasser hausen böse Geister!«

Yasunari lachte. »Ich bitte Euch! Das Wasser ist köstlich. Ich habe sogar davon getrunken. Es ist klar und schmeckt süß.«

»Das bezweifle ich nicht. Trinken dürft Ihr es auch. Aber wascht Euch um aller Buddhas und Bodhisattvas willen nicht damit, sonst kommt großes Unglück über Euch!«

»Wirklich? Das Wasser erscheint mir rein. Warum sollte es Schaden bewirken?«

»Weil Ihr dunkle Mächte heraufbeschwört, wenn Ihr es zum Waschen benutzt – ohne krank zu sein.«

»Aber die chinesischen Händler, die schon in Eurem Land waren, haben mir von heißen Quellen dort erzählt, die jung und alt sommers wie winters besuchen.«

»Das«, sagte der Mann, »ist etwas anderes. Über die heißen Quellen wachen die guten Erdgeister. Aber im kalten Wasser herrschen die furchtbarsten Dämonen.«

Wehmütig dachte Yasunari an die Badehöhle der Tung-Familie im Vollmondtal, dachte an die wohlriechenden Kräuter, die in den Wasserbecken schwammen, und an die makellos weißen Tücher, die zum Abfrottieren bereitgelegen hatten. »Aber wie ist es denn in den Städten und Palästen Eures Landes, dort gibt es doch sicher Badehäuser?«

Der Mann schaute Yasunari fassungslos an und schüttelte nur den Kopf.

Als Yasunari dem Onkel von seinem Erlebnis am See berichtete, nickte der ernst. »Der Mann hat es gut mit Euch gemeint. Man fordert das Schicksal nicht leichtfertig heraus. In China suchte ich auch gelegentlich die Bäder auf.« Der Onkel entzündete Butterlampen auf dem Zeltaltar. »Aber hier im Eisland halte ich mich an die Sitten meines Volkes. Mächtig, Herr, sind die Götter, und ich will mir nicht leichtfertig ihren Zorn zuziehen.« Er machte eine wegwerfende Handbewegung. »Badehäuser besitzen bei uns nur die wenigen Muselmanen, die weit im Westen wohnen. Sie leben ausgestoßen außerhalb unserer Ansiedlungen für sich und sind Kürschner und Schlachter.« Mitleidig fügte er hinzu: »Mögen trotzdem alle Wesen glücklich sein, auch wenn sie wie Ihr nur an einen Gott glauben!«

»Warum habt ihr die Anhänger des Propheten aus euren Dörfern verbannt?«

»Weil sie Tiere töten und Fleisch essen. Unsere Religion verbietet das.«

»Davon habe ich bislang wenig bemerkt. Die Fleischspieße im Tallager haben Euch sichtlich gemundet.«

Der Onkel grinste spitzbübisch. »Was tief unten im Tal geschah, konnten die Götter nicht sehen.«

Offensichtlich sahen sie nicht, was in den Zelten vorging. Das erklärte auch, weshalb die Khampas seit dem Aufstieg nicht mehr im Freien aßen. Yasunari seufzte. Groß war das Khampa-Land. Wie viele Wochen und Monate würde er es noch durchqueren, um in den besagten Westen zu gelangen, wo die Anhänger des Propheten lebten? Sicher, der kleine Priester hätte den Wunsch ketzerisch gefunden, daß ein Christ sich ausgerechnet nach ihrer Gesellschaft sehnte, aber in einem ähnelten die Khampas den meisten Weißen – ob Portugiese oder Rotbart: von regelmäßiger Körperpflege hielten sie wenig.

Die Steinplatten des Plateaus gingen in eine sandige Ebene über. Plötzlich verdunkelte sich die mittägliche Sonne. Eine braune Wolke tobte der Karawane entgegen und verdeckte die Sicht auf die Berge. Die Reisenden verhüllten sich mit Tüchern und Decken. Der feine Sand drang dennoch stechend bis an die Haut. Jede Bewegung wurde Yasunari zur Qual. Ihm war, als trüge er dornengespickte Kleider. Als die Yaks und die Hütehunde sich weigerten weiterzulaufen, wurde in aller Eile abgesattelt. Die Grunzochsen legten sich von selbst dicht an dicht mit den Hinterteilen zum Sturm. Vor ihnen kauerten die Reisenden, nur dürftig geschützt durch die Lastenbündel. Dugmo und Tara schlüpften unter eine Yakhaut. Selbst die scharfen Hunde drückten sich verängstigt an die Menschen. Yasunari schob die Pelzkappe tief über die Augen und bedeckte den Oberkörper mit einer Satteldecke. Er hockte zwischen Nyima und dem Seidenhändler.

Der dicke Chinese, den die Tibeter Schweinskopf getauft hatten, jammerte fortwährend über das Mißgeschick, das ihn ins Eisgebirge gezwungen hatte, und verfluchte lautstark den Rebellen Li, der die bequeme Karawanenstraße nach Norden blockierte.

»Spart Euch besser den Atem und schweigt!« brüllte Nyima barsch, dem der Dicke schon seit geraumer Zeit mit seinen ständigen Nörgeleien auf die Nerven ging. »Sonst stopft der Sand Euch noch das Maul – was ich allerdings begrüßen würde.«

Nyimas Wunsch ging nicht in Erfüllung. Der Sturm nahm an Stärke ab und legte sich dann so abrupt, wie er gekommen war. Plötzlich strahlte die Sonne wieder, und ein makellos blauer Himmel überspannte die Ebene.

In die Karawane kam wieder Leben. Yasunari stand auf und schüttelte sich. Nyima warf seinen Schaffellmantel ab und begann sich zu kratzen. Der dicke Chinese hustete und rief nach seinen Dienern. Dugmo und Tara krochen unter der Yakhaut hervor. Sie streiften wie die Männer ohne Scham alle Obergewänder ab und klopften sie aus. Yasunari war wie gebannt von dem Bild. Die Frauen hatten wohlgestaltete Brüste, auch Dugmo, die ja bereits mehrere Kinder geboren hatte. Sich entblößt zu zeigen – als Sünde hatte der kleine Priester es immer bezeichnet, wenn die Bewohner der Festung gemeinsam die heißen Quellen im Zedernflußtal besuchten. Selbst der Vater, der die religiösen Unterweisungen des Priesters ansonsten streng beachtete, hatte sich nie an Pater Bartolomeus Verbot gehalten. ›Ob es mit der Waschangst der Weißen zusammenhing?‹ dachte Yasunari.

»Dugmo! Tara!« Der Onkel, nur mit einem Hüfttuch bekleidet, ging zu den Frauen. Die beißende Kälte schienen die Khampas nicht zu spüren. Niemand hatte es in der Mittagssonne eilig, wieder in die Kleider zu schlüpfen. Viele nutzten das Entsanden, um sich gleich auf die lästigen kleinen Mitreisenden zu stürzen, deren Bekanntschaft Yasunari zur Genüge im Zelt des Onkels gemacht hatte.

Dugmo und Tara, die sich gegenseitig mit einer glänzenden Flüssigkeit aus einem Tonkrug eingerieben hatten, begannen kichernd den Oberkörper des Onkels mit dessen Yakbutterpaste zu massieren. Der Onkel flüsterte Tara etwas ins Ohr. Schon stand sie vor Yasunari.

»Ihr verschmäht doch immer mein gutes Yakfett, Herr Tadayama. Das Öl der Frauen wird Euch besser gefallen«, sagte der Onkel augenzwinkernd.

Tara besah sich Yasunaris aufgesprungene Gesichtshaut und schüttelte mißbilligend den Kopf. Dann griff sie nach seinen rauhen Händen, betastete sie und schnalzte tadelnd. Sie rief dem Onkel etwas zu.

»Sie meint, Ihr fühlt Euch an wie ein Schuppentier, Herr. Und wenn Ihr nicht Fett in die Haut reibt, wird Euch im Khampa-Land nie eine Frau zu sich lassen.« Er lachte. »Aber vielleicht darf ein frommer Pilger wie Ihr ja bei keiner Frau liegen, und ihre Mühe ist vergebens.«

Sogleich spürte Yasunari Taras Handflächen auf den Schultern. Das Öl war nicht unbedingt wohlriechend, aber weitaus angenehmer für die Nase als alte Yakbutter.

Sanft strich sie über Yasunaris Gesicht und Hals und betupfte die Lippen mit den Fingerspitzen. Währenddessen plauderte sie munter mit Dugmo und dem Onkel.

Yasunari hatte Gewissensbisse, daß er, ein Mann, der in den Orden eingetreten war, um ein neues Leben in Demut und Keuschheit zu führen, sich von einer halbnackten Frau verwöhnen ließ. Aber er genoß die durchaus wohltuende Linderung seiner strapazierten Haut und mehr noch Taras Nähe. Wiederholt wurden seine Lippen betupft, dann erhielt Yasunari einen derben Klaps auf die Schulter. Tara musterte ihn, lachte und sprach auf ihn ein. »Sie meint, jetzt seid Ihr wieder einigermaßen ansehnlich«, übersetzte der Onkel.

Dugmo, die nun Nyima mit Yakfett einrieb, fiel ihm ins Wort.

Der Onkel grinste breit. »Sie sagt, sie besitzt zwar schon drei Männer, aber falls Ihr reich seid, redet sie gerne mit ihnen. Ob nun drei oder vier Ehegatten, der Unterschied würde ihr nicht viel ausmachen. Ein weiterer wohlhabender Mann wäre für die Familie bestimmt nicht von Schaden.«

Alle Khampas in Hörweite brachen in schallendes Gelächter aus. Auch Nyima. Er zeigte auf Dugmos goldene Halskette und sagte zu Yasunari, so gut er es auf Chinesisch konnte: »Nicht heiraten besser. Du jetzt vielleicht reich. Aber wenn du erst Dugmo-Mann, dann armer Mann!«

Schließlich hatte die Karawane die Ebene durchquert und gelangte an die flachen Ausläufer der blauen Gebirgskette, die der Sandsturm zeitweise der Sicht entrissen hatte. Man errichtete ein frühes Nachtlager, um den Yaks Gelegenheit zu geben, sich noch einmal vor dem nächsten Aufstieg satt zu fressen. Kärglich war zwar das

Futter, aber die Yaks waren genügsam. Gedörrte Gräser, Flechten, Moose, die zähe Rinde von Büschen, ja selbst Disteln wurden von ihnen nicht verschmäht.

In der Nähe des Lagers befand sich ein öffnungsloses Gebäude aus gefügten Feldsteinen, niedriger als ein stehender Yak. Darin befand sich, laut Auskunft des Onkels, die Asche heiliger Männer. In dem Gemäuer steckten Stangen mit Gebetswimpeln. Keiner der Khampas versäumte es, das Heiligtum zu umschreiten, wie es Yasunari schon bei dem Wegzeichen auf der Paßhöhe beobachtet hatte: von links nach rechts.

Es war bitter kalt, dennoch lag außer in tiefen Erdspalten kaum Schnee. Yasunari war irritiert. Hatten nicht der kleine Priester, Meister Tung und auch Bruder Eins immer von der kargen Berglandschaft hier als vom Eis- oder Schneeland gesprochen? Er fragte den Onkel.

»Wartet es ab, Herr. Wir müssen bald über ein paar hohe Pässe. Sie alle liegen in ewiger Kälte, und nie schmelzen dort Schnee und Eis. Der eigentliche Aufstieg zum Khampa-Land beginnt erst noch!«

Yasunari schaute über die Ebene zurück auf den grimmigen Bergkamm, den sie vor Tagen überquert hatten. Was sagte der Onkel da? Es gab Pässe, noch mörderischer als der bezwungene?

Yasunari blickte zu den blauen Eiskronen hoch und ahnte, daß er den Worten seines Zeltgenossen getrost Glauben schenken durfte.

Wenn die Gegend auch unwirtlich war, menschenleer war sie nicht. Die Hunde schlugen an, und zwei zerlumpte rotgewandete Gestalten mit rostroten Filzkappen näherten sich vom Hang. Zwischen ihnen trottete ein hochbepackter Grunzochse. Bevor die Männer zum Lager kamen, wanderten sie um das Heiligtum. Yasunari fiel auf, daß sie es von rechts nach links umkreisten.

»Was sind das für Leute?«

»Es sind Bönpos, Rotmützen-Lamas. Viele dieser Mönche besitzen magische Fähigkeiten. Man reizt sie besser nicht. Man sagt, sie beherrschen den Schwarzen Zauber, ihre Frauen auch.«

»Die Bönpos dürfen heiraten?«

»Ja.«

»Sie sind von rechts um das Heiligtum gegangen.«

»Das ist bei den Rotmützen üblich.«

»Sind denn alle Mönche im Eisland Rotmützen?«

»Nein. Die meisten gehören dem Gelugpa-Orden an. Ihre Kleidung ist gelb wie die der Buddhas oder Bodhisattvas, und die Kappen der Lamas sind es auch. Die Rotmützen sind Anhänger von König Tsangpa in der Stadt Schigatse im Tal des Tsangpo-Flusses. Er beherrscht den Süden des Landes und will die Gelbmützen vernichten.« Der Onkel spuckte aus. »König Tsangpa bekämpft die wahre Lehre – möge er als Wanze wiedergeboren werden! –, die sich in unserm geliebten Dalai Lama manifestiert.«

»Wer ist dieser Dalai Lama? Ich höre das erste Mal von ihm.«

»Der Dalai Lama ist der edle Weise, beredte Mächtige, furchtlose Ozean-Priester der wahren Lehre vom Rad des Lebens, unser erhabener Führer auf dem Weg zum Erlöschen des Leidens und der Wiedergeburten. Nawang Lobsang Gyatso ist sein eigentlicher Name. Seine Heiligkeit ist eine Inkarnation des Bodhisattva Avalokiteshvara, der in unserer Sprache Tschenresi heißt, und seine Gelbmützen-Mönche bleiben unbeweibt, wie es die irdischen Buddhas auch waren. Natürlich gibt es unter den Gelugpas ebenfalls mächtige Magier, aber nie rufen sie die dunklen Mächte um Hilfe an, wie es die Bönpos tun.«

»Die Mönche bekriegen sich? Sie greifen zu den Waffen und erschlagen einander? Verbietet Eure Religion nicht sogar das Töten eines Wurms?«

Der Onkel sagte scharf: »Wovon redet Ihr, Herr? Die wahre Lehre ist in Gefahr. Die Welt darf nicht der Finsternis anheimfallen. Die Waffen *müssen* sprechen. König Tsangpa hat gefrevelt und den Dalai Lama aus der heiligen Stadt Lhasa vertrieben. Lhasa bedeutet in unserer Sprache ›Sitz der Götter‹. Und die Götter werden siegen! *Lha Gyalo!*«

»Aber ist denn jeder Rotmützen-Lama ein Anhänger des Königs?«

Yasunari erhielt keine Antwort, da die Bönpos in den Schein des Lagerfeuers traten. Besonders vertrauenerweckend sahen sie nicht gerade aus. Ihr Haar war lang und verfilzt, die Gesichter rußgeschwärzt. Mit Schnitzereien verzierte Ketten aus Tierknochen wanden sich um Hals und Schulter. An ihren Wanderstäben hingen Yakschwänze und Schlangenhäute. Einer der Lamas schlug eine Handtrommel an. Der Klangkörper war eine menschliche Gehirnschale.

»Fürchtet Ihr die Rotmützen womöglich?«

Der Onkel schürzte die Lippen. »Nein«, flüsterte er, »denn meine Sippe hält es mit der wahren Lehre.«

Die Khampas begrüßten die ·Ankömmlinge dennoch mit größter Ehrerbietung und boten sofort Buttertee und Gerstenfladen an. Dugmo und Tara verschwanden in ihrem Zelt.

Der Onkel befragte die Bönpos nach dem Zweck ihrer Reise. Yasunari beobachtete, wie er heimlich nach dem Tsa-Tsa-Amulett unter seiner Kleidung tastete.

Die Rotmützen waren auf einer Pilgerfahrt und wollten noch in der Nacht zu einer heiligen Grotte in der Gebirgsflanke weiterziehen. Wieder glitt die Hand des Onkels in den Mantelausschnitt, denn wer ohne Not nachts reiste, mußte mit den dunklen Mächten verbündet sein.

Nyima schenkte den Bönpos einen Brocken Ziegeltee. Sie stimmten einen grollenden Sprechgesang an. Den verängstigten Gesichtern der Khampas nach schienen es nicht unbedingt Worte des Dankes zu sein.

Als sie endlich weiterzogen, sandte der Onkel ihnen skeptische Blicke hinterher, ging schnell ins Zelt und entzündete weitere Butterlampen vor dem Altarbildnis.

Beim Abendessen, während die nächste Etappe des Aufstiegs besprochen wurde, redeten die Khampas nur flüsternd über die Begegnung mit den Rotmützen-Zauberern.

In der Eiswelt

Die majestätischen Gipfelkränze des blauen Gebirges lagen schon seit Tagen tief unter ihnen, und immer noch ging es im stoischen Trott der Grunzochsen bergauf. Yasunari hatte jegliches Zeitgefühl verloren. Von der Paßhöhe aus, die endlich ins Khampa-Land führte, schaute er in alle Richtungen über schneebedeckte Gebirge. Ja, das war das Eisgebirge, wie es der kleine Priester beschrieben hatte! Und Yasunari fühlte sich winzig angesichts dieser Endlosigkeit, die sich um ihn herum entfaltete und unter deren Himmel es nichts gab außer Wellen um Wellen schimmernder Bergriesen.

Die Reisenden zogen über endlose Gletscherfelder, kämpften sich durch Schneewehen, höher als die Hörnerspitzen der Yaks, die, unbeladen vorausgeschickt, den Weg für die Karawane freitrampelten. Es ging nur noch in schleichendem Schrittempo vorwärts. Wenn der Onkel auf Felsen oder Schneisen zeigte, die im Flachland problemlos in Stunden erreicht worden wären, dann benötigte die Karawane oftmals Tage, bis sie dort angelangt war.

Ein Platz, um die Zelte aufzubauen, fand sich nicht überall. Die schweren Schaffelldecken, in die sich Yasunari zum Schlafen verkroch, waren beim Erwachen meist von einer dicken Schneeschicht bedeckt. Wann immer es machbar war, entfachte man kleine Feuer aus getrocknetem Yakmist. Sehnsüchtig erwartete Yasunari dann seine Schale mit dem einstmals ungelittenen Buttertee. Mochte er noch so ranzig schmecken, so war er doch zumindest köstlich heiß. Längst auch schmierte sich Yasunari wie die Khampas das Gesicht und die Hände mit Yakfett ein. Den Geruch fand er unverändert widerlich, aber die Butterpaste half, den schneidenden Wind zu ertragen, der aus allen Richtungen zugleich peitschte und den Atem gefrieren ließ.

In den sternklaren Nächten wanderten seine Gedanken oft nach Macao zurück. Macao – das war üppiges Grün, das waren Bäume, die süße Früchte trugen, und die Mauern der Stadt glühten in der Hitze, zu heiß, um sie mit der bloßen Hand zu berühren. Er erinnerte sich an Norihiko, wie der schweißgebadet von nur einem kurzen Waffengang mit dem Adjutanten des Gouverneurs den Übungsplatz verließ. War es noch die gleiche Welt, in der er sich jetzt befand?

Einmal erwachte er mit einem Aufschrei, weil er vermeint hatte, daß Pater Bartolomeu ihn rief.

»Was ist?« fragte der Onkel schlaftrunken.

»Hört Ihr nicht?«

»Schlaft wieder, Herr! Die Berggeister haben Euch nur einen bösen Traum geschickt.«

»Aber die Stimme, ich höre sie deutlich!«

»Schlaft, Herr! Sie ist nur eine Täuschung der Dämonen.«

Die Dämonen waren für die Khampas allgegenwärtig. Um nicht ihren verderblichen Lockrufen zu verfallen, rezitierten sie während des Wanderns unentwegt magische Bannformeln oder drehten an kurzen Stäben rotierende Zylinder, in denen bedruckte Papierstreifen steckten. »Om mani padme hum« lautete deren Aufschrift, und diese heiligen Silben galten als besonders wirksam, um die Götter gnädig zu stimmen. Das Rezitieren sollte auch die Geister abschrecken, die den Wanderern nach Meinung der Khampas den Atem aus dem Körper sogen. Sogar der kräftige Nyima verlangsamte nun seine Schritte. Auch Yasunari betete manches stille Vaterunser. Daß die Reise bislang ohne ernste Zwischenfälle verlaufen war, glich ohnehin einem Wunder. Einmal ging eine kleinere Lawine ab und verschüttete zwei Yaks, aber die Tiere krochen schnaubend und prustend unter den Schneemassen hervor und reihten sich wieder in die Karawane ein, als wäre nichts geschehen.

Auch auf dem letzten Hochpaß hinab ins Khampa-Land gab es eine Geröllpyramide mit Gebetswimpeln. Wieder wurde den Göttern Dank gezollt.

»Den beschwerlichsten Teil der Reise haben wir bewältigt«, sagte der Onkel und opferte einen Seidenschal.

Man errichtete die Zelte um das Wegzeichen herum und entfachte ein Feuer. Der große Suppentopf wurde auf die Glut gesetzt. Die Abendmahlzeit fiel reichlicher aus als sonst, denn Yasunari steuerte ein Säckchen Reis bei. Reis war in den Hochlanden eine kostbare Delikatesse. Der Onkel bewies, daß er ebenfalls nicht knauserte, und gab getrocknete Yakfleischstreifen an die

Suppe. Dugmo und die Kinder buken Gerstenmehlfladen. Tara brachte ein Säckchen gedörrter Aprikosen. Gegessen wurde natürlich in den Zelten. Mit den höheren Mächten durfte man es sich nicht verderben, besonders wenn man noch in ihren ureigensten Gefilden weilte.

Als Yasunari sich zur Ruhe legte, fand er auf seinem Fellager zwei der süßen gelben Trockenfrüchte.

Ab der Paßhöhe kam Yasunari der Weg weniger beschwerlich vor. Die Karawane kletterte in ein weit geschwungenes Tal hinab, und die Gesänge der Khampas wurden fröhlicher, denn die heimatlichen Dörfer, obgleich noch viele Tagesmärsche entfernt, rückten näher. Die Chinesen teilten ihre Freude nicht. Sie gelangten mit jedem Schritt tiefer ins ungeliebte Barbarenland. Anfangs hatten die Khampas die Seidenhändler mitverköstigt. Als Nyima aber bemerkt hatte, daß sie die Speisen an ihre Yaks verfütterten und sich heimlich Reis- oder Nudelgerichte kochten, hatte er verboten, sie weiter zu versorgen. Nie gaben sie etwas ab. Der feiste Kaufmann von der Jangtse-Fähre ließ sich von seinen Dienern sogar heißen Wein servieren. Oft war Yasunari versucht gewesen, den Dienern eine Schale Suppe abzukaufen. Aber er brachte es nicht übers Herz, die Khampas zu enttäuschen. Sie teilten jeden Bissen mit ihm.

Besonders Dugmo konnte den dicken Chinesen nicht leiden, hatte Yasunari herausgefunden. Wenn sie sich mit Tara unbeobachtet fühlte, machte sie manchmal eindeutige Gesten in seine Richtung. Dugmo schätzte die Länge und Stärke seines Geschlechtsteils allerhöchstens auf die ihres kleinen Fingers.

Das eigennützige Verhalten der Chinesen war auch für den gutmütigen Onkel eine Quelle beständigen Grolls. »Sie benehmen sich ärger als der ärmste Ziegenhirt«,

wetterte er. »Wenn Nyima nicht bei allen Buddhas und
Bodhisattvas geschworen hätte …« Er ließ den Satz unvollendet und prüfte mit der Daumenkuppe die Schärfe
seines Schwertes. »Die Chinesen wollen die Waren auf
dem Markt in Tschumdo losschlagen. Tschumdo liegt unten in der großen Ebene, in die wir kommen, wenn wir die
Eisberge verlassen.« Seine Augen blitzten listig auf. »Aber
vorher müssen sie noch im Dorf meines Vetters die Yaks
wechseln. Keiner von ihnen versteht unsere Sprache. Ich
werde also mit meinem Vetter verhandeln und fürchte,
daß er nur sehr teure Grunzochsen entbehren kann.«

Von der Talsohle aus bewegte sich eine Yakherde bergan.
Vier Reiter auf Maultieren begleiteten sie. Nyima beschirmte die Augen mit den Handflächen und besprach
sich mit dem Onkel. Plötzlich stieß er einen Freudenschrei aus. Er hatte seine Brüder erkannt. Aufgeregt rief
er nach Dugmo.

»Nun geht es zügiger weiter«, sagte der Onkel zufrieden. »Seht Ihr, Herr, die Ochsen tragen Heu für unsere
Tiere.« Nach den Mühen des Gebirges hatten die Lasttiere der Karawane Futter auch bitter nötig. Ihre Kost
war in den letzten Tagen mehr als spärlich gewesen. Er
rieb sich die Hände. »Die Chinesen werden staunen, wie
teuer ein kleiner Ballen ist, diese reichen Geizkragen!«

Wie es denn käme, daß die Brüder sie nicht verfehlt
hatten, wollte Yasunari wissen.

»Es gibt weit und breit nur diesen Paß von Osten in
unser Land, Herr. Sie konnten uns nicht verfehlen.«

Ein Festmahl mit Riesenkürbis und Rübenschnitzel

Nyimas Brüder hatten einige Neuigkeiten zu berichten. Die gute Nachricht war, daß König Tsangpa in Lhasa zunehmend in Bedrängnis geriet, weil Gusri Khan, ein mächtiger Mongolenfürst, dem Dalai Lama mit starken Reiterverbänden zu Hilfe geeilt war. Die schlechte, daß die Truppen des Königs die Gelbmützen-Lamas im Herrschaftsgebiet des Usurpators immer brutaler verfolgten. In den Khampa-Dörfern trafen täglich Gelugpa-Flüchtlinge ein. Sie berichteten von marodierenden Rotmützen-Kriegern, die die Klöster in Brand steckten und nicht nur die Mönche wie Vieh abschlachteten. Fanden sie einen Altar mit dem Bildnis des Bodhisattva Avalokiteshvara, dessen Inkarnation ja der Dalai Lama war, galt der Besitzer als Gelbmützen-Freund und hatte sein Leben verwirkt.

Wie versteinert lauschte Yasunari dem Onkel.

»Eine Ratte, die in die Enge getrieben wird, beißt besonders wild um sich«, sagte der Onkel nachdenklich. »Nyima und ich hatten eigentlich vorgehabt, die Teeziegel des besseren Profits wegen im fernen Lhasa loszuschlagen, aber das verbietet sich nun wegen der Kämpfe.«

Die Khampas beratschlagten sich. Yasunari verstand nichts von dem, was sie redeten. Der Onkel hatte ihn zwar ein paar Wörter der Khampa-Sprache gelehrt, aber viel mehr, als um Buttertee oder Tsampa – Gerstenmehl – zu bitten, hatte er noch nicht gelernt. Also mußte er warten, bis der Onkel sich wieder zu ihm hockte und das Ergebnis der Beratung mitteilte. Man war übereingekommen, die Chinesen noch wie vereinbart bis zum Markt von Tschumdo zu geleiten, um dort einen Teil des Ziegeltees zu verkaufen. Dann wollte man schnellstens in die Heimatdörfer zurückkehren, wo sich die waffenfähigen Männer der Umgebung sammelten.

»Ihr kommt am besten mit uns, Herr«, sagte der Onkel. »Unser Versprechen war zwar, Euch bis nach Lhasa zu führen, aber Ihr habt ja soeben vernommen, daß das unmöglich geworden ist. Bleibt als Gast in meinem Dorf, bis wieder Frieden im Land herrscht!« Grimmig packte er den Schwertknauf. »Wie ich die Dinge sehe, steht die Entscheidung dicht bevor. König Tsangpa wird seiner gerechten Strafe nicht entgehen, denn: ›*Lha Gyalo!*‹ Die Götter werden siegen!«

Man fütterte die Yaks – die Chinesen zahlten murrend den geforderten Preis für das Heu – und zog in das Tal hinunter. Die Talhänge waren leichtgängig, nach langer Zeit war es wieder möglich zu reiten. Der jüngste der Nyima-Brüder hatte den Onkel schon zweimal auf einer Handelsreise ins Reich der Mitte begleitet. Er hieß Yongden, war zehn Jahre jünger als Nyima, lachte viel und konnte sich passabel mit Yasunari verständigen. Er erzählte ihm, daß er es kaum erwarten konnte, gegen die Mordbrenner König Tsangpas ins Feld zu ziehen. »Die Flüchtlinge berichteten, sie hätten selbst Kinder und Greise getötet.«

Bittere Erinnerungen kamen in Yasunari hoch. »Krieg ist Krieg«, sagte er leise. »Aber es ist nicht rechtens, sich an Wehrlosen zu vergehen.«

Yongden preßte die Lippen aufeinander, dann sagte er: »Jedes Töten eines Lebewesens bringt schlechtes Karma. Nur, wenn man die Dämonen der Finsternis walten läßt …«

Er sprach nicht weiter, und Yasunari ahnte, daß Yongden bereit war, die Wahre Lehre mit dem Schwert zu verteidigen – auch wenn er dafür in seiner nächsten Existenz als Wurm wiedergeboren werden würde.

Das Tal verbreiterte sich allmählich. Vor ihnen lag eine weite wellige Ebene, durchzogen von schroffen Gebirgsausläufern. Eine dünne Schneeschicht bedeckte den Boden. Die Yaks schienen zu spüren, daß sie sich den heimischen Weidegründen näherten. Selbst die störrischen mußten nicht mehr angetrieben werden.

Yasunari sah in der Ferne eine Herde ihrer wilden Artgenossen. Die Grunzochsen waren die eigentlichen Herren der Eislande. Die Schneeleoparden oder Wölfe, auf deren Fährten die Reisenden manchmal stießen, wagten sich nicht an die zottelige Kolosse mit den gefährlich spitzen Hörnern. Auch Kamele, kleinwüchsiger als ihre gezähmten Artgenossen, erblickte er gelegentlich am Horizont.

Oft trieb Tara ihren Grunzochsen neben Yasunaris. Allmählich wuchs nicht bloß sein Wortschatz der Khampa-Sprache, auch seine Zuneigung zu der jungen Frau war unübersehbar geworden. Die Nyima-Brüder neckten ihn mit Bemerkungen wie: »Uns scheint, Ihr habt das Ziel Eurer Pilgerfahrt schon erreicht, Herr.« Oder: »Wollt Ihr nicht Eurer Religion abschwören und ein Bönpo werden? Der darf sich verehelichen.« Es waren gutmütige Scherze, die sie mit Yasunari trieben, und er versuchte, keine Antwort schuldig zu bleiben. Aber die Anspielungen trafen den Kern der Sache. Yasunari genoß Taras Gegenwart immens. Nie war sie übel gelaunt, und fast immer hatte sie in der Satteltasche bisweilen höchst gewöhnungsbedürftige Leckereien, die sie ihm freudig anbot.

Nach vier Tagesmärschen erreichte die Karawane eine befestigte Siedlung auf einer Anhöhe. Es war das Winterquartier vom Vetter des Onkels, wo die Yaks ausgewechselt werden sollten. Hier gab es auch Neuigkeiten über die Kämpfe: Gusri Khan belagerte Lhasa, aber die Stadt Schigatse und das Tsangpo-Tal war scheinbar weiterhin fest in König Tsangpas Hand, denn der Flüchtlingsstrom von dort hielt unvermindert an.

Die Chinesen bekamen erneut Gelegenheit, sich über die »landesüblichen« Viehpreise zu entrüsten, hatten jedoch keine andere Wahl, als zähneknirschend die geforderte Summe für ausgeruhte Yaks zu akzeptieren. Vom Festmahl, das der Vetter gab, blieben sie ausgeschlossen, sie mußten außerhalb der Siedlung in einem umwallten Hof kampieren. Man brachte ihnen Wasser und Feuerholz und ermahnte sie, das Gelände nicht zu verlassen: die Hunde würden in der Nacht freigelassen. Söhne des Hausherrn verriegelten den Hof von außen mit einem schweren Balken.

Sogar den Göttern wäre es schwergefallen herauszufinden, wie hinter den dicken Mauern getafelt wurde. Die wenigen schmalen Schießscharten hatten Abdeckungen aus dicken Bohlen und waren zusätzlich gegen die Kälte mit Strohballen verstopft. In jedem Raum flackerten Butterlampen.

Die große Küche war zugleich Festhalle. Der Rauch der Herdstelle zog durch ein Loch im Dach ab. Ein fettes Schaf drehte sich über dem Feuer. Zwei runzelige Khampa-Frauen bedienten den Bratenspieß und bestrichen das Schaf von Zeit zu Zeit mit Fett.

»Ein prächtiger Riesenkürbis!« Der Onkel leckte sich die Lippen.

»Riesenkürbis?« Yasunari blickte sich verwundert in der Halle um. »Ihr meint doch nicht etwa damit das Sch…?«

Der Onkel legte ihm schnell die Handfläche auf den Mund. Dann zeigte er auf den mit einer Brokatdecke verhangenen Hausaltar. »Sprecht bitte das Wort nicht aus. Der Bodhisattva kann immerhin noch hören!«

Ein weiteres Mütterchen bewachte die Glut unter dem

Suppenkessel. In der Brühe schwammen krautgefüllte Teigtaschen und Yakspeckstreifen (sie wurden vom Onkel als »Rübenschnitzel« bezeichnet!). Reis aus Yasunaris Vorrat dämpfte in einem Bambuskorb auf dem Topf.

Dugmo und Tara hatten schon in aller Früh unter Yasunaris neugierigen Augen Gerstenbier – Tschang – angesetzt. Die Gerste wurde gekocht und mit Trockenhefe angereichert. Bald begann das Gemenge zu gären. Vor dem Festmahl würden die Frauen die gegorene Gerste in Holzgefäße füllen und mit Heißwasser aufgießen. Trinkfertig war das Bier dann schon nach kurzem Ziehen. Yasunari hatte es nur einmal, im Tallager im Da-liang-Gebirge, getrunken und annehmbar gefunden – im Gegensatz zu vielem, das er danach zu trinken gezwungen war. Wie angenehm doch konnte zum Beispiel auch Buttertee schmecken, wenn er mit frisch geschlagener Yakbutter zubereitet wurde!

Dankend nahm Yasunari eine weitere Schale entgegen. Der Hausherr war wohlhabend. Er saß mit der Hausherrin auf dem Ehrenplatz vor der verhangenen Altarbildrolle. Auf der Teeschale aus dünnem chinesischem Porzellan lag ein Deckel aus massivem Silber, der Untersatz war aus Elfenbein.

Die Frauen servierten die Speisen, aßen aber nicht von den Männern getrennt. Man saß auf erhöhten Polstern, vor den Sitzkissen standen flache rechteckige Tische. Tara und Dugmo hatten sich herausgeputzt. Sie trugen Kleider aus schwerer Seide. Tara hatte zur Feier des Tages ihr offenes Haar wie Dugmo zu einhunderacht Zöpfen geflochten, einer glückbringenden Zahl.

Viele der Gebräuche und Riten der Khampas waren Yasunari aus den buddhistischen Tempeln und Klöstern der Diamant-Mönche Japans vertraut. Im vielarmigen männlichen Bodhisattva Avalokiteshvara/Tschenresi erkannte Yasunari eine Form der weiblichen Gottheit Kannon (der Bodhisattva war erst verhängt worden, bevor das Kochen begann). Auch einige Sutren, die der Onkel vor dem Zeltaltar rezitiert hatte, waren ihm nicht fremd.

Der Wechselgesang zwischen Frauen und Männern, der jetzt in der Halle angestimmt wurde, während man auf das Garwerden des »Riesenkürbisses« wartete, schien mehr weltlichen Inhalts zu sein. Dem Onkel rollten Lachtränen über das Gesicht. Auch der Vetter krümmte sich vor Lachen. Die Männer sangen lautstark den Refrain. Dugmo warf in gespielter Wut Kochlöffel nach ihren Gatten.

Der Onkel wischte sich die Tränen ab. »Das Lied handelt von einer Frau mit drei Männern, die allein auf Pilgerreise geht.« Wieder schüttelte ihn ein Lachanfall. »Als sie zurückkehrt, sind alle ihre Dienerinnen geschwängert.«

Der »Riesenkürbis« wurde aufgeteilt. Verhangen oder nicht, die Götter hatten ein Recht auf ein Speise- und Trankopfer. Die Frau des Vetters stellte eine Schale mit Reis auf die Altarkonsole, dann gab sie das Zeichen, die Tschang-Becher zu holen. Tara sorgte dafür, daß Yasunari ein saftiges Lendenstück bekam, was Yongden zu einer scherzhaften Bemerkung veranlaßte, die von Tara mit einem deftigen Rippenstoß quittiert wurde.

Man trank das warme Gerstenbier durch Strohhalme. Es war weniger berauschend als Reiswein, aber die Becher wurden unentwegt ausgetauscht. Dugmo und Tara begannen zu den Klängen einer Bambusflöte zu tanzen. Alle waren ausgelassen und fröhlich. Yasunari fiel auf, daß Nyima und zwei der Vetter-Söhne immer noch aus dem ersten Tschang-Becher tranken. Ab und zu verschwand einer von ihnen aus der Halle, nicht ohne vorher ein Schwert in den Gürtel zu stecken.

»Wohin gehen sie?«

»Sie trauen den Chinesen nicht«, sagte der Onkel. »Und wegen der Rotmützen ist es auch ratsam, daß einige von uns heute nacht einen nüchternen Kopf behalten.« Aber es blieb ruhig in dieser Nacht. Yasunari erwachte am nächsten Morgen mit beachtlichen Kopfschmerzen an der Seite des Onkels inmitten unzähliger Tschang-Becher.

Der Markt von Tschumdo

Der Markt von Tschumdo erstreckte sich wie der von Ba-Tang an einem vereisten Wasserlauf längs einer Straße. Er ähnelte ihm auch darin, daß sich das Hauptgeschehen rings um einen Tempel abspielte, nur war er unvergleichlich größer. Schon von weitem sah Yasunari die Herden und Zelte der Marktbesucher. Eine freistehende Mauer aus aufgeschichteten Felsbrocken verlief parallel zur Straße. In die Steine waren farbig ausgemalte Schriftzeichen gemeißelt. Yasunari erkannte die magischen Symbole, die auch die Gebetsfahnen schmückten. Die Khampas erwiesen den Göttern ihre Reverenz, indem sie die Mauer wie die Labtscha-Wegzeichen auf den Pässen umwanderten, und jeder fügte ihr wenigstens einen Kieselstein hinzu. »Mani« war das Khampa-Wort für einen derartigen Wall. Vor ihnen strebte eine Kamelkarawane auf den Markt zu. Er begann bald hinter der Mani-Mauer.

Links der Straße wurden Strohballen und Holz verkauft. Zwei Männer zerhackten einen Birkenklotz mit freien Oberkörpern. Manchmal dachte Yasunari, daß die Bewohner des Eislandes gänzlich gegen Kälte unemp-

344

findlich waren. Seit der Onkel in der Ebene war, trug er nur noch selten seine pelzverbrämte Kappe, aber Yasunari glaubte sich noch immer in einer Eishölle. Für ihn gab es kaum einen Tag, an dem er nicht trotz aller dicken Untergewänder fror.

Den Holz- und Futterverkäufern schloß sich der Markt für Salz- und Teehändler an. Eine bunte Menschenmasse strömte zum Tempel. Viele blieben vor den Zelten der Wahrsager stehen, die mit kleinen Handglocken um Kundschaft warben. Bettelpilger streckten ihre Almosenschale aus. Yasunari sah hochgewachsene Khampas, breitgesichtige Reiter in langen Ledergewändern und bestickten Schaftstiefeln, die, wie der Onkel erklärte, aus dem Reich Gusri Khans im Norden stammten. Er sah gelbgewandete Mönche und auch ein paar Chinesen. Sie lagerten auf der rechten Straßenseite und hielten Porzellan und Bambusartikel feil. Ein Bönpo verkaufte Amulette aus Menschenknochen. Yasunari fragte Yongden, warum der Lama inmitten des Gelugpa-Landes von niemandem behelligt wurde. Er erhielt die gleiche Antwort, die er schon vom Onkel bekommen hatte: »Nicht alle Rotmützen halten es mit König Tsangpa.«

Kleinwüchsige, sehnige Nomaden trieben eine Schafherde die Straße entlang.

Die Seidenkaufleute verabschiedeten sich frostig von ihrem Karawanenführer Nyima und luden die Yaks neben den Porzellanhändlern ab. Der Onkel würdigte sie nur eines mitleidigen Blicks. »Geiz«, sagte er, »bewirkt ein sehr schlechtes Karma, denn man wird als Hungergeist wiedergeboren. Gut, daß wir sie los sind.«

Tara und Dugmo betasteten Halsketten aus bohnenförmigen Korallen und Bernstein, die ein dunkelhäutiger Mann singend anpries. Nyima knurrte, daß man erst den Ziegeltee gewinnbringend losschlagen müsse, dann könne man durchaus darüber nachdenken.

»Da will ich mal lieber das Schicksal befragen, ob das auch zutreffen wird.« Dugmo trat unter das Zeltdach eines Wahrsagers. Er las die Zukunft aus dem Rauch heiliger Kräuter. Nyima zuckte mit den Achseln – und eilte plötzlich davon. Er hatte ein bekanntes Gesicht in der Menge entdeckt.

Tara streifte einen Armreif mit eingelegten Türkisen über und musterte ihn kritisch. Der Onkel befühlte die Steine und schüttelte den Kopf.

Yasunari betrachtete die Auslagen des Schmuckhändlers. Ringe, Ketten, Ohrgehänge und Tsa-Tsa-Amulette aus Kupfer bot er in allen Variationen feil. Er hatte die glückbringenden Figürchen auf einem gelben Seidenkissen aufgereiht. Die kleinsten Buddhas und Bodhisattvas waren nur daumengroß und sorgfältig gearbeitet. Es gab auch Tsa-Tsas aus dunklem hartem Holz, die man als Kettenanhänger tragen konnte.

Tara zog einen neuen Armreif über. Er war zu eng. Sie gab ihn zurück und griff nach einem Silbermedaillon in Form einer Aprikosenblüte. Yasunari merkte, daß es ihr sehr zu gefallen schien, denn obwohl sie noch alle möglichen Schmuckstücke betastete, nahm sie das Medaillon immer wieder in die Hand.

Der Onkel unterhielt sich stockend mit dem Händler in einer Sprache, die weder die Mundart der Khampas noch einer der chinesischen Dialekte war.

Ein Holz-Tsa-Tsa erregte Yasunaris Neugier. Es stellte einen meditierenden Buddha im Lotossitz dar. Die Gesichtszüge waren eindeutig weiblich. In seinem Schoß lag ein winziges Figürchen.

Yasunari nahm das Tsa-Tsa in die Hand und besah es aus der Nähe. Täuschte er sich, oder bildeten die

Gewandfalten des Buddhas das Kreuzzeichen über der Brust? Er drehte das Amulett auf den Kopf und stieß einen freudigen Überraschungsruf aus.

»Was ist, Herr?« Der Onkel schaute ihn verwundert an.

»Das Buddha-Tsa-Tsa hier! Bitte fragt den Mann, woher es stammt!«

Tara legte den Armreif zurück, neugierig, was Yasunari so erregte.

»Er sagt, ein befreundeter Händler hätte es in einem Kloster in der Nähe des heiligen Berges Kailash erworben. Fromme Einsiedler hätten es gefertigt. Mehr würde er über dessen Herkunft nicht wissen.«

»Wo ist dieser Berg?«

»Der heilige Berg Kailash liegt im fernen Westen, dort, wo der Tsangpo entspringt. Aber was hat Euch so erfreut? – Darf ich?«

Yasunari gab dem Onkel das Tsa-Tsa. »Hm – ein merkwürdiger Buddha! Ihm fehlt das dritte Auge der Weisheit auf der Stirn. Und was befindet sich da auf seinen Knien? – Schau du, Tara, meine Augen sind alt!« Er streckte ihr die geöffnete Handfläche entgegen. »Siehst du, was er da auf den Knien hat?«

Tara legte das Aprikosen-Medaillon zu den anderen Schmuckstücken zurück und beugte sich über die Hand des Onkels. »Ein schlafendes Kind, Onkel.«

»In der Bodenplatte ist eine Gravur«, sagte Yasunari.

Tara drehte das Tsa-Tsa um.

»Fragt bitte den Händler, ob er weiß, was die Zeichen bedeuten«, bat er den Onkel.

Der Mann wußte es nicht. Er hatte das Amulett mit den anderen Holz-Tsa-Tsas erworben, weil es so kunstfertig geschnitzt war.

»Fragt ihn, was er dafür haben will.«

Der Onkel übersetzte.

Yasunari prüfte die Silberplatten der anderen Holz-amulette: keine besaß eine Inschrift.

Der Händler wollte das Tsa-Tsa in reinem Silber aufge-wogen haben. Yasunari zahlte, ohne zu feilschen.

»Ihr müßt dem Amulett große Zauberkraft zuschrei-ben, wenn Ihr Silber gegen Holz gebt«, wunderte sich der Onkel.

»Was bedeuten die eingeritzten Zeichen?« wollte Tara wissen. »Sind es heilige Worte?«

»Ja. Die Inschrift ist in der Sprache der heiligen Texte meiner Religion, und sie lautet: Gesegnet sei die Mutter-gottes.«

»Eures Gottes?«

»Ja. Sie hat den Sohn unseres HERRN geboren. Wer dieses Tsa-Tsa geschnitzt hat, muß ein Glaubensbru-der von mir sein. – Wie weit im Westen liegt der Berg Kailash?«

»Mein Vater ist einmal dorthin gepilgert«, sagte der Onkel. »Er war Monate unterwegs.«

Tara erbat sich erneut das Amulett. »Und was bewirkt diese Göttin? Ist sie den Menschen wohlgesonnen, oder wird sie gefürchtet?«

Yasunari legte den Anhänger in Taras Handfläche. »Sagt ihr, die Mutter Maria ist die Helferin aller Men-schen in Not. Wer zu ihr betet, den erhört sie.«

Als der Onkel übersetzt hatte, gab Tara das Tsa-Tsa ehrfürchtig mit einem Segensspruch an Yasunari zurück.

Dugmo kam nachdenklich aus dem Wahrsagerzelt und schaute sich suchend um. Tara winkte sie heran. Auch Nyima gesellte sich wieder zu ihnen. Die Krieger, die ge-gen König Tsangpa kämpfen wollten, würden sich am Tempel sammeln. Nyima rief seine Leute zusammen. Sie hielten Rat, wer in den Kampf ziehen sollte.

Der Onkel gab zu bedenken, daß mindestens zehn der

348

insgesamt fünfzehn waffenfähigen Männer die Karawane mit der kostbaren Teeladung ins Heimatdorf geleiten müßten, denn in Tschumdo wollte Nyima nichts verkaufen. Der Preis für Teeziegel stieg beständig. Von dem Bekannten hatte er erfahren, daß jedermann mit dem baldigen Fall von Lhasa rechnete. Dort könnte man dann für Tee leicht das Doppelte von dem bekommen, was derzeit auf dem Markt geboten würde.

Dugmo, noch immer sehr nachdenklich über das, was der Wahrsager ihr offenbart hatte, ergriff energisch das Wort. »Laßt die Götter entscheiden!«

Das Los fiel auf Nyima und den mittleren Bruder.

»Wir werden dieses Jahr nicht wieder über die Eisberge ziehen und uns deshalb hier mit schnelleren Reittieren versorgen«, sagte der Onkel, nachdem er die Runde gemacht hatte. »Drei große Salzkarawanen brechen morgen nach Ba-Tang auf. Sie haben nicht genügend Yaks für die Reise. Das ist eine günstige Gelegenheit. Ich habe soeben prächtige Pferde und Maultiere gesehen. Ihr solltet jetzt auch Eure Yaks eintauschen, Herr Tadayama.«

Auf dem großen Platz vor dem Tempel war der Markt für Pferde und Maultiere. Nach langem Feilschen war der Handel getätigt. Nyima und seine vier Begleiter, Yasunari und der Onkel versorgten sich mit Pferden. Die anderen behielten für die Teeladung und die Zelte zwanzig der stärksten Grunzochsen, die sie vom Onkel-Vetter bekommen hatten, und erwarben kräftige Maultiere. Obwohl seine Grunzochsen ihm treue Dienste geleistet hatten, war Yasunari froh, bald wieder auf einem Pferderücken mit bequemem Sattel zu sitzen. Während die Khampas noch allerlei Besorgungen erledigten, ging Yasunari nochmals zu dem Schmuckhändler und kaufte das Aprikosen-Medaillon.

In dem einzigen festen Haus neben dem Tempel residierte der Vertreter des Dalai Lama. Bevor die Streiter aufbrachen, legte er jedem von ihnen eine lange seidene Glücksschleife um und segnete sie.

Als Dugmo neben dem Onkel und Yasunari aus Tschumdo ritt, war sie einsilbiger als gewöhnlich, und auch Yongden und Tara sprachen wenig. Immer wieder schauten die Reisenden stumm nach Westen. Eine große Staubwolke kündete davon, daß die Krieger für den Sieg der Wahren Lehre ihre Pferde in scharfem Galopp ritten.

»Lha Gyalo!« flüsterte der Onkel. »Die Götter werden siegen!«

Die Landschaft erstreckte sich wellig und karg. Sie folgten dem vereisten Wasserlauf, bis die Sonne zu sinken begann, und schlugen das Nachtlager in einer Senke auf, die windgeschützt hinter einer Kette geduckter Kiefern lag. Nur der Nordhang war schneebedeckt. Es waren die ersten Bäume seit langem, die Yasunari sah. Die Wetterseite der dünnen Stämme glänzte eisverkrustet. Der Onkel rief Yongden und zwei Khampas etwas zu. Sie stiegen ab und schlugen Feuerholz. Der Onkel war jetzt der Anführer. Er teilte die Wachen ein, überprüfte, ob die Tiere auch gut angepflockt und versorgt wurden, und verband eines der Kinder, das von einem Maulesel gefallen war. Es war nicht schlimm gestürzt, hatte sich bloß einen Fuß geprellt. Der Onkel zerkaute ein paar getrocknete Beeren und legte den Brei auf das geschwollene Gelenk. Dann umwand er den Fuß des Kindes mit einem Baumwolltuch.

Tara röstete Gerstenkörner. Yasunari nutzte die Gelegenheit, ging zu den Maultieren und ließ das Aprikosen-Medaillon in Taras Satteltasche gleiten. Yongden schleppte ein Holzbündel herbei. Dugmo kümmerte sich schweigend um das Feuer. Dann stand sie auf, nahm den Topf, erstieg den Nordhang der Senke und füllte das Gefäß mit Schnee.

350

Yasunari beobachtete sie eine Weile, dann fragte er den Onkel: »Was hat sie? Sonst singt sie immer, wenn sie kocht.«

»Sie ist traurig.« Der Onkel seufzte schwer. »Der Wahrsager auf dem Markt hat im Rauch seiner heiligen Kräuter ein Dorf an einem See erblickt. Dort wurde die Totenklage angestimmt. Ob für einen Mann oder für eine Frau, vermochte er nicht zu sehen.«

»Und Euer Dorf liegt an einem See?«

»Ja, deshalb ist sie in Sorge. Und wohl nicht zu Unrecht.«

»Das muß doch nichts bedeuten, was der Mann geweissagt hat. Es gibt viele Dörfer an Seen.« Für Yasunari waren alle Wahrsager Scharlatane.

»Schon. Aber der Seher hat seine Form genau beschrieben: nierenförmig.«

Drei Tage zog die Karawane wieder bergaufwärts näher an die Eisriesen heran. Sie kamen an mehreren kleinen Seen vorbei. Endlich sagte der Onkel: »Hinter dem nächsten Hügelkamm liegt unser Dorf. Wenn Ihr genau hinschaut, seht Ihr schon den Rauch der Herdfeuer.«

Eine dünne Rauchsäule stieg in den Himmel.

Yongden war als erster auf dem Kamm. Er drehte sich um und rief: »Das ist kein Herdfeuer. Der Rauch kommt vom Bestattungshügel.«

Der Onkel trieb sein Pferd neben ihn. Auf dem Bestattungshügel befand sich eine Menschentraube. »Wer wohl gestorben sein mag? Dugmo, schau, ein Totenfeuer brennt!«

Dugmo zügelte ihr Maultier. »Dann hatte der Wahrsager recht!«

Der Onkel sagte: »Ja. Aber du darfst wieder fröhlich sein! Die Männer werden wohlbehalten aus dem Kampf zurückkehren.«

Dugmos Sorgen waren nur zum Teil gemildert. Die Kräuter hatten dem Wahrsager schließlich nicht gezeigt, ob ein Mann oder eine Frau bestattet würde.

Ein nierenförmiger See lag in einer Mulde zwischen den Hügeln. Yasunari schätzte, daß ein guter Reiter ihn in einer Stunde umrunden könnte. Der Bestattungsplatz lag dem Dorf gegenüber. Dessen Häuser klebten schwer zugänglich wie Schwalbennester in den Hügelhängen. Die unteren Stockwerke für das Vieh und die Futtervorräte waren massiv gemauert, die oberen Wohn- und Speicherräume aus dicken Balken gezimmert. Man erreichte sie über Leitern. Nur in den Obergeschossen gab es Fensteröffnungen. Schindeln aus gespaltenen Kiefernästen bedeckten die steilen Giebeldächer.

Auf der dorfseitigen Uferböschung lagen umgedrehte Yakhautboote wie gestrandete Riesenschildkröten. Fischreich wäre der See, sagte der Onkel. Ein eisfreier Bach, der sich zwischen den Booten in den See ergoß und von heißen Quellen oberhalb des Dorfes gespeist wurde, ließ das Uferstück dort auch im strengsten Winter nie völlig zufrieren.

Der Onkel zeigte auf eine bewaldete Anhöhe. Es war weit und breit der einzige Hügel, auf dem große Bäume standen. »Dort könnt Ihr baden, Herr Tadayama. Die Dorfkinder vergnügen sich da oben in der kalten Jahreszeit, so oft sie können.«

Zwei berittene Bogenschützen näherten sich langsam der Karawane vom Seeufer.

Der Chinesenpriester

Groß war die Freude über die Rückkehr der Reisenden, und den Göttern wurde ein Dankesopfer gebracht, zelebriert von drei alten Gelbmützen-Lamas, die im Dorf Zuflucht gefunden und auch die Bestattungsriten auf dem Hügel geleitet hatten. Ein Leopard hatte eine Flüchtlingsfrau beim Holzsammeln angefallen, und sie war den schweren Verletzungen erlegen.

Die Lamas verbrannten Weihrauch vor einer vergoldeten Statue Avalokiteshvaras im Haus des Onkels, intonierten Sutras und entzündeten Butterlampen vor dem Bodhisattva. Verschiedene Stellen ihrer Rezitationen untermalten sie mit silbernen Handglocken oder schlugen Schädeltrommeln an. Wenn eine neue Butterlampe aufflammte, griff einer von ihnen zu einer Trompete aus Menschenknochen und entlockte ihr einen dunklen, klagenden Ton. Unterbrochen wurde die Zeremonie durch unzählige Schalen Tee, die zwei Knaben in roten Kutten, offenbar Novizen, für die Lamas herbeitrugen.

Yasunari sah bis auf ein paar Khampas im Alter des Onkels fast nur Frauen im Dorf. Die Männer, auch die Söhne des Onkels, waren zum Heer Gusri Khans aufgebrochen.

Das Haus des Onkels glich einer kleinen Festung. Es besaß sogar drei Stockwerke. Der riesige Küchenraum über den Ställen bot Platz für alle Dorfbewohner und die Flüchtlinge. Nach dem Dankopfer wurde gefeiert. Dugmo und Familie bewohnten die Zimmer neben der Küche. Tara, ihre Eltern und die jüngeren Geschwister lebten im obersten Geschoß zusammen mit dem Onkel und seiner Frau.

Yasunari wurde zuerst von allen für einen Chinesen

gehalten, aber als der Onkel von dessen Heimat im Ostmeer und dem Ziel seiner Pilgerreise erzählte, ging ein
ehrfürchtiges Raunen durch den Saal. Er sei ein frommer
Mann, der heilige Väter in Indien besuchen wolle, sagte
der Onkel. »Er hat seinen Gott um einen glücklichen Reiseverlauf gebeten. Und wir sind wohlbehalten hier ange-
kommen.«

Für die Kinder blieb Yasunari jemand, der aus dem fernen China zu ihnen gereist war. Wenn er in seiner Kammer niederkniete und vor dem Marien-Tsa-Tsa laut seine
Gebete sprach, beobachteten sie ihn heimlich und flü-
sterten sich zu: »Da! Der Chinesenpriester spricht wieder
Mantras in der fremden Sprache!«

War Yasunari nicht im Haus, schlichen sie zu seiner
Bettstatt in einer Ecke des Küchensaals und warfen einen
scheuen Blick auf das merkwürdige Tsa-Tsa mit dem
Kind.

Das Wetter war milder geworden – jedenfalls nach
Meinung der Khampas. Kniehoher Schnee war gefallen,
und Yasunari fror wie eh und je. Wenn allerdings die
Sonne durch die Wolken brach und eine windgeschützte
Mauer des Hauses beschien, öffnete Yasunari auch schon
mal sein Obergewand einen Spaltbreit und setzte die
Pelzkappe ab. Häufig gesellten sich dann Yongden oder
der Onkel zu ihm.

»In unserer Abwesenheit sind Gewürzhändler aus den
Südlanden im Dorf gewesen.« Yongden entblößte die
rechte Schulter und streckte sie genießerisch der Mittagssonne entgegen. »Wann wollt Ihr Eure Pilgerschaft fort-
setzen?«

»So bald wie möglich.«

»Ich habe mit den Lamas gesprochen. Einer von ihnen
war als junger Mönch schon am heiligen Berg Kailash
und ist von dort in die heißen Länder hinabgestiegen. Er

ist damals an den Ufern des Tsangpo gereist. Aber das ist derzeit fast unmöglich.« Yongden verzog angewidert das Gesicht.

»Wegen König Tsangpa?«

»Ja. Dieser Höllenfürst ist noch immer mächtig. Er beherrscht das Tsangpo-Tal. Wer nach Westen zum heiligen Berg Kailash pilgern will, muß jetzt weite Umwege auf sich nehmen.«

»Behelligt er auch durchreisende Händler und Pilger, oder verfolgt er nur die Anhänger des Dalai Lama schonungslos?«

»Ich weiß es nicht. Wenn ein Pilger kein Gelugpa ist und ein Händler die Wahre Lehre verleugnet, bleibt er vermutlich von den Rotmützen ungeschoren.« Yongden ballte die Fäuste. »Aber lieber würde ich sterben, als die Götter zu verraten.«

Und wieder beeindruckte Yasunari die Entschlossenheit der Khampas. Sie waren zwar Heiden, die den wirklichen HERRN im Himmel nicht kannten, aber sie verfochten ihren Irrglauben mit einer frommen Inbrunst wie er selbst den seinen. Und sie waren großherzig. Vor dem Marien-Tsa-Tsa brannten zwei Butterlampen. Dugmo und Tara sorgten dafür, daß sie nie verloschen.

Nicht nur die Kinder vergnügten sich in den heißen Quellen. Yasunari begab sich täglich auf die bewaldete Anhöhe oberhalb des Dorfes. Jung und alt waren dort anzutreffen. Selbst die alten Lamas genossen die wohltuende Wärme ungeniert. Wenn allerdings Yasunari oder die Mönche in eine der knietiefen Quellmulden stiegen, rückten die jungen Frauen kichernd zusammen und achteten beim Verlassen des Wassers darauf, daß man zumindest ihre Scham nicht sah. Einmal kam Tara mit ihren jüngeren Geschwistern. Yasunari vermied es, in ihre Richtung zu schauen, aber als sie vor ihm die Mulde verließ, wanderte sein Blick wie von einem Zauber geführt zu ihr. Zwischen ihren Brüsten hing das Aprikosen-Medaillon.

›Es ist nicht rechtens, sie zu begehren‹, dachte Yasunari. ›Es ist sündig. Ich habe gelobt, Gott zu dienen und nicht …‹

Dennoch starrte er Tara nach, bis sie mit den Kindern zwischen den Bäumen verschwunden war.

Meister Uenos Dolch

In den Hügeln trieb seit längerem ein Leopard sein Unwesen. Einige Tage nach Ankunft der Karawane wurde ein Schaf des Onkels in Dorfnähe gerissen. Eine Holzsammlerin hatte dessen Fährte in einer Schlucht nahe der Begräbnisstätte am anderen Seeufer entdeckt.

Yasunari begleitete Yongden und den Onkel auf die Jagd. Er bekam einen von Nyimas Bögen und bat darum, ein paar Probeschüsse machen zu dürfen. Zehn Pferdelängen vor dem Haus des Onkels stand eine dürre Kiefer. Als die Pfeile dicht an dicht in den Stamm einschlugen, waren die Khampas voller Anerkennung.

Yongden schoß auch. Sein Pfeil verfehlte ebenfalls das Ziel nicht.

»Daß Ihr gut zu reiten versteht, habe ich bemerkt, aber daß Ihr geschickt mit dem Bogen umzugehen wißt, sehe ich mit Freude«, sagte der Onkel. »Wo habt Ihr die Kunst erlernt?«

»Ich war nicht immer ein Pilger«, sagte Yasunari und schwang sich in den Sattel.

Die höflichen Khampas drangen nicht weiter in ihn.

Beim Bestattungsplatz stießen die Reiter auf frische Spuren. Hinter einem Felsen fanden sie den ausgeweideten Kadaver einer Antilope. Der Leopard mußte sie in der Nacht erlegt haben. Das Blut und die übriggelassenen Hautfetzen an Kopf und Gerippe waren nicht alt.

Der Onkel studierte eingehend die Abdrücke im Schnee. Dann sagte er: »Das waren zwei der Räuber.«

Yongden stieg ab und umschritt langsam den Kadaver in weitem Kreis. Er bestätigte den Onkel.

Die Fährten verloren sich auf einer Hügelkuppe. Ein beständiger Wind aus dem Norden trieb ihnen den Schnee wie einen Dunstschleier entgegen. Sie umritten die Verwehungen, die sich wie eine Kette von Wällen vor ihnen aufbauten, und stiegen in eine breite Schlucht hinab. Knotiges blattloses Gestrüpp und ein paar dürre Bäume ragten aus dem Schnee, der stellenweise den Pferden bis an die Bäuche reichte. Sie lenkten die Tiere an den Rand der Schlucht, wo die Schneedecke nur noch hufhoch war.

»Wenn das Tauwetter einsetzt, fließt im Schluchtbett ein reißender Bach«, sagte der Onkel. »Er speist unseren See. Weiter vorne gibt es am Hang mehrere Höhlen, die bis tief in die Hügel reichen. In denen werden sie vermutlich ihren Unterschlupf haben.«

»Hier in der Nähe hat die Frau die Spuren gesehen.« Yongden nahm den Bogen von der Schulter und zog einen Pfeil aus dem Köcher.

»Dort könnte es gewesen sein!« Yasunari deutete auf eine Birke. Jemand hatte die unteren Äste abgeholzt. Der Hang bestand aus einem porösen gelblichen Gestein. Auch auf der anderen Seite war er von Höhlen durchsetzt. Die Öffnungen befanden sich zumeist etwas oberhalb des Schluchtbetts.

Die Reiter stiegen ab und banden die Pferde an den Birkenstamm. Yongden ging mit eingelegtem Pfeil voran. Vor einer Höhle hob er warnend die Hand. Er war auf Raubkatzenspuren gestoßen und schlich sich zu seinen Begleitern zurück. »Wir sollten sie mit Rauch heraustreiben.«

Der sichelförmige Eingang lag in Brusthöhe, der Hang stieg sanft zur Höhle an.

Der Onkel nickte und ging zu den Pferden. Yasunari wachte mit gespanntem Bogen, während Yongden mit Stahl, Stein und Wollfäden Feuer unter seiner Pelzkappe schlug, das er mit Grashalmen am Leben hielt.

Der Onkel kehrte mit einem Armvoll dürrer Zweige zurück. Die Windrichtung war günstig. Er legte das Holz vor die Höhle. Es war naß, und es dauerte, bis es richtig entflammte. Yasunari und der Onkel brachten jetzt Äste herbei. Bald war der Höhleneingang rauchverhüllt.

Die Jäger postierten sich mit angelegtem Bogen und warteten gespannt. Sie hatten die richtige Höhle gefunden. Die Leoparden fauchten, zeigten sich aber nicht.

Der Onkel legte dickere Äste nach. »Es kann dauern. Manche der Höhlen sind sehr groß.«

Offenbar hatten sie auch mehrere Öffnungen. Oben im Hang quoll aus zwei Löchern Rauch. Die Jäger verteilten sich im Halbkreis um den Eingang. Links war der Onkel, dann kam Yasunari, rechts vom Feuer stand Yongden.

Yongden sah den Leoparden als erster. Er lauerte in einem Felsspalt fünf Schritte neben dem qualmenden Holzstoß, zwischen dem Onkel und dem Feuer. Yongden stieß einen Warnschrei aus und schoß. Er traf ihn im Sprung. Der Onkel, der wie Yasunari den Bogen auf den Höhleneingang gerichtet hatte, fuhr herum, schoß und traf ebenfalls. Yasunari verfehlte. Von zwei Pfeilen durchbohrt, rutschte das Raubtier den Hang hinunter auf den Onkel zu. Es war ein ausgewachsenes Weibchen. Der Onkel ließ den Bogen fallen und griff nach seinem Schwert.

In diesem Augenblick sprang ihn das Leopardenmännchen an. Instinktiv riß der Onkel den Arm hoch. Der Aufprall des Raubtiers warf ihn um.

Der Leopard verbiß sich fauchend in den Arm. Ein Prankenhieb riß dem Onkel die Pelzmütze vom Kopf.

Dann war Yasunari herangesprungen. Er packte mit der Linken das Nackenfell und stach wie besessen auf das rasende Raubtier ein, dessen Tatzen sich in den schweren Fellmantel des Onkels gruben.

Von mehreren Stichen in Seite und Rücken schwer getroffen, ließ der Leopard von seinem Opfer ab und griff Yasunari an. Meister Uenos Dolch fuhr ihm tief in den Leib. Die Vordertatzen der Raubkatze verkrallten sich in Yasunaris ausgestrecktem Unterarm. Yasunari taumelte zurück. Zum wilden Beißen war noch immer genügend Leben in dem Raubtier.

Yongdens Schwert zerschmetterte dem Leoparden das Rückgrat.

Der Onkel stand zitternd auf. Das Gesicht war blutverschmiert, der Fellmantel zerrissen. Yasunari zog den Dolch aus dem Unterleib der Raubkatze, bereit, nochmals zuzustechen. Aber auch das Leopardenmännchen war verendet. Yasunari ließ den Dolch fallen. Erst jetzt wurde er gewahr, daß sein Arm wie Feuer brannte.

Dem Onkel war von dem Tatzenhieb das halbe Ohr abgerissen worden, und die Reißzähne hatten tiefe Wunden in den Arm gegraben, den er vors Gesicht gehalten hatte. Die Brust des Onkels war weitgehend von dem dicken Fellmantel vor den scharfen Krallen der Raubkatze geschützt gewesen. Yasunaris Arm sah übel aus. Er hatte nur eine wattierte Baumwolljacke getragen.

Yongden verband sie notdürftig mit Streifen aus seinem Untergewand, dann half er ihnen auf die Pferde.

»Ich danke Euch«, stammelte der Onkel mit schmerzverzerrtem Gesicht, während sie langsam am Bestattungshügel vorbeiritten. »Ihr habt mir das Leben gerettet.«

»Und Yongden vermutlich meins.« Dann biß Yasunari die Zähne wieder zusammen. Der Unterarm schien nicht gebrochen zu sein, und er konnte ihn unter größten Schmerzen auch bewegen, aber die Kratzwunden gingen tief und bluteten stark. Obgleich das Pferd gemächlich dahintrottete, spürte er jeden Schritt, als würde ein Schlag den Arm treffen.

Als sie endlich das Dorf erreichten, war der Onkel bereits derart schwach, daß Yongden ihn ins oberste Stockwerk tragen mußte. Yasunari schaffte es noch ohne Hilfe, die Leitern zu erklettern, aber dann wurde ihm schwindlig. Yongden bettete ihn neben den Onkel.

Einer der alten Lamas war heilkundig. Er legte Druckverbände aus Heilkräutern auf, und es gelang ihm nach einiger Zeit, die Blutungen zu stillen. Yasunari bat Yongden, die gelbe Lackdose aus seinem Reisesack zu holen. Die Frau des Onkels, Dugmo und Tara wuschen die Wunden und bestrichen sie mit der violetten Paste aus der Santa Casa da Misericordia.

Zwei Tage wälzte sich der Onkel fiebrig auf seinem Lager. Auch Yasunari hatte wirre Wachträume, in die wie aus weiter Ferne die Stimmen der Lamas drangen. Pausenlos riefen sie die Götter um Hilfe an.

Am dritten Tag wich das Fieber langsam. Yasunaris Arm schmerzte zwar noch stark, wenn er ihn bewegte oder die Hand zur Faust schließen wollte, aber der Schmerz war erträglich geworden. Die Verletzungen des Onkels waren schlimmer. Ein Reißzahn des Raubtiers hatte eine Sehne im Oberarm zerbissen.

Yasunari schlief jetzt wieder in der Küchenhalle über den Ställen, ständig von den Frauen umsorgt. Trotz aller Fürsorge war er mutlos und deprimiert, besonders wenn die Dunkelheit hereinbrach. Mit dem verletzten Arm würde er so bald nicht wieder reiten können. Mehr und mehr kostbare Zeit verstrich. Yasunari rechnete und kam zu dem Ergebnis, daß er wegen der verschiedenen Umwege und Verzögerungen nun schon genauso lange unterwegs war, wie Pater Bartolomeu für die gesamte Reise von Goa nach Macao gebraucht hatte. Er betastete seinen Leibriemen mit den eingenähten Dokumenten. Wann würde er sie wohl den Ordensbrüdern in Goa übergeben können? War Macao dann schon gefallen, wie Shimabara gefallen war?

Yasunari schlief schlecht in dieser Nacht.

Tara

Im Dorf wurden Vorbereitungen für das Neujahrsfest getroffen. Wegen der Verletzten wollte man es bei einem Nachbarn des Onkels feiern, der auch die Lamas und ihre Gehilfen beherbergte. Der Zeitpunkt des Jahresbeginns bei den Khampas richtete sich nach dem Mondkalender und lag früh im Jahr. Alle Dörfler waren damit beschäftigt, leichte Holzgerüste herzustellen, die sie mit aus Yakbutter modellierten farbigen Bildern von Göttern und gutartigen Dämonen behängten. Die Butterreliefs hießen Tormas. Es gab nicht nur Tormas von Göttern. Yongden formte einen Leopardenkopf. Immer wieder ging er zu dem Pfeiler, an dem die Raubkatzenfelle hingen, und besah sie sich genau.

Von Nyima und den Kämpfern traf gute Nachricht ein. Die Truppen König Tsangpas befanden sich auf dem Rückzug ins Tsangpo-Tal. Lhasa war frei von Rotmützen-

Truppen, und bislang war keiner der Männer aus dem Dorf gefallen.

Am Vorabend des Neujahrsfestes ging es ruhig im Haus des Onkels zu. Jede freie Hand unterstützte den Nachbarn. Yongden, Dugmo, Tara und die meisten Helfer wollten auch gleich dort über Nacht bleiben, um den Morgenzeremonien der Lamas beizuwohnen, die das neue Jahr einleiteten. Die Frauen hatten sich festlich gekleidet. Sie sangen viel. Taras Lieblingslied war ein Lied, das von einem goldenen, glücklichen Tal erzählte, und Dugmo summte immer wieder das Teelied, wenn sie Yasunari die Trinkschale füllte.

Das Feuer unter dem Wassertopf glomm nur noch schwach. Yasunari erhob sich vorsichtig von seiner Lagerstatt aus dicken, warmen Fellen. Bewegte er sich zu schnell, geschah es bisweilen, daß ihm einen Moment lang schwarz vor Augen wurde. Mit der gesunden Linken warf er ein paar Zweige in die Kochmulde und bedeckte sie mit getrockneten Yakmistfladen. Er kniete nieder und blies in die Glut, bis die Zweige Feuer fingen. Yasunari trat an eine der mit Strohballen verstopften Fensteröffnungen. Durch einen Spalt im Gebälk konnte er auf den See bis zum anderen Ufer blicken. Über dem Begräbnishügel stand der Mond, hell wie eine polierte Silberscheibe. Es hatte wieder geschneit. Die Yakhautboote waren eine Kette weißer Halbkugeln, deren fächerförmige Schatten sich im Ufergestrüpp verloren. Yasunari füllte die Butterlampe neben seinem Lager auf und kroch wieder unter die Felle.

Unten schlugen die Hunde an. Ein leiser Pfiff ertönte. Jemand öffnete die Stalltür, die Hunde begannen freudig zu winseln. Eine Frauenstimme redete leise mit ihnen. Die Leiter, die vom Stall hinauf in den Küchensaal führte, bewegte sich. Dann stieg jemand durch die Bodenöffnung neben der Feuerstelle. Es war Tara.

Yasunari stützte sich auf den gesunden Arm und richtete den Oberkörper auf. Die junge Khampa-Frau trug einen langen, weiten Wollmantel, der von einer dünnen Kordel zusammengehalten wurde. Ihren Kopf bedeckte eine bestickte Pelzkappe.

Tara streifte die Kappe ab und kam lächelnd näher. Als sie vor Yasunaris Lager stand, löste sie schweigend die Kordel und ließ den Mantel zu Boden gleiten. Sie war nackt. Zwischen den Brüsten glänzte das Aprikosen-Medaillon. Sie beugte sich vor, schob die Butterlampe zur Seite und hob die Felldecke an. Vorsichtig, ohne den verletzten Arm zu berühren, legte sie sich auf Yasunari.

Die Rückkehr der Gewürzhändler

Als Yasunari erwachte, war Tara nicht mehr da. Die Frau des Onkels hantierte am Herd. Sie hörte, daß er sich bewegte, und brachte ihm Tee. Vom Nachbarhaus ertönten Trompeten und Trommeln.

»Euer Schlaf ist gesund, Herr. Die Lamas zelebrieren bereits seit Sonnenaufgang.« Der Onkel, der hinter dem großen Wasserkessel gehockt hatte, setzte sich neben Yasunari.

»Was ist das für eine Musik?« Yasunari schlüpfte umständlich in die Kleider. Der Onkel half mit seinem gesunden Arm.

»Das neue Jahr wird begrüßt. Kommt, wir wollen den Festlichkeiten beiwohnen!«

Yasunari kletterte die Leiter in den Stall hinunter.

Der Onkel folgte langsam. Vor dem Haus sagte er unvermittelt: »Ihr erscheint mir heute weniger bedrückt als sonst. Also war Tara in der Nacht bei Euch!«

»Ich verstehe nicht …«, stammelte Yasunari.

Der Onkel lachte. »Für trübsinnige Männer gibt es keinen besseren Zauber, als bei einer schönen Frau zu liegen. Oder gefällt Euch Tara plötzlich nicht mehr?«

»Nein, aber ich …«

»Ihr braucht mir nichts zu erklären, Herr Tadayama. Ich selbst habe angeordnet, daß sie zu Euch geht – und große Überredungskünste mußte ich wahrlich nicht anwenden.«

»Aber …«

»Ihr habt mir das Leben gerettet, Herr. Ich schulde Euch großen Dank, und Ihr sollt Euch wohl fühlen in meinem Haus. Und wenn Tara einmal heiratet, ist es nur gut, wenn sie weiß, wie sie ihre Männer verwöhnt. So will es die Sitte.«

Seltsam waren sie, die Gebräuche der Khampas. Sie verwirrten Yasunari jedesmal aufs neue. Was in der Heimat verwerflich war und von den heiligen Vätern und Schriften als schwere Sünde gegeißelt wurde, galt den Bewohnern der Eislande als nützlich und fördersam!

Yasunari blickte zu den weißen Bergriesen hinter den Hügeln am See. Alles war anders hier. Der kleine Priester hatte in Macao viel von den Eislanden gesprochen und doch nur wenig gesagt, was die Reisenden dort erwartete. Gebirge, dem Himmel so nahe, daß Yasunari sich auf dem Dach der Welt glaubte. Hatte Pater Bartolomeu eigentlich je die Khampa-Frauen erwähnt, Frauen wie Dugmo, wie Tara?

Die Festlichkeiten zum neuen Jahr hielten mehrere Tage an. Gab es Gelegenheiten zum Feiern, so nutzten die Khampas sie ausgiebig. Jeder Haushalt gab reihum ein Festessen.

Niemand im Dorf verlor ein kritisches Wort darüber, daß Tara jede Nacht mit Yasunari das Lager teilte. Im Gegenteil. Yongden und der Onkel ließen alle, die es hören wollten, wissen, daß ein mutiger Jäger und guter Bogenschütze wie der Chinesen-Lama eine willkommene Bereicherung für die Gemeinschaft wäre.

Taras Zauber wirkte. Es dauerte keine Woche, und Yasunaris Arm schmerzte kaum noch.

Eines Abends tauchten zur Verwunderung der Dorfbewohner die Gewürzhändler mit ihrem Khampa-Führer aus den Südlanden wieder auf. Die Händler erinnerten Yasunari an die Turbanträger in Macao. Sie hatten zwar nicht deren dunkle Gesichtsfarbe, waren hellhäutiger und mandeläugig, trugen aber auch ein gewickeltes Tuch um den Kopf und glaubten an Allah und seinen Propheten Mohammed. Ihr Kaiser hieß Schah Jahan und war der mächtigste Herrscher in den heißen Landen südlich der Eisgebirge. Die Händler hatten nach ihrer Abreise aus dem Dorf des Onkels von den Kämpfen im Tsangpo-Tal erfahren und sich nicht mehr durch König Tsangpas Reich gewagt.

»Wenn Unfriede herrscht, sind Kaufleute wie wir von jedermann gerne gesehen«, sagte ihr Anführer grimmig, der sich mit dem Onkel verständigen konnte. »Als wir über den Fluß setzen wollten, wären wir fast in einen Hinterhalt geraten. Am anderen Ufer hielten sich Bewaffnete versteckt, aber eines ihrer Pferde scheute. Wir sind gar nicht erst in die Boote gestiegen.«

Der Onkel nickte. »Das war klug von Euch. König Tsangpas Tage sind gezählt, aber ein Teil seiner Truppen marodiert noch immer am Nordufer. – Wie beabsichtigt Ihr jetzt weiter nach Westen zu reisen?«

»Wir werden das Flußtal meiden und südlich durch die Gebirge ziehen, bis wir das Tsangpa-Reich hinter uns gelassen haben. Das ist zwar beschwerlich, dafür aber sicherer. Unser Führer sagt, daß die Kailash-Pilger aus Eurer Gegend diesen Weg wählen, seit ihnen die direkte Tsangpo-Route versperrt ist.«

Der Anführer der Gewürzhändler redete schnell. Yasunari hatte nicht alles verstanden. Der Onkel übersetzte für ihn.

Zärtlicher als sonst waren Yasunaris Umarmungen, als Tara sich in der Nacht zu ihm legte. Zärtlich und leidenschaftlich wie nie zuvor.

Kurz vor Sonnenaufgang verließ Tara ihren Geliebten. Sie hatten kein einziges Wort miteinander gesprochen, jedoch spürte die junge Khampa-Frau, daß er mit den Händlern weiterreisen würde. Bevor sie ging, entzündete sie eine neue Butterlampe vor dem Marien-Tsa-Tsa und flüsterte ein Gebet.

Yasunari lag wach, bis es tagte. Als er sich ankleidete und den Ledergurt mit der *Instructio* um sein Untergewand verknotete, wußte er, daß seine Entscheidung richtig war. Es fiel ihm unsagbar schwer, Tara zu verlassen. Aber der Auftrag, den zu erfüllen er gelobt hatte, würde auf ewig wie eine schwere Bürde auf ihm lasten, wenn er ihn nicht ausführte. Dennoch war es bitter weiterzuziehen.

Bevor Yasunari mit den Gewürzhändlern aus dem Dorf ritt, legten die Frauen den Reisenden glückbringende weiße Seidenschleifen um den Hals.

Yasunari ging zu Tara. Sie lächelte, aber Yasunari sah ihr an, wie sie sich beherrschte, um nicht in Tränen auszubrechen. Er drückte ihr das Marien-Tsa-Tsa in die Hand und sagte leise: »Wenn du in Not gerätst, Tara, bete zu der Frau mit dem Kind! Sie wird dir helfen.«

Die junge Khampa-Frau antwortete stockend: »Ich werde sie darum bitten, daß du wieder zurückkommst.« Dann drehte sie sich um und rannte davon.

Yasunari biß sich auf die Lippen. Er hatte gewählt. Aber es tat unsagbar weh.

Yongden und der Onkel gaben ihm Geleit bis zu den heißen Quellen. Yasunari saß wieder auf einem Yak. Ein Führer der Südländer konnte ein paar Brocken Chinesisch, und die Verständigung klappte recht gut, weil Yasunari doch viele Worte der Khampa-Sprache gelernt hatte.

Neben dem Becken, in dem sie immer gebadet hatten, zügelten Yongden und der Onkel ihre Maultiere.

»Jetzt heißt es Abschied nehmen«, sagte der Onkel. »*Lha Gyalo!* – Möget Ihr Eure Pilgerfahrt segensreich zu Ende bringen!«

»*Lha Gyalo!*« sagte Yongden. »Und vergeßt nicht, Ihr seid uns immer willkommen!« Yongden warf Yasunari einen Leinensack zu. Er enthielt das Fell des Leopardenmännchens.

Den Tsangpo-Fluß westwärts

Woche um Woche tat sich das gleiche Bild vor den Reisenden auf: Berge, wie von Riesenhand aufgetürmt, in gleißendem Weiß, das die Augen schmerzen machte, schroffe Abgründe und schmale Pfade, wo ein Fehltritt der Yaks das sichere Verhängnis bedeuten würde.

Nur wenn Rast gehalten wurde, fand Yasunari ein wenig Zeit zum Nachdenken, und in den kurzen Momenten, bevor er erschöpft in traumlosen Schlaf fiel, zog sein bisheriges Leben, einem endlosen Rollbild gleich, an ihm vorbei, grellfarbig und unwirklich wie der Tagtraum eines Fremden. Manchmal, beim Erwachen am Rande eines Gletschers oder neben einem gefrorenen Wasserfall, fragte er sich, ob er überhaupt noch auf dieser Welt weilte. Gelegentlich schlugen sie das Lager bei einem Tempel oder Kloster auf. Die Gebäude waren aus der Ferne prächtig anzusehen, im Inneren aber meist entsetzlich schmutzig. Ebenso die Bewohner. Manche schienen ein und dieselbe Kutte ihr ganzes Leben lang zu tragen – und nie zu waschen. Nach Möglichkeit übernachtete man im Freien.

Der Anführer der Gewürzhändler hieß Selim. Fünfmal am Tag verrichteten er und seine Gefährten zu festgesetzten Zeiten ihre Gebete mit Blick nach Westen, wie Yasunari es bereits bei den Turbanträgern in Macao oder bei den Anhängern des Propheten im Vollmondtal gesehen hatte. Erlaubten Wetter- oder Wegwidrigkeiten keine Andacht, holten sie die Gebete bei erstbester Gelegenheit nach. Die rituellen Waschungen vor der Anrufung ihres Gottes deuteten sie an, indem sie Hände, Füße und Gesicht mit Schnee bestäubten. Die Händler wußten, daß Yasunari Christ war, Yongden oder der Onkel schien es ihnen gesagt zu haben. Sie stießen sich nicht daran. Beiläufig erwähnte ihr Anführer einmal Yasunari gegenüber, daß in seiner Heimat unter Schah Jahan jeder die Religion ausüben durfte, in die er hineingeboren war.

Mehr noch als unter der Kälte litt Yasunari unter der Eintönigkeit der Kost, die die Khampa-Führer ihnen tagein, tagaus zubereiteten. Beim Aufstieg ins Eisland hatten die Frauen zumindest die Gerste vor dem Rösten gesiebt. Außerdem hatte Yasunari hin und wieder von den

Vorräten beisteuern können, die er aus dem Vollmondtal mitgenommen hatte. Aber der Reis war längst verbraucht. Nur ein paar Tropfen Sojasoße waren ihm verblieben, die er geizig, als würde es sich um Gold handeln, auf die von Sand durchsetzten Tsampa-Mehlfladen träufelte. Sie knirschten beim Essen zwischen den Zähnen, und der Tee, mit dem er sie hinunterspülte, war der ranzigste, den er je getrunken hatte.

Sooft er die Führer fragte, wann sie denn endlich König Tsangpas Reich umgangen hätten, erhielt er stets nur vage Antworten.

Eines Tages trafen sie auf einem Hochplateau auf eine Nomadenfamilie. Sie nahm die Reisenden freundlich bei sich auf und verkaufte ihnen getrockneten Yakkäse. Am wichtigsten aber war die Kunde von König Tsangpas großer Niederlage gegen Gusri Khan. Das Reich des Rotmützenherrschers beschränkte sich nunmehr bloß noch auf die Stadt Schigatse und Umgebung. Das Tsangpo-Tal war nach Westen hin wieder gefahrlos für Kailash-Pilger und Händler passierbar. Die kleine Karawane mußte sich nicht mehr durch die unwirtlichen Eisriesen südlich des Flusses quälen. Erleichtert machte man sich an den Abstieg zum Tsangpo. War es nur Einbildung? Mit jeder Serpentine, die sie in die große Ebene hinunterstiegen, wurde die Luft milder.

Der Tsangpo war ein breites, flaches Gewässer. An seinen Ufern zeigte sich erstes zartes Grün. Von nun an ging es zügiger voran.

»Der Handelsweg nach Westen verläuft am Nordufer«, sagten die Führer.

Yasunari betrachtete das schnellfließende Wasser. »Gibt es Furten?«

»Weiter flußaufwärts schon. Hier müssen wir mit einer Fähre übersetzen.«

Der geschäftige Fährplatz lag hinter einer Flußkrümmung. Händler, Mönche, Nomaden und hochgewachsene Khampas drängten sich an der Landestelle. Wer zu Fuß unterwegs war – zumeist Pilger –, konnte in Yakhautbooten hinübergerudert werden. Grunzochsen und andere Reit- oder Lasttiere vermochten die dünnwandigen Boote nicht zu tragen. Yasunaris Karawane bestieg mit anderen Händlern aus dem Südland ein schweres kastenförmiges Holzfloß. Ein geschnitzter Pferdekopf am Bug und eine Stange mit den Gebetsfahnen sollten vor Unglück schützen. In der Mitte des Tsangpo wurde die Strömung reißend, aber über den Fluß gespannte Seile verhinderten ein Abtreiben flußabwärts. Alle Reisenden halfen den Fährleuten beim Rudern.

Nach einer halben Stunde Fahrt gelangten sie ans Nordufer und wateten an Land. Dort empfing bereits eine Menschentraube das Floß, Pilger auf dem Rückweg vom heiligen Berg Kailash. Es waren mehr Menschen, als die Fähre auf einmal transportieren konnte. Ein alter Mönch, dem sich jeder nur mit allergrößter Achtung näherte, organisierte das Einschiffen. Die Gewürzhändler und die anderen Südländer kamen überein, gemeinsam nach Westen zu reisen. Auch mehrere Khampa-Händler wollten sich ihnen anschließen. Selim schlug vor, in der Nähe der Landestelle das Nachtlager zu errichten und erst am nächsten Tag weiterzureisen. Man war damit einverstanden, denn alle wollten die Lebensmittelvorräte auffrischen. Yasunari tauschte das Leopardenfell bei einem Kailash-Pilger gegen Reis ein. Vor den Hütten der Fährleute verkauften Fischerfrauen ihren Fang. Yasunari erstand zwei kapitale Hechte. Heute abend würde er das Essen für alle zubereiten – bei dem Gedanken an den lang entbehrten Schmaus lief ihm das Wasser im Munde zusammen. Er besorgte sich auch noch ein Bündel Trokkenfisch und schwor sich, die Khampas nicht an die Feuerstelle zu lassen – womöglich würden sie den Reis mit Sand aufkochen.

Unter den zurückbleibenden Pilgern war ein älterer Gelbmützen-Mönch. Er hockte reglos im Lotossitz am Ufer und schien zu meditieren. Die rostbraune Kutte war zerschlissen und speckig. Auf seinem Gesicht lag ein friedliches Lächeln. Eine eigenartige ruhige Ausstrahlung ging von dem Mann aus. Yasunari verlangsamte seine Schritte. Der Mönch erschien ihm wie ein Mensch, der mit sich und dem Universum im reinen war. Als Yasunari an ihm vorbeiging, fiel sein Blick auf die Halskette des Meditierenden. Er blieb stehen und betrachtete das Amulett genauer, das an der Kette hing. Es war eine daumengroße hölzerne Figur des Bodhisattva Avalokiteshvara und ähnelte in der Machart dem Marien-Tsa-Tsa.

Der Mönch bemerkte Yasunaris interessierten Blick und lud ihn freundlich ein, sich zu ihm zu setzen.

Yasunari verbeugte sich höflich. »*Lha Gyalo!*«

»*Lha Gyalo!* – Ihr seid ein Fremder. Aus China?«

Yasunari erzählte seine Geschichte in Kurzform.

»Ein Pilger also seid Ihr«, sagte der Mönch nachdenklich. »Aber wieso hat mein Tsa-Tsa Eure Aufmerksamkeit erregt, Herr? Es ist nicht aus Gold oder Silber, es ist nur einfaches Schnitzwerk. Ihr seid der erste, der dieses Medaillon derart eingehend betrachtet. Weshalb?«

Yasunari berichtete von dem Marien-Tsa-Tsa und von den frommen Einsiedlern, die es in einem Kloster am heiligen Berg Kailash gefertigt haben sollten.

Der Mönch schaute ihn lange forschend an, dann gab er Yasunari die Halskette. »Ihr wißt, wer dieser Bodhisattva ist?«

»Ja. In meiner Heimat heißt er ›Kannon‹.«

Der Mönch hängte sich die Kette wieder um den Hals und schloß die Augen. Dann begann er zu sprechen. Yasunari verstand nicht alles, was er sagte. Aber als er den Mann verließ, hatte er erfahren, daß er zehn Yak-Tage, bevor man den heiligen Berg Kailash erblickte, in ein enges Tal hochsteigen mußte, in dem es ein Kloster namens Klarwasser gab. Der Weg dorthin war beschwerlich, und nur wenige Pilger wagten ihn. Im Kloster würde er dann erfahren, wo die Einsiedler leben, die die Holz-Tsa-Tsas schnitzen.

Ob die Einsiedler aus den Südlanden in die Eisgebirge gekommen wären, hatte Yasunari noch wissen wollen.

»Sucht das Kloster Klarwasser auf, Herr, dort werdet Ihr vielleicht Antwort auf Eure Fragen erhalten!« Mit diesen Worten hatte der Mönch Yasunari freundlich, aber bestimmt verabschiedet.

Es war kein Frühling, wie ihn Yasunari aus Japan kannte, aber es wurde eindeutig wärmer, je länger sie im Tsangpo-Tal reisten. Zarte Blattknospen bedeckten die Weiden am Flußufer, und im Gras zeigten sich frühe Blumen, winzige lichtblaue Pflanzen, die sich die Frauen der Khampa-Händler ins Haar flochten. Von den Südländern beherrschte nur Selim ihre Sprache. Yasunari ritt die meiste Zeit neben ihm. Unterdessen sprach er die Zunge des Eislandes besser als der einheimische Führer, der etwas Chinesisch konnte.

Von Selim erfuhr Yasunari viel über das Reich von Schah Jahan. Ein mächtiger Herrscher war der Kaiser der Inder. Seine Macht reichte von den Eisgebirgen im Norden des Landes bis weit an die Meere im Westen und Osten. Viele Völker hatte der Schah unterworfen, und obgleich er selbst ein rechtmäßiger Anhänger des Propheten war, gestattete er seinen Untertanen, den eigenen

Glauben zu pflegen, ob sie nun Buddhisten, Hindus oder Christen waren. Solange sie sich nicht hinderlich in die Staatsgeschäfte einmischten oder Muslime zu bekehren trachteten, konnten sie ihre Tempel oder Gotteshäuser bauen und dort die jeweilige Religion ausüben.

»Kennt Ihr Goa, Selim?«

»Ich landete einmal mit einem Frachtschiff kurz in Goa und auch in Diu am Westmeer«, sagte der Anführer der Gewürzhändler. »Es sind reiche Häfen, und wohlgebaut sind die Moscheen der Christen dort.«

Aber viel mehr konnte Selim Yasunari über die Niederlassungen der Portugiesen nicht berichten, nur daß der Weg aus den Eislanden bis an das Westmeer von Schah Jahans Reich noch Monate dauern würde. Wie lange genau, konnte er nicht mit Bestimmtheit sagen. Das würde Yasunari am heiligen Berg Kailash erfahren, zu dem nicht nur die Gläubigen aus den Eislanden, sondern auch Pilger aus allen Teilen Indiens zogen.

Der Reisvorrat reichte nicht lange, da Yasunari ihn freigebig mit den anderen teilte, aber überall am Tsangpo fand sich jemand, von dem er Fisch kaufen konnte. Zumeist grillte er ihn über einem Wurzelfeuer, und wenn er getrockneten Fisch zubereitete, legte er ihn einen Tag in Yakmilch ein und schmorte ihn mit Zwiebeln. Alle lobten Yasunaris Kochkünste. Nur als er einmal ein besonders prächtiges Exemplar von einem Flußbarsch filetierte und es den Reisegefährten in mundgerechte Stücke geschnitten *roh* anbot – beträufelt mit einem allerletzten Rest Sojasoße –, verschmähten sie die dargebotene Köstlichkeit angewidert.

Wenn der Handelsweg nicht direkt längs des Tsangpo verlief, entfernte er sich doch nur selten weiter als bis in die nächste Hügelkette, die die Flußebene säumte. Auf einem der Hügel stand ein trutziger Bau. Goldgedeckte

Dächer blitzten in der Sonne auf. Als die Karawane näher kam, stießen die Khampas lauthals Verwünschungen aus, denn es war ein Bönpo-Kloster. Hier mußte eine mörderische Schlacht getobt haben. Überall lagen skelettierte Leichen, teilweise noch in ihren Rüstungen. Es wimmelte von Ratten. Die Nager hielten Nachlese und krochen in die Rüstungsteile, die die Schnäbel der Geier und die Fänge der Wölfe nicht aufzubrechen vermocht hatten.

»*De tamtsche pham!* Die Dämonen sind besiegt!« riefen die Khampas grimmig.

Yasunari sagte nichts. Er hatte nicht nur Skelette von Erwachsenen gesehen.

Es war kein Ort zum Verweilen. Hastig zog die Karawane weiter.

Das Tsangpo-Tal war die fruchtbarste Landschaft, die Yasunari bisher in den Eislanden gesehen hatte. Je weiter der Frühling voranschritt, desto häufiger trafen sie auf Bauern, die ihre Felder bestellten. Hauptsächlich bauten sie Gerste an. Die Dörfer, an denen sie vorbeizogen, wirkten wohlhabend. Fast immer waren sie von Obstbaumpflanzungen umgeben, zumeist Aprikosenplantagen.

Einmal begegnete ihnen ein Trupp bewaffneter Reiter. Sie würdigten die Karawane keines Blicks. In ihrer Mitte ritt ein Mönch auf einem Pferd, dessen Sattel und Zaumzeug mit gelber Seide bespannt war. Die Kutte und die Krempe seines flachen Hutes säumte Blaufuchspelz.

Die Khampas saßen eilig ab und verneigten sich vor den Vorbeireitenden. Dabei streckten sie unterwürfig die Zungen weit heraus.

»Der Gelbe ist ein Würdenträger des Dalai Lama«, flüsterte Selim Yasunari zu. »Nur ganz hohen Herren wird dieser Gruß entboten.«

Yasunari sah den Reitern hinterher und beneidete sie wegen ihrer Pferde. Yaks waren zwar robuste Lasttiere, aber auch auf ebenen Pfaden kaum schneller als im Tief-schnee.

»Was meint Ihr«, fragte er. »Sollten wir nicht bald die Grunzochsen wieder gegen Maultiere eintauschen?«

Selim schüttelte entschieden den Kopf. »Wartet, bis das Tsangpo-Tal sich im Westen verengt und hoch in die Eisberge ansteigt! Dann gibt es keine bequemen Wege mehr wie hier.«

Yasunari wußte nichts zu erwidern. Er befühlte nur den Lederriemen mit der eingenähten *Instructio* und wünschte inständig, bald wieder unter seinen Glaubens-brüdern zu sein.

Die Lamaserei Kyambyong

Es war Sommer, als die Karawane schließlich ins obere Tsangpo-Tal gelangte. Auch das waren die Eislande: satte Weiden, üppige Kornfelder und Mittagstemperaturen, bei denen das kalte Wasser des Flusses geradezu eine Er-frischung bedeutete – was nicht hieß, daß die Einheimi-schen diese Erquickung nutzten. Kopfschüttelnd beob-achteten sie Yasunari und die verrückten Südländer, wie sie sich, nur mit einem Lendentuch bekleidet, jeden Morgen gleich nach dem Aufstehen reinigten, als wären sie schwerstkrank.

Je mehr sich die Reisenden dem heiligen Berg Kailash näherten, desto öfter trafen sie auf Pilger. Einige waren bereits seit Monaten unterwegs, da sie die Wegstrecke zum Kailash mit ihrer Körperlänge ausmaßen, was als besonders verdienstvoll galt. Sie legten sich bäuchlings hin und berührten mit der Stirn den Boden. Dann standen sie auf, machten ein, zwei Schritte, bis sie die Stelle erreichten, wo die Stirn den Weg berührt hatte, und warfen sich wieder auf die Erde.

Yasunari sprach mit fast allen – niemand wußte von einem Kloster Klarwasser, und auch ein enges Tal, wie es der Mönch an der Tsangpo-Fähre beschrieben hatte, war den Pilgern unbekannt.

In einem Dorf begegneten sie einer Yak-Karawane, die nach Lhasa unterwegs war. Die Kaufleute führten große Mengen an Tee mit sich. Es waren keine Ziegel, sondern zu Ballen gepreßte Blätter aus den Ländern südlich der Eisriesenkette, die hinter den Tsangpo-Hügeln am Horizont verlief. Zwischen den Händlern von Yasunaris Karawane kam Uneinigkeit über den weiteren Verlauf der Reise auf. Einige von ihnen wollten die bei den Khampas erworbenen Waren – Pelze, Goldstaub und Wolle – schon am Kailash gegen Handelsgüter aus dem Südland eintauschen und dann umgehend nach Lhasa reisen. Dort würde sich nach König Tsangpas Niederlage mit Gewürzen und Tee ein Vermögen verdienen lassen, argumentierten sie.

Selim sah das nicht so. »Egal, wie hoch der Profit aus einem solchen Unternehmen auch sein mag, wenn ich die Sachen in diesem Herbst in Agra oder auf einem sonstigen Markt in der Heimat losschlagen kann, bin ich allemal besser dran.«

Der Großteil der Händler war Selims Meinung. Man beschloß, das Tsangpo-Tal zu verlassen und auf schnellstem Weg nach Süden zu ziehen, sobald man im Dorf Führer dingen konnte. Die Khampas, die sie bislang geleitet hatten, reisten mit der kleineren Gruppe weiter

zum Kailash. Dörfler zu finden, die bereit waren, Selims
Leute gegen ein angemessenes Entgelt über die Gebirge
zu leiten, war nicht schwer. Yasunari schloß sich Selims
Karawane an.

Wieder türmten sich Gipfelketten auf, deren gleißende
Spitzen den Himmel zu berühren schienen. Hinter ih-
nen lag das heiße Südland, das Reich von Schah Jahan.
Wenn Yasunari auch schon so manche Höhe im Khampa-Land bezwungen hatte, so war der Aufstieg zu den
Pässen der Eisriesen kräfteraubender als alles, was er bisher auf dem Dach der Welt erlebt hatte. Schritt für
Schritt schleppte sich die Karawane enge Täler bergauf,
überquerte reißende Bäche auf schwankenden Stegen,
bahnte sich den Weg durch Geröllfelder und über
Gletscherzungen. Immer wieder lösten die Yaks kleinere
Steinschläge aus. Dennoch waren diese beinahe senk-
recht zu den Hochpässen hinführenden Täler Hauptver-
kehrsadern ins Südland. Täglich begegneten den Aufstei-
genden Reisende, zumeist Händler, die hinunter in die
Tsangpo-Ebene wollten. An Plätzen, wo Rast gehalten
wurde, fanden sich regelmäßig Spuren anderer Karawanen: die abgenagten Knochen einer Mahlzeit, ein zerbro-
chenes Tongefäß – selbst auf noch glimmende Feuerstellen stieß man gelegentlich.

Es begann zu regnen. Die Dörfler, die sie führten, sagten Selim, daß man die Nacht in einem Kloster Unterkunft finden könnte, bevor man über eine Hängebrücke
am Talende zum Paßpfad aufstieg.

»Trägt die Brücke auch die Yaks?«

Die Dörfler beruhigten Selim, die Brücke wäre nicht
lang und aus starken Bohlen gefügt. Sie hätten schon oft
mit Grunzochsen hinübergeführt. Man müßte den Tieren nur die Augen verbinden.

Die Männer aus dem Tsangpo-Dorf sprachen die

Khampa-Sprache, untereinander redeten sie jedoch in einer Zunge, die Yasunari nicht verstand.

Noch bevor es Abend wurde, erreichte die Karawane die Lamaserei, die wie ein Schwalbennest an einer steilen Felswand klebte. Das Licht der untergehenden Sonne ließ die roten Dachziegel glutgleich schimmern. In einem geräumigen Mauerhalbrund am Fuß der Felswand konnten die Reit- und Lasttiere angepflockt werden. Über lange Leitern gelangte man in das unterste Stockwerk der Lamaserei.

»Wie heißt das Kloster?« fragte Yasunari die Dörfler.

»Wir nennen es in unserem Dialekt die ›Feuerlamaserei‹ – ›*Kyambyong*‹.«

»Kennt ihr vielleicht ein Kloster namens Klarwasser?«

Zu Yasunaris Erstaunen nickten die Männer. »Ja. Wir haben davon gehört, Herr, waren aber nie dort, denn es treiben finstere Dämonen ihr Unwesen. Kloster Klarwasser soll irgendwo da hinten in den Bergen sein.« Sie zeigten auf die schroffen Gipfel oberhalb der Steilwand.

Nur einer der Dörfler wußte mehr. »Man sagt, daß in alter Zeit von den Dächern der Lamaserei ein Pfad weiter hoch in die Felswand geführt hat. Fragt doch die Mönche, sie werden Euch gewiß besser Auskunft geben können als wir.«

Yasunari kletterte mit Selim hinter den Dörflern die Leiter empor. Sie endete vor einer Türöffnung, an der sie zwei junge Gelugpa-Mönche in roten Kutten empfingen. Gelugpas, die noch nicht die höheren Weihen hatten, trugen bislang Rot. Erst als ordinierte Lamas legten sie das gelbe Gewand an. Nachdem die Dörfler ihr Anliegen vorgetragen hatten, holten die Mönche den Abt des Klosters. Er ignorierte die Spendengaben, die man vor ihm ausbreitete, und stellte den Dörflern eine Reihe von Fragen in ihrem Dialekt. Offenbar gereichten ihm die Antworten zur Zufriedenheit, denn er nickte Yasunari und Selim freundlich zu.

Dann sagte er in der Khampa-Sprache: »Die Novizen zeigen Euch, wo Ihr nächtigen werdet. Dort könnt Ihr auch Eure Mahlzeiten zubereiten.«

Die Kammern waren fensterlos, nur im Raum mit der Feuerstelle war eine rußgeschwärzte Deckenöffnung, durch die der Rauch abziehen konnte. An den Wänden hingen vergilbte Rollbilder, die grimmige Schutzdämonen darstellten. Yasunari sah schwertschwingende Monster, bereit, jeden Feind der Lehre zu vernichten, der sie herauszufordern wagte: totenkopfgeschmückte Wächter, teils in Tiger- oder Bärengestalt und gespenstisch beleuchtet von dem flackernden Lichtschein der Butterlampen.

Im Halbdunkel der Küche stand ein Mönch. Er goß aus einem Ledersack Wasser in einen Holztrog und entbot Yasunari einen gemurmelten Willkommensgruß. Dann schulterte er den Wassersack. Dabei verschob sich die Kutte. Eine Kette mit einem Amulett rutschte aus dem Halsausschnitt. – Es war ein Marien-Tsa-Tsa!

Yasunari ergriff eine Butterlampe und trat auf den Mönch zu. »Bitte verzeiht! Ich bin ein Pilger von weit her. Euer Amulett kommt mir vertraut vor.«

Der Mönch setzte den Wassersack ab und sah forschend in Yasunaris Gesicht. Dann sagte er: »Wißt Ihr auch, wen die Schnitzerei darstellt?«

Yasunari nickte. »Es ist die Gottesmutter mit dem Jesuskind.«

Der Mönch lächelte. »Ihr redet zwar wie ein Khampa, aber Eurem Aussehen nach stammt Ihr nicht aus dem Eisland. Seid Ihr etwa ein Christ aus China?«

Yasunari bejahte, erzählte von seiner beabsichtigten Pilgerreise ins Südland, von dem Schmuckhändler in

Tschumdo und dem Pilgermönch an der Tsangpo-Fähre.
»Er war es, der mich auf das Kloster Klarwasser verwies.«

»Und was hat er Euch über das Kloster berichtet?«

»Er bedeutete mir, daß die Holz-Tsa-Tsas von dort stammen.«

»Hat er sich über die Schnitzer geäußert?«

»Nein. Wer sind die Schöpfer der Amulette? Wißt Ihr es vielleicht?«

Der Mönch nahm den Wassersack wieder auf. »Ich darf Euch keine Antwort geben. Ich muß erst mit dem Abt sprechen. Bitte, geduldet Euch. Er leitet gerade die Zeremonien in der Haupthalle.« Der Lama verließ mit einem Segensspruch den Küchenraum.

Die Dörfler entfachten ein Feuer aus getrockneten Yakdungfladen unter einer Eisenpfanne, um Gerste zu rösten. Selim hatte einem Teil der Unterhaltung gelauscht. Er fragte Yasunari, was es mit den Holz-Tsa-Tsas für eine Bewandtnis habe. Yasunari erklärte, daß sie Jesus und Maria darstellten.

»Dann sind die Lamas hier womöglich Muslime«, sagte Selim.

Yasunari schaute ihn erstaunt an. »Nein, wenn, dann sind sie natürlich Christen. Maria ist die Mutter des Heilands, die Muttergottes.«

»Ich wäre mir da nicht so sicher an Eurer Stelle. Auch wir verehren Jesus und seine Mutter.«

»Wie …?«

»Ja. Habt Ihr denn nie den Koran gelesen?«

»Nein.« Yasunari dachte an den kleinen Priester. »Teufelswerk« hatte er die Schriften der Turbanträger immer geschimpft.

»Im Koran steht geschrieben, daß Allah – gepriesen sei seine Unvergleichlichkeit – Jesus den Menschen als Prophet geschickt hat. Maria hat ihn empfangen, ohne daß …«, Selim suchte nach den passenden Worten in der Khampa-Sprache, »ohne bei einem Mann zu liegen.«

»Ihr nennt Jesus Christus einen Propheten – aber er ist der Sohn Gottes!« rief Yasunari aufgebracht.

Selim, der sehr wohl dem Alter nach Yasunaris Vater sein konnte, sagte begütigend: »Laßt uns nicht streiten, Herr. Ihr habt Euren Glauben und ich den meinen. Aber Jesus und Maria, die Ihr verehrt, verehre auch ich.«

Yasunari verbeugte sich vor dem Kaufmann. »Bitte, verzeiht mir meine lauten Worte! Streit suchte ich nicht mit Euch.«

Yasunari ging zur Feuerstelle und schaute nachdenklich in die Glut unter der Tsampa-Pfanne. Eine dünne geruchlose Rauchsäule stieg zur Decke auf, staute sich wie eine regenschwangere Wolke vor der rußgeschwärzten Öffnung über dem Herd.

Yasunari versuchte seine Gedanken zu ordnen, es mißlang: Die Anhänger Mohammeds achteten die Mutter Maria und den Heiland hoch, und es stand sogar in ihrem heiligen Buch, dem Koran! Und ein Gelbmützen-Lama trug ein Marien-Tsa-Tsa unter der Kutte.

Kleinwüchsige zähe Dörfler aus den Eislanden rösteten Gerstenkörner über den Exkrementen der Grunzochsen und schwatzten in einer Sprache, die sich wie das Schnattern von Wildgänsen anhörte, bereiteten Speisen zu, die jeder Haushund im Zedernflußtal verschmähen würde.

Yasunari fröstelte und legte sich eine Decke um die Schultern. Der Zeit nach war es Sommer, aber inmitten der Eisberge hinter den dicken Steinwänden einer Lamaserei war von der warmen Jahreszeit nichts zu spüren. Das Herdfeuer, das die Dörfler entfacht hatten, war nur eine bescheidene Heizquelle, an der man sich allenfalls die klammen Finger wärmen konnte. Immerhin gab es heißes Wasser. Yasunari rührte Gerstenmehl in den Buttertee, salzte und trank. Selim und die Händler verrichteten in einer der Kammern ihre Gebete. Von ferne drang das dumpfe Vibrieren einer großen Trommel, in das sich das helle Klingeln von Handglocken mischte. Dann herrschte Stille.

Yasunari kniete nieder und betete ein Ave-Maria und Vaterunser, während die Dörfler sich neben dem Herd in ihre Felle einrollten und bald darauf eingeschlafen waren.

Schritte wurden vernehmlich. Der Mönch, der das Wasser gebracht hatte, trat mit einer Pechfackel in den Küchenraum. »Der Abt wünscht mit Euch zu sprechen. Bitte, folgt mir!«

Yasunari erhob sich. Der Mönch ging schweigend voran. Nach wenigen Minuten hatte Yasunari jegliche Orientierung verloren. Der Mönch leitete ihn durch gewundene Gänge, die sich abwechselnd ab- und aufsteigend in die Felswand zu bohren schienen. Dann erklomm er ein paar Treppenfluchten, die in einen Andachtsraum mündeten. An der Stirnwand der Halle stand eine riesige goldene Buddhastatue. Der Mönch führte Yasunari hinter das Bildnis und öffnete eine niedrige Holztür. Yasunari blickte in ein schwach erleuchtetes Zimmer. An einem niedrigen Tisch saß ein alter Mann in der kostbaren Robe eines Gelugpa-Abtes. Auf dem Tisch standen zwei dampfende Teeschalen. Der Mönch bedeutete Yasunari hineinzugehen, betrat aber das Zimmer nicht, sondern schloß die Tür leise hinter ihm. Wohlige Wärme umströmte Yasunari. Den Großteil des Raumes füllte ein *Kang* aus, eine gemauerte beheizbare Bettstatt, wie in Meister Tungs Haus im Vollmondtal.

»*Lha Gyalo!*« Die Stimme des alten Mannes war schwach.

Yasunari verneigte sich tief. »*Lha Gyalo!*«

»Man sagte mir, daß Ihr die Khampa-Sprache beherrscht. Bitte, setzt Euch dicht zu mir! In meinem Alter ist selbst lautes Reden eine große Anstrengung.«

Yasunari ließ sich ihm gegenüber im Fersensitz auf ein Polster nieder.

Der Abt reichte ihm eine der Schalen. »Bitte trinkt! Es ist kein gewöhnlicher Tee. Er wird Euch munden. Er kommt von weit her – wie Ihr ja wohl auch.«

»Ja, Hochwürden. Der Lama eben hat Euch vermutlich von meiner Pilgerreise berichtet.«

»Nicht nur das.« Der Abt führte die Schale an die Lippen und trank in kleinen Schlucken.

Der Tee hatte ein schwaches Rosenaroma. Yasunari bemerkte, er kenne ihn aus China, wo er bei besonderen Anlässen serviert werde und als großer Luxus gelte. Im Geschmack ähnele er japanischem Kirschblütentee.

»Eure Zunge ist aufmerksam. Ja, es ist Rosentee aus meiner Heimatprovinz Si-chuan. Ein Seidenkaufmann von dort, der alle paar Jahre über Lhasa an den Hof von Schah Jahan reist, versorgt mich regelmäßig mit einem Kistchen dieser Köstlichkeit.« Er lächelte. »Wie Ihr also seht, bin ich trotz hoher Jahre und Abtswürde noch immer den irdischen Dingen verhaftet. Aber ich tröste mich mit der Ausrede, daß der Genuß von gutem Tee ein relativ harmloses Laster ist.«

Yasunari musterte den alten Mann erstaunt. Für ihn sah der Abt aus wie viele der Greise, denen er in den Eislanden begegnet war. »Hochwürden stammen aus dem Reich der Mitte?« sagte er auf Chinesisch.

Der Abt nickte und wechselte in seine Muttersprache über. »Ja. Ich kam als junger Mann mit einer Handelskarawane ins Eisland. Wir wurden von Räubern überfallen. Ich konnte als einziger fliehen. Tagelang irrte ich ohne

Nahrung und warme Kleidung umher. Als ich von Fieber geschüttelt und fast am Verhungern war, fand mich ein mitleidiger Nomade. Er brachte mich hierher. Damals bestand Kloster Kyambyong nur aus bescheidenen Höhlenklausen, in denen drei Lamas lebten. Es waren Männer von großer Heiligkeit, obwohl sie nur wenig älter waren als ich. Sie gaben mir zu essen und pflegten mich gesund. Ich wurde ihr Schüler und habe Kyambyong nie verlassen.«

Der Abt sprach ein altertümliches Chinesisch, aber Yasunari verstand ihn gut, denn er redete bedächtig und ohne Hast. In den Sprechpausen nippte er an seinem Tee.

»Wie man mir sagte, seid Ihr ein Christ.«

»Ja, Hochwürden, das ist richtig.«

»Ein Priester?«

»Nein. Ich habe noch keine Weihen empfangen. Ich bin bloß ein einfacher Novize in einem Orden.«

»Ich verstehe. Ihr steht erst am Anfang des Weges.«

»So könnte man es ausdrücken.«

»Und was hat Euch bewogen, Zuflucht im Glauben zu suchen?«

Der Abt unterbrach Yasunari nicht ein einziges Mal, als er seine Lebensgeschichte erzählte. Er lauschte reglos. Jedesmal wenn Yasunari glaubte, der alte Mann wäre eingedöst, belehrten ihn zwei wache Augen eines Besseren. Als Yasunari verstummte, griff der Abt nach einer Handglocke und läutete. Augenblicklich öffnete sich die Tür, und der Lama erschien.

»Geh und zeig ihm die ›Halle der vereinten Stille‹«, befahl er dem Mönch. Zu Yasunari gewandt sagte er: »Und Ihr entschuldigt mich bitte jetzt. Das lange Reden hat mich erschöpft. Mögen alle Buddhas und Bodhisattvas Euch bei Eurem Tun geleiten.«

Mit diesem Segensspruch war Yasunari entlassen.

Wieder schritt Yasunari hinter dem Rücken des Lamas dunkle Gänge entlang und erstieg steile Treppen, die allesamt in die oberen Stockwerke des Klosterbaus zu führen schienen. Nur die Pechfackel des Mönchs erleuchtete ihren Weg. Dann wies der auf eine Öffnung über dem letzten Treppenabsatz und richtete eine Leiter auf. Durch die Luke sah Yasunari den sternenbedeckten Himmel. Der Lama kletterte die Leiter hoch und winkte Yasunari zu folgen.

Sie standen auf dem Dach der Lamaserei. Dicht an die Felswand geschmiegt und von der Talsohle aus nicht zu erkennen, stand ein flacher, fensterloser Pavillon.

Der Lama zog einen handlangen Schlüssel aus seiner Kutte und schloß eine eisenbeschlagene Tür auf. »Bitte wartet, bis ich Euch rufe! Ich muß erst die Butterlampen anzünden.«

Das Ziegeldach des Klosters fiel sanft geschwungen zur Talseite ab. Yasunari trat vorsichtig an den Rand. Tief unter ihm grunzten die Yaks. Yasunari drehte sich um und betrachtete die Steilwand. Sie ragte noch etwa zehn Manneslängen über dem Pavillon auf. Langsam ging er zum Pavillon zurück. Täuschte er sich, oder waren da Trittmulden in den Fels gehauen, die vom Flachdach des Gebäudes weiter nach oben führten? – In diesem Moment rief ihn der Lama.

Als Yasunari die »Halle der vereinten Stille« betrat, erstarrte er vor ehrfürchtiger Andacht. Von einem Steinsockel direkt der Tür gegenüber sahen ihn die leuchtenden Augen einer Muttergottes an, in deren Schoß das Jesuskind lag. Die Marien-Statue war aus dunklem, gleichmäßig gemasertem Holz geschnitzt und überragte den Lama, der vor der knienden Figur Räucherwerk entzündete, um Haupteslänge. Die Augen der Heiligen Jungfrau waren zwei funkelnde, lichtblaue Edelsteine. Ein dritter

Stein, ein Rubin, erglänzte auf der Stirn. Wie bei den Tsa-Tsas ähnelte ihr Gesicht der Göttin Kannon.

›Herr im Himmel!‹ dachte Yasunari. ›Derjenige, der die Amulette gefertigt hat, hat auch dieses Bildnis erschaffen!‹ Er ließ den Blick schweifen. Ein vielarmiger mannshoher Bodhisattva Avalokiteshvara thronte neben einem furchterregenden Schutzdämon in Krokodilgestalt, der einen Feind der Lehre mit seinen Krallen zerfetzte. Statt der üblichen Totenkopfkette trug der Dämon eine Kette aus hölzernen Fischen. Neben dem Marienbildnis, ebenfalls auf einem Steinsockel, predigte der Buddha Gautama einem Schüler. Dicht an dicht waren die Hallenwände von Holzstatuen gesäumt, die in halbkreisförmigen Nischen standen. Eine Nische war leer.

Der dickbäuchige chinesische Glücksgott, der in Yasunaris Heimat »Hotei« hieß, reihte sich an einen über das Wasser schreitenden Jesus, der in der Hand eine der Glocken hielt, wie sie die Lamas bei ihren Zeremonien benutzten, und Manjusri, der schwertschwingende Bodhisattva der Weisheit, hatte als Nachbarn eine tantrische Gottheit, die von den Bönpos verehrt wurde. Auch sie trug eine Fischkette um den Hals. Viele der Figuren im Raum kannte Yasunari nicht. Er wußte nur, daß die imposanten Schnitzarbeiten in der »Halle der vereinten Stille« alle aus der Hand *eines* Meisters stammten.

Der Lama begann eine Sutra vor dem Bodhisattva Manjusri zu intonieren. Yasunari trat vor die Marienstatue.

Als der Lama die Tür des Pavillons verschloß, sagte Yasunari: »Bitte, verratet mir, wer hat das alles geschaffen?«

Der Lama schüttelte nur den Kopf, und Yasunari ahnte, wie die Antwort ausfallen würde.

»Ich bedauere, aber ich darf über diese Frage nicht mit Euch reden.«

»Werde ich den Abt noch einmal sehen, bevor ich weiterreise?«

»Auch das vermag ich nicht zu sagen. Ich glaube nicht. Die Regeln unserer Lamaserei sind streng. Daß Hochwürden einen Fremden am ersten Tag seines Aufenthalts zu sich gebeten hat, war schon eine große Ausnahme. Ich bin überzeugt, eine zweite wird es nicht geben.«

Yasunari folgte dem Mönch zur Dachluke. Plötzlich stieg vom Talboden ein dumpfes Grollen auf. »Was ist das? Es hört sich wie ein Gewitter an.«

»Nein, seht, der Himmel ist sternklar! Es wird ein Erdrutsch oder eine Lawine sein.« Der Lama brachte Yasunari zu den Schlafkammern und entfernte sich dann mit einem gemurmelten Abschiedsgruß.

Yasunari bettete sich neben seinen Satteltaschen und dachte nach.

Der Gesichtsausdruck der Jesus-Statue hatte dem der Bodhisattvas geglichen, und auch die Art des Faltenwurfs der Roben war ähnlich gestaltet, ja selbst die der Bönpo-Gottheiten verrieten die gleiche Meisterhand.

In der Nachbarkammer hustete jemand, dann herrschte wieder absolute Stille. Yasunari schloß die Augen.

Wer war der rätselhafte Schöpfer dieser Schnitzwerke? Wenn er kein Christ war, dann hatte er doch zumindest Unterweisung im christlichen Glauben erhalten.

Erst als die letzte Butterlampe erlosch, erlöste der Schlaf Yasunari von den quälenden Fragen.

Der nächtliche Aufbruch zum Klarwassertal

Ein mürrischer Selim weckte Yasunari. »Die Dörfler haben soeben von den Lamas erfahren, daß die Hängebrücke am Talende in der Nacht von einer Geröllawine in die Tiefe gerissen wurde.«

Yasunari richtete sich schlaftrunken auf und rieb sich die Augen. »Das klingt übel. Gibt es einen anderen Weg?«

Selim schnaubte wütend: »Es gibt fast immer einen. In unserem Fall bedeutet es aber nicht mehr und nicht weniger, als daß wir zurück ins Tsangpo-Tal müssen!«

Yasunari erhob sich. »Wird man die Brücke nicht reparieren?«

Selim knurrte gereizt: »Schon – aber wann? Es dauert Wochen, um von hier aus auf die andere Schluchtseite zu gelangen, damit man die Taue wieder verankern kann.«

Aber Selim irrte sich. Ein Lama hatte eine Karawane gesichtet, die von den Pässen hinunter ins Klostertal unterwegs war. Vier mit Baumaterialien hochbepackte Yaks wurden mit einem Trupp Klosterdiener zur Schlucht geschickt.

»Wenn auch drüben jemand anpackt, ist es bloß eine Sache von zwei, drei Tagen, bis der Schaden behoben ist«, meinten die Dörfler.

Yasunari war über den verlängerten Aufenthalt nicht unfroh, und auch Selims Laune besserte sich augenblicklich.

Zur Mittagsstunde wurde Yasunari zu seinem großen Erstaunen – und dem nicht minder großen seines gestrigen Führers – erneut zum Abt gebeten. Wieder gab es von dem köstlichen Tee. Der Alte beobachtete mit Wohlwollen, daß Yasunari seine Teeleidenschaft zu teilen schien, denn er trank aus seiner Schale mit sichtlichem Behagen.

Nachdem sie die üblichen Höflichkeitsfloskeln ausgetauscht hatten, sagte der Abt unvermittelt: »Ich vergaß gestern zu fragen, in welcher der christlichen Bruderschaften Ihr Zuflucht gefunden habt.«

»In der Societas Jesu. Ist Euch der Orden ein Begriff?«

Der alte Mönch nickte. »In meiner Heimatstadt Du Fu gab es eine Kirche der Jesuiten.« Er läutete die Handglocke.

Im Nu erschien der Lama in der Türöffnung. »Ja, Hochwürden?«

»Bring uns frischen Tee, Gyalpo, und auch eine Schale für dich!«

»Sofort, Hochwürden!«

Als der Lama die Tür wieder zugezogen hatte, sagte der Abt: »Außer mir gibt es hier in der Lamaserei noch fünf Mönche, die die höchsten Weihen erhalten haben. Gyalpo ist zwar noch lange nicht soweit in seinen Studien, aber er ist dennoch nach mir der wichtigste Lama in Kyambyong.« Der Alte trank den Rest seines Tees aus und stellte die Schale sanft ab. »Wollt Ihr nicht wissen, weshalb?«

»Wenn Ihr so fragt ...«

Der Abt fixierte Yasunari. Das Gesicht war faltig wie das eines Greises, aber die Augen blitzten lebhaft und jung. »Gyalpo besitzt das Vertrauen der Schnitzer.«

Yasunari starrte den Alten an. Der lächelte nur.

Die Tür wurde geöffnet, und Gyalpo erschien. Er brachte ein Lacktablett mit drei dampfenden Teeschalen. Der Abt deutete auf das Sitzpolster neben Yasunari. Gyalpo setzte sich mit gekreuzten Beinen an den flachen Tisch.

»Gyalpo! Nach reiflichem Überlegen denke ich, daß

du unseren Gast zum Kloster Klarwasser führen solltest – falls er es wünscht.«

Yasunari verbeugte sich und sagte: »Ich bin mir der großen Ehre bewußt. Ja, wenn es mir vergönnt ist, den Schöpfer der Statuen zu treffen, will ich nicht zögern!«

»Ich hörte, daß Eure Karawane unsere Lamaserei verlassen wird, sobald die Talbrücke repariert ist, das heißt vermutlich also schon übermorgen. Selbst wenn die Arbeiten noch eine ganze Woche über andauern sollten – womit ich allerdings nicht rechne –, werdet Ihr auf keinen Fall wieder zurück sein, um mit den Kaufleuten aus den Südlanden weiterzureisen, denn lang und beschwerlich ist der Weg zum Kloster Klarwasser.«

»Aber wie komme ich dann ins Reich von Kaiser Jahan? Wie Ihr wißt, habe ich gelobt, die heiligen Väter meines Ordens in Goa aufzusuchen.«

Der Abt deutete auf seine Teeschale. »Seid unbesorgt! Unser Tal leitet hoch zu den Pässen. Es gibt selten Wochen, wo keine Karawane in Kyambyong vorbeikommt.«

»Dann vertraue ich Eurem Wort und werde die Reise wagen. – Wie weit genau liegt Kloster Klarwasser entfernt?«

»Sprich du, Gyalpo!«

Der Lama verbeugte sich und sagte zu Yasunari: »Wenn das Wetter sich hält, brauchen wir für den Hinweg fünf bis sechs Tage. Es kommt ganz darauf an, wie gut Ihr klettern könnt. Zum Kloster Klarwasser gibt es keine Möglichkeit zu reiten, und alles, was Ihr benötigt, müßt Ihr selber tragen: Nahrung, Schlaffelle und Kleidung. Ein kleines Kochgefäß werde ich mitnehmen.«

»Was ist mit Wasser?«

»Belastet Euch nicht damit. Es findet sich überall.«

»Und wann brechen wir auf?«

»Ich hole Euch nach Einbruch der Dunkelheit ab.«

Yasunari meinte zu wissen, weshalb. Er hatte die Trittmulden oberhalb des Dachpavillons gesehen. Jemanden,
der bei Helligkeit in die Steilwand stieg, würde man vom
Talboden aus bemerken.

Als Selim erfuhr, daß Yasunari nicht mit der Karawane
weiterreisen würde, schüttelte er nur ungläubig den
Kopf. »Verzeiht, aber Ihr seid nicht mehr ganz bei Sin-
nen! Bloß weil Euch die Neugier treibt zu erfahren, wer
der Tsa-Tsa-Schnitzer ist, weicht Ihr von der sicheren
Handelsroute ab! Ihr fordert ohne Not Euer Schicksal
heraus!«

Yasunari lachte und erwiderte, daß der Weg zu den
Pässen auch nicht von todbringenden Steinschlägen ver-
schont wäre.

»Ihr müßt wissen, worauf Ihr Euch einlaßt, alt genug
seid Ihr schließlich!«

Gyalpo sorgte dafür, daß Yasunaris Gepäck von einem
älteren Mönch in Verwahrung genommen wurde und
sich ein Klosterdiener um die beiden Yaks kümmerte.
Der Lama trug ein schwarzes Obergewand über der dik-
ken gelben Kutte.

Yasunari hatte sich wie Gyalpo ein kompaktes Rückenbündel geschnürt, das ihm beim Klettern nicht hinderlich sein würde. Im Gurt steckte Meister Uenos Dolch.

»Wozu dient Euch der Stab?«

Yasunari reichte Gyalpo den Bô. »Er hat mir beim
Wandern schon viele gute Dienste erwiesen. Fühlt ihn
an! Das Holz ist eisenhart.«

Gyalpo wog den Bô in der Hand und nickte zustimmend. »Der Stab würde eine gute Waffe abgeben.«
Yasunari sah die Unterarme des Mannes an. Sie waren
muskulös wie die eines Fechters. Dann stieg Gyalpo mit

Yasunari auf das Dach. Die Felswand lag im Mondschatten. »Haltet Euch immer dicht hinter mir!« befahl er.

Ein Mönch, der an der Pavillontür gewartet hatte, legte eine lange Leiter an die Felswand.

»Wo die Leiter endet, gibt es einen Sims. Man sieht ihn von hier kaum. Dort können wir nicht nebeneinander stehen. Wenn Ihr gleich oben in der Wand seid, tut mir bitte alles genau nach! Der Sims steigt steil an und ist derart schmal, daß nur ein Fuß in den ausgemeißelten Trittmulden Halt findet. Stellenweise gibt es in der Wand Eisenhaken, an denen man sich festhalten kann. – Besitzt Ihr ein starkes Seil?«

»Ja, in meinem Bündel.«

»Windet es Euch um den Leib. Es mag gelegentlich von Nutzen sein.«

Yasunari zog das Seil hervor und wickelte es sich um die Taille. Als er hinter Gyalpo auf dem Sims stand, wurde die Leiter entfernt. Der Aufstieg begann. Anfangs waren die Trittmulden geräumig, aber dann paßte nur noch ein Fuß hinein. Yasunari ertastete einen Eisenhaken. Gyalpo drehte sich um und bedeutete ihm, wo der nächste war. Yasunari biß die Zähne zusammen. Er schaute kurz auf das ziegelgedeckte Dach der Lamaserei tief unter ihm: Jeder Fehltritt wäre das sichere Ende.

Die Schulter gegen den Fels gepreßt, setzte er Fuß um Fuß in die jeweils höhere Mulde. Durchgeschwitzt und außer Atem erreichte er die Steilwandkante. Ein Geröllplateau reichte bis an die Hänge der Eisriesen, deren glitzernde Gipfel Yasunari von der Talsohle aus gesehen hatte.

»Geschafft!« sagte Gyalpo. »Den Göttern sei Dank!«

Yasunari wischte sich mit dem Mantelärmel die Stirn. »Das Hochkommen ist schon die Hölle. Ich frage mich nur, wie man auf diesem Weg wieder lebend hinuntergelangen kann!«

»Es gelingt, wenn man rückwärts absteigt«, sagte der Lama und richtete sein Rückenbündel. »Laßt uns eilen! Wenn wir das erste Mal rasten, will ich das Plateau hinter uns wissen.«

Gyalpo schien jeden Stein, jede Felsspalte zu kennen. In dieser Nacht schliefen sie in einer Höhle am Fuß der Berge.

Am nächsten Morgen suchten sie Feuerholz. Viel fand sich nicht. Die Vegetation war dürftig. Bevor sie sich auf den Weg machten, hatte jeder immerhin ein Bündel dürrer Strauchzweige gesammelt. Gyalpo war freundlich, blieb von nun an aber recht einsilbig. Bald gab es Yasunari auf, seinem Reisebegleiter Fragen zu stellen, denn dessen Antwort lautete fast immer: »Bitte wartet ab, bis wir am Klarwassersee sind!«

»Das Kloster liegt an einem See?«

Gyalpo nickte knapp, verschnürte sein Holzbündel und warf es sich über den Rücken. »Laßt uns jetzt aufbrechen!«

Sie stiegen bis dicht unterhalb der Eiskappen auf. Der Lama, obgleich an Jahren deutlich älter als Yasunari, war ein ausdauernder Wanderer. Über Gletscherzungen führte ihr Weg und durch reißende Bäche aus Schmelzwasser. In der vierten Nacht, wieder in einer Höhle, während Yasunari die letzten Zweige des Holzvorrats unter Gyalpos kleinem Eisentopf zum Brennen brachte, kam ein Sturm auf. Besorgt blickte er auf die Schneedecke, die sich vor den Höhleneingang legte.

Gyalpo bemerkte Yasunaris Unruhe. »Auch wenn es die ganze Nacht über stürmen sollte – morgen werden wir unser Ziel erreicht haben. Wir sind zügiger vorangekommen, als ich dachte.«

Yasunari trat vor die Höhle. Morgen also würde er den Schnitzer treffen. Der Wind drehte. Im Nu war Yasunari schneebedeckt. Er schüttelte sich und ging zurück an die Feuerstelle. »Man kann kaum seine Hand vor Augen erkennen, so heftig schneit es.«

»Die Paßhöhe zum Klarwassertal, die wir noch bewältigen müssen, hat kaum Steigungen«, sagte der Lama und wickelte sich in seine Decke. »Glaubt mir, morgen haben wir es geschafft!« Wenig später war er eingeschlafen.

Schritt für Schritt mühten sie sich den Paß hinauf. Es stürmte nicht mehr, und der Himmel erstrahlte in lichtem Blau, aber der Schnee lag stellenweise hüfthoch aufgeweht. Gyalpo ging voran. Plötzlich blieb er stehen und wartete auf seinen Begleiter. »Seht! Das ist das Klarwassertal!«

Yasunari hielt den Atem an. Auf einer Halbinsel in einem kristallklaren See stand ein trutziges einstöckiges Haus im chinesischen Stil mit geschwungenem Dach und smaragdgrün glasierten Ziegeln. Aus zwei Röhren stieg heller Rauch auf. Gebetsfahnen schmückten den First. Gebetsfahnen und *ein goldenes Kruzifix!* Yasunari rieb sich die Augen. Träumte er, oder war das wirklich ein Kreuz, das dort in der Sonne erglänzte?

»Kommt!« drängte Gyalpo. »Bald werdet Ihr Antwort auf Eure Fragen erhalten!«

Yasunari folgte ihm wie in Trance. Die Sonne stand groß und feurig im Zenit. Wie ein Ring aus glühendem Eis umwallten majestätische Bergriesen das Tal. Dutzende von Schmelzwasserbächen ergossen sich in den See. Als sie einen davon durchwateten, sah Yasunari auf dem steinigen Bachgrund unzählige glitzernde Punkte. Gold.

Eine Erinnerung überkam ihn schmerzlich. Hatte Tara nicht genau dieses Tal besungen? Leise sprach er die Worte ihres Lieblingslieds:

»Mit Gold gefüllt ist das kleine Tal, welche Freude!
Gefüllt mit Gold, welches Glück!
Am Goldberg entstand ein goldener See, welche Freude!
Aus dem Goldsee erwuchs ein goldener Baum,
welches Glück!
Auf dem Goldbaum erschien ein goldener Vogel,
welche Freude!
Wenn der Goldvogel der geistigen Brüder am Himmel
fliegt,
welches Glück!«

Ein Ort, dem Tal der chinesischen Muslime im Da-liang-shan nicht unähnlich in seiner Abgeschiedenheit. Und dennoch: welch ein Unterschied! Von Meister Tungs Haus hatte er auf Obstplantagen und über Teepflanzungen geschaut. Hier inmitten der Eisberge lag selbst im Hochsommer Schnee auf den Seeuferwiesen.

Sie näherten sich der Halbinsel.

Tara – hätten sie und Dugmo nicht den Schmuckhändler in Tschumdo aufgesucht, nie wäre er auf das Marien-Tsa-Tsa gestoßen. Zufall oder Fügung? – Und der Pilger an der Tsangpo-Fähre. Er war einer von hunderten, und doch hatte er dessen Holzamulett bemerkt. – Kloster Klarwasser! Der Pilger am Tsangpo hatte den Namen gekannt. War auch er von Gyalpo hierher geführt worden?

Yasunari schritt schweigend neben dem Lama. Ein kleiner Hund kam auf sie zugerannt. Er sprang freudig an Gyalpo hoch und begrüßte auch Yasunari schwanzwedelnd.

»Das ist Yama, einer von den Tempelhunden.«

Yasunari mußte beim Anblick des zutraulichen Tieres lachen: Yama war einer der grausamsten Höllenfürsten in der Religion der Khampas, Yama war der Todesgott. »Die Dörfler am Tsangpo wußten zu berichten, daß furchtbare Dämonen am Klarwassersee ihr Unwesen treiben. Nun begegne ich also einer dieser Schreckensgestalten.« Yasunari kraulte das muntere Hündchen, bis es seine Hand leckte.

»Ich höre gern, daß dieser Ort als unheilvoll gilt«, sagte der Lama ernst. »Es gibt nur *ein* Klarwassertal unter dem Himmel. Und nur dem wahrhaft Suchenden soll es zugänglich sein. Wer reinen Herzens nach der Wahrheit trachtet, den schrecken weder Teufel noch Dämonen!«

Yasunari dachte an die Goldkörner in den Bächen. Um sie zu bergen, mußte man nicht einmal den Bachsand sieben, sondern konnte sie einfach mit der Hand sammeln. Nein, es war gut so, daß der Weg zum Klarwassersee als unheimlich galt.

Das Kloster stand auf einer grasbewachsenen Bodenwelle, die Mauer war aus wuchtigen, glattbehauenen Felsquadern gefügt. Das Gebäude hatte die Form eines Vierecks mit annähernd gleich langen Seiten. Fensteröffnungen gab es bloß im Obergeschoß. Etliche waren nicht verschlossen. In der Südmauer befand sich eine schmale Pforte.

Der Schnee taute unterdessen in der Mittagssonne zügig. Einige Gräser blühten: ein helles Blau wie das der Dachziegel. Es war windstill. Die langen Gebetsfahnen auf dem First verdeckten jetzt das Kruzifix. Der kleine Hund rannte voraus und begann aufgeregt an der Tür zu kratzen.

Ein gebeugter glatzköpfiger Alter in einer weiten grauen Wollkutte öffnete die Pforte, streichelte den Hund und bemerkte dann erst Gyalpo und Yasunari, die die Anhöhe emporstiegen. Der Alte drehte sich um und rief etwas ins Hausinnere. Ein weiterer Graugewandeter erschien in der Türöffnung. Seine Füße steckten in dicken Filzstiefeln, wie sie die Hochlandnomaden anfertigten.

Er war hager und ebenfalls kahl. Er überragte den Gebeugten um Haupteslänge. Yasunari sah sofort, daß er kein Hochlandbewohner war. Der Alte war ein *nambanjin* – ein Weißer wie der kleine Priester!

Der Gebeugte trat vor die Pforte und rief in der Sprache der Khampas: »Gyalpo! Gelobt seien alle Buddhas und Bodhisattvas! Du erscheinst außerhalb der gewohnten Zeit und bist deshalb doppelt willkommen. – Versteht dein Begleiter unsere Sprache?«

»Ja, Meister.«

»Dann begrüße ich auch Euch von Herzen!«

Yasunari verbeugte sich tief und sprach eine höfliche Erwiderung.

Gyalpo stellte seinen Begleiter mit knappen Worten vor.

»Auch mein Willkommen gebe ich Euch!« sagte der andere Greis daraufhin. »Tretet bitte ein!«

Der kleine Hund fühlte sich ebenfalls angesprochen.

Yasunari und Gyalpo folgten den beiden alten Männern durch eine schlichte Halle, an deren Wänden bis an die Decke Holz- und Reisigbündel gestapelt waren. Dann kamen sie in einen dämmerigen Andachtsraum, schmucklos bis auf drei Holzstatuen. Die Wände waren mit weißen Tüchern bespannt.

Yasunari verlangsamte seinen Schritt. »Bitte!« Er verharrte vor den Schnitzereien, die wieder in halbkreisförmigen Wandvertiefungen untergebracht waren. Eine vierte Vertiefung war leer, wie Yasunari es auch im Pavillon bemerkt hatte. Und Yasunari fiel auch sogleich auf, daß keine der Figuren mit Attributen einer anderen Religion versehen war. Eine Marien-Figur mit dem Kind, deren Gesichtszüge kaum mehr an die Göttin Kannon erinnerten, kleiner als die im Pavillon der Lamaserei Kyambyong, stand dicht neben einem vierköpfigen Manjusri, dem Bodhisattva der Weisheit, der eine weibliche Bönpo-Göttin zur Gefährtin hatte. Yasunari beugte die Knie vor der Heiligen Jungfrau.

Die Alten drehten sich um.

»Sprecht ruhig ein Gebet«, sagte der Gebeugte.

Yasunari betete das Vaterunser auf Latein. »… Amen!« Er schlug das Kreuzzeichen.

»Amen!« stimmten die beiden Alten ein und zu Yasunaris großer Überraschung auch Gyalpo – laut und vernehmlich: »Amen!«

Yasunari erhob sich. Seine Stimme zitterte. »Ihr … Ihr seid Christen?«

»Wir glauben«, sagte der Gebeugte und wandte sich zum Gehen.

Irritiert deutete Yasunari auf den Bodhisattva und die Bönpo-Gottheit. »Aber …«

Der hagere Alte lächelte. »Kommt! Stärkt Euch erst, Euer Weg war anstrengend. Dann werden wir darüber reden, was uns heilig ist.«

Eine Steintreppe führte ins obere Stockwerk auf einen langen Gang. Der kleine Hund kletterte allen voran. Der Gang war verputzt und mit gelber Farbe gestrichen. Beidseitig gingen Kammern ab. Die meisten Türen waren geschlossen. Der Gang mündete in einem hellen Raum mit Blick auf die Halbinselspitze. Zwei der drei Fenster standen offen. Sonnenstrahlen fielen auf ein teppichbelegtes Holzpodest. Die Sonne wärmte angenehm. Der Hund sprang auf das Podest und räkelte sich wohlig.

Die Alten setzten sich nicht. »Man wird euch gleich eine Mahlzeit bringen. Wenn es dunkel wird, werden wir miteinander reden. Bis dahin entspannt euch bitte von den Mühen des Aufstiegs.«

Zu Yasunari sagte der Hagere: »In einem der an-

grenzenden Räume befindet sich unsere Bibliothek. Falls
Ihr es wünscht, wird Gyalpo sie Euch zeigen. Dort gibt
es auch chinesische Werke. Chinesisch beherrscht Ihr
doch?«

Yasunari bejahte. Die Alten gingen. Der Hund setzte
sich mit gespitzten Ohren auf, war im Zwiespalt, ob er
ihnen folgen sollte, entschied sich aber dann doch für
den warmen Sonnenfleck auf den Teppichen.

Wenig später vernahm Yasunari, wie eine Tür geöffnet
und dann sogleich wieder geschlossen wurde. Gyalpo
schaute aus dem Fenster und gähnte. Der Hund kringelte
sich neben Yasunari zusammen und gähnte ebenfalls.

Das Spiegelbild der Berge im glasklaren See erzitterte
unter einer leichten Brise. Schritte wurden laut. Der
Hund reckte die Schnauze. Sein Geruchssinn täuschte
ihn nicht: Das Essen kam. Ein kahlköpfiger Lama in
Gyalpos Alter verneigte sich stumm und stellte ein Tablett auf die Empore. Gyalpo und Yasunari dankten mit
aneinandergelegten Handflächen. Die Kutte des Lamas –
war er der Koch? – war von hellerem Grau als die der
Alten und makellos sauber. Überhaupt war alles, was
Yasunari bislang vom Kloster Klarwasser zu Gesicht bekommen hatte, unvergleichlich sauberer als die äußer-
lich vor Gold strotzenden Tempel im Eisland. Sauberer
selbst noch als Kyambyong, das sich schon angenehm
von den schmutzstarrenden Lamasereien des Tsangpo-
Tals abhob, in denen er mit Selims Karawane gelegentlich übernachtet hatte. Sogar die Holzdielen des Zim-
mers glänzten wie poliert.

Es gab heiße Nudelsuppe in bauchigen Porzellanschalen, knusprige Gerstenfladen und Tee – keinen Buttertee, sondern guten grünen Tee, der schwach nach Jasmin
duftete. Am beachtlichsten aber fand Yasunari, daß
der Lama ihnen zwei dampfende Tücher in einem Bam-

buskörbchen gereicht hatte, um Hände und Gesicht zu reinigen. Dieser Luxus war ihm seit dem Aufenthalt im Vollmondtal von Meister Tung nie mehr vergönnt gewesen.

Yasunari und Gyalpo aßen mit gutem Appetit. Ihr Frühstück in der Höhle hatte mangels Feuerholz aus einem Rest des kalten Tsampa-Breis vom Vortag bestanden. Auch der kleine Hund wurde nicht vergessen. Er bettelte nicht aufdringlich, verfolgte aber jede Bewegung der Esser mit der Nasenspitze schnüffelnd. Yasunari teilte mit ihm seinen Gerstenfladen. Auch Gyalpo ließ sich erweichen und gab ihm eine Fladenkruste.

Eine Nische in der Wand schien eine Feuerstelle zu sein. Yasunari suchte nach dem Abzug in der Zimmerdecke. Er entdeckte nirgendwo Rußspuren, außer in der halbrunden Nische. Ob der Rauch wohl durch die Röhren im Dach entwich?

Gyalpo streckte sich nach dem Essen auf den Teppichen aus und war im Nu eingedöst. Yasunari legte sich neben das Hündchen in den Lichtfleck. Dann fielen auch ihm die Augen zu.

Die Geschichte der beiden Alten

Ein Gong weckte die Schläfer. Der Hund ignorierte das Geräusch, das aus der Tiefe des Hauses kam, drehte sich einmal um sich selbst und schlief weiter.

Es war dunkel geworden, nur in der Feuerstelle glomm ein Astkloben. Jemand hatte die Fenster geschlossen und ein Feuer angezündet.

Gyalpo reckte sich. »Zeit für ein Bad!«

Yasunari traute seinen Ohren nicht. »Was habt Ihr eben gesagt?«

»Ich war zwischendurch wach. Wir haben Glück! Der Lama, der die Fenster zugemacht hat, sagte, daß er heute auch die Badestube heizen wird.«

Yasunari konnte es nicht fassen: Im abgelegensten Eisgebirge, wo weit und breit nicht einmal mehr Krüppelkiefern wuchsen, gab es ein blitzsauberes Kloster, gutes Essen und *eine Badestube!*

»Die Meister haben das Privileg, vor den Lamas zu baden. Ich werde fragen, ob sie es bereits getan haben.« Gyalpo verließ den Raum.

Yasunari trat vor die Feuerstelle und steckte den Kopf in die Nische. Der Rauch stieg tatsächlich innerhalb der Wand zum Dach auf. In der runden Öffnung hoch oben sah Yasunari zwei Sterne leuchten.

Die Meister würden sie nach dem Bad in der Bibliothek erwarten, sagte Gyalpo, als er zurückkam. »Geht Ihr zuerst. Das Bad ist genau unter diesem Zimmer.«

Der Gang und die Treppe waren mit Butterlampen beleuchtet.

In der Badestube gab es eine ähnliche Feuernische wie oben. Ein riesiger Eisenkessel hing über der Glut. Zwei ovale Steintröge waren bereits mit verschieden temperiertem Warmwasser gefüllt. Zuber mit Kaltwasser standen an den Wänden. Yasunari nahm an, daß man sich auch hier wie in der Heimat oder in China zuerst reinigte, bevor man in die Becken stieg. Er schaute sich um. Neben den Kaltwasserbottichen standen tatsächlich Schüsseln, und am Sims über der Feuernische hingen Schöpfkellen zum Mischen des Waschwassers. Welch unvermuteter Luxus in der unwirtlichen Eiswelt fernab der Paßstraßen!

Nach dem Bad ging Yasunari nach oben und wartete,

bis Gyalpo fertig war. Gemeinsam suchten sie dann die beiden Alten auf.

»Meister?« Gyalpo klopfte an eine Tür neben dem Treppenabsatz.

»Kommt herein!«

Der Gebeugte und der Hagere saßen nebeneinander auf einem flachen Polster unter der geschlossenen Fensteröffnung. Zwischen ihnen kringelte sich der kleine Hund. In einer Feuernische brannten würzige Zweige. Die Wände waren kahl und schmucklos bis auf ein einziges Rollbild. Yasunari fühlte sich an die Atmosphäre des Teehauses in der Zedernfluß-Festung erinnert.

Das Bild war eine Tuscharbeit im chinesischen Stil. Es zeigte vier ineinander verwobene Symbole: den Ying-Yang-Kreis, ein Hakenkreuz, wie es Yasunari in den Eislandtempeln oft gesehen hatte, ein Kruzifix und einen Schriftzug. Seine Zeichen ähnelten denen, in denen die heiligen Schriften der Turbanträger niedergeschrieben waren.

Gyalpo wurde von den Alten gebeten, Tee zu holen. Der kleine Hund lief ihm nach.

Der Hagere richtete zuerst das Wort an Yasunari. »Ihr habt Euch erfrischt?« Er redete ihn in der Khampa-Sprache an.

»Es war …« Yasunari suchte nach dem passenden Ausdruck. Ihm fiel nur der chinesische ein. »Sagt man – es war eine *Wonne?*«

Der hagere Alte lächelte und wechselte die Sprache. Sein Chinesisch war altertümlich wie das des Abtes von Kyambyong. »Durchaus, durchaus! Mein Bruder hier«, er drehte den Kopf zu dem Gebeugten, »hat vor langer Zeit die Wannen mit den eigenen Händen ausgemeißelt.«

›Wie alt mögen die beiden wohl sein?‹ dachte Yasunari. Es war schwierig zu schätzen. Er verglich sie mit Pater Bartolomeu. Sie hatten bestimmt auch schon das siebente Lebensjahrzehnt überschritten, konnten aber gut und gerne sogar im achten oder neunten sein.

»Diese Lamaserei ist fürwahr ein ungewöhnlicher Ort«, sagte Yasunari. »Die Feuernischen …?«

»Sie waren mein Werk«, antwortete der Hagere. »In meiner alten Heimat jenseits der Meere schützte man sich auf diese Art gegen die kalten Winter.«

Bevor Yasunari ihn nach dem Namen seiner Heimat fragen konnte, sagte der andere Alte: »Unser Bruder, der Abt von Kyambyong, schrieb, daß Ihr auf einer Pilgerfahrt nach Indien seid – nach Goa.«

›Wann‹, überlegte Yasunari, ›hat Gyalpo ihnen denn einen Brief geben können? Während ich schlief?‹

Der Hagere sagte: »Ich habe gesehen, wie inbrünstig Ihr vor der Muttergottes gebetet habt. Auch ich rufe sie an, wenn ich ihrer Hilfe bedarf.«

Yasunari fragte sich, was der Abt den beiden alles mitgeteilt haben mochte. Der Hagere schien seine Gedanken zu lesen, denn er sagte: »Das Schreiben unseres Bruders aus Kyambyong war kurz. – Erzählt uns bitte Eure Geschichte noch einmal, falls Ihr unseren Wunsch nicht als lästig empfindet.«

»Keineswegs. Die Heilige Jungfrau Maria war es, die mich letztlich zu Euch geführt hat.«

Gyalpo brachte den Tee. Der kleine Hund sprang auf das Polster und legte sich wieder zwischen die beiden Alten. Yasunari wartete, bis der Lama saß, dann begann er zu reden.

Das Feuer war schon heruntergebrannt, als Yasunari seinen Bericht mit den Erlebnissen im Tsangpo-Tal beendete.

»Wir sind hier zwar nicht gänzlich von der Welt abgeschnitten, aber viele Nachrichten dringen nur langsam ins Klarwassertal«, sagte der Hagere. »Als ich in die Eislande gelangte, war das Reich der aufgehenden Sonne ein Land, von dem es hieß, daß Christen dort willkommen wären. Und nun Euer Bericht!«

Der Gebeugte schüttelte traurig sein Haupt. »Der Lauf der Dinge ist doch wahrhaftig seit Urzeiten stets der gleiche: Selbst die Reiche noch so mächtiger Fürsten, die einst vor Wohlstand und Reichtum erblühten, vergehen schließlich wieder zu Staub. Die der Himmelssöhne genau wie die der Christen oder Muslime. Und so nun auch König Tsangpas Reich!«

Der Hagere schaute auf das von einer Butterlampe beleuchtete Rollbild an der Wand. »Und nicht bloß die weltlichen Reiche vergehen. Auch das, woran die Menschen glauben, ist stetem Wandel unterworfen. Selten ist die Entwicklung gut. Buddha predigte die Ehrfurcht vor jedem Lebewesen, sei es ein Wurm oder ein Mensch. Und was geschieht? In seinem Namen wird gemeuchelt und gemordet.«

»Jesus sagte: ›Liebet eure Feinde!‹ – Aber wie ist es wirklich? Heere, Völker und Fürsten schlagen unter dem Kreuzzeichen aufeinander ein und bekriegen sich gnadenlos.« Der ausgestreckte Arm des Alten zeigte auf das Rollbild. »Weisheit wohnt allen Religionen inne. Aber nur allzu schnell verwässern Machthunger und Gier der Menschen die Wahrheit, von der die überlieferten heiligen Schriften künden.«

Gyalpo wurde nach frischem Tee geschickt.

»Ihr werdet Euch schon in der Lamaserei Kyambyong gefragt haben, was das einträchtige Nebeneinander von Bodhisattvas, Bönpo-Gottheiten und dem Christenheiland für eine Bedeutung hat.«

»Ich gestehe, derartiges noch nie gesehen zu haben«, sagte Yasunari. »Zumal der Schöpfer der Statuen sie auf eine Art und Weise gestaltet hat, als würde er verschiedene Mitglieder einer Familie schnitzen.«

»Ihr habt eine scharfe Beobachtungsgabe!« Der Hagere nickte anerkennend. »Ja, es ist richtig, wie Ihr es in Worte gefaßt habt. Die Wahrheit hat viele Gesichter und ist in mannigfaltiger Gestalt erfahrbar.«

»Für diesen Satz hat schon manch einer sein Leben geben müssen«, sagte Yasunari bitter. Er dachte an Issa, den Zen-Meister aus der Zedernfluß-Festung. Norihiko hatte erzählt, daß, als ein Teil von Shimabara zeitweise in die Hand der Shôgunatstruppen gefallen war, ein Trupp Diamant-Mönche ihn rasend vor Wut zerstückelt hatte.

Gyalpo kehrte zurück. Während er den Tee servierte, sprach niemand.

Dann sagte der Gebeugte: »So ist es! Ein Wahrheitssucher endet schneller im Feuer oder auf dem Richtplatz als ein korrupter, machtgeiler Priester. Deshalb lebt unsere Bruderschaft auch zurückgezogen fern der Welt des roten Staubs. Unser Tal ist winzig und unwirtlich. Es bietet wenig Anreiz für die Mächtigen – zumindest solange es uns gelingt, das Bachgoldvorkommen, das Ihr sicher bemerkt haben werdet, geheimzuhalten, denn die Gier nach Gold überwindet die höchsten Berge und die steilsten Pässe.«

»Der Goldgier bin ich nicht verfallen, das schwöre ich bei Gott dem Herrn und der Heiligen Jungfrau.«

»Wir wissen es«, sagte der Hagere. »Der Abt von Kyambyong, unser Bruder, hätte Gyalpo nie gestattet, Euch ins Klarwassertal zu führen, wenn er Euch nicht eingehend geprüft hätte.«

»Geprüft?«

»Ja, unser Bruder besitzt die Kraft, in die Menschen zu sehen. Er hat sich noch nie geirrt.«

Yasunari verbeugte sich. »Ich werde sein Vertrauen

gewißlich nicht mißbrauchen. Irdische Reichtümer sind nicht mein Begehr.«

»Sondern?«

»Frieden, Frieden mit Gott.«

Der Hagere nickte ernst. »Ein erstrebenswertes Ziel, ohne Zweifel. Ich bin ja, wie man unschwer erkennen kann, ein Weißer, eine ›Langnase‹ und habe in jungen Jahren all mein Streben auf IHN gerichtet. Und noch immer bin ich ein Mitglied der Societas Jesu, einer ihrer Priester.«

›Daher also die liebevoll gefertigten Marien-Tsa-Tsas!‹ dachte Yasunari. ›Er ist ihr Schnitzer!‹

Es war schon ein sonderbarer Zufall, daß der Hagere ein Jesuit war – aber hatte der kleine Priester ihm nicht sogar von Patres berichtet, die als Yogins in den Südlanden lebten, und von Fratres an muslimischen Fürstenhöfen, die, wie die Edlen des Landes gewandet, Armeen befehligten?

Der Hagere stand auf und öffnete das Fenster. Eine silberne Mondsichel zeigte sich zwischen den Berggipfeln. Kalte, klare Luft strömte in den Raum.

»Seht! Ein einziger Mond umkreist die Erde. Und wir Brüder im Klarwassertal glauben, daß es auch nur *eine* Wahrheit gibt, die allem innewohnt. Genau wie der Mond über Eurer Heimat aufgeht, so schickt er ebenfalls seinen Glanz auf das Reich der Mitte. In den Südlanden heißt er anders als in Eurem. Und dennoch ist stets ein und dasselbe Gestirn gemeint, ob man es nun *Mond* oder *Luna* nennt.«

Der Gebeugte streichelte den kleinen Hund. »Wir sehen nicht das Trennende, wir suchen das Gemeinsame zu verstehen. Wenn mein Bruder zu Gott dem Herrn im Himmel betet, dann nehme ich an seiner Andacht teil. Und wenn ich den Göttern meiner Religion opfere,

dann spricht er zusammen mit mir die Beschwörungs-
formeln.«

Der Hagere zog das Fenster zu und hockte sich wieder
neben den gebeugten Alten.

Yasunari trank nachdenklich von seinem Tee und betrachtete den Hund, der seine Schnauze auf den Schenkel des Hageren gelegt hatte. Was würde Pater Bartolomeu wohl dazu sagen, daß ein Priester mit einem Bönpo
einvernehmlich Andacht hielt?

Der hagere Alte sah Yasunari an. »Ich werde Euch
jetzt von unserer Gemeinschaft hier erzählen und wie
sie entstand.« Er räusperte sich. »Ich kam als junger Priester mit einem Ordensbruder von Goa über Agra in diese
Gebirge. Auch wir hatten eine *Instructio*: Sie lautete,
den Landweg ins Reich der Mitte zu erkunden. Wir reisten im Winter und vertrauten uns zwei Führern aus
dem Stamm der Sherpas an. Die Sherpas leben an den
Südhängen der Eisberge und sind sehr zuverlässig.
Nicht weit vom Kloster Kyambyong entfernt, das damals mehr einer geräumigen Einsiedlerklause glich, gerieten wir auf einem Hangweg in einen furchtbaren
Schneesturm. Ich war mit meinem Sherpa Tersching etwas hinter den anderen zurückgeblieben, denn mein
Yak lahmte. Plötzlich redete Tersching wild gestikulierend auf mich ein und zeigte aufgeregt auf die Berg-
flanke vor uns, wo sich unsere Reisegefährten gerade befinden mußten. In diesem Moment löste sich eine
Lawine. Wir suchten mit den Tieren Schutz unter einem
Felsenüberhang, da glitt eine Schneezunge dicht an uns
vorbei zu Tal, erst fast geräuschlos. Dann aber toste die
Lawine über unsere Köpfe hinweg, daß man glaubte,
mitten in einem schweren Gewitter zu sein. Als sich der
Höllenlärm gelegt hatte, war die Trasse vor uns, auf der
der Hangweg verlief, verschwunden. Die Lawine hatte

sie zusammen mit unseren Reisegefährten in die Tiefe gerissen. In der vagen Hoffnung, daß sie durch ein großes Wunder lebend den Talboden erreicht haben könnten, stiegen wir hinunter, aber alles Suchen war vergeblich.« Während der alte Mann sprach, waren seine Augen auf Yasunari gerichtet, aber sie sahen nicht ihn. Sein Blick spähte in die weite Ferne der Vergangenheit. »Die Schneelawine hatte meinen Mitbruder begraben, die Frau von Tersching und deren Geschwister. Außerdem war der Großteil unserer Reiseverpflegung verlorengegangen, denn Terschings und mein Yak trugen nur die schweren Zelte. Irgendwo unter den Schnee- und Geröllbergen, die das Tal gefüllt hatten, lagen auch unsere *Instructio* und das Silber in der Satteltasche meines Mitbruders.« Der Alte schloß die Augen. »Tersching und ich waren wie wahnsinnig vor Schmerz. Immer wieder stocherten wir mit unseren Wanderstäben in den Schneemassen herum. Als es zu dunkeln begann, ließen wir alle Hoffnung fahren. Tersching und ich sanken Seite an Seite auf die Knie. Tersching rief seine Bön-Götter an, ich betete zu Gott dem Vater und zur Heiligen Jungfrau Maria.«

Der alte Mann öffnete die Augen wieder. Dieses Mal galt der Blick Yasunari. »Ich will nicht viel von den Mühen reden, bis wir halb verhungert und erschöpft endlich Kyambyong erreichten. Ihr habt am eigenen Leib zur Genüge erfahren, welche Widrigkeiten das Eisland zu bieten vermag. Jedenfalls fanden wir dort Aufnahme und Speisung. Ich sagte es bereits vorhin, die Lamaserei glich nicht der, die Ihr kennt. Über Leitern gelangte man zu Höhlen in der Steilwand, deren Eingänge mit Mauerwerk ausgefüllt waren. Nur drei Bewohner hatte Kyambyong damals, zwei uralte Gelugpa-Mönche mit ihrem Diener oder Novizen, einem Mann, der in meinem und Terschings Alter war. Sein Name war Hassan, auch er trug die Robe der Gelbmützen.«

»Hassan?« Yasunari deutete auf das Rollbild. »Ist das nicht ein Name, wie ihn die Muselmanen tragen?«

Der Alte lächelte. »Ihr habt den Schriftzug richtig gedeutet. Er ist in der Sprache der Verehrer Allahs und seines Propheten Mohammed und besagt: ›Nur die Liebe zu Gott öffnet den Weg ins Paradies.‹ Die Zeichen, die Ihr seht, stammen aus Hassans Feder.«

»Ihr könnt die Sprache der Turbanträger lesen?« fragte Yasunari mit Erstaunen.

»Ja. Aber davon später.« Der Alte streichelte den Hund. »Hassan war ein Gottsucher, wie ich es war. Er nannte sich einen *Sufi*. Viele Popen und Bonzen seiner Religion haßten die Sufis und verfolgten sie als Ketzer – ja, auch bei den Muslimen gibt es Gelehrte, die die Schriften verschieden deuten, und dann bekämpft der Bruder den Bruder mit dem Schwert! Hassan hatte sich schließlich ins Eisland geflüchtet. Die beiden alten Mönche waren fast blind und taub, ihnen erschien Hassan wie ein Geschenk der Bodhisattvas, denn er pflegte und versorgte sie, als wären es seine leiblichen Eltern. Kurz nachdem wir eintrafen, verstarb einer der Mönche, wenig später der andere. Ich deutete den Tod meines Mitbruders und den Verlust der *Instructio* als ein Zeichen Gottes, im Schneeland zu bleiben und dort die Menschen zu bekehren. Tersching hatte Frau und Familie verloren, auch er blieb in Kyambyong. Damit war Kyambyong wohl die einzige Lamaserei auf Erden, die von einem Christen, einem Muselmanen und einem Bönpo, nämlich Tersching, bewohnt war. Meine Priesterkutte und Terschings Gewänder waren schon bald zerschlissen, und in den Truhen der verstorbenen Mönche fand sich genügend gelber Stoff. Wir alle kleideten uns also wie Hassan nach Sitte der

Gelbmützen. Die Paßbrücke gab es noch nicht, und nur einfache, fromme Gebirgsnomaden kamen gelegentlich nach Kyambyong. Für sie waren wir Einsiedler, heilige Männer, die sich in der Einsamkeit der Meditation hingaben. Von ihren Spenden lebten wir.

Anfangs, und damit meine ich die ersten Jahre, war jeder von uns noch bestrebt, den anderen die Richtigkeit des eigenen Glaubens zu predigen, aber mit der Zeit lernten wir, einander zuzuhören.«

Der Hagere griff nach der Teeschale. Der Gebeugte ergriff das Wort.

»Ich sehe Euren fragenden Blick. Ja, ich bin Tersching. Laßt mich weiterberichten. Mit der Zeit lernten wir auch einander zu verstehen. Zu verstehen, daß die Wahrheit nicht in den Formen liegt, die da Gebete, Bildnisse und heilige Schriften sind, sondern daß sie in den Herzen der Menschen wohnt. Von da an begannen wir, unsere Gebete stets gemeinsam zu sprechen.

Im fünften Jahr in Kyambyong stieß Li zu uns. Er war jünger als wir und kam aus dem Reich der Mitte. Seine Mutter war eine Khampa-Frau.«

»Daß seine Mutter eine Khampa war, hat mir der Abt von Kyambyong nicht erzählt«, sagte Yasunari. Seine Worte kamen stockend. »Aber er sprach von den drei weisen Männern, die sich seiner annahmen. Einer davon seid Ihr, Hochwürden. Der zweite ...«

»Der zweite war Hassan«, sagte der gebeugte Alte. »Er weilt schon lange nicht mehr unter uns. Sein Grab befindet sich an der Spitze der Landzunge.«

Der Hagere legte dem Gebeugten sanft die Hand auf die Schulter. »Ich sehe, daß unseren Gast etwas bewegt. Bitte sprecht frei!«

Yasunari erhob sich und verneigte sich tief vor dem hageren Greis.

»Es ist eine große Gnade, daß es mir vergönnt ist, auf einen alten Weggefährten meines geliebten Paters Bartolomeu zu treffen. Und es ist ein Wunder des Herrn im Himmel, daß auch Ihr noch lebt, Pater Paulo de Andrade!«

Die Bruderschaft der Allesumfassenden Wahrheit

Yasunari wurde von Gyalpo wie in einem Traum aus dem Zimmer der Alten zu einer Schlafkammer am Gangende geleitet, und der kleine Hund rannte ihnen nach. Gyalpo verabschiedete sich mit einem Segensspruch, und Yasunari öffnete das Fenster. Die Mondsichel spiegelte sich silbrig im Gebirgssee. Klar war die Luft und kalt. Tiefer Frieden lag über dem Tal, aber Yasunaris Gedanken rasten.

Als er am nächsten Morgen erwachte, weil ihm die Sonne ins Gesicht fiel, lag das Hündchen neben seinem Kopf.

Gyalpo lehnte in der Türöffnung und lachte. »Euch scheint er ja besonders zu mögen!«

Jemand auf dem Gang rief: »Yama!« Der Hund sprang auf und rannte aus der Schlafkammer.

»Futter!« sagte Gyalpo. »Aber nun kommt! Wir wollen auch speisen. Danach bittet der Meister Paulo Euch zu sich.«

Yasunari folgte Gyalpo in den Raum mit Blick auf die Landzungenspitze. Auf dem teppichbelegten Podest stand ein Tablett mit zwei dampfenden Schalen Reissuppe. Erst jetzt bemerkte Yasunari den Schriftzug mit den Zeichen der Turbanträger über dem mittleren Fenster.

»Stammt er auch von Meister Hassan?«

»Ja, und er besagt ...« Gyalpo las laut in der kehligen Sprache der Muslime. »Das heißt ungefähr: ›Mein Herz sah DICH in tiefem Traum.‹ Meister Hassan, der vor meiner Ankunft starb, war ein großer Dichter.«

Verwundert fragte Yasunari: »Wie kommt es, daß auch Ihr die Zunge der Turbanträger beherrscht?«

»Meister Li, der Abt von Kyambyong, war mein Lehrer. Wer eine Neigung dazu hat, studiert auch die Sprachen der Religionen. Gelehrsamkeit wird von der Bruderschaft nicht als Hindernis zur Wahrheitserkenntnis betrachtet. Oder seht Ihr das anders?«

»Oh, keineswegs, keineswegs!« Yasunari dachte an die kostbaren Stunden zurück, die er mit dem kleinen Priester im Teehaus des Vaters beim Lateinunterricht verbracht hatte, dachte auch an die Vormittage im Kolleglesesaal von Macao, wenn er sich zum einen in die Heilige Schrift, zum anderen in die Werke der chinesischen Denker und Dichter vertieft hatte, ohne zu spüren, wie die Zeit verrann.

Der Lama, der am Vortag das Essen gebracht hatte, holte Yasunari ab und geleitete ihn zu einem Raum am entlegenen Ende des Flurs. Pater Paulo saß am offenen Fenster und begutachtete einen Holzkloben. Als Yasunari eintrat, legte er das Holzstück mit einem Seufzer aus der Hand und lud seinen Gast ein, sich ihm gegenüber auf ein Polster zu setzen.

»Hat Pater Bartolomeu Euch seine Sprache gelehrt?« fragte der alte Priester auf Portugiesisch.

Yasunari bejahte.

»Es ist auch meine Mutterzunge, laßt uns in ihr miteinander reden. Schon lange habe ich ihren Klang nicht mehr vernommen.«

»Mit Freuden!«

Pater Paulo hob das Holzstück wieder auf.

»Schaut, welch schöne Maserung diese Wurzel hat! Es sind gleichmäßige Linien wie die einer Vogelfeder!« Er gab Yasunari den handgroßen Kloben. »Aber nun sind meine Hände zu unsicher, um ihn zu bearbeiten, und auch die Augen wollen nicht mehr so recht. Zum Glück gibt es in Kyambyong einen Bruder, der auch recht geschickt mit dem Schnitzwerkzeug ist. Die Tsa-Tsas sind sein Werk, auch das Marien-Medaillon, das Ihr besessen habt.«

»Aber Ihr seid der Schöpfer der großen Skulpturen?«

»Ja. Mein Vater war Holzschnitzer. Schon von klein auf lehrte er mich die Kunst. Er hat auch den Altar mit allen Heiligenfiguren für unsere Dorfkirche daheim gefertigt und war ein begehrter Mann. – Nun zu dir, mein Sohn – ich darf dich doch so nennen.«

Yasunari verbeugte sich zustimmend. »Ich bitte Euch darum, mein Vater!«

»Du wirst gewiß viele Fragen haben, die gestern unbeantwortet geblieben sind.«

»Ja, mein Vater. An Schlaf war kaum zu denken.«

»Dann will ich versuchen, sie dir zu beantworten. Als Li halb verhungert und schwer verletzt von den Räubern nach Kyambyong fand, retteten wir ihn vor dem sicheren Tod. Aus Dankbarkeit beschloß er, unser Schüler zu werden. Von Stund an«, Pater Paulo lachte, »war es vorbei mit dem beschaulichen Leben in Kyambyong. Unser Schüler war derart energiegeladen, daß wir seinen Tatendrang nicht zu bremsen vermochten. Er war es, der das Goldvorkommen hier im Tal entdeckte. Li war Kaufmann, aber keine Krämerseele, die nur auf den eigenen Vorteil aus ist. Nach seiner Vision sollten an den Einsichten, die wir in Kyambyong errungen hatten, möglichst viele – wenn auch sorgfältig ausgewählte – Menschen teilhaben. Und dazu war das Gold ein Mittel zum Zweck.

Lis Enthusiasmus wirkte auf uns ansteckend. Wir begannen die Lamaserei zu vergrößern, Stück für Stück, um keinen Argwohn zu erregen. Bald hatten wir mehr Schüler als Schlafzellen, denn es war auch Lis Idee, die Hängebrücke über die Talschlucht zu bauen, damit es eine Verbindung zu den Hochpässen gab, die nach Indien führten. Niemand hatte ahnen können, daß unser abgelegenes Tal nun ein Durchzugsweg der Karawanen hinunter zum Tsangpo-Fluß wurde. Um einen Ort zum Meditieren zu haben, der nicht jedermann zugänglich sein sollte, errichteten wir dieses Haus hier. Damals gab es außer dem Kletterweg an der Steilwand noch einen Paß, über den man ins Klarwassertal gelangen konnte. Als der Bau beendet war, verschloß ihn ein gewaltiger Erdrutsch. Wir nahmen es als ein Zeichen des Himmels. Von nun an lebten zeitweise die ernsthaften unserer Schüler hier, unterwiesen von Hassan, Tersching und mir. Li verblieb in Kyambyong und lehrte dort. Außerdem organisierte er all das, was wir zum Leben und Studieren benötigten. Die Skripte der Bibliothek, mein Sohn, die Gyalpo dir noch zeigen wird, hat er bei durchreisenden Fernhändlern geordert.«

»Ich hatte das Vergnügen, in Kyambyong einen köstlichen Tee aus dem Reich der Mitte zu trinken«, sagte Yasunari.

»Du wirst sogar Bücher in der Bibliothek finden, die aus dem Kolleg von Goa stammen, denn viele der jüngeren Brüder befassen sich momentan eingehend mit der christlichen Lehre. Gyalpo zum Beispiel.«

»Gyalpo kann Latein?«

»Er lernt es gerade.«

Yasunari schwieg beeindruckt.

Pater Paulo sah ihn lange und aufmerksam an, dann sagte er: »Wir nennen unsere Gemeinschaft die Bruderschaft der Allesumfassenden Wahrheit, und die ernsthaft Suchenden werden nie abgewiesen. Wir werben nicht, wir missionieren nicht. Sie finden zu uns. So wie du, mein Sohn. Du bist frei, dich in der Lamaserei zu bewegen, wie es dir beliebt. Nur würde ich dich bitten, die Zellen der Brüder nicht zu betreten, die sich in ihre Studien oder in Andacht vertieft haben. Und noch eines! Ich weiß sehr wohl um dein Gelöbnis und die *Instructio* aus Macao. Du bist auch frei, das Tal des Klarwassersees zu verlassen, wann immer es dir beliebt, denn mein Bruder Tersching und ich vertrauen dir, wie es auch Bruder Li getan hat. Wir würden dich gern als einen der Unseren sehen, mein Sohn, aber dein Entschluß muß von ganzem Herzen kommen.«

»Danke, mein Vater, ich werde ein Bewahrer des Geheimnisses vom Klarwassersee sein. Ich gelobe es bei Gott dem Vater und dem Sohn und bei der Heiligen Jungfrau Maria.«

»Dann geh, mein Sohn. Gyalpo wartet auf dich. Wenn du willst, kannst du mit ihm übermorgen zurück nach Kyambyong wandern. Es ist für den Ungeübten besser, die Steilwand mit einem erfahrenen Begleiter hinabzuklettern.«

»Danke, mein Vater. – Ist mir noch eine Frage gestattet?«

»Natürlich, sprich!«

»Die Holz-Tsa-Tsas, sind sie ein Zeichen der Zugehörigkeit zur Bruderschaft?«

»Ja und nein. Wir geben sie den Pilgern, die Kyambyong besuchen, und es gibt auch Händler, die sie erwerben. So bist du zu deinem Marien-Amulett gekommen. Aber auch Brüder auf Reisen tragen sie.«

»Ihr meint den Lama, dem ich an der Tsangpo-Fähre begegnete?«

»Ja. Wangdü, er ist einer von uns. Die jüngeren Brüder, die es wollen, sind oft auf Pilgerfahrt unterwegs.«

Am meisten war Yasunari von der Bibliothek beeindruckt. Gyalpo erklärte ihm die Anordnung der Bücher, und Yasunari entdeckte sogar einen Gedichtband aus der Heimat. Wehmütig blätterte er in den vergilbten Seiten. Ein Vers von Minamoto Sanetomo, einem jungen Shôgun der Kamakura-Zeit, der durch Mörderhand gestorben war, berührte ihn tief:

Ob wir es nun Gott,
ob wir es Buddha nennen:
was ist es andres,
als was irdische Menschen
in innerster Brust bewegt?

›Ja‹, dachte Yasunari. ›Es ist viel Wahrheit in dem, was die Brüder im Klarwassertal erkannt haben. Gott ist überall und in jedem.‹ Er übersetzte die Zeilen für Gyalpo, dann machte er sich auf und umwanderte mit dem kleinen Hund den See. Den Rest des Tages verbrachte er in der Bibliothek. Meister Tersching und Pater Paulo sah er nicht.

Am nächsten Morgen erklärte ihm Gyalpo die Bedeutung des leeren Halbrunds in der Andachtshalle. Es war die Gebetsnische von Hassan, dem Sufi. In der Religion der Turbanträger gab es kein Abbild von Gott oder dem seines Propheten Mohammed. Den Gott der Muslime zu loben und zu ehren, benutzten dessen Anhänger ausschließlich das Wort und die Schrift. Gyalpo führte Yasunari zum Grab des Sufis an der Landzungenspitze. Im Gras über Hassans letzter Ruhestätte stand eine niedrige Steinsäule mit einem gemeißelten Turban.

Der Lama rezitierte ein Gedicht des Verstorbenen:

»Ob Sonnen leuchten oder bersten
Sie werden nie vor Gottes Licht besteh'n
Durch Seinen Glanz erstrahlt in allen Welten
Ein Glanz, der nicht berührt der Zeit Vergeh'n!«

Zusammen mit Gyalpo umwanderte Yasunari noch einmal den Klarwassersee. Als es zu dämmern begann, waren sie wieder im Haus der Brüder. Sie aßen schweigsam,
dann bat Yasunari, sich zurückziehen zu dürfen.

In der Schlafkammer fand Yasunari keine Ruhe vor
seinen Gedanken. Sie drohten ihn zu zerreißen. Der
Frieden und die Klarheit, den die Mitglieder der Bruderschaft vom Klarwassersee ausstrahlten, waren beinahe
körperlich spürbar. Wie verlockend war es, teilzuhaben
an dieser Gemeinschaft von Wahrheitssuchern. Und dennoch. Er hatte sein Wort gegeben, hatte einen Auftrag
übernommen. Daß er dem HERRN und der Heiligen
Jungfrau auch hier in dem entlegenen Eisgebirgstal dienen konnte, das stand außer Zweifel. Aber würde seine
Seele wirklich Ruhe finden mit einem nicht eingelösten
Versprechen? Ein drastischer Ausspruch von Yamaguchi-sensei, dem alten Fechtlehrer des Vaters, lautete: ›Ein
Samurai, der sein Wort bricht, ist weniger wert als ein
Scheißhaufen, denn damit kann man zumindest noch
das Feld düngen.‹

Yasunari stieg die Treppe hinunter in den Andachtsraum.

Lange kniete er ratsuchend vor der Marienfigur. Als er
sich erhob, hatte die Heilige Jungfrau ihm Klarheit geschenkt. Nein, er, Yasunari, war noch nicht am Ende des
Weges.

Wieder in der Schlafkammer, entledigte er sich seines

Obergewands und öffnete den schäbigen Leibgurt mit der *Instructio*. Alle Zweifel waren zerstoben. Er hatte Tara verlassen, und es hatte weh getan. Ähnlich schmerzlich war ihm der Gedanke an den Abschied vom Klarwassersee, denn morgen, morgen würde er mit Gyalpo zurück nach Kyambyong reisen.

Hinunter ins Südland

Als Yasunari in aller Frühe bei Pater Paulo vorsprach, war es noch dunkel.

»Mein Sohn, es sind der Wege viele, und du gehst den deinen. Wie soll ich dich tadeln, wenn du eine Eigenschaft besitzt, die in diesen Zeiten rar ist: Geradlinigkeit und Verläßlichkeit. Nein, mein Sohn, du entscheidest richtig, wenn du deinem Gewissen folgst. Gehe mit Gott!«

»Danke, Vater! Der Aufenthalt in Eurer Gemeinschaft wird mir unvergessen bleiben.«

»Nun geh, und verabschiede dich noch von Bruder Tersching! Er wartet mit Gyalpo an der Pforte.«

»Gottes Segen auch Euch, mein Vater!« Yasunari verneigte sich und wandte sich zur Tür.

»Noch eins, ich vergaß es zu sagen: Solltest du je wieder mit Pater Bartolomeu zusammentreffen, *ihm* darfst du selbstverständlich von unserer Bruderschaft berichten.«

Yasunari verbeugte sich nochmals tief und ging zur Treppe. Gyalpo und Meister Tersching erwarteten ihn bereits. Der kleine Hund nagte an einem Knochen, den er bereitwillig zu Yasunari trug. Es war eine Aufforderung zum Spielen. Yasunari holte aus und warf. Kläffend rannte der Hund zum Seeufer. Er fing den Knochen noch im Flug und überkugelte sich mehrmals, bevor er ihn stolz apportierte.

»Ihr habt einen Freund gewonnen, der Euch vermissen wird.« Der gebeugte Alte streichelte den Hund, der darauf wartete, daß Yasunari wieder warf.

»Ich gehe mit Wehmut, Meister.«

Der Alte streckte die Hand aus. »Als mein Bruder noch schnitzen konnte, hat er dieses Tsa-Tsa gefertigt. Bitte nehmt es an, und möge es Euch stets vor Üblem bewahren!«

Yasunari berührte die pfirsichkerngroße Figur der Maria mit den Lippen. »Eure Gemeinschaft wird mir unvergessen bleiben, Meister Tersching, habt Dank.«

Der kleine Hund begleitete Yasunari und Gyalpo bis zur nächsten Bachmündung, dann rannte er zur Landzunge zurück.

In der Nacht des vierten Tages hatten die Wanderer den Rand der Steilwand über der Lamaserei erreicht und machten sich an den Abstieg. Nach Kyambyong hinunterzugelangen dauerte fast doppelt so lange wie das Hochklettern. Als sie auf dem Felssims über dem Pavillon standen, erschienen zwei Lamas und spähten zu ihnen hinauf. Gyalpo imitierte den Ruf eines Falken. Die Lamas trugen eine lange Leiter herbei.

»Woher wissen sie, daß wir gekommen sind?«

»Das Dach ist immer bewacht«, sagte Gyalpo. »Zwei kräftige Novizen der Bruderschaft, die noch überwiegend in Kyambyong studieren, wechseln darin einander ab. Ihr und ich fürchten keine Dämonen. Wir werden aber vermutlich nicht die einzigen Menschen im Eisgebirge sein, auf die das zutrifft. Also ist es besser, Vorsicht walten zu lassen.«

Den Abt von Kyambyong sah Yasunari nicht mehr

wieder. Gleich bei Sonnenaufgang schloß er sich einer Khampa-Karawane an, die vor dem Kloster lagerte und Wolle und Salz nach Indien verkaufen wollte. Gyalpo kannte ihren Anführer. Yasunari war in guten Händen.

Hinter der reparierten Talbrücke begann ein zweiwöchiger, kräftezehrender Aufstieg zu den Südlandpässen. Nachdem der höchstgelegene Tschörten auf angemessene Weise umschritten wurde und jeder einen Stoffetzen an die Stangen geknüpft hatte, begegnete der Karawane bald eine Trägerkolonne von Männern und Frauen. Es waren Sherpas, die für zwei turbantragende Kaufleute Tee- und Stoffballen die Südhänge der Eisgebirge hinaufgeschleppt hatten. Kein Yak, kein Esel, kein Maultier war in der Lage, diesen steilen Auf- oder Abstieg zu meistern. Der gesamte Warentransport in beide Richtungen wurde von den kleinen, sehnigen Sherpas bewältigt. Fast alle liefen barfuß. Einige beherrschten die Khampa-Sprache.

Schnell wurde man sich handelseinig und tauschte die Waren aus. Yasunari bat den Khampa-Anführer, seine beiden Yaks und das Zelt der Lamaserei Kyambyong als Spende zu geben, denn dank der Gastlichkeit im Eisland war seine Reisekasse noch wohlgefüllt. Er dingte einen Sherpa für die Sachen, die er nicht selbst tragen wollte.

Geschickt wie Spinnen bewegten sich die Sherpas trotz der schweren Lasten in den Abgründen, die die Trägerkolonne nunmehr seit Tagen hinunterstieg, anfänglich noch auf verschneiten und vereisten Pfaden, die an Gefährlichkeit dem Sims über der Steilwand von Kyambyong glichen, nur daß es weder Trittmulden noch Eisenhaken als Kletterhilfe gab.

Abenteuerliche Brücken überspannten bodenlose Schluchten. Nicht immer gab es eine Lauffläche aus

Planken: zwei Seile für die Hände, ein Tau für die Füße. Selbst die Sherpas schickten ein Stoßgebet zum Himmel, bevor sie ihre schwieligen Fußsohlen auf die schwankenden Hanftaue setzten.

Nach einigen Tagen gelangten sie in ein schneefreies Tal. Bäume und üppige Sträucher begrünten die Hänge. Aber der Weg nach unten ins Südland war noch weit. Die Berge vor ihnen führten erneut hoch ins ewige Eis. Auf jeden Abstieg folgte unweigerlich wieder ein Aufstieg, zumeist allerdings ein etwas kleinerer.

Je tiefer sie kamen, desto wärmer wurde es. In den nach Süden ausgerichteten Tälern konnte es um die Mittagsstunde sogar richtig heiß werden, und wenn es dazu noch regnete, war die Luft schwül und stickig wie während der Regenzeit in Kyûshû.

Es gab Tage, an denen sie mehrmals innerhalb von Stunden in geradezu tropisches Wetter gerieten, um bald darauf doch wieder über verschneite Gebirgswiesen zu laufen.

Yasunari trug noch immer seine dicken Stiefel. So ausgetreten sie auch waren, boten sie doch einen gewissen Schutz gegen die Blutegelplage in der teils dschungelhaften Vegetation der waldgesäumten Bachläufe, die sich den Reisenden wild und unberechenbar in den Weg stellten. Yasunari betupfte die tückischen Schmarotzer mit Salz, und sie fielen wohlgenährt und fett von seiner Haut, jedesmal eine juckende Bißstelle hinterlassend. Sie fanden immer einen Weg unter die Kleidung, diese wurmartigen Marterwesen. Die Sherpas ertrugen sie stoisch. Sie warteten, bis sie von selbst abfielen.

Endlich kamen sie auf ein bewaldetes Plateau am Fuß der Eisberge. Dort war die Heimat der Träger. Ihr Dorf stand inmitten einer großen Lichtung, umgeben von abgeernteten Feldern. Die Häuser waren aus dicken

Baumstämmen gezimmert. Überdachte Veranden liefen um das obere Stockwerk. Auf Schnüre gezogene Früchte und Wurzeln trockneten, zu Girlanden geordnet, in der Sonne. Zwischen den Häusern liefen kleine, kurzbeinige Schweine und durchwühlten die Ernteabfälle. Kinder spielten mit einem Wurf junger Katzen. Eine ganze Ziegenherde tat sich auf dem Dorfplatz in den unteren Ästen eines ausladenden Baums an saftigen Blättern gütlich, die die Form einer gespreizten Hand hatten.

Yasunari übernachtete im Haus seines Trägers auf der offenen Veranda. Eine Tonschale mit glimmenden Kräutern vertrieb die lästigen Insekten, die nach den warmen Regenfällen vom Vortag Mensch und Tier gleichermaßen quälten.

Die Frau des Sherpas hatte am Abend noch ein Ferkel am Spieß geröstet. Die beiden Kaufleute aus dem Südland waren vom Dorfoberen verköstigt worden. Sie aßen, wie ihre Religion es ihnen gebot, kein Schweinefleisch. Eine Ziege hatte geschlachtet werden müssen. Yasunari waren die Kaufleute unsympathisch. Er hatte während der Reise kaum ein Wort mit ihnen gewechselt, obwohl auch sie die Khampa-Sprache ein wenig beherrschten. In ihren Gesichtern konnte er lesen, daß sie die freundlichen Sherpas insgeheim verachteten und sie allenfalls für bessere Tragtiere hielten. Yasunari hatte vor, die unerfreulichen Turbanträger bei der nächstbesten Gelegenheit zu verlassen und sich anderen Reisenden anzuschließen.

Diese Gelegenheit sollte nicht lange auf sich warten lassen. Drei Tage noch zog Yasunari mit der Sherpa-Karawane über das bewaldete Plateau, dann kamen sie zu einer größeren Ansiedlung, fast einer Stadt. Dort waren vor ihnen chinesische Fernhändler mit ihren Trägern eingetroffen. Ihr Reiseziel war Agra, wo Schah Jahan residierte, der muslimische Kaiser, der die Südlande beherrschte.

Yasunari schloß sich ihnen an.

Später im Reich Schah Jahans, als die Karawane in glühender Mittagshitze am Ufer eines trägen Flusses auf die Fähre wartete, schaute Yasunari zurück auf das Panorama der Eisgiganten am Horizont.

Unwirklich, abweisend und unbezwingbar sahen die himmelwärts strebenden Gebirgsketten aus. Es erschien ihm wie ein Traum, daß er, Yasunari, sie noch vor wenigen Wochen durchquert hatte.

Über den Wäldern am anderen Flußufer flimmerte die Luft. Yasunari trug tagsüber leichte Baumwollgewänder und, wenn die Sonne sank, nur noch selten eine Steppjacke. Die chinesischen Kaufleute waren angenehme Reisegefährten. Sie transportierten Auftragsware für den Bazar von Agra: Teeschalen und Kannen aus hauchdünnem Porzellan, sorgfältig gegen Bruch in kleine Holzkisten verpackt, die mit Stroh ausgepolstert waren.

Die Sherpas hatten die Kisten bis ans Flußufer getragen und waren dann in die Berge zurückgekehrt.

Die Fähre legte an. Auf ihr würde man einen Tag flußabwärts reisen und dann in einer Stadt Lasttiere und Treiber dingen.

Yasunari brachte seine wenigen Habseligkeiten auf das Boot. Die schweren Mäntel und Stiefel vom Eisland hatte er an die Sherpas verschenkt.

Die Fähre war ein langgestrecktes Boot ohne Tiefgang. Sie wurde von vier Männern mit freiem Oberkörper gestakt. Um die Hüften hatten sie ein knöchellanges Baumwolltuch gewunden. Die Fährleute waren klein und dunkelhäutig, aber offenbar keine Muslime. Bevor sie das Boot vom Ufer abstießen, überschüt-

teten sie ein Götzenbild am Bug mit dem trüben Flußwasser.

Der Wald reichte bis ans Ufer. Eine Horde Affen tobte
in den Ästen und verfolgte das Boot mit viel Geschrei.
Einige der Affen warfen mit Früchten nach der Fähre.
Yasunari fing eines der Geschosse und verzehrte es genüßlich. Wie lange war es her, daß er eine Mangobirne
gegessen hatte? Die Frucht war saftig und schmeckte
köstlich nach Heimat. Stets hatte der Vater dem kleinen
Priester die ersten reifen Früchte bringen lassen – damals
im Zedernflußtal, als die Waffen noch geschwiegen hatten. Wie mochte es Pater Bartolomeu ergehen, ihm und
dem Freund?

Yasunari schaute müde in das braune Wasser des Flusses, dessen Namen er sich nicht merken konnte. Ganz
anders klangen die Sprachen im Südland als die oben in
den Eisgebirgen. Und Yasunari kam es vor, als wechselten sie von Dorf zu Dorf. Die chinesischen Händler, die
anscheinend in all diesen verwirrenden Zungen radebre-
chen konnten, sagten Yasunari, daß die Bootsleute über
langnasige, weiße Kaufleute in der Stadt flußabwärts geredet hatten.

Ein Fischreiher flog dicht über dem Wasser. Zweige
trieben vorbei. Eine tote Ratte schlug gegen die Bordwand, aufgedunsen wie eine fette Schweinsblase. Yasunari suchte sich einen Platz unter dem Sonnensegel und
lauschte dem Gesang der Fährleute: Sie hatten hohe
Stimmen, kastratengleich. Ein monotoner Gesang. Irgendwann schlief Yasunari ein.

Im Eilmarsch zur Küste

In der Stadt am Fluß herrschte ein buntes Völkergemisch, wie es Yasunari seit dem Markt von Tschumdo nicht mehr begegnet war. Er sah Scharen von lärmenden Bettlern, traf auf würdige Buddhamönche, die ihre Almosenschalen stumm den Vorübereilenden entgegenstreckten, beobachtete halbnackte Zauberer mit stechendem Blick und Würdenträger, deren edelsteinbesetzte Turbane in der Sonne blitzten. Er sah bärtige Männer in Ladengeschäften, die Kupferbleche mit kleinen Hämmern bearbeiteten, sah Marktweiber, die Berge von fremdartigen Früchten und Gemüsen feilboten. Es gab Wasserverkäufer, deren hektischer Singsang sich mit den Gebeten mischte, die eine Gruppe verschleierter Frauen vor mit Votivgaben behängten Bäumen intonierte.

Yasunari hörte die energischen Rufe der Ochsenwagenlenker und die heiseren Schreie von Lastträgern. Hoch bepackt wie Esel bahnten sie sich den Weg durch die Menschenmenge. Immer wieder kamen turbantragende Bewaffnete einhergetrabt. Die ebenfalls berittenen Diener sorgten mit langen Bambusstangen dafür, daß ihren Herren gebührend Platz gemacht wurde.

Die chinesischen Porzellanhändler trafen auf mehrere Landsleute, die wußten, wo die Herberge der weißen, fremden Händler lag. Einer ihrer Diener führte Yasunari zu einem weitläufigen Park am Flußufer. Niedrige Mauern umgaben das Grundstück. Zwei einheimische Torhüter bewachten den überdachten Parkeingang.

Yasunari sprach sie auf Portugiesisch an. Sie antworteten in einer unverständlichen Sprache, aber einer der beiden gab ihm zu verstehen, daß er warten sollte, und rannte in Richtung auf ein halb von Bäumen verdecktes rotes Backsteinhaus am Flußufer davon. Kurz darauf kehrte er in Begleitung eines schwitzenden dicken Mannes zurück. Es war ein *nambanjin*, ein Weißer. Er beachtete Yasunari nicht, sondern redete wild gestikulierend auf die Torhüter ein. Er wirkte angetrunken und hatte offenbar Schwierigkeiten zu begreifen, weshalb man ihn geholt hatte. Die Wärter zeigten mehrmals auf Yasunari, aber der Dicke verstand immer noch nicht. Er überhäufte sie auf Portugiesisch mit Verwünschungen, weil sie es gewagt hatten, seine mittägliche Siesta zu stören.

Yasunari hüstelte und verbeugte sich tief vor dem fluchenden Fettwanst. »Verzeiht bitte meine Ungehörigkeit! Wäre mir bekannt gewesen, daß Ihr ruht, hätte ich Euch selbstverständlich erst später meine Aufwartung gemacht.«

Der Dicke ließ die fuchtelnden Arme sinken, hielt abrupt in seiner Schimpftirade inne und starrte Yasunari mit offenem Mund an.

»Ich werde später noch einmal bei Euch vorsprechen, falls es genehm ist.« Yasunari verneigte sich erneut tief und wandte sich zum Gehen.

Der Dicke holte tief Luft und fand zur Sprache zurück. »Halt, wartet!« Er wischte sich den Schweiß aus der Stirn und folgte Yasunari torkelnd vor die Parkpforte. »Sagt, wie kommt es, daß Ihr unsere Zunge beherrscht?«

Wieder verneigte sich Yasunari. »Ich vergaß mich vorzustellen. Mein Name ist Tadayama Yasunari. Ich bin Novize der Societas Jesu am Madre-de-Deus-Kolleg von Macao und soll dem Erzbischof von Goa eine Nachricht übermitteln.«

Der Dicke lachte. »Euer Portugiesisch ist flüssig, aber *die* Geschichte nehme ich Euch nicht ab.« Seine Miene verfinsterte sich. »Verdammt, Ihr lügt! Seit Monaten schon hat keines unserer Schiffe aus der Niederlassung die Blockade dieser verfluchten Holländer durchbrechen können.« Er brüllte den Torwächtern etwas zu.

Die Männer packten ihre Knüppel fester und näherten sich zögerlich, denn Yasunari hatte seinen Bô aus dem Schulterfutteral gezogen. Und dieser kräftige Fremde sah nicht unbedingt danach aus, als würde er den langen Stock nur als Armstütze benutzen können. Die Torwächter waren keine jugendlichen Heißsporne mehr. Außerdem waren da diese Augen des Fremden!

Die Wächter nahmen also in gebührendem Abstand mit erhobenen Knüppeln Aufstellung. Yasunari packte den Bô wie eine Lanze. Der Dicke schrie ununterbrochen auf die Männer ein. Diese hielten dennoch weiterhin sichere Distanz zu Yasunaris Stockspitze.

Hinter dem Dicken tauchte noch ein Weißer auf. Er trug eine enganliegende Seidenbluse und Kniehosen. Mit dem gestutzten Kinnbart erinnerte er Yasunari entfernt an Francisco Mascarenhas, den Gouverneur von Macao. Im silberbeschlagenen Leibgurt steckten ein Dolch und eine zierliche Pistole. Er schob den schreienden Fettwanst zur Seite. »Was ist hier los, Fernando?«

Der Dicke deutete auf Yasunari. »Ein verdächtiger Fremder, Herr. Er spricht unsere Sprache und sagt, er ist vom Madre-de-Deus-Kolleg aus Macao. Er gibt vor, eine Nachricht für den Erzbischof von Goa zu haben.« Er begann hysterisch zu kichern. »Womöglich erzählt er uns gleich, daß er über die Eisberge hierher geflogen ist!«

Der Bärtige trat vor Yasunari. »Ich bin Hauptmann Enrico de Testaferrata und für den Geleitschutz der Händler am Fluß zuständig. Wer seid Ihr, der Ihr unsere Zunge beherrscht?«

Yasunari senkte die Bô-Spitze.

»Ein Spion ist er!« fauchte der Dicke.

»Schweig endlich und troll dich!« herrschte ihn der Hauptmann an.

Der Dicke protestierte zwar wortreich, torkelte aber in den Park zurück.

Yasunari schob den Bô in das Futteral und verneigte sich. »Ich heiße Tadayama Yasunari. Mein Auftrag lautet, den Erzbischof und den Befehlshaber von Goa über die Ereignisse in Macao und über die in meiner Heimat zu unterrichten.«

Hauptmann Enrico musterte Yasunari eingehend. »Stimmt es, was Fernando sagte – Ihr wäret ein Novize der Societas Jesu vom Madre-de-Deus-Kolleg?«

»Ja, so ist es.«

»Dann beschreibt mir bitte das Innere der Kapelle im Kolleggarten.«

Yasunari bestand die Prüfung. Der Hauptmann nickte befriedigt.

»Und wer ist der oberste Arzt der Santa Casa da Misericordia?«

»Fra Matteo steht dem Spital vor.«

»Auch das ist richtig. Aber sprecht! An Eurem Namen erkenne ich, daß Ihr oder Eure Eltern aus Japan stammt. Ich tat vor nicht allzu langer Zeit selbst drei Jahre in Macao Dienst. Indes in der Niederlassung bin ich Euch nie begegnet.«

»Ich bin dort nicht geboren. Ich kam erst im letzten Sommer aus meiner Heimat nach Macao, um Hilfe für meine verfolgten Glaubensbrüder zu erbitten. Meine Mission war vergeblich. Die letzte christliche Festung ist dort endgültig gefallen. Die Holländer haben sie sturmreif geschossen. Und nun wird Macao selbst von der Rotbart-Flotte bedroht. Sie sperrt den Hafen. Deshalb wählten ich und mein Begleiter den Landweg, um im Auftrag des Ordensprovinzials und seiner Exzellenz, des

Gouverneurs, Kunde von der Blockade nach Indien zu bringen.«

»Ihr wollt sagen, Ihr seid tatsächlich ...« Der Hauptmann drehte sich um und zeigte mit einer Hand auf die glitzernden Gebirge in der Ferne. »Ist das wahr?«

»Ja. Ich bin wirklich durch die hohen Eislande gereist.«

Der Hauptmann schüttelte ungläubig den Kopf. Dann verbeugte er sich und sagte: »Verzeiht, ich bin unhöflich. Bitte, kommt zu uns in die Herberge und erzählt mir ausführlicher von dieser ungewöhnlichen Reise. Noch nie hörte ich davon, daß man Indien vom Reich der Mitte aus auch auf dem Landweg erreichen kann.« Er sprach ein paar Worte mit den Torhütern. Sie senkten ihre Knüppel und nahmen sich dienstfertig Yasunaris Schulterbündel an.

Der Dicke brabbelte etwas Unverständliches, als Yasunari an der Seite des Hauptmanns den Park betrat, und torkelte zwischen den Bäumen davon.

Die Herberge der Kaufleute umschloß einen schattigen Innenhof. Sie setzten sich in luftige Sessel aus Rohrgeflecht an den Rand eines marmorgefaßten Springbrunnens. Der Hauptmann rief einen Diener. Im Handumdrehen wurden Getränke gebracht: geeiste Mangomilch und köstlich erfrischender Limettensaft.

Der Hauptmann bat Yasunari um eine eingehende Schilderung der holländischen Blockade. Immer wieder fragte er nach Details. Als Yasunari seinen Bericht beendet hatte, erhob er sich. »Eure Nachrichten sind von größter Bedeutung für die Admiralität. Soweit mir bekannt ist, hat bislang noch kein Macao-Schiff Goa oder eine andere unserer Niederlassungen in Indien erreicht. Ich stelle Euch hiermit unter den Schutz des Kommandeurs der Garnison Diu, dessen Offizier ich bin. Wir werden schon morgen an die Küste abreisen. Der Zeitpunkt

Eurer Ankunft ist günstig. Die Händler wollten ohnehin in dieser Woche aufbrechen. Ihre Waren bestehen zumeist aus Edelsteinen sowie Silber und Gold aus dem Eisland. Man kann alles gut auf Packpferden transportieren und deshalb zügig zu den Küstenniederlassungen reisen.«

»Geht der Weg über Agra?«

»Normalerweise ja. Aber Feinde Schah Jahans haben sich erhoben. Momentan ist es ratsamer, Agra und besonders die Landstriche im Norden der Stadt weit in westlicher Richtung zu umgehen, um ans Meer zu gelangen.«

»Es scheint mir vorbestimmt zu sein, nur auf zeitraubenden Umwegen mein Ziel zu erreichen«, sagte Yasunari resigniert und erzählte dem Hauptmann von den wirren politischen Verhältnissen im Reich der Mitte und im Eisland.

Der Zug der portugiesischen Kaufleute zählte sechsunddreißig Pferde, die Hälfte davon waren robuste Tragtiere. Die achtzehn Reiter setzten sich aus vier Kaufleuten, Hauptmann Enrico, Yasunari, neun bewaffneten Pferdeknechten und aus den drei muslimischen Soldaten zusammen, die jede ausländische Händlerkarawane im Reich des Schahs zu begleiten hatten. Die turbantragenden Krieger dienten gleichzeitig als Vorsichtsmaßnahme gegen eventuelle Wegelagerer und zur Überwachung der Fremden. Sorgfältig legten sie Inventarlisten der Transportgüter an und versiegelten die Behälter und Kisten. Den Ausländern war Reise- und Handelsfreiheit im Reich gewährt, der Schah indes forderte seinen Anteil.

Hauptmann Enrico schien sich mit den Soldaten gut zu verstehen, hatte aber letztlich ihren Anweisungen zu folgen. Wie überall jedoch halfen wohlbemessene Geschenke nach, wenn Einsichten in rechte Bahnen gelenkt werden mußten. Da auch die Soldaten wenig darauf erpicht waren, via Agra zur Küste zu reisen, gestalteten sich die Verhandlungen wegen des westlichen Umwegs unkompliziert und preiswert.

Yasunari war über das perfekte Straßensystem im Reich des Schahs erstaunt. Bäume säumten die Hauptwege, und in regelmäßigen Abständen gab es geräumige Herbergen für Mensch und Vieh. War ein Fluß zu überqueren, fanden sich stets Fähren, die die Reisenden zu festgesetzten Preisen beförderten. Im Vergleich zum bedächtigen Vorwärtskommen im Eisland, das meistens vom trägen Schritt der Grunzochsen bestimmt gewesen war, hatte Yasunari jetzt fast das Gefühl zu fliegen. Die Pferde waren wohlgenährt, und ermüdete Last- oder Reittiere konnten in den Herbergen gegen frische ausgetauscht werden.

Das Südland. In Yasunaris Vorstellung war es ein Name gewesen, ein Wort, bebildert durch die Schilderungen des kleinen Priesters und von den verschiedenen Reisegefährten im Eisland. Er erlebte es als eine Art von Paradies nach den schroffen Höhen und den windzerfetzten Plateaus auf dem Dach der Welt.

Ein heißes Land war das Reich Schah Jahans, staubig, mit glühenden Orangenhainen, dem Überfluß der Früchte, dem Geruch des Jasmins über den Alleen. Yasunari erblickte Sonnenuntergänge wie die Glut einer gigantischen Esse. Es gab Morgen, an denen die feuchtheiße Luft die Körper der Reisenden umspülte, als zögen sie durch ein Dampfbad. Yasunari ritt durch Städte, größer und prächtiger als alle, durch die er bislang gekommen war. Einige hatten Tempelbezirke, in denen Abertausende von goldenen, juwelenübersäten Götzenbildern die Augen blendeten.

Durch unermeßliche Waldgebiete führten die Fern-
straßen, wanden sich durch grüne undurchdringliche
Welten turmhoher Bäume, durch Urwälder, wo noch der
Tiger der unumschränkte Herrscher war. Wenn die Reisenden des Abends rasteten, entzündeten sie rund um
das Lager lodernde Feuer.

Yasunari und Hauptmann Enrico begegneten auf
einem Jagdausflug gepanzerten Ungetümen. Es waren
Tiere mit zwei riesigen Stoßzähnen und einem langen
Rüssel, gewaltiger als der mächtigste Grunzochse. Auf
dem Rücken der vierbeinigen Giganten, deren Beine
dick wie Säulen waren, saßen die schwerbewaffneten
Tigerjäger zu zweit oder zu dritt in einem Korb. Die
Kolosse wurden von einem Mann mit einem dünnen
Stock dirigiert, der hinter ihren Ohren auf dem dicken
Hals ritt, Ohren, groß wie die Schwanzflosse eines kapi-
talen Hais.

Wundersam war die Tierwelt des Südlands. In einigen
Flüssen schwammen speerlange schuppige Echsen mit
mörderischen Zähnen. Sie krochen auch an Land, um
ihre Beute zu schlagen. Einmal sah Yasunari, wie sie ein
Rind, das am Ufer graste, ins flache Wasser zerrten. Minuten später ragte bloß noch das Gerippe aus den Fluten.
Und dann gab es Schlangen jeder Farbe und Größe. Sie
galten als heilig. Obwohl viele tödlich giftig waren, hielten mancherorts die Leute sie anstelle von Katzen als
Haustiere.

Nach dem Waldland kam eine Wüstenlandschaft. Ihre
Bewohner lebten in burgähnlichen Städten, zumeist auf
unzugänglichen Anhöhen. Die Kamele, die die Reisen-
den gegen die Pferde eintauschten, hatten nur einen
Höcker und waren weniger genügsam als die Kamele im
Eisland. Dafür konnte man mit ihnen schneller reiten.
Auch inmitten der Wüste fanden sich in regelmäßigen

Abständen Karawansereien des Schahs, so daß nur selten größere Mengen an Wasser und Lebensmitteln sowie an Tierfutter mitgeführt werden mußten.

Zügig war die Reise in Richtung Meer bislang verlaufen. Nur einmal hatte ein Sandsturm die Karawane zwei Tage in einer Oase festgehalten. Hauptmann Enrico war zufrieden. »Wenn alles gutgeht, sind wir bald im Küstenhinterland.«

In der Bibliothek des Madre-de-Deus-Kollegs von Macao existierte ein Rollbild, das den Zug des Himmelssohns von Peking nach Kanton darstellte. Es war zu lang, um es in seiner Gesamtheit anzuschauen. Man betrachtete jeweils eine Armspanne und rollte es dann weiter. Auf diese Art und Weise konnte der Betrachter in nur wenigen Minuten das Reich der Mitte durcheilen.

Oft hatte Yasunari das Gefühl, als wäre das Südland eine dieser durch die Hände gleitenden Bildrollen, so schnell wechselten sich seit Wochen die Landschaften ab.

Das Küstenhinterland war anfangs hügelig und nur vereinzelt baumbestanden. Hauptsächlich wurde Weidewirtschaft betrieben. Die Hirten lebten in Lehmhütten. Dann wurde der Boden fruchtbarer. Baumwollfelder tauchten auf. Bald sah Yasunari die ersten Reisfelder. Sie wurden aus tiefen Brunnen bewässert. Zusammengespannte Rinder drehten riesige Wasserräder, die das Naß über ein System aus gemauerten Ziegelrinnen verteilten. Auf den Feldern arbeiteten nur Frauen. Sie waren von Kopf bis Fuß verschleiert und schauten nicht auf, wenn die Karawane vorbeizog. In der Ferne ragte ein Kuppelbau empor. Ein schlanker Turm flankierte ihn.

»Das ist die Abdul-Hassan-Moschee, ein berühmter Tempel der Muselmanen«, sagte Hauptmann Enrico. »Die Ländereien hier gehören alle einem Onkel des Schahs, der wenig von dessen Politik und Toleranz den anderen Religionen gegenüber hält. Ich bitte Euch, seid vorsichtig, solange wir uns in seinem Hoheitsbereich befinden! Sprecht nie eine Frau an und betretet nie einen der Muselmanentempel! Auch ein Geleitbrief des Kaisers würde nichts bewirken, falls man bemerkt, daß Ihr die hiesigen Gesetze verletzt.«

Selbst die drei turbantragenden Soldaten schienen erleichtert, als man endlich die Ländereien des Schah-Onkels hinter sich gelassen hatte. Sie verrichteten wie alle Anhänger des Propheten regelmäßig ihre Gebete, waren aber auch einem gelegentlichen Umtrunk nicht abgeneigt, wenn sich Gelegenheit dazu ergab. Sie hielten es mit dem Genuß berauschender Getränke ähnlich wie die Bewohner des Eislandes mit dem Verzehr von Fleisch. Offenbar schienen auch Allah und der Prophet Mohammed zeitweilig blind zu sein.

Hauptmann Enrico palaverte mit den Soldaten. Sie hatten Order, die Kaufleute in die Niederlassung Diu zu geleiten. Yasunaris Wunsch, jetzt direkt nach Erreichen der Küste Richtung Süden, Richtung Goa zu reiten, fand nicht ihren Beifall. Trotz des Angebots eines reichlichen »Überzeugungsgeldes« fürchteten sie, von ihren Oberen dafür zur Rechenschaft gezogen zu werden, einen Fremden ohne Aufsicht durch das Land ziehen zu lassen.

»Kommt mit uns bis nach Diu«, sagte der Hauptmann. »Von dort gehen regelmäßig Schiffe zu den anderen Niederlassungen.«

Wieder war Yasunari gezwungen, einen Umweg in Kauf zu nehmen, der kostbare Zeit bedeutete.

»Zumal Ihr mit uns sicherer reist«, ergänzte der Hauptmann. »Der Küstenstrich hier ist von Piraten verseucht. Oft dringen sie auf der Suche nach Plündergut und Sklaven weit ins Hinterland ein.«

Yasunari fügte sich in sein Schicksal.

Sie zogen durch eine wellige Waldgegend, als sich hinter einer Wegbiegung unverhofft das Meer zeigte. Das Wasser leuchtete smaragdgrün. Es lag ruhig wie ein Spiegel. Ein weißer Sandstrand erstreckte sich schnurgerade bis zu einem mehrarmigen Flußdelta. Auf einer Insel standen Pfahlbauten. Boote verschiedener Größe ankerten im Delta, zumeist Fischerboote, aber auch vier, fünf seetüchtige Segler, davon ein Zweimaster.

»Viele Schiffe machen auf der Insel Zwischenstation, bevor sie Diu anlaufen. Sie tauschen Waren mit den Flußschiffern, die frisches Obst und Gemüse aus dem Hinterland in die Küstendörfer bringen. Wenn uns das Glück hold ist, finden wir einen Kapitän, der zur Niederlassung segelt. Die Seepassage ist kürzer als der Weg über Land und auch weitaus angenehmer.« Hauptmann Enrico besprach sich mit den Soldaten. Sie hatten keine Einwände, denn der Küstenstreifen bis Diu war flach und sumpfig.

Als sie das Flußdelta erreichten, feuerte einer der Soldaten seine Pistole ab. Ein Nachen legte von der Insel ab und steuerte auf sie zu. Er machte erst am Ufer fest, nachdem die Bootsleute sich überzeugt hatten, daß die Reiter Handelsreisende mit einem Geleitbrief des Schahs waren.

Die Bewohner der Pfahlsiedlung lebten vom Fischen. Zwischen den Hütten, ja selbst auf den Dächern trocknete der Fang auf hölzernen Gitterrosten. Aufgabe der Dorfkinder war es, mit viel Geschrei und langen Bambusstangen die räuberischen Möwen zu vertreiben, die in Schwärmen über der Insel kreisten. Der Kapitän des Zweimasters feilschte gerade mit den Fischern um eine Ladung Dörrfisch. Hauptmann Enrico sprach ihn an.

Ja, das Schiff wäre ohne nennenswerte Ladung auf dem Weg nach Diu, er müßte aber noch drei, vier Tage auf eine Fuhre Elfenbein warten, die Schiffer aus den Wäldern flußaufwärts zu liefern versprochen hatten. Platz für die Handelskarawane, für Mensch, Tier und Ware böte der Zweimaster zur Genüge. Nur müßte man sich gedulden, bis das Elfenbein eingetroffen wäre. Vorher zu segeln lehnte der Kapitän trotz klingender Münze bedauernd ab. Falls es allerdings jemand eilig hätte, die Niederlassung zu erreichen, gäbe es durchaus die Möglichkeit, auf einem der kleineren Segelschiffe, die vor der Insel ankerten, dorthin zu gelangen. Er wüßte von mehreren Schiffsführern, die noch am nächsten Morgen das Delta verlassen würden.

»Ich kann unmöglich mit Euch voraussegeln«, sagte der Hauptmann, »aber vielleicht gelingt es mir, die Soldaten zu überreden, daß einer von ihnen Euch begleitet. Dann wäre zumindest den Vorschriften des Schahs Genüge getan. Laßt es mich versuchen. Billig wird das Einverständnis ihnen nicht abzutrotzen sein!«

»Wenn ich so schneller nach Diu gelangen kann, ist es mir ein paar Goldstücke wert, Hauptmann.«

»Nun gut! Ihr habt recht. Jeder Tag zählt. Und ob die Elfenbeinladung auch wirklich pünktlich hier angelandet wird, das vermag niemand mit Gewißheit zu sagen.«

»Gesetzt den Fall, Ihr habt mit Euren Überredungskünsten Erfolg – wann könnte ich in Goa sein?«

»Mit einem guten Schiff dauert die Seereise nach Diu höchstens fünf Tage, und von der Niederlassung aus ist Goa bei günstigem Wind auf einem der großen Segler innerhalb einer Woche erreichbar.«

Die Soldaten hatten es sich vor der Hütte des Dorfvorstehers bequem gemacht und ließen sich bewirten. Hauptmann Enrico ging zu ihnen und redete mit Engelszungen auf sie ein. Die Turbanträger lehnten ab. Der Hauptmann verdoppelte den Preis. Sie blieben stur. Erst als er drei Goldmünzen pro Mann anbot, erklärten sie sich einverstanden.

Fluchend kam er zu Yasunari zurück. »Halsabschneider! Erpresserbande!«

Yasunari war es gleichgültig, was die Soldaten forderten. Es drängte ihn, nach all den Verzögerungen seine *Instructio* zu erfüllen. Gold, ob eine Handvoll oder ein Berg, was galt es letztendlich? Selbst die wohlgefüllte Kriegskasse der drei verbündeten Daimyô hatte das Schicksal von Shimabara nicht abwenden können.

Er willigte also ein und zahlte den Soldaten den geforderten Betrag aus.

Ein Segelschiff, das ihn und seinen Soldaten am nächsten Morgen nach Diu bringen würde, war schnell gefunden. Es handelte sich um einen stabilen Einmaster namens »Govinda«. Nach kurzem Feilschen wurde man mit dem Eigner handelseinig.

Dann gesellten sich Yasunari und der Hauptmann zu ihren Reisegefährten. Sie saßen im Kreis um auf Palmenblättern angerichteten Speisen, zubereitet von den Fischerfrauen. Es gab Muscheln in einer roten Sauce und gelb gefärbten Reis. Ein Weidenkorb war mit reifen Früchten gefüllt. Yasunari hoffte inständig, daß die Muscheln nicht allzu scharf gewürzt waren. Je weiter er in Schah Jahans Reich nach Süden kam, desto feuriger wurde sogar das weiche Fladenbrot, mit dem man die feuchten Speisen aß. Man nahm ein Stück davon in die rechte Hand – die linke war tabu – und tunkte es in die Sauce. Manchmal hatte Yasunari den Verdacht, daß das Brot zur Hälfte aus gemahlenem Pfeffer bestand.

Sein Wunsch nach milder Nahrung ging nicht in Erfüllung. Vorsichtig kostete er. Das Muschelgericht übertraf an Schärfe alles, was er bislang zu sich genommen hatte, deshalb aß er nur vom Reis und den Früchten.

Bei Tagesanbruch gingen Yasunari und sein Soldatenbegleiter an Bord der »Govinda«.

Hauptmann Enrico unterhielt sich mit dem Kapitän und übersetzte dann: »Ihr werdet immer mit Landsicht segeln. Wenn die See des Nachts einmal zu rauh sein sollte, wird der Kapitän eines von den Küstendörfern anlaufen und dort ankern, bis sich das Wetter wieder bessert.«

Außer dem Kapitän, dessen Sohn und einem Schiffsjungen reisten noch drei verschleierte Frauen auf der »Govinda«. Das Heck war von einer Art Laube aus Binsenmatten überdacht. Dort hockten sie in ihren weiten Gewändern wie aufgeplusterte Vögel, ängstlich darauf bedacht, nicht in die Richtung der Männer zu schauen. Als der Kapitän ihnen Früchte brachte, nahmen sie sie nicht an.

Yasunari hatte derlei im Südland oft beobachtet. Nicht bei den Muselmanen, aber bei der restlichen Bevölkerung. Sie lebte in verschiedene Gruppen getrennt, war strenger voneinander geschieden als die Samurai, Handwerker, Händler und Bauern in der Heimat. Die einzelnen Gruppen nannte man Kasten. Ein Priester, er gehörte der angesehensten Gruppe an, vermied es sogar, auf die Schatten Angehöriger niederer Kasten zu treten, um sich nicht zu verunreinigen. Yasunari hätte gerne mehr über die Sitten und Bräuche im Land erfahren, aber die Soldaten hatten auf der Reise fast ausschließlich Kontakt zu ihren muslimischen Glaubensgenossen gesucht.

Yasunari verabschiedete sich von Hauptmann Enrico und bedankte sich für die Hilfe. Dann wurden die Leinen losgemacht. Eine ablandige Brise brachte das Schiff auf einen beständigen Südwestkurs. Schon verließ die »Govinda« die schlammbraunen Wasser des Deltas und

steuerte auf das offene Meer. Rechter Hand zeigte sich
ein geschwungener grüner Uferstreifen. Mehrere Fischerboote strebten mit silbriger Ladung auf die Flußmündung zu.

Yasunari saß auf seinem Gepäckbündel, den Rücken
gegen den Mast gelehnt, und genoß den frischen Wind
nach all den stickigen Tagen im flachen Küstenland. Der
Soldat hatte es sich im Vorschiff bequem gemacht und
schlief. Bald war auch Yasunari eingedöst.

TEIL IV
Im Reich der Osmanen

Gefangen

Yasunari erwachte durch einen heiseren Schrei. Jemand riß heftig an seiner Schulter. Benommen richtete er sich auf. Die »Govinda« war um eine Landzunge gebogen und in eine sichelförmige Bucht eingelaufen. Es war der Begleitsoldat, der hektisch an ihm zerrte. Unentwegt auf Yasunari einredend, deutete er auf eine große Ansammlung von Schiffen vor einem langgestreckten Küstendorf. Die Flotte bestand aus Zwei- und Dreimastern, einige waren sogar von der Bauart der holländischen oder spanischen Segler.

Yasunari verstand zwar nicht, was der Soldat ihm sagte, aber es bedurfte auch keiner Worte, um zu begreifen, daß Piraten die Siedlung überfielen. Flammen schlugen aus den Hütten in Strandnähe.

Einer der Zweimaster nahm mit geblähten Segeln Kurs auf die »Govinda«. Über weiteren Hütten stieg dunkler Rauch auf.

Der Kapitän, sein Sohn und der Schiffsjunge zerrten das Segel in eine andere Position. Kurz darauf zeigte der Bug der »Govinda« nicht mehr auf das Dorf, sondern auf die Flanke der Landzunge. Der Zweimaster versuchte ihnen den Weg abzuschneiden, aber der Wind war für ein solches Manöver ungünstig. Die »Govinda« hingegen gewann an Fahrt. Der Kapitän frohlockte. Er bedachte die abgeschlagenen Verfolger mit höhnischem Gelächter und obszönen Gesten. Der Soldat blieb skeptisch, lud seine Muskete, schlug Feuer und klemmte eine brennende Lunte in den Schnapphahn. Yasunari zog den Bô aus dem Futteral und legte sich den Dolch zurecht.

Plötzlich ging ein gewaltiger Ruck, begleitet von einem dumpfen Knirschen durch das Schiff. Die verschleierten Frauen wurden aus der Hecklaube geschleudert und rollten kreischend auf das Hinterdeck. Yasunari fiel über den Kapitän. Der Soldat schlug mit dem Kopf gegen die Reling. Seine Muskete prallte gegen die Bordwand, und der Schuß löste sich. Der Schiffsjunge, der auf dem Bugspriet hockte, wurde in hohem Bogen über Bord geschleudert.

Die »Govinda« war auf eine Sandbank gelaufen.

Die Verfolger hatten das Mißgeschick richtig gedeutet und kamen nicht näher, sondern wasserten zwei Ruderboote mit jeweils acht Mann Besatzung. Blanke Waffen blitzten auf.

Der Soldat war ohnmächtig. Blut aus einer klaffenden Stirnwunde lief über sein Gesicht. Die Frauen schrien. Der Schiffsjunge schwamm in Richtung Landzunge.

Das rettende Ufer war etwa fünf Schiffslängen von der Sandbank entfernt. Verzweifelt versuchten der Kapitän und sein Sohn ihr Boot mit einer langen Stange von der Sandbank zu schieben. Ihre Mühe blieb vergeblich. Das Boot saß fest. Die Männer stießen Verwünschungen aus, ließen die Stange fallen, glitten ins Wasser und folgten ihrem Schiffsjungen. Kurz entschlossen sprang auch Yasunari.

Der Junge hatte den größten Vorsprung und war wohl auch der geschickteste Schwimmer. Er watete schon im flachen Uferwasser. Yasunari schwamm zwischen dem Kapitän und seinem Sohn. Der drehte von Zeit zu Zeit den Kopf. Plötzlich tauchte er weg. Auch Yasunari blickte sich um. Die Boote der Verfolger waren bereits dicht hinter ihnen. Zwei, drei Ruderschläge noch.

Yasunari tauchte ebenfalls. Als er wieder an die Wasseroberfläche kam, sah er, wie die Piraten mit Fanghaken nach dem Kapitän angelten.

Wieder tauchte Yasunari ab. Erst als seine Lungen zu bersten schienen, wagte er sich nach oben. Das letzte, woran er sich erinnerte, war ein breiter Schatten über ihm, dann ein verzerrtes Gesicht und ein länglicher Gegenstand, der auf ihn zuflog. Dann schoß ein Blitz durch seinen Kopf.

Als Yasunari wieder zu Bewußtsein kam, lag er in einem stickigen Halbdunkel. Sein Kopf schmerzte, als würde er pausenlos und nachhaltig mit spitzen, schweren Gegenständen traktiert. Yasunari richtete den Oberkörper auf. Dünne Lichtpfeile fielen aus einem Schlitz über ihm. Das Licht tat weh. Im Nu begann sich alles um ihn herum zu drehen. Yasunari würgte und erbrach sich. Danach fühlte er sich besser. Langsam durchdrangen die Augen das Halbdunkel. Zur Rechten und zur Linken machte er schemenhafte Gestalten aus.

Wo war er? In einem Keller? Wenn, dann war es ein schwankender Keller. Als Yasunaris tastende Fingerkuppen über grobes Holz glitten und sich aus den vielfältigen strengen Gerüchen auch der von Teer und Salzwasser aufdrängte, kamen die Erinnerungen wieder: das Bild des sich unaufhaltsam nähernden Ruderboots, das verzerrte Gesicht des Mannes, der einen Knüppel oder eine Stange über ihm schwang, der helle Sandstreifen der rettenden Landzunge, so dicht und dennoch unerreichbar für einen Schwimmer, dem ein mit acht bewaffneten Verfolgern besetztes Boot dicht auf den Fersen war …

Erschöpft schloß Yasunari die Augen. Jemand sprach ihn an. Eine Männerstimme. Yasunari verstand nichts,

445

aber die Worte klangen ähnlich kehlig wie die der dunkelhäutigen Muselmanen in Macao.

»Ilma«, wiederholte die Stimme mehrmals eindringlich: »Ilma!« Dann benetzte der Sprecher ihm die Lippen, und ein Becher wurde in seine Hand gedrückt. Yasunari öffnete die Augen wieder und sah einen Schatten, der sich von ihm entfernte. Yasunari trank hastig und verschüttete die Hälfte des Wassers.

Jetzt erst wurde er der Gewichte an den Füßen gewahr. Zwei schwere, an eine Kette geschmiedete Eisenreifen umschlossen seine Fußgelenke.

Die Lichtpfeile über ihm verbreiterten sich von einem Spalt zu einem gleißenden Rechteck. Yasunari wandte den Blick ab und versuchte, die Gedanken zu ordnen.

Als er auf den Strand zugeschwommen war, hatte sich die Sonne nicht mehr im Zenit befunden. Jetzt stand sie dort.

Wie lange war er wohl ohnmächtig gewesen? Einen Tag? Zwei? Er befühlte seine Stirn. Ein unbekannter Wohltäter hatte die Wunde mit Tuchfetzen verbunden.

In der Luke tauchte ein Kopf auf, rief etwas. Dann wurde ein Eimer abgeseilt. Um Yasunari herum erhob sich ein Stimmengemurmel. Aus den fremdartigen Lauten konnte er nur ein Wort heraushören: »Ilma« – anscheinend das Wort für Wasser.

Eine muskulöse Gestalt mit nacktem Oberkörper zu Yasunaris Linken erhob sich. Dem Mann fehlte das rechte Ohr. Bevor er unter die Lukenöffnung trat, ergriff er die Kette, die mit den Eisenringen der Fußfessel verbunden war, und zog sie scheppernd hinter sich her. Yasunari spürte einen Ruck. Offenbar war seine Fußkette mit der des Mannes verbunden.

Er schaute sich um. Außer ihm und dem Einohrigen befanden sich acht weitere Gefangene unter Deck. Vier davon waren von tiefschwarzer Hautfarbe, so daß ihre Gesichter und Oberkörper mit dem Hintergrund der dunklen Bordwand zu verschmelzen schienen. Alle waren wie er und der Einohrige in Eisen geschlagen.

Dem Eimer folgte ein Sack. Er enthielt Brotfladen und Zwiebeln. Der Mann verteilte die Nahrungsmittel an die Leidensgenossen, und auch Yasunari bekam seinen Anteil.

Als der Einohrige ein Stück Brot und zwei Zwiebeln neben ihn gelegt hatte, richtete Yasunari behutsam den Oberkörper auf. Das Schwindelgefühl blieb dieses Mal erträglich. Seine Hand ertastete einen Pfosten. Er lehnte den Rücken dagegen und sah sich um. Keiner der Gefangenen trug ein Obergewand. Auch Yasunaris dünne Seidenjacke hatten die Piraten an sich genommen. Den schäbigen Leibgurt mit der verborgenen *Instructio* hatten sie ihm indes gelassen, abgewetzt und fleckig erregte er niemandes Neid.

Weder der Soldat des Schahs noch der Kapitän des Segelboots oder dessen Sohn befanden sich unter den Angeketteten. Hatten sie womöglich doch noch den Verfolgern entkommen können?

Der Einohrige kniete neben Yasunari nieder und sprach leise auf ihn ein. Yasunari schüttelte nur matt den Kopf. Dann strich er über den Stirnverband. Der Einohrige nickte und gab Yasunari zu verstehen, daß er ihm den Verband angelegt hatte. Yasunari führte seine Rechte ans Herz, wie er es bei den Turbanträgern gesehen hatte, wenn sie jemandem Dank oder Achtung bezeigen wollten. Der Einohrige lächelte, versuchte sich erneut in Zeichensprache, zeigte auf die Sonne und redete geschickt mit Händen und Füßen. Schnell begriff Yasunari: Einen ganzen Tag war er also ohne Bewußtsein gewesen und hatte nach Luft geschnappt wie ein Fisch auf dem Trokkenen. Dann aber hatte er wieder normal zu atmen begonnen.

Yasunari griff nach der Fußkette und hielt sie dem Mann fragend entgegen. Der Einohrige ballte die Fäuste, machte eine Kopfbewegung in Richtung Luke und spuckte aus.

Wessen Gefangener er war und was die Freibeuter mit ihm und den anderen Männern vorhatten, darüber blieb Yasunari trotz aller Verständigungsversuche des Einohrigen im unklaren. Nur, daß das Schiff der Piraten nach Westen segelte, vermeinte er den Gebärden zu entnehmen.

Nach Westen! Was bedeutete das? Yasunari hatte die Karten im Kolleg von Macao ausgiebig genug studiert, um zu wissen, daß *nach Westen* viel bedeuten konnte. Lag im Westen des Schah-Reiches nicht das Land der dunkelhäutigen Muslime und der schwarzen Menschen? Ja, sogar die Heimat von Pater Bartolomeu und die heilige Stadt Rom lagen im Westen. Yasunari merkte, wie das Schwindelgefühl im Kopf wieder stärker wurde, und legte sich auf die Planken. Wenig später war er eingeschlafen.

Ob nun Schlaf oder erneute Ohnmacht – Yasunari hatte überlebt, aber es sollte bei der schmalen Kost und der notdürftigen Pflege durch den Einohrigen etliche Tage dauern, bis er wieder einigermaßen bei Kräften war.

Von Tag zu Tag wuchs auch Yasunaris Verzweiflung. Schon fast am Ziel seiner Reise hatte ihn das Schicksal doch noch ereilt. Und nun lag er an Bord eines Piratenschiffs in Ketten, ohne Aussicht, seine Mission wie geplant zu vollenden. Der Leibgurt barg zwar die *Instructio*, aber Yasunari machte sich keine Illusionen über seine augenblickliche Situation. Er war ein wehrloser Gefangener, und seine Lage war alles andere als rosig. Gefesselt an die anderen Leidensgenossen war an sinnvollen Widerstand – geschweige denn an Flucht – im Moment nicht zu denken. Dennoch gelobte Yasunari, nicht gänzlich die Hoffnung aufzugeben; und wie schon oft in Gefahr und Not suchte und fand er auch in den dunklen Tagen und Nächten an Bord des Piratenschiffs Zuflucht und Mut in der Zwiesprache mit seinem Gott.

Zweimal am Tag wurde die Luke für längere Zeit geöffnet: einmal, wenn die Sonne ihren höchsten Stand erreichte, und dann bei Einbruch der Dunkelheit. Jedesmal ließ jemand einen Eimer mit Trinkwasser und den Lebensmittelsack zu den Angeketteten hinunter.

›Zumindest‹, dachte Yasunari bitter, ›lassen sie uns nicht Hungers sterben!‹

Außer Brot und Zwiebeln gab es gelegentlich Getreidebrei, manchmal sogar mit Klumpen von fettem Hammelfleisch versetzt. Die Leidensgefährten verzehrten sie mit großem Behagen. Bei Yasunari riefen die nach ranzigem Talg schmeckenden Fleischstücke Ekel hervor. Gerne tauschte er dann seine Portion gegen eine Zwiebel oder gekochtes Wurzelwerk. Ihren Kerkermeister bekamen die Gefangenen nie lange in der Lukenöffnung zu Gesicht, dennoch bemerkte Yasunari, daß es immer derselbe Mann war. Er trug keinen Turban, sondern ein helles Kopftuch als Sonnenschutz, das von einem um die Stirn geschlungenen Band gehalten wurde. Sein Gesicht war hager und hatte die blaßgrüne Farbe einer unreifen Olive. Wenn er dem Einohrigen Befehle gab, klang es wie das Zischeln einer gereizten Schlange.

Lediglich die Kette des Einohrigen reichte bis unter die Luke. Die anderen Gefangenen hatten weitaus weniger Bewegungsfreiheit. Um die Notdurft zu verrichten, wurde eine hölzerne Schüssel herumgereicht, die einer der Leidensgenossen durch eine Abflußöffnung für Bilgenwasser in der Bordwand entleerte. Besonders wenn die Deckluke tagsüber geschlossen wurde, war der Gestank im Raum bestialisch.

Yasunaris Mitgefangene waren bis auf den Einohrigen nicht sehr gesprächig. Sie lagen die meiste Zeit reglos auf den schmutzstarrenden Planken und dösten vor sich hin. Wenn es Wasser und Essen gab, kam immerhin etwas Leben in die Gruppe.

Ab dem fünften Tag der Fahrt wurde die Hitze auch in der Nacht unerträglich. Schon die geringste Körperbewegung verursachte Schweißausbrüche. Einer der schwarzen Gefangenen wand sich vor Krämpfen. Irgendwann rührte er sich nicht mehr. Der Einohrige untersuchte ihn. Als die Deckluke geöffnet wurde, redete er mit dem Mann, der immer das Seil bediente. Wenig später wurde eine Leiter nach unten gelassen. Der Einohrige redete auf seine Mitgefangenen ein. Sie erhoben sich und knieten in einer Reihe mit dem Gesicht zur Bordwand nieder. Er selbst setzte sich in die Reihe und bedeutete Yasunari, es ihm gleichzutun. Aus den Augenwinkeln sah Yasunari vier Bewaffnete die Leiter herabklettern. Zwei von ihnen stellten sich mit gezogenem Schwert hinter die Knienden, bereit, jeden momentan niederzustechen, der auch nur den geringsten Anlaß dazu bot. Die anderen zwei entfernten mit Zangen und Brechstangen die Fußfesseln des Toten und zerrten ihn dann an den Haaren unter die Lukenöffnung. Sie besprachen sich einen Moment, riefen den Einohrigen zu sich und ließen ihn die Leiter hinaufklettern. Seine Fußkette reichte genau bis zur obersten Sprosse. Die Männer nickten und ließen ihn den Toten hinauftragen. Nachdem er die Leiche des Schwarzen aufs Deck geschoben hatte, mußte er sofort wieder nach unten und sich an die Bordwand knien. Die Piraten kletterten die Leiter hoch, zogen sie nach oben und schlossen die Luke. Kurz darauf hörte Yasunari, wie etwas auf die Wasseroberfläche schlug. Die Gefangenen verteilten sich wieder in ihrem Kerkerraum. Niemand sprach ein Wort.

Stunden später ging die See zum ersten Mal auf der Fahrt schwer. Yasunari mußte zeitweilig sogar einen der Pfosten umklammern, um nicht wie wild hin- und hergeschleudert zu werden.

Der Sturm tobte drei Tage ohne Unterbrechung, dann verlor er langsam an Stärke. Das Unwetter hatte die schwüle Hitze nicht gemildert, im Gegenteil. Kondenswasser tropfte von Decke und Wänden, und die Luft war zum Schneiden. Wieder starb einer von den schwarzen Gefangenen. Einfach so, ohne Krämpfe, ohne Todeskampf.

Die vier Piraten, die dem Toten die Fußeisen entfernten, befehligte ein von Kopf bis Fuß in weiße, luftige Gewänder gekleideter Turbanträger. Sein Profil ähnelte dem eines riesigen Raubvogels. Er sprach ein paar halblaute Worte. Daraufhin wurde die Kette des Einohrigen gekürzt und die Deckluke nur noch während der Nacht für ein paar Stunden geschlossen. Außer dem hageren, olivfarbenen Kerkermeister tauchte allein der Weißgekleidete gelegentlich an der Lukenöffnung auf.

Zwanzig Tage wohl dauerte die Fahrt, als plötzlich an Deck Kommandos gebrüllt wurden. Yasunari sah, wie das Segel gerefft wurde, von dem er ein winziges Stück erblicken konnte, wenn er sich auf die Zehenspitzen stellte. Das Schiff dümpelte bald nur noch sanft. Kurz darauf hörte Yasunari erneute Kommandos. Dann knirschte die Ankerwinde.

Fußeisen und Peitsche

Wieder mußten sie sich an die Bordwand knien. Die Piraten entfernten die Ketten von den Fußringen und verbanden diese mit Hanfstricken in einem Abstand, der es ermöglichte, daß die Gefangenen die Leiter hinaufklettern konnten. Oben an Deck fesselte man ihnen auch noch die Hände mit derben Stricken. Das Schiff war ein Zweimaster mit großen, dreieckigen Segeln. Die Gefangenen mußten sich in der Nähe des Heckmasts hinhocken.

Geblendet von der ungewohnten Helligkeit, beschirmte Yasunari seine Augen, soweit es die straffen Stricke erlaubten.

Sie lagen vor einem steilen, unbewaldeten Küstengebirge. Von den anderen Piratenschiffen war keins in Sicht. Die Luft flimmerte vor Hitze und Feuchtigkeit und verzerrte die Konturen der schroffen Felswände ins Phantastische, gab einigen Steinen die Gestalt von Tieren, anderen das Aussehen menschlicher Körper.

Ein Floß näherte sich und machte steuerbord fest. Die Gefangenen verließen das Piratenschiff über eine Strickleiter, nachdem man ihnen die Handfesseln gelockert hatte. Bogenschützen folgten allen ihren Bewegungen, bereit, jeden Fluchtversuch zu vereiteln. Es war eine überflüssige Vorsichtsmaßnahme. Der Einohrige rempelte Yasunari an und schaute bedeutsam auf eine Stelle östlich des Schiffs. Yasunaris Augen glitten nur einen kurzen Moment über die Wasseroberfläche, dann nickte er zum Zeichen, daß auch er die schwarzen dreieckigen Rückenflossen der Haie erspäht hatte, die in großer Anzahl die Wellen durchschnitten.

Auf dem Floß wurden die Stricke zum wiederholten

Mal festgezogen. Der Weißgekleidete und einige Bewaffnete stiegen ebenfalls auf das Floß, das von vier Männern gestakt wurde. Die Flößer hatten scharfgeschnittene Gesichter wie der Weißgekleidete und dessen Begleiter, waren im Gegensatz zu ihnen aber bis auf einen Lendenschurz unbekleidet und trugen auch keinerlei Kopfbedeckung. Ihr mit Korallen und Türkisen geschmücktes Haupthaar erinnerte Yasunari an das der Frauen im Eisland.

Die Flößer tauschten Scherzworte mit den Piraten, sprachen die gleiche kehlige Zunge. Sie steuerten einen fjordähnlichen Einschnitt in der Steilküste an und setzten das Floß auf einen Kieselstrand. Von dort aus ging es über zerklüftete Felsen hoch in eine Schlucht, in der das Geröll wie aufgeheizte Herdsteine glühte. Blieben die barfüßigen Gefangenen auch nur einen Moment länger als notwendig stehen, liefen sie Gefahr, sich die Fußsohlen zu versengen – was allerdings selten geschah, denn die Bewaffneten trieben sie beständig unbarmherzig an. Wer säumig war oder auch nur strauchelte, bekam sogleich schmerzhaft die Peitsche zu spüren.

Es gab keinen Schatten, und nirgendwo sah Yasunari Pflanzen, und sei es auch nur eine genügsame Distel oder einen vertrockneten Grashalm. Bar jeden Lebens war das Küstengebirge, nicht unähnlich der Ödnis, die auf den höchsten Höhen des Eislands herrschte. War es dort die alles abtötende Kälte, regierte hier eine vernichtende Sonne, die jeden Lebenskeim verdorren ließ. So jedenfalls erschien Yasunari die Umgebung, als er angekettet zwischen zwei Leidensgenossen eine sich weitende Schlucht entlangtaumelte.

Die Schlucht machte einen scharfen Knick nach Westen und öffnete sich in ein Tal, wo es reichlich Wasser geben mußte. Gleich hinter der Biegung begann ein Palmenhain. In seiner Mitte ragte ein Wall von kastenförmigen Häusern auf. Sie waren in leuchtenden Farben angestrichen und hatten Fensteröffnungen erst in den oberen Stockwerken. Wieder drängte sich ihm der Vergleich mit dem Eisland auf: Die Wohnburgen der Khampas waren ähnlich gebaut.

Die Bewacher führten ihre Gefangenen durch enge Gassen, deren Grund die Sonne wohl nie erreichte, denn die Mauern standen so dicht aneinander, daß man oft nur noch im Gänsemarsch vorankam.

Obgleich sie bereits seit einiger Zeit zwischen den Häusern umhergingen, begegnete ihnen keiner der Bewohner. Plötzlich mündete die Gasse auf einen großen rechteckigen Platz. Er war voller Menschen. Sie drängten sich um hüfthohe Plattformen, auf denen, nach Geschlechtern geteilt, Männer, Frauen und Kinder standen. Männer wie Frauen trugen bloß ein kurzes Lendentuch und Fußfesseln aus Hanfseilen. Die Kinder waren nackt. Auf das Kommando von mit Peitschen bewaffneten Aufpassern hin führten sie die verschiedensten Drehungen und Bewegungen aus. Die Männer mußten außerdem einen schweren Stein oder Balken stemmen.

Der Platz war ein Sklavenmarkt, und Menschen aller Hautfarben wurden feilgeboten. Yasunari entdeckte auf den Podesten auch mehrere weiße Gefangene. Bis auf die Anpreisungen der Aufpasser fiel kaum ein lautes Wort. Eher glich die Geräuschkulisse auf dem Platz dem geschäftigen Summen eines Bienenschwarms.

Ein Aufseher pries einen der weißen Sklaven an. Der Gefangene hatte schulterlange blonde Haare und eine noch nicht verheilte Narbe quer über dem Gesicht. Der Aufseher schlug ihn mit der Peitsche auf den Rücken, ließ ihn einen schweren Balken heben und zeigte mit dem Peitschenstiel auf die angespannten kräftigen Bizepse des

454

Mannes. Jemand aus der Menge rief dem Aufseher etwas zu. Der antwortete und drehte dabei dem Gefangenen den Rücken zu. Diese Unvorsichtigkeit war sein Verderben. Plötzlich ging ein Aufschrei durch die Menge. Mit aller Kraft schlug der weiße Sklave seinem Peiniger den Balken gegen den Hinterkopf. Der Aufseher rutschte mit zerschmetterter Gehirnschale über den Podestrand. Noch im selben Augenblick stürzten sich zwei seiner Kollegen auf den Sklaven und durchbohrten ihn mit ihren Schwertern. In einem letzten Aufbäumen schrie er: »Deus lo volt!«, den Schlachtruf derer, die an Christus glaubten. Dann stürzte er von der Plattform. Die Marktbesucher wichen vor dem Fallenden zurück und begannen ihn unter wildem Geschrei mit Steinen zu bewerfen.

Yasunari und seinen Leidensgenossen blieb die Schande erspart, wie Vieh in aller Öffentlichkeit an den Meistbietenden versteigert zu werden. Ihre Bewacher trieben sie über den Platz in eins der Turmhäuser und sperrten sie in einen ebenerdigen Raum mit gewölbter Decke, der von einigen Pechfackeln spärlich erleuchtet war. Die Fackeln verströmten einen schwachen angenehmen Geruch nach Räucherwerk. Es befanden sich bereits andere Gefangene in dem geräumigen Kerkergewölbe. Soweit Yasunari erkennen konnte, waren es nur Männer.

Die Bewacher ersetzten die Hanfseile an den Füßen der Neuankömmlinge durch kurze Ketten, mit denen sie gehen, aber nicht rennen konnten. Dann löste man ihnen die Handfesseln. Aneinander geckettet wie auf dem Schiff oder wie während des Marsches wurden sie nicht mehr. Eine schwere Holztür wurde hinter ihnen zugeschlagen, dann hörte Yasunari, wie die Tür zusätzlich mit Riegeln gesichert wurde. Lange mußte er seine schmerzenden Gelenke massieren, bis das Blut wieder normal zirkulierte.

An welche entlegene Küste hatte man ihn verschleppt? Sie waren ziemlich beständig nach Westen gesegelt. Herrschte hier noch der Schah, der über das heiße Südland regierte? Wohl kaum. Die Piraten, die ihn gefangengenommen hatten, und auch die Menschen, die Yasunari auf dem Markt gesehen hatte, kleideten sich nicht nur anders, sie redeten auch anders und sahen auch anders aus als die Südländer. Sie waren von größerem Körperwuchs und zumeist hagerer. Sein bärtiger Mitgefangener schien einer von diesem Volk zu sein. Er redete flüssig in der Sprache ihrer Peiniger mit einem Mann, der ohne weiteres ein Zwillingsbruder des weißgekleideten Piratenanführers sein konnte, aber gleichfalls in Fußeisen geschlagen war. Der Mann führte den Einohrigen aus Yasunaris Gesichtskreis.

Als der Einohrige wieder zurückkam, setzte er sich zu Yasunari und bedeutete ihm in Zeichensprache, daß es in einer Raumecke hinter einer Wand einen Abort und einen Trog mit Waschwasser gab. Kaum hatte Yasunari verstanden, eilte er, so schnell es seine Fußeisen gestatteten, in die besagte Ecke und reinigte sich ausgiebig. Dann ging er zu dem Einohrigen zurück und setzte sich neben ihn. Der Fußboden des Raums war aus gestampftem Lehm, die Wände aus gewachsenem Stein. Yasunari suchte einen Steinsplitter und begann Zeichen in den Boden zu ritzen. Die chinesischen und japanischen sagten dem Einohrigen nichts. Er schüttelte mit einem Ausdruck des Bedauerns den Kopf. Dann nahm er den Splitter zwischen Daumen und Zeigefinger. Er beherrschte die schnörkelige Schrift der Muselmanen. Yasunari ritzte nun lateinische Buchstaben in den Lehm. Der Einohrige schien die Lettern zu kennen, denn er nickte mehrmals. Dann stand er auf und verschwand im dunklen Teil des Kerkers.

Der Einohrige kam mit einem rothaarigen Halbwüchsigen zurück. Er war von zierlicher Gestalt. Seine Oberlippe und das Kinn wiesen Anzeichen von erstem Bartwuchs auf. Der Einohrige zeigte ihm die lateinischen Buchstaben und deutete auf Yasunari.

Der Rotschopf sah Yasunari an und sagte auf Portugiesisch: »Ihr sprecht nicht zufällig meine Sprache?«

Yasunari hätte den Knaben umarmen mögen. Endlich jemand, mit dem er reden konnte!

»Doch, das tue ich.«

»Gelobt sei die Heilige Jungfrau!« sagte der Junge, der den Mitgefangenen halb den Rücken zugekehrt hatte, und bekreuzigte sich so, daß weder der Einohrige noch sonst jemand im Raum außer Yasunari es sehen konnte.

»Gelobt sei die Mutter unseres Herrn Jesus Christus«, murmelte Yasunari, unterließ es aber, das Kreuzzeichen zu schlagen, denn viele Augen ruhten auf ihm.

Der Junge hockte sich vor Yasunari und musterte ihn eingehend. Dann sagte er: »Auf meinem Schiff, das von muselmanischen Piraten aufgebracht wurde – Gottes gerechte Strafe soll über sie kommen! –, waren auch zwei Kaufleute, die wie Ihr aussahen. Sie reisten mit Seide aus dem Reich der Mitte. Aber an den HERRN glaubten sie nicht. Wie kommt es, daß Ihr kein Heide seid? Denn eines weiß ich, einer, der Allah und den Propheten Mohammed anruft, würde nie den Namen unseres HERRN und der Muttergottes in den Mund nehmen!«

»Erzähl du mir erst, wie du hierher in Gefangenschaft geraten bist, dann berichte ich dir.«

»Gut, so soll es denn sein!«

Er hieß Alberto de Corillya, stammte aus einer Stadt

457

namens Faro und war vierzehn Jahre alt. Sein Onkel, ein reicher Kaufherr, der Besitzungen in der Nähe von Goa innehatte, die er alle paar Jahre einmal visitierte, hatte ihn auf die Reise mitgenommen. An Bord gegangen waren sie in Lissabon und dann lange gesegelt, überwiegend in südliche, südöstliche Richtung und immer in Sichtweite der Küste. Wieder und wieder hatten sie Handelsniederlassungen angelaufen, in denen die Menschen fast alle eine schwarze Hautfarbe besaßen. Dort hatten sie die verschiedensten Waren gelöscht und geladen. Nachdem ein stürmisches Kap umschifft worden war, ging die Reise nach Norden und Nordosten weiter. Die ganze Zeit über war es sehr heiß gewesen.

»Bisweilen sogar noch heißer als hier«, sagte der Junge. Yasunari konnte sich eine größere Hitze als die gegenwärtige kaum vorstellen, aber er schenkte Alberto Glauben. Der Junge sprach weiter, froh, endlich jemanden gefunden zu haben, dem er sich anvertrauen konnte.

Wochen später, nachdem die »Santa Beata«, ein dickbäuchiger Kauffahrer in Begleitung zweier Kriegsschiffe, im Land der schwarzen Menschen große Wasser- und Eßvorräte für die Fahrt über das offene Meer nach Goa aufgenommen hatte, geriet die kleine Flotte in einen Sturm, der sie auseinanderriß. Als der Sturm sich legte, trieb die »Santa Beata« manövrierunfähig vor einer steilen Küste. Der Sturm hatte die Masten wie dürre Zweige geknickt, das Ruder zerfetzt und die Beiboote über Bord gerissen. Während die Besatzung fieberhaft daran arbeitete, ein Behelfsruder zu zimmern, denn eine leichte Strömung zog die »Santa Beata« auf die Küste zu, und schon mit dem bloßen Auge vermochte man die gischtüberspülten Untiefen davor zu erkennen, während also jede gesunde Hand an Bord sich regte, um die überlebenswichtigen Reparaturen an Ruderwerk und Masten auszuführen, wurden zwei weiße Punkte am Horizont gesichtet. Anfangs glaubte man, es würde sich um die abgetriebenen Kriegsschiffe handeln, aber es waren mit Kanonen bestückte Segler der Küstenbewohner. Von den Masten wehte die grüne Flagge der Anhänger des Propheten mit dem weißen Halbmond.

Die Besatzung der »Santa Beata« wußte, daß sie nicht auf Schonung hoffen durfte.

Es war ein ungleicher Kampf. Der Sturm hatte viele Geschütze des Kauffahrers aus den Verankerungen gerissen. Für die wenigen, die man in aller Eile auf die Angreifer richtete, konnte kaum genügend trockenes Schießpulver aufgetrieben werden. Dennoch wehrte man sich, so gut es ging. Allein, es war sinnlos. Die Piraten manövrierten geschickt, legten ihre Schiffe in einen Winkel zur »Santa Beata«, der es ihnen ermöglichte, das Oberdeck gleichmäßig mit Geschoßsalven zu bestreichen. Als sich dort kein nennenswerter Widerstand mehr zeigte, nahmen die Piraten die »Santa Beata« in die Zange und enterten sie. Der Kampf wogte nicht lange. Die Piraten waren bei weitem in der Überzahl. Der größte Teil der Besatzung der »Santa Beata« fiel. Die Überlebenden wurden von den Angreifern gegen die Reling gedrängt und mit Netzen überworfen. Wem es gelang, der zog den Sprung ins haiverseuchte Meer der Gefangenschaft vor.

Voller Stolz erzählte der Junge, daß der Steuermann einen Piraten mit sich gerissen hatte. »Und das, obwohl er kaum etwas sehen konnte, denn jemand hatte ihm den Säbel quer über das Gesicht gezogen! Vielleicht hat er es ja doch noch bis zur Küste geschafft. Wegen der Untiefen konnten die Piraten die flüchtigen Schwimmer nicht verfolgen, und Beiboote führten sie nicht mit sich.« Der Junge senkte die Stimme, als befürchtete er, jemand anders als Yasunari könnte noch seine Worte verstehen.

»Wenn er das Ufer erreicht haben sollte, dann wird er dafür sorgen, daß man uns hier befreit! – Wir nannten den Steuermann immer den ›blonden Titanen‹. Er war im Kampf unbesiegbar. Er wird gewiß Hilfe holen.«

Woher und wie der Mann das in einem Land mit feindlich gesinnten Bewohnern bewerkstelligen konnte, darüber schwieg Alberto.

»Wann war der Überfall?«

»Vor drei Wochen. Seitdem hocke ich in diesem Verlies. Wo man die anderen Überlebenden von unserem Schiff gefangenhält, weiß ich nicht. Hier bin ich jedenfalls der einzige.«

Yasunari überlegte, ob er dem Jungen vom Schicksal des blonden Sklaven auf dem Markt erzählen sollte, sagte dann aber nichts. Warum sollte er ihm auch das letzte Fünkchen Hoffnung rauben? »Was weißt du über das Land hier?«

Alberto spuckte aus. »Wenig. Nur daß es den Muselmanen gehört und Arabien genannt wird.«

Yasunari erinnerte sich an eine der Karten, die er mit Fra José in Macao zur Reisevorbereitung studiert hatte. Arabien! So hieß das Land, wo die Muselmanen einen heiligen Stein anbeteten. Der kleine Priester hatte es oft erwähnt. Es lag im Westen des Südlands, und man mußte ein weites Meer überqueren, um dorthin zu gelangen. So jedenfalls war es auf der Karte dargestellt gewesen.

Die Kerkertür wurde aufgestoßen. Zwei Männer schleppten einen Wasserbottich und einen Korb mit Essen herbei. Auch sie trugen Fußfesseln. Der Einohrige fragte etwas. Sie schüttelten kaum merklich den Kopf. Einer von ihnen deutete mit dem Daumen hinter sich. Der Einohrige verstummte, als er die auf ihn zielenden Pfeile der Bewacher in der Türöffnung sah.

»Hinter ihnen stehen noch mehr«, flüsterte der Junge.

»Es sind nie weniger als vier Bewaffnete, wenn die Tür aufgeht.«

»Was haben sie mit uns vor?«

»Ich weiß es nicht. Ich mußte anfangs Felder bewässern. Seit einer Woche bin ich jetzt hier. Was diese Teufel mit uns vorhaben, weiß ich wirklich nicht.« Alberto starrte zu Boden. »Manchmal werde ich das Gefühl nicht los, als ob sie bloß auf etwas warten.«

»Worauf, meinst du, warten sie?«

Aber Alberto hörte Yasunaris Frage nicht mehr. Er war aufgestanden und drängte sich mit den anderen um den Wassertrog.

Der Weihrauch- und Gewürzhändler

Der Junge hatte das rechte Gespür gehabt. Am nächsten Morgen mußten die Gefangenen den ebenerdigen Kerker verlassen und sich in einem Innenhof des Wohnturms nebeneinander aufstellen. Ein großes Aufgebot an Bewaffneten erstickte jeden Gedanken an Widerstand oder Flucht.

Ein schmächtiger Mann mit bereits ergrautem Kinnbart schritt, flankiert von zwei schwarzen Riesen, ohne Hast die Reihe der Sklaven ab. Hin und wieder blieb er stehen und musterte sein Gegenüber genau. Weder befühlte er dessen Muskeln, noch ließ er sich die Zähne zeigen, wie es Yasunari auf dem Markt schon einmal beobachtet hatte. Manchmal redete er mit seinen massigen Begleitern. Auch vor Yasunari verweilte er einen Moment. Seine Augen verrieten Neugier, und sein Blick war ohne Härte oder Haß. Der Graubart wechselte ein paar

Worte mit einem der Schwarzen an seiner Seite und ging dann weiter.

Diejenigen Gefangenen, bei denen der Graubart stehengeblieben war, kehrten alle nicht mehr in den Kerker zurück. Yasunari war einer von ihnen, und von den Leidensgefährten aus dem Schiff war niemand bei der Gruppe. Auch Alfredo fehlte. Die Männer, drei dunkelhäutige und zwei, deren Hautfarbe Yasunari an altes poliertes Zedernholz erinnerte, waren etwa in Yasunaris Alter. Die schwarzen Riesen überwachten die Arbeit der Schmiede. Die fügten zusätzliche Glieder in die Kette jedes Gefangenen. Yasunari schätzte, daß er mit der langen Kette zwischen den Füßen sogar ein Pferd besteigen konnte.

Den Grund, ihnen mehr Bewegungsfreiheit zu gestatten, sollte Yasunari bald erfahren. Die Bewacher brachten sie durch die engen Gassen auf einen runden Platz, wo sich eine Karawane abreisebereit machte. Die Last- und Reittiere waren zumeist Kamele der einhöckerigen Art, die Dromedar genannt wurde und die Yasunari bereits in den Wüsten des Südlands gesehen hatte. Anders als ihre zweihöckerigen Artgenossen waren sie weniger ausdauernd, was schwere Lasten betraf. Dafür kamen sie auch mit der größten Hitze gut zurecht.

Ein Teil der Karawane schien dem Graubart zu gehören, der von den dicken Schwarzen stets ehrerbietig »Effendim« tituliert wurde. Offenbar dienten sie dem Graubart als persönliche Leibwächter, denn für gewöhnliche Handreichungen, die Essenzubereitung oder einfache Botengänge war ein halbes Dutzend Diener zuständig. Einer wirkte aus einiger Entfernung fast wie ein Khampa.

Der Graubart saß auf einem weißen weiblichen Tier, dessen Zaumzeug und Sattel von kostbarer Machart war. Silbern glänzte der Sattelknauf. Seine schwarzen Riesen verteilten Kleidungsstücke an die Sklaven, darunter auch schwere deckenähnliche Mäntel. Sie waren aus dem weichen Unterhaar der Dromedare gewebt. Außerdem erhielt jeder Sklave eine dicke Kordel aus Palmenfaser.

Jetzt verstand Yasunari auch, weshalb man ihre Fußketten verlängert hatte: Sie sollten die Lasttiere am Zügel führen. Damit die Kette sie nicht behinderte, mußte sie mit der Kordel hochgebunden werden. Der Graubart war wohl ein Kaufherr, denn noch kurz bevor die Karawane aufbrach, beobachtete Yasunari, wie er mit einem Mann um ein Dutzend gefüllter Sattelkörbe feilschte. Die Körbe enthielten ein Gemenge, das wie bernsteinartige Kieselsteine aussah. Waren es getrocknete Fruchtstücke? Genau konnte Yasunari nicht erkennen, worum es sich handelte, denn er schöpfte mit einem Leidensgenossen in der Platzmitte Trinkwasser für die Dromedare aus einem Brunnen. Das Gemenge schien jedenfalls sehr kostbar zu sein. Bevor der Graubart es auf seine Tiere laden ließ, wurde es in Tonkrüge gefüllt, die die Diener mit einer lehmfarbenen Paste versiegelten.

Das Küstengebirge, das sich in Meeresnähe karg und unfruchtbar dargestellt hatte, wurde zum Landesinneren hin grüner. Tiefeingeschnittene Täler bargen sorgsam bewässerte Gemüseanpflanzungen, an den Talhängen wuchsen Bäume. Oft beobachtete Yasunari Männer in den Hangwäldern, die die Rinde der Bäume mit gebogenen Messern anritzten oder weiche Harzklumpen von den Stämmen kratzten. Wie klaffende Wunden sahen die Einschnitte aus. Yasunari wußte jetzt, was sich in den Lastkörben der Dromedare befand: Selbst die Luft in diesen Wäldern roch würzig, als würde jemand dort Räucherwerk verbrennen.

Yasunari schätzte den Troß auf etwa fünfhundert Dromedare und ebenso viele Menschen. Die meisten schienen Freie zu sein. Fußeisen trugen nur Yasunari und die anderen Sklaven des Graubarts.

Die Karawane bewegte sich in nordwestliche Richtung durch das Gebirge. Die Tiere schritten bedächtig aus. Sie zu dirigieren war nicht sonderlich anstrengend, zumal die Gefangenen ausreichend Wasser und Verpflegung bekamen. Viele Dromedare trugen Lastkörbe, angefüllt mit dem wohlriechenden Baumharz. Die Tiere des Graubarts bildeten das Ende der Karawane.

Nach und nach lernte Yasunari mehr Wörter der kehligen Sprache. Ein wichtiges Wort war »Ghain«. Es bedeutete sowohl »Auge« als auch »Brunnen«. Nach den Wasserstellen richtete sich auch die Marschroute. Im Gebirge gab es sie noch reichlich, aber als die Karawane weiter im Landesinnern in eine sandige Dünenlandschaft hinabstieg, wurde das kostbare Naß unter Sklaven und Bewachern gerecht geteilt. Schon vorher war Yasunari aufgefallen, daß die Freien auch nicht bevorzugt verköstigt wurden.

Yasunari erlebte die kommenden Wochen des Marsches durch eine heiße Sandwüste wie einen unwirklichen Traum. Hatte er auf dem Piratenschiff und dem Weg zur Küstensiedlung doch gelegentlich die Peitsche eines Bewachers zu spüren bekommen, so war jetzt die härteste Züchtigung ein scharfer Kommandoruf der schwarzen Riesen, falls einer der Mitgefangenen säumig war. Da Yasunari die Sprache nicht verstand, bemühte er sich, die Gesten seiner Bewacher zu deuten, so gut es ging. Die beiden schwarzen Kolosse blieben immer erstaunlich geduldig, bis Yasunari schließlich begriff, was man von ihm erwartete. Yasunari fiel nach einiger Zeit auf, daß sie sich untereinander und mit dem Graubart in einer Sprache unterhielten, die mit der rauhen, kehligen wenig gemein hatte. Ja, wenn Yasunari ihren Gesprächen aus einiger Entfernung lauschte, klangen die Worte in seinen Ohren melodisch wie die eines heimatlichen Dialekts!

Betrachtete Yasunari die schwarzen Riesen genauer, dann sahen sie fett und unförmig aus wie Verschnittene. Aber ganz sicher war er sich nicht. Verschnittene als Leibwächter? Im Reich der Mitte hatte er davon gehört, daß Eunuchen in den kaiserlichen Frauengemächern dienten. Aber Verschnittene als Kämpfer? Irgendwie mochte er es nicht glauben.

Die Karawane reiste tagsüber und nachts. Ohne zusätzliche Kleidungsstücke wären die Sklaven in kürzester Zeit Opfer der brennenden Sonne und der empfindlichen Nachtkälte geworden. Gerastet wurde stets nur für zwei, drei Stunden an einer der Wasserstellen, die es wundersamerweise sogar in der Sandhölle gab. Yasunari schlief dann, in seinen dicken Mantel gewickelt, unter einem strahlenden Sternenhimmel, der so greifbar erschien wie der im Eisland. Allen Widrigkeiten zum Trotz haderte er wenig mit seinem Schicksal. Oft befühlte er den ledernen Leibriemen mit der *Instructio*. Wenn die Karawane fünfmal am Tag anhielt, damit die vorgeschriebenen Gebete verrichtet werden konnten, dann betete auch Yasunari. Nach der Zwiesprache mit seinem himmlischen Herrn und Schöpfer hatte er wieder alle Zweifel verbannt und wußte: So Er es für richtig hielt, würde Er ihm einen Weg aus der Gefangenschaft und dem Land der Muselmanen weisen.

Irgendwann schwenkte die Karawane nach Westen. Tage später gelangte man wieder durch eine steinige Landschaft, karg und abweisend wie das Küstengebirge. Auch hier waren die Talsohlen begrünt. Von einem Bergrücken aus sah Yasunari eine dunstige Wasserfläche, die mit dem Horizont verschmolz.

Am nächsten Tag wich der Dunst. Die Karawane gelangte an das Gestade eines tiefblauen Meeres. Es lag still wie ein Spiegel, und Yasunari fragte sich, ob es noch dasselbe Meer war, das er auf dem Piratenschiff durchpflügt hatte. Die Karawane teilte sich. Der Großteil des Trosses zog an der Küste weiter nach Nordwesten. Die Kaufleute und der Graubart, die mit ihren Dromedaren den Schluß der Karawane gebildet hatten, etwa fünfzig Tiere und gleich viele Menschen, schwenkten, ebenfalls der Küstenlinie folgend, gen Süden.

Gut eine Stunde später erreichten sie eine kleine Hafenstadt. Sie schifften sich ohne die Lasttiere auf einem nicht besonders tiefgängigen Zweimaster einheimischer Bauart mit dreieckigen Segeln ein. Das Schiff steuerte konsequent in Küstennähe nach Nordwesten. Bei Einbruch der Abenddämmerung wurde geankert. So blieb es die folgenden Tage. Falls es sich einrichten ließ, verbrachte man die Nacht in der Nähe eines Dorfes, und die Fußketten der Sklaven wurden an den Bugmast geschlossen. Dann ging eine Gruppe Matrosen an Land und kehrte fast jedesmal mit frischem Wasser und Lebensmitteln zurück. Ob im Tauschhandel oder gegen Silber von den Küstenbewohnern erworben, konnte Yasunari nicht herausbekommen.

Tagsüber durften sich die Gefangenen nach Belieben an Deck bewegen. Oft segelte das Schiff an kahlen, steinigen Inseln vorbei. Nie sah Yasunari dort auch nur einen Baum oder zumindest einen Strauch.

Der Wind war günstig, man machte gute Fahrt. Wieder passierten sie eine der anscheinend allesamt unbewohnten Inseln. Es war ein großes, hügeliges, von gischtüberspülten Klippen umgebenes Eiland. Rötlich schimmerten die Felsen in der sinkenden Sonne.

Ein Mitgefangener stellte sich dicht neben Yasunari an

die Bordwand. Auf seinem langen, hellen Lendentuch zeigte sich in Wadenhöhe ein großer, frischer Blutfleck. Der Mann wirkte sonderbar angespannt. Die schwarzen Bewacher hatten dessen Unruhe auch bemerkt und kamen näher. Plötzlich kletterte der Mann behende auf die Reling und sprang über Bord. Yasunari sah, daß es ihm irgendwie gelungen war, sich, wenn auch nicht der Eisenringe, so doch der langen Fußkette zu entledigen. Dabei mußte er sich die blutende Wunde zugefügt haben. Die Bewacher schrien den Seeleuten etwas zu. Diese deuteten lediglich achselzuckend auf die Untiefen und auf die dunklen Dreiecke, die sich von allen Seiten pfeilschnell dem Schwimmer näherten. Dann brodelte und schäumte das Wasser.

Yasunari verstand nun, weshalb man sie an Bord nicht sonderlich streng bewachen mußte. Der Graubart hatte alles von der Heckplattform beobachtet. Er schüttelte den Kopf und schnalzte mißbilligend mit der Zunge. Fast hatte Yasunari den Eindruck, als würde er weniger den Fluchtversuch kommentieren als die Dummheit des Mannes.

Obwohl das Schiff noch des öfteren auf seinem nordwestlichen Kurs sehr dicht an Inseln oder dem Festland entlangsteuerte, unternahm in den folgenden Wochen an Bord des Zweimasters kein Sklave mehr auch bloß den geringsten Ansatz eines Fluchtversuchs.

Etwa zu Beginn des vierten Monats im zweiten Jahr nach seinem Aufbruch aus Macao – der Segler war vor einigen Tagen in einen langgestreckten Golf eingelaufen – setzten starke Regenfälle ein, die Yasunari an den Monsun in der Heimat erinnerten.

Weiter nach Nordwesten

Bei strömendem Regen und hohem Wellengang wurden
die Handelsgüter der Kaufleute in eine Vielzahl von Ru-
derbooten umgeladen und angelandet. Flach und konturlos war die Küste unter den tiefen, dunklen Wolken.
Yasunari und die anderen Sklaven schleppten die versiegelten Tonkrüge mit den wohlriechenden Harzklümp-
chen unter das ausladende Dach eines Schuppens. Das
Gebäude lag am Rand einer Ansiedlung, deren Größe
Yasunari wegen des dichten Regenvorhangs nur schwer
abschätzen konnte.

Der Graubart verhandelte mit einer Gruppe von Esel-
treibern. Dann verabschiedete er sich von seinen Reisegefährten, den anderen Kaufleuten, die daraufhin in
westliche Richtung aufbrachen. Die Sklaven des Graubarts mußten nun unter den wachsamen Augen der
schwarzen Riesen den Eseln die großen Tonkrüge aufbür-
den und die Gefäße sorgsam mit Stricken sichern. Unter
Führung der Treiber zog die kleine Karawane nach Nordwesten. Bei strömendem Regen ging es eine Woche durch
eine Sandwüste. Daraufhin gelangte man in ein von unzähligen Wasserläufen durchzogenes Flachland, offenbar
das Delta eines mächtigen Flusses. Obwohl der Regen zunehmend auch das Sandmeer mit sprießendem Grün bedeckt hatte, war der Kontrast schier unbeschreiblich.
Dunkel und fett war das Erdreich, reichlich bewässert
durch aufwendige Kanalsysteme. Hoch und dicht stand
das Getreide, reich und satt glänzten die Gemüsefelder.
Trotz Wind und Regen sah Yasunari überall Menschen,
die mit durchnäßten Gewändern auf den Feldern arbeiteten. Üppigste Vegetation säumte die Kanalufer. Palmen,
Dattel- und Feigenbäume standen dicht an dicht. Manns-

hohe Wasserräder, die bei Trockenheit die Bewässerung gewährleisteten, standen allenthalben still.

Der Regen strömte unablässig, und man kam nur noch schleppend voran. Die Tiere sanken mit ihren schweren Lasten tief in den durchweichten Boden ein. Aber bald fanden die Strapazen für Mensch und Tier ein Ende. An einem breiten Wasserlauf kehrten die Treiber mit ihren Eseln um. Die Sklaven schleppten die Tongefäße auf ein Flußschiff. Es wurde von halbnackten Männern gestakt, die nie zu ermüden schienen, obwohl sie ausgemergelt wirkten und ihre Beine kaum dicker als die langen Bambusstangen waren, die sie in das braune Wasser drückten. Ihre Kost war wenig mehr als täglich ein Napf gekochter Linsen oder Bohnen und ein Stück Fladenbrot. Trinkwasser für alle lieferte der Regen zur Genüge. Man fing das Naß auf, indem man ein großes viereckiges Baumwolltuch mit einem Loch in der Mitte trichterförmig über ein Faß spannte. Als der Regen aufhörte, tranken die Schiffer einfach das brackige Flußwasser.

Die Sonne zeigte sich gelegentlich wieder. Der Graubart döste, gegen die Heckreling gelehnt, auf einer Binsenmatte. Seine Leibwächter hockten neben ihm und vertrieben sich die Zeit mit einem Knobelspiel. Der rechte Arm des Graubarts ruhte auf einem Polster. Seine bloßen Füße lagen auf einer flachen metallbeschlagenen Kiste. Am Bug des Schiffs bereiteten die Diener die Mittagsmahlzeit ihres Herrn vor. Yasunaris Aufgabe war es, die Speisen auf einem Messingtablett vom Bug ans Heck zu bringen. Da der Graubart zu schlafen schien, bedeuteten ihm die Schwarzen, das Fladenbrot und die Suppenschüssel vor das Armpolster zu stellen.

Die Schiffer hatten mehrere Ziegen als Milchspender und Lebendproviant an Bord. Die zur Fütterung benötigten Heuballen waren neben der Geldtruhe des Graubarts an der Bordwand gestapelt. Nachdem Yasunari das Essen abgesetzt hatte, streifte sein Gewand einen Futterballen.

Eine kleine grüne Schlange glitt aus dem gepreßten Heu auf die Geldtruhe. Der Graubart bewegte sich im Schlaf, seine Füße rutschten von der Truhe ab. Die Schlange reckte den Kopf. Es war eine Grasviper. Ohne zu überlegen, schlug Yasunari mit der Kante des Tabletts zu. Der scharfe Rand krachte auf die Kiste. Der Graubart und seine Leibwächter schreckten hoch. Der Blick des Graubarts fiel auf den abgetrennten Schlangenkopf. Eine Handbewegung und ein energisches Kommando geboten den bereits entblößten Schwertern der schwarzen Riesen Halt. Dann schaute er Yasunari lange nachdenklich an, lächelte und führte seine Rechte ans Herz.

Der Vipernkopf auf der Kiste zitterte, und das Schlangenmaul öffnete und schloß sich drohend, als würde es noch immer fähig sein zuzubeißen.

Am Nachmittag wurde geschlachtet. Ein Bootsmann durchschnitt zwei Ziegen mit blitzschnellen Bewegungen die Kehle und band die Tiere an den Hinterläufen hoch, damit sie, wie die Religion der Anhänger des Propheten es gebot, ausbluten konnten. Als zur Abendzeit ein Sklave unter Aufsicht eines Dieners das Mahl für den Graubart zubereitet hatte, gingen die schwarzen Riesen zu dem Koch, nachdem der Graubart ihnen etwas zugerufen hatte. Über einem Eisenbecken im Windschatten der Bugverkleidung rösteten die Überreste der Ziegen, die für Diener und Leibwächter bestimmt waren.

Der Koch brachte Yasunari eine besonders große Fleischportion.

Breiter wurden die Flußarme, und häufiger begegneten ihnen jetzt andere Schiffe. Fast immer bot sich der glei-

470

che Anblick: Die ihnen entgegenkamen, waren zumeist unbeladen, und die in ihre Richtung steuerten, lagen tief im Wasser. Es regnete kaum noch. Die Schiffer setzten ein Segel. Der Fluß hatte sich zu einer schlammbraunen Fläche geweitet, an ihrem westlichen Rand erhoben sich die Türme und Mauern einer Stadt vor einem graublauen Horizont. Zahllose Dreiecksegel zeichneten sich gegen die rötlichen Befestigungsanlagen ab. In den Gewässern unmittelbar vor der Stadt ankerten große seetüchtige Schiffe verschiedener Bauart. Der Lastkahn schob sich zwischen zwei Poller. Der Graubart schickte einen Diener an Land. Der verschwand bald in der Menschenmenge, die den Uferstreifen bevölkerte, denn vor der Stadtmauer wurde Markt abgehalten. Überall lagen Boote, hoch beladen mit Gemüse. Wenn man sich handelseinig wurde, warfen die Verkäufer die gebündelten Feldfrüchte, handliche Säcke, gefüllt mit Knollen und Wurzeln aller Art, ja, mitunter auch an Füßen gefesseltes Federvieh in hohem Bogen ans Ufer und streckten dann den Käufern ein Bambusrohr entgegen, an dessen Spitze ein Stoffbeutel hing, der die Münzen aufnahm. Nur selten und widerwillig betrat einer der Schiffer den festen Boden. Die Männer, die das Flußschiff des Graubarts gestakt hatten, verließen den Kahn nur, um ihn am Ufer zu vertäuen. Dann stiegen sie sofort wieder an Bord.

Der Diener kehrte mit einem Reiter zurück, der ein gesatteltes Pferd, einen Falben, neben sich am Zügel führte. Die Mähne und der Schweif des Pferdes waren sorgsam gekämmt, und das Fell glänzte wie eingeölt. Groß und sehnig war der Reiter. ›Würde man nicht genau hinsehen‹, dachte Yasunari, ›könnte man auch ihn für einen Khampa halten.‹ Die mandelförmigen Augen standen weit auseinander, und die Nase war zierlich und wohlproportioniert. Die Gesichtshaut war glatt.

Der Graubart und der Reiter begrüßten sich herzlich. Yasunari war den Anblick schon gewohnt, und es versetzte ihn nicht mehr in Erstaunen, wenn sich Anhänger des Propheten umarmten und küßten. Der Ankömmling half dem Graubart auf den Falben, dann sprengten sie zu einem Tor in der Stadtmauer davon. Die schwarzen Riesen und die Diener sowie die Sklaven blieben an Bord.

Der Graubart und sein Begleiter waren etwa eine Stunde weg, als sich von einem der großen Segler, die in Ufernähe ankerten, zwei Ruderboote lösten und auf den Lastkahn zusteuerten. Der Reiter stand aufrecht am Bug des ersten Bootes und rief den schwarzen Leibwächtern etwas in ihrer melodischen Sprache zu. Ihm wurde in der gleichen Sprache geantwortet. Die Boote machten rechts und links am Lastkahn fest, und man lud die Tonkrüge um. Danach sprang der Reiter mit drei bewaffneten Ruderern auf den Kahn, während die Leibwächter und Diener des Graubarts in die Boote überwechselten. Die Sklaven verblieben an Bord, und die Bewaffneten begannen ihnen die Handgelenke zu fesseln. Nur Yasunari gab der Reiter ein Zeichen, den Lastkahn mit den anderen zu verlassen, und auch die schwarzen Riesen bedeuteten ihm zu springen, also sprang er.

Im Mittelmeer

Acht Schiffe verließen das Delta. Sechs massige Kauffahrer und zwei Schiffe eines Typs, den Yasunari in Macao auf diversen Abbildungen gesehen, den er aber bis dato noch nicht zu Gesicht bekommen hatte: Galeeren, pfeilschnelle Kriegsschiffe mit unzähligen Rudern, teilweise auf drei Ebenen angeordnet. Auf jeder Ruderbank, wußte Yasunari, saßen bis zu fünf angekettete Sklaven, und in voller Fahrt war eine Galeere nicht nur schneller, sie war auch unvergleichlich wendiger als ein Segelschiff. An den Masten der Galeeren und an einem der Kauffahrer wehten Wimpel, die einen geflügelten Löwen zeigten. Die anderen Schiffe der Flotte beflaggte ein weißer Halbmond auf rotem Grund.

Yasunari erinnerte sich, daß Fra Matteo, der Abt der Barmherzigen Brüder, Arzt auf einer Galeere der Malta-Ritter war, bevor er die Leitung der Santa Casa da Misericordia übernommen hatte. Fra Matteo hatte ihm viel aus seinem Leben erzählt, damals, als er, Yasunari, nächtelang an Norihikos Krankenlager gewacht hatte. In bezug auf die geruderten Kriegsschiffe meinte sich Yasunari auch zu erinnern, daß man sie laut Fra Matteo wetterbedingt nur im *mare mediterraneum* fand. Galeeren waren schnell, besaßen aber kaum Tiefgang, was sie für die großen Ozeane ungeeignet machte.

Nachdenklich blickte er auf die Hafenstadt mit den roten Mauern. *Wenn* Fra Matteos Aussage immer noch galt, dann fuhr die Flotte jetzt auf ein Meer hinaus, in dessen Mitte die heilige Stadt Rom und an dessen östlichen Gestaden das Heilige Land lag.

Yasunari blieb keine Muße, die schlanken Schiffe genauer zu betrachten. An Bord des Kauffahrers wurde er zusätzlich an den Händen gefesselt, aber so, daß er noch die lange Fußkette tragen konnte. Dann führte ihn ein Bewaffneter unter Deck. Offene Ladeluken und die Geschützöffnungen in den Bordwänden waren die einzigen Lichtquellen. Es wäre für Yasunari ein leichtes gewesen, seinen Bewacher zu überwältigen, zumal die Handfesseln schlampig angelegt waren. Der Mann war von zierlicher Gestalt. In seinem Leibgurt steckten ein Dolch und eine kurze Streitaxt mit sichelförmiger Klinge. Als er auch noch sorglos voranging, mußte Yasunari sich regelrecht beherrschen. Ein energischer Schlag auf den Schädel, und …

Yasunaris angespannte Muskeln entkrampften sich. Nein, es galt einen kühlen Kopf zu bewahren. Daß der Graubart ihn im Gegensatz zu den anderen Sklaven mit auf das Handelsschiff genommen hatte, war immerhin ein gutes Zeichen.

Der Bewacher spähte durch die vergitterte Öffnung einer niedrigen, schmalen Tür. Dann entfernte er den Riegel und zog seinen Dolch aus dem Gürtel. Damit durchtrennte er Yasunaris Handfesseln und bedeutete ihm mit einer herrischen Geste, durch die Tür zu treten.

Obgleich sie unterdecks langen, verwinkelten Gängen gefolgt und über etliche Leitern auf- und abgestiegen waren, mußte sich nach Yasunaris Orientierungsempfinden hinter der Tür ein Raum befinden, der an der Backbordseite des Schiffes und noch deutlich oberhalb der Wasserlinie lag.

Yasunari bückte sich und trat ein. Der Bewacher verriegelte die Tür von außen. Das Licht, das durch eine halbgeöffnete Ladeluke in den Schiffsbauch fiel, erhellte spärlich ein Rechteck auf den Planken der Kammer.

Langsam schob sich eine behaarte Hand in den matten Lichtfleck, dann schepperte Metall, und zwei Füße folgten. Die Kette, die die Eisenringe an den Gelenken verband, war viel kürzer als Yasunaris. Wer in derartige Fußeisen geschlagen worden war, der vermochte allenfalls zu trippeln.

Nach den Füßen kamen zwei Beine und eine zweite Hand. Die Beine bedeckte eine zerlöcherte, bauschige Hose bis über die Knie. Die Hose war dunkel mit eingewirkten hellen Längsstreifen. Die Waden waren ebenfalls behaart. Nachdem er die Hose gesehen hatte, war Yasunari kaum mehr überrascht, in das bärtige Gesicht eines langhaarigen *nambanjin*, eines Weißen, zu schauen, das sich nun in den Lichtfleck schob. Als sich der Mann mit den Händen abstützte, die Füße anzog und sich auf die Knie setzte, wurden seine kräftigen Unterarme sichtbar. Yasunari hielt ihn wegen der braunen Haare eher für einen Rotbart, einen Holländer, weniger für einen Portugiesen oder Spanier. Schweigend betrachteten sie sich.

Yasunari ergriff als erster das Wort. Vielleicht sprach der Rotbart ja Portugiesisch? Also stellte Yasunari sich mit seinem Namen vor.

Sein Gegenüber schüttelte den Kopf und antwortete in einer Yasunari unbekannten Zunge.

Es war nun an Yasunari, den Kopf zu schütteln. Er machte einen neuen Versuch und redete ihn auf Lateinisch an.

Der Mann stutzte, ließ Yasunari noch einen Augenblick weitersprechen, dann überhäufte er ihn mit einem Wortschwall. Der Mann schien die lateinische Sprache zu beherrschen, aber aus seinem Munde klang sie anders als das Latein der Ordensbrüder in Macao.

Ähnlich wie Yasunari hatte er lange Zeit mit keinem Menschen ein Wort wechseln können. Yasunari war irritiert, daß der Mitgefangene bald das Interesse an ihm verlor und kaum mehr mit ihm redete. Nur wenn Yasunari insistierte, beantwortete er unwillig die Fragen. Yasunari fand das Verhalten befremdlich. Das Schicksal hatte zwei Leidensgenossen zusammengeführt, die des Lateins mächtig waren – wahrlich keine Alltäglichkeit. Hielt der Mitgefangene ihn womöglich für einen Spion, der ihn aushorchen sollte? Weshalb zeigte er sich nur so abweisend?

Schnell hörte Yasunari sich in die sonderbare Aussprache ein. Sein Leidensgefährte war ein christlicher Ordensbruder. Was Fra Waldemar von Warberg, so lautete der Name des Schicksalsgefährten, ihm dann doch noch berichtete, erfüllte Yasunari mit nicht geringem Erstaunen. Aber je länger der Frater redete, und je besser er ihn verstand, desto unsympathischer wurde er Yasunari. Aus dem Ordensmann sprach Hochmut und Eitelkeit, Eigenschaften, die Yasunari an niemandem schätzte. Eitelkeit und Hochmut waren die Pfosten der Höllenpforte, hatte der kleine Priester immer gesagt. Yasunari beschloß, seiner Menschenkenntnis zu vertrauen. Er würde Fra Waldemar von seinem Macao-Aufenthalt, der Reise zur Westküste des Schah-Reichs, aber vorerst nichts von der *Instructio* in seinem Leibriemen erzählen.

Fra Waldemars Geschichte

Der Frater war ein Malteser-Ritter, ein Streiter vom *Ritterlichen Orden St. Johannis vom Spital in Jerusalem,* in dessen großem Krankenhaus in Malta der Arzt Fra Matteo aus der Santa Casa da Misericordia einst die Heilkunst studiert hatte. Hauptanliegen dieses Ordens war der Kampf gegen die Muslime, die seit Jahrhunderten nicht nur das Heilige Land besetzt hielten, sondern beständig darauf aus waren, im Westen ihr Herrschaftsgebiet auf Kosten der christlichen Fürsten zu erweitern. Der Frater nannte die Feinde der Christenheit nicht Muslime oder Muselmanen wie der kleine Priester, er nannte sie Türken. Türken und Muselmanen schienen, soweit Yasunari den Frater verstand, mehr oder weniger das gleiche zu sein: auf jeden Fall waren sie Anhänger Allahs und des

476

Propheten Mohammed und regierten über die östlichen und südlichen Küsten des Mittelmeers.

Fra Waldemars Heimatland Deutschland lag hoch im Norden, noch weit hinter einem Gebirge, das »Alpen« hieß. Von dorther und aus allen katholischen Ländern kamen Streiter wider die Türken nach Malta. So war auch der Frater vor Jahren mit seinem Herrn, dem Landgrafen Friedrich von Hessen, nach Malta geeilt, denn es gab Gerüchte, daß Sultan Murat, der Kaiser der Türken, Befehl gegeben hatte, eine große Flotte auszurüsten, um erneut zu versuchen, endlich den maltesischen Archipel zu erobern – ein Unterfangen, an dem alle seine Vorgänger bislang kläglich gescheitert waren. Der Pater prahlte von den Annehmlichkeiten, die ihm als Gefolgsmann des Landgrafen zur Verfügung gestanden hatten: ein eigener Leibdiener, Trinkgefäße aus Massivsilber, Wein ohne Maß.

Fra Waldemar kommandierte ein Fährboot zwischen der Hauptinsel Malta und dem nördlichen Eiland Gozo. Da sich die Überfälle der Türken häuften, reisten mit jeder Fähre etliche Bewaffnete. Das Boot geriet in der Morgendämmerung in einen Hinterhalt, als es die zwischen Malta und Gozo gelegenen Inseln Comino und Cominotto passierte. Im Schutze der Dunkelheit hatte sich dort eine kleine türkische Korsarengaleere in einer Lagune auf die Lauer gelegt. Noch bevor die Mannschaften der Wachttürme auf Gozo und Comino zu Hilfe eilen konnten, wurde die Fähre geentert und geplündert. Man leistete wohl eher symbolisch Widerstand, denn die Übermacht war erdrückend. Wertvolle Dinge befanden sich nicht an Bord. Die größte erbeutete Kostbarkeit war Frater Waldemar von Warberg. Ein Offizier des Malteser-Ordens brachte unter günstigen Umständen ein fürstliches Lösegeld ein (die Ritter des Ordens St. Johannis hielten es nicht anders, wenn sie eines edlen Türken habhaft wurden). Die Summe des Lösegelds richtete sich danach, ob der Gefangene schwer oder leicht verletzt, ob er jung oder alt und wie angesehen er war. Um all diese Fragen zu klären, hatten die Korsaren Fra Waldemar in die Hafenstadt im Flußdelta geschafft. Yasunari erfuhr nun von Fra Waldemar auch deren Namen: Alexandria, und das Delta war das des Nils.

Yasunari erstarrte. Er, Yasunari, war also in Ägypten gewesen, dem Land, aus dem Moses sein Volk in die Freiheit geleitet hatte, und er hatte nichts davon geahnt! Er hatte den Boden Ägyptens betreten, Ägypten, das Land, in das sich die Heilige Familie geflüchtet hatte! – Es war nicht zu fassen! Er hatte in dem Land geweilt, von dem das Alte Testament schrieb, von dem Pater Bartolomeu und die Lehrer in Macao soviel gepredigt hatten, und hatte nichts davon gewußt!

Fra Waldemar bemerkte Yasunaris Verwirrung und hielt in seinem Bericht inne. »Was ist mit Euch?«

»Bitte redet weiter! Ich erkläre Euch später, was mich bewegt.«

In Alexandria, lernte Yasunari nun zu seinem großen Erstaunen, gab es eine Niederlassung christlicher Händler, die mit den Türken nicht verfeindet waren. Über sie liefen die Verhandlungen, wenn es um Gefangenenaustausch oder Lösegeldforderungen ging.

»Sind das etwa Holländer?« fragte Yasunari.

»Keineswegs!« Fra Waldemar spuckte aus. »Es sind unsere katholischen Glaubensbrüder aus Venedig. Ihnen gilt der Mammon mehr als der Glaube.«

»Venedig?«

»Venedig ist eine prunkvolle Stadt in einem Meer namens Adria. Sie sind niemandem Rechenschaft schuldig. Selbst das Wort des Heiligen Vaters gilt bei ihnen wenig.«

Der Frater spuckte erneut aus. »Ihr Wappen ist ein geflü-
gelter Löwe, aber ein Abbild des Goldenen Kalbs wäre
zutreffender.«

Yasunari erzählte dem Frater von den Flaggen, die
er auf den Galeeren und dem einen Kauffahrer gesehen
hatte.

»Es verwundert mich nicht«, sagte Fra Waldemar. »Sie
würden mit dem Leibhaftigen paktieren, wenn sich dar-
aus Profit schlagen ließe. Die verfluchten Venezianer, sie
geben den Türkenhunden sogar noch Geleitschutz!«

»Aber sie sind es auch, über die Ihr vermutlich die Freiheit wiedererlangen werdet.«

»Und wenn schon, sie bleiben verdammte Krämer-
seelen!«

»Seid Ihr Euch eigentlich sicher, daß man Euch frei-
kaufen wird?«

»Selbstredend!« Und Fra Waldemar begann Yasunari
herablassend und langatmig zu erklären, wie alt und angesehen der Name seines Geschlechts war.

Dann befragte er Yasunari doch noch ein wenig. Zum
Beispiel, weshalb er denn eigentlich der lateinischen
Sprache mächtig sei, da er doch wie ein Heide aussähe.

»Ich erhielt Unterweisung von einem Pater der Societas Jesu aus Macao.« Yasunari beantwortete auch alle weiteren Fragen knapp. Fra Waldemar nickte kurz, und damit schien sein Interesse wieder erloschen. Wortlos kroch
der Malta-Ritter aus dem Licht-Rechteck.

Yasunari zog die Knie an die Brust, lehnte sich mit
dem Rücken an die Bordwand und dachte nach. Sein
Auftrag hatte gelautet, Goa von der Bedrohung Macaos
in Kenntnis zu setzen. Und nun war er vermutlich Rom,
der heiligen Stadt, und dem Hauptsitz seines Ordens näher, als er es sich je erträumt hatte. Er lag zwar angekettet
an Bord eines feindlichen Schiffes, Gefangener, Sklave

eines Ungläubigen, eines Muselmanen auf dem Weg ins Ungewisse. Und dennoch: allein die Tatsache, daß er nach den mannigfaltigen Widrigkeiten der Reise überhaupt noch am Leben war und selbst noch die verborgene *Instructio* mit sich führte – irgendwie gab ihm das Hoffnung. Hoffnung, daß sich alles noch zum Guten wenden würde? Daß er Gelegenheit zur Flucht bekam? Oder daß christliche Schiffe die Türkenflotte und ihre ketzerischen Beschützer angreifen und ihn befreien würden? Sicher, derartige Gedanken durchströmten schon Yasunaris Kopf, aber die Hoffnung, die er verspürte, war dennoch eine andere, eine einfache, die sich kaum in Worte fassen ließ. Es war eine Hoffnung, die auf unerschütterliche Zuversicht begründet war: Die Muselmanen konnten seine Knochen brechen, sie konnten ihn töten oder blenden, eines aber würde ihnen nie gelingen: ihm den Glauben zu rauben, die Kraftquelle, aus der er auch in den finstersten Zeiten schöpfte. Und zum ersten Mal wurde Yasunari gewahr, daß er vermutlich die gleiche Zuversicht und Ruhe in sich spürte wie die Männer, Frauen und Kinder, die sich geweigert hatten, auf die *fumie*, auf die Trittbilder zu steigen.

Aber kein Muselmane brach ihm die Knochen oder versuchte ihn zu blenden. Regelmäßig wurde der Riegel von der Kerkertür entfernt und Brot und Wasser in die Zelle gestellt, hin und wieder auch ein Stück Käse, eine Gurke oder eine Zwiebel.

Als Yasunari den Frater fragte, ob er denn eine Ahnung habe, wohin die Flotte segeln würde, sagte der: »Nach Norden, zum Kernland der Türkenhunde.«

»Und ausgerechnet dort wird man Euch freilassen?«

Der Frater musterte ihn erst abschätzig, dann ließ er sich aber doch herab, seinen Zellengenossen aufzuklären. »Natürlich nicht. Bevor die Schiffe weiter zum Festland segeln, werden sie noch den Hafen der Venezianer auf Kreta anlaufen. Dort komme ich frei.«

»Kreta?« fragte Yasunari.

»Ein Eiland im Besitz der verfluchten Venezianer«, knurrte Fra Waldemar. »Und jetzt gebt endlich Ruhe, ich will schlafen!«

Nach dieser Unterhaltung wechselten der Malta-Ritter und Yasunari nur noch so viele Worte als unbedingt nötig. Die Abneigung war gegenseitig und blieb für Yasunari rätselhaft.

Am vierzehnten oder fünfzehnten Tag auf rauher See machte das Schiff einen Kurswechsel stark nach steuerbord und kam in ruhiges Wasser. Bald darauf wurden die Anker ausgeworfen.

»Ha! Das wird Kreta sein!«

Würde Fra Waldemar jetzt freigekauft werden? Yasunari zwang sich, seinen Widerwillen zu unterdrücken und sich dem arroganten Malta-Ritter zu offenbaren. Er berichtete ihm nun doch ausführlich von seinem Schicksal, von der *Instructio* und seiner Mission für die Societas Jesu.

Der Frater betrachtete Yasunari nur verächtlich und schwieg. Dieser Blick zeigte Yasunari erneut, was der Mitgefangene von ihm hielt und daß er ihm kein einziges Wort glaubte.

Geschäftige Geräusche drangen durch die Deckluken. Winden knarrten, etwas schrammte an der Bordwand entlang, möglicherweise ein Boot, das man be- oder entlud; auch viele Stimmen vernahm Yasunari, sowohl oben an Deck als auch Rufe von irgendwo weiter her. Dann war plötzlich Ruhe. Täuschte er sich, oder drang da nicht auf einmal wie durch einen dicken, dämpfenden Vorhang ganz aus der Ferne der Singsang eines Muselmanenpriesters an sein Ohr, der zum Gebet rief? Kreta – wen rief der Muselmanenpriester wohl auf Kreta? Der Malta-Ritter schien den Gesang nicht vernommen zu haben, er lächelte. Ein selbstzufriedenes, feistes Lächeln. »Frei«, besagte das Lächeln. »Bald bin ich frei!«

Die Ruhe an Deck und außerhalb des Schiffes währte nicht lange, dann hörte Yasunari Schritte auf dem Gang, und sogleich ging auch die Kerkertür auf. Zwei Bewaffnete standen in der Öffnung. Fra Waldemar rappelte sich hoch. Die Wärter würdigten den Ritter keines Blicks, sondern machten Yasunari ein Zeichen, aus der Kammer zu treten und mit ihnen an Deck zu kommen. Der Frater protestierte lautstark und drängte sich neben Yasunari in die Türöffnung. Einer der Bewaffneten machte kurzen Prozeß. Er schlug ihm den Stiel seiner Streitaxt gegen die Schläfe. Der Malta-Ritter wurde ins Kerkerinnere zurückgeschleudert. Die Wärter schoben den Riegel vor, nahmen Yasunari in die Mitte und führten ihn nach oben.

Das Schiff lag inmitten eines mauergesäumten Hafens. Am Ende eines Wellenbrechers, der den Großteil des Hafenbeckens vor dem offenen Meer abschirmte, ragte eine steinerne Säule empor, wohl ein Seezeichen, auf dem man bei Dunkelheit ein Feuer entzünden konnte. In regelmäßigen Abständen krönten gedrungene Türme die Befestigungen. Sie waren aus roten Ziegelsteinen gefügt, und es war ein ähnliches Rot wie das der Mauern Alexandrias. Galeeren und Kauffahrer unter der Flagge des geflügelten Löwen sah Yasunari nicht. ›Nein‹, dachte er, ›wie immer auch dieses christliche Kreta der Krämer aus Venedig beschaffen sein mag, was ich gerade sehe, kann es bestimmt nicht sein!‹

Die gewaltige Kuppel eines muselmanischen Tempels überragte majestätisch die Hafenmauern. Auf ihrer Spitze glänzte ein goldener Halbmond. Die Tempelkuppel wurde flankiert von zwei noch höheren, speergleichen Türmen, den Türmen, von deren Spitze aus die Muslimpriester zum Gebet riefen.

Das Geschenk des Graubarts

In kleinen Booten gelangte die Karawane des Graubarts an Land. Über eine enge Flucht von Treppen wurde ein Großteil der Schiffsladung in ein geschäftiges Bazarviertel direkt hinter der Hafenmauer geschleppt. Es waren Gefäße mit dem wohlriechenden Harz sowie unzählige Säcke und Kisten, gefüllt mit aromatischen Substanzen, die der Graubart anscheinend noch in Alexandria erstanden hatte. Vor einem zweistöckigen Holzhaus machte die Kolonne der Träger halt. Im Erdgeschoß bot man verschwenderisch Gewürze aller Art feil. Die Eingangstür war mit einem Baldachin aus getriebenen Kupferplatten überdacht. Darunter schmiegte sich ein mit Teppichen belegtes Podest an die Hauswand. Yasunari war davon überzeugt, daß das Haus dem Graubart gehörte, denn Männer, alt und jung, stürzten aus dem Inneren herbei, küßten ihm die Hände und führten sie voller Ehrfucht an die Stirn. Sie stapelten in Windeseile Sitzpolster auf das Podest, und ein Knabe eilte mit Erfrischungen herbei: Wasser und mit Wasser gemischter Saft von Orangen und Zitronen. Dann brachte ein anderer Junge dem Graubart ein heißes schwarzes Getränk in einem zierlichen Porzellanbecher. Er hatte es bisweilen auf der Reise nach Alexandria getrunken. Die Zubereitung des Getränks war aufwendiger als die von Tee. Yasunari hatte sie genau beobachtet. Zuerst wurden grüne bohnenartige Fruchtkerne in einer Eisenpfanne dunkelbraun oder schwarz geröstet und dann in einem Mörser zu feinstem Pulver zerstoßen. Dieses Pulver gab man zusammen mit Zucker in einen Messingbecher mit einem langen Stiel. Der Becher wurde mit Wasser gefüllt und auf ein Holzkohlenfeuer gestellt. Schäumte die Flüssigkeit, hob man sie vom Feuer, bis sie sich wieder gesetzt hatte. So wurde insgesamt dreimal verfahren. Alsdann goß man die Flüssigkeit in die zierlichen Porzellanschalen. Einmal, auf dem Flußkahn im Nildelta, hatte Yasunari Gelegenheit gehabt, von dem schwarzen Getränk zu kosten, als er das Geschirr reinigen mußte. Der Graubart hatte einen Rest Flüssigkeit in der Schale gelassen. Von Wohlgeschmack konnte überhaupt nicht die Rede sein, fand Yasunari. Die Flüssigkeit war gallenbitter gewesen, trotz des hineingerührten Zuckers. Er hatte sie ausgespien.

Einer der schwarzen Riesen brachte ihn in einen hinteren Raum des Hauses. Aus einer Röhre rann ein dünner Wasserstrahl in ein hölzernes Auffangbecken. Der Koloß machte die Gebärde des Sich-Waschens und ließ Yasunari allein. Kaum hatte er sich gesäubert, erschien der andere Leibwächter des Graubarts. Über dem Arm trug er ein Bündel Kleidungsstücke. Hinter ihm betrat ein Mann mit rußgeschwärztem Gesicht den Baderaum. Er trug einen Korb und war eher schmächtig von Gestalt, aber die Hände waren kräftig, so als gehörten sie zu einem anderen Körper. Yasunari entdeckte im Korb eine Eisenzange, mehrere Feilen und Hämmer. ›Ein Schmied‹, dachte Yasunari. ›Was will er? Mir doch nicht etwa Handeisen anlegen?‹

Aber der schwarze Riese grinste und bedeutete Yasunari, er solle die Beine auf dem Boden ausstrecken.

Der Schmied machte sich ans Werk, die Eisenringe

aufzubiegen. Als Yasunari von seinen Fesseln befreit war, warf ihm der Dicke den Kleiderballen zu.

»Tschabuk!« rief er. »Tschabuk!«

Dieses Wort aus der Sprache des Graubarts kannte Yasunari schon. »Tschabuk« bedeutete: »Beeil dich! – Mach schnell!«

Es waren keine Prunkgewänder, aber die ersten neuen Kleidungsstücke seit der Abreise aus der Stadt der Wohntürme: ein Paar bauschige Hosen, ein Hemd und eine Weste aus hellem und derbem Kattun, auch einfache Bastsandalen zum Schnüren waren dabei – und ein gewebter breiter Leibriemen aus dickem Stoff, dem eines Teppichs nicht unähnlich. Ohne daß es dem Leibwächter auffiel, wand Yasunari den neuen Gürtel über den alten speckigen Ledergurt.

Der massige Schwarze führte Yasunari aus dem Waschraum. Der Graubart war im Gespräch mit einem sehr alten Mann, der einen grünen Turban trug und von den anderen, die auf den Teppichen hockten, mit großer Ehrerbietung behandelt wurde. Der Leibwächter ließ sich auf eine Matte vor dem Podest neben seinem Kollegen nieder und zog Yasunari zu sich herunter. Auf der Matte saßen auch drei von den Dienern, die die Reise mitgemacht hatten.

Yasunari sah sich um. Die Mauergasse, in der das Haus des Graubarts – mehr ein Speicher als ein Ladengeschäft – lag, war belebt. Es waren überwiegend Männer unterwegs. Und die zwei, drei Frauen hatten fast alle einen männlichen Begleiter. Yasunari nahm an, daß es sich bei den tiefverschleierten unförmigen Gestalten um Frauen handelte.

Der Graubart berührte die Schulter des Alten mit dem grünen Turban und zeigte auf Yasunari.

Der Alte bedeutete den schwarzen Riesen, den Gefangenen näher zu bringen. Als Yasunari direkt am Podest stand, tuschelte der Alte dem Graubart etwas ins Ohr. Yasunari mußte auf das Podest steigen und vor dem Alten niederknien.

Eingehend forschte der Träger des grünen Turbans in Yasunaris Augen. Dann lächelte er und nickte.

Yasunari überlegte, wie alt sein Gegenüber wohl sein mochte. Ob er der Vater des Graubarts war? Die Ähnlichkeit der Gesichtszüge wurde immer klarer, je länger Yasunari hinschaute.

Der Graubart schickte Yasunari mit einer Handbewegung wieder zu seinen Leibwächtern zurück. Die Nacht verbrachte er zusammen mit den Dienern im Erdgeschoß neben dem Waschraum. Ohne die lästigen Fußeisen schlief er seit Monaten zum ersten Mal wieder entspannt ein.

Am nächsten Morgen beobachtete Yasunari, daß man Vorbereitungen für ein Fest traf, wohl um die gelungene Handelsreise des Graubarts zu feiern. Bis in die Nachtstunden hinein herrschte im Haus ein beständiges Kommen und Gehen. Unmengen an Lebensmitteln wurden angeliefert und Hammel geschlachtet. Dann errichtete man auf dem freien Platz neben dem Nachbarhaus zur Linken ein großes Zelt und legte es mit weichen Teppichen aus. Yasunari mußte in der Küche helfen. Wohl aus Angst vor Feuergefahr befand sie sich hinter dem Holzhaus in einem Pavillon direkt an der Hafenmauer.

Am folgenden Tag erschienen die ersten Gäste noch vor der Mittagsstunde. Ein Diener kümmerte sich ausschließlich um das bittere schwarze Getränk. Yasunari lernte, daß es *kahve* hieß. Niemand gab sonderlich auf Yasunari acht. Ob es außer ihm noch weitere Sklaven im Haushalt gab, konnte er als Sprachunkundiger nicht herausfinden. Von den vielen Menschen, die wie er in Haus und Hof umhereilten, damit beschäftigt, Erfrischungen zu servieren, Speisen zu kochen, Handreichungen auszuführen oder sich um die Reittiere der Gäste zu kümmern, trug niemand Fußeisen. Yasunari fielen aber zwei Männer auf, deren Kleidung aus dem gleichen Stoff gefertigt war wie seine eigene. Sie tränkten und fütterten die Reittiere der Gäste. Doch selbst die beiden schwarzen Riesen, die auf der Reise stets ein wachsames Auge auf Yasunari gehalten hatten, kümmerten sich während des Festes nicht mehr um ihn. Und er hielt es für ein leichtes, sich in dem Durcheinander der vielen Menschen auf ein Pferd zu schwingen und davonzureiten. – Nur wohin? Yasunari wußte, daß er weniger auffallen würde als ein Rotbart oder Portugiese, ja selbst weniger als ein Schwarzer, denn die beiden Leibwächter des Graubarts waren die einzigen wirklich Dunkelhäutigen, die er im Land der Türken bislang gesehen hatte. Nicht die Sprache des Landes zu sprechen, das war eine wirksamere Fessel als alle Ketten und Stricke. Oder gab es da etwas, das er – noch – nicht begriffen hatte? Brauchte man einen Geleitbrief, wenn man im Land von Sultan Murat reisen wollte?

Die Bucht der versunkenen Stadt

In aller Frühe brachen sie auf: der Alte mit dem grünen Turban, vier bewaffnete Diener und Yasunari. Mit der aufgehenden Sonne im Rücken verließen sie den Hafen in einem gedrungenen Küstensegler. Drei Matrosen kümmerten sich unter Aufsicht des einäugigen Kapitäns um die Aufteilung und das Verzurren der Ladung. Sie bestand aus Ballen und Kisten aus dem Lagerhaus. Yasunari hatte eine der Kisten getragen: sie enthielt das wohlriechende Harz.

Nur der Vater des Weihrauchhändlers besaß einen überdachten Schlafplatz an Bord, an dem er auch tagsüber die Zeit verbrachte. Zumeist sah ihn Yasunari mit einem Buch. Der Einband war mit glattem gelbem Leder bezogen, das rote Schriftzeichen von der Sorte zierten, wie Yasunari sie im Klarwassertal und auch im Reich des Schahs gesehen hatte. Es war die Schrift, in der das heilige Buch der Muselmanen geschrieben war, das Buch, das sie Koran nannten. Allerdings schien der Alte momentan ein profanes Werk zu lesen. Oft hörte man ihn lachen.

Das Los, ein Türkensklave zu sein, dünkte Yasunari in diesem Augenblick nicht sonderlich hart. Wenn das Schiff in eine Flaute geriet, mußte er mit den Bewaffneten und den drei Matrosen rudern. Die Bewaffneten machten stets lange Gesichter, wenn sie zu den Riemen greifen mußten. Yasunari hingegen genoß es geradezu, seine Muskeln anzustrengen. Ansonsten blieb ihm viel Zeit zum Nachdenken.

Wie schnell doch die Zeit verflog! Vor einem Jahr hatte er den Sommer noch hoch oben im Eisland verbracht, und nun bereiste er gezwungenerweise Meere und Ozeane, von denen er kaum die Namen wußte.

Fliehen? Sicher, sobald ein Weg sich auftat. Während Yasunari sich in den Riemen legte, ahnte er, daß – obwohl viele christliche Schiffe dieses Meer befuhren – der Zeitpunkt seiner Flucht wohl noch in ungewisser Ferne lag. Es würde dauern, die Sprache der Türken zu meistern. Erst dann …

Yasunari begann zu träumen. Womit hatte Fra Waldemar geprahlt? Es gäbe keine noch so entlegenen Meeresarme, keine noch so verschwiegenen Buchten, die unse-

ren Galeeren letztlich verwehrt seien. Zeige sich am Mast
das achtspitzige Kreuz unseres Ordens, flöhe das Türken-
pack in Windeseile. ›Aber wohl nicht immer‹, dachte
Yasunari grimmig. ›Sonst hätten sie dich ja kaum er-
wischt!‹ Sie würden sicherlich nicht alle so hochfahrend
und unangenehm sein, die Malta-Ritter, wie dieser Frater
aus dem Norden.

Das Schiff folgte der Küstenlinie nach Süden. Nur selten war das Ufer flach. Ein wenig fühlte sich Yasunari in
die Heimat zurückversetzt, wenn die Kiefernwälder sich
aus den rundlichen Uferhügeln bis unmittelbar ans Wasser erstreckten. Mild waren die Nächte und sonnenver-
wöhnt die Tage, aber drückende Hitze kam selten auf.
Der Kurs wechselte leicht nach Südwesten, dann um-
schiffte man ein Kap zwischen einer vorgelagerten Insel-
gruppe von vier Eilanden und hielt sich in den nächsten
zwei Tagen ziemlich genau nach Westen.

Am Abend des dritten Tages war es plötzlich drückend
geworden, und der Himmel hatte sich bezogen. Vor der
sinkenden Sonne kam ein dunstiger Landstreifen in
Sicht, den sie erst bei völliger Dunkelheit erreichten. Der
sonst eher vorsichtige Kapitän – er hatte stets bei Sonnenuntergang ankern lassen – war offenbar in vertrauten
Gewässern, denn er überließ sogar einem seiner Männer
das Steuer. Es war eine mond- und weitgehend sternen-
lose Nacht, als das Schiff gemächlich an einer dunklen
Küste entlangglitt, um wenig später in eine Bucht einzulaufen, deren Eingang von zwei schemenhaften Türmen
bewacht wurde, die anscheinend nicht besetzt waren. Jedenfalls rief niemand das Schiff an. Das Wasser der Bucht
lag schwarz, von keinem Windhauch gekräuselt, ruhig
wie ein Spiegel.

Plötzlich wurde ein Licht über dem Bugsteven sichtbar, dann ein zweites, etwas höher noch. Das Schiff legte an einem Kai aus weißem Gestein an. Einer der Seeleute schlug mit einem Klöppel gegen eine Metallplatte. Wenig später sah Yasunari ein drittes Licht, dann ein viertes. Im Gegensatz zu den anderen bewegten sie sich. Es waren Fackeln. Bald darauf hießen zwei ältere Männer den Alten mit dem grünen Turban willkommen. Yasunari half beim Entladen, dann schleppte er mit den anderen die Waren einen steilen Hügel hinauf. Auf halber Höhe lag ein befestigter Gutshof. Einer der Bewaffneten zeigte Yasunari seinen Schlafplatz über dem Raum, in dem sie die Kisten und Säcke untergebracht hatten. Die Seeleute kehrten zum Boot zurück.

Erst am nächsten Tag sah Yasunari die versunkene Stadt unten in der Bucht. Genau konnte er die Grundmauern der Häuser erkennen. Einige ragten zum Teil aus dem flachen kristallklaren Wasser heraus wie die Anlegestelle des Schiffs. Geborstene Säulen, Türschwellen, ja sogar das Straßenpflaster war stellenweise noch deutlich zu erkennen. Yasunari fragte sich, wann diese Stadt wohl überschwemmt worden war. Ob es ein Erdbeben gegeben hatte und das Land abgesunken war?

Oberhalb des Gutshofs auf der Hügelkrone gab es eine kleine Burg. Einheitlich gekleidete Bewaffnete übten sich im Fechten mit leicht gekrümmten Schwertern. Die Soldaten trugen eine seltsame Kopfbedeckung: hohe, steife Stoffmützen mit einer länglichen Tasche über der Stirn. Steckte dort ein Messer?

Der Gutsverwalter war ein Mann in Yasunaris Alter. Er brachte Yasunari auf eine Terrasse, von der man einen Panoramablick über eine die Bucht im Süden begrenzende Insel und über das dahinterliegende Meer hatte. Der Alte mit dem grünen Turban ruhte unter einem Bal-

dachin aus rankendem Efeu auf einem weichen Teppich-
lager und las. Der Verwalter bedeutete Yasunari, stehen
zu bleiben. Als er sich am Teppichrand niederkniete, bemerkte der Alte die beiden. Er legte das Buch mit einem
Seufzer beiseite, winkte auch seinen neuen Sklaven
heran und zeigte ihm das Buch. Yasunari schüttelte den
Kopf. Der Alte wechselte ein paar Worte mit dem Verwalter. Der erhob sich und kam gleich darauf mit Papier,
Feder und Tinte zurück.

Der Alte machte Yasunari ein Zeichen, er möge sich
setzen und schreiben, legte die Schreibutensilien vor ihn
auf den Teppich. Yasunari tauchte die Feder in den Tin-
tenbehälter. Aufmerksam verfolgte der Alte jede Bewegung. Als Yasunari seinen Namen in lateinischen Buchstaben schrieb, nickte er erkennend. Dann aber malte
Yasunari noch die beiden Schriftzeichen für »Tadayama«
unter die Buchstaben.

Der Alte stieß einen Freudenschrei aus und redete aufgeregt auf den Verwalter ein. Der sprang auf und hastete
davon. Yasunari verstand die plötzliche Aufregung nicht
und schaute den Alten fragend an. Der Vater des Weihrauchhändlers machte mehrere beschwichtigende Gesten. Yasunari entnahm den Handbewegungen, daß der
Verwalter ihm gleich etwas Wichtiges zeigen würde. Und
schon betrat dieser die Terrasse wieder. Mit der ausge-
streckten Rechten reichte er seinem Herrn eine handtel-
lergroße Schale. Der Alte drehte sie so, daß Yasunari die
Unterseite betrachten konnte, und Yasunari begriff, daß
der Alte treffend erkannt hatte, auf was für eine Schrift
sich sein neuer Sklave verstand. Die Schale stammte aus
dem Reich der Mitte, und die Zeichen besagten: Jade-
Hof-Studio.

Yasunari griff erneut zur Feder und kopierte die Zeichen vergrößert auf das Blatt mit seinen Namenszügen.

Der Alte nickte aufgeregt und überschüttete den Verwalter mit einem erneuten Wortschwall, woraufhin sich dieser wieder hastig entfernte. Gedankenversunken starrte der Alte bald auf das Blatt, bald auf die Unterseite der Schale. Plötzlich ergriff er die Feder und begann nun in der Art der Muselmanen zu schreiben. Dann drückte er Yasunari die Feder in die Hand. Yasunari begriff. Langsam kopierte er die Zeichen des Alten, gab ihm das Blatt und erntete ein beifälliges Nicken.

Der Verwalter kam mit einem hageren Mann über die Terrasse, der wie der Alte einen grünen Turban trug, aber deutlich jünger war. Er gehörte derselben Generation wie der Sohn des Gutsherrn an. Auch sein Bart war bereits ergraut. Die Insignien seiner Profession trug er in der Hand: Tintenfaß und Schreibfeder. Eine Papierrolle hatte er unter dem Arm. Sein Name, der Alte wiederholte ihn mehrmals deutlich für Yasunari, war Hamza Hodscha. Zumeist redeten ihn der Alte und der Verwalter aber nur mit Hodscha an.

Hodscha, erinnerte sich Yasunari, war kein Name, sondern ein Titel, eine Anrede für einen Priester der Muselmanen oder für einen gebildeten Mann, sei er nun heilkundig oder Lehrer. Im Vollmondtal, bevor er ins Eisland hinaufgestiegen war, hatte der Hodscha des Dorfes seinen Mitbruder José verarztet.

Wie ein Stich ins Herz überfiel Yasunari gelegentlich die Erinnerung, beiläufig ausgelöst durch ein Wort, eine Geste, ein Geräusch. – Fra José! Ob er ihm irgendwann gefolgt war in die Eislande?

Aber Yasunari blieb keine Zeit, sich in Gedanken zu verlieren. Der Alte zeigte dem Hodscha die Unterseite der Schale und Yasunaris Abschrift.

Der Hodscha wurde Yasunaris Lehrer in der Zunge der Türken. Jeden Morgen unterrichtete er ihn auf der Terrasse in Anwesenheit des Alten. Bald war Yasunari in der Lage, ein einfaches Gespräch zu führen oder aus dem Koran vorzulesen – von dessen Worten er allerdings nur wenige verstand. Wenn der Unterricht vorbei war, mußte er diverse Arbeiten auf dem Gutshof verrichten. Am liebsten war ihm das Pflegen der Pferde. Der Alte besaß eine Anzahl rassiger Hengste, ritt aber nur noch wenig aus und dann meistens auf einer ruhigen älteren Stute. Nachdem der Verwalter gesehen hatte, daß der neue Sklave sich auf Pferde verstand, teilte er ihn nur noch selten zu anderen Arbeiten ein.

Yasunari lernte mit der Zeit, daß er auf dem Anwesen mehrere Schicksalsgefährten hatte. Soweit er beurteilen konnte, waren ihre Kenntnisse der Türkensprache dürftig. Einige hüteten die Schafe, andere bearbeiteten die fruchtbaren Felder im Schwemmland der Bucht. Keiner von ihnen war des Lesens oder Schreibens kundig. Sie stammten aus Ländern, deren Namen Yasunari vollkommen unbekannt waren. Wie schon im Haus des Graubarts in der Hafenstadt schien auch keiner der Türken hier damit zu rechnen, daß einer der Sklaven fliehen würde. Niemand trug Fußeisen oder wurde nachts eingekerkert.

Manchmal in der Dämmerung, wenn die sommerliche Hitze durch den allabendlichen Meerwind einigermaßen erträglich wurde, brachten die Soldaten aus der Burg ihre Pferde zum Buchtufer. Während Pferdeknechte die Tiere striegelten und ihnen im seichten Wasser die Hufe reinigten, vertrieben sich die Soldaten ihre Zeit, indem sie mit kurzen Reiterbögen auf Vögel schossen, die die Felder im Schwemmland plünderten. Nur selten ging ein Pfeil fehl. Yasunari beobachtete aufmerksam die Übungskämpfe, die sie sich gelegentlich lieferten. Die relativ kurzen und leicht gekrümmten Schwerter wurden einhändig geführt. Der linke Arm war mit einem hölzernen oder ledernen Rundschild bewehrt, den die Soldaten geschickt einsetzten, um den Körper zu schützen, aber auch dazu benutzten, den Gegner mit dem eisenbeschlagenen Schildrand zu treffen. Es war für Yasunari eine neue Art des Schwertkampfs, und er verfolgte die Duelle konzentriert. Langwaffen verwendeten die Soldaten fast nie. Yasunari ertappte sich dabei, daß er sich in Gedanken einen Waffengang mit einem der Soldaten lieferte. Mit welchen Techniken würden sie wohl auf einen Bô, einen Kampfstock, reagieren?

Daß die Soldaten ihn, den Sklaven, keines Blickes oder Grußes würdigten, wunderte Yasunari nicht. Daß sie hingegen auch die Diener und Bewaffneten des Alten und sogar den Verwalter von oben herab behandelten, erstaunte ihn schon. Ihr Gebaren war herrisch und überheblich wie das des Malta-Ritters. Nur dem Gutsherrn und dem Hodscha begegneten sie mit einigem Respekt.

Hin und wieder sah Yasunari einen Trupp Soldaten zu den beiden Wachttürmen am östlichen Eingang der Bucht eilen und die Zinnen bemannen. Jeder der Türme verfügte über ein Geschütz. Die Soldaten luden die Kanonen und richteten die Mündungen auf die tiefe Fahrrinne zwischen den Türmen. Der Westausgang der durch die vorgelagerte Insel abgeschirmten Bucht wurde nie besetzt. Er gestattete nur einem sehr flachen Fischerboot die Einfahrt.

Den Aktivitäten der Soldaten auf den Türmen ging jedesmal die Ankunft eines Meldereiters in der Burg voraus. Der Reiter kam von einer Aussichtswarte auf einem der Berge hinter dem Burghügel.

War der Turm bemannt, sah man selbst von der Höhe

des Gutes aus ein, zwei, drei Stunden später Segel am Horizont. Nie kamen die Schiffe dicht an die Küste heran. Dennoch wurden stets die Türme verteidigungsbereit gehalten, solange man die Segel in der Ferne erblickte. Yasunari vermutete, daß die Ausschauposten auf dem Berg, und vielleicht sogar die auf der Burg, ein Teleskop besaßen. Denn es mußte sich ja wohl um feindliche Schiffe handeln, wenn man die Soldaten derart in Alarmbereitschaft versetzte. Um die Türme ständig besetzt zu halten, war die Burggarnison offenbar zu klein. Yasunari schätzte sie auf bestenfalls zwei Dutzend Bewaffnete, alle Diener mit eingerechnet.

Tage und Wochen vergingen. Yasunaris Sprachkenntnisse wuchsen. Da es zu seinen Aufgaben gehörte, die Bewaffneten des Alten bei ihren Ausritten als Pferdeknecht zu begleiten, lernte er auch das Hinterland der Bucht kennen. Die Leute des Gutsherrn waren nicht gut auf die Soldaten zu sprechen. Sie wichen ihnen aus, wo und wann immer sie konnten. Ließ sich ein Treffen nicht vermeiden – etwa beim Baden der Pferde oder auf einem der Pfade, der hoch in die Berge hinter der Bucht führte –, dann spürte Yasunari, daß es nur eines falschen Wortes, nur einer falschen Bewegung bedurfte, und die Waffen würden sprechen. Je mehr Yasunari verstand, worüber die Bewaffneten des Alten redeten, desto mehr begriff er den Haß zwischen den beiden Gruppen. Die Soldaten waren zum Küstenschutz abkommandierte Truppen des Sultans. Ihre Verpflegung war von den Gutsherren der Umgebung aufzubringen, auch Arbeitskräfte und Pferde mußten gestellt werden, selbstverständlich ohne Entgelt. War der Kommandant der Burg normal habgierig und bestechlich, galt das als gewohnte Last, war er aber wie der derzeitige über alle Maßen unverschämt, drohten ernste Konflikte mit ungewissem Ausgang. Der Alte und sein Sohn, der

Graubart, besaßen offenbar potente Gönner am Hof des Sultans, aber der Arm des türkischen Kaisers schien in der Provinz doch von schwindender Stärke zu sein.

Die Soldaten mit den hohen Stoffmützen hießen Janitscharen und galten als Elitetruppen des Sultans. Als Yasunari einen von ihnen aus der Nähe sah, konnte er das längliche Stirnfutteral auf der Mütze genauer betrachten. Er hatte angenommen, daß es ein Messer – vielleicht ein griffloses Wurfmesser – enthielt, und war doch sehr erstaunt, nur einen einfachen Kochlöffel dort in der Stoffhülle vorzufinden.

Yasunari waren auf der Reise viele Merkwürdigkeiten begegnet, aber Soldaten, die als Rangabzeichen Kochutensilien trugen, das war schon äußerst befremdlich!

Winter

Als der Sommer sich seinem Ende näherte, war Yasunari bereits in der Lage, einfache Schreibarbeiten für den Verwalter zu verrichten. Damit waren er, der Verwalter, der alte Gutsherr und der Hodscha die einzigen auf dem Anwesen, die mit Tinte und Feder umzugehen vermochten. Seit Yasunari damit so etwas wie der Vertreter des Verwalters geworden war, bewohnte er einen eigenen kleinen Raum im Haupthaus neben den Dienerkammern. Um die Pferde des Alten kümmerte er sich weiterhin. Manchmal spürte er den Neid der anderen Sklaven, weil er nie zur Feldarbeit eingeteilt wurde, und auch einige der Diener tuschelten hinter seinem Rücken, wagten aber nicht, offen gegen ihn zu reden, da er das Vertrauen des Herrn und auch das des Hodschas besaß.

Hamza Hodscha suchte oft Yasunaris Zimmer auf. Bis spät in die Nacht hinein flackerte dann dort das Licht der Öllampen. Wenn Yasunari über den Koran gebeugt saß und die Erklärungen des Hodschas zu verstehen suchte, gab es sogar Stunden, in denen er vergaß, daß er ein Sklave war.

Durch die Gespräche mit dem Hodscha, dem Verwalter und dem Alten bekam er allmählich vage eine Vorstellung davon, in was für eine Weltgegend ihn die Gefangenschaft verschlagen hatte. Der Hodscha, der fünfmal am Tag vom Turm der kleinen Moschee neben dem Gutshof die Muselmanen zum Gebet rief, war ein weitgereister und gebildeter Mann, der an verschiedenen Medressen – so hießen im Türkenreich die Priesterschulen – studiert hatte. Vom Reich der Mitte wußte er, von Yasunaris Heimat im Ostmeer hatte er indes noch nie gehört. Er war mindestens so begierig, von Yasunari etwas zu erfahren, wie der von ihm.

Mit dem Herbst kamen die ersten heftigen Stürme, und selten lief ein größeres Schiff in die Bucht. Nur einmal noch gab es Alarm, und die Türme wurden mit einer Besatzung belegt. Eine Galeere kreuzte zwei Tage lang weit draußen vor der Insel, die die Bucht abschirmte, machte aber keine Anstalten, der Küste näher zu kommen. Obwohl das Schiff sich stets Meilen vom Festland entfernt hielt, konnte Yasunari deutlich ein großes, achtspitziges Kreuz auf dem Hauptsegel ausmachen. Am Morgen des dritten Tages war die Galeere der Malta-Ritter verschwunden. Das Wetter verschlechterte sich zusehends. Selbst die Fischerboote liefen kaum mehr aus der Bucht. Die Sonne zeigte sich bloß stundenweise. Regen und Wind tobten sich aus. Fast jedweder Verkehr zu Wasser war nun zum Erliegen gekommen. Lediglich die zwei, drei jungen Männer unter den Bewohnern der Insel kamen, wenn der Wellengang in der Bucht es ihnen gestattete, am Freitag, dem heiligen Tag der Muselmanen, um am Gebet in der Moschee teilzunehmen. Aber auch das gelang ihnen nicht jede Woche.

Mehr als einmal, wenn der Sturm an den Platanen riß und die Blätter des Bananenbaums wie nasse Tücher gegen die Hausmauer peitschte, fühlte sich Yasunari in den Winter in der Heimat zurückversetzt, und seine Gedanken wanderten in ein Land, von dem er wußte, daß es so, wie er es in Erinnerung hatte, nicht mehr existierte. – Die Heimat, dachte er bitter, das war ein endloses düsteres Gräberfeld. Wo gab es für ihn jetzt noch so etwas wie *Heimat?* In Macao, bei den Khampas?

Yasunari löschte die Öllampe. Es war kalt. Eine klamme Kälte. Die Decken, in die er sich hüllte, rochen moderig, obwohl er sie regelmäßig lüftete. Durch das kleine Fenster neben seiner Lagerstatt blickte er auf die Bucht. Schwarze Wolken zogen über die Insel. Zeigte sich ein Stern, blieb er nicht lange sichtbar. Erste, fette Regentropfen klatschten gegen die Hauswand. Yasunari schob ein Brett vor die Fensteröffnung und rollte sich fester in die Decken.

Im Winter verließen die Soldaten die Burg nur selten, meistens, wenn sie zur Jagd ausritten. Die bewaldeten Hügel und Berge des Hinterlandes waren wildreich. Auch der Verwalter und die Bewaffneten des alten Gutsherrn machten gelegentlich Jagd auf Rehe. Oft begleitete Yasunari sie. Die ebenfalls zahlreichen Wildschweine verschmähten die Jäger, sehr zu Yasunaris Bedauern, aber der Prophet machte den Anhängern Allahs einfach zu strenge Vorschriften: Besonders im Ramadan, im Fastenmonat, der sich nach dem Mond richtete und von Jahr zu Jahr wanderte, hielt sich jeder Muselmane streng an die Gebote seines Glaubens. Der Beginn des Ramadans fiel während Yasunaris Gefangenschaft an der Bucht der versunkenen Stadt auf Anfang Dezember der christlichen Zeitrechnung. Jeden Morgen ertönte bei Sonnenaufgang ein Böllerschuß auf der Burg, der die Gläubigen daran gemahnte, bis zum Sonnenuntergang weder zu essen noch zu trinken. War die Sonne gesunken, tafelte man allerdings immer besonders opulent. Im Fastenmonat, stellte Yasunari fest, gab es paradoxerweise kaum einen Muselmanen, der wegen der nächtlichen Festessen nicht zunahm.

Die Zeiteinteilung der Muselmanen war eine andere als die der Christen. Sie richtete sich nach dem Mond und zählte die Jahre beginnend mit der Flucht des Propheten Mohammed aus der Stadt Medina. Für Yasunari war das sehr verwirrend, zumal er sich nicht sicher war, ob er seit seiner Gefangenschaft die Tage richtig mitgezählt hatte. Den Abend jedenfalls, an dem Yasunari das Fest von Christi Geburt vermutete, verbrachte er in stiller Andacht in seiner Kammer. Wieder begannen seine Gedanken zurückzuwandern in eine andere Zeit.

›Ich brauche ein Boot‹, dachte Yasunari, ›irgendein Boot, wenn wieder einmal eine der Galeeren in Küstennähe gelangen sollte!‹

Auf einem der Jagdausflüge entdeckte er es. Sie hatten einen Hirsch in den Hügeln des westlichen Buchtausgangs verfolgt. Das Boot lag umgedreht und aufgebockt unter einer Eiche in Strandnähe. Es war relativ neu und gut gepflegt, für zwei Ruderpaare ausgelegt, aber leicht genug für eine kräftige Person. Die Ruder und das Segel fehlten natürlich. Vom Verwalter erfuhr Yasunari, daß die Fischer es bei starkem Wind benutzten, wenn die anbrandenden Wellen das Auslaufen kleiner Schiffe zwischen den Türmen in der östlichen Enge unmöglich machten.

Im Laufe der kommenden Wochen fand Yasunari Gelegenheit genug, sich ein Segel zu nähen, für Ersatzruder, Seile und Stricke zu sorgen und alles in Bootsnähe zu lagern. In das Versteck legte er auch einen feuergehärteten Bô und ein Messer, das ein Janitschar auf der Jagd verloren hatte.

Yasunari hatte nach einem Sturz vom Pferd einen verstauchten Fuß und humpelte. Er schnitt sich umständlich einen schulterhohen Stab aus einem Eichenast und benutzte ihn als Krücke.

Daß man Yasunari fortan kaum mehr *ohne* den Stock sah, fiel niemandem auf.

Yasunari hatte bislang dem Hodscha verschwiegen, daß er Christ war, und das war gut so. Hamza Hodscha war ein milder, verständiger Lehrer und wurde fast so etwas wie ein Freund für Yasunari. Aber wenn er über die Feinde des Propheten redete, dann verfinsterte sich sein Gesicht, und seine Stimme wurde schneidend und kalt. Er haßte die Christen mehr als den Scheitan, den Teufel. Besonders die Kriegsschiffe von der Insel Malta, die mit dem achtspitzigen Kreuz, brachten viele Frachtschiffe auf, überfielen Küstendörfer und verschleppten friedliche Muslime in die Sklaverei. Der Hodscha verfluchte die Ungläubigen und ballte die Fäuste. »Jedes Frühjahr suchen sie uns heim. Kaum haben sich die Stürme gelegt, sieht man ihre Galeeren vor der Küste. Allah sei Dank, daß sie sich nicht in die Bucht wagen. Verdammt sollen sie sein, diese Christenhunde!«

Yasunari vernahm diese Worte mit größter Genugtuung, von der seine Miene indes nichts verriet.

Regelmäßig ließ sich der alte Gutsherr vom Hodscha über den Stand von Yasunaris Koranstudien berichten, so auch gegen Ende des Winters, als die Tage langsam länger und wärmer wurden. Angetan vom Fleiß seines Sklaven strich er sich nachdenklich über den weißen Bart. Wie zufällig redeten der Hodscha und der Verwalter in der folgenden Woche des öfteren mit Yasunari darüber, daß es Rechtsgläubigen nicht gestattet war, andere Rechtsgläubige als Sklaven zu halten. Yasunari verstand. Zwei seiner Leidensgefährten, die er selten zu Gesicht bekam, da sie die Schafe in den Bergen hüteten, hatten nach dem Ramadan die Religion der Muselmanen angenommen und waren feierlich beschnitten worden. So stand es im Koran, so forderte es der Gott der Muselmanen. Yasunari war zugegen gewesen und hatte geschworen, sich niemals einer derartigen Verstümmelungsprozedur zu unterziehen.

Es wurde Zeit, daß die Schiffe der Malta-Ritter sich wieder vor der Küste zeigten, Zeit auch für Yasunari, das Versteck in Bootsnähe mit einem Lebensmittel- und Wasservorrat zu versehen.

Yasunari befühlte den speckigen Leibgurt. Es war der zweite Winter, der zu Ende ging, seit er Macao verlassen hatte. Was galt eigentlich die Nachricht von der Blokkade der portugiesischen Niederlassung Macao durch die Holländer noch? Die Ereignisse im Perlflußdelta hatten vermutlich seiner *Instructio* schon längst die Aktualität genommen. Und dennoch. Er hatte gelobt, sie nach Goa zu überbringen. Das Schicksal hatte es anders gewollt. Yasunari begann zu träumen.

Wenn er erst einmal in Malta war, gab es bestimmt einen schnellen Weg, die Ordensoberen der Societas Jesu in Rom zu erreichen. Nachdem man dann die verborgenen Dokumente in seinem Leibriemen geprüft haben würde, dessen war sich Yasunari sicher, würde man ihn kaum mehr wie der arrogante Fra Waldemar für einen Spion der Türken halten.

Der Bô

Yasunari wußte es einzurichten, mit dem Verwalter und einigen anderen Sklaven zur Aussichtswarte der Janitscharen auf den Berg hinter der Bucht zu reiten. Der Hauptmann der Soldaten war gleichzeitig der Steuereintreiber. Die Steuern wurden auch in Arbeitsleistung und Naturalien erhoben. Der alte Gutsherr hatte die Pflicht, in jedem Frühjahr und Herbst die drei Janitscharen auf dem Berg mit Lebensmitteln zu versorgen. Die Aussichtswarte befand sich in einem gemauerten Haus am westlichen Berghang. Die Bucht, den Gutshof und die Burg verdeckte der Gipfel, aber über das Meer im Süden und Westen hatte man einen grandiosen Ausblick. Die Soldaten bewohnten einen Raum über dem Stall. Der Berggipfel über dem Haus war schroff und unzugänglich. Selbst die klettergewohnten Bewohner der Eisgebirge hätten ihn nicht besteigen können. Die Soldaten schickten immer umständlich einen berittenen Boten zur Burg, wenn sie feindliche Schiffe erspähten, denn der langgestreckte Gipfel mit den glatten, lotrechten Felsenflanken schob sich von Norden nach Süden als unüberwindlicher Riegel vor die Hügel der Bucht. Sollte eine Nachricht zur Burg übermittelt werden, konnte man von der Aussichtswarte keine Licht- oder Rauchsignale senden. Der Bote mußte den Berggipfel erst in großem Bogen umreiten, bis er auf einen Weg stieß, der zwischen den Hügeln zur Burg führte. Die Ausbesserung des Weges oblag auch dem Gutsherrn. Yasunari fand mehrere Abschnitte, auf denen ein Berittener zum Absteigen genötigt war. Er prägte sich diese Stellen genau ein.

Frühling. Die Nächte wurden milder. Selbst das Meer verlor die stumpfe bleigraue Farbe. Die Wiesen überzogen sich mit einem Blütenteppich. Bald gab es die ersten frischen Gemüse.

Noch vor Sonnenaufgang war Yasunari mit dem Verwalter jeden Morgen bei den Pferden. Nach der Fütterung übernahm er nur allzugern die Aufgabe, die Stute des Gutsherrn zu bewegen. Sooft es ihm möglich war, streifte er in den Wäldern am Ostausgang der Bucht herum. Der Fischerkahn lag jetzt nicht mehr unter der Eiche, sondern auf dem schmalen sandigen Uferstreifen. Schleifspuren zeigten Yasunari, daß man das Boot schon mehrmals im Wasser gehabt hatte. Yasunaris Versteck blieb weiterhin unentdeckt. Er beschloß, es zu lassen, wo es war, nur den Bô verbarg er näher beim Kahn zwischen den Zweigen eines Dornenbuschs.

Bereits zweimal waren die Türme am Westeingang der Bucht für etliche Tage bemannt worden. Schiffe hatte Yasunari aber keine erblickt, vielleicht waren sie nur durch ein Fernrohr auszumachen gewesen.

Gleichförmig verlief das Leben auf dem Anwesen des Alten. Yasunari begegnete ihm nur selten. Der Hodscha erzählte, daß er viel lesen, aber auch dichten würde. Oft zeigte er Yasunari die schön geschriebenen Zeilen des Gutsherrn, die er kopiert hatte. Sie beschrieben in blumenreicher Sprache das Wiederaufleben der Natur.

Die Alten in der Heimat, erinnerte sich Yasunari, hatten auch das Ende des Winters in Gedichten besungen, das zarte Grün, den sanften Frühlingsregen, weich wie das Fell eines Kätzchens. Aber wie bei dem alten Gutsherrn hatten sich auch viele nachdenkliche Worte in die Zeilen geschlichen, die an die Vergänglichkeit gemahnten.

Die Sonne gewann von Woche zu Woche an Kraft, oft war die Küste des Morgens dunstverhüllt, ein Zeichen, daß der Tag heiß zu werden versprach. Hielt sich der Nebel bis zur Mittagsstunde, schickten die Janitscharen Patrouillen auf die vorgelagerte Insel und die Küste entlang.

Der Verwalter hatte sich unwohl gefühlt, deshalb ritt Yasunari nach einer mondlosen Nacht bei Anbruch der Helligkeit alleine zum Ostausgang der Bucht. Es war windstill und wieder dunstig.

Yasunari lenkte die Stute des Alten den eichenbestandenen Hügelkamm hinauf, der ihm die Sicht auf das Meer nahm und der sich auf der anderen Seite sanft zum Strand absenken würde. Mit den Schenkeln streifte er die taufeuchten Zweige der jungen Bäume. Wenn sie zurückschnellten, klang es, als würde eine Messerklinge an einem Lederriemen geschärft.

Stellenweise riß der Nebel auf. Dann zeigten sich für einen Augenblick nasse Strandfetzen oder flüchtige Ausschnitte der reglosen Meeresfläche. Auch einer der großen Felsbrocken, die halb auf dem Strand, halb im Wasser lagen, wurde hin und wieder sichtbar.

Yasunari war jetzt neben der Dornenhecke angelangt, in der er den Bô versteckt hatte.

Plötzlich schnaubte die Stute und legte die Ohren an. Yasunari beugte sich vor und kraulte ihren Hals. Wildschweine? Sie stöberten mit Vorliebe im lockeren Erdreich unter den Eichen. Nein, keine Wildschweine. Der Boden, soweit er erkennen konnte, war nicht durchwühlt. Yasunari richtete sich wieder auf, lauschte, hörte aber bloß fallende Tautropfen. Die Stute begann unruhig zu tänzeln. Dann vernahm auch er das Geräusch.

Es war ein verhaltenes Scharren und kam aus dem Eichenwäldchen, in dem sich das Versteck für seine Fluchtausrüstung befand. Hatte jemand die Sachen entdeckt?

Yasunari schwang sich vom Pferd, band die Stute an

einen Strauch, zog den Bô aus dem Dorngestrüpp und stieg den Hügelhang hinunter zum Strand.

Plötzlich sah er die Pferde der Janitscharen mit ihrem farbenprächtigen Zaumzeug, zwei Rappen, deren Zügel an einen tiefhängenden Ast geknüpft waren. Die Tiere scharrten nach Eicheln. Während Yasunari sich langsam näherte, wichen sie schnaubend vor ihm zurück, soweit es die Zügel erlaubten, beruhigten sich aber sogleich, als er sanft auf sie einsprach.

Die Fußspuren der Soldaten hatten auf dem weichen Boden tiefe Eindrücke hinterlassen und verliefen in Richtung Strand. Eine dichte Nebelwand schob sich auf den Hang zu.

Wo waren die beiden Janitscharen, und weshalb waren sie nicht bis an den Strand geritten? Waren sie jagen? Bei dieser miserablen Sicht? Ihre Bögen und die Pfeiltaschen hatten sie jedenfalls nicht in den Sattelfutteralen gelassen.

Yasunari folgte vorsichtig den Fußabdrücken bis zu der Stelle, wo das dunkle Erdreich des Hanges in gewellten Sandboden überging. Ab dort verloren sich die Spuren im dichten Nebel. Nur die Spitzen der Felsen an der Wasserlinie tauchten gelegentlich über den Nebelschwaden auf. Ob sie dort waren?

Geduckt schlich Yasunari über den Strandstreifen bis zu den Felsen. Ein Windhauch öffnete eine Schneise in der Nebelwand. Die Janitscharen kauerten Kopf an Kopf reglos hinter einem hüfthohen Geröllbrocken und starrten in Richtung Meer.

Hastig drückte sich Yasunari in eine Felsenlücke. Geflüsterte Wortfetzen drangen an sein Ohr. Worüber die Soldaten so verhalten sprachen, entdeckte Yasunari augenblicklich. Keinen Steinwurf entfernt ankerte eine Galeere. Es war eine Galeere der Malta-Ritter, und sie

505

lag vor der östlichen Buchteinfahrt. Ein Ruderboot erkundete gerade diesen flachen Meereskanal zwischen
dem Festland und der vorgelagerten Insel. Am Bug stand
ein Mann und lotete die Wassertiefe aus. Er trug einen
roten weiten Mantel mit einem weißen achtspitzigen
Kreuz.

Yasunari schlich sich näher an die Soldaten heran, bis
er deren Unterhaltung belauschen konnte.

»Wo bleibt bloß Mehmet?«

»Geduld, er wird gleich mit den anderen dasein.«

»Und wenn sie inzwischen einen Erkundungstrupp anlanden?«

Der Angesprochene schüttelte den Kopf. »Es sieht mir
nicht danach aus. – Da, schau! Das Boot dreht!«

Der Mann im Bug holte mit gleichmäßigem Zug die
Lotleine ein.

Auch ohne lange nachzudenken, wußte Yasunari, daß
eine solch günstige Fluchtmöglichkeit kaum wiederkeh-
ren würde. Die Soldaten hatten nicht den Bruchteil einer
Chance. Mit drei Sprüngen war Yasunari bei ihnen.

Die dicke, hohe Stoffmütze dämpfte den Stockschlag
nur ungenügend, der den ersten Janitscharen am Hinterkopf traf. Der Mann stürzte mit dem Gesicht nach vorne
auf den Geröllbrocken. Der andere Soldat starrte auf seinen fallenden Kameraden und drehte sich mit einem er-
stickten Aufschrei um. Yasunari rammte ihm das Knie in
den Unterleib. Als der Janitschar sich krümmte, schlug er
ihm auch noch die Faust gegen die Schläfe.

Für einen Sekundenbruchteil war Yasunari unschlüs-
sig, was er tun sollte. Das Boot ins Wasser zerren und womöglich riskieren, daß die eintreffende Verstärkung ihn
dabei überraschte? Und die Ruderhölzer? Die mußte er
auch noch aus dem Versteck oben bei den Eichen herbeiholen. – Nein. Es war zu riskant.

Yasunari entledigte sich in Windeseile seiner Obergewänder, prüfte, ob der lederne Leibriemen fest geknotet
war, und watete ins Wasser.

Noch vor allen anderen Malta-Rittern bemerkte der
Mann mit der Lotleine am Bug des Ruderboots den
Schwimmer, der sich der Galeere näherte.

Glossar

TEIL I JAPAN

Bô	Kampfstock
Cha-no-Yu	Teezeremonie
Chadô	Teekunst, Teekultur, Teezeremonie
Chaya	Teehaus
Daikon	Rettich
Daimyô	Fürst
Katana	Schwert
ketô	»behaarter Ausländer« = Europäer
Mugicha	Gerstentee
nambanjin	Barbar, Ausländer, Weißer
Rotbärte	Bezeichnung der Japaner für Holländer
padore	jap. Aussprache von Pater
Sake	Reiswein
Shôgun	Reichsverweser
Tono, -dono	Herr, Gebieter
Zafu	Sitzkissen

Teil II China

Instructio	Geleitbrief der Societas Jesu mit Aufgabenbeschreibung
Kang	gemauertes, von unten beheizbares Bett
Komplet	Completorium, kirchl. Nachtgebet des Breviers
Leal Senado	Ratsversammlung von Macao
Matcha	geschlagener Tee aus pulverisierten Blättern
Shôgi	chinesisches Schachspiel
Wasabi	scharfe, rettichähnliche Wurzel

Teil III Tibet und Indien

Bönpo	Angehöriger der Rotmützen-Sekte
Gelugpa	Angehöriger der Gelbmützen-Sekte
Labtscha	Wegzeichen aus angehäuften Steinen mit Gebetsfahnen
Mantra	Bitt- und Beschwörungsformel (-silbe, -wort)
Torma	aus Yakbutter geformte Figur
Tsa-Tsa	buddh. Amulett, kleine Tonfigur eines Buddhas
Tsampa	geröstetes Gerstenmehl
Tschang	Gerstenbier
Yak	Grunzochse

TEIL IV IM REICH DER OSMANEN

Effendim	mein Herr, Anrede
Ghain	(arab.) Auge, Quelle, Brunnen
Hodscha	weltlicher oder geistlicher Lehrer, auch Anrede
Janitscharen	Elitetruppe der osmanischen Sultane

Ohne die Anregungen, den Rat und die Unterstützung von

Heinrich Harrer, Mamiko & Jürgen Shimatsu-Hofmann, Lutz Kölsch, Georgia & Ulrich, Manuela Straube, Henner & Tina, Karlheinz Knöss, Hans Klappert, Norihiko & Kazumi Ishii, Prof. Dr. Dietger Pforte, Henry Binder, Martha & Gustav Gysin, Silvia Fülster, St. Klaus in Flüeli-Ranft, Pater Gereon, allen meinen Trainingspartnern im AIKIKAN BERLIN (Bô!), Hartwig Schulte-Loh, P. M., U. Z. und meinem Lektor Ulf Mailänder

wäre *Das Kreuz des Samurai* lediglich eine Romanidee geblieben.

Danke!
J. E.